1984

클래식 보물창고 25

1984

펴낸날 초판 1쇄 2013년 10월 10일
지은이 조지 오웰 | 옮긴이 전하림
펴낸이 신형건 | 펴낸곳 (주)푸른책들 | 등록 제321-2008-00155호
주소 서울특별시 서초구 양재천로7길 16 푸르니빌딩(양재동 115-6) (우)137-891
전화 02-581-0334~5 | 팩스 02-582-0648
이메일 prooni@prooni.com | 홈페이지 www.prooni.com
카페 cafe.naver.com/prbm | 블로그 blog.naver.com/proonibook

ISBN 978-89-6170-342-0 04840
* 잘못된 책은 구입한 곳에서 바꾸어 드립니다.

이 도서의 국립중앙도서관 출판시도서목록(CIP)은 서지정보유통지원시스템 홈페이지(http://seoji.nl.go.kr)와
국가자료공동목록시스템(http://www.nl.go.kr/kolisnet)에서 이용하실 수 있습니다.
(CIP제어번호: CIP2013015655)

표지 이미지 | 잭슨 폴록 作 '열기 속의 눈(1946)' 부분

보물창고는 (주)푸른책들의 유아, 어린이, 청소년, 문학 도서 임프린트입니다.

Nineteen Eighty-Four

조지 오웰 지음 | 전하림 옮김

보물창고

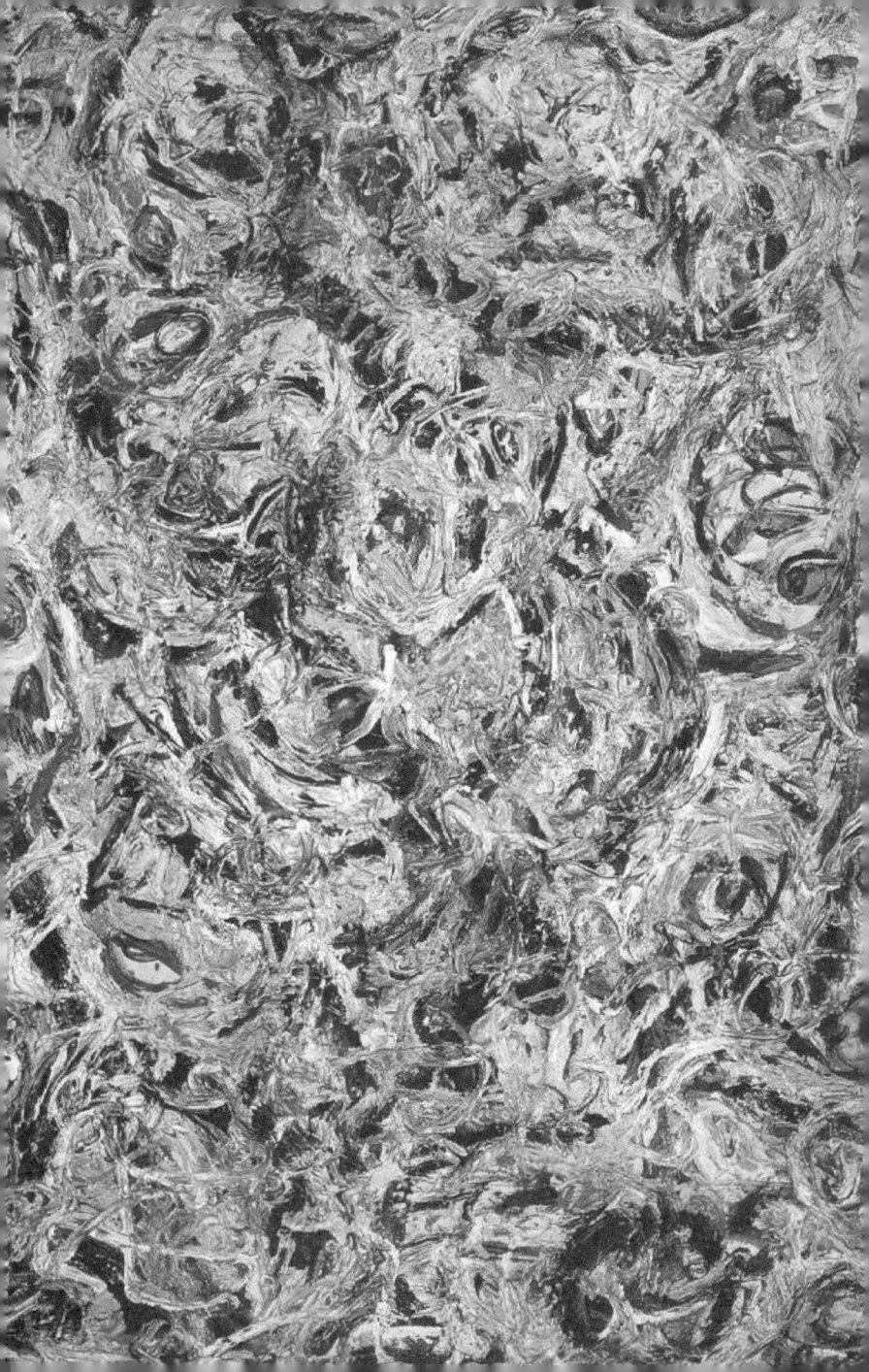

차례

제1부

1장

맑고 쌀쌀한 4월의 어느 날이었다. 시계들이 일제히 13시를 알렸다. 윈스턴 스미스는 매서운 바람을 피해 가슴에 턱을 파묻고 재빨리 빅토리 맨션의 유리문 안으로 들어섰다. 순식간에 그의 뒤를 따라 모래 먼지도 함께 들이닥쳤다.

건물 복도는 양배추 삶는 냄새와 낡은 매트 냄새가 진동했다. 복도 끝에 있는 벽에는 실내에 걸기엔 너무 크다 싶은 컬러 포스터가 붙어 있었다. 그 포스터에는 폭이 1미터가 넘는 거대한 얼굴이 그려져 있었는데, 대략 마흔댓 살쯤 되어 보이며 짙은 검은색 콧수염이 있고 강인한 인상을 풍기는 잘생긴 남자의 얼굴이었다. 윈스턴은 엘리베이터가 작동하는지 확인할 생각은 애초부터 하지 않고 곧장 계단으로 향했다. 경기가 좋을 때에도 엘리베이터는 툭하면 꺼져 있었는데, 요즘은 아예 낮 시간 동안은 전기를 끊어 놓은 참이었다. '증오 주간'을 대비한 일종의 절약 운동이었다. 윈스턴의 집은 7층이었다. 올해 서른아홉 살인 그는 오른쪽 발목에 정맥류성 궤양을 앓고 있는 터라 도중에 몇 번이고 멈추어 쉬길 반복하면서 천천히 계단을 밟아 올라갔다. 각 층을 지날 때마다 엘리베이터 맞은편 벽에 붙은 거대한 얼굴의 포스터가 그를 노려보았다. 그 그림이 어찌나 교묘했던지 몸을 움직일 때마다 두 눈이 그를 따라오면서 지켜보는 것처럼 느껴졌다. '빅 브라더가 당신을 지켜보고 있다.' 포스터 아래쪽에는 이런 문구가 적혀 있었다.

집 안에서는 낭랑한 목소리가 흘러나와 무쇠 생산에 관련된 숫자 목록을 읊고 있었다. 오른편 벽에 붙어 있는, 탁한 거울처럼 생긴 직사각형 금속판으로부터 나오는 소리였다. 윈스턴이 스위치를 돌리자 소리가 다소 작아지긴 했으나 여전히 또렷하게 들리긴 매한가지였다. '텔레스크린'이라 불리는 그 장치는 어느 정도 소리 조절은 가능했지만 완전히 꺼 버리는 것은 불가능하게 되어 있었다. 윈스턴은 창가로 다가갔다. 당의 파란색 제복을 입고 있어서인지 그의 작고 야윈 얼굴과 메마른 몸집이 한층 더 부각되어 보였다. 그의 머리는 매우 옅은 금발이었고 얼굴색은 원래부터가 불그스름했다. 얼굴 피부는 싸구려 비누와 무딘 면도날을 계속해서 써 온 데다 이제 막 물러간 겨울 추위에 시달려 오며 눈에 띄게 까칠해져 있었다.

닫힌 유리창 너머 바깥은 춥고 을씨년스러워 보였다. 거리 이곳저곳에서 바람이 작은 소용돌이를 일으키며 먼지나 종잇조각들을 흩날리고 있었다. 시리도록 푸른 하늘에서는 태양이 찬란하게 빛나고 있었지만, 도처에 붙어 있는 포스터를 제외하고는 사방에 색채란 것이 전혀 존재하지 않는 것 같았다. 눈에 띌 만한 구석이면 어디에서나 그 검은 콧수염이 난 얼굴이 아래를 내려다보고 있었다. 그 포스터는 바로 맞은편 건물 앞에도 하나 붙어 있었다. '빅 브라더가 당신을 지켜보고 있다.'는 문구와 함께 포스터의 검은 두 눈은 윈스턴의 눈을 뚫어져라 바라보았다. 길가에 있는 한 포스터는 한쪽 귀퉁이가 찢긴 채 거센 바람에 발작적으로 나부끼며 '영사(영국 사회주의의 약어.)'라는 글씨를 가렸다 드러냈다 했다. 멀리서 헬리콥터 한 대가 지붕 사이를 스치듯 날아다니며 쉬파리처럼 맴돌다가 다시 방향을 틀어 날아가 버렸다. 창문 너머로 건물 안에 사는 사람들을 감시하고 다니는 순찰대였다. 그렇지만 사실 순찰대는 별로 대수롭지 않았다. 진짜 문제는 '사상경찰'이었다.

윈스턴의 등 뒤로 텔레스크린은 아직도 무쇠와 제9차 3개년 계획의 초과 달성에 대해서 열심히 지껄여 대고 있었다. 텔레스크린은 수신과 송신이 동시에 가능한 기기였다. 윈스턴이 내는 모든 소리는 아무리 작아도 무조건 그 기기에 포착되었다. 그런데 그보다 더 무시무시한 사실은 그 금속판의 시계(視界) 안에 있는 한, 윈스턴이 내는 소리뿐 아니라 그의 일거수일투족이 다 인식된다는 사실이었다. 물론 자신이 언제 감시받고 있는지를 확인할 방법은 없었다. 사상경찰이 얼마나 자주 혹은 어떤 방식으로 개개인에 대한 감시를 하는지도 오직 추측만이 가능했다. 그들이 모든 사람을 24시간 내내 지켜보고 있다 해도 놀랍지 않을 상황이었다. 어쨌든 중요한 사실은 그들이 원하면 언제든지 누구에게나 감시를 붙일 수 있다는 점이었다. 사람들은 늘 자신이 무슨 말을 하든 모두 도청될 것이며, 캄캄할 때를 제외하고는 모든 움직임이 감시될 거라는 가정하에서 살아야 했다. 그렇게 살다 보니 그것은 점차 본능적인 습성이 되어 버렸다.

윈스턴은 텔레스크린을 계속 등지고 있었다. 그래야 조금이라도 더 안전한 것처럼 느껴졌다. 물론 뒷모습조차도 때로는 자신을 적나라하게 드러낼 수 있다는 사실을 그는 잘 알고 있었다. 1킬로미터쯤 떨어진 곳에 그가 일하는 곳인 '진리부' 건물이 도시의 칙칙한 풍경 위로 그 거대한 몸집을 희끄무레하게 드러내며 우뚝 솟아 있었다. 이곳이……. 윈스턴은 어렴풋이 역겨움 비슷한 감정을 느끼며 생각했다. 이곳 런던이 '에어스트립 원'의 제1의 도시이자 오세아니아에서 세 번째로 인구가 많은 도시라니. 런던이 옛날에도 늘 이런 모습이었던가? 그는 애써 남아 있는 어린 시절의 기억을 쥐어짜려 해 보았다. 전에도 늘 이렇게 쓰러져가는 19세기 가옥들이 즐비했던가? 벽은 통나무 더미로 받쳐 세워야 하고, 창은 누더기처럼 골판지로 때워야 하며, 지붕은 쭈그러진 함석판으로 대충 덮어 놓고, 마당을 둘러싼 담장은 원래부터가 저렇게 엉망인 상태로 허물어져 있었던가? 그때도 곳곳이 폭탄 세례를 맞아 뿌연 횟가루로 자욱하며, 허물어진 건물터란 터마다 제멋대로 뻗어 나간 분홍바늘꽃으로 뒤덮여 있었던가? 폭탄으로 폐허가 되어 버린 공터마다 저토록 지저분한 판잣집들이 우후죽순 들어선 채 닭장 같은 군락을 이루었던가? 그러나 소용이 없었다. 그는 아무것도 기억해 낼 수가 없었다. 어린 시절에 관해 남아 있는 기억이라고는 아무런 배경도 없고 거의 분간할 수도 없는, 일련의 환한 불빛으로 이루어진 희뿌연 광경뿐이었다.

신어(新語, 오세아니아의 공용어.)로 '진부'라고 불리는 진리부 건물은 눈앞에 보이는 다른 건물들과는 놀라우리만큼 그 모습이 상이했다. 그것은 번쩍이는 하얀 콘크리트로 만들어진 거대한 피라미드형 건물로, 계단식으로 층층이 쌓아 올려져 무려 300미터 높이에 우뚝 서 있었다. 그 하얀 건물 전면에는 당의 세 가지 슬로건이 우아한 필체로 선명하게 쓰여 있었다. 윈스턴은 그 슬로건을 지금 서 있는 곳에서도 뚜렷이 읽을 수 있었다.

전쟁은 평화
자유는 예속
무지는 힘

들기로 진리부 건물에는 지상에만 3,000개의 방이 있고 지하에도 그와 비슷한 수의 방이 있다고 했다. 런던 전역에는 진리부와 비슷한 외형과 규모를 가진 건물이 세 개나 더 있었다. 그 건물들의 규모는 주변 건물들이 모두 땅에 붙어 있는 것처럼 보이게 만들 정도로 압도적이었는데, 빅토리 맨션의 지붕에서는 그 네 건물이 모두 한눈에 들어왔다. 그 건물들은 각각 정부 조직을 구성하는 네 개 부서의 청사였다. 즉 보도, 연예, 교육, 예술을 관장하는 진리부, 전쟁을 관장하는 평화부, 법과 질서를 유지하는 애정부, 경제 문제를 관할하는 풍요부였는데, 신어로는 각각 '진부', '평부', '애부', '풍부'라고 불렀다.

애정부는 그야말로 무시무시한 곳이었다. 그곳에는 창문이 하나도 없었다. 윈스턴은 애정부 건물에 들어가 보기는커녕, 그로부터 500미터 반경 이내는 일체 얼쩡거리지 않았다. 그곳은 공식적인 볼일이 있지 않는 한 출입 자체가 원천적으로 불가능한 곳이었으며, 들어간다 해도 철조망과 철문 그리고 보이지 않는 곳에 잠복하고 있는 기관총 부대를 거쳐 미로와도 같은 긴 입구를 통과해야만 했다. 심지어는 건물 외곽에 설치된 장벽 앞의 길목에서도 고릴라처럼 생긴 경비 요원들이 검은 제복에 경찰봉으로 무장한 채 어슬렁거리며 경호하고 있었다.

윈스턴이 갑자기 뒤로 돌아섰다. 그리고 텔레스크린을 향해 바람직하다고 여겨지는 즐거운 표정을 의식적으로 지어 보였다. 그는 방을 가로질러 조그만 부엌으로 건너갔다. 이 시간에 부서 밖으로 나오느라 구내식당에서 점심을 먹지 못했던 것이다. 그는 내일 아침 식사용으로 남겨둔 검은 빵 한 덩어리 외에는 부엌에 먹을 것이 하나도 없다는 사실을 알고 있었다. 그는 선반에서 하얀 라벨에 덩그러니 '빅토리 진'이라는 글자만 적힌 무색 액체가 든 병을 꺼냈다. 중국산 화주처럼 역겨운 화학주 냄새가 코를 찔렀다. 윈스턴은 찻잔에 가득 찰 정도로 술을 따른 후 마음의 준비를 하고 약을 털어 넣듯 진저리치며 단숨에 삼켜 버렸다.

얼굴이 금세 새빨개지며 눈에서 눈물이 핑 돌았다. 술은 꼭 질산 같아서, 그것을 삼킬 때면 늘 고무 방망이로 뒷머리를 세게 얻어맞은 것 같은 강한 충격이 느껴졌다. 그러나 그것도 잠시, 타내려가듯 화끈거렸던 배 속이 가라앉으면서 세상이 한층 살 만한 곳으로 보이기 시작했다. 그는 '빅토리 담배'라는 상표가 붙은 구겨진 담뱃갑에서 담배 한 개비를 꺼내 무심코 손에 들었다. 그런데 그만 담배 가루를 몽땅 바닥에 흘리고 말았다. 그는 다시 한 개비를 꺼내 이번엔 성공적으로 피워 물었다. 그리고 거실로 돌아와 텔레스크린 왼쪽에 있는 작은 책상 앞에 앉았다. 그런 다음 서랍을 열어 펜대와 잉크병, 그리고 대리석 무늬 앞표지에 뒤표지는 붉은색인 두툼한 4절 크기 노트를 꺼냈다.

웬일인지 윈스턴의 거실용 텔레스크린은 약간 의외의 곳에 설치되어 있었다. 대개의 경우에는 방 안 전체가 시야에 들어오도록 벽 끝에 설치되는 것이 정상인데, 윈스턴의 집에서는 텔레스크린이 창문 맞은편에 있는 기다란 벽에 달려 있었다. 그 벽 한쪽 끝의 움푹 파인 곳이 지금 윈스턴이 앉아 있는 곳이었다. 아마도 아파트가 지어질 당시 책장을 놓을 곳으로 설계된 듯했다. 그곳에 들어가 몸을 잘 숨기고 앉아 있으면 텔레스크린의 감시망에서 벗어날 수 있었다. 물론 그렇다 해도 소리까지 숨길 수는 없겠지만, 현재의 자세를 유지하고 있는 한 적어도 그의 모습은 눈에 띄지 않았다. 한편으로는 이런 거실의 구조가 윈스턴이 지금 막 하려는 일을 시도해 볼 생각을 하게 한 셈이었다.

그러나 윈스턴이 방금 서랍에서 꺼낸 노트야말로 그 일의 주된 동기였다. 그것은 정말이지 근사한 노트였다. 세월이 지나며 약간 변색되기는 했으나 그 부드러운 크림색 종이는 적어도 지난 40년간 생산되지 않은 흔치 않은 종류였다. 아니, 적어도 윈스턴의 눈엔 그 노트가 그보다도 훨씬 더 오래된 것으로 보였다. 이제는 정확히 어디인지 기억도 나지 않지만, 그 노트는 언젠가 윈스턴이 시내 빈민가를 지나다가 너저분한 한 작은 구멍가게 진열장에서 우연히 본 물건이었다. 노트를 본 순간 윈스턴은 그 것을 소유하고 싶은 강한 욕망에 사로잡혔다. 원칙적으로 당원들은 그런 일반 가게에 갈 수 없었다(그런 행동은 소위 '자유 시장 거래'라고 불렀다.). 그러나 그 규칙은 그다지 엄격히 지켜지지 않았다. 구두끈이나 면도날 같은 이런저런 수많은 물건들을 다른 방법으로는 손에 넣을 수 없었기 때문이다. 윈스턴은 거리 위아래를 재빨리 훑어보고서는 가게 안으로 들어가 2달러 50센트를 내고 그 노트를 손에 넣었다. 구입 당시 그것을 가지고 특별히 뭔가를 하겠다는 목적이 있었던 것은 아니었다. 그는 죄책 감을 느끼며 그 노트를 조심스레 서류 가방에 넣어 집까지 들고 왔다. 그 안에 아무것도 쓰여 있지 않다 해도, 갖고 있는 그 자체만으로 충분히 의심을 살 만한 물건이었다.

그가 시도하려는 것은 다름 아닌 일기를 쓰는 일이었다. 이는 불법이라고 할 수는 없었지만(법이라는 게 없으므로 어떤 일도 불법이 될 수 없었다), 만일 발각되기라도 하면 족히 사형이나 최소 25년간의 수용소 강제 노역 형에 처해 질 수 있는 행위였 다. 윈스턴은 펜촉을 펜대에 꽂은 다음 기름기를 닦아 냈다. 사 실 이런 펜은 이제 서명할 때도 거의 쓰이지 않는 구시대 유물에 속했다. 그럼에도 불구하고 윈스턴은 그 근사한 크림색 종이에 볼펜을 대기에는 종이가 너무 아깝다는 이유로 어려움을 무릅쓰 고 몰래 진짜 펜촉을 구해 왔다. 윈스턴은 사실 손으로 글씨를 쓰는 일에 익숙하지 않았다. 아주 짧은 메모를 제외하고 보통은 말하는 대로 자동 기록되는 '구술기록기'를 이용해왔기 때문이 다. 물론 지금 하려는 일에는 절대 그 장치를 쓸 수 없었다. 그는 펜촉을 잉크에 적시고 잠시 머뭇거렸다. 몸속에서 짜릿한 전율이 일었다. 종이에 글을 쓰는 일은 그야말로 엄청난 결단력을 필요로 하는 행동이었다. 그는 작고 서툰 글씨로 이렇게 썼다.

1984년 4월 4일

그는 몸을 뒤로 젖혔다. 완전한 무력감이 그를 덮쳐왔다. 우선 올해가 정말로 1984년인지조차 확신할 수 없었다. 다만 그의 나이가 서른아홉이라는 것이 거의 확실했고, 그가 태어난 해가 1944년 아니면 1945년일 것이었기에 아무래도 그쯤일 거라고 짐작할 뿐이었다. 그러나 사실 요즘 시대에는 1, 2년 내의 어느 날짜도 확실히 알아낼 수 있는 방법이 없었다.

누구를 위해서 지금 이 일기를 쓰려고 하는 걸까? 문득 이런 의문이 들었다. 미래를 위해? 아직 태어나지 않은 후세를 위해서일까? 머릿속 생각이 노트에 적힌 날짜 위에서 맴돌았다. 그러던 중 갑자기 '이중사고'라는 신어가 불쑥 떠올랐다. 그때 처음으로 자신이 지금 하려는 일이 얼마나 엄청난 일인지가 뼈저리게 와 닿았다. 미래와 어떻게 소통을 할 수 있단 말인가? 그것은 본질적으로 불가능한 일이었다. 만약 미래의 상황이 지금 현재와 비슷하다면 그의 말을 들으려 할 사람이 아무도 없을 것이고, 혹 다르다면 현재 그가 겪고 있는 고충은 무의미한 일에 지나지 않을 것이다.

윈스턴은 한참을 멍하니 종이만 바라보고 앉아 있었다. 텔레스크린에서 나오던 목소리는 어느새 귀에 거슬리는 군악 소리로 바뀌어 있었다. 그는 더 이상 자신을 표현할 능력을 상실해 버린 듯한 묘한 기분을 느꼈다. 애초에 무슨 의도를 가지고 글을 쓰기 시작한 것인지조차 희미하게 느껴졌다. 이 순간을 위해 벌써 몇 주 동안이나 마음의 준비를 해 왔다. 용기만 있으면 다른 것은 아무런 문제도 되지 않을 거라고 믿었었는데……. 실제로 글을 쓰는 일 자체는 어려운 일이 아닐 터였다. 그야말로 지난 수년 간 지겨울 정도로 끊임없이 머릿속에 맴돌던 무수한 독백을 그저 종이 위에 쏟아내기만 하면 되는 것 아니던가? 그런데 지금은 그런 독백마저 사라져 버린 듯 도무지 아무것도 떠오르지 않았다. 게다가 다리의 정맥류성 궤양이 걷잡을 수 없이 가려워지기 시작했다. 그렇다고 시원하게 긁을 수도 없는 것이, 그랬다간 어김없이 그 부위가 덧나 염증이 생겼기 때문이었다. 시계의 초침이 똑딱똑딱 소리를 내며 쉬지 않고 돌아갔다. 윈스턴은 자신 앞에 놓인 노트의 텅 빈 공백과 발목 피부의 가려움, 요란한 음악 소리, 그리고 술기운으로 인한 얼떨떨한 기분 외에는 그 어떤 것도 느낄 수가 없었다.

그러다 별안간 그는 여전히 자신이 무엇을 쓰는지 정확히 모르는 채로, 예기치 못한 공포감 속에서 글을 써 나가기 시작했다. 어린아이의 글씨처럼 작고 삐뚤삐뚤한 글씨가 노트를 빼곡히 메워 나갔다. 문장의 첫 글자를 대문자로 시작하거나 문장 끝에 마침표를 찍는다거나 하는 법칙은 모조리 무시된 글이었다.

1984년 4월 4일
어젯밤에 영화관에 갔다. 상영하는 영화는 전부 전쟁 영화였다.

16

그나마 가장 볼만했던 것은 피란민을 가득 실은 배가 지중해 어딘가에서 폭격을 당하는 장면이었다. 관객들은 어떤 뚱뚱한 남자가 자신을 쫓는 헬리콥터를 피하려고 필사적으로 헤엄치다 총에 맞는 장면을 보고 환호했다. 처음엔 그 남자가 돌고래처럼 물 위에 떠서 허우적거리는 장면이 나왔다. 그 다음에는 헬리콥터의 사격 조준기에 그의 모습이 비치더니, 곧 총에 맞아 그의 몸통이 구멍투성이가 되었다. 주위 물 색깔이 차차 붉게 변하더니, 순식간에 총알 자국 사이로 물이 스며들기라도 하는 것처럼 그의 몸이 물속으로 빠르게 가라앉기 시작했다. 그가 가라앉자 관객들은 폭소를 터뜨리며 소리를 질러 댔다. 그 다음 장면에는 아이들을 가득 실은 구명보트가 나왔다. 뱃머리에서 유대인으로 보이는 한 중년 여자가 세 살쯤 되는 남자아이를 품에 꼭 껴안고 있었다. 보트 위로 헬리콥터 한 대가 맴돌고 있었다. 아이는 겁에 질려 비명을 지르면서 마치 뚫고 들어가기라도 할 기세로 여자의 가슴에 파고들었다. 여자는 자기도 새파랗게 질려 덜덜 떨면서도 아이를 두 팔로 꼭 끌어안고 달래기에 여념이 없었다. 마치 자신의 팔로 아이에게 달려드는 총알을 막을 수 있다고 믿기라도 하듯 여자는 아이를 감싸려 필사적으로 애썼다. 그때 헬리콥터가 족히 20킬로그램은 될 법한 폭탄을 떨어뜨렸고, 번쩍이는 섬광과 함께 보트는 산산조각이 나 버렸다. 그런 다음 하늘을 향해 높이 치솟는 한 아이의 팔이 클로즈업되는 놀라운 장면이 나왔다. 카메라를 앞에 단 헬리콥터가 뒤따라가 포착해 낸 장면인 것 같았다. 당원석에서 박수갈채가 쏟아졌다. 그런데 갑자기 극장 아래 프롤석에 앉아 있던 한 여자가 소란을 피우며, 아이들 앞에서 이런 장면을 보여 주면 안 된다고 고함을 치기 시작했다. 아이들에게 그런 것을 보여 주는 것이 옳지 않다고 소리치는 것이었다. 결국 경찰이 들어와 여자를 끌고 나갔다. 그 여자한테 무슨 일이 일어났을 것 같지는 않다. 그들이 뭐라고 하든 프롤 말에는 아무도 신경 쓰지 않기 때문이다. 전형적인 프롤의 반발에도 결코……

　　윈스턴은 글쓰기를 멈추었다. 손이 뻐근했다. 무엇 때문에 자신이 이렇게까지 열중하면서 쓰레기 같은 말을 마구 쏟아내고 있는 건지 알 수가 없었다. 그런데 신기한 것은, 글을 쓰는 동안 전혀 다른 종류의 기억 하나가 머릿속에 선명하게 떠올랐다는 사실이었다. 그는 왠지 그 사건을 반드시 기록해 두어야만 할 것 같았다. 지금에서야 깨닫긴 했지만, 그 사건은 그가 오늘 갑자기 집에 돌아와 일기를 쓰게 만든 계기이기도 했다.

　　그런 막연한 일도 사건이라고 할 수 있다면, 그 사건은 바로 그날 아침 그가 부서에 있을 때 일어났다.

　　거의 11시쯤이었다. 윈스턴이 일하는 기록국의 직원들은 각자 책상 의자를 가져다가 커다란 텔레스크린이 설치되어 있는 대회의실 한가운데 모아 놓고 '2분간 증오' 시간을 준비했다. 윈스턴도 들어와서 중간 줄에 자리를 잡고 앉으려던 참이었다. 안면은 있지만 한 번도 말은 붙여 본 적 없는 두 사람이 불쑥 회의실 안으로 들어왔다. 둘 중에 한 명은 윈스턴이 복도에서 종종 마주친 적이 있는 여자였다. 이름은 모르지만, 윈스턴은 그녀가 창작국에서 근무한다는 사실은 알고 있었다. 이따금 기름 묻은 손으로 스패너를 들고 다니는 것으로 보아 소설 집필기를 정비하는 일을 하지 않을까 하고 짐작할 수 있었다. 대담해 보이는 여자였다. 나이가 한 스물일곱 정도 되어 보였고 머리는 숱이 많고 얼굴에는 주근깨가 특히 눈에 띄었으며, 동작은 날렵하고 민첩했다. 작업복 허리춤에는 '청년 반성(反性) 동맹'의 상징인 진한 붉은색의 얇은 띠를 여러 번 단단히 둘러 엉덩이 모양이 한층 더 맵시 있게 돋보였다. 윈스턴은 처음 본 순간부터 그 여자가 영 마음에 들지 않았다. 그는 사실 그 이유도 알고 있었다. 바로 그녀에게서는 하키 경기장이라든가 냉수욕, 혹은 단체 행군과 같은 분위기가 있었고, 유달리 깨끗해 보이려는 듯한 분위기가 풍겼기 때문이었다. 그는 원래 여자들이라면 거의 다 질색하는 편에 속했는데, 그중에서도 젊고 예쁜 여자들은 더 싫어했다. 가장 맹목적으로 당을 추종하는 사람들이나 생각 없이 슬로건을 받아들이는 사람들, 아마추어 스파이들, 이단의 냄새를 귀신같이 맡는 사람들을 보면 거의가 항상 여자들, 그것도 대개 젊은 여자들이었기 때문이다. 그런데 이 여자는 다른 여자들보다도 훨씬 더 위험한 인상을 풍겼다. 한번은 그들이 복도에서 마주쳤을 때 그녀가 그를 살짝 곁눈질로 쳐다본 적도 있었다. 순간 그는 그녀가 자신의 마음속을 훤히 꿰뚫어 보는 것 같은 섬뜩한 기분이 들어 두려움에 사로잡혔다. 심지어는 그 여자가 사상경찰 요원이 아닐까 하는 생각마저 들었을 정도였다. 실제로 그럴 가능성은 거의 없겠지만 말이다. 아무튼 그는 그녀가 주위에 있을 때는 항상 두려움과 적대감이 뒤섞인, 이상하고도 거북한 기분이 들었다.

다른 한 명은 오브라이언이라는 이름을 가진 남자로, 윈스턴으로서는 어렴풋이 짐작만 할 수 있는 매우 중요하고 높은 지위에 있는 내부당원이었다. 검은 제복을 입은 내부당원이 들어오는 것을 보자 의자에 앉아 있던 사람들 사이에 일제히 정적이 흘렀다. 오브라이언은 몸집이 크고 건장했으며 목덜미가 굵고 얼굴에서는 거친 듯 유머러스하면서도 악랄한 인상이 풍겼다. 그런 위협적인 외모에도 불구하고 그의 태도에는 일종의 세련된 분위기가 감돌았다. 그는 버릇처럼 콧등에 내려앉은 안경을 특유의 동작으로 고쳐 쓰곤 했는데, 뭐라고 확실히 말할 수는 없었지만 그 묘하게 세련되어 보이는 동작에는 알게 모르게 사람의 마음을 누그러뜨리는 힘이 있었다. 그 제스처는(아직도 제스처란 단어를 쓰는 것이 용납된다면) 마치 18세기 귀족이 손님에게 담뱃갑을 건네주는 모습을 연상시켰다. 윈스턴이 지난 수년 동안 오브라이언을 본 것은 총 열두 번 정도였다. 그런데도 그는 왠지 모르게 오브라이언에게 마음이 끌렸다. 이는 단지 오브라이언이 권투 선수 같은 겉모습에 상반되는 세련된 태도를 가진 데서 비롯되는 모순적 분위기에 흥미를 느꼈기 때문만은 아니었다. 그보다는 오브라이언의 정치적 신념이 온전하지 않을 것이라는 비밀스러운 믿음, 아니 믿음이라기보다는 단순한 희망 때문이었다. 그의 얼굴에는 불가항력적으로 그런 느낌이 들게 하는 무엇인가가 있었다. 어쩌면 그가 오브라이언의 얼굴에 쓰여 있다고 믿고 있는 그 무엇은 이단과는 거리가 먼 단순한 지성에 불과할지도 몰랐다. 그러나 어쨌든 오브라이언은, 만에 하나라도 윈스턴이 텔레스크린을 피해 단둘이 이야기할 기회가 주어진다면, 말을 걸어볼 만한 사람이었다. 그렇다고 윈스턴에게 그 믿음을 시험해 보기 위해 뭐라도 시도해 볼 생각이 있는 것은 아니었다. 어차피 그럴 수 있는 방법도 없겠지만 말이다. 그때 오브라이언이 손목에 찬 시계를 힐끗 쳐다보았다. 시간이 거의 11시가 다 된 것을 보고는 '2분간 증오'가 끝날 때까지 기록국에 계속 남아 있기로 마음먹은 눈치였다. 그는 윈스턴과 같은 줄에서 두 자리 떨어진 자리에 와서 앉았다. 그리고 윈스턴 옆방에서 일하는 몸집이 작은 갈색 머리 여자가 둘 사이에 끼어 앉았다. 그리고 검은 머리 여자는 바로 그 뒤에 와서 앉았다.

일순간 벽 끝에 달린 커다란 텔레스크린으로부터 기름칠 없이 삐걱거리며 돌아가는 거대한 기계 소리와도 같은 기분 나쁜 열변이 퍼져 나오기 시작했다. 말초 신경을 건드리며 목뒤의 털이 일제히 곤두서게 만드는 불쾌한 소리였다. '증오'가 시작된 것이다.

늘 그랬듯이 '인민의 적' 이매뉴얼 골드스타인의 얼굴이 화면을 가득 채웠다. 여기저기에서 야유가 터져 나왔다. 갈색 머리의 조그마한 여자가 두려움과 경멸이 가득 섞인 소리로 비명을 질러 댔다. 골드스타인은 오래전(얼마나 오래전인지는 아무도 기억하지 못했지만) 당의 지도급 인물로, 거의 빅 브라더와 맞먹는 위치에 있었다가 반혁명 세력에 가담하여 사형 선고를 받았는데, 그 후 알 수 없는 방식으로 탈출에 성공하여 지금은 감쪽같이 종적을 감춘 변절자이자 반동분자였다. '2분간 증오'의 프로그램 내용은 날마다 바뀌었지만, 골드스타인이 그 중심에서 빠지는 적은 결코 없었다. 그는 최초의 반역자이자 당의 순수성을 사상 최초로 더럽힌 인물이었다. 그 후로 당에 대적해 일어난 모든 범죄, 즉 모든 반역과 태업 행위, 이단과 탈선은 전부 다 그의 직접적인 사주로 인해 생겨난 것이었다. 지금 이 순간에도 그는 어디에선가 굳건히 살아서 음모를 꾸미고 있다고 했다. 누구는 그가 바다 건너 어딘가에서 외국 후원자들의 비호를 받으며 살고 있다고도 했고, 누구는 바로 이곳 오세아니아 어딘가에 설치된 은신처에 몰래 숨어 있다고도 하는 등 그 소문도 무수했다.

윈스턴은 숨이 턱 막혀 왔다. 골드스타인의 얼굴만 보이면 여러 가지 고통스러운 감정이 교차했다. 골드스타인은 여윈 유대인의 얼굴에다 탐스럽게 곱실거리는 허연 머리카락에 가느다란 염소수염을 기르고 있었다. 그 얼굴은 얼핏 보면 영리해 보였지만, 길쭉하고 마른 코끝에 안경을 걸친 모습은 왠지 어리석고 비굴한 노인의 이미지와 겹쳐지며 어딘가 모르게 선천적으로 야비한 인상을 풍겼다. 그 얼굴은 염소와 닮아 있었고, 목소리도 염소가 내는 소리를 연상시켰다. 골드스타인은 여느 때처럼 당의 강령에 대해 신랄한 공격을 퍼붓고 있었다. 너무도 과장되고 왜곡된 나머지 어린아이가 들어도 그게 말도 되지 않는다는 것을 쉽게 꿰뚫어 볼 수 있을 것 같은 내용이었다. 그런가 하면 또 어떤 면에서는, 너무도 그럴싸하게 들려서 머리가 조금 나쁜 사람은 그 말에 속아 넘어갈 수도 있겠다는 경각심을 대중들에게 불러일으켰다. 골드스타인은 빅 브라더에게 욕설을 퍼부으며 당의 독재 체제를 호되게 비난했다. 또한 유라시아와의 즉각적인 평화 협정을 요구했으며, 언론, 출판, 집회, 사상의 자유를 옹호했다. 그는 신경질적으로 소리를 질러 대며 혁명이 배신당했다고 외쳤다. 그리고 이 모든 말을, 당에서 선동 담당 연설을 하는 사람들이 습관적으로 쓰는 말투를 일부러 따라 하듯 다음절로 재

빠르게 발음해서 말했는데, 그 안에는 신어도 제법 섞여 있었다. 아니, 당원들이 일상적으로 쓰는 것보다도 더 많은 신어를 섞어서 말했다고 하는 편이 정확했다. 그리고 텔레스크린에서는, 행여나 사람들이 골드스타인의 허울 좋은 그럴듯한 말에 진실이 섞여 있지는 않을까 하고 혹해서 그의 말에 넘어가기라도 할까 봐, 그의 머리 뒤쪽으로 거대한 규모의 유라시아 군대가 끝도 없이 줄지어 행진하는 모습을 보여 주었다. 군인들은 아시아인 특유의 굳고 무표정한 얼굴을 하고서 계속해 줄을 지어 나타났다 사라졌다 하기를 반복했고, 그러고 나면 또 거의 똑같은 얼굴을 한 군인들이 나타나 그 자리를 메웠다. 군인들의 단조롭고 리드미컬한 군화 소리는 골드스타인의 입에서 나오는 염소가 우는 것 같은 소리에 배경 음악으로 깔리고 있었다.

'증오'가 시작된 지 30초도 채 되지 않아 방 안에 있는 방청석 곳곳에서 걷잡을 수 없는 분노의 함성이 터져 나오기 시작했다. 화면에 비친 자기만족에 빠진 염소 같은 얼굴과 그 뒤로 보이는 가공할 만한 병력의 유라시아 군대를 가만히 보고 있을 수만은 없다는 기세였다. 그게 아니더라도 골드스타인은 눈에 보이거나 생각만으로도 사람들에게 자동적으로 두려움과 분노를 일으키는 존재였다. 그는 유라시아나 동아시아보다도 더욱더 커다란 증오의 대상이었다. 보통 오세아니아가 두 나라 중 한 곳과 전쟁 중이라면, 다른 한 나라와는 평화를 유지했기 때문이다. 그런데 이상한 것은 골드스타인이 이렇게 모든 이들에게 미움과 멸시를 받으면서, 그의 이론이 매일매일 하루에 수천 번씩도 더 연단과 텔레스크린, 신문, 책을 통해 반박되고 공격되며 조롱 받고 한

심한 헛소리라는 대중의 지탄을 받는데도 불구하고, 그 영향력이 곳곳이 살아 있으며 조금도 줄어드는 것 같지 않다는 사실이었다. 그의 꼬임에 넘어가는 얼간이는 끊임없이 생겨났으며, 하루가 멀다 하고 그 밑에서 일하는 스파이나 공작원이 사상경찰에게 매일같이 발각되었다. 그는 거대한 비밀 군대 및 국가의 전복을 목표로 힘을 합친 공모자들이 만든 지하 조직의 지휘자였다. 그 조직의 이름은 '형제단'이라고 했다. 이단에 대한 모든 것을 망라한 골드스타인의 저서가 도처에서 비밀리에 유포되고 있다는 소문도 파다했다. 그 책에는 제목이 없었다. 꼭 언급해야 할 상황이 생기면 사람들은 그것을 단지 '그 책'이라고만 칭했다. 그러나 이런 이야기는 누구나 소문으로만 듣고 어렴풋이 알고 있을 뿐이었다. 일반 당원은 되도록이면 '형제단'이니 '그 책'이니 하는 이야기를 일절 입 밖으로 내지 않았다.

2분째가 되자 '증오'는 광분의 상태로 치달았다. 사람들은 자기 자리에서 펄쩍펄쩍 뛰면서, 화면에서 흘러나오는 끔찍한 염소 소리를 덮어버리겠다는 듯 목청이 터져라 고래고래 소리를 질러 댔다. 작은 체구의 갈색 머리 여자는 얼굴이 붉게 상기되어 마치 뭍에 떨어진 물고기처럼 입을 뻐끔거렸다. 평소에는 근엄하기 그지없던 오브라이언조차 얼굴이 벌겋게 상기되어 있었다. 그는 의자에 꼿꼿이 등을 펴고 앉아 밀려오는 적의 맹공격에 맞서기라도 하듯 가슴을 크게 부풀리고 연신 벌름거렸다. 윈스턴 뒤에 앉은 검은 머리 여자는 "돼지 같은 놈! 돼지! 돼지!" 하고 큰 소리로 외치더니, 갑자기 두꺼운 신어사전을 집어 들어 화면을 향해 냅다 던졌다. 사전은 골드스타인의 코를 맞고 도로 튕겨져 나왔다. 그의 목소리는 여전히 거침이 없었다. 문득 의식이 든 윈스턴은 자신도 남들처럼 의자 가로대를 두발로 격렬하게 차며 마구 소리를 지르고 있다는 사실을 깨달았다. '2분간 증오' 의 끔찍한 점은 바로 여기에 있었다. 어쩔 수 없이 마지못해 그 행위에 동참하는 것이 아니라, 자신도 모르게 자발적으로 참여 하고 있다는 점 말이다. 그 자리에 30초만 있다 보면 절로 가식 적인 노력을 들일 필요가 없어졌다. 공포와 복수심, 살인과 고 문, 그리고 쇠망치로 얼굴을 갈겨버리고 싶은 충동에서 비롯된 사악한 황홀경은 흐르는 전류처럼 방 안의 모든 사람들 사이로 퍼져 나가 어느 누구라도 자기 의지에 관계없이 얼굴을 찡그리 며 광적으로 소리 지르도록 분위기를 내몰고 갔다. 그런데 그 분 노라는 것은 블로램프의 불꽃처럼 여기저기로 대상을 옮겨가며 타오르는 추상적이고 방향성 없는 감정이었다. 그래서 순간적으 로 윈스턴의 증오는 골드스타인이 아니라 오히려 그 반대 격인 빅 브라더와 당, 사상경찰을 향하기도 했다. 그럴 때에는 골드 스타인이야말로 거짓이 난무하는 세상에서 홀로 진실과 이성을 지키는 수호자로 느껴졌다. 그는 화면에서 세상 사람들에게 능 욕을 당하고 있는 외로운 이단자에게 한없는 연민을 느꼈다. 그 런데 또 바로 다음 순간 윈스턴은 주위 사람들과 한마음이 되기 도 했다. 그럴 때는 골드스타인에 대한 모든 소문이 진실이 되었 고, 빅 브라더에 대한 비밀스런 혐오감도 숭배의 감정으로 탈바 꿈했다. 빅 브라더는 아시아인들의 침입에 맞서 견고하게 서 있 는 바위처럼 무적의 용맹스런 보호자인 반면에, 골드스타인은 무력하게 혼자 고립되어 생존 여부조차 의심받는 상황에서도 단지 목소리 힘만으로 문명사회를 파괴시킬 수 있는 일종의 사악한 마술사였다.

　때로는 증오의 대상조차 의식적으로 바꿀 수 있었다. 마치 악몽을 꾸고 있다가 베개 위에서 머리를 확 비틀어 잠든 자신을 깨우는 것 같은 격렬한 노력으로, 윈스턴은 문득 자신의 증오를 화면 위의 얼굴로부터 그의 뒤에 앉아 있는 검은 머리 여자에게로 돌리는 데 성공했다. 생생하고 황홀한 환영이 그의 뇌리를 스쳤다. 그는 고무 곤봉으로 그녀를 죽도록 내려치고 싶었다. 그녀를 발가벗겨 말뚝에 묶고 성 세바스티아누스가 당했던 대로 마구 화살을 쏘아 대고 싶었다. 그녀를 능욕하고 그녀가 절정에 오른 순간 목을 따 버리고 싶었다. 그제야 그는 자신이 그녀를 '왜' 그토록 증오하는지 깨달았다. 그가 그녀를 증오하는 것은 그녀가 젊고 예쁜 데다 섹스에 관심이 없기 때문이었다. 또한 자신은 그녀와 동침하고 싶었지만, 그런 일이 절대 일어나지 않을 것이기 때문이었다. 두 팔을 벌려 끌어안고 싶은 그녀의 탄력적이고 유혹적인 허리에 감겨 있는 것이 눈에 거슬리는 순결의 상징인 역겨운 진홍색 띠뿐이라는 게 분했기 때문이었다.

　'증오'가 절정에 달하고 있었다. 골드스타인의 목소리는 실제로 염소의 울음소리가 되었고, 잠깐 동안은 그의 얼굴이 정말로 염소처럼 변하기도 했다. 염소 얼굴은 점차 유라시아 군인의 얼굴로 녹아 들어갔다. 그 거대하고 무시무시한 존재가 당장이라도 기관총을 갈겨 대며 화면 밖으로 뛰쳐나올 것만 같았다. 그 효과가 얼마나 생생했던지 맨 앞줄에 앉아 있던 사람들 몇몇은 실제로 몸을 움찔하며 뒤로 물러났다. 그런데 그때 적군의 얼굴이 다시 빅 브라더의 얼굴로 바뀌었다. 사람들이 깊은 안도의 한숨을 내쉬었다. 검은 머리에 검은 수염을 기른 빅 브라더의 신비롭도록 침착하면서도 힘이 넘치는 얼굴은 엄청나게 커서 화면을 거의 가득 메울 정도였다. 아무도 빅 브라더가 뭐라고 말하는지는 귀담아 듣지 않았다. 그것은 그냥 전쟁터의 함성 속에 섞여 나올 만한, 일일이 알아들을 수는 없어도 단지 그 존재만으로 자신감을 북돋워 주는 일종의 격려사일 뿐이었다. 곧 빅 브라더의 얼굴도 다시 사라지고 대신 당의 3대 슬로건이 큼지막한 대문자로 화면을 가득 채웠다.

전쟁은 평화
자유는 예속
무지는 힘

그러나 빅 브라더의 얼굴이 너무 생생하게 뇌리에 박힌 나머지 화면에는 그 후에도 얼마 동안 그 얼굴이 계속 사라지지 않고 남아 있는 것만 같았다. 자그마한 갈색 머리 여자가 앞으로 몸을 내밀더니 전면에 있는 의자 등받이에 기대어, 떨리는 목소리로 "나의 구세주여!" 하고 속삭이며 화면을 향해 두 팔을 벌렸다. 그러고는 두 손으로 자신의 얼굴을 감쌌다. 기도를 하는 모양이었다.

순간 그 자리에 있던 모든 사람이 일제히 리듬에 맞추어 나지막한 가락으로 매우 느리게 "빅─브라더! ……빅─브라더! ……빅─브라더!" 하고 반복해 복창하기 시작했다. '빅'과 '브라더' 사이가 길게 늘어지며 계속되는 그 낮고 장엄한 합창 소리는 마치 야만인들이 맨발로 발을 구르며 둥둥 북을 치던 소리를 듣는 것 같은 느낌을 주었다. 그 합창은 한 30초가량 계속 이어진 것 같았다. 그것은 주체할 수 없을 정도로 복받쳐 오는 감정에 이끌려 나오는 노래의 후렴구 같았다. 어떤 면에서는 빅 브라더의 지혜와 위엄에 대한 일종의 찬가였지만, 사실 그보다는 규칙적으로 반복되는 소리를 통해 의도적으로 의식을 마비시키려는 일종의 자기 최면 행위라고 하는 게 옳았다. 윈스턴은 배 속이 싸늘해지는 느낌이었다. 윈스턴도 '2분간 증오' 중에는 다른 사람들처럼 대중의 환각 속에 함께 빠져들 수밖에 없었지만, 웬일인지 이 "빅—브라더! ……빅—브라더!" 하고 이어지는 야만적인 찬가가 시작되면 늘 공포감에 휘말렸다. 물론 그도 모두와 함께 합창에 참여했으며, 그렇게 할 수밖에 없었다. 진짜 감정을 숨기고 얼굴 표정을 관리하며 남들과 똑같이 행동하는 것은 일종의 본능적인 반사 작용이었다. 그러나 그 와중에 잠깐씩 그의 눈빛에 드러나는 찰나의 표정은 그의 속마음을 드러냈을 가능성이 충분히 있었다. 그리고 그때 바로(만약 그 사건이 정말 일어났다고 가정했을 때) 그 엄청난 사건이 일어났다.

순간적으로 윈스턴과 오브라이언의 눈이 마주쳤다. 오브라이언은 일어서서 마침 안경을 벗었다가 그 특유의 동작으로 안경을 콧등에 고쳐 쓰고 있는 중이었다. 그러나 그들의 시선이 만났던 1초도 채 안 되었을지 모르는 바로 그 순간에, 윈스턴은 오브라이언이 자신과 같은 생각을 하고 있다는 사실을 알 수 있었다. 그렇다, 그는 확신할 수 있었다. 오해의 여지없는 확실한 신호가 둘 사이에 오고 간 것이다. 그것은 마치 그 순간 서로의 마음이 열리고, 서로의 생각이 눈을 통해 전해진 것과 같았다. '나는 당신 편이오.' 오브라이언은 그에게 그렇게 말하고 있는 듯했다. '나는 당신이 무엇을 느끼고 있는지 정확히 알고 있소. 당신이 무엇을 경멸하고 증오하고 역겨워 하는지도 모두 알고 있단 말이오. 그러나 걱정하지 마시오. 나는 당신 편이니까!' 그러나 그것도 잠시, 그런 인식의 순간은 섬광과도 같이 사라져 버렸고, 오브라이언은 금세 다른 이들처럼 속을 읽을 수 없는 표정이 되어 버렸다.

그것이 전부였다. 그리고 윈스턴은 벌써 그 일이 정말 일어났는지조차 희미하게 느껴졌다. 그런 일이 다른 일로 이어지는 법은 결코 없었다. 다만 그로 인해서 그가 할 수 있는 일은, 마음속에 자신 말고도 당에 대적하는 다른 사람이 있을지 모른다는 일말의 믿음 혹은 희망을 품을 수 있다는 것이었다. 어쩌면 거대한 지하조직에 대한 소문이 사실인지도 몰랐다. 즉 형제단이 정말 존재하는지도 모른다! 체포와 자백과 처형이 끝없이 계속되고 있었지만 그렇다고 해서 형제단의 존재가 단순히 신화만은 아니라고 확신할 수는 없었다. 어떤 날은 정말로 존재하는 것 같았고, 또 어떤 날은 아무래도 아닌 것 같았다. 확실한 증거는 전혀 없었으며 단지 뜬구름 같이 떠돌아다니는, 서로 관계가 있을 수도 없을 수도 있는 모호한 일들뿐이었다. 무심코 주워들은 대화의 일부나 화장실 벽에 끼적여 놓은 낙서 같은…… 처음 보는 두 사람이 만나 마치 서로만 아는 표식처럼 작은 손동작을 주고받는 일 같은 것 말이다. 모든 것은 추측일 뿐이었다. 그리고 그마저도 윈스턴 혼자만의 상상의 산물일 가능성이 컸다. 그는 오브라이언 쪽을 다시 쳐다보지 않고 책상으로 돌아왔다. 그 순간적인 접촉을 이어갈 수 있도록, 감히 뭔가를 더 해 보겠다는 생각도 없었다. 혹여 뭔가를 해 볼 방도가 있다 해도 그것은 말할 것도 없이 위험천만한 일일 터였다. 1초, 아니 2초, 그 짧은 시간 동안 둘 사이에 뭐라고 정의할 수 없는 모호한 눈빛이 오갔다는 것, 사실 그것이 이 이야기의 끝이었다. 그러나 고독 속에서 홀로 살아가는 사람에게는 이런 일도 잊지 못할 큰 사건이 되는 법이다.

윈스턴은 몸을 일으켜 똑바로 앉았다. 트림이 나왔다. 아까 마신 진이 속에서 메슥거렸다.

그는 다시 노트로 눈을 돌렸다. 멍하니 생각을 하면서 앉아 있는 동안, 그는 자신이 무의식적으로 뭔가를 계속 써 내려가고 있었다는 사실을 그제야 깨달았다. 이번에는 이전처럼 서툴고 어색한 글씨가 아니었다. 그의 펜은 매끄러운 종이 위를 관능적으로 미끄러져 내려가며 큼지막한 대문자로 이렇게 써 놓았던 것이다.

빅 브라더 타도
빅 브라더 타도
빅 브라더 타도
빅 브라더 타도
빅 브라더 타도

계속 반복적으로 쓰여 있는 이 문구는 종이의 절반가량을 채우고 있었다.

찌릿한 공포감이 그를 움찔하게 했다. 그렇지만 이런 글을 썼다는 것보다는 일기를 쓰기 시작한 그 자체가 더 위험천만한 행동이었기 때문에, 지금에 와서 두려운 기분을 느낀다는 건 사실 웃긴 일이었다. 그럼에도 그는 잠깐이나마, 이미 버린 페이지를 찢어내고 이 모든 일을 접는 게 좋겠다는 생각에 강하게 이끌렸다.

그러나 그는 그렇게 하지 않았다. 그래 봤자 아무 소용없다는 사실을 잘 알고 있었기 때문이다. 그가 종이에 '빅 브라더 타도'라고 썼든 안 썼든, 그것은 이미 아무 상관이 없었다. 그가 일기를 쓰든 쓰지 않든 간에 그것 역시 이미 아무 상관없었다. 어쨌거나 사상경찰에게 그는 똑같은 범죄자였다. 설령 펜을 들어 종이에 아무것도 쓰지 않았다 해도, 그는 이미 생각 자체로 모든 죄를 포함한 본질적인 범죄를 저지른 것이나 마찬가지였다. 그들은 그것을 '사상범죄'라고 불렀는데, 사상범죄는 결코 영원히 감출 수 있는 성질의 문제가 아니었다. 얼마 동안, 길게는 몇 년 정도 피할 수 있을지 몰라도 언젠가 끝내는 반드시 발각되고 마는 것이 사상범죄였다.

사상범 체포는 어김없이 밤에만 일어났다. 갑작스레 잠을 깨우는 손길, 거칠게 어깨를 흔들어 대는 우악스러운 손, 눈앞에 바로 들이대는 불빛, 침대를 둥글게 에워싼 무서운 얼굴들. 대개의 경우 재판은 생략되었고, 체포 사실에 대해서 보도되는 일도 없었다. 사람들은 늘 한밤중에 사라져 버렸다. 이름은 호적에서 깨끗이 삭제되었고, 그 사람의 행적과 기록도 모두 지워져 버렸다. 한때나마 존재했다는 사실이 통째로 부인되고 결국 까맣게 잊히는 것이다. 즉 그 사람들은 철저히 파괴되고 제거되었는데, 이럴 때 흔히 '증발되었다'는 표현을 쓰곤 했다.

잠시 동안 윈스턴은 일종의 히스테리에 사로잡혔다. 그는 낙서하듯 허둥지둥 다시 뭔가를 써 내려가기 시작했다.

그들은 나를 쏘겠지 나는 신경 쓰지 않아 내 목뒤에서 쏠 거야 그러라지 뭐 빅 브라더 타도 그들은 꼭 목뒤에서 쏜다 나는 상관 안 해 빅 브라더 타도

그는 약간 창피한 기분을 느끼며 의자에 등을 기대고 펜을 내려놓았다. 그때 누가 방문을 두드리는 소리가 들렸다. 그는 소스라치게 놀랐다.

벌써 찾아왔단 말인가! 그는 생쥐처럼 가만히 앉아서 누군지는 모르지만 노크한 사람이 혹시라도 한번만 두드려 보고 그냥 가지 않을까 하는 헛된 희망을 품었다. 그러나 노크 소리는 계속 이어졌다. 이렇게 시간만 끌고 있는 것은 최악의 수를 두는 것임에 틀림없었다. 북이 둥둥 울리듯 심장이 쿵쾅거렸다. 그러나 오랜 습관 덕택에 얼굴만은 다행히 무표정을 유지할 수 있었다. 그는 자리에서 일어나 문 쪽을 향해 무거운 발걸음을 옮겼다.

2장

문을 열기 위해 문고리를 잡는 윈스턴의 눈에 탁자 위에 펼쳐 두고 온 일기장이 보였다. 노트에 온통 도배되어 있다시피 한 '빅 브라더 타도'라는 글자는 방 반대편에서도 알아볼 수 있을 정도로 큼지막했다. 말할 것도 없이 어리석은 짓이었다. 그러나 그런 당황스런 와중에도 윈스턴은 잉크가 채 마르지도 않았는데 노트를 덮어서 크림색 종이에 글씨가 번지게 하고 싶지 않았다.

그는 숨을 한 번 들이마시고 문을 열었다. 순간 커다란 안도감이 그의 몸을 훑고 지나갔다. 문밖에 서 있는 사람은, 숱이 없어 듬성듬성한 머리를 하고 주름진 얼굴에 핏기도 없는 매우 피곤해 보이는 여자였다.

"오, 동무."

여자는 거의 칭얼거리다시피 하며 처량한 목소리로 말을 꺼냈다.

"동무가 들어오는 것 같은 소리를 들었어요. 괜찮으면 우리 집에 가서 부엌 싱크대 좀 봐 주겠어요? 파이프가 막힌 것 같은데……."

같은 층에 사는 파슨스 부인이었다(원칙상으로는 누구에게나 '동무'라는 호칭을 쓰도록 되어 있었으며, '부인'이란 말은 당에서 달가워하지 않는 호칭이었다. 그렇지만 왠지 어떤 여자들에게는 본능적으로 '부인'이라는 말이 튀어나왔다.). 그녀는 서른 살 정도 되었지만 겉보기에는 나이가 훨씬 더 들어 보였다. 얼핏 보면 얼굴에 생긴 잔주름에 때가 끼어 있는 것 같은 인상이었다. 윈스턴은 그녀를 따라 복도로 나섰다. 이런 종류의 자잘한 고장을 수리하는 일은 거의 매일 반복되다시피 하는 일이었다. 빅토리 맨션은 1930년대쯤 지어진 오래된 건물로 여기저기 성한 데가 없었다. 천장과 벽의 석고는 계속해서 떨어져 나갔고, 날씨가 추운 날이면 어김없이 수도관이 터졌으며, 눈만 오면 지붕에서 물이 샜고, 난방 장치는 에너지 절약을 명목으로 아예 꺼 놓거나 사용하더라도 스팀은 반밖에 들어오지 않았다. 어딘가 고장이 나서 수리해야 하는 일이 생기면 스스로 고치거나 그러지 못하면 멀리 떨어져 있는 당국의 허가를 받아야 했는데, 그렇게 해서 창틀 하나 수리하려면 족히 2년은 걸리곤 했다.

"웬만하면 이런 부탁 안 하려고 했는데, 하필 오늘 집에 톰이 없어서요."

파슨스 부인이 애매한 투로 말했다.

파슨스네 집은 윈스턴의 집보다 규모는 컸지만 어딘지 모르게 우중충했다. 마치 난폭하고 덩치 큰 짐승이 와서 헤집고 간 것처럼 집 안에는 성한 게 하나도 없었다. 바닥에는 하키 스틱과 권투 장갑 등의 운동 용품과 바람 빠진 축구공, 겉과 속이 뒤집힌 땀에 전 운동복 같은 것들이 아무렇게나 널브러져 있었고, 탁자 위에는 더러운 그릇이며 가장자리가 너덜거리는 운동 서적들이 어수선하게 흐트러져 있었다. 벽에는 청년 동맹과 스파이단의 붉은 깃발, 그리고 빅 브라더의 대형 포스터가 붙어 있었다. 그런 데다 실내에선 건물 어디서나 맡을 수 있는 양배추 삶는 냄새가 났는데, 그것으로도 모자란지 문을 열자마자 고약한 땀 냄새가 코를 찔렀다. 집 안에 있지도 않은 사람의 땀 냄새가 어떻게 이렇게 강하게 날 수 있는지 궁금할 지경이었다. 다른 방에서는 누군가가 빗과 화장지 조각을 두드리며 아까부터 텔레스크린에서 흘러나오고 있는 군악에 장단을 맞추고 있었다.

"애들이에요."

파슨스 부인이 약간 불안한 표정으로 문을 힐끗 쳐다보며 말했다.

"오늘 애들이 밖에 나가질 않았거든요. 그리고 물론……."

그녀는 말을 하다 중간에 얼버무리는 버릇이 있었다. 부엌 싱크대에는 양배추 냄새는 저리 가라 할 정도로 냄새가 훨씬 고약하고 더러우며 탁한 물이 거의 넘칠 지경으로 가득 차 있었다. 윈스턴은 무릎을 꿇고 앉아 파이프의 각진 이음새 부분을 점검했다. 그는 워낙 손을 쓰는 일을 싫어했고, 몸을 구부리기만 하면 어김없이 기침이 났기 때문에 웬만하면 몸을 구부리는 일을 피했다. 파슨스 부인이 속수무책이라는 표정으로 그를 쳐다보며 말했다.

"톰만 있었다면 순식간에 고쳤을 텐데 말이에요. 그이가 이런 일을 원래 좀 좋아하잖아요. 워낙 손재주가 좋기도 하고요."

파슨스는 윈스턴과 함께 진리부에서 일하는 동료였다. 그는 약간 뚱뚱한 체격에다가 머리는 놀라우리만큼 멍청했으며, 바보 같을 정도로 당에 열성적으로 헌신하는 남자였다. 그야말로 사상경찰보다 당의 체제 유지에 훨씬 더 기여하는 바가 크다고 할 수 있는, 무슨 일에도 이의를 제기하지 않고 어떤 힘든 일도 묵묵히 끝까지 맡아 하는 그런 부류의 사람이었다. 그는 얼마 전 서른다섯 살이 되어 어쩔 수 없이 청년 동맹에서 탈퇴해야 했는데, 청년 동맹에 들어가기 전에는 규정 연한을 1년이나 넘겨가면서까지 스파이단에 남아 활동하기도 했다. 그리고 지금은 진리부에서 머리 쓸 일이 별로 없는 한 하급 부서에 속해서 일하는데, 체육위원회라든가 그 밖에 다른 단체 행군, 즉석 시위, 절약 캠페인 및 봉사 활동 등 자발적인 활동을 주관하는 각종 위원회에서는 지도급인 인물이었다. 그는 뻐끔뻐끔 담배를 피우면서 자신이 지난 4년 동안 얼마나 열심히 하루도 빠지지 않고 공회당 모임에 출석해 왔는지 자랑 삼아 늘어놓곤 했다. 그의 지독한 땀 냄새는 그런 파슨스의 격렬하고 열정적인 삶을 무의식적으로 증명이라도 하듯 그가 어디를 가든 따라다녔으며, 심지어는 그가 자리를 뜨고 난 후에도 강렬하게 남아 있곤 했다.

"혹시 스패너 있나요?"

윈스턴이 파이프 이음새에 있는 나사를 만지작거리며 물었다.

"스패너라."

파슨스 부인이 갑자기 맥 빠진 목소리로 대꾸했다.

"모르겠네요. 있을 것 같긴 한데…… 혹시 모르니까 아이들한테 물어……."

잠시 후 요란한 발소리와 함께 아이들이 빗을 쾅쾅 두드려 가면서 거실로 뛰어 들어왔다. 파슨스 부인도 스패너를 가지고 들어왔다. 윈스턴은 물을 빼내고 역겨움을 참으며 파이프를 막고 있던 머리카락 뭉치를 빼냈다. 그리고 수돗물을 틀어 찬물에 손을 최대한 깨끗이 씻은 다음 부엌을 나왔다.

"손들어!"

사나운 목소리가 쩌렁쩌렁하게 울렸다.

잘생긴 얼굴에 인상을 잔뜩 찌푸린 아홉 살 남자아이가 탁자 뒤에서 불쑥 튀어나오며 장난감 자동 권총으로 그를 위협했다.

한두 살쯤 어려 보이는 여동생도 덩달아 나무토막을 손에 들고 오빠의 동작을 똑같이 따라 했다. 두 아이 모두 파란 반바지에 회색 셔츠를 입고 빨간색 네커치프를 목에 두르고 있었다. 스파이단 제복이었다. 윈스턴은 짐짓 태연하게 손을 들어 머리 위로 올렸다. 그러나 내심 뜨끔한 기분이었다. 남자아이의 태도가 너무도 살벌해 이 모든 것이 왠지 단순한 장난만은 아닌 것 같아서였다.

"너는 반역자다!"

아이가 큰 소리로 외쳤다.

"너는 사상범이야! 너 유라시아 스파이지! 너를 쏘겠어. 너를 증발시키겠어. 너를 소금 광산으로 보내 버릴 거야!"

두 아이가 갑자기 펄쩍펄쩍 뛰며 윈스턴 주위를 빙빙 돌면서, '반역자!'라든지 '사상범!'이란 말을 큰 소리로 외쳐 댔다. 어린 여동생은 옆에서 오빠가 하는 행동을 그대로 따라 했다. 조금만 더 자라면 사람을 잡아먹을 호랑이 새끼들이 날뛰는 것만 같아 섬뜩한 광경이었다. 남자아이의 눈에서는 일종의 빈틈없는 잔혹성과 윈스턴을 마구 발로 차고 때리고 싶어 하는 강렬한 욕망, 그리고 커서는 정말 그럴 수도 있을 것 같은 소질이 엿보였다. 윈스턴은 아이가 들고 있는 것이 진짜 권총이 아니라서 그나마 천만다행이라고 생각했다.

파슨스 부인이 안절부절못하며 윈스턴과 아이들을 번갈아 바라보았다. 거실의 밝은 불빛 아래서 자세히 살펴보니 그녀의 얼굴 주름살에는 정말로 때가 끼어 있었다.

"애들이 정말 시끄럽게 굴죠. 교수형 구경을 못 간다고 하니 거기에 불만을 품고 이러는 거예요. 제가 너무 바빠서 데리고 갈

시간이 없거든요. 톰도 일 때문에 시간에 맞춰 올 수가 없고요."

그녀가 말했다.

"우리는 왜 교수형 구경 못 가는 거야?"

남자아이가 성난 목소리로 크게 외쳤다.

"교수형 보러 가고 싶어! 교수형 보고 싶단 말이야!"

여자아이도 계속 징징대며 깡충깡충 뛰어다녔다.

윈스턴은 그제야 그날 저녁 공원에서 전범으로 잡혀 온 유라시아 포로 몇 명이 교수형에 처해질 예정이라는 사실이 기억났다. 이런 일은 보통 한 달에 한 번 꼴로 치러졌는데, 사람들 사이에서 제법 인기 있는 구경거리였다. 아이들은 늘 그곳에 데려다 달라고 어른들을 졸랐다. 윈스턴은 파슨스 부인에게 작별 인사를 하고 문을 나섰다. 그리고 채 여섯 걸음도 가지 못했는데 괴로울 정도로 고통스러운 충격이 날아와 그의 목뒤를 강타했다. 마치 벌겋게 달군 철사에 깊숙이 찔린 듯한 느낌이었다. 윈스턴이 뒤를 돌아보았다. 막 복도에 나온 파슨스 부인이 주머니에 새총을 집어넣고 있는 아들을 집 안으로 질질 끌고 들어가고 있었다.

"골드스타인!"

문이 닫히는 순간에도 아이는 소리를 질러 댔다. 그러나 윈스턴을 가장 아연실색하게 한 것은 창백해진 파슨스 부인의 얼굴에 비친 무력한 당혹감이었다.

집으로 돌아온 윈스턴은 텔레스크린을 그대로 지나쳐 바로 탁자에 가서 앉았다. 뒷목이 얼얼해 계속 문질러야 했다. 아까전에 텔레스크린에서 나오던 음악은 이제 멈추었고, 대신 딱딱

끊어지는 군대 말투의 목소리가 나와 유쾌한 어조로 이제 막 아이슬란드와 페로 제도 사이에 정박했다는 새로운 유동(流動) 요새의 군비에 대해 보도하고 있었다.

윈스턴은 생각했다.

'저런 아이들을 데리고 살아야 하다니. 저 가엾은 여자는 두려움에 떨며 살겠군.'

일이 년 후면 저 아이들은 자신들의 어머니를 감시하며 조금이라도 이상한 점이 있는지 밤낮으로 살필 것이다. 요즘 아이들은 거의가 다 끔찍했다. 무엇보다도 무시무시한 점은 아이들이 스파이단 같은 단체를 통해 조직적으로 통제 불가능한 작은 야만인들로 자라나고 있다는 사실이었다. 그리고 그런 과정에서 그들은 당의 체제에 조금도 반발할 생각을 하지 못하도록 교육되어졌다. 반발은커녕 그들은 당과 당에 관계된 모든 것을 숭배했다. 군가, 행진, 깃발, 행군, 모의총 훈련, 구호 복창, 그리고 빅 브라더 숭배……. 이 모든 것들이 아이들에게는 영광스러운 일종의 놀이였다. 이런 아이들의 잔악함은 모두 외부로 발산되어 국가의 적이나 외국인, 반역자, 파업자 및 사상범을 향해 겨냥되어졌다. 서른이 넘은 어른들이 자기 자식을 두려워하는 일은 이제는 놀라운 일도 아니었다. 그도 그럴 것이, 이 어린 밀고자들이(이런 아이들을 일반적으로 칭하는 말이 '어린 영웅'이었다.) 자기 부모가 하는 말을 몰래 엿듣고 이상한 점을 찾아내 사상경찰에게 고발했다는 기사가 일주일이 멀다 하고 빈번히 〈타임스〉지에 실렸기 때문이었다.

새총에 맞은 부위가 어느 정도 가라앉은 듯했다. 그는 반쯤

명한 상태로 펜을 집어 들고 일기장에 뭐 더 쓸 게 있을까 하고 생각했다. 갑자기 그의 머릿속에 오브라이언이 다시 떠올랐다.

몇 년 전(얼마나 오래전이던가? 아마 7년쯤 된 것 같다.) 그는 불빛 하나 없는 칠흑 같은 방을 걷는 꿈을 꾼 적이 있었다. 그런데 걷는 도중 옆에 앉아 있던 누군가가 그에게 이런 말을 건넸다. "어둠 없는 곳에서 우리는 다시 만날 것이오." 들릴 듯 말 듯 거의 무심한 말투로 내뱉어진 그 말은 명령이라기보다 있는 사실을 단순히 진술하는 투였다. 그는 멈추지 않고 계속 걸었다. 이상하게도 당시 꿈속에서는 그 말이 그다지 중요하게 다가오지 않았었다. 그러던 것이 시간이 지나면서 조금씩 그 말에 특별한 의미가 있는 것처럼 느껴지기 시작한 것이다. 사실 이제는 그 꿈을 꾼 것이 오브라이언을 처음 알게 된 시점보다 이전인지 이후인지도, 혹은 그 목소리가 오브라이언의 목소리였다는 것을 정확히 언제 깨달았는지도 분간이 가지 않았다. 그래도 어쨌든 누구인지 알아내기는 한 것이다. 어둠 속에서 그에게 말을 건넨 사람은 오브라이언이 분명했다.

윈스턴은 오브라이언이 자신의 편인지 아니면 적인지를 전혀 가늠할 수가 없었다. 오늘 아침, 잠시였지만 눈빛을 주고받은 이후에도 여전히 그랬다. 그러나 그건 별로 중요한 문제가 아닌 것 같았다. 둘 사이에는 분명 어떠한 이해의 연결 고리가 있었고, 그것은 단순한 애정이나 동지애보다 더 중요한 무엇이었다. '어둠 없는 곳에서 우리는 다시 만날 것이오.'라고 그는 말했다. 윈스턴은 그 말의 뜻이 정확히 무엇인지는 알 수 없었지만, 다만 그것이 어떤 방식으로든 실현될 거라는 강한 예감이 들었다.

텔레스크린에서 흘러나오던 말소리가 멈추더니, 침체되어 있던 분위기를 깨고 맑고 아름다운 트럼펫 소리가 울려 퍼졌다. 그러더니 이어서 귀에 거슬리는 째지는 목소리가 나와 말하기 시작했다.

"알립니다! 주목하세요! 방금 말라바르 전선에서 들어온 뉴스 속보가 있어 알려드립니다. 남인도에 주둔해 있는 우리 군대가 영광스러운 승리를 거두었습니다. 지금 알려드린 이 승리로 인해 머지않아 전쟁이 끝날 수 있으리라는 사실을 전해드리는 바입니다. 다음 뉴스를 전해드리겠습니다."

'이제 안 좋은 뉴스가 나올 시간이군.'

윈스턴은 생각했다. 예상했던 대로 아군이 유라시아 군대를 얼마나 처참하게 전멸시켰는지 그리고 얼마나 많은 사상자와 포로가 있었는지에 대한 보도가 나온 후 다음 주부터 초콜릿 배급이 30그램에서 20그램으로 줄어들 거라는 발표가 나왔다.

트림이 또 터져 나왔다. 술기운이 가라앉기 시작하면서 윈스턴은 허전한 기분이 들었다. 승리를 축하하기 위함인지, 아니면 줄어든 초콜릿 배급에 대한 미련을 달래기 위함인지, 텔레스크린에서는 〈오세아니아, 그대를 위해〉라는 노래가 요란하게 흘러나왔다. 이 곡이 나오면 모두가 일어서서 차렷 자세를 취해야 했다. 그렇지만 다행히 윈스턴이 지금 있는 위치에서는 감시를 피할 수 있었다.

〈오세아니아, 그대를 위해〉가 끝나자 경음악이 나오기 시작했다. 윈스턴은 창가로 가서 텔레스크린을 등지고 섰다. 바깥은 아직 맑고 쌀쌀해 보였다. 저 멀리 어디선가 로켓 폭탄이 폭발하는 소리가 희미하게 들려왔다. 요즘 런던에는 매주 스무 개에서 서른 개쯤 되는 폭탄이 떨어졌다.

거리 저쪽에서 찢겨진 포스터가 바람에 펄럭이며 '영사'라는 글자를 드러냈다 감추었다 하기를 반복했다. 영사. 영사의 신성한 강령. 신어, 이중사고, 과거의 무상함. 그는 자신이 괴물이 되어 기괴한 미지의 세계에서 길을 잃고 깊은 해저 밀림 속을 헤매고 있다는 생각이 들었다. 그는 혼자였다. 과거는 죽었고, 미래는 예측할 수 없었다. 현재 살아 있는 사람 중에 자신의 편이 되어 줄 사람이 단 한 명이라도 있을까? 당의 통치가 영원히 지속되지 않으리라는 사실을 알 수 있는 방법이 있기는 할까? 이런 물음에 대한 답을 건네주듯 진리부의 하얀 벽면에 붙은 세 가지 슬로건이 그의 눈에 들어왔다.

전쟁은 평화
자유는 예속
무지는 힘

그는 주머니에서 25센트짜리 동전을 하나 꺼냈다. 거기에도 깨알 같은 글씨로 동일한 슬로건이 선명하게 새겨져 있었다. 뒷면으로 돌리니 빅 브라더의 얼굴이 새겨져 있었다. 그 두 눈은 동전에서도 그를 따라다녔다. 동전에, 우표에, 책 표지에, 깃발에, 포스터에, 심지어 담뱃갑 포장지 위에서도…… 그 눈은 어디에나 있었다. 그 눈은 늘 그를 감시했고, 그 목소리는 늘 그를 에워싸고 있었다. 잠들어 있든 깨어 있든, 일을 하는 중이든 음식을 먹는 중이든, 집 안에 있든 밖에 있든, 목욕 중이든 침대에 있든…… 그에게서 벗어날 방법은 없었다. 머릿속 두개골 안의 고작 몇 세제곱센티미터를 제외하고는 아무것도 자신의 것이라고 할 수 있는 것이 없었다.

바뀐 태양의 위치로 인해 더 이상 빛을 받지 못하게 된 진리부 건물의 수많은 창문은 마치 요새의 총구멍처럼 암울해 보였다. 그 거대한 피라미드 같은 건물을 보고 있자니 그의 마음이 덜컹 내려앉았다. 그것은 너무도 견고해서 어떤 공격에도 끄떡없을 것만 같았다. 수천 개의 로켓 폭탄을 떨어뜨려도 그것을 무너뜨리지는 못할 것이다. 그는 자신이 이 일기를 누구를 위해서 쓰고 있는지 다시 한 번 생각해 보았다. 미래를 위해, 과거를 위해, 가상에 불과할지도 모르는 어떤 다른 시대를 위해……. 그리고 그 앞에서 자신을 기다리고 있는 것은 단순한 죽음이 아니라 존재 자체의 멸살이었다. 일기는 재가 되고 그는 흔적도 없이 증발될 것이다. 오로지 사상경찰만이 그가 쓴 일기를 읽을 것이다. 그런 다음에 일기장은 물론이고 그와 관련된 모든 기억이 남김없이 모두 지워질 것이다. 자신은 흔적도 없이 사라지고, 한낱 종이 위에 남긴 익명의 낙서도 사라져 버릴 이 상황에, 도대체 무슨 방법으로 미래에 호소할 수 있단 말인가?

그때 텔레스크린이 14시를 알렸다. 이제 10분 안에 집에서 출발해야 했다. 14시 30분 전에는 사무실에 복귀해 있어야 했다.

묘하게도 정각을 알리는 그 종소리가 그에게 용기를 북돋워준 것 같았다. 그는 그 누구도 듣지 않으려고 하는 진실을 홀로 전하는 외로운 유령이었다. 그러나 좀 모호한 표현을 쓰는 한 그

발언은 지속될 것이다. 후대 사람들에게 남겨 줄 유산은 말을 전하는 데 그치는 게 아니라 올바른 정신을 유지하게 하는 것이다. 그는 다시 탁자로 돌아가 펜에 잉크를 묻혀 글을 쓰기 시작했다.

미래를 향해, 혹은 과거를 향해, 사유하는 것이 자유롭고 각자 다른 개성이 존재하며 누구든 홀로 고독 속에서 살지 않아도 되는 시대를 향해, 진실이 존재하며 일단 한 번 일어난 일은 없어질 수 없는 새 시대를 향해.

획일성의 시대로부터, 고독의 시대로부터, 빅 브라더의 시대로부터, 이중사고의 시대로부터…… 축복이 있기를!

나는 이미 죽은 몸이나 다름없다, 하고 그는 고심 끝에 생각했다. 비로소 자신의 생각을 체계화하는 것이 가능해진 만큼, 그는 바로 지금이 자신이 결정적인 조치를 취해야 할 때라고 생각했다. 모든 행위의 결과는 그 행위 자체에 이미 포함되어 있는 것이다. 그는 다음과 같이 썼다.

사상범죄는 죽음을 수반하는 것이 아니다. 사상범죄는 죽음 그 자체이다.

자신이 이미 죽은 목숨이나 다름없다고 인정하고 나니 이제는 가능한 한 오래 살아남는 일이 중요한 문제로 여겨졌다. 오른손 손가락 두 개에 잉크 얼룩이 묻어 있었다. 바로 이런 사소한 실수로부터 비밀이 발각되기 마련인 것이다. 같은 부서에 근무하는 남의 일에 참견하기 좋아하는 열성분자들(아마도 그 작은 체구의 갈색 머리 여자라든가 창작국의 검은 머리 여자 같은 부류)은 그가 왜 점심시간 동안에 글을 썼는지, 그가 왜 옛날처럼 펜을 사용했는지, 또 무슨 글을 썼는지 등을 의심하기 시작할 것이고, 그러다 결국 당국에 그를 넌지시 일러바칠지도 몰랐다. 그는 욕실로 가서 정성껏 잉크 얼룩을 문질러 지웠다. 사포처럼 살갗을 벗겨낼 것만 같던 거친 암갈색 비누도 이럴 때에는 꽤 쓸 만했다.

그는 서랍 속에 일기장을 집어넣었다. 숨긴다는 생각 자체가 부질없다는 사실은 알고 있었지만, 적어도 일기장의 존재가 발각되었는지 아닌지만이라도 확인할 수 있도록 해 놓아서 나쁠 건 없었다. 페이지 끝에 머리카락을 끼워 놓는 것은 너무 뻔한 방법인 듯했다. 그는 손끝으로 조심스럽게 허연 먼지 한 톨을 집어 노트 표지 한쪽 모서리에 가만히 올려놓았다. 누군가 책을 살짝 건드리기만 해도 그 먼지는 바로 떨어져 나갈 것이다.

3장

윈스턴은 어머니가 나오는 꿈을 꾸었다.

그의 기억이 맞다면 어머니가 사라진 것은 그가 열 살인가 열한 살 때였다. 어머니는 기품 있는 몸매에 키가 컸고, 탐스러운 금발 머리를 갖고 있었으며, 꽤 조용하고 행동이 침착한 여자였다. 반면 아버지에 대한 기억은 조금 더 막연했는데, 그의 아버지는 피부가 검고 말랐으며 항상 점잖은 스타일의 검은 옷을 입고 안경을 끼고 다녔다(특히 윈스턴의 기억에 남아 있는 것은 닳아서 얇아진 아버지의 구두창이었다.). 양친은 1950년대에 있었던 제1차 대숙청 중에 희생된 것이 분명했다.

꿈속에서 어머니는 그가 있는 곳보다 훨씬 아래쪽 어딘가에 앉아 있었다. 어머니의 팔에는 어린 여동생이 안겨 있었다. 윈스턴은 여동생에 대한 기억이 거의 없었다. 다만 매우 작고 연약한 아기였으며 항상 조용했고 큰 눈망울로 주위를 주의 깊게 쳐다보았다는 것 정도만 기억할 뿐이었다. 꿈에서 어머니와 여동생은 그를 올려다보고 있었다. 그들이 있는 곳은 지하, 이를 테면 우물의 바닥이나 깊은 무덤 속 같은 곳이었다. 그런데 그곳은 윈스턴이 있는 곳보다 한참 밑에 있으면서도 계속 아래로 더 깊이 내려가고 있었다. 둘은 침몰해가는 배의 선실 안에 앉아 색이 점차 짙어지는 물 위로 그를 올려다보았다. 아직은 선실 안에 공기가 남아 있었기에 그들은 그를 볼 수 있었고, 그도 그들을 볼 수 있었다. 계속해서 그들은 아래로 또 아래로 푸른 물속으로 빨려 들어가고 있었고, 얼마 안 있으면 영원히 시야에서 사라져 버릴 것 같았다. 윈스턴은 빛과 공기가 있는 바깥에 있는 반면, 그들은 죽음을 향해 밑으로 빨려 들어가고 있었다. 그런데 그들이 아래로 꺼져가는 이유는 그가 여기 위에 올라와 있기 때문이었다. 그는 그 사실을 알고 있었고, 그들도 그랬다. 그들이 그 사실을 알고 있음을, 그는 두 사람의 얼굴에서 읽을 수 있었다. 그러나 두 사람의 얼굴이나 마음속에서 자신에 대한 원망을 찾아볼 수는 없었다. 다만 그가 살아남기 위해서는 자신들이 죽어야 한다는 사실만을, 그리고 그것이 피할 수 없는 숙명이라는 사실만을 받아들이고 있는 듯했다.

그는 정확히 무슨 일이 일어났는지 기억하지 못했지만, 꿈속임에도 불구하고 그의 어머니와 여동생이 무슨 이유에선가 자신을 위해 희생되었다는 사실만은 알고 있었다. 그 꿈은 의식을 차린 후에도 인상적인 장면이 잊히지 않고 생생히 살아 있어 계속 기억나며, 재차 새롭고 가치 있는 것들이나 생각을 일깨워 주는 것이었다. 그 꿈은 윈스턴에게 거의 30년 전에 있었던 어머니의 죽음을 일깨웠다. 그는 새삼스레 그런 죽음이 지금 세상에는 있을 수 없는, 슬프고 비극적인 일이었다는 생각이 들었다. 그는 생각했다. 비극은 먼 옛날에나 존재했던 것이다. 사생활이나 사랑, 우정이라는 게 아직 남아 있었던 그때, 이유를 묻지 않고도 서로를 위해 기꺼이 나서 줄 수 있는 가족이 있었던 그때 말이다. 어머니를 기억할수록 그의 가슴은 찢어질 듯 괴로웠다. 어머니는 죽는 순간까지 자신을 사랑했는데, 그는 너무 어리고 이기적이어서 그 사랑에 아무런 보답도 하지 못했다. 그리고 무슨 일이 있었는지 정확히 기억은 나지 않았지만 무슨 이유에선가 어머니는 그 아무도 꺾을 수 없는 자식에 대한 굳은 사랑으로 기꺼이 자신을 희생했다. 그가 보기에 그런 일은 이제 더 이상 일어날 수 없었다. 오늘날엔 단지 공포와 증오, 그리고 고통만 있을 뿐이었다. 감정의 존엄성이나 심오하고 깊은 슬픔 따위는 존재하지 않았다. 그는 이 모든 진실을 수백 길이나 되는 푸른 물속으로 가라앉으면서 자기를 올려다보던 어머니와 여동생의 커다란 눈망울을 통해 바라보고 있는 듯했다.

갑자기 꿈속 장면이 바뀌더니, 윈스턴은 어느 여름날 저녁, 저물기 시작한 햇빛이 비스듬히 대지를 비출 즈음 잘 손질된 싱그러운 잔디밭에 서 있었다. 그 장면은 윈스턴의 꿈에 하도 자주 등장해서, 실제로 자신이 정말 그곳에 가 본 적이 있던 건 아닐까 하고 헷갈릴 때가 있을 정도였다. 꿈에서 깨어 있을 때 그는 그곳을 '황금빛 나라'라고 불렀다. 그곳은 토끼가 풀을 뜯는 오래된 목초지로, 들판을 가로지르는 오솔길도 나 있었으며 여기저기 두더지 굴도 보였다. 들판 건너편에 보이는 엉성한 울타리에는 느릅나무 가지들이 미풍에 살며시 흔들렸고 그 반짝이는 잎들은 여인의 머리카락처럼 무성했다. 보이지는 않지만 어딘가 가까운 곳에는 맑은 시내가 유유히 흐르고 있음이 느껴졌고, 버드나무 아래 시냇물에선 황어가 즐겁게 헤엄치고 있는 모습도 그려졌다.

그 들판을 가로질러 검은 머리의 여자가 그를 향해 다가오고 있었다. 그녀는 단번에 옷을 모두 벗고서는 귀찮다는 듯이 옆에다 휙 던져 버렸다. 그녀의 몸은 희고 매끈했지만, 웬일인지 그는 아무런 욕망도 일지 않았다. 그는 그녀의 알몸을 거의 거들떠보지도 않았다. 그때 그가 감탄하며 바라본 것은 그녀가 옷을 벗어 던지던 바로 그 순간의 몸짓이었다. 무심하고 우아한 그 몸짓은 모든 문화와 사상 체계를 한 번에 무너뜨리고도 남을 것 같았다. 빅 브라더나 당, 사상경찰도 그녀의 놀라운 팔 동작 단 한 번이면 전부 와해되어 버릴 것 같았다. 하지만 이러한 몸짓 또한 머나먼 옛 시대에나 있던 유물이었다. 눈을 뜬 윈스턴의 입가에 '셰익스피어'라는 이름이 맴돌았다.

귀청이 떨어져 나갈 것 같은 호루라기 소리가 텔레스크린에서 같은 음조로 30초 동안이나 계속 흘러나왔다. 7시 15분, 사무실 직원들의 기상 시간이었다. 윈스턴은 벌거벗은 채로 침대에서 간신히 몸을 일으켜 의자 위에 걸쳐 놓은 지저분한 러닝셔츠와 반바지를 주워 입었다. 외부당원은 연간 의복비로 단 3,000쿠폰을 제공받았는데, 잠옷 한 벌을 사려면 600쿠폰이 들었다. 3분 후면 아침 체조를 시작할 시간이었다. 그런데 그 순간 갑자기 기침이 심하게 나서 그는 몸을 웅크려야 했다. 거의 매일 아침 일어날 때마다 이런 기침이 터져 나왔다. 기침이 얼마나 심했는지 허파가 텅 빈 것 같아서 그는 다시 등을 대고 누워 숨을 크게 몇 번 쉰 뒤에야 겨우 정상적으로 숨을 쉴 수 있었다. 그런데 기침을 하느라 너무 힘을 주었는지 정맥이 부어올라 정맥류성 궤양이 있는 부위가 다시 간질거리기 시작했다.

"삼사십 대 그룹!"

큰 소리로 날카롭게 외치는 여자 목소리가 흘러나왔다.

"삼사십 대 그룹! 모두 자리로 오세요. 삼사십 대 그룹!"

윈스턴은 텔레스크린 앞으로 뛰어나가 자리를 잡고 섰다. 화면에는 군살이 하나도 없고 근육만 있는 젊은 여자가 튜닉 차림에 운동화를 신고 벌써 나와 있었다.

"팔 굽혀 펴기 시작!"

여자가 구령을 붙였다.

"자, 구령에 맞춰 따라 하세요. 하나, 둘, 셋, 넷! 하나, 둘, 셋, 넷! 동무들 조금 더 힘을 내서 신 나게 해 봐요! 하나, 둘, 셋, 넷! 하나, 둘, 셋, 넷……!"

윈스턴은 발작적으로 계속되는 기침 때문에 고통스러웠다. 그런 와중에 꿈의 잔상은 사라지지 않고 머릿속에 남아 있다가 구령에 맞추어 운동을 하는 동안 다시금 선명하게 떠올랐다. 그는 아침 체조 시간마다 억지로 지어야 하는 즐거운 표정을 애써 지으며 기계적으로 팔을 앞뒤로 뻗치는 동작을 하면서 어린 시절의 희미한 기억을 되살리려고 애썼다. 역시 그것은 매우 어려운 일이었다. 1950년대 전의 기억은 전부 흐릿했다. 참고할 수 있는 외부 기록이 전무한지라, 본인의 인생에서 일어난 일이라도 뚜렷한 행적을 찾기가 여간 힘들지 않았다. 일어나지 않았을 법한 중대한 사건이 기억나는가 하면, 그때의 분위기나 기분은 전혀 되살릴 수 없는데 어떤 사건의 지극히 사소한 일부분만은 기억이 나기도 했다. 그런가 하면 무슨 일이 있었는지 전혀 짐작조차 할 수 없는 긴 공백 기간도 있었다. 다만, 예전에는 모든 것이 달랐다. 나라 이름도, 지도의 모양도 달랐다. 예를 들어 에어스트립 원도 그 당시에는 다른 이름으로 불렸다. 아마도 '잉글랜드'인가 '브리튼'인가 하는 이름이었던 것 같은데, 다만 확실한 것은 런던이 그때도 런던이었다는 사실이다.

윈스턴은 자기 나라가 전쟁 중이 아니었던 때가 한 번이라도 있었는지 정확히 기억이 나지 않았다. 분명하게 기억나는 것 하나가 있다면, 그가 어렸을 때는 꽤 오랫동안 평화가 지속되었다는 사실이었다. 왜냐하면 어릴 적 비행기 공습을 당했을 때 주위 사람들 모두가 크게 당황해 하던 것을 본 기억이 있기 때문이다. 아마도 그때가 콜체스터에 원자 폭탄이 투하된 시점이 아닌가 싶었다. 그는 그때의 공습 자체는 기억하지 못했지만, 아버지가 그의 손을 꼭 잡고 땅속 어딘가 깊은 곳으로 한없이 내려가고 또 내려갔던 기억은 났다. 그곳은 발을 디딜 때마다 삐거덕거리는 소리가 나는 나선형 계단이 끝없이 이어진 곳이었는데, 다리가 너무 아파 훌쩍이며 징징댔더니 잠깐이나마 멈추어서 쉴 수 있었다. 그의 어머니는 그 특유의 느리고 몽롱한 걸음걸이로 한참 뒤에서 쫓아오고 있었다. 그때 어머니의 팔에는 어린 여동생이 안겨 있었다. 아니, 어쩌면 그 팔에 안겨 있었던 것은 그냥 담요 뭉치였는지도 모른다. 윈스턴은 그 당시가 여동생이 태어난 후였는지 아니었는지도 잘 기억이 나지 않았다. 아무튼 그들이 도착한 곳은, 나중에 지하철역이라고 알게 된 시끄럽고 사람들로 북적거리는 장소였다.

사람들은 돌로 된 바닥에 앉아 있기도 하고, 층층이 쌓아 올린 철제 침상에 앉아 있기도 했다. 윈스턴과 그의 부모는 바닥에 자리를 잡고 앉았다. 그 근처 침상에는 어떤 할머니와 할아버지가 나란히 앉아 있었다. 할아버지는 고급스러워 보이는 검정 양복을 입고 하얗게 센 머리 위에 검정 중절모를 깊게 눌러쓰고 있었는데, 얼굴이 붉게 상기되어 있었고 파란 눈에는 눈물이 그렁그렁 고여 있었다. 그의 몸에서는 진 냄새가 진동을 했다. 마치 피부의 땀구멍에서 나오는 것이 땀이 아니라 술이지 않을까, 눈가에 고여 있는 것도 눈물이 아니라 술이 아닐까 하는 착각을 불러일으킬 정도였다. 할아버지는 실제로 조금 취한 탓도 있겠지만, 그보다 어떤 견딜 수 없는 커다란 슬픔으로 인해 비통해 하고 있는 것으로 보였다. 윈스턴은 어린 마음에도 뭔가 끔찍한 일이 일어났구나, 절대 용서할 수도 치유될 수도 없을 큰일이 일어났구나 하고 짐작할 수 있었다. 그게 무슨 일인지도 어느 정도 추측할 수 있을 것 같았다. 할아버지가 매우 사랑하는 누군가가, 어쩌면 그의 어린 손녀가 죽었는지도 몰랐다. 할아버지는 몇 분마다 한 번씩 계속 이런 말을 되풀이했다.

"그놈들 말을 믿는 게 아니었어. 내가 그렇게 말했잖소, 아니오? 놈들을 믿다가 이리 되어버린 거 아니오. 내가 줄곧 그렇게 이야기하고 또 했는데. 그 망할 놈들 말을 절대 믿으면 안 되는 거였는데."

그러나 윈스턴은 할아버지가 절대 믿지 말았어야 했다는 그 망할 놈들이 누구였는지까지는 기억나지 않았다.

그 무렵부터 전쟁은 그야말로 한시도 끊이지 않고 계속되었다. 엄밀히 말해서 처음에 일어났던 전쟁이 지금까지 지속된 것이라고 할 수는 없다. 그가 어렸을 적 몇 달 동안은 런던 시내 한복판에서도 시가전이 벌어져 혼란스러웠는데, 그중에서 어떤 장면은 아직도 윈스턴의 기억에 생생히 남아 있다. 그러나 모든 시기의 역사, 요컨대 어느 시점에 누가 누구와 전쟁을 하고 있었는지 알아내는 것은 절대로 불가능한 일이었다. 현시점에 유효한 동맹 관계나 적에 대한 것 말고는, 그 어떤 기록도 남아 있지 않은 데다 그 누구도 일절 언급하지 않기 때문이었다. 가령 지금 현재, 즉 1984년에(비록 이것도 확실하지는 않지만) 오세아니아가 적으로 맞서 전쟁 중인 나라가 유라시아이며 동아시아와는 동맹 관계라고 치자. 그러면 공적으로든 사적으로든 이전에 이 세 나라의 관계가 다른 적이 있다는 말은 절대 나올 수 없다. 그러나 윈스턴이 똑똑히 기억하는 바에 의하면, 고작 4년 전만 해도 오세아니아는 동아시아와 전쟁 중이었고 유라시아와 동맹 관계였다. 그러나 이런 사실은 윈스턴의 사고가 충분히 당의 통제 아래 있지 않았기 때문에 어쩌다 갖게 된 비밀스런 정보일 뿐이었다. 공식적으로는 동맹국이 바뀌는 일은 절대 없었다. 오세아니아는 유라시아와 전쟁 중이므로, 오세아니아는 예전에도 언제나 유라시아와 전쟁 중이었다. 지금 현재의 적은 시대를 막론하고 늘 절대 악의 표상이어야 했으며, 따라서 과거나 미래 그 어느 시점에서든 그런 적과 협정을 맺는 일은 있을 수 없는 일이었다.

'무엇보다 무서운 것은…….'

윈스턴은 아픔을 참고 어깨를 억지로 뒤로 젖히면서(양손을 엉덩이에 대고 허리를 중심으로 몸통을 돌리는 이 동작은 등 근육 강화에 특히 좋다고 했다.) 수만 번 생각하고 또 생각했다. 무서운 것은 이 모든 게 다 사실일지도 모른다는 것이었다. 만일 당이 과거에 개입하여 이런 혹은 저런 일이 실제로 일어나지 않았다고 단정 지을 수 있다면, 그것이야말로 단순한 고문이나 죽음보다 더욱 소름 끼치는 일이 아니겠는가?

당에서는 오세아니아가 유라시아와 동맹 관계를 맺은 적이 절대 없다고 단언했다. 하지만 윈스턴 스미스, 자신은 오세아니아가 고작 4년 전에 유라시아와 동맹 관계에 있었다는 사실을 똑똑히 기억하고 있었다. 그렇다면 과연 그 지식은 어디에 존재하는가? 그것은 오로지 그의 의식 속에 그나마도 잘못하면 금방 지워져 버릴 그의 의식 속에 존재할 뿐이다. 만약 다른 모든 사람이 당이 내놓은 거짓말을 전부 받아들이고, 모든 물리적 기록이 그와 동일한 내용을 가리킨다면, 그 거짓말은 결국 역사가 되고 나아가 진실이 될 것이다. '과거를 지배하는 자가 미래를 지배한다. 현재를 지배하는 자가 과거를 지배한다.'는 것이 바로 당의 슬로건이었다. 이런 논리라면 과거란 충분히 변경될 수 있지만, 그러면서도 절대 변하지 않는 것이었다. 현재 시점에서 진실한 것은 그것이 무엇이든 과거부터 영원무궁토록 진실한 것이었다. 원리는 비교적 단순했다. 필요한 것은 각자 자신의 기억을 끊임없이 통제하는 기술이었다. 이것을 흔히 '현실 통제'라고 했으며, 신어로는 '이중사고'라는 말로 불렸다.

"편히 쉬어!"

체조 강사가 아까에 비해 약간 더 상냥해진 목소리로 외쳤다.

윈스턴은 팔을 옆으로 내리고 천천히 숨을 들이마셨다. 그의 의식이 이중사고라는 미로의 세계로 빠져들었다. 알면서도 모르는 것, 진실을 훤히 알면서도 교묘하게 조작된 거짓말을 하는 것, 서로 상반되는 두 가지 의견을 동시에 지니는 것, 그 둘이 서로 모순된다는 사실을 알면서도 둘 다 믿는 것, 논리로 논리에 반하는 것, 도덕을 강조하는 동시에 도덕을 부인하는 것, 민주주의의 실현이 불가능하다고 믿으면서도 당이 민주주의의 수호자라고 믿는 것, 망각해야 하는 것은 무엇이든 망각하는 것, 그리고 필요한 때가 오면 다시 기억 속에 떠올리는 것, 그랬다가도 즉각 다시 잊어버릴 수 있는 것, 그리고 무엇보다도 가장 중요한 건 전 과정에 이 과정을 재적용하는 일이었다. 이는 의식적으로 무의식에 빠졌다가 그 즉시 종전에 행한 자기 최면에 대해 의식하지 않는 상태가 되어야 한다는 것을 의미했기에, 정말이지 극도로 교묘한 작업이었다. 오죽하면 '이중사고'라는 말을 이해하는 데조차 이중사고를 사용해야 할까.

체조 강사가 다시 "차렷!" 하고 소리쳤다. 그러고는 열띤 목소리로 이어 말했다.

"자, 이제 발끝까지 손을 뻗어 봅시다! 엉덩이부터 시작합니다. 자, 동무들. 하나, 둘! 하나, 둘……!"

윈스턴은 이 동작이 너무도 싫었다. 발끝에서부터 엉덩이까지 찌릿한 통증을 유발하는 데다 툭하면 발작적으로 기침이 터져 나왔기 때문이었다. 이 체조 때문에 남의 눈을 피해 몰래 하고 있던 명상의 즐거움도 반감되어 버렸다. 윈스턴이 생각하기에 과거는 단지 변조된 데에서 그친 게 아니라, 사실상 파괴되어 버린 것이었다. 자기 자신이 기억하는 것 외에 다른 기록이 전혀 존재하지 않는다면, 제아무리 명백한 사실일지라도 그것을 증명할 방법이 없지 않은가? 그는 빅 브라더에 대한 이야기를 처음 들어본 게 몇 년도였는지 기억을 애써 더듬어 보았다. 1960년대 언제쯤인 것 같긴 했는데, 역시 확인할 방법은 없었다. 물론 당의 공식 역사서에는 빅 브라더가 혁명 초창기부터 죽 혁명의 수호자이자 지도자로 활동해 왔다고 되어 있었다. 그런데 시간이 지나면서 그 시점은 점차 앞으로 앞당겨져서, 1930년대나 1940년대에 이상하고 길쭉한 원통형 모자를 쓴 자본주의자들이 번쩍이는 멋진 자동차나 옆면이 유리로 된 마차를 타고 런던 거리를 활보하고 다녔던 때까지 거슬러 올라갔다. 이 빅 브라더 신화의 어디까지가 사실이고 어디까지가 허구인지는 알 수 없었다. 윈스턴은 애초에 당이 처음 창당된 날짜가 언제인지도 기억하지 못했다. 1960년도 이전에는 영사란 말을 들어본 적도 없었다. 다만 영사의 구어 표현인 '영국 사회주의'는 그 전에도 통용되었던 말이었다. 모든 것이 안개 속에 가려져 있었다. 어쩌다 한 번씩은 명백한 허구를 포착할 수 있기도 했다. 예를 들어 당에서 펴낸 역사서에 따르면 비행기를 당이 발명했다고 되어 있는데, 윈스턴의 기억 속에는 분명히 매우 어렸을 때부터 비행기를 본 적이 있었다. 그러나 그것으로는 아무것도 증명할 수 없었다. 증거가 전혀 없기 때문이었다. 여태껏 윈스턴이 살면서 역사적 사실이 위조되었음을 증명할 수 있는 확실한 증거 문서를 수중에 넣은 적이 딱 한 번 있었다. 그때는 바로……

"스미스!"

텔레스크린에서 신경질적인 목소리가 흘러나왔다.

"6079번 윈스턴 스미스! 그래요, 바로 당신이요! 몸을 좀 더 낮게 굽혀 보세요! 얼마든 더 잘할 수 있을 텐데 노력을 하지 않는군요. 네, 더 낮게요! 이제 좀 낫네요, 동무. 여러분, 이제 모두 편히 쉬고 저를 바라보세요."

갑자기 윈스턴의 온몸에 뜨거운 땀이 비 오듯 흘러내렸다. 그러나 여전히 그의 얼굴은 완벽한 무표정이었다. 절대 당황한 표시를 내서는 안 되었다. 절대 짜증나는 표정도 지어선 안 되었다. 눈 한 번 잘못 깜박이는 것만으로도 속마음이 모조리 탄로 날 수 있었다. 그는 가만히 서서 그 체조 강사가 머리 위로 팔을 번쩍 들었다가 몸을 구부려서 손가락 첫마디를 발끝에 갖다 대는 광경을 지켜보았다. 우아하다고까지 할 수는 없었지만 감탄이 절로 나올 만큼 능숙하고 깔끔한 동작이었다.

"자, 동무들! 이제 여러분도 한 번 따라 해 보세요. 나를 다시 봐요. 나는 서른아홉 살에 아이도 넷이나 있다고요. 자, 봐요!"

강사가 다시 한 번 몸통을 구부리며 말했다.

"내 무릎이 전혀 굽혀지지 않은 것을 볼 수 있죠. 여러분도 하고자 하는 의지만 있다면 모두 할 수 있어요."

그녀가 다시 허리를 펴고 서면서 덧붙여 말했다.

"아직 마흔다섯 살이 안 된 사람이라면 누구나 완벽하게 자기 발가락에 손을 댈 수 있어요. 우리 모두가 전선에 나가 싸우는 영광을 누릴 수는 없지만, 적어도 건강한 몸을 유지하는 것 정도는 해야 하지 않겠어요? 말라바르 전선에서 싸우고 있는 우리 병사들을 기억하세요! 유동 요새에 있는 우리 해병들도요! 그들이 얼마나 힘들게 싸우고 있는지 생각해 보세요. 자, 다시 한 번 해 봅시다. 훨씬 낫군요. 동무, 좋아요!"

그녀는 윈스턴이 몸을 힘껏 앞으로 굽혀 몇 년 만에 처음으로 무릎을 굽히지 않고 발가락에 손을 대는 데 성공하는 걸 보고는 격려하듯 말했다.

4장

하루의 일과를 시작할 때마다 윈스턴은 바로 근처에 텔레스크린이 버젓이 있는데도 불구하고 자기도 모르게 깊은 한숨을 내쉬었다. 그는 구술기록기를 몸 앞으로 바짝 당기고, 입이 닿는 마이크 부분의 먼지를 불어 없앤 다음 안경을 꺼내 썼다. 그러고는 책상 오른쪽 공기압축식 전송관에서 떨어져 나온 네 개의 종이쪽지들을 모두 펼쳐서 하나로 모았다.

윈스턴의 사무실 칸막이벽에는 총 세 개의 구멍이 뚫려 있었다. 구술기록기 오른쪽에는 기록 문서를 받는 작은 공기압축식 전송관이 있었고, 왼쪽에는 신문을 받는 더 큰 크기의 전송관이 있었다. 그리고 윈스턴의 팔이 닿기 쉬운 위치의 측면 벽에는 철로 된 덮개가 달린 좁고 기다란 직사각형 모양의 구멍이 나 있었다. 이것은 바로 파지를 버리기 위한 용도의 구멍이었다. 이와 비슷하게 생긴 구멍은 이 건물 안에 설치된 것만도 수천 개 아니 수만 개에 달했는데, 사무실뿐만 아니라 복도에도 벽마다 멀지 않은 간격을 사이에 두고 나 있었다. 무슨 이유에서인지 이것들은 '메모리홀'이라고 불렸다. 직원들은 폐기해야 할 문서가 생기거나 바닥에 떨어져 있는 폐휴지 같은 것을 주우면, 반사적으로 가장 가까운 곳에 있는 메모리홀의 덮개를 열고 그 안에 종이를 밀어 넣었다. 메모리홀 안으로 들어간 종이는 빙그르르 돌며 뜨거운 기류에 밀려 내려가서 건물 어딘가 깊숙이 숨어 있다는 거대한 소각로로 떨어지게 되어 있었다.

윈스턴은 펼쳐 놓은 네 개의 종이를 찬찬히 살펴보았다. 각 종이에는 한두 줄로 짧은 메모가 적혀 있었는데, 부서 내부의 작업 지시용인 만큼 그 표현이 모두 축약된 특수 은어(전부 다 신어라고 할 수는 없지만, 대체로 신어의 단어를 사용해서 쓴 형태)로 되어 있었다. 쓰여 있는 내용은 다음과 같았다.

타임스 84. 3. 17. 빅브 아프리카 연설 오보 정정
타임스 83. 12. 19. 3개년 계획 83년 4사분기 예보 인쇄 오류

최근 확인

　타임스 84. 2. 14. 풍부 초콜릿 잘못 인용 정정

　타임스 83. 12. 3. 빅브 일일 명령 극불만 무인(無人) 언급 전
문 정정 위부 선제출

　윈스턴은 은근한 만족감을 느끼면서 네 번째 종이를 한쪽 옆
에다 밀어 놓았다. 복잡한 데다 책임감까지 요구되는 일이라서
제일 마지막에 처리하는 것이 나을 것이라는 판단이었다. 두 번
째 과제는 수치가 나열되어 있는 목록을 일일이 확인하고 뒤져야
하기에 지루하고 시간이 꽤 걸릴 것 같기는 했지만, 그래도 처음
세 가지 과제는 비교적 일상적인 업무에 해당하는 무난한 일이었
다.

　윈스턴은 텔레스크린의 다이얼을 '지난 호'로 돌려 해당하는
날짜의 〈타임스〉지를 요청했다. 몇 분이 채 안 되어 요청한 신
문이 전송관을 통해 떨어져 나왔다. 보통 그가 받는 메시지는 이
런저런 이유로 변경, 공식적 용어로는 '정정'을 요하는 논문이나
뉴스 기사에 관한 것들이었다. 예를 들어, 3월 17일자 〈타임스〉
지에 실린 기사에서 빅 브라더는 전날 연설을 통해 앞으로 남인
도 전선은 조용하겠지만 곧 유라시아 적군이 북아프리카로 공격
을 해올 거라고 예측했다. 그런데 막상 일어난 일은 예측과 반
대였다. 유라시아 군의 최고사령부는 남인도에서 공격을 개시했
고, 북아프리카에서는 아무 일도 일어나지 않았다. 이런 경우에
는 연설 내용을 다시 써서 빅 브라더가 예측한 내용이 실제로 일
어난 일이 되도록 해야 했다. 또 다른 예를 들자면, 12월 19일자

〈타임스〉지에서는 1983년 4사분기인 제9차 3개년 계획의 6차 분기에 공식적으로 달성할 것으로 예상되는 각종 소비재 생산량이 보도되었다. 그런데 오늘 자 신문에 실린 실제 생산량 보도 기사에 따르면, 실제 생산량과 예측된 전망치 사이에 매우 큰 차이가 있었다. 이럴 때 윈스턴의 임무는 처음에 예측한 수치가 실제 수치와 일치하도록 원본의 숫자를 정정하는 일이었다. 세 번째 과제는 매우 간단한 오류를 정정하는 것으로, 약 이삼 분 정도면 끝낼 수 있는 쉬운 일이었다. 지금으로부터 얼마 지나지 않은 시점인 지난 2월에 풍요부는 1984년 안에 초콜릿 배급량이 줄어드는 일은 없을 거라는(공식적 용어로 '단언적 서약'이라고 하는) 공약을 발표했었다. 그런데 실제로는 윈스턴도 알고 있듯이 이번 주말을 기해 초콜릿 배급량이 30그램에서 20그램으로 감소될 예정이었다. 따라서 원래의 공약 내용을 바꾸어 배급량을 4월 어느 시점에 줄여야 할 것이라고 경고하는 내용으로 대체하면 되는 것이었다.

윈스턴은 〈타임스〉지의 해당 호에 맞추어 각각의 과제를 모두 구술기록기로 정정하고, 처리한 즉시 결과물은 전송관 속으로 밀어 넣었다. 그런 후에 거의 무의식적인 동작으로 원본 메시지와 일하는 중간에 쓴 메모지를 손으로 구긴 다음 소각로로 내려가는 메모리홀 안에 밀어 넣었다.

공기압축식 전송관의 보이지 않는 미로 안에서 무슨 일이 일어나는지, 윈스턴은 자세히는 모르지만 대강은 알고 있었다. 수정이 요청된 특정 날짜의 〈타임스〉지의 정정본은 모두 취합되어 대조 분석된 뒤에 그 날짜대로 곧 재인쇄에 들어가고, 원본은 파기되어 정정본이 원본의 자리를 대신하게 되었다. 이렇게 계속 이어지는 정정 작업은 신문뿐 아니라 일반 서적이나 정기간행물, 팸플릿, 포스터, 전단, 영화, 녹음테이프, 만화, 사진 등 조금이라도 정치적 혹은 이념적 의미를 담고 있는 것이라면 종류에 상관없이 모든 문서와 인쇄물을 대상으로 행해졌다. 매일 거의 매 순간마다 과거는 현재가 되어 버렸다. 이런 식으로 당이 내놓는 예측은 모두가 옳았다고 문서로 증명될 수 있었으며, 어떤 보도 내용이나 의견도 현재의 이해관계와 부합되지 않는다면 가차 없이 기록에서 삭제되었다. 모든 역사는 필요에 따라 얼마든지 깨끗이 지웠다가 다시 고쳐 쓸 수 있는 양피지와도 같았다. 그리고 어떤 경우라도 작업이 일단 완료되고 나면 기록의 변조가 있었다는 사실은 더 이상 증명할 수 없게 되었다. 윈스턴이 근무하는 부서보다 규모가 훨씬 큰 기록국에서는, 전담 직원들이 다른 데서 정정된 기록에 맞추어 추가 정정하거나 파기해야 할 책과 신문 등 각종 문서를 찾아내 정정하는 일만 맡아서 했다. 정치 서열의 변화나 빅 브라더의 잘못된 예측 때문에 열두 번도 넘게 정정 과정을 거쳤을 수많은 날짜의 〈타임스〉지는 그대로 원래 날짜 파일에 분류되어 보관되었고, 최종본 외에 다른 내용이 남아 있는 판본은 더 이상 어디에도 존재하지 않았다. 책들 또한 회수되어 몇 번이고 다시 쓰였으며, 정정되었다는 표시 없이 다시 발간되곤 했다. 심지어는 윈스턴이 받아 처리한 후에 즉시 폐기해 버리는 업무 지시 메모에서도 위조 행위를 지시하는 내용은 일절 언급되거나 암시되지 않았다. 다만 언제나 정확성을 기하기 위해 바로잡으라고 지시하는 어투로 오자나 탈자,

인쇄 불량 및 인용 오류에 대한 언급만 있을 뿐이었다.

사실 엄밀히 말하면 이것을 딱히 위조라고 할 수도 없다고, 윈스턴은 풍요부의 통계 수치를 재조정하면서 생각했다. 그보단 단순히 하나의 의미 없는 말을 또 다른 의미 없는 말로 대체하는 일이라고 하는 게 옳았다. 그가 처리해야 하는 대부분의 자료는 실제 세상과 실질적인 관련이 없었으며, 그렇다고 대놓고 하는 거짓말이라고 할 수도 없었다. 원본에 있는 통계나 정정본에 있는 통계나 둘 다 환상에 불과하기는 매한가지였다. 이것을 이해하는 데 아주 많은 시간을 할애해야 할 것이다. 예를 들어 풍요부는 이번 분기 신발 생산량이 1억 4,500만 켤레일 거라고 전망했었다. 그런데 실제 생산량은 6,200만 켤레에 불과했다. 따라서 윈스턴은 실제 생산량이 목표치를 능가했다는 통상적인 주장이 말이 되도록 예측한 내용을 수정해 목표치를 5,700만 켤레로 낮추었다. 사실 이렇게 하나 저렇게 하나 5,700만이고 1억 4,500만이고 따질 것 없이 6,200만이라는 숫자도 어차피 진실이라고 할 수는 없었다. 아예 신발 생산량이 한 켤레도 없었다 해도 전혀 놀라울 것 없었고, 이런 일엔 아무도 신경 쓰지 않거니와 쓴다 해도 알아낼 방법도 없었다. 알 수 있는 건 매 분기마다 천문학적인 숫자의 신발이 생산된다는 문서상의 정보뿐이었다. 그런데도 웬일인지 오세아니아 인구의 절반은 신발 없이 맨발로 다니는 것 같았다. 신발뿐 아니라 크든 작든 기록된 사실은 모두가 이런 식이었다. 모든 것은 알 수 없는 어둠의 세계로 사라져갔고, 그런 가운데 결국은 그날그날의 날짜조차도 불확실하게 되어 버렸다.

윈스턴은 사무실 안을 슬쩍 둘러보았다. 맞은편 책상에서 체구가 작고 빈틈없어 보이는 인상에 검은 턱수염을 기른 틸롯슨이라는 이름의 동료가 일에 한창 열을 올리고 있는 모양이었다. 그는 접은 신문지를 무릎 위에 올려놓고서, 입을 구술기록기의 입력부에 바짝 대고 있었다. 마치 자기 자신과 텔레스크린 사이에서만 공유할 수 있는 비밀을 주고받느라 애를 쓰는 표정이었다. 그가 고개를 들더니 윈스턴을 힐끗 쳐다보며 안경 너머로 적의 어린 눈길을 보냈다.

윈스턴은 틸롯슨에 대해 아는 것이 거의 없었고, 그가 정확히 무슨 일을 하고 있는지도 알지 못했다. 기록국의 사람들은 웬만해선 자신의 임무에 대해 말하기를 꺼렸다. 창문도 없이 길게 나 있는 사무실에는 책상이 두 줄로 뻗어 있었고, 그 안에서는 오로지 종이의 바스락거리는 소리와 구술기록기에 대고 중얼거리는 소음만 끊임없이 울려 퍼졌다. 날마다 서로 '2분간 증오' 시간에 광분하는 모습을 목격하고 복도에서 바쁘게 스쳐 지나가곤 했지만, 윈스턴이 아직 이름조차 모르는 직원들이 족히 열두 명은 되는 것 같았다. 그나마 그가 아는 것이라곤 옆 책상에서 일하는 자그마한 체구의 엷은 갈색 머리 여자가 밤낮으로 매달려 하는 고된 업무가 언론상에서 이미 증발되어 이제는 존재하지 않는 사람들의 이름을 추적해 지워 버리는 일이라는 것 정도였다. 몇 년 전에 그녀의 남편이 그런 식으로 사라져 버렸다는 점에서, 이런 일은 그녀에게 어딘지 딱 맞아떨어졌다. 그런가 하면 몇 책상 건너에는 온화하고 약간 모자란 듯도 한 공상적인 성격의 앰플포스라는 남자가 있었다. 귀에 솜털이 유난히 많이 난 그는 시의 운율을 다루는 데 놀랄 만큼 재주가 뛰어났고, 그런 재능을 살려 이런저런 이유로 이념적으로는 불온하다고 여겨지지만 시집에 수록해야 하는 시들을 목적에 맞게 뜯어고치는 일을 했다(그 결과물을 소위 '결정본'이라고 칭했다.). 그리고 50명가량의 직원이 상주하는 이 사무실은 기록국이라는 거대하고 복잡한 조직의 일개 분과에 불과했다. 이 사무실 아래, 위, 옆으로도 수많은 직원들이 상상조차 할 수 없이 다양한 종류의 일을 하고 있었다. 그중에는 조판 전문가와 전문 편집자에다 사진 위조를 목적으로 지어진 정교한 기계가 완비된 스튜디오를 갖춘 거대한 인쇄소도 있었고, 엔지니어와 프로듀서뿐 아니라 뛰어난 성대모사 실력으로 선발된 성우까지 갖추고 있는 텔레스크린 편성 부서도 있었다. 그런가 하면 회수해야 할 서적이나 정기간행물 목록을 작성하는 일을 전담하는 참조 서기들만 모아 놓은 부서도 있었고, 정정된 문서들이 보관되는 어마어마한 크기의 저장소도 있었으며, 원본을 파괴시키는 곳인 소각장도 어디엔가 숨겨져 있었다. 그리고 또 누구인지 알 수는 없지만 이 모든 일을 지휘 관리하는 지도급들도 어딘가에 존재하고 있었다. 그들은 과거의 어떤 부분이 보존되고 위조되어야 하는지, 또 어떤 것이 흔적도 없이 사라져야 하는지 등을 구분하는 정책 노선을 결정했다.

그리고 이러한 기록국은 또 크게 보면 진리부라는 거대 조직의 한 일부분에 불과했다. 사실 진리부의 주된 업무는 과거를 재건하는 일이 아니라 오세아니아 시민들에게 신문, 영화, 교과서, 텔레스크린 프로그램, 연극, 소설 등의 각종 매체를 통해 온갖 종류의 정보나 지식, 오락을 제공하는 것이었다. 즉 동상에서부터 슬로건까지, 서정시에서 생물학 논문까지, 그리고 어린이용 철자 책에서부터 신어사전까지 모든 것을 총망라했다. 더불어 진리부의 임무는 당의 요구사항을 충족시키는 데서 그치지 않고 프롤레타리아 계급의 유익을 위해 위에 열거된 모든 것을 낮은 수준으로 재편성해 제공하는 일도 포함되어 있었다. 프롤레타리아를 위한 문학, 음악, 연극 등 전반적인 오락거리를 생산하는 일을 맡은 부서들에서는 스포츠, 범죄, 별자리 코너 외에는 읽을 만한 기사가 하나도 없는 저질 신문이나 선정적인 내용으로 가득 찬 5센트짜리 삼류 소설, 섹스가 난무한 영화 및 '작시기'라고 불리는 특수 만화경을 통해 순전히 기계적으로 만들어진 감상적인 유행가 등을 제작하고 배포했다. 그중에는 신어로 '포르노과'라고 부르는 하위 부서도 있었는데, 그곳에서는 그야말로 저질 중에 저질인 포르노물을 생산하고 밀봉 포장해서 내보내는 일을 했다. 이렇게 만든 포르노물은 제작에 관여한 사람을 제외하고는 어느 당원도 규정상 절대 볼 수 없게 되어 있었다.

오늘 근무 시간 동안 전송관으로 전달된 세 가지 업무는 비교적 단순한 일감이어서, 윈스턴은 '2분간 증오'로 일의 흐름이 끊기기 전에 그것들을 모두 처리해 내보낼 수 있었다. 그는 '증오'가 끝나고 책상으로 다시 돌아와 책꽂이에 꽂혀 있던 신어사전을 꺼냈다. 그리고 구술기록기를 한쪽 옆으로 밀어놓은 다음 안경을 닦고, 오전 시간의 주 업무에 정식으로 착수하기 시작했다.

윈스턴의 삶에서 가장 큰 즐거움은 그의 일에 있었다. 비록 업무의 대부분이 따분하고 지루한 일의 연속이었지만, 개중에는 가끔씩 너무 난해하고 복잡해서 마치 어려운 수학 문제에 빠져들 듯 미친 듯 몰두해서 처리해야 하는 일들이 있었다. 즉, 당이 원하는 바를 어림짐작으로 알아내고 영사 강령에 대해 그가 알고 있는 기본 지식만을 바탕으로 해서 완수해야 하는, 정교한 기술을 요하는 위조 작업이 그것이었다. 윈스턴은 이런 종류의 일을 하는 데 재능이 있었다. 때로는 전부 신어로만 쓰여 있는 〈타임스〉지의 주요 기사를 정정하는 일이 그에게 맡겨진 적도 있었다. 그는 아까 옆으로 밀어두었던 마지막 메모를 다시 펼쳤다. 그 내용은 다음과 같았다.

타임스 83. 12. 3. 빅브 일일 명령 극불만 무인(無人) 언급 전문 정정 위부 선제출

이 말을 구어 즉, 표준 영어로 옮기면 다음과 같이 해석될 것이다.

1983년 12월 3일자 〈타임스〉지에 실린 '빅 브라더의 일일 명령' 코너의 보도 내용이 극도로 불만족스러우며, 존재하지 않는 사람들이 언급되었다. 원고 전문을 다시 써서 발주하기 전에 초안을 상위 부서에 제출하라.

윈스턴은 문제가 된 그 기사를 찾아 꼼꼼히 읽었다. 그날 '빅 브라더의 일일 명령' 코너는 FFCC라고 알려진 단체의 업적을 치하하는 내용으로 채워져 있었다. 그 단체는 유동 요새에 주둔하고 있는 해병들에게 담배를 비롯한 여러 위문품을 보급하는

단체인 듯했다. 기사에는 내부당의 중요 인사인 위더스라는 이름의 동무가 주로 소개되어 있었으며, 그가 2급 특별 공로 훈장을 받았다는 내용이 실려 있었다.

그런데 그로부터 3개월 후에 FFCC는 아무런 해명 없이 갑자기 해체되었다. 위더스와 그의 측근들이 당의 눈 밖에 나서였을 거라는 추측이 가장 유력할 테지만, 언론이나 텔레스크린을 통해 그런 일이 공식적으로 보도되는 일은 없었다. 놀라운 일도 아니었다. 정치범은 재판에 회부되는 일도, 심지어는 공개적으로 비판을 받는 일도 드물었기 때문이다. 수천 명의 사람들이 연루되며 반역자들이나 사상범들이 공개 재판 석상에서 자신의 범죄를 비굴한 모습으로 자백한 후에 결국 처형당하고 마는 대숙청 같은 사건은 2년에 한 번쯤 있을까 말까 한 그야말로 특별한 구경거리였다. 그보다 대개 당의 비위를 건드려 눈 밖에 난 사람은 소리 소문 없이 사라지는 게 일반적이었고, 그 후로 그 사람들의 소식은 다시 들을 수 없었다. 끝내 죽지 않고 목숨을 부지하는 사람들도 가끔은 있었지만, 일반적으로는 그 사람들에게 무슨 일이 일어났는지 알 수 있을 만한 단서조차도 남지 않았다. 윈스턴이 개인적으로 알고 있는 사람 중에서 그렇게 행방을 감춘 사람은 그의 부모님을 제외하고도 족히 서른 명은 되었다.

윈스턴은 종이 클립으로 코를 가볍게 문질렀다. 사무실 맞은편 책상에 앉은 틸롯슨 동무는 아직까지도 비밀스러운 분위기를 유지하며 구술기록기에 바짝 몸을 숙이고 있었다. 그러다 잠깐 고개를 들더니, 아까처럼 또 윈스턴을 향해 적의 어린 눈을 번뜩였다. 윈스턴은 틸롯슨 동무가 자기와 동일한 일을 지시받은 건 아닌가 하고 궁금해졌다. 충분히 그러고도 남았다. 이런 종류의 까다로운 작업을 단 한 사람에게만 맡길 리가 없으니까 말이다. 그렇다고 이런 일을 위원회에 넘긴다면, 공공연히 위조 행위가 벌어지고 있다는 사실을 시인하는 꼴이 되므로 아마도 그렇게 하지는 않을 것이다. 따라서 현재 한 열두 명 정도의 사람들이 모두 자기처럼 빅 브라더가 무슨 말을 했다고 쓸까 고심하며 일하고 있다는 것이 가장 그럴 듯한 가정이었다. 그러고 나면 내부 당의 고위 간부급 인물이 그중에서 가장 적당한 원고를 골라 재편집할 테고, 이어서 절대 빼먹어서는 안 되는 상호 참조 과정을 거친 다음, 그렇게 최종 선정된 거짓말은 영구 문서에 기록되어 엄연한 진실로 인정받게 될 것이었다.

윈스턴은 위더스가 어떤 이유로 숙청을 당했는지 알지 못했다. 부패나 무능력 때문이었을 수도 있고, 아니면 너무 인기가 많아서 빅 브라더가 일찌감치 제거해 버린 것인지도 몰랐다. 혹은 위더스나 그와 가까운 누군가가 이단적인 성향을 보였다는 혐의를 받아서일 수도 있었다. 그러나 어쩌면(사실 이 추측이 제일 유력했는데) 단순히 숙청이나 증발이 정부 조직 유지를 위해 필요한 방법이기 때문에 일어난 일일 수도 있었다. 윈스턴이 가진 유일한 단서는 메시지에 있는 '무인 언급'이라는 표현이었다. 그건 위더스가 이미 제거되었음을 암시했다. 누군가 체포된 경우에는 이런 말을 쓰지 않았다. 때로는 체포되었던 사람이 풀려나서 1, 2년 정도 자유를 누리다가 뒤늦게 처형되기도 했다. 간혹 있는 일이긴 했지만, 오래전에 이미 죽었다고 믿었던 사람이 유령 같은 몰골로 공개 재판에 나타나 수백 명을 공범으로 지목하는 증언을 한 다음에 그제야 영원히 사라져 버리는 일도 있었다. 그러나 위더스는 이미 '무인', 즉 없는 사람이었다. 그는 현재 존재하지 않았고, 그 이전에도 존재한 적이 없었다. 윈스턴은 단순히 빅 브라더가 한 연설의 기조만 바꾸는 것으로는 충분하지 않을 거라는 판단을 내렸다. 이런 일은 원래 주제와 아예 무관한 일로 대체하는 편이 효과적일 거라는 생각이었다.

그는 연설 내용을 반역자들이나 사상범들에 대한 일상적인 비난으로 바꿔 볼까도 생각했지만, 너무 상투적이고 뻔한 내용이 될 것 같아 그만두었다. 전선에서의 승전 소식이나 제9차 3개년 계획의 영광스런 초과 달성 소식을 임의적으로 지어 볼까 생각도 했지만, 그건 또 다른 기록들과 일일이 맞추어야 할 일이 너무도 복잡했다. 이럴 때 제격인 것은 역시 순수한 창작물이었다. 순간, 마치 미리 준비라도 해 놓은 듯 윈스턴의 머릿속에 오길비라는, 최근 전투 중에 영웅적으로 전사한 한 동무의 이미지가 떠올랐다. 빅 브라더는 가끔 '일일 명령' 지면을 할애해 낮은 지위에 있지만 다른 사람들의 귀감이 될 만한 하급 당원의 삶과 죽음에 대한 이야기를 곧잘 하곤 했다. 그리고 오늘 그는 오길비 동무를 추모할 것이다. 물론 오길비 동무라는 사람이 실제로 존재하는 것은 아니었다. 그러나 몇 줄의 기사와 가짜 사진 몇 장만 있으면 얼마든지 그를 실존 인물로 만들 수 있었다.

윈스턴은 머릿속으로 잠깐 생각을 정리한 다음, 구술기록기를 앞쪽으로 바짝 끌어당기고 빅 브라더 특유의 어투를 사용하여 기사 내용을 써 내려가기 시작했다. 빅 브라더는 군대식인 동시에 현학적인 어투를 썼는데, 질문을 제기한 다음 곧바로 답을 제시하는 식의 말버릇이 두드러져서 흉내 내기가 그리 어렵지 않았다. 예를 들면 '동무들이여, 우리가 이 사실로부터 무슨 교훈을 얻을 수 있는가? 영사의 강령 중 하나이기도 한 이 교훈은 바로…….'라고 말하는 식이었다.

오길비 동무는 불과 세 살에 북과 장난감 기관총과 모형 헬리콥터를 제외한 다른 장난감을 모두 거부했다. 여섯 살에는 당의 특별 배려로 규정보다 1년 더 빨리 스파이단에 입단했고, 아홉 살에는 단장이 되었다. 열한 살에는 숙부의 대화를 몰래 엿듣고 불온한 면이 있다는 판단이 들어 그를 사상경찰에 고발했다. 열일곱 살에는 청년 반성 동맹의 소속 구역에서 조직책을 역임했다. 열아홉 살에는 수류탄 만드는 법을 고안해 냈는데, 그가 고안한 수류탄은 추후에 평화부에서 채택되어 첫 실험에서만 유라시아 포로 서른한 명을 단 한 방에 날려 버렸다. 그는 스물세 살이라는 젊은 나이에, 중요한 긴급 공문을 전하려고 인도양을 건너가다가 적들의 제트기의 표적이 되어 끝내 전사했다. 당시 그는 몸무게를 늘리기 위해 기관총을 몸에 둘렀고, 모든 공문과 서류를 몸에 지니고서 헬리콥터에서 깊은 바다 속으로 뛰어내렸다. 빅 브라더의 표현에 의하면, 그의 죽음은 모두의 부러움을 살 만한 최후의 순간이었다. 빅 브라더는 오길비 동무의 삶속에서 돋보인 순수함과 성실함에 대해서 몇 마디 더 덧붙였다. 그는 술이나 담배를 입에도 대지 않았으며, 매일 한 시간씩 체육관에서 운동을 하는 것을 제외하고는 다른 오락거리도 가까이하지 않았다. 게다가 결혼을 해 가족을 이루면 하루 24시간 내내 당의 임무에 헌신할 수 없을 거라는 판단하에 자청하여 '독신 서

약'을 하기도 했다. 그는 영사의 강령에 대한 주제가 아니면 그어떤 대화도 하지 않았으며, 그의 인생 목표는 오로지 유라시아 적군을 무찌르고 스파이, 태업자, 사상범, 반역자를 색출하는 것이었다.

윈스턴은 오길비 동무에게 특별 공로 훈장을 줄까 말까 속으로 고민하다가 결국 그러지 않기로 결정했다. 굳이 불필요한 참조 작업을 수반할 것까지는 없다고 판단했기 때문이었다.

윈스턴은 다시 한 번 맞은편 책상에 앉아 있는 그의 라이벌을 흘끗 쳐다보았다. 웬일인지 지금 틸롯슨이 열중하고 있는 일이 자신이 하고 있는 일과 동일한 것이라는 확신이 자꾸만 들었다. 누구의 원고가 최종적으로 채택될지는 알 수 없었지만, 윈스턴은 자신의 글이 채택될 거라는 강한 확신을 느꼈다. 한 시간 전만 해도 상상 밖의 인물이던 오길비 동무의 존재는 이제 엄연한 기정사실이 되어 있었다. 산 사람은 만들어 낼 수 없는데 죽은 사람은 만들어 낼 수 있다고 생각하니 참으로 기분이 묘했다. 오길비 동무, 현재에 결코 존재한 적 없는 그가 이제 과거에는 존재하게 된 것이다. 그리고 일단 이 위조 행위가 잊히고 나면, 그는 샤를마뉴 대제나 줄리어스 시저에 뒤처지지 않는 증거 자료를 보유한, 그들만큼이나 확실한 실존 인물이 되어 있을 것이다.

5장

지하 깊숙이 자리 잡은 천장이 낮은 구내식당 안에서 점심식사 배식 줄이 천천히 앞으로 움직였다. 식당 안은 사람들로 이미 꽉 차 있었고 귀가 멍멍할 정도로 시끄러웠다. 배식 창구를 통해서 시큼한 쇠 냄새가 나는 스튜의 김이 흘러나왔고, 그보다 더 독한 빅토리 진의 냄새가 진동했다. 식당 한쪽 구석에는 벽에 구멍을 내어 만든 작은 바가 있었는데, 거기서 큰 잔에 담은 진을 한 잔에 10센트씩 받고 팔고 있었다.

"안 그래도 자네를 찾고 있었는데 잘되었군 그래."

윈스턴 등 뒤에서 누군가 말했다.

윈스턴은 뒤로 돌아보았다. 연구부에서 근무하는 친구 사임이었다. '친구'라는 말은 사실 적절치 않을는지 모른다. 요즘에는 '동무'면 모를까, '친구'는 둘 수 없었기 때문이다. 그러나 그런 동무들 중에서도 같이 있으면 더 좋은 동무가 있는 법이다. 사임은 언어학자이자 신어 전문가였는데, 현재는 거대한 전문가 조직의 일원으로서 신어사전의 제11판을 편찬하는 일에 몸을 담고 있었다. 그는 윈스턴보다 체구가 작았으며 머리카락은 검었다. 그의 커다랗게 불룩 튀어나온 두 눈은 어떻게 보면 슬픈 듯도 보이고 어떻게 보면 비웃는 듯도 보였는데, 그는 말을 하면서 상대방을 늘 그런 눈으로 유심히 살펴보는 버릇이 있었다.

"자네 혹시 면도날 남는 거 없나?"

사임이 물었다.

"하나도 없다네. 나도 여기저기 다 뒤져 보았는데, 결국 파는 데를 찾을 수가 없었어."

윈스턴은 일말의 죄책감을 느끼며 급히 둘러 댔다.

요즘엔 만나는 사람마다 전부 면도날이 있냐고 물어 댔다. 사실 윈스턴에게는 전에 안 쓰고 비축해 놓은 면도날이 두 개 남아 있었다. 벌써 몇 달 동안 면도날 품귀 현상이 이어져 온 상황이었다. 당원용 상점에는 공급이 딸리는 상품이 꼭 한두 가지씩 있었는데, 어떤 때는 단추가 모자랐고, 어떤 때는 실이, 어떤 때는 구두끈이 모자랐다. 요즘 모자란 품목이 바로 면도날이었다. 이럴 때 그런 물건을 구하려면 '자유' 시장을 은밀하게 뒤지는 수밖에 없었다. 그렇다고 해서 꼭 구할 수 있다는 보장이 있는 건 아니었지만 말이다.

"나도 요즘 면도날 하나로 벌써 6주째 버티고 있는 중이라네."

윈스턴이 변명하듯 한 마디 더 덧붙였다.

줄이 약간 더 앞으로 움직였다. 줄이 멈추자 윈스턴은 뒤로 돌아 다시 사임 쪽을 바라보았다. 둘은 카운터 끝에 있는 식판 더미에서 기름기 묻은 금속 식판을 하나씩 집어 들었다.

"어제 교수형 집행하는 거 보러 갔었나?"

사임이 물었다.

"일 하느라고 못 갔다네. 조만간 영화로 볼 수 있겠지, 뭐."

윈스턴이 대수롭지 않다는 듯 대답했다.

"그게 어디 직접 가서 보는 것에 비할 수 있겠나."

사임이 말했다.

사임의 비웃는 듯한 눈빛이 윈스턴의 얼굴 위를 맴돌았다.

'나는 자네를 알아. 그 속이 훤히 다 보인다니까. 나는 자네가 왜 교수형 집행을 보러 가지 않았는지 다 알고 있어.'

그 눈은 이렇게 말하고 있는 듯했다.

사상적인 면에서 사임은 지독한 정통파였다. 그는 아군이 적국 마을을 헬리콥터로 급습했던 사건이나 사상범들이 재판을 받고 자백하는 일, 애정부의 감방에서 처형되는 이야기 등을 못마땅하게 여기면서도 흡족해 하며 노골적으로 떠들어 대곤 했다. 그래서 그와 대화를 할 때는 가능하면 그런 화제에서 벗어나서 그가 누구보다 잘 아는 분야이자 윈스턴도 흥미롭게 들을 수 있는 신어에 관련된 내용으로 주의를 돌리는 게 상책이었다. 윈스턴은 자신을 유심히 바라보는 그의 크고 검은 눈을 피해 고개를 조금 옆으로 돌렸다.

"정말 볼만한 교수형이었다네. 단지 조금 아쉬운 점이 있었다면, 죄수들 발을 묶어 놓았던 것이 좀 그랬지. 나는 그자들이 발버둥치는 모습을 지켜보는 게 좋거든. 그리고 무엇보다도 맨 마지막에 죽으면서 퍼렇게 변해 버린 혓바닥이 입 밖으로 나와 죽 늘어지는 모습이 장관이야. 내가 주로 관심을 가지고 지켜보는 건 그런 부분이네."

사임은 말하면서 머릿속으로 그 장면을 회상하는 듯했다.

"다음 분!"

하얀 앞치마를 두른 프롤 출신 종업원이 국자를 들고 소리쳤다.

윈스턴과 사임이 배식 창구에 식판을 들이밀었다. 종업원은 신속한 동작으로 규정된 양의 점심 식사를 각각의 식판에 덜어 주었다. 철제 국그릇에 담긴 불그죽죽한 스튜와 빵 한 덩어리, 치즈 한 조각, 그리고 우유를 타지 않은 빅토리 커피 한 잔과 사카린정 한 알이 식판에 담겼다.

"저기 텔레스크린 아래 테이블에 자리가 있군그래. 가는 길에 진이나 한 잔 사 가세."

사임이 말했다.

진은 손잡이가 없는 머그잔에 담겨 나왔다. 그들은 북적이는 사람들 사이를 요리조리 헤치고 가서 무사히 자리를 잡고 앉았다. 그리고 식판을 철제 테이블 위에 올려놓았다. 테이블 한구석에는 누군가 먹던 스튜가 잔뜩 흘려져 있었는데, 마치 누군가 토해 놓은 분비물처럼 역겨워 보였다. 윈스턴은 식사를 하기 전에 진이 든 머그잔을 집어 들고는, 마음의 준비를 하듯 잠시 멈칫했다가 석유 냄새가 진동하는 진을 단숨에 들이마셨다. 눈에서 찔끔 눈물이 나며, 갑자기 배가 무척 고파졌다. 그는 숟가락으로 스튜를 떠먹기 시작했다. 눈으로 대충 봐도 엉성해 보이는 스튜에는 고기라고 넣은 건지 해면처럼 흐물흐물한 분홍색 건더기가 떠 있었다. 둘은 스튜 그릇을 다 비울 때까지 서로 아무 말도 하지 않았다. 윈스턴의 왼편 뒤로 조금 떨어져 있는 테이블에서 빠른 속도로 쉬지도 않고 계속 지껄여 대는 누군가의 말소리가 들려왔다. 오리가 꽥꽥대는 듯한 듣기 싫은 소리는 식당 안의 소란스러움을 무색하게 할 정도로 크게 들렸다.

"사전 편찬 일은 어떻게 되고 있나?"

윈스턴이 그 소리를 덮어 버리려는 듯 큰 소리로 물었다.

"서서히 진행되고 있다네. 지금은 형용사 작업을 하고 있는데, 정말 얼마나 흥미로운지 모른다네."

사임이 대답했다.

신어에 대한 이야기가 나오자마자 사임의 얼굴이 금세 환해졌다. 그는 자신의 스튜 그릇을 옆으로 밀어 놓고, 가느다란 한쪽 손으로 빵을, 다른 쪽 손으로는 치즈를 집어 들었다. 그리고 소리를 높이지 않고도 말소리가 잘 전달될 수 있도록 탁자 위로 몸을 바짝 숙였다.

"제11판은 신어사전의 결정판이야."

사임이 말을 시작했다.

"이제 신어를 최종 형태로 굳히고 있는 중이라네. 이 신어가 완성되면, 이제 모두가 신어 외에 다른 말은 쓰지 않아도 될 걸세. 우리가 이 작업을 끝내면, 자네 같은 사람들은 처음부터 말을 다시 배워야 할 거야. 아마 자네는 우리의 일이 새로운 말을 만들어 내는 거라고 생각할 테지. 그러나 전혀 그렇지 않다네! 반대로 우리는 말을 파괴하고 있어. 매일 수십 개씩, 수백 개씩 계속 파괴되고 있지. 말하자면 우리는 언어를 뼈만 남겨 두고 모두 발라내고 있는 셈이야. 제11판에는 2050년 이전에 쓸모없어질 단어가 단 하나도 들어가지 않을 예정이라네."

사임은 허기진 듯 빵을 몇 입 크게 베어 꿀꺽 삼키고, 특유의 현학적인 열정을 드러내며 계속 말을 이었다. 그의 검고 마른 얼굴에 금세 생기가 돌았고, 그의 눈에서는 특유의 비웃는 눈빛이 사라지고 거의 꿈꾸는 듯한 표정이 되었다.

"말의 파괴라는 것은 참으로 아름다운 일이야. 물론 가장 쓸모없는 건 동사와 형용사지만, 명사도 수백 개 정도는 족히 없애 버려야 한다네. 없애야 할 말은 동의어뿐만이 아니야. 반의어도 없애야 해. 생각해 보게, 단순히 어떤 말의 반대 의미만 표현하면 되는데 굳이 다른 새로운 말을 만들어 쓸 필요가 있나? 단어에는 그 자체로 반대말이 포함되어 있다네. 가령 '좋은(good)'이라는 단어를 예로 들어 보세. 여기서 '나쁜(bad)'이란 말이 꼭 있어야 하는가? '안 좋은(ungood)'이라고 하면 충분하고도 남는데 말일세. 아니, 충분한 정도를 떠나 오히려 더 낫지. 왜냐하면 '나쁜'보다 정반대의 의미를 더욱 잘 나타낼 수 있으니까. 그런 식으로 나아가, '좋은(good)'이란 말의 더 강한 표현이 필요하다고 해 보세. 어째서 '탁월한(excellent)'이니 '훌륭한(splendid)'이니 하는 온갖 모호하고 쓸모없는 말이 필요한가? '더 좋은(plusgood)'이라고 말하면 그 의미가 되고, 그보다도 더 강조하고 싶다면 '더더욱 좋은(doubleplusgood)'이라고 하면 되는 걸. 물론 지금도 이런 말을 사용하고는 있네. 그렇지만 신어사전의 최종판은 몽땅 이런 낱말들로만 채워질 거야. 그렇게 해서 결국에는 좋고 나쁨의 전체 개념이 딱 여섯 단어이자 사실상 한 단어로 표현될 수 있을 걸세. 정말 근사하지 않나, 윈스턴? 물론 이 모든 것은 빅 브라더의 발상에서 비롯된 것이라네."

사임은 뒤늦게야 생각이 난 듯 빅 브라더의 이름을 덧붙여 말했다.

빅 브라더라는 말에 윈스턴의 얼굴에 순간적으로 약간 김빠진 듯한 표정이 스쳤다. 정말 언뜻 지나친 표정이었음에도 사임은 대번에 윈스턴의 열의가 식은 것을 감지해 냈다.

"자네는 신어의 진가를 인정하지 않고 있군그래, 윈스턴."

사임은 슬프다는 표정으로 말했다.

"자네는 신어를 쓰면서도 생각은 여전히 구어로 하고 있어. 자네가 가끔 〈타임스〉지에 쓴 글을 몇 번 읽어 보았네. 그 정도로도 충분히 괜찮긴 하지만, 엄격히 말해 단순한 번역에 가깝더군. 자네는 여전히 모호하거나 쓸데없는 의미의 차이에 신경 써야 하는 구어에 집착하고 있어. 단어를 파괴시켜 나가는 과정의 묘미를 깨닫지 못하고 있단 말이지. 자네는 신어가 세계에서 유일하게 매년 어휘가 줄어드는 언어라는 사실을 알고 있나?"

윈스턴은 물론 그 사실을 알고 있었다. 그러나 차마 말로 동의를 표할 자신은 없었기에, 최대한 긍정적인 미소로 대신하려고 필사적으로 애썼다. 사임은 거무스름한 빵을 한 입 더 베어 물고는 건성으로 씹어 넘긴 다음 말을 계속 이었다.

"자네는 신어의 궁극적인 목표가 사고의 폭을 좁히는 것임을 모르겠나? 결국 우리는 사상범죄 자체를 말 그대로 불가능하게 만들 거야. 원천적으로 그런 생각을 할 수 없도록 철저히 봉쇄해 버릴 거거든. 어떤 개념이든 단 하나의 단어로 표현될 수 있게 만들고, 그 의미를 엄격히 제한시켜 다른 부수적인 의미는 모두 지워지거나 잊히게 할 것이네. 제11판에서 우리는 이미 그 목표에 가까이 도달했어. 그러나 그 과정은 자네와 내가 죽고 난 다음에도 오랫동안 계속해서 이어져야 할 거야. 그리고 해마다 단어의 수는 조금씩 더 줄어들 거고, 그만큼 의식의 범위도 좁아질 테지. 물론, 지금이라고 해서 사상범죄를 저지르는 데 있어 어떤 이유나 핑계가 용납될 수 있다는 건 아닐세. 결국 현실 통제와 자기 훈련에 대한 문제일 뿐이니까. 다만 궁극적으로는 점차 그럴 필요조차 없어질 거라는 말이네. 언어가 완성되었을 때, 혁명도 비로소 완수될 걸세. 신어가 바로 영사이고, 영사가 바로 신어인 거지."

사임은 묘한 만족감을 드러내며 말했다. 그리고 곧바로 덧붙여 물었다.

"윈스턴, 자네 이런 생각 해 본 적 있나? 늦어도 2050년경에는 지금 우리가 하는 대화를 아무도 이해하지 못할 거란 생각 말일세."

"그래도……."

윈스턴이 머뭇거리며 무심코 말을 꺼내다 입을 다물었다.

'그래도 프롤들은 이해할 수 있을 것'이라는 말이 혀끝에서 맴돌았지만, 괜히 이단적인 말을 했다는 오해를 불러일으키지나 않을까 하는 생각이 들었다. 그러나 사임은 윈스턴이 무슨 말을 하려던 건지 직감적으로 알아채고 대수롭지 않게 말했다.

"프롤들은 인간이라고 할 수 없지 않은가. 2050년 혹은 그때가 오기도 전에 아마 구어에 대한 지식은 모두 사라져 버릴 거야. 과거의 문학도 모두 폐기될 테고 말이지. 초서, 셰익스피어, 밀턴, 바이런 같은 작가들 작품은 오직 신어 버전으로만 존재할 거야. 그것도 단순히 지금과 약간 다른 정도가 아니라 그 실체부터 옛날 모습을 전혀 찾아볼 수 없는 작품으로 변할 것이네. 심지어는 당의 문학도 변할 거야. 슬로건부터 변해야겠지. '자유'라는 개념 자체가 아예 없어질 텐데, 어떻게 '자유는 예속'이란 슬로건이 있을 수 있겠는가? 미래에는 사상적 풍토 자체가 달라질 거야. 사실상 지금 우리가 이해하는 사상 같은 건 더 이상 존재하지 않을 걸세. 생각하지 않는 게 정통적인 게 되는 거야. 즉, 생각할 필요가 없어지는 거지. 정통주의는 무의식이라네."

머지않아 사임은 증발될 것이다. 순간 윈스턴의 머릿속에 그런 예감이 강하게 스쳐 지나갔다. 그는 지나칠 정도로 똑똑했다. 그는 너무 명확하게 꿰뚫어 보고, 너무 분명하게 이야기한다. 당은 그런 사람들을 좋아하지 않았다. 언젠가 그는 사라질 것이다. 그의 얼굴에 그렇게 쓰여 있었다.

윈스턴은 빵과 치즈를 모두 먹어 치웠다. 그리고 의자에 앉은 채 몸을 약간 옆으로 틀어 커피를 마셨다. 왼쪽 테이블에서 나는 귀에 거슬리는 목소리의 주인공 남자는 여전히 그만둘 기미 없이 시끄럽게 지껄여 대고 있었다. 윈스턴 쪽으로 등을 보이고 앉아 있는, 아마도 그의 비서로 짐작되는 젊은 여자는 그의 말에 열심히 귀를 기울이며 그가 무슨 말을 하건 전적으로 동의하고 있는 듯했다. 이따금씩 젊은 여자가 좀 모자라 보이는 말투로 "동무 말이 정말 맞아요.", "정말 동감이에요." 하고 맞장구치며 추임새를 넣는 소리가 윈스턴의 귀에 들렸다. 그런 와중에도 다른 목소리는 한시도 쉬지 않고 계속 말을 했다. 심지어 여자가 말할 때도 마찬가지였다. 지나가면서 몇 번인가 본 적은 있었지만, 윈스턴은 그 남자가 창작국에서 꽤 요직을 맡고 있다는 점 외에는 아는 바가 없었다. 그는 서른 살 정도 되어 보였는데, 목이 유난히 굵었으며 입이 크고 변덕스러워 보였다. 그는 머리를 뒤로 약간 젖히고 있었는데, 비스듬히 앉아 있는 각도 때문에 빛이 안경에 반사되어 윈스턴에게는 그의 눈 대신 두 개의 텅 빈 유리알만 보였다. 그런 그에게서 약간 섬뜩한 느낌이 드는 이유는, 그의 입 밖으로 쉴 새 없이 쏟아져 나오고 있는 그 수많은 말 중에 윈스턴이 알아들을 수 있는 말이 단 한 마디도 없다는 사실이었다. 그러다 딱 한 번 어렴풋이 주워들은 구절이 하나 있었는데, '골드스타인주의를 완벽하고 확실하게 제거하고' 어쩌고 하는 말이었다. 그 말은 마치 하나의 단위로 새로 주조된 활자

틀처럼 뭉뚱그려져서 순간적으로 터져 나온 말 중 하나였다. 그 외 나머지는 그냥 오리가 꽥꽥하며 소리를 지르듯, 단지 소음이라고밖에 할 수 없는 말이었다. 그렇게 그 남자가 하는 말은 실제로 전혀 들리지 않았지만, 그럼에도 그 말의 성격에 대해서는 의심할 여지없이 분명하게 알 수 있었다. 그는 골드스타인을 비난하거나, 사상범이나 태업자들에 대해 더욱 단호한 조치를 취해야 한다고 주장하거나, 혹은 극악무도한 잔혹 행위를 예로 들며 유라시아 군대를 맹렬히 비판하거나, 빅 브라더나 말라바르 전선에 있는 영웅을 찬양하거나 하는 것이 뻔했다. 무엇이 되었든 간에 별로 다를 건 없었다. 그게 무엇이든 그가 입 밖에 내는 단어 하나하나는 모두가 순수한 정통이자 순수한 영사임에 틀림없었다. 눈 없는 얼굴로 턱만 위아래로 바쁘게 움직이는 얼굴을 보고 있자니, 윈스턴은 문득 그가 진짜 사람이 아니라 일종의 구체 관절 인형 같은 것이 아닐까 하는 기묘한 기분이 들었다. 쉼없이 말을 꺼내고 있는 그 주체는 남자의 머리가 아니라 그의 목구멍이었다. 또한 그에게서 쏟아져 나오고 있는 것도, 단어로 이루어진 듯했지만 진정한 의미의 말은 아니었다. 그것은 단지 오리의 꽥꽥거림처럼 무의식중에 터져 나온 시끄러운 소음일 뿐이었다.

웬일인지 갑자기 조용해진 사임은 한동안 말없이 숟가락 손잡이 부분으로 테이블에 떨어진 스튜 국물로 뭔가 그림을 그리고 있었다. 옆 테이블에서는 주위의 시끄러운 소리에도 아랑곳하지 않고 여전히 빠른 속도로 꽥꽥거리는 소리가 흘러나왔다.

"신어에 이런 낱말이 있다네."

사임이 다시 말을 꺼냈다.

"이미 알고 있는지 모르겠지만 '오리말(duckspeak)'이라는 건데, 그 말은 오리처럼 꽥꽥댄다는 뜻이야. 그런데 이 말이 흥미로운 건 상반된 두 개의 의미를 지니고 있다는 점이야. 그래서 적을 향해 말하면 욕이 되지만, 뜻을 같이하는 동지에게 말하면 칭찬이 된다네."

의심의 여지가 없다. 사임은 반드시 증발되고 말 것이다. 윈스턴은 다시 한 번 이렇게 생각했다. 그는 사임이 자신을 다소 깔보며 어느 정도 반감을 가지고 대한다는 사실을 알고 있었다. 또한 자신이 조금이라도 빈틈을 보이면 가차 없이 사상범으로 고발해 버릴 사람이라는 것도 알았다. 그런데도 윈스턴은 사임이 증발되고 말 거라는 예감에 약간은 서글픈 기분이 들었다. 사임에게는 뭐라고 딱히 꼬집어 말할 수 없는, 정도에서 빗나간 무엇인가가 있었다. 그에게 부족한 것은, 이를 테면 신중함이라든가 적당한 무관심이라든가 일종의 우매함 같은 것들이었다. 그렇다고 해서 그가 정통에서 벗어났다고 할 수는 없었다. 그는 영사의 강령을 신봉했으며, 빅 브라더를 열렬히 숭배했고, 아군의 승리에 열광하는 한편, 이단자들을 증오했다. 게다가 이 모든 것은 단순하게 감정적으로 나오는 성향으로써가 아닌, 일반 당원들은 범접할 수 없는 최신의 정보를 바탕으로 한 일종의 들뜬 열성에서 비롯된 태도였다. 그런데도 그에게는 늘 희미하게나마 안 좋은 평판이 따라다녔다. 그는 꺼내지 않는 편이 더 나을 법한 말을 너무 쉽게 꺼냈고, 너무 많은 책을 읽었으며, 화가

나 음악가들로 북적이는 '체스트넛트리 카페'에 단골로 드나들었다. 물론, 성문으로든 불문으로든 체스트넛트리 카페에 가면 안 된다는 법은 없었다. 그렇다고 해도 그곳은 왠지 불길한 장소였다. 그곳은 당의 불신임을 받은 옛날 지도자들이 숙청을 당하기 전에 자주 모임을 갖던 장소였다. 소문에 따르면, 십수 년 전에는 골드스타인도 가끔씩 그곳에 모습을 드러냈다고 했다. 사임에게 닥칠 운명을 점치기란 어려운 일이 아니었다. 그렇다 해도 사임은 윈스턴의 비밀스러운 생각을 단 3초만이라도 엿볼 수 있다면 그를 즉시 사상경찰에 고발해 버릴 것이었다. 몰론 그 문제에 관해서라면 그뿐만이 아닌 다른 사람들도 마찬가지겠지만, 사임은 특히 더 그랬다. 그러나 어쨌든 열성만으로는 충분치 않았다. 정통성이란 것은 무의식을 통해서만 가능했다.

사임이 고개를 들고 앞을 보며 말했다.

"파슨스가 이리로 오는군."

그의 목소리 톤에서 '저 바보 같은 녀석'이라는 말이 내포되어 있음이 느껴졌다. 파슨스는 빅토리 맨션에 사는 윈스턴의 이웃이었다. 그는 식당의 인파를 가로질러 그들 쪽으로 오고 있었다. 그는 땅딸막한 중간 키의 남자로 금발 머리에 개구리처럼 생긴 얼굴을 하고 있었다. 그는 서른다섯밖에 안 되었는데도 벌써 목과 허리춤에 두툼한 비곗살을 달고 있었고, 그런 몸집에 어울리지 않게 몸놀림은 매우 민첩했으며 소년처럼 힘이 넘쳤다. 그의 전반적인 외모는 마치 어린 소년이 그 모습 그대로 크기만 커진 모습을 연상시켰는데, 그 때문에 그는 규정된 제복을 입고 있으면서도 마치 파란 반바지에 회색 셔츠를 입고 빨간 네커치프를 맨 스파이단 단복을 입고 다닌다는 느낌이 들었다. 그를 떠올 릴 때면 늘 무릎이 불쑥 나온 바지에 땅딸막한 팔뚝 위로 소매를 접어 올린 모습이 연상되곤 했다. 실제로 파슨스는 단체 행군이 나 이런저런 육체 활동으로 그럴 만한 기회만 생기면 늘 그 핑계 를 대고 반바지로 갈아입곤 했다.

"어이, 자네들!"

파슨스가 윈스턴과 사임에게 다가오며 쾌활하게 외쳤다.

그가 테이블에 앉자 지독한 땀 냄새가 물씬 풍겼다. 그의 불 그레한 얼굴 전체에 땀방울이 송골송골 맺혀 있었다. 그는 유난 히도 땀을 많이 흘렸다. 지역 센터에 가서도 탁구채 손잡이의 축 축한 정도만 보면 파슨스가 언제 와서 탁구를 쳤는지 알아낼 수 있을 정도였다. 사임은 어디에선가 단어가 일렬로 빼곡히 적혀 있는 기다란 종이를 한 장 꺼내더니, 손가락 사이에 볼펜을 끼고 내용을 검토하기 시작했다.

"점심시간에도 저렇게 열심히 일하다니."

파슨스가 윈스턴을 팔꿈치로 쿡 찌르며 말했다.

"누가 열성적 아니랄까 봐! 어이, 무엇을 그렇게 보고 있는 건가? 보나마나 나 같은 사람한테는 머리만 아픈 일이겠지. 스 미스, 사실 지금껏 자네를 찾아 다녔다네. 자네 기부금 내기로 한 거 잊어버린 건가?"

"무슨 기부금 말인가?"

윈스턴은 자동적으로 몸을 더듬으며 돈이 있는지 확인했다. 매달 월급을 탈 때마다 늘 4분의 1 정도는 자발적 기부금 명목 으로 내놓아야 했는데, 그 종류가 너무 많아서 일일이 다 기억하고 있기란 여간 어려운 일이 아니었다.

"증오 주간을 위한 기부금 말일세. 집집마다 내는 돈 있잖아. 내가 우리 구역 총무거든. 이번에는 모든 노력을 기울여서 끝내 주는 것을 보여 주어야 해. 자네한테 미리 말해 두지만, 만약 빅토리 맨션이 우리 동네에서 가장 크고 화려한 깃발을 내걸지 못한다 해도 그건 내 탓이 아니네. 자네는 2달러를 내겠다고 약속했었지?"

윈스턴은 몸을 뒤져 구겨진 더러운 지폐 두 장을 찾아냈다. 그 돈을 건네주자, 파슨스는 작은 수첩을 꺼내 글을 잘 모르는 사람이 쓰는 것처럼 또박또박 서툴게 윈스턴의 이름을 적어 넣었다.

"그건 그렇고, 스미스 자네."

파슨스가 말을 꺼냈다.

"우리 집 작은 녀석들이 자네한테 어제 새총을 쏘았다고 들었네. 그 일에 대해선 그 녀석을 따끔하게 혼내 주었어. 다시 한 번 그런 짓을 하면 다시는 새총을 건드리지 못하게 하겠다고 단단히 일러두었다네."

"처형장에 가지 못해서 심통을 부리는 모양이던데."

윈스턴이 대답했다.

"아, 그러게 말일세. 그래도 그런 행동을 보면, 그 녀석들이 정신머리 하나는 제대로 박혔다는 걸 알 수 있지 않은가? 애들 둘 다, 조그만 녀석들이 아주 말썽꾸러기이긴 해. 그렇지만 그 열성 하나만은 아주 대단하지! 그 애들 머릿속에는 오직 스파이단이나 전쟁 같은 것밖에 없다네. 글쎄, 딸아이가 지난 토요일에 버크햄스테드에 행군을 나갔다가 무슨 일을 했는지 아는가?

그 애가 다른 여자애들 둘을 데리고 대열을 벗어나서, 오후 내내 수상한 남자를 쫓아다녔다고 하지 뭔가. 두 시간 동안이나 그의 뒤를 밟아서 숲까지 들어갔다 나왔다고 하네. 그리고 결국 애머셤에 도착해서는 그 남자를 경찰에 넘겼다고 하더구먼."

"아니, 그 애들이 무슨 이유로 그 남자를 쫓아간 건가?"

윈스턴이 깜짝 놀란 말투로 물었다. 파슨스가 의기양양하게 설명을 계속했다.

"그 남자가 적군 스파이일 거라고 확신했다는 거야. 그러니까 낙하산으로 침투한다던가 하는 자들 있지 않나. 그런데 자네, 여기서 중요한 건 이거야. 처음에 내 딸아이가 그 남자를 의심하게 된 이유가 뭐였는지 아나? 바로 그 남자가 특이한 신발을 신고 있는 걸 봤다는 거야. 주위에서 한 번도 본 적이 없는 특이한 종류의 신발을 신고 있더래. 그래서 아마도 그자가 외국인일 거라 생각했대. 이만하면 일곱 살짜리 아이치고는 꽤 똑똑하지 않나?"

"그래서 그 남자는 어떻게 되었나?"

윈스턴이 물었다.

"아, 그건 나도 모르지. 하지만 이렇게 되었더라도 놀랍지 않을 거야."

파슨스가 손으로 총을 겨누는 시늉을 하며 혀로 딸깍하는 총소리를 냈다.

"잘됐군."

사임이 종이에서 눈을 떼지 않은 채 멍하니 내뱉었다.

"그래 맞아. 조금이라도 위험한 기미가 보이면 조심하는 게 좋지."

윈스턴도 의무적으로 동의하며 말했다.

"내가 하고 싶은 말은 전쟁이 아직도 한창 진행 중이라는 거야."

파슨스가 말했다.

그때 마치 그 말을 확인시켜 주기라도 하듯, 그들 머리 위에 있는 텔레스크린에서 커다란 나팔소리가 울려 퍼졌다. 그러나 이번에는 군대의 승전 소식을 알리는 것이 아니고, 풍요부에서 단순한 공지사항을 알리는 방송이었다.

"동무들!"

열성적인 젊은 목소리가 외쳤다.

"주목해 주세요, 동무들! 동무들에게 영광스러운 소식을 전합니다. 우리는 생산 전선에서 승리를 거두었습니다! 방금 완료된 각종 소비재 생산량 집계에 따르면, 올해는 작년에 비해 생활 수준이 20퍼센트나 향상되었다고 합니다. 오늘 아침 오세아니아 전역에서는 열화와 같은 자발적 집회가 열렸습니다. 각 공장과 사무실에서 길가로 쏟아져 나온 수많은 노동자들은 깃발을 들고 시가행진을 벌이며, 우리에게 새롭고 행복한 삶을 마련해 준 빅 브라더의 탁월한 지도력에 고마움을 나타냈습니다. 이번에 목표를 달성한 품목들은 다음과 같습니다. 우선 식량의 경우……."

'우리의 새롭고 행복한 삶'이라는 구호가 여러 번 반복되었다. 최근 들어 풍요부에서 가장 즐겨 쓰는 말이었다. 파슨스는 나팔소리가 울릴 때부터 바짝 집중해서 방송을 열심히 들었다. 지루함을 억지로 참으면서도, 엄숙함과 감탄하는 태도가 돋보였다. 그는 수치에 대해서는 잘 모르면서도, 무엇인가 만족스러워 해야 하는 내용이라는 것만은 대강 눈치로 알고 있었다. 윈스턴은 담배가 이미 한 반쯤 타 들어간 커다랗고 꼬질꼬질한 파이프를 꺼내 들었다. 담배의 일주일 배급량인 100그램 가지고는 파이프를 꼭대기까지 꽉 채워 피우기가 거의 불가능했다. 윈스턴은 빅토리 담배를 옆으로 받쳐 들고 조심스럽게 피웠다. 내일이나 되어야 새로 배급을 받을 수 있는데 남은 담배는 고작 네 개비에 불과했다. 한동안 그는 식당 안의 다른 소음을 듣지 않으려고 애쓰며, 텔레스크린에서 나오는 내용에 열심히 귀를 기울였다. 듣자 하니 초콜릿 배급을 일주일당 20그램으로 올려준 데 대해 빅 브라더에게 감사하는 집회가 열렸다고 했다. 그러나 그는 생각했다.

'배급이 일주일에 20그램으로 줄어들 거라는 방송이 나온 게 고작 어제 일이 아니던가? 그렇다면 겨우 24시간 만에 그 사실을 모두 까맣게 잊어버렸단 말인가?'

그렇다. 그들은 모두 잊어버린 것이다. 동물처럼 아둔한 파슨스는 쉽게 잊어버렸을 것이다. 저 옆 테이블의 눈 없는 생명체는 지난주의 배급량이 30그램이었다고 우기는 자가 있으면 누구든 추적해 고발하고 증발시켜 버리겠다는 맹렬한 욕구를 가지고, 열광적으로 또 열정을 다해 잊어버렸을 것이다. 사임은 이중사고를 사용한 다소 복잡한 방법을 써서 잊어버렸을 것이다. 그렇다면 아직도 그 기억을 가지고 있는 사람은 그가 유일하단 말인가?

터무니없는 수치로 가득 찬 통계가 계속해서 텔레스크린으로부터 흘러나왔다. 작년에 비교해 올해는 음식도 더욱 풍부해졌으며, 의복도, 집도, 가구도, 식기도, 연료도, 배도, 헬리콥터도, 책도, 심지어 아기들도 더 많이 늘어났다. 질병과 범죄, 정신병을 빼고는 모든 것이 다 증가한 셈이었다. 매년 매 순간마다 사람이나 사물 모두 급속도로 향상되고 있었다. 사임이 조금 전에 하던 것처럼 윈스턴도 숟가락을 들어 테이블 위에 떨어진 허연 국물을 찍어 기다랗게 줄을 만들고 다른 모양으로 이어 그리기 시작했다. 그는 실생활의 구조를 머릿속에 떠올리며 분개했다. 전에도 늘 이랬던가? 음식 맛도 늘 이랬었나? 그는 구내식당 안을 둘러보았다. 천장이 낮은 식당은 사람들로 북새통을 이루고, 벽은 얼마나 많은 사람들의 손이 닿았는지 온통 때가 묻어 있고, 여기저기 찌그러진 테이블과 의자에, 공간은 얼마나 좁은지 조금만 움직이면 옆에 앉은 사람의 팔꿈치에 쉴 새 없이 부닥치기 일쑤였고, 곳곳마다 구부러진 숟가락, 찌그러진 쟁반, 이 나간 하얀색 머그잔이 눈에 띄며, 표면이란 표면은 모두 기름때로 끈적이고 금이 간 곳마다 새까만 때가 끼어 있었으며 싸구려 진의 화학주 냄새에 질 나쁜 커피와 쇳내 나는 스튜 국물, 그리고 더러운 옷 냄새가 한데 뒤섞여 시큼한 냄새를 풍기는 곳. 이곳은 바로 그런 곳이었다. 위장과 피부는 항상 그런 것들을 받아들이길 거부했고 윈스턴은 왠지 마땅히 누려야 할 자신의 권리를 빼앗겼다는 느낌이 들었다. 사실 옛날에도 지금과 크게 달랐던 기억이 있는 것은 아니었다. 아무리 옛날 일을 기억해 보려 해도 윈스턴에게 남아 있는 기억에 의하면, 먹을 건 언제나 한없이 부족했고, 구멍 나지 않은 양말이나 속옷을 입어 본 적이 언제인지도 가물가물했으며, 가구들은 낡아서 삐걱거렸고, 방은 난방이 제대로 안 되어 늘 추웠으며, 지하철은 항상 붐볐고, 상태가 성한 집이 없었고, 빵은 거무튀튀한 색깔을 띠고, 차는 없어서 못 마셨고, 커피는 맛이 형편없었으며, 담배는 늘 부족했다. 즉, 화학주 말고는 어떤 것도 값싸고 풍부하게 구할 수 있는 것이 없었다. 물론 사람이 나이가 들면 몸도 점차 시들어가는 게 당연한 이치일 것이다. 그러나 끝날 기미가 안 보이는 기나긴 겨울에, 때가 지지 않아 찐득거리는 양말, 움직이지 않는 엘리베이터, 찬물, 거친 비누, 좀처럼 뭉쳐지지 않는 담배, 역겨울 정도로 이상한 맛이 나는 음식 등등 이런 불결함과 불안함 그리고 궁핍함에 시달려 병들게 된다면, 이런 것을 자연의 섭리라고 할 수 있을까? 위와 같은 삶이 이다지도 견딜 수 없게 여겨지는 이유는, 언젠가 한때는 삶이 이렇게 형편없지 않았다는 옛 기억 같은 것이 어딘가에 남아 있어서가 아닐까?

윈스턴은 다시금 식당 안을 둘러보았다. 거의 모든 사람의 모습이 추해 보였다. 설사 지금 입고 있는 파란색 제복을 벗고 다른 옷을 걸친다 해도 추해 보이기는 마찬가지일 것 같았다. 멀리 떨어진 식당 구석에 체구가 작은 데다 외모에서 왠지 모르게 딱정벌레를 연상시키는 한 남자가 테이블에 혼자 앉아 커피를 마시고 있었다. 그는 작게 뜬 눈을 껌벅거리며 의심스러운 눈초리로 이쪽저쪽을 흘끔거렸다. 당에서 내놓은 이상적인 신체 조건을 보면 남자들은 한결같이 모두 키가 크고 근육질이었고, 여자들은 봉곳한 가슴을 지녔고 금발에 생기가 넘치는 데다 햇볕에 그을린 구릿빛 피부를 지니고 있었으며 걱정거리라고는 전혀 없는 밝은 모습을 지니고 있었다.

'만약 주위를 실제로 둘러보지 않는다면 그런 이상적인 모습의 사람들이 이 나라에 존재하고 심지어는 넘쳐날 거라고 믿는 것도 그다지 어렵지 않겠지?'

윈스턴은 생각했다. 그러나 그가 아는 바로는, 에어스트립 원에 살고 있는 시민들 대부분은 키가 작고 피부가 검었으며 전혀 건강해 보이지도 않았다. 정부 기관들마다 어째서 저렇게 딱정벌레같이 생긴 인간들만 넘쳐나는지 참으로 신기한 일이었다. 일찍부터 몸이 옆으로 퍼져 땅딸막한 데다 짧은 다리로 빠르게 종종걸음으로 걸어 다니며, 살이 쪄서 표정을 읽기 힘든 얼굴에 유난히 작은 눈…… 바로 이것이 현재 당의 지배하에서 가장 승승장구하는 것 같은 사람들의 유형이었다.

나팔 소리와 함께 풍요부에서 나오는 안내 방송이 끝났다. 뒤이어 양철 부딪히는 듯한 음악이 흘러나오기 시작했다. 엄청난 숫자들의 폭격을 받고 막연하게나마 감격을 금치 못하던 파슨스가 입에 물고 있던 파이프를 떼며 말했다.

"올해는 확실히 풍요부가 큰일을 해냈지."

그는 뭘 좀 안다는 듯 고개까지 끄덕거렸다.

"그건 그렇고, 스미스. 자네, 혹시 면도날 남은 거 있으면 하나 빌려 줄 수 없겠나?"

"나도 없다네. 벌써 6주째 면도날 하나로 버티고 있는 중이야."

윈스턴이 답했다.

"아, 그런가? 혹시나 해서 그냥 물어본 거야."

"미안하게 됐네."

잠시 멈추는가 싶었던 옆 테이블의 꽥꽥거리는 소리가 풍요부의 안내 방송이 끝나면서 다시 또 시끄럽게 들려오기 시작했다. 웬일인지 윈스턴은 파슨스 부인과 그녀의 숱 없는 머리, 그리고 얼굴 주름에 낀 때를 떠올리고는 이내 생각에 잠겼다. 아마도 2년 안에 그 아이들은 그녀를 사상경찰에 고발해 버릴 것이다, 라는 생각이 들었다. 그러면 파슨스 부인은 증발할 것이다. 사임도 증발할 것이다. 윈스턴 자신도 증발할 것이다. 오브라이언도 증발할 것이다. 반면, 파슨스는 절대 증발할 일이 없을 것이다. 꽥꽥거리는 저 눈 없는 생명체도 절대 증발하지 않을 것이다. 부서 건물 안의 그 미로 같은 좁은 복도를 어찌 그리 날렵하게 다니는지 놀라운, 딱정벌레처럼 생긴 조그만 남자들 역시 절대 증발하지 않을 것이다. 그리고 창작국에 다니는 그 검은 머리 여자 역시 증발하지 않을 것이다. 살아남기 위한 요건이 무엇인지 꼭 집어 설명할 수는 없었지만, 윈스턴은 누가 살아남을 수 있고 누가 목숨을 잃게 될지 본능적으로 알 수 있을 것 같은 느낌이 들었다.

그 순간 그는 깜짝 놀라 몸을 움찔하며 공상에서 깨어났다. 옆 테이블에 앉은 여자가 몸을 반쯤 돌리고 자신을 쳐다보고 있었다. 검은 머리의 그 여자였다. 그녀는 비록 곁눈질로 보고 있었지만, 윈스턴을 이상할 정도로 강렬하게 쳐다보고 있었다. 그러다 그와 눈이 마주치는 순간, 그녀는 재빨리 시선을 다른 데로 돌렸다.

윈스턴의 등줄기에서 식은땀이 흘러내렸다. 극심한 공포감이 순식간에 온몸을 훑고 지나갔다. 공포감은 금방 사라졌으나, 일말의 불안한 느낌은 여전히 꺼림칙하게 남아 있었다. 그녀는 왜 그를 쳐다보고 있었을까? 그녀는 왜 그를 쫓고 있는 걸까? 아쉽게도 그녀가 자신이 테이블에 앉기 전에 먼저 와 있던 것인지 아니면 그가 온 다음에 와서 앉은 것인지 좀처럼 기억이 나지 않았다. 한편, 그녀가 어제도 '2분간 증오' 시간에 그럴 이유가 전혀 없는데 바로 뒤에 와서 앉았다는 사실이 문득 떠올랐다. 어쩌면 그녀는 윈스턴의 입에서 무슨 말이 나오는지 엿듣기 위해 그리고 그가 큰 소리로 제대로 외치고 있는지 확인하기 위해 왔던 것인지도 몰랐다.

전에 들었던 생각이 다시금 떠올랐다. 어쩌면 그녀는 사상경찰이 아니라, 훨씬 더 위험한 아마추어 첩보원일지도 몰랐다. 윈스턴은 그녀가 자신을 얼마나 오랫동안 보고 있었는지 짐작조차 할 수 없었다. 족히 5분 넘게 보고 있었을지도 모른다. 그랬다면 미처 표정 관리를 못 하고 있었을 때 그를 보았을 수도 있었다. 공공장소에서 혹은 텔레스크린이 포착할 수 있는 범위 내에서 공상에 잠기는 일은 극도로 위험한 행동이었다. 아주 사소한 것으로도 자신의 정체가 여지없이 드러날 수 있기 때문이었다. 신경질적으로 나타나는 얼굴의 경련이나 무의식적으로 짓는 불안한 표정, 혼잣말로 중얼거리는 버릇 등 조금이라도 비정상적으로 보이는 것은 뭔가 숨기고 있는 행동으로 간주되어 위험했다. 어떤 경우이든 얼굴에 부적절한 표정(예를 들어 승전 소식이 보도되는데 떨떠름한 표정을 짓는다든가 하는)이 나타나면 그 자체로 처벌의 대상이 되는 범죄 행위였다. 심지어 그것을 가리키는 신어도 있었는데, 일명 '표정죄'라고 했다.

그러나 여자는 곧 그에게서 등을 돌렸다. 알고 보면 그를 쫓고 있는 것이 아닌지도 몰랐다. 어쩌면 이틀 동안 그녀가 그의 곁에 그렇게 가까이 앉아 있었던 것도 단순한 우연에 불과할는지 몰랐다. 담뱃불이 꺼지자 그는 그것을 테이블 가장자리에 조심스럽게 얹어 놓았다. 파이프 안의 담배가 남아 있으면 일과가 끝난 후에 마저 피울 수도 있겠다는 생각에서였다. 옆 테이블에 있는 사람이 사상경찰의 스파이여서 지금으로부터 사흘 이내에 자신이 애정부 감방 안에 갇히는 신세가 될 수도 있겠지만, 그렇다고 해서 함부로 담배꽁초를 낭비할 수는 없었다. 사임은 보고 있던 종이를 접어서 주머니에 다시 집어 넣었다. 파슨스가 다시 말을 꺼냈다.

"자네, 내가 혹시 이 이야기 한 적 있나?"

파슨스가 파이프 중간을 만지작거리며 킬킬거렸다.

"우리 아이들 둘이 시장 할망구의 치마에 불을 질렀다는 이야기 말일세. 글쎄 그 여자가 빅 브라더의 포스터로 소시지를 쌌다는 거 아닌가. 그걸 보고 아이들 둘이 살금살금 다가가서 치마에 성냥불로 불을 붙였다네. 내 생각에 그 할망구는 화상을 심하게 입었을 걸세. 어린 녀석들이 참 대단하지 않나? 그래도 그 열성 하나는 알아줘야 해. 그게 다 요즘 스파이단에서 철저하게 훈련을 시켜서 그렇다네. 우리 때보다 훨씬 낫지, 암. 그리고 글쎄, 요즘에 아이들이 뭘 지급 받는지 아나? 열쇠 구멍으로 방 안 이야길 엿들을 수 있는 귀나팔이라는 거라네! 딸아이가 하루는 그걸 집에 가져와서는 시험 삼아 우리 거실 문에 대고 들어본 거야. 그러고서는 하는 말이 그 귀나팔을 대고 들으니까 맨 귀로 듣는 것보다 두 배는 더 크게 들린다더군. 물론 뭐랄까, 그저 장난감일 뿐이지만 말이지. 그래도 아이들을 훈련시키는 데에는 그만이지 않은가?"

그때 텔레스크린에서 날카로운 호루라기 소리가 들렸다. 업무로 복귀하라는 신호였다. 세 사람은 자리에서 벌떡 일어나 서둘러서 엘리베이터를 타러 모여드는 사람들 속에 끼어들었다. 그 바람에 윈스턴이 아껴두었던 담배 속이 그만 몽땅 부스러지고 말았다.

6장

윈스턴은 일기를 쓰고 있었다.

3년 전이었다. 어두운 저녁, 큰 기차역 근처의 좁은 골목길에서였다. 그 여자는 불빛도 없는 가로등 밑, 한 건물 벽에 서 있었다. 여자는 젊은 얼굴에 화장을 아주 짙게 하고 있었다. 나의 마음을 이끈 것은 바로 그 화장이었다. 마스크를 쓴 것처럼 매우 하얀 얼굴에 새빨간 입술. 여자 당원들은 절대 화장을 하지 않는다. 거리에는 나와 그녀 외에는 아무도 없었고, 텔레스크린도 없었다. 여자는 2달러라고 말했다. 나는……

윈스턴은 더 이상 써 내려갈 수가 없었다. 그는 눈을 감고 머릿속에 자꾸만 떠오르는 장면을 억누르려는 듯 손가락으로 눈꺼풀을 꾹꾹 눌렀다. 입에서 나오는 대로 목청이 터져라 욕을 퍼붓고 싶은 충동이 가슴속에서 강렬하게 솟구쳤다. 아니면 벽에 머리를 마구 찧거나, 책상을 엎어 버리거나, 잉크병을 창문 밖으로 냅다 던져 버리기라도 해야 할 것 같았다. 자신을 괴롭히고 있는 이 기억을 쫓아내 버릴 수만 있다면, 얼마나 난폭하고 시끄럽고 고통스럽든 상관하지 않고 뭐든 해 버리고 싶었다.

가장 무서운 적은 다름 아닌 자신의 신경 조직이라고 그는 생각했다. 일단 한 번 내재된 긴장감은 언제 어느 때건 눈에 보이는 증세로 나타날 수 있었다. 몇 주 전에 길에서 스쳐 지나갔던 한 남자가 떠올랐다. 나이는 한 서른다섯에서 마흔 정도 되어 보이며, 키가 큰 편에 마르고 지극히 평범해 보이는 그 남자는 손에 서류 가방을 들고 지나가고 있었다. 몇 미터 앞으로 다가왔을 때, 남자의 왼쪽 뺨이 경련을 일으키듯 순간적으로 찌푸려졌다. 그리고 서로를 막 지나쳐 갈 때쯤 한 번 더 그런 일이 일어났다. 그것은 찰칵 하고 찍히는 카메라 셔터의 움직임처럼 매우 빨리 지나가 버린, 순간적 떨림이자 무의식중인 근육의 움직임이었다. 그것은 남자의 버릇인 듯했다. 윈스턴은 그 남자를 보며 '이 불쌍한 남자도 이제 끝장이군.' 하고 생각했던 기억이 났다. 그리고 더욱더 무서운 점은 그런 일이 무의식적으로 일어난다는 사실이었다. 뭐니 뭐니 해도 가장 치명적으로 위험한 행동은 잠꼬대였다. 그가 생각하는 한 잠꼬대에 한해서는 손쓸 방법이 전혀 없었다.

그는 크게 숨을 한 번 들이마시고 계속해서 일기를 써 나갔다.

나는 그녀를 따라 문으로 들어갔다. 그리고 뒤뜰을 가로질러 지하실 부엌으로 들어갔다. 벽 쪽에 침대가 붙어 있었고, 탁자에는 램프가 하나 있었는데 불꽃은 매우 낮춰져 있었다. 그녀는⋯⋯

그는 이를 악물었다. 침을 뱉고 싶은 충동이 들었다. 지하실 부엌에서 그 여자와 함께 있었을 때 그는 불현듯 아내 캐서린 생각이 났다. 윈스턴은 기혼이었다. 아니, 어쨌든 전에 결혼한 적이 있었다. 아내가 아직 죽지 않고 어딘가 살아 있다는 사실을 알고 있으므로, 여전히 결혼한 몸이라고 해야 할지도 몰랐다. 그는 다시금 그 지하실 부엌의 후덥지근하고 답답한 공기를 들이마시고 있는 듯한 기분이 들었다. 그곳에선 벌레나 더러운 옷가지, 그리고 불쾌하기 짝이 없는 싸구려 향수 냄새가 뒤섞인 고약한 냄새가 진동했으나 그럼에도 묘하게 매혹적인 데가 있었다. 여성 당원들은 절대 향수를 뿌리지도, 감히 그럴 생각도 하지 못했기 때문이었다. 향수를 쓰는 건 프롤들뿐이었다. 그의 마음속에서 그 향수 냄새는 간음과 뒤섞여 떼어낼 수 없는 것이 되어 있었다.

그때 여자와 잠자리를 한 것은 한 2년 만에 처음 하는 탈선이었다. 물론 창녀와 어울리는 일은 금지되어 있었다. 그러나 그 규칙은 조금만 용기를 내면 이따금씩 어길 수도 있는, 그런 종류의 규칙이었다. 즉, 위험한 일이긴 했지만 생사가 걸린 문제는 아니라는 말이다. 창녀와 함께 있는 현장을 들킨다 해도 강제 노역 5년형이면 족했다. 다른 범죄로 가중 처벌되지 않는다면, 더도 말고 딱 그 정도였다. 따라서 행위 도중에 들키지만 않는다면 충분히 해 볼 만한 일이었다. 가난한 동네일수록 기꺼이 몸을 팔 준비가 된 여자들로 바글바글했다. 프롤들은 합법적으로 진을 구할 수 없었기에, 진 한 병으로 흥정이 가능한 때도 있었다. 게다가 당은 암묵적으로 매춘을 장려하는 쪽이었다. 평소에 억눌려 있는 성욕을 발산할 분출구가 필요했기 때문이다. 은밀하게 하는 한, 그리고 향락을 위해서가 아니라면, 빈민이나 하층민 출신 여자들과의 단순한 음행은 그다지 문제가 되지 않았다. 용서받을 수 없는 범죄는 당원들 사이의 문란한 성행위였다. 그러나(비록 그것이 대숙청이 일어날 때마다 죄인들이 한결같이 자백하는 죄목 중 하나이긴 했지만) 그런 일이 실제로 일어난다고는 상상하기조차 어려웠다.

당의 목표는 단순히 남자와 여자가 당이 통제하기 힘든 친밀한 관계를 맺지 못하도록 하는 게 아니었다. 겉으로 드러내지 않는 진정한 목적은, 바로 성행위로부터 얻게 되는 모든 종류의 쾌락을 사전에 제거하는 것이었다. 결혼을 했든 안 했든 애정보다 문제시 되는 것은 성적인 욕구였다. 당원 간에 이루어지는 모든 결혼은 해당 위원회의 승인을 받아야 했는데,(비록 원칙상으로는 뚜렷이 명시되지 않았다 해도) 당사자인 남자와 여자가 서로 육체적으로 끌리는 듯한 인상을 풍기면 그 결혼은 여지없이 승낙을 받지 못했다. 유일하게 인정되는 결혼의 목적은 당에 봉사할 아이를 낳는 것이었다. 성교는 관장을 하는 것이나 마찬가지로 다소 역겨운 종류의 의학적 시술처럼 여겨져야 했다. 물론 이 사실에 대해서도 명확히 명시되어 있는 문서가 있거나 한 건 아니었지만, 당원이라면 누구나 어려서부터 알게 모르게 이 생각이 주입되어 그 태도가 어느새 몸에 배어 있었다. 청년 반성 동맹 같은 단체가 바로 남녀 모두에게 완벽한 금욕을 권장하려는 취지로 생겨난 조직이었다. 아이를 갖는 것은(신어로 '인수'라고 부르는) 의당 인공수정을 통하는 것이 바람직했으며, 양육 또한 공공기관이 맡아 했다. 윈스턴은 이 사안을 정말 심각하게 인식하진 않았지만 이것이 당의 일반적 이념과 맞아떨어진다고 생각했다. 당은 성 본능 자체를 없애는 데 주력하고 있었으며, 그게 불가능한 경우에는 최대한 왜곡시키거나 추한 것으로 인식시키기 위해 애썼다. 윈스턴은 왜 그렇게까지 해야 하는지 이해가 되지 않았지만, 어찌 보면 그러는 게 당연하다는 생각도 들었다. 그리고 이런 당의 노력은, 여자들만 놓고 본다면 큰 성공을 거둔 셈이었다.

그는 다시 캐서린을 떠올렸다. 그들이 헤어진 지 이제 9년, 10년, 아니 거의 11년은 되었을 것이다. 신기하게도 평소에 그녀가 생각나는 일은 좀체 없었다. 어떤 때는 며칠씩 자신이 결혼했었다는 사실마저 까맣게 잊고 지내기도 했다. 그들이 함께 살았던 시간은 고작해야 15개월 정도에 불과했다. 당은 공식적으로 이혼을 허락하진 않았지만, 아이가 없는 부부의 경우 별거할 것을 권장하는 편이었다.

캐서린은 금발에 키가 컸으며 자세가 곧고 몸놀림이 우아한 여자였다. 매부리코에 강인한 인상을 지닌 그녀의 얼굴은 얼핏 보면 귀족처럼 고상해 보였는데, 반면 그 속을 들여다보면 안에 든 것이 거의 아무것도 없다고 해도 과언이 아니었다. 결혼한 지 얼마 되지 않아 윈스턴은 의심의 여지없이 그녀가 자신이 만나본 사람 중에 가장 어리석고 상스러우며 멍청한 여자라고 단정지었다. 그녀의 머릿속에는 당의 슬로건을 빼고는 아무것도 든 것이 없는 듯했는데, 놀랍게도 당이 시키는 거라면 무엇이든지 그렇게 잘 이해하고 받아들일 수가 없었다. '인간 녹음기', 그는 속으로 그녀에게 이런 별명을 붙여 주기도 했다. 그래도 단 한 가지 문제, 바로 성적인 문제만 아니었다면 그는 어떻게든 참고 그녀와 살 수 있었을지도 모른다.

그녀는 그가 손을 대기만 해도 몸을 움찔하며 딱딱하게 굳어 버렸다. 그녀를 안는 일은, 마치 나무로 만든 인형을 안는 느낌이었다. 그리고 이상하게도 그녀가 그의 몸을 끌어안고 있는 때조차 그는 그녀가 온 힘을 다해 그를 밀어내고 있다는 기분을 떨쳐 버릴 수가 없었다. 그런 인상을 받은 건 아마도 그녀의 근육이 잔뜩 경직되어 있어서였을 것이다. 그녀는 그저 눈을 감은 채 저항도 협조도 하지 않았고 그저 '마음대로 하라'는 듯 가만히 누워만 있었다. 그 상황은 윈스턴에게 엄청난 수치심으로 다가왔고, 시간이 지나면서 점점 더 소름 끼칠 정도로 끔찍한 일이 되었다. 그렇지만 그런 상황에서도 만약 서로가 잠자리 없이 지내기로 합의할 수만 있었다면, 그는 어떻게든 결혼 생활을 유지할 수 있었을 것이다. 그러나 이상하게도 그 제안을 거절한 쪽은 캐서린이었다. 그녀는 할 수만 있다면 아이를 낳아야 한다고 우겼다. 그래서 그러한 성행위는 지속되었고, 별다른 일이 없는 한 일주일에 한 번 꼴로 관계를 맺었다. 그녀는 그날이 되면 아침부터, 그날 밤에 꼭 해야 할 일이 있다든가 잊으면 안 되는 게 있다는 말로 그에게 넌지시 주지시켜 주기까지 했다. 그녀는 그 일을 두 가지 이름으로 불렀다. 하나는 '아이 만드는 일'이었고, 다른 하나는 '당에 대한 우리의 의무'(믿기 힘들겠지만 사실이다.)였다. 머지않아 윈스턴은 지정된 날이 올 때마다 심한 두려움을 느끼게 되었다. 그러나 다행히도 아이는 생기지 않았고,

결국은 그녀도 더 이상의 시도를 포기하였다. 그리고 얼마 지나지 않아 둘은 갈라섰다.

윈스턴은 조용히 한숨을 내쉬었다. 그리고 다시 펜을 집어 쓰기 시작했다.

여자는 침대에 몸을 던졌다. 그리고 곧바로 어떤 종류의 예비 절차도 생략한 채, 상상할 수 있는 가장 상스럽고 끔찍한 모습으로 치마를 들어올렸다. 나는……

윈스턴은 그 희미한 램프 불빛 아래에서 벌레와 싸구려 향수 냄새를 맡으며 그런 순간에도 당의 최면적인 힘에 의해 얼어붙었던 캐서린의 하얀 몸뚱이를 떠올리고 분노와 좌절감을 느끼면서 있던 자신의 모습을 그려 봤다. 왜 항상 이런 식이어야 하는 걸까? 도대체 왜 자기 여자를 가질 수 없고, 꼭 이런 식으로 몇 년에 한 번씩 더러운 꼴을 겪어야 하는 걸까? 그러나 진정한 연애는 거의 꿈도 꿀 수 없는 게 현실이었다. 여자 당원들은 거의가 비슷했다. 순결은 당에 대한 충성을 나타내는 증표로 그들 안에 깊숙이 뿌리 박혀 있었다. 어릴 때부터 주도면밀히 세뇌를 당하는 동안 학교나 스파이단, 청년 동맹 등을 통해 쓰레기 같은 말들을 귀가 따갑도록 들어오는 동안, 운동과 냉수 목욕을 통해 그리고 강연, 행진, 노래, 슬로건, 군가에 끊임없이 노출되는 동안 인간의 자연적인 감정은 모두 빠져나가 버렸다. 그럼에도 분명 예외는 있을 거라고 그의 이성이 속삭였지만, 마음속으로 딱히 와 닿지는 않았다. 여자 당원들은 모두 난공불락의 요새처럼 완고했고, 그것은 바로 당이 의도한 모습이었다. 그는 일생에 단 한 번이라도 고결한 덕(德)이라는 그 완고한 벽을 허물어뜨릴 수 있길 갈망했다. 그것은 사랑 받고 싶은 욕망보다 더 강렬한 욕구였다. 모든 성행위는 성공적으로 행해지는 한 반란에 해당했다. 성욕은 곧 사상범죄였다. 그가 캐서린의 본능을 깨워 만족스러운 성행위를 했다면, 설사 그녀가 자신의 아내라 할지라도 그는 여자를 유혹하는 죄를 저지른 것이나 다름없었을 것이다.

어쨌든 그는 쓰던 이야기를 마저 써야겠다고 생각했다. 그는 아래와 같이 썼다.

나는 램프의 불을 돋우었다. 불빛 아래서 그녀를 보았을 때……

워낙 어두웠던 터라 희미한 파라핀 램프의 불빛으로도 방은 꽤 환해 보였다. 윈스턴은 처음으로 여자의 모습을 제대로 볼 수 있었다. 그는 그녀의 앞으로 한 걸음 더 다가갔지만, 순간적으로 욕망과 공포에 휩싸여 멈칫하고 섰다. 그는 그곳에 있음으로써 감당해야 하는 위험 부담을 고통스러울 정도로 똑똑히 자각하고 있었다. 나가는 길에 순찰대에 붙잡힐 위험성도 충분히 높았다. 아니, 어쩌면 이미 문밖에 와서 기다리고 있는지도 모르는 노릇이었다. 그러나 이곳에 온 목적을 미처 실행에 옮기지 못하고 나간다면 이건 대체 뭔가!

이제 와 쓰기를 멈추어서는 안 된다. 모든 것을 고백해야만 한다. 램프 불빛에 비추어 그는 비로소 그녀의 실체를 볼 수 있었다. 그녀는 늙은 여자였다. 화장을 어찌나 두껍게 했는지 그녀의 얼굴은 마치 마분지로 만든 가면처럼 금이라도 갈 것 같았다. 흰 머리카락도 군데군데 보였다. 그러나 정말로 끔찍했던 것은 약간 벌어진 입술 사이로 보인, 텅 빈 동굴 같은 시커먼 입속이었다. 그녀는 이가 하나도 없었던 것이다.

윈스턴은 급하게 휘갈겨 써 내려갔다.

불빛 아래에서 보니 그녀는 적어도 쉰은 되었을 것 같은 늙은 여자였다. 그렇지만 나는 멈추지 않았다. 그리고 결국 그 일을 해치웠다.

그는 또 한 번 손가락으로 눈꺼풀을 꾹꾹 눌렀다. 힘들게나마 다 쓰기는 했는데, 아무것도 달라진 것은 없었다. 이 치료법도 결국은 효과가 없었다. 목이 터져라 욕을 퍼붓고 싶은 충동이 그 어느 때보다 더욱더 강렬하게 일었다.

7장

윈스턴은 이렇게 썼다.

희망이 있다면, 그것은 프롤들에게만 있다.

희망이 있다면, 그것은 분명히 프롤들에게만 있었다. 왜냐하면 오세아니아 인구의 85퍼센트를 차지하는 이 우글거리고 멸시당하는 대중만이 결국 당을 무너뜨릴 힘을 만들어 낼 수 있을 것이기 때문이다. 당이 내부로부터 전복 당하는 일은 절대 일어나지 않을 것이다. 설령 당 내부에 적이 있다 해도, 그들은 함께 힘을 모으기는커녕 서로를 알아보지도 못할 것이다. 또한 가능성을 완전히 배제할 수는 없지만, 만일 전설적인 형제단이 존재한다 해도 그 구성원들이 두세 명 이상 한 자리에 모이는 일은 불가능했다. 작은 눈짓이라든가, 미세한 목소리 톤, 그리고 기껏해야 귓속말을 몰래 주고받는 것도 반역으로 간주되었다. 그러나 프롤들은 본인들이 가진 잠재력만 스스로 인식할 수 있게 된다면 굳이 몰래 음모를 꾸밀 필요조차 없을 터였다. 그저 들고 일어나서, 말이 파리를 쫓듯 털어내기만 하면 되는 것이었다. 그들이 마음만 먹으면, 내일 아침에라도 당장 당을 산산이 무너뜨릴 수 있었다. 조만간 그런 일이 일어나야만 한다. 그렇지만 아직은……!

윈스턴은 언젠가 사람들로 북적대는 거리를 걷다가 앞에 있는 작은 골목길에서 수백 명의 여자들이 한꺼번에 내지른 엄청난 소리에 깜짝 놀랐던 때를 떠올렸다. 그것은 종소리의 반향처럼 '우우-우!' 하고 가슴속 깊숙한 곳으로부터 울려 나온, 분노와 좌절이 뒤섞인 어마어마한 절규였다. 그때 그의 심장은 세차게 뛰었다. '드디어 시작된 것이다!' 그는 생각했다. '폭동이 일어난 것이구나! 드디어 프롤들이 들고 일어났구나!' 그러나 막상 소리가 나는 장소에 도착했을 때 윈스턴의 눈에 들어온 것은, 이삼백 명 정도 되는 여자들이 마치 가라앉는 배에서 최후의 순간을 맞고 있는 승객들처럼 비장한 얼굴을 하고 시장 가판대에 우르르 몰려드는 광경이었다. 그런데 순간 그 집단적인 절망은 여기저귀에서 일어나는 개인적 다툼이라는 형태로 갈라져 버렸다. 가판대 한 곳에서 양철 냄비를 팔고 있는 모양이었다. 아니나 다를까 매우 형편없고 조잡해 보이는 냄비들이었지만, 워낙 종류를 막론하고 조리 기구 자체를 구하기가 힘든 상황이었다. 그런 와중에 뜻밖에 물건이 나오자 냄비들은 눈 깜짝할 사이에 동이 나 버렸다. 용케 냄비를 손에 넣은 여자들은 부딪히고 밀치고 하면서 무사히 아수라장을 빠져 나가려고 애를 썼고, 미처 사지 못한 사람들은 가판대를 에워싸고는 가게 주인에게 몇 사람한테만 편의를 봐주었다느니 다른 곳에 몰래 숨겨 놓은 냄비가 있지 않냐느니 하며 고래고래 소리를 질러 댔다. 그러던 중 어디서 또 큰 소리가 났다. 뚱뚱한 여자 두 명이(그중 한 명은 머리도 마구 헝클어져 있었다.) 냄비 하나를 서로 차지하겠다고 상대방의 손을 떼어내려 안간힘을 쓰고 있었다. 한동안 실랑이를 벌이나 싶더니 결국 냄비의 손잡이가 덜컥 떨어져 나갔다. 윈스턴은 한심하다는 듯 그 광경을 지켜보고 있었다. 그런데 그 순간 한 가지 생각이 머릿속에 스쳐 지나갔다.

'고작 몇백 명이 내는 소리인데도 저렇게 굉장한 힘이 나오다니! 그런데 왜 저들은 진정 의미 있는 중요한 일에 대해서는 저런 소리를 내려 하지 않는 걸까?'

윈스턴은 이렇게 썼다.

그들은 스스로 깨닫기 전에는 절대 반란을 일으키지 않을 것이다. 그리고 반란을 일으키기 전에는 절대 자각할 수 없을 것이다.

이렇게 쓰고 보니, 당의 교본에 나온 말을 거의 판박이처럼 옮겨 놓은 것 같다는 생각이 들었다. 물론 당은 자신들이 프롤을 속박으로부터 해방시켰다고 주장했다. 당에 따르면 프롤들은 혁명이 일어나기 전에는 자본가들에 의해 무자비하게 핍박 받으며, 굶주린 상태에서 무차별적으로 학대를 당했던 존재였다. 여자들도 강제로 탄광에서 일하도록 내몰렸으며(사실 여자들은 지금도 탄광에서 일하고 있었다.), 아이들은 여섯 살이면 공장 노동자로 팔려 갔다. 그러나 동시에 당은 이중사고의 원리에 따라, 프롤들이 근본적으로 열등한 족속이라서 몇 가지 간단한 규칙을 적용해 동물 기르듯 종속되어야 하는 존재라고 가르쳤다. 실제로 프롤들에 대해 알려진 사실은 별로 없었다. 많이 알아야 할 필요가 없었던 것이다. 그들이 계속해서 노동력을 제공하고 생식을 해 나가는 한, 그들이 무엇을 하는지는 하등 중요한 문제가 아니었다. 아르헨티나 목초지에서 방목되는 소들처럼 프롤들은 그대로 방치되었고, 그들은 먼 옛날 그들의 조상이 살았던 대로 자연스레 자신들 나름의 생활 방식에 맞추어 살아갔다. 그들은 시궁창 같은 환경에서 태어나고 자랐으며, 열두 살이면 일터로 나가야 했고, 아름다움과 성적 욕망에 눈뜨는 아주 짧은 전성기를 거쳐, 스무 살이 되면 결혼을 했고, 서른 살이 되면 중년이 되었고, 거의 대부분이 예순 살에 죽음을 맞았다. 고된 육체노동과 가정생활, 육아, 이웃들과의 사소한 다툼, 영화, 축구, 맥주, 그리고 특히 도박 등이 그들의 마음을 채우고 있었다. 그들을 통제하는 것은 그다지 어렵지 않았다. 그들 사이에 사상경찰 요원 몇 명만 풀어 두고 거짓된 소문을 퍼뜨리거나, 위험한 싹이 보이는 사람들 몇 명만 찾아 제거하면 그만이었다. 그런가 하면 그들에게는 당의 이념을 교육시키려는 시도도 이루어지지 않았다. 프롤들이 강한 정치적 의식을 갖는 것 자체가 바람직하지 않다고 여겨졌기 때문이다. 그들에게는 노동 시간을 늘려야 할 때나 배급을 줄일 때 그 현실을 받아들이게 하는 데 필요한 원시적인 애국심만이 요구될 뿐이었다. 그리고 설사 불만을 품는다 해도 그들에겐 일반적인 사상이 부족했기에 사소하고 시시콜콜한 문제에 집착할 뿐 달리 할 수 있는 게 없었다. 그들은 그보다 규모가 큰 문제에 대해선 알아낼 방도가 없었다. 대다수 프롤의 집안에는 텔레스크린도 없었다. 치안경찰도 그들의 일이라면 별로 간섭하지 않았다. 런던은 그야말로 온갖 범죄의 소굴이었다. 어디를 가도 온갖 종류의 도둑이 판을 치고 노상강도에 창녀들, 마약상 및 각종 사기꾼들이 우글거렸다. 그러나 이런 일들이 모두 프롤들 사이에서만 일어났기에 전혀 중요한 일로 여겨지지 않았다. 도덕적인 문제에 관해서 그들은 예로부터 내려오는 관례를 따르도록 허락되었다. 당에서 엄격히 다루는 성에 대한 원칙도 프롤들에게는 강요되지 않았다. 무차별적으로 난잡한 성행위를 즐긴다 해서 처벌되는 일도 없었으며 이혼도 허용되었다. 만약 프롤들이 필요하다고 하거나 원하기만 했다면 심지어 종교의 자유마저도 주어졌을 기세였다. 그야말로 그들은 의심의 대상조차 되지 못했다. 당의 슬로건을 빌리자면 '프롤과 동물은 자유이다.'

윈스턴은 팔을 아래로 뻗어 정맥류성 궤양이 도진 부위를 조심스럽게 긁었다. 가려운 증세가 재발했다. 이런저런 생각을 하다 보면, 윈스턴은 늘 혁명 전의 생활이 실제로 어땠는지 알 수 있는 방법이 없을까 하는 생각이 들어 답답해졌다. 그는 서랍을 열고 요전에 파슨스 부인에게서 빌려온 어린이용 역사책을 꺼냈다. 그리고 한 문단을 골라 일기에 옮겨 적기 시작했다.

옛날, 영광스러운 혁명이 일어나기 전의 런던은 오늘날 우리가 알고 있는 아름다운 도시가 아니었다. 거의 모든 사람들이 배고픔에 시달렸으며, 수백 수천의 가난한 사람들이 몸을 누일 집도 없고 신발도 없어 맨발로 다녀야 하는 등 어둡고 불결하며 비참한 곳이었다. 당시 여러분 또래의 아이들은 악독한 주인 밑에서 하루 열두 시간씩 힘든 노동을 하며, 일이 조금이라도 느리면 사정없이 채찍으로 얻어맞았고, 그러면서도 먹을 거라고는 상한 빵과 물밖에 받지 못했다. 그런데 이런 극심한 빈곤 속에서도 이와 대조되는 매우 웅장하고 아름다운 집이 몇 채 있었다. 그곳에서는 당시 자본가들이라고 불렸던 부자들이 자그마치 30명씩이나 되는 하인들을 거느리고 살았다. 그들은 옆 페이지의 그림에서 볼 수 있듯이, 하나 같이 다 뚱뚱하고 사악하고 추한 외모를 지니고 있었다. 그림에서처럼 자본가는 프록코트라고 하는 길고 검은 코트를 입고, 실크해트라고 하는 연통 모양으로 괴상하게 생긴 번쩍거리는 모자를 쓰고 다녔다. 이는 자본가들의 제복과도 같아서 다른 사람들은 감히 입을 수 없었다. 자본가들은 세상의 모든 것을 소유했으며, 다른 사람들은 모두 그들의 노예나 다름없었다. 땅과 집과 공장, 그리고 돈, 그 모든 것을 자본가들이 소유하고 있었다. 그리고 누구든 그들에게 복종하지 않는 사람이 있으면 사정없이 감옥에 처넣거나 일자리를 빼앗아 굶어 죽게 만들었다. 보통 사람이 자본가에게 말을 걸 땐, 모자를 벗고 인사를 해야 했으며 말끝에는 항상 '나리'라는 존칭을 붙여야 했다. 한편, 자본가들의 우두머리는 '왕'이라고 불렸는데⋯⋯

더 이상 읽지 않아도 윈스턴은 그 다음에 나올 법한 내용을 훤히 알고 있었다. 한랭사 소매가 달린 법의를 입은 주교, 담비털로 된 법복을 입은 법관, 죄인에게 씌우는 칼, 죄인의 발목에 채우는 차꼬, 죄수들이 발로 밟아 돌리던 큰 바퀴, 아홉 가닥짜리 채찍, 시장이 베푸는 연회, 교황의 발등에 입 맞추는 관습 등등의 내용이 뒤따라 올 것이었다. 그런가 하면 어린이 역사책에선 다루지 않아도 될 '초야권(初夜權)'이라는 관습도 있었다. 이 관습은 자본가들이 자신의 공장에서 일하는 어떤 여자와도 동침할 권리가 있다는 것을 명시한 법이었다.

이 중 얼마나 많은 부분이 거짓인지 파악할 방법은 아마도 없을 것이다. 보통 사람들의 평균적인 삶의 질이 혁명 이전보다 나아졌다는 말은 어쩌면 사실일 수도 있었다. 그에 반하는 유일한 증거는 뼛속 깊이 느껴지는 무언의 항변, 즉 지금 처해 있는 생활환경이 너무 열악한 나머지 과거 어느 때에는 지금과 달랐던 때가 있지 않았을까 하고 느끼는 본능적인 직감뿐이었으니까. 윈스턴은 현대 삶의 진정한 특징은 삶의 잔인함이나 불안정함에 있는 게 아니라 오히려 그것의 추함, 적나라함, 무기력함에 있는 게 아닐까 하고 생각했다. 주위 사람들의 삶을 살펴보면 텔레스크린에서 하루가 멀다 하고 쏟아져 나오는 거짓말과 어느 면에서도 닮은 데가 없었으며, 당에서 달성하려고 하는 이상향에서도 한참 거리가 먼 모습뿐이었다. 당원들에게도 생활의 대부분을 차지하는 것은 중립적이고 비정치적인 것이었다. 즉 지루한 일을 매일 묵묵히 해 나가거나 지하철 자리를 맡기 위해 실랑이를 벌이는 일, 헤진 양말을 꿰매고 사카린정을 구하러 다니며 담배꽁초를 모아 두는 일의 연속 같은 것 말이다. 반면 당의 이상향은 거대하고 찬란하며 가공할 만한 것이었다. 강철과 콘크리트의 세계이자 괴물 같은 기계와 무시무시한 무기의 세계였고, 똑같은 얼굴을 한 3억 명의 사람들이 같은 생각을 하고 같은 슬로건을 외치며, 끝없이 일하고 싸우고 승리하고 이단자를 박해하는, 전사들과 광신자들의 나라였다. 그러나 실상은 양배추나 더러운 화장실 냄새를 풍기며 다 쓰러져 가다시피 한 19세기식 집들만 즐비하게 늘어선, 늘 굶주린 사람들이 구멍 난 신발을 끌고 힘없이 걸어 다니는 우중충하고 황폐한 도시만 있을 뿐이었다. 그의 눈에는 런던이 수백만 개의 쓰레기통으로 이루어진 광활한 폐허 같아 보였다. 그리고 그 모습과 겹쳐 떠오르는 장면이 있었다. 바로 숱 없는 머리에 주름진 얼굴을 한 파슨스 부인이 처량한 모습으로 막힌 하수관을 만지작거리는 장면이었다.

그는 또 한 번 팔을 뻗어 발목을 긁적거렸다. 텔레스크린에서는 오늘날 사람들이 50년 전에 비해 얼마나 더 잘 먹고 잘 입으며 더 좋은 집에 살고 더 풍족한 여가 생활을 누리는지, 또 더 오래 살며 일은 적게 하고 체격도 좋고 더 건강하며 더 튼튼하고 더 행복한지, 또 얼마나 더 교육을 잘 받고 똑똑해졌는지, 그런 상황을 증명하는 통계 수치를 밤낮으로 귀가 따갑도록 늘어놓았다. 그러나 그중 어떤 것도 객관적으로 입증되거나 반박될 수가 없었다. 예를 들어 당은 오늘날 성인이 된 프롤들 중 40퍼센트가 글을 읽고 쓸 수 있다고 주장했다. 그런 반면에 혁명 이전에는 그 수치가 15퍼센트에 불과했다고 말했다. 또한 당은 1,000명당 유아 사망률이 오늘날에는 160명에 불과하지만 혁명 이전에는 300명에 육박했다고 주장했다. 이 밖에도 많은 것이 이런 식이었다. 이것은 마치 두 개의 미지수를 가진 하나의 방정식 같았다. 역사책에 나오는 글자 한 자 한 자, 또 아무런 의심 없이 받아들여지는 모든 주장이 순전히 공상의 산물이라 해도 놀라울 것이 전혀 없었다. 정말 초야권이라는 법이 있었는지, 자본가라는 존재가 있었는지, 실크해트라는 모자가 있었는지, 윈스턴은 이런 것들이 전혀 없었을 가능성도 크다고 믿었다.

모든 것은 안개 속처럼 희미해졌다. 과거는 지워졌고 지워졌다는 사실도 잊히면서 거짓은 진실이 되었다. 살면서 딱 한 번, 그는 위조 행위에 대한 구체적이고 확실한 증거를 손에 넣은 적이 있었다. 여기서 중요한 것은 해당 사건이 일어난 이후에 그 증거를 손에 넣었다는 점이었다. 그의 손 안에 그 증거물이 머물러 있던 순간은 단 30초 정도였다. 그때는 1973년경으로, 아무튼 그가 캐서린과 헤어질 무렵이었다. 그러나 그 증거에 연관되어 있는 사건은 그보다 한 7, 8년 전에 일어난 일이었다.

그 실제 이야기는 1960년대 중반, 혁명을 주도한 초기 혁명 지도자들이 대대적으로 제거되었던 대숙청 때로 거슬러 올라간다. 1970년이 되어서는 초기 지도자들 중 빅 브라더를 제외하고는 아무도 남아 있지 않았다. 나머지 모든 사람들은 반역자나 반혁명분자로 몰렸다. 골드스타인은 도망쳐서 아무도 모르는 어딘가에 숨어 지냈고, 그밖에도 몇몇 사람들은 홀연히 자취를 감추고 사라졌지만, 대부분의 인사들은 많은 사람들이 보는 앞에서 공개 재판에 끌려 나와 자신들의 죄를 자백하고 처형되었다. 마지막까지 살아남았던 생존자들 중에 존스, 아론슨, 러더퍼드라는 세 사람이 있었다. 그들이 체포된 때가 아마 1965년이었을 것이다. 흔히 그렇듯 이들 역시 일 년여 정도 자취를 감추어 버려 생사를 알지 못했다. 그랬는데 어느 날, 이들이 갑자기 재판장에 불려 나와 자신들의 죄를 자백했다. 그들은 적과(그 당시에도 오세아니아의 적은 유라시아였다.) 내통했다는 사실을 자백했고, 그 외에도 공금 횡령이나 여러 충실한 당원들을 살해한 죄도 자백했다. 또한 혁명이 일어나기 훨씬 전부터 빅 브라더의 지도권에 대항할 음모를 꾸며 왔다고 실토했으며, 수만 명의 목숨을 빼앗은 태업 행위도 그들이 저질렀다고 자백했다. 자백을 한 뒤에 이들은 사면되어 당에 복귀했으며, 실제로는 한직이지만 겉으로는 그럴싸해 보이는 직책도 부여 받았다. 그 이후 세 사람은 자신들의 변절 행위에 대한 원인을 분석하고 앞으로 당에 어떻게 보상을 할지 약속하는 장황하고 구차스러운 글을 〈타임스〉지에 기고하기도 했다.

그들이 석방되고 나서 얼마 안 되어 윈스턴은 체스트넛트리 카페에서 그 세 사람을 실제로 본 적이 있었다. 그는 무척 겁이 났지만 강렬한 호기심에 끌려 그들을 흘끔흘끔 바라보았다. 그들은 윈스턴보다 나이가 훨씬 많았고, 당을 초창기부터 영웅적으로 이끌어온 마지막으로 남아 있는 위대한 인물이자 구시대의 유물이었다. 그들에게서 찬란했던 지난날의 지하 투쟁과 내전시대의 흔적이 아직 희미하게나마 뿜어져 나왔다. 비록 세세한 사항이나 날짜에 대한 기억은 가물가물해지고 있었지만, 윈스턴은 왠지 그가 빅 브라더의 이름을 알기 몇 년 전부터 이미 그들의 명성을 알았던 것 같은 기분이 들었다. 그러나 이제 그들은 일이 년 안이면 완전히 제거될 운명에 처한, 범법자이자 적이며 절대 상종하지 말아야 할 대상이었다. 일단 사상경찰의 손에 걸려든 사람은 누구도 결코 빠져나가지 못했다. 그들은 무덤으로 보내질 날만을 기다리고 있는 송장이나 마찬가지였다.

그들 주위에 있는 테이블에는 아무도 앉아 있지 않았다. 그런 사람들 옆에 가까이 있는 모습을 보이는 것은 어쨌거나 현명하지 못한 일이었다. 그들은 그 카페가 자랑하는 정향 향이 나는 진을 한 잔씩 앞에 두고 아무 말 없이 앉아 있었다. 셋 중에서 러더퍼드의 모습이 윈스턴에게 가장 인상적이었다. 러더퍼드는 한때 유명한 풍자 만화가였는데, 과격한 스타일의 그의 만화들은 혁명 이전과 도중에 여론을 선동하는 데 큰 역할을 했었다. 지금까지도 가끔씩 그의 풍자화는 〈타임스〉지에 실리곤 했다. 그러나 그것들은 단순히 초기작들을 모방한 것에 지나지 않았고, 신기할 정도로 생기도 없고 설득력도 없었다. 또한 옛날에 썼던 주제, 즉 빈민굴이나 굶어 죽어가는 아이들, 시가전, 실크해트를 쓴 자본가들 만화에서 자본가들(만화에서 자본가들은 바리케이드 위에서조차 실크해트를 쓰고 있었다.)에 관한 내용을 재탕하며 필사적이고 절망적으로 노력하며 과거로 돌아가려고 애쓰는 듯했다. 러더퍼드의 외모는 꽤나 괴팍한 편이었는데, 사자의 갈기 같은 기름기 넘치는 회색 머리에 늘어진 주머니 같은 얼굴을 하고 입술은 불룩하게 튀어나와 있었다. 한때는 매우 힘이 세고 다부졌을 것 같은 몸이었지만, 이제 덩치 큰 그의 몸은 여기저기 사방으로 축 처지고 튀어나오고 망가져 있었다. 그것은 마치 눈앞에서 커다란 산이 와르르 무너져 내리듯 뭉개진 모습이었다.

그때는 한적한 15시쯤이었다. 윈스턴은 그 시간에 자신이 왜 그 카페에 가게 되었는지는 이제 기억나지 않았다. 카페는 거의 텅 비어 있었다. 텔레스크린에서는 양철 두드리는 듯한 음악이 흘러나왔다. 세 남자는 아무 말도, 아무런 미동도 없이 그저 구석 자리에 조용히 앉아만 있었다. 주문하지도 않았는데 웨이터는 알아서 술을 새로 세 잔 더 갖다 주었다. 그들 옆 테이블에는 체스판이 있었는데, 말이 모두 제자리에 놓여 있었지만 아무도 게임을 하지 않았다. 바로 그때, 30초가 될까 말까 한 그 짤막한 시간에 텔레스크린에 무슨 일인가가 일어났다. 나오던 음악이 바뀌고 음조도 바뀌었다. 그리고 바로 그 소리가 나오기 시작했다. 뭐라고 묘사하기 힘든 소리였다. 매우 독특하면서도 째지는 소리 같기도 했고, 당나귀 울음소리 같은가 하면 또 조롱하는 소리 같기도 했다. 윈스턴이 듣기에 선정적인 음악이었다. 이윽고 텔레스크린에서는 노래가 나오기 시작했다.

울창한 밤나무 아래
나 그대를 팔고, 그대 나를 팔았네.
그들은 거기에 눕고, 우리는 여기에 누웠네.
울창한 밤나무 아래.

처음에 세 남자는 아무런 동요도 보이지 않는 듯했다. 그러나 윈스턴이 러더퍼드의 망가진 얼굴을 다시 흘끔 바라보았을 때, 그의 눈에는 눈물이 그렁그렁하게 고여 있었다. 그리고 윈스턴은 그때 처음으로 아론슨과 러더퍼드가 풀이 죽어 있다는 사실을 알아챘다. 그리고 그런 광경에, 지금도 자신이 그때 왜 그랬는지는 알 수 없지만, 윈스턴은 내심 전율을 느꼈다.

그런 일이 있은 지 얼마 후 그 세 사람은 다시 체포되었다. 석방된 이후로도 줄곧 새로운 음모에 가담해 왔다는 죄목이었다. 두 번째로 재판대에 오른 그들은 새로운 범행 일체와 함께 옛날에 지었던 죄도 다시 한 번 더 자백했다. 그들은 끝내 처형되었고 그들의 운명은 후세를 향한 경고의 의미로 당의 역사책에 기록되었다. 그로부터 5년이 지난 1973년, 윈스턴은 책상에 앉아 전송관에서 막 빠져 나온 서류 뭉치를 펴 보는 중이었다. 그런데 그때, 우연히 섞여 들어온 것이 틀림없는 종잇조각을 하나 발견했다. 그는 종이를 펼쳐 보는 순간에 그것의 중요성을 직감했다. 그것은 반 정도가 찢겨져 있는 약 10년 전에 발간된 〈타임스〉지의 한 면이었다. 다행인지 불행인지 남아 있는 부분이 상단인지라 그 날짜도 확인할 수 있었다. 종이에는 뉴욕에서 열린 한 행사에서 찍은 당 대표들의 사진이 실려 있었다. 그런데 사진 속 인물 중에서 유난히 눈에 띄는 사람들이 있었으니, 바로 존스와 아론슨, 러더퍼드였다. 사진 아래쪽의 설명에도 그들의 이름이 뚜렷이 있었으므로 잘못 본 것도 절대 아니었다.

여기서 문제는, 그 신문 기사에 해당하는 날짜가 세 사람이 전에 두 번의 재판을 통해 자신들이 유라시아 영토에 있었다고 자백했던 날짜라는 사실이었다. 그들은 캐나다에 있는 비밀 비행장을 통해 시베리아 어딘가에 있는 약속 장소로 날아가서, 유라시아 군대의 참모진을 만나 중요한 군사 기밀을 넘겼다고 자백했었다. 그 날짜가 윈스턴의 기억에 남아 있는 이유는 바로 그날이 세례 요한 축일(6월 24일)이어서였다. 그러나 그게 아니라도 재판에서 자백한 날의 기록은 수없이 많은 곳에 남아 있을 것이었다. 그렇다면 가능한 단 하나의 결론은 바로, 그들의 자백이 허위라는 사실이었다.

물론 이것은 결코 새로운 발견이라고 할 수 없었다. 윈스턴은 이미 대숙청 당시에도 그때 죄를 자백하고 처형된 사람들이 실제로 그 범죄를 저질렀다고 믿지 않았기 때문이다. 그러나 이 신문 기사는 그야말로 확실한 물증이었다. 전혀 예상치 못한 지층에서 발굴되어 기존의 지질학설을 송두리째 뒤흔들어 놓는 화석조각 같이, 말살된 과거에서 넘어온 파편인 셈이었다. 만일 무슨 수로든 그 증거를 세상에 공개해 중요성을 알릴 수만 있다면 당을 송두리째 없애 버릴 수도 있는 중요한 물건이기도 했다.

그는 아무 일도 일어나지 않았다는 듯 그저 하던 일을 계속했다. 사진을 보고 그게 무엇인지 눈치챘을 때 즉시 다른 종이로 덮어 보이지 않게 해 놓은 터였다. 다행스럽게도 그가 사진을 처음 펼쳤을 때 텔레스크린에는 그 뒷면만이 보였다.

그는 메모장을 무릎 위에 올려놓고, 최대한 텔레스크린에서 멀리 떨어질 수 있도록 의자를 뒤로 뺐다. 얼굴에서 무표정을 유지하는 것은 별로 어려운 일이 아니었고, 호흡도 노력만 하면 어느 정도 조절할 수 있었다. 그러나 심장이 뛰는 것만은 마음대로 할 수 있는 일이 아니었다. 텔레스크린은 그것마저 잡아 낼 수 있을 만큼 충분히 민감했다. 그는 속으로 10분이 지나길 기다렸다. 그러는 내내 그의 마음속은, 혹시 창문에서 바람이라도 들어와 종이를 들춰내어 모든 게 들통 나는 건 아닌가 하는 걱정으로 가득 차 있었다. 결국 그는 사진을 다시 꺼내 보지도 못하고 다른 파지들 사이에 끼워 메모리홀로 밀어 넣었다. 아마도 그 사진은 순식간에 재로 변해 버렸으리라.

그때가 지금으로부터 약 10년, 아니 11년 전 일이었다. 만약 요즘에 그런 일이 일어났더라면 그는 필시 그 사진을 보관했을 것이다. 이상하게도 그때 그 실질적인 증거를 손에 쥐었다는 사실은 지금까지도 대단하게 느껴졌다. 비록 그 사진 자체나 그 사진이 기록하고 있는 사건이 이제는 모두 희미한 기억 속에 남아 있을 뿐이지만 말이다. 윈스턴은 생각했다.

'이제는 없어져 버린 일의 한 조각 증거가 나타났다는 이유로 과거에 대한 당의 통제력이 조금이라도 약화되기는 할까?'

설령 그 사진이 기적처럼 잿더미 속에서 다시 살아 나온다 해도, 더 이상 증거로서 가치를 인정받을 수 없을지도 모른다. 그가 그 사진을 보았던 당시에 오세아니아는 유라시아와 전쟁 중이 아니었고, 따라서 죽은 그 세 사람이 나라를 팔아먹었다고 비난 받은 그 적국은 동아시아였다. 그때부터 또 얼마나 많은 변화가 있었던가, 두 번, 세 번? 윈스턴은 그 횟수를 일일이 기억조차 할 수 없었다. 그만큼 그들이 한 자백은 몇 번이고 다시 쓰였을 것이고, 이제 더 이상 원래 사실이나 날짜는 별로 대수롭지 않은 사실이 되었을 가능성이 컸다. 과거는 한 번 변하고 마는 것이 아니라, 계속 끊임없이 변해가는 것이었다. 윈스턴을 악몽처럼 따라다니며 괴롭히는 생각은, 당이 왜 그런 엄청난 사기 행위를 굳이 자행하는지 도무지 이해가 가지 않는다는 점이었다. 물론 과거를 날조함으로써 얻는 즉각적인 이익은 자명했다. 그러나 궁극적인 동기는 알 수가 없었다. 그는 다시 펜을 집어 들고 다음과 같이 썼다.

'어떻게'인지는 알겠다. 그러나 '왜'인 걸까?

전에도 여러 번 그런 의문을 가져 보았던 것처럼 윈스턴은 또 한 번 혹시 미친 건 자신이 아닐까 하고 자문해 보았다. 어쩌면 미치광이는 단지 소수에 불과할지도 몰랐다. 한때는 지구가 태양 주위를 돈다고 믿는 것이 정신 이상의 신호로 받아들여지지 않았던가? 그러나 오늘날에는 과거는 바꿀 수 없다고 믿는 사람이 미치광이 취급을 받는다. 어쩌면 그런 믿음을 지니고 있는 사람이 윈스턴 하나뿐일지도 몰랐다. 그렇다면 그는 혼자이기 때문에 미치광이가 되는 것이다. 그러나 윈스턴은 그런 식으로 미치는 것은 별로 개의치 않았다. 정말 무서운 것은 그의 믿음이 틀릴 수도 있다는 생각 때문이었다.

그는 어린이용 역사책을 손에 들고 책의 속표지를 장식하고 있는 빅 브라더의 초상화를 가만히 바라보았다. 최면을 거는 듯한 두 눈이 자신을 응시하고 있었다. 마치 거대한 힘이 자신을 찍어 누르고 있는 것 같았다. 무언가가 자신의 두개골을 뚫고 들어와서 기존의 신념을 위협하여 몰아내고 설득시켜 자신이 몸으로 체득한 증거마저 모두 부인하게 하는 것 같았다. 언젠가 당은 2 더하기 2가 5라고 공표해 모두 믿게 만들 것이다. 조만간 그들은 반드시 그런 주장을 하고 말 것이다. 그들의 현재 상황이 그런 논리를 필요로 했기 때문이다. 그들의 철학에 의하면, 경험의 유효성뿐 아니라 실제 외부 현실의 존재마저 암묵적으로 부인될 수 있었다. 이단 중의 이단이 상식이 되는 세상이었다. 그리고 가장 섬뜩한 사실은 당에 반대되는 생각을 함으로써 죽을 수도 있다는 점이 아니라, 어쩌면 그들이 옳을 수도 있다는 사실이었다. 따지고 보면 2 더하기 2가 4라는 것을 어떻게 증명할 수 있단 말인가? 또 중력이 있다는 사실은 어떻게 증명한단 말인가? 혹은 과거가 변할 수 없다는 사실은? 만약 과거나 외부 세계가 오로지 마음속에 존재하는 것이라면, 그리고 마음이 통제 가능한 것이라면, 그렇다면 그때 그 사실은 어떻게 받아들여야 하는가?

'그래도 안 된다!'

갑자기 윈스턴에게 용기가 솟았다. 별다른 연관성이 있는 것도 아닌데, 웬일인지 오브라이언의 얼굴이 떠올랐다. 윈스턴은 이전의 그 어느 때보다도 더 확고하게 오브라이언이 자기편이라고 확신했다. 그는 오브라이언을 위해 일기를 쓰고 있는 것이었다. 바로 오브라이언에게! 이는 아무도 읽지 않을 테지만, 특정한 사람을 염두에 두고 그 사람에게 보내는, 끝없이 이어지는 편지와도 같았다.

당은 자신의 눈과 귀로 확인한 증거를 부정하라고 강요했다. 그것이 그들의 가장 본질적이고 궁극적인 명령이었다. 자신의 앞에 굳건히 버티고 있는 거대한 권력의 힘을 떠올리자 윈스턴은 가슴이 덜컹 내려앉았다. 그들은 당의 지식인을 앞세워 그를 논쟁에서 쉽게 굴복시킬 것이고, 그가 대답은커녕 제대로 이해도 못할 미묘한 논거를 일일이 늘어놓을 것이다. 그렇다 해도 옳은 쪽은 윈스턴이다! 그들은 틀렸고, 윈스턴은 옳다. 명백한 것과 순수한 것, 진실한 것은 반드시 지켜져야 했다. 자명한 것은 진실이니 끝까지 지켜 나가야 했다. 세계는 굳건히 존재하며 불변의 법칙 또한 존재한다. 돌은 딱딱하고 물은 축축하며 허공에 던져진 물체는 지구의 중심을 향해 떨어진다. 윈스턴은 오브라이언에게 말하는 심정으로, 그리고 중요하고 자명한 이치를 공표하고 있는 심정으로 다음과 같이 썼다.

자유란 2 더하기 2가 4라고 말할 수 있는 자유이다. 일단 이런 자유가 허용된다면, 다른 모든 것들은 저절로 그 뒤를 따르리라.

8장

골목길 아래 어디에선가 커피 끓이는 냄새가 풍겨 왔다. 빅토리 커피가 아닌 진짜 커피 냄새가 거리의 공기 중에 떠돌았다. 윈스턴은 자기도 모르게 가던 길을 멈춰 섰다. 잠깐 동안 그는 기억 속에서 어렴풋하게 지워져 가는 어린 시절로 돌아갔다. 그런데 문이 쾅 하고 닫히는 소리가 들리면서 커피향이 단번에 그 소리와 함께 사라져 버렸다.

보도를 따라 몇 킬로미터나 되는 거리를 걸어온지라 정맥류성 궤양 부위가 다시 욱신거렸다. 윈스턴이 공회당의 저녁 모임에 참석하지 않은 것은 3주 동안 이번이 벌써 두 번째였다. 개개인의 공회당 출석 횟수를 당에서 꼼꼼하게 확인할 것이 분명했으므로 이는 참으로 무모한 행동이었다. 원칙상 당원에게는 따로 여가 시간이 주어지지 않았으며, 잠자는 시간을 빼고는 절대 혼자 있어서도 안 되었다. 일하거나 먹고 자는 시간을 제외하고는 늘 어떤 식으로든 단체 오락 활동에 참여하는 것이 원칙이었으며, 혼자 산책을 가는 등 고독을 즐기는 것으로 보이는 행동은 무엇이든 위험한 행동으로 여겨졌다. 이런 개인행동을 신어로는 '독생(獨生)'이라고 칭했는데 이 단어에는 개인주의적이며 별난 행동이라는 뜻이 포함되어 있었다. 아무튼 오늘 저녁, 4월의 훈훈한 저녁 공기는 부서 건물을 나서던 윈스턴을 유혹하는 데 성공했다. 그해 들어 가장 따스해 보이는 파란 하늘이었다. 그 하늘을 보고 있자니 공회당에서 보내야 할 길고 시끄러운 밤 시간이 도무지 견딜 수 없게 느껴졌다. 지루하고 진을 빼는 게임들, 강연들, 술기운으로 인해 고취되는 엉성한 동지애…… 윈스턴은 충동적으로 버스 정류장에서 몸을 틀어 미로 같은 런던의 거리를 배회했다. 처음엔 남쪽으로, 다음엔 동쪽으로, 다시 북쪽으로, 그는 자신이 어디로 향하고 있는지 신경도 쓰지 않은 채 난생처음 와 보는 거리들을 정처 없이 헤매고 다녔다.

'희망이 있다면, 그것은 프롤들에게만 있다.'

며칠 전 윈스턴이 일기에 썼던 그 말이 자꾸만 머릿속에서 맴돌았다. 과연 신비로운 진실이면서도 명백히 부조리한 말이었다. 어느새 그는 한때 세인트 판크라스 역이 있던 런던 동북부 지역의 더럽고 우중중한 빈민가에 와 있었다. 그는 작은 2층집들이 빼곡히 늘어선 자갈길을 걷고 있었다. 집집마다 문이 길가로 바로 나 있어서 왠지 쥐구멍을 연상시켰다. 자갈길을 따라가는 내내 여기저기 더러운 물웅덩이가 눈에 띄었다. 양쪽으로 뻗어 있는 좁은 골목길마다, 또 줄지어 있는 어두컴컴한 출입문 안팎으로 깜짝 놀랄 만큼 많은 수의 사람들이 우글거렸다. 입술에 새빨간 립스틱을 칠한 한창 나이의 여자아이들, 그 여자들을 쫓아다니는 젊은 청년들, 지금 젊은 여자들이 10년 후에 어떻게 변할 것인지 미리 짐작하게 해 주는 뒤뚱거리는 걸음새의 퉁퉁한 중년 여자들, 허리가 굽은 채 발을 질질 끌며 걸어 다니는 노인들, 물웅덩이에서 맨발로 첨벙거리며 놀다가 어머니의 성난 고함소리에 뿔뿔이 흩어져 줄행랑을 치는 어린아이들, 그 모습도 각양각색이었다. 길가에 나 있는 창문은 얼핏 보기에도 한 4분의 1 정도는 깨져서 판자로 덧대어져 있는 것 같았다. 길에서는 어쩌다 몇몇이 호기심 반 경계심 반인 눈으로 그를 곁눈질해 볼뿐, 대부분의 사람들은 윈스턴에게 거의 신경 쓰지 않고 그냥 지나쳐 갔다. 한 출입문 앞에서 몸집이 커다란 두 여자가 벌겋게 그을린 팔을 앞치마 앞에 포개고 서서 수다를 떨고 있었다. 윈스턴은 그 앞을 지나가면서 그들의 대화 내용을 조금 엿들었다.

"나는 그냥 '그래, 아주 잘됐다.'고 말해 줬어. '너도 내 입장이었으면 내가 한 대로 할 수밖에 없었을걸. 남의 일을 가지고 왈가왈부하기는 쉬운 법이니까. 너도 내가 당한 것 같은 일을 당해 봐.'라고도 말해 줬지."

"아, 맞아. 그렇지. 그 말 참 잘했네."

다른 여자가 맞장구를 치며 말했다.

귀에 거슬리던 거친 목소리가 갑자기 뚝 그쳤다. 여자들이 말을 멈추고, 윈스턴이 지나가는 모습을 적대감 어린 눈으로 찬찬히 뜯어보았다. 사실 적대감이라고 할 것까지는 없고, 다만 낯선 동물을 마주쳤을 때 순간적으로 몸이 굳는 것 같은 일종의 경계심이라고 하는 편이 더 옳았다. 이런 거리에서 당원용 파란색 제복을 입은 사람을 흔히 볼 수는 없었을 테니 말이다. 정말이지 이런 장소에서 확실한 용건도 없이 다른 사람들 눈에 띄는 것은 결코 현명한 처사가 아니었다. 이러다가 순찰 중인 경찰이라도 마주치면 그를 당장 불러 세우고 질문 공세를 퍼부을 것이 뻔했다. '동무, 신분증 좀 봅시다. 여기서 뭐 하는 겁니까? 업무가 끝난 시간이 언제요? 원래 집에 가는 길이 이 길입니까?' 등등 곤란한 질문은 끊임없이 계속될 것이다. 물론 평소와 다른 길로 집에 가면 안 된다는 법은 없었지만, 사상경찰의 이목을 끌기에는 충분하고도 남았다.

갑자기 거리 전체에 커다란 동요가 일었다. 사방에서 경고의 함성이 날아왔다. 사람들이 토끼처럼 잽싸게 문 안으로 뛰어 들어갔다. 윈스턴 조금 앞쪽에서 한 여자가 출입문에서 용수철처럼 뛰어나오더니, 웅덩이에서 놀고 있던 어린아이를 번쩍 들어 앞치마로 감싸 안고 순식간에 집 안으로 뛰어 들어갔다. 바로 그때, 주름진 검은 양복을 입은 어떤 남자가 옆 골목에서 뛰어 나오더니 윈스턴 쪽으로 오며 하늘을 가리켰다.

"스티머예요!"

그가 격앙된 목소리로 외쳤다.

"조심해요, 선생! 머리 위에서 빵 하고 터질 거라고요! 빨리 엎드려요!"

'스티머'란, 몇 가지 이유로 프롤들이 로켓 폭탄에 붙인 별명이었다. 윈스턴은 재빨리 바닥에 바짝 엎드렸다. 프롤들이 이런 종류의 경고를 할 때는 여지없이 언제나 들어맞았다. 분명 로켓은 소리보다 더 빠른 속도로 날아온다고 한 것 같았는데, 프롤들은 로켓이 오기 몇 초 전에 본능적으로 알아낼 수 있는 것 같았다. 윈스턴은 두 팔로 머리를 감쌌다. 곧 땅을 뒤흔드는 듯한 굉음이 나더니 가벼운 파편들이 그의 등 위로 우르르 떨어져 내렸다. 잠시 후에 일어서서 보니 근처 창문에서 부서져 날아온 유리 조각들로 온몸이 뒤덮여 있었다.

그는 계속해서 앞으로 걸어갔다. 그 폭탄으로 인해 200미터 전방에 있는 집들이 무자비하게 허물어져 있었다. 하늘 높이 검은 연기가 치솟았고, 땅에서는 사람들이 횟가루 먼지를 뒤집어쓴 채 허물어진 건물 주변으로 모여들고 있었다. 앞쪽 도로 위에 횟가루 더미가 낮게 쌓여 있었는데, 그 가운데서 선홍색의 기다란 무언가가 윈스턴의 시선을 잡아끌었다. 가까이 다가가서 자세히 살펴보니 손목 부근에서 잘린 사람의 손이었다. 피범벅인 부위를 제외하고 나머지 부분은 석고 조각상을 연상시킬 정도로 완전히 새하얗게 변해 있었다.

그는 도랑 쪽을 향해 그것을 발로 힘껏 차 버렸다. 그리고 몰려드는 인파를 피해 오른쪽 골목으로 들어섰다. 3, 4분 정도 더 걸었을까, 어느새 그는 폭탄의 영향이 미치지 않은 구역에 와 있었다. 아무 일이 없었다는 듯 더럽고 길가마다 사람들이 북적대는 거리가 나타났다. 거의 여덟 시가 다 되어서인지 프롤들이 자주 드나드는 (그들이 '펍'이라고 부르는)술집마다 사람들로 꽉 들어차 있었다. 손때 묻은 술집 문이 쉴 새 없이 열렸다 닫혔다 했다. 술집 안으로부터 오줌과 톱밥 냄새, 그리고 시큼한 맥주 냄새가 풍겨 나왔다. 바깥 방향으로 툭 튀어나와 있는 건물 모퉁이에 남자 셋이 나란히 붙어 서 있는 모습이 눈에 들어왔다. 그 중 가운데 남자가 신문을 펴들고 있었는데 양 옆에 있는 두 남자가 어깨 너머로 그 신문을 열심히 들여다보고 있었다. 굳이 가까이 다가가 그들의 표정을 보지 않아도, 그들이 얼마나 신문에 정신이 팔려 있는지 잘 알 수 있었다. 아무래도 매우 심각한 기사를 읽고 있는 모양이었다. 윈스턴이 몇 발자국 떨어진 거리에서 그들을 스쳐 지나려는데, 갑자기 그들 중 두 사람이 격렬한 언쟁을 벌이기 시작했다. 금방이라도 주먹이 오갈 것 같은 분위기였다.

"도대체 내가 하는 말을 듣고 있긴 한 건가? 지난 14개월 동안 7로 끝나는 숫자는 한 번도 당첨된 적 없었다니까!"

"아니야. 있었어! 그때 있었잖아!"

"아니, 없었어! 우리 집에 지난 2년 동안 당첨 번호를 하나도 빼놓지 않고 다 적어 놓은 종이가 있거든. 내가 시계처럼 정확하게 다 적어 놓았다고. 그래서 잘 아는데, 7로 끝난 번호는 하나도 없었어."

"있었다니까! 7이 나온 적이 분명히 있었다고! 내가 그 망할 놈의 번호를 통째로 다 알려 줄 수도 있어. 4나 7로 끝나는 수였는데 그게. 아, 2월이었어. 그래, 2월 둘째 주였지!"

"2월 좋아하시네! 내가 똑똑히 다 적어 났다니까. 맹세코 그런 숫자는 없었어."

"오, 제발 이제 그만들 해!"

세 번째 남자가 말했다.

그들은 다름 아닌 복권 때문에 다투고 있었다. 윈스턴은 30미터쯤 더 지나와서 뒤를 돌아보았다. 그들은 아직도 열띤 얼굴로 다투고 있었다. 매주 엄청난 당첨금이 걸려 있는 복권은 프롤들이 유일하게 관심을 보이는 공공 행사였다. 복권은 수백만 프롤들에게 그들이 살아가는 유일한 이유라고까지는 할 수 없겠지만, 감히 삶의 가장 중요한 부분이라고 할 수 있는 행사였다. 복권은 그들의 즐거움인 동시에 우매한 짓이었고, 진통제인 동시에 지적 자극제였다. 글을 거의 읽거나 쓰지 못하는 사람들도 복권에 관해서라면, 복잡한 수식의 계산을 척척 해내거나 상상을 초월하는 기억력을 발휘하곤 했다. 오죽하면 당첨 번호 적중표나 예상표, 행운의 부적 따위를 팔아서 먹고 사는 사람들도 있을까. 복권은 풍요부에서 관장하는 일이었기에, 윈스턴은 복권 운영과는 아무 관련이 없었다. 그러나 그는(또한 당원들이라면 누구나) 복권의 당첨금이라는 게 상당 부분 허위로 부풀려져 있다는 사실을 알고 있었다. 실제로 지급되는 돈은 보통 얼마 되지 않는 소액이었고, 큰 액수에 당첨되었다고 발표되는 사람들은 실제 존재하지 않는 가상의 인물이었다. 오세아니아 각 지방들 사이에는 실제적인 통신 시설이 없었기 때문에 이런 일의 조작이 그다지 어렵지 않았다.

그래도 희망이 있다면, 그것은 프롤들에게만 있다. 이 사실을 굳게 믿는 수밖에 없었다. 다만 이 희망을 말로만 써 놓고 보면 충분히 그럴듯하게 느껴지는데, 막상 거리에 나가서 지나다니는 인간 군상을 보고 있노라면 과연 그럴까 하는 의구심이 들었다. 윈스턴은 내리막길로 이어지는 골목길 어귀에 접어들었다. 언젠가 이 부근에 와 보았던 기억이 어렴풋이 났다. 여기서 멀지 않은 곳에 분명히 큰길이 있을 거라는 예감이 들었다. 앞쪽 어딘가에서 큰 소리로 고함치는 사람들 소리가 들렸다. 길이 갑자기 급하게 꺾이더니 계단으로 이어져 내려갔다. 계단 밑으로 이어진 후미진 골목에는 노점 상인들이 나와 시들시들해 보이는 채소를 팔고 있었다. 그 순간 윈스턴은 자신이 와 있는 곳이 어디인지 기억을 해냈다. 그 골목을 따라서 죽 올라가면 대로가 나오는데, 대로에서 다음번 모퉁이를 돌아가면 5분도 채 걸리지 않는 거리에 그가 지금 일기장으로 쓰고 있는 공책을 산 고물상이 있었다. 그리고 그로부터 멀지 않은 곳에 그가 펜대와 잉크를 샀던 조그만 문방구가 있었다.

그는 계단 맨 꼭대기에서 잠시 멈칫했다. 골목 반대편으로 누추해 보이는 작은 술집이 하나 있었다. 그 술집의 창문은 얼핏 보면 성에가 끼어 있는 듯 뿌옇게 흐려져 있었는데, 자세히 보니 성에가 아니라 먼지가 쌓여 그렇게 보이는 것이었다. 마침 한 노인이 술집 문을 밀치고 안으로 들어갔다. 그는 허리는 굽었지만 기력은 생생해 보였고, 얼굴에는 마치 새우 수염처럼 까칠까칠한 흰 콧수염이 나 있었다. 그 모습을 지켜보던 윈스턴은 문득, 저 노인이 지금 적어도 여든은 되어 보이니까 혁명이 일어났을 당시에는 중년의 나이였을 거란 생각이 스쳤다. 그 노인을 포함해 얼마 남지 않은 그 동연배의 사람들이야말로 사라져 버린 자본가들의 세계와 현재를 이어 줄 마지막 연결 고리였다. 당 내부에는 혁명 이전에 형성된 사상을 간직하고 있는 사람들이 얼마 없었다. 그 세대는 1950년대와 1960년대에 잇달아 자행된 대숙청 때 거의 말살 당했거나, 그나마 남아 있는 몇 안 되는 사람들은 두려움에 시달리다 못해 이미 오래전부터 정신적으로 완전히 항복해 버린 상태였다. 금세기 초반의 생활 환경이 실제로 어땠는지를 사실 그대로 전해 줄 수 있는 사람이 있다면, 오직 프롤 중에서만 있을 수 있었다. 불현듯 윈스턴의 머릿속에 요전에 일기장에 옮겨 쓴 역사책의 내용이 떠올랐다. 그 순간 광기 같은 충동이 그를 사로잡았다. 저 술집에 들어가 저 노인과 안면을 튼 다음에 몇 가지 질문을 해 볼 수 있으리라. 묻고 싶은 질문이 입가에 맴돌았다.

'어르신이 어린 소년이었을 때 삶이 어땠는지 말해 주십시오. 그때 당시의 상황은 어땠습니까? 지금보다 더 나았습니까? 아니면 나빴습니까?'

윈스턴은 겁이 난다고 느끼기 전에 덥석 실천해 버릴 요량으로 급히 계단을 내려가 좁은 길을 건넜다. 물론 이것은 미친 짓이었다. 늘 그렇듯 프롤에게 말을 걸거나 그들이 드나드는 술집에 가면 안 된다고 정해 놓은 법은 없었다. 다만 그런 행동은 너무도 비상식적이어서 절대 눈에 띄지 않고 넘어갈 수 있는 성질의 것이 아니었다. 만약 경찰에게 들킨다면 갑자기 현기증이 나서 들어간 거라고 둘러댈 수도 있겠지만, 그들이 과연 그 말을 믿어 줄지 아닐지는 미지수였다. 술집 문을 열고 들어서자마자 싸구려 맥주의 시큼하고 지독한 냄새가 코를 찔렀다. 그가 들어서자 시끄럽던 소리가 반쯤 줄어들었다. 윈스턴은 등 뒤로 자신의 파란색 제복에 쏟아지는 모두의 따가운 시선을 느낄 수 있었다. 술집 한구석에서 벌어지고 있던 다트 게임도 한 30초 정도 중단되었던 것 같다. 윈스턴이 쫓아온 그 노인은 카운터 바에 있었다. 그는 덩치도 크고 힘도 세 보이며 팔뚝도 굵은 매부리코 남자 바텐더를 상대로 소리 높여 언쟁을 벌이고 있었다. 주위에 모여든 사람들은 손에 술잔을 들고 둘러서서 그들의 싸움을 지켜보았다.

"그만하면 제법 예의를 차려 주문한 거 아닌가?"

노인이 어깨를 꼿꼿이 펴며 계속 시비를 걸었다.

"지금 이 빌어먹을 술집에 1파인트짜리 잔 하나 없다는 게 말이 되나?"

"도대체 1파인트가 뭔데 이러시는 거예요?"

바텐더가 카운터에 손을 받치고 몸을 앞으로 내밀며 물었다.

"이것 봐라! 명색이 바텐더라는 놈이 1파인트가 뭔지도 모른다는 말인가! 그래 그렇담, 1파인트가 뭐냐 하면 말이지, 1쿼트의 반이 1파인트야. 4쿼트면 1갤런이 되고. 이거 다음번에는 네 놈한테 A, B, C까지 가르쳐 주어야겠군!"

"저는 그런 거 처음 들어봅니다."

바텐더가 딱 잘라 말했다.

"1리터 아니면 반 리터, 우리 가게에서 파는 건 이게 다예요. 할아버지 앞쪽 선반에 있는 잔들 보이죠?"

"나는 1파인트짜리가 좋다니까."

노인은 계속 우겨 댔다.

"그냥 좀 1파인트 잔에 담아 주면 어디가 덧나나. 내가 젊었을 때는 이 빌어먹을 리터라는 게 없었다고!"

"할아버지가 젊었을 때면 우리 모두가 나무 꼭대기에 살고 있었겠군요."

바텐더가 시선을 다른 손님들 쪽으로 돌리며 빈정거렸다.

술집 안이 한바탕 웃음바다가 되었다. 그리고 윈스턴의 등장으로 다소 어색해졌던 분위기도 한결 누그러졌다. 흰 수염을 기른 노인의 얼굴이 붉게 달아올랐다. 그는 혼잣말로 투덜거리며 뒤로 돌아 나오다가 윈스턴과 부딪쳤다. 윈스턴이 그의 팔을 조심스럽게 잡으며 말했다.

"제가 한 잔 사드려도 될까요?"

"자네는 신사로구먼."

노인이 어깨를 다시 쭉 펴며 말했다. 그는 윈스턴의 파란색 제복을 알아채지 못한 것 같았다. 그는 바텐더를 보고 공격적인 말투로 "1파인트!" 하고 외쳤다.

"맥주 1파인트 한 잔 주시오!"

바텐더는 카운터 아래에 있는 물통에서 반 리터짜리 두꺼운 유리잔 두 개를 적당히 헹구고, 그 잔에 암갈색 맥주를 따랐다. 프롤들이 다니는 술집에서 팔 수 있는 술이라곤 맥주가 전부였다. 굳이 원한다면 구하기가 어렵지는 않았지만, 진은 원칙적으로 프롤들이 살 수 없는 술이었다. 다시 재개된 다트 게임은 그 분위기가 한창 달아오르고 있었고, 카운터에 있는 사람들은 다시 복권 이야기를 하기 시작했다. 잠시 동안 윈스턴의 존재는 잊힌 듯했고, 윈스턴은 남이 엿들을 걱정 없이 창문 옆 소나무 테이블에 앉아 마음껏 노인과 이야기를 나눌 수 있었다. 물론 그것은 말할 것도 없이 너무도 위험한 행동이었다. 그렇지만 윈스턴이 들어오자마자 확인해 둔 바에 의하면, 술집 안에는 적어도 텔레스크린이 설치되어 있지 않았다.

"그냥 1파인트짜리 잔에 따라 주면 되는 것을 말이야."

노인은 잔을 앞에 내려놓고 자리에 앉으면서도 계속 투덜거렸다.

"반 리터는 어딘가 부족해. 양이 영 안 찬단 말이지. 그렇다고 1리터짜리는 너무 많고. 비싼 것도 문제지만, 오줌이 너무 마려워서 말이지."

"어르신이 젊었을 때하곤 세상이 많이 변했지요?"

윈스턴이 넌지시 물었다.

마치 윈스턴이 말한 세상의 변화를 술집 안에서 찾으려는 듯, 노인의 옅은 푸른색 눈은 다트 판에서 카운터로, 카운터에서 문 쪽으로 움직였다.

"전에는 맥주 맛이 더 좋았지."

결국 노인의 입에서 나온 말은 이것이었다.

"그리고 값도 더 쌌고말고! 내가 젊었을 때는 월럽이라는 순한 맥주가 있었는데, 그게 1파인트에 4페니밖에 안 했어. 물론 전쟁이 일어나기 전 일이지만."

"무슨 전쟁을 말씀하시는 거예요?"

윈스턴이 물었다.

"전쟁이 다 그게 그거지 뭐."

노인은 애매하게 대답하며 잔을 들었다. 그리고 다시 어깨를 꼿꼿이 펴며 말했다.

"자, 자네의 건강을 위해 건배!"

노인의 야윈 목에 튀어나온 목젖이 놀라울 정도로 빠르게 위아래로 오르락내리락하더니, 눈 깜짝할 사이에 잔에 담긴 맥주가 모두 비워졌다. 윈스턴은 카운터로 가서 반 리터짜리 맥주를 두 잔 더 샀다. 노인은 자신이 맥주 1리터는 너무 많다고 투덜거렸다는 사실을 어느새 까맣게 잊은 듯했다.

"어르신은 저보다 연세가 훨씬 많으시잖아요. 그러니까 제가 태어났을 때 이미 어른이셨을 거고요. 그 시절이 어땠는지 기억하시죠? 혁명 이전 시절 말이에요. 저희 나이 또래 사람들은 그 시절에 대해 아는 게 거의 없거든요. 고작해야 책에 나온 내용을 읽는 게 전부인데, 그 내용이 모두 사실인지 의심이 갈 때도 있고요. 그래서 어르신의 의견을 좀 여쭤 봤으면 하는데⋯⋯. 역사책에는 혁명 전의 생활이 지금하고는 완전히 다르다고 나와 있거든요. 억압과 불의, 그리고 빈곤의 수준이 지금 우리가 상상할 수 없을 정도로 심했다고요. 여기 런던에서만 해도 수많은 사람들이 태어나서 죽을 때까지 배고픔에 시달렸다면서요. 두 명 중 한 명은 신발도 못 신고 다녔고요. 하루에 열두 시간이 넘게 일을 하고, 학교는 아홉 살까지밖에 못 다니고, 한 방에 열 명씩 모여 잤다고 하고요. 그런데 개중에 자본가라고 불리는, 몇 천 명 정도 될까 한 돈 많고 힘 있는 사람들이 있었다는데⋯⋯. 그들은 갖고 싶은 건 다 가질 수 있고 서른 명이나 되는 하인을 거느리며 초호화 저택에 살았다면서요. 그 시절에도 자동차나 사두마차를 타고 다니고, 샴페인을 마시며, 실크해트를 쓰고…….”

그때 노인의 얼굴에 갑자기 화색이 돌았다.

“실크해트라고! 자네 입에서 그 말이 나오니 신기하군그려. 나도 어제 갑자기 실크해트 생각이 났거든. 무슨 이유에서인지는 모르지만, 어쨌든 그 생각이 났어. 그걸 못 본 지도 벌써 한참 되었군. 이제는 완전히 없어진 것 같지 아마. 내가 마지막으로 그걸 써 본 게 형수님 장례식 때였으니까. 그리고 그게…… 어디 보자, 정확한 날짜는 모르지만 한 50년도 더 넘은 일인 것 같군. 물론 자네도 알겠지만, 자리가 자리인지라 그 모자를 빌려서 썼었지.”

“실크해트 자체가 중요한 것은 아니에요.”

윈스턴이 조급한 심정을 누르며 답했다.

“제가 드리려는 말씀은, 그 자본가들이 그때 세상의 왕 노릇을 했다면서요. 그 사람들하고 그들한테 빌붙어 살던 변호사나 사제 같은 사람들 말이에요. 모든 게 그 사람들의 이익을 위해 존재하는 반면에, 어르신 같은 사람 그러니까 보통 사람이나 노동자는 그들의 노예나 다름없었다면서요. 자본가들은 사람들을 아무렇게나 마음대로 할 수 있었다더군요. 예를 들어 가축처럼 배에 실어 캐나다로 보내 버린다든가, 원한다면 누구의 딸이나 데려가서 동침을 하는가, 마음에 안 들면 아무나 아홉 가닥짜리 채찍으로 치라고 명령을 내릴 수도 있었다는 거요. 그들이 거리를 지나가면 사람들이 모자를 벗고 인사해야 했다는 말도 들었고요. 게다가 자본가들은 하인들을 한 무리씩 이끌고 다녔다고……."

"하인이라!"

노인의 얼굴이 다시 밝아졌다.

"그것 참 오랜만에 듣는 말일세그려. 하인이라! 그 말을 들으니 정말 옛날 생각이 나는걸. 아, 그때가 도대체 언제인지 이제는 까마득하네. 당시에 나는 일요일 오후마다 하이드 파크에 가곤 했는데 말이야. 거기 가면 여러 사람들의 연설을 들을 수 있었거든. 그 뭐냐, 구세군도 있었고 가톨릭이니 유대인이니 인디언이니…… 별의별 종류의 사람들이 다 모여들었어. 그런데 그 중에, 이름은 생각이 안 나지만 진짜 힘 있게 말을 잘하던 연사가 한 명 있었어. 그 사람은 자기 이름은 대지 않고 말했지. '부르주아의 하인놈들! 지배 계급의 아첨꾼들!' 이러면서. 그 사람이 잘 쓰던 말 중에 또 이런 말도 있었지. 기생충이라고, 그리고 아, 맞다! 하이에나라는 말도 있었어. 맞아, 그가 하이에나라는 말을 잘 썼어. 그러니까 그 말은 노동당원을 두고 하는 말이었지."

윈스턴은 노인과 자신이 계속 동문서답하고 있다는 생각이 들었다.

"제가 정말로 알고 싶은 것은 그런 거라기보다는……."

윈스턴이 다시금 물었다.

"그러니까 어르신은 그때보다 지금이 더 자유롭다고 느끼십니까? 지금이 더 인간다운 대접을 받고 있다고 생각하시는지요. 옛날의 그 돈 있고 힘 있는 사람들이……."

"상원 의원들을 말하는 게로군."

노인이 회상에 잠긴 표정으로 말했다.

"네, 그래요. 상원 의원들이라고 치지요. 제가 묻고 싶은 것은 그 사람들이 그때, 어르신 같은 사람들을 단지 자기들이 부자이고 다른 사람들은 가난하다는 이유 하나로 업신여겼느냐 하는 거예요. 예를 들어 말하자면 어르신 같은 사람들은 지나가다가 그 사람들을 마주치면 모자까지 벗고 굽실거리며 인사를 해야 했다거나, '나리'라고 존칭을 써서 불러야 했는지, 뭐 이런 거요."

노인은 잠시 생각에 잠기는 듯했다. 그러더니 맥주잔을 한 4분의 1쯤 비우고 대답했다.

"맞아. 그들은 우리가 모자를 벗고 인사하는 걸 좋아했어. 그게 존경심을 나타내는 표시라나. 나는 그 말에 별로 찬성하지 않았지만, 어쨌든 그렇게 많이 했어. 물론 하고 싶어서 한 것은 아니었지만 말이네."

"그렇다면 이것은 어땠나요? 제가 역사책에서 읽은 내용인데, 그 사람들은 평민이나 하인들을 시켜서 길 가다가 사람들을 함부로 밀어 도랑에 빠뜨리고 하는 일이 흔했다면서요?"

"나도 한 번 당한 적이 있었어."

노인이 말을 꺼냈다.

"바로 어제 일처럼 생생하군그래. 그날은 보트 경기가 있던 날 밤이었지. 보트 경기가 있는 날에는 사람들이 진짜 시끄럽게 난리를 피웠거든. 그날 내가 섀프츠베리 거리를 걸어가고 있는데 어쩌다 한 젊은 녀석하고 부딪혔어. 드레스 셔츠에 실크해트를 쓰고 검정 코트까지 입고 있는 것이…… 딱 봐도 신사 차림이더군. 그런데 그자가 비틀거리며 갈지자로 걸어오다가 실수로 나랑 부딪힌 거야. 그런데 글쎄 나한테 큰 소리를 치면서, 앞도 제대로 못 보고 걷느냐며 시비를 거는 거야. 그래서 내가 '이 빌어먹을 길을 네놈이 돈 주고 샀느냐'고 물었지. 그랬더니 글쎄 나한테 하는 말이, 자기한테 건방지게 굴면 내 목을 비틀어 버리겠다고 하는 거야. 그러니 나도 질 수 없지. 녀석한테 취한 것 같으니 계속할 거면 경찰한테 넘기겠다고 엄포를 놓았어. 그랬더니 이놈이 나한테 어떻게 했는지 아나? 글쎄 손으로 내 가슴팍을 세게 밀치는 거야. 그 바람에 하마터면 버스 바퀴에 깔릴 뻔했지 뭔가. 나도 그때는 젊었던 때라 여차하면 그자를 한 방먹이려고 했는데 그만⋯⋯."

윈스턴은 허탈감이 몰려왔다. 노인의 머릿속은 그저 아무 쓸모없는 시시콜콜한 기억으로만 가득 차 있었다. 하루 종일 이렇게 질문 세례를 퍼부어 봤자 중요한 정보는 하나도 얻지 못할 게 뻔했다. 어쩌면 당에서 말하는 역사가 어느 정도 사실일지도 몰랐다. 아니, 어쩌면 전부 다 사실일지도 몰랐다. 그는 마지막으로 한 번만 더 시도해 보기로 했다.

"제가 아무래도 말씀을 제대로 전달하지 못했나 봅니다. 제가여쭙고자 하는 건 그게 아니거든요. 다시 말씀드리자면, 어르신이 살아온 날이 꽤 길지 않습니까? 인생의 절반 정도는 혁명 이전에 사셨을 거고요. 그러니까 1925년 당시에 이미 어른이셨을테지요. 그래서 말인데 어르신이 기억하기로 1925년의 삶이 지금보다 나았나요, 아니면 나빴나요? 지금 다시 선택할 수 있다고 한다면 어느 시대에 살고 싶으신가요? 그때입니까? 아니면지금입니까?"

노인은 한동안 곰곰이 생각에 잠긴 표정으로 다트 판을 바라보았다. 그러고는 전보다 느린 속도로 맥주잔을 비웠다. 그가 다시 입을 열었을 때는 말투가 한층 누그러지고 나름대로 철학적인 분위기까지 풍기는 것으로 보아 어느 정도 취기가 오른 모양이었다.

"자네가 듣고 싶은 말이 뭔지 알겠네. 그러니까 자네는 내가 다시 젊어졌으면 좋겠다고 답하기를 바라는 거 아닌가. 대부분의 사람들은 그런 식으로 대답하겠지. 젊을 때는 건강하고 힘도 넘치니까. 내 나이가 되면, 아무래도 몸이 예전 같을 수는 없어. 나만 해도 발이 어딘가 잘못되었는지 늘 아프고, 오줌보 상태도 영 시원치 않거든. 하룻밤에도 예닐곱 번은 일어나서 화장실을 가야 하는 정도라네. 그 반면에 나이가 들어서 좋은 점도 있네. 예전 같은 걱정거리가 없어지거든. 여자를 꼬이려고 실랑이하지 않아도 되고 말이야. 그건 참 좋은 점이야. 믿을지 모르겠지만, 내가 여자를 가까이 하지 않은 지도 벌써 30년이 다 되어가는군 그래. 더구나 이제는 그러고 싶은 욕망도 일지 않는다네."

윈스턴은 창턱에 등을 기댔다. 계속해 봐야 별 소용이 없을 것 같았다. 맥주를 더 사와야 하나 고민하고 있는데, 노인이 벌떡 일어나더니 술집 구석에 놓인 지린내가 진동하는 소변기로 황급히 달려갔다. 반 리터 더 마신 맥주가 벌써 탈을 일으킨 모양이었다. 윈스턴은 1, 2분 정도 그대로 앉아 앞에 있는 빈 맥주잔을 덩그러니 바라보고 있다가, 자신도 모르게 불쑥 일어나서 술집 밖으로 나와 버렸다. 이제 앞으로 고작 20년 정도만 지나도 '혁명 이전의 삶이 지금보다 더 나았었나?'라는 중요하고도 단순한 질문에 답하는 일은 아예 불가능해질 것이다. 그러나 어차피 지금도 그런 질문에 제대로 답할 수 있는가 하면 그것도 아니었다. 뿔뿔이 흩어져 사는 얼마 남지 않은 옛 시대 생존자들조차 지금과 이전 시대를 비교하지 못하니 말이다. 그들은 동료와 말싸움을 벌인 일이라든가, 잃어버린 자전거펌프를 찾으러 다닌 일, 혹은 오래전에 세상을 뜬 누이의 얼굴 표정이나 70년 전 바람 불던 어느 날 아침에 소용돌이치던 모래바람을 본 일 등 쓸데없는 일들은 얼마든지 기억하고 있었지만, 정작 중요한 사실들은 전혀 관심 밖이었다. 마치 작은 일면은 볼 수 있지만 큰 그림은 보지 못하는 개미와도 같았다. 그러니 그나마 남은 기억도 쇠퇴하고 기록이 모두 날조되어도 주민들의 생활 환경이 개선되었다고 주장하는 당의 말이 진실로 받아들여질 수밖에 없었다. 확인하거나 비교할 기준이 존재하지도 않고, 앞으로도 존재할 수 없기 때문이다.

갑자기 꼬리에 꼬리를 물고 이어지던 생각이 멈추었다. 그는 걸음을 멈추고 위를 올려다보았다. 어느새 그는 빽빽한 가정집들 사이로 작은 가게들이 드문드문 박혀 있는 한 좁은 골목길에 와 있었다. 그의 머리 바로 위에는 한때 도금이 되어 있었을 법한 금속 공 세 개가 매달려 있었다. 그는 그곳이 어디인지 알 것 같았다. 그럼 그렇지! 어느새 그는 예전에 일기장을 샀던 고물가게 앞에 와 있었던 것이다.

두려움이 짜릿한 통증처럼 그를 휩쓸고 갔다. 애초에 그 공책을 산 것만도 충분히 무모한 짓이었기에, 그는 다시는 이 근처에 얼씬도 하지 않겠다고 속으로 굳게 다짐했었다. 그런데 이런저런 생각을 하며 무턱대고 걷다 보니, 자기도 모르게 걸음에 이

끌려 그곳까지 오게 된 것이었다. 일기를 쓰기로 결심한 것 또한 바로 자신이 이런 자살 행위를 저지르는 것을 막기 위한 것이었는데 말이다. 한편 그는 시간이 21시가 다 되어 가는데도 가게 문이 열려 있다는 사실을 알아챘다. 그리고 밖에서 이렇게 서성이는 것보다는 차라리 안에 들어가 있는 편이 눈에 덜 띄겠다는 판단이 들어, 문을 열고 가게 안으로 들어갔다. 혹시 누가 물으면 면도날을 사러 왔다고 둘러대리라.

가게 주인이 석유램프에 불을 붙이자 탁하면서도 친근한 냄새가 풍겼다. 주인은 예순 살 정도 되어 보이는 남자로, 허리가 굽은 데다 허약해 보였으며, 코는 길고 인자하게 생겼고, 순한 눈은 도수 높은 안경 때문에 일그러져 보였다. 머리카락은 거의 하얗게 세어 있었지만, 눈썹만은 아직도 숱이 많고 검었다. 안경 쓴 얼굴과 점잖고 부산스러운 몸동작, 그리고 몸에 걸친 낡아 빠진 검은 벨벳 재킷 때문인지 그에게는 일종의 문학가나 음악가 같은, 은근하고 지적인 느낌이 풍겼다. 그의 목소리는 힘은 없지만 부드러웠고, 말투는 대부분의 프롤들보다 훨씬 고상했다.

"선생이 길에 서 있는 것을 보고 알아보았어요."

윈스턴이 들어가자마자 주인이 말했다.

"전에 숙녀용 일기장을 사 가신 분 맞죠? 그것 참 질이 아름다운 종이였는데. 그게 전에는 '크림 종이'라고 불리던 물건이랍니다. 그런 종이가 나오지 않게 된 지도 이제…… 음, 제 생각엔 적어도 50년은 된 것 같네요."

그는 안경 너머로 윈스턴의 표정을 살폈다.

"뭐 특별히 필요한 거라도 있으신가요? 아니면 우선 한번 둘러보시려는지……."

"그냥 지나가던 길에 들러 보았습니다. 특별히 필요한 건 없습니다."

윈스턴이 애매한 말투로 대답했다.

"잘하셨어요. 어차피 선생님이 좋아할 물건도 없을 듯합니다."

그는 손바닥을 위로 젖혀 내보이며 미안하다는 투로 말했다.

"보면 아시겠지만 가게가 텅 비었다고 해도 과언이 아니랍니다. 우리끼리 하는 얘기지만 골동품 시장은 이제 거의 끝났다고 봐야 해요. 수요도 없는 데다 어차피 재고도 없거든요. 가구나 도자기, 유리 등등 이런 것들 모두 시간이 지날수록 조금씩 망가지고 있어요. 게다가 금속으로 된 물건들은 다 녹여서 없앤 지 오래입니다. 놋쇠 촛대를 못 본 지도 벌써 한참 되었네요."

그의 말대로 비좁은 가게 내부는 불편하다는 느낌이 들 정도로 물건이 가득 차 있었지만, 값어치가 나가 보이는 것은 하나도 없었다. 게다가 벽을 빙 둘러서 사방으로 먼지가 소복한 액자들이 가득 쌓여 있어서, 바닥도 매우 협소했다. 창가 또한 수나사와 암나사, 끝이 닳아버린 끌, 날이 망가진 주머니칼, 작동할 기미가 전혀 안 보이는 녹슨 시계 등 오만 가지 잡동사니들로 뒤덮여 있었다. 그러던 중 구석에 있는 작은 테이블 위에서 흥미로워 보이는 물건 몇 개가 눈길을 잡아끌었다. 옻칠한 담뱃갑이며 마노로 된 브로치 등이 그것이었다. 테이블 위를 주의 깊게 살피던 윈스턴의 눈에 둥글고 매끄러운 물체가 들어왔다. 그것은 등불에 비쳐 은은한 빛을 내고 있었다. 윈스턴은 그 물건을 집어 들었다.

그것은 묵직한 유리 덩어리로 위쪽은 둥그렇게 솟아 있고 다른 한쪽은 평평한, 일종의 반구형 물체였다. 유리의 색깔이나 감촉은 빗물처럼 부드러웠다. 그 유리 가운데에는 어떻게 보면 장미 같기도 하고 어떻게 보면 말미잘 같기도 한, 분홍빛을 띤 구불구불한 주름이 잡힌 무엇인가가 유리의 굴곡에 의해 확대되어 보이고 있었다.

"이것은 무엇인가요?"

윈스턴이 그 물건에 매료되어 물었다.

"그건 산호예요. 아마 인도양에서 온 걸 겁니다. 보통 그렇게 유리 속에 박아 장식으로 쓰이죠. 모르긴 몰라도 한 백 년은 되었을 겁니다. 아니 생긴 걸로 보아 그보다 더 오래되었을지도 모르겠네요."

가게 주인이 말했다.

"참 아름다운 물건이네요."

윈스턴이 말했다.

"아름답죠."

가게 주인도 감상에 젖은 목소리로 동의했다.

"그러나 요즘에는 그런 물건을 보고 아름답다고 말하는 사람이 많지 않아요. 저, 선생께서 그 물건을 사고 싶다면 4달러에 드릴게요. 전에는 그 정도의 물건이면 적어도 8파운드는 했던 걸로 기억하는데, 8파운드면…… 아, 계산이 잘 안 되는군요. 어쨌든 전에는 꽤 큰돈이었어요. 그렇지만 요즘에는 남은 것이 얼마 없는데도 불구하고, 그런 진짜 골동품에 관심을 가지는 사람이 없답니다."

윈스턴은 말이 떨어지기가 무섭게 4달러를 지불하고 탐내던 그 물건을 받아 주머니에 넣었다. 그가 그 물건에 그토록 마음이 끌린 이유는 그것이 아름답기도 했지만, 그 물건에 서려 있는 듯한 오랜 세월의 흔적 때문이었다. 그 물건에는 현 시대에는 좀처럼 볼 수 없는 아주 다른 뭔가가 깃들어 있는 데다가, 빗물을 연상시키는 부드러운 그 유리는 여태껏 윈스턴이 한 번도 보지 못한 종류였다. 그런가 하면 그 물건의 원래 용도는 종이를 고정하는 문진인 것 같았는데, 지금은 어쨌든 실용적으로 아무 쓸모없는 물건이라는 점이 무척 매력적이었다. 윈스턴의 주머니에 담긴 그 물건은 매우 묵직했지만 크게 불쑥 튀어나오지는 않아서 천만다행이었다. 당원이 이런 물건을 지니고 있다는 것 자체가 이상한 일이기도 했거니와 위험천만한 행동이기도 했기 때문이었다. 무엇이든 오래된 물건은, 아니 그렇게 따지자면 아름다운 것은 무엇이든 늘 의심의 대상이었다. 늙은 가게 주인은 4달러를 손에 넣고 눈에 띄게 기분이 좋아 보였다. 윈스턴은 그가 가격을 3달러, 아니 2달러로도 충분히 깎을 수 있었으리라는 사실을 깨달았다.

"위층에도 방이 하나 있는데 혹시 보고 싶으실지 모르겠습니다. 물건 종류가 많지는 않아요. 몇 개 안 되지요. 그래도 혹시가 보시겠다면 등불을 켜드릴 테니 같이 가시죠."

그는 다른 램프에 불을 붙이고서, 허리를 구부려 낡고 가파른 계단을 따라 천천히 걸어 올라갔다. 그리고 계단에서 이어져 있는 아주 좁은 복도를 지나 어떤 방으로 윈스턴을 안내해 들어갔다. 그 방은 길가 쪽이 아니라 자갈밭이 있는 뒷마당으로 창이나 있어, 창밖으로 수많은 집의 굴뚝으로 이루어진 숲을 볼 수 있었다. 윈스턴은 그 방의 가구가 아직도 누군가 살아도 되도록 배치되어 있다는 사실을 눈치챘다. 바닥에는 카펫이 깔려 있었고, 벽에는 그림이 한두 점 걸려 있었으며, 벽난로 앞에는 볼품은 없지만 푹신해 보이는 안락의자도 있었다. 또한 벽난로 위 선반에는 열두 시간으로 표시된 구식 유리 시계가 똑딱거리며 가고 있었다. 창문가에는 방 면적의 거의 4분의 1을 차지하는 커다란 침대가 매트리스도 깔린 채로 놓여 있었다.

"아내가 죽기 전까지 우리가 이 방을 썼답니다."

노인이 변명하듯 말했다.

"가구를 하나씩 팔고 있는 중이에요. 저 마호가니 침대도 참으로 아름다운 물건이지요. 비록 다시 쓰려면 벌레 잡는 일부터 해야겠지만 말이에요. 사실 여간 귀찮은 일이 아니지요."

노인은 그렇게 말하며 방 안 전체를 환하게 비추려는 듯 램프를 위로 쳐들었다. 그러자 흐릿하면서도 따뜻한 불빛 아래에 비친 방 안의 모습이 신기하고도 유혹적으로 다가왔다. 순간 윈스턴의 마음속에 문득 떠오른 생각은, 위험을 무릅쓸 용기만 있다면 이 방을 일주일에 몇 달러쯤 내고 빌리는 게 어렵지 않겠다는 생각이었다. 물론 무모하고 불가능하며 고려해 볼 여지도 없어야 하는 생각이었다. 그런데도 그 방은 이미 그에게 일종의 향수이자 옛날의 기억이기도 한 무언가를 불러일으키고 있었다. 그는 이런 방에 앉아 있으면 어떤 기분일지 벌써부터 머릿속에 떠올리고 있었다. 따뜻한 벽난로 불 옆의 안락의자에서 다리를 난로 망에 걸치고 앉아, 난로 위에서 끓는 주전자 소리를 들으며, 감시하는 사람도 없이, 자신을 뒤쫓는 목소리도 없이, 철저히 혼자서 안전하게, 물주전자 끓는 소리와 귀에 친숙한 시계의 똑딱 소리만 들으며 앉아 있으면 어떤 기분이 들지 알 것도 같았다.

"텔레스크린이 없네요!"

윈스턴이 자신도 모르게 입 밖으로 중얼거렸다.

"아, 나는 그런 물건을 가져본 적이 없답니다."

노인이 답했다.

"너무 비싸기도 하고 필요하다고 느낀 적이 없거든요. 저기 보면 아주 멋있는 접이식 테이블도 하나 있는데, 보이나요? 물론 저것도 제대로 사용하려면 경첩을 새로 달아야 할 겁니다."

방의 다른 쪽 구석에 작은 책장이 하나 보였다. 윈스턴은 자연스럽게 그쪽으로 다가갔다. 책장에는 쓸모 있는 것은 하나도 없었다. 프롤들이 사는 구역에서도 책을 몰수해 없애는 일만은 다른 지역만큼이나 치밀하게 이루어진 모양이었다. 오세아니아 방방곡곡을 다 뒤져도 1960년 이전에 출간된 책을 구하기란 하늘의 별따기였다. 노인은 손에 램프를 든 채로 침대 맞은편, 벽난로 옆에 걸려 있는 자단목으로 만든 액자 앞으로 걸어갔다.

"저, 혹시 옛날 그림에 관심이 있으시다면······."

그가 그림 앞에서 조심스럽게 말을 꺼냈다.

윈스턴도 방을 가로질러 가서 그 그림을 살펴보았다. 그것은 직사각형 창문이 나 있고 앞에는 작은 탑이 서 있는 타원형의 건물을 새긴 금속 판화였다. 건물 둘레로 철책이 쳐져 있었고, 건물 뒤에는 동상처럼 보이는 것이 서 있었다. 윈스턴은 한참 동안 그 그림을 바라보고 서 있었다. 동상의 주인공이 누구인지는 기억나지 않았지만, 왠지 친숙한 느낌이 들었다.

"이 액자는 벽에 고정되어 있지만, 원하신다면 떼어드릴 수 있을 거예요."

노인이 말했다.

"저 건물이 어딘지 알 것 같아요. 지금은 폐허가 되었지만요. 혹시 정의궁 바깥쪽 거리 한복판에 있지 않나요?"

윈스턴이 한참 후에야 입을 떼었다.

"맞아요. 법원 밖에 있었습니다. 폭탄을 맞아서 지금은 없어졌지만 말이죠. 아, 그것도 벌써 몇 년 전 일이네요. 저 건물은 한때 교회 건물이었답니다. 성 클레멘트 데인이라는 이름의 교회였지요."

그는 괜히 엉뚱한 소리를 꺼냈다고 생각했는지 짐짓 멋쩍은 미소를 지어 보였다. 그러더니 한 마디 더 덧붙였다.

"오렌지와 레몬이여, 성 클레멘트의 종(鐘)이 말하네!"

"그게 뭔가요?"

윈스턴이 물었다.

"아, '오렌지와 레몬이여, 성 클레멘트의 종이 말하네.' 이건 제가 어렸을 때 즐겨 부르던 노래의 한 자락이에요. 그 뒤가 어떻게 이어지는지는 이제 잊어버렸는데, 끝의 후렴구는 기억하고 있지요. '너의 침대를 밝혀 줄 촛불이 다가오네. 너의 머리를 잘라 갈 도끼가 오네.' 사람들은 이 노래에 맞추어 춤 비슷한 걸 추곤 했어요. 모두가 팔을 위로 쳐들고 있으면 사람들이 밑으로 지나가지요. 그러다가 '너의 머리를 잘라 갈 도끼가 오네.'라는 구절이 나오면, 팔을 동시에 내려서 그 밑에 지나가던 사람을 잡는 놀이였어요. 가사는 주로 교회 이름들을 나열한 거였어요. 런던에 있던 웬만한 큰 교회 이름은 다 나왔지요."

윈스턴은 그 교회가 몇 세기의 것인지 궁금해졌다. 런던에 있는 건물들은 지어진 시기를 판단하기가 하나같이 다 애매했다. 어떤 건물이든 크고 웅장하며 인상적이고 겉모습이 비교적 오래되어 보이지 않으면, 무조건 혁명 이후에 지어진 것이라는 평가를 받았다. 반면에 한 눈에도 오래되어 보이는 낡은 건물들은 무조건 중세 시대라는 어떤 막연한 시기에 지어졌다고 평가되었다. 더욱이 수세기에 걸친 자본주의 시대에는 가치 있는 걸 아무 것도 만들어 내지 못했다는 것이다. 그랬기 때문에 책의 경우와 마찬가지로 건축물을 통해 배울 수 있는 역사적 사실은 하나도 없었다. 동상이나 비문, 기념비 및 거리 이름 등 과거를 조금이라도 빛나게 해 줄 만한 것은 무엇이든 조직적으로 변조되었다.

"그게 교회였는지는 미처 몰랐네요."

윈스턴이 말했다.

"실은 아직도 남아 있는 교회 건물이 꽤 된답니다. 비록 지금은 다른 용도로 쓰이고 있지만요. 그건 그렇고 이 노래 가락이 어떻게 흘러갔던가……. 아! 이제 기억났다!"

오렌지와 레몬이여, 성 클레멘트의 종이 말하네.
너는 나한테 3파딩을 빌렸어.
성 마틴의 종이 말하네.

"저런, 여기까지밖에 기억이 안 나는군요. 여기서 파딩이라는 것은 오늘날의 1센트 동전처럼 생긴 작은 동전을 말하는 거랍니다."

"성 마틴은 어디에 있던 건물이죠?"

윈스턴이 물었다.

"성 마틴요? 그건 아직도 있답니다. 빅토리 광장에 미술관하고 같이 있지요. 삼각형 모양에 현관이 있고 건물 앞에 기둥이 있는, 그리고 높은 계단이 나 있는 건물 있잖아요, 왜."

윈스턴은 그곳을 잘 알고 있었다. 그곳은 온갖 종류의 선전물들을 전시하는 박물관으로, 로켓 폭탄이나 유동 요새의 축소 모형, 적들의 만행을 나타내는 밀랍 인형 같은 것이 즐비하게 진열된 곳이었다.

"이곳은 '벌판의 성 마틴'이라고 불렸답니다. 그 부근에 정말 벌판이 있었는지 어쨌는지는 모르겠지만 말이에요."

노인이 덧붙여 말했다.

윈스턴은 그 그림을 사지 않았다. 유리 문진보다도 더욱 뜬금없는 물건이었고, 번거롭게 액자에서 떼어내야만 집에 가지고 갈 수 있었다. 그러나 윈스턴은 곧바로 가게를 뜨지 않고 얼마 동안 남아서 노인과 이야기를 나누었다. 노인의 이름은(보통은 가게 간판에 쓰인 이름을 보고 '위크스'라고 짐작할 테지만) 채링턴이었다. 그는 예순세 살의 홀아비로, 이 가게 건물에 산 지가 올해로 30년이 되었다고 했다. 그동안 가게 간판에 붙어 있는 이름을 바꿀까 하는 생각은 계속 해 왔으나, 어쩌다 보니 미처 하지 못하고 지금까지 오게 되었다고 말했다. 대화를 하는 동안 윈스턴의 머릿속에서는 그에게서 조금 전에 들었던 가사가 계속 맴돌았다. '오렌지와 레몬이여, 성 클레멘트의 종이 말하네. 너는 나한테 3파딩을 빌렸어. 성 마틴의 종이 말하네!' 신기하게도 그 가사를 속으로 가만히 외우고 있으면, 마치 아직도 어딘가에서 다른 모습으로 사람들에게 잊혀진 채 존재하고 있는 잃어버린 런던의 그 종들이 내는 종소리를 듣고 있는 것만 같은 환상에 사로잡혔다. 한 종탑에서 다른 종탑으로, 종들은 큰 소리로 울려 퍼지고 있었다. 그러나 실상은 윈스턴이 기억하는 한 그는 한 번도 교회 종소리를 실제로 들어본 적이 없었다.

그는 채링턴 씨를 2층에 남겨 두고 혼자 아래층으로 내려왔다. 자신이 문을 나서기 전에 가게 밖을 염탐하는 모습을 그에게 들키고 싶지 않았기 때문이다. 윈스턴은 얼마 정도 시간이 지나면, 말하자면 약 한 달 정도 후에 그 가게를 다시 한 번 찾아와야겠다고 마음먹고 있었다. 물론 위험한 일일 테지만 말이다. 그러나 어쩌면 이 일은 공회당에서 열리는 저녁 모임에 빠지는 것보다는 덜 위험한 일일 것이다. 공책을 사고 난 후에 가게 주인이 믿을 수 있는 사람인지 제대로 확인해 보지도 않고 다시 방문한 일이 가장 큰 잘못이라면 잘못이었다. 그렇다 해도……!

그래, 꼭 다시 와야겠어, 하고 윈스턴은 생각했다. 와서 쓸모는 없지만 아름다운 물건들을 더 많이 사고 말리라. 성 클레멘트 데인의 판화도 언젠간 꼭 사리라. 그래서 액자에서 떼어내고, 작업복 재킷 아래 숨겨서 집에 들고 가리라. 나머지 노래 가사도 채링턴 씨의 기억 속에서 마저 끄집어내리라. 위층 방을 빌릴까 하는 터무니없는 생각도 순간적으로 또 한 번 스쳐 지나갔다. 그렇게 한 5초 정도나 되었을까, 들뜬 마음은 그를 부주의하게 만들었고, 그 결과 그는 창밖을 먼저 자세히 살펴보아야 하는 것도 잊고 무심코 가게 밖으로 걸어 나왔다. 심지어는 아까의 노래 가사에 즉흥적으로 곡조까지 붙여 흥얼거리고 있었다.

오렌지와 레몬이여, 성 클레멘트의 종이 말하네.
너는 나한테 3파딩을 빌렸어. 성······.

그때였다. 그의 심장이 갑자기 얼음처럼 얼어붙고 내장이 흐물흐물 녹아내리는 듯했다. 파란 제복을 입은 사람이 10미터도 안 되는 거리에서 이쪽으로 걸어오고 있었다. 창작국의 그 여자, 검은 머리의 그 여자였다! 비록 해가 저물어 주위가 어둑하긴 했지만, 그녀를 알아보기는 어렵지 않았다. 그녀는 그의 얼굴을 빤히 쳐다보고는, 마치 아무것도 보지 못했다는 듯 종종걸음으로 그를 지나쳐 갔다.

몇 초 동안 윈스턴은 온몸이 마비된 것처럼 꼼짝도 하지 못했다. 잠시 후 가까스로 그는 오른쪽으로 방향을 틀고, 길을 잘못들었다는 사실도 모른 채 무작정 걷기 시작했다. 어찌됐든 한 가지 의문은 풀린 셈이었다. 그 여자가 자신을 감시하고 있다는 사실은 이제 의심할 여지가 없었다. 그녀는 여기까지 자신을 따라온 게 틀림없었다. 그녀가 순전히 우연히 같은 날짜에, 당원들이 사는 구역에서도 몇 킬로미터나 떨어진 이곳에, 그것도 같은 후미진 골목을 아무 일 없이 찾아왔을 리는 만무했기 때문이다. 우연이라고 보기에는 너무도 지나쳤다. 그녀가 정말로 사상경찰 요원인지, 아니면 단순히 열정이 지나친 아마추어 첩보원인지 하는 문제는 이제 별로 상관이 없었다. 그녀가 자신을 지켜보고 있다는 게 분명하다는 사실 하나로 충분했다. 그녀는 아마 그가 술집에 들어가는 것도 지켜보고 있었을 것이다.

윈스턴은 걷는 것도 무진 애를 써야 했다. 주머니에 든 묵직한 유리가 한걸음 한걸음 걸을 때마다 허벅지를 세게 때렸고, 그러자 그것을 꺼내서 그냥 팽개쳐 버릴까 하는 생각도 들었다. 설상가상으로 배가 견디기 힘들 정도로 아프기 시작했다. 당장이라도 화장실에 달려가지 못하면 죽을 것 같다는 생각까지 들었다. 그러나 이런 지역에 공공화장실이 있을 리가 없었다. 다행히 조금 후에 경련은 멈추었고 무딘 아픔만 남았다.

길은 막다른 골목이었다. 윈스턴은 멈춰 서서 잠시 동안 무엇을 어떻게 해야 할지 고심했다. 그리고 뒤로 돌아서 왔던 길로 되돌아가기 시작했다. 돌아서면서 그는 여자가 그를 지나쳐 간 것이 3분 정도밖에 지나지 않았다는 사실을 상기하며, 잘하면 뛰어서 그녀를 따라잡을 수도 있겠다는 생각을 했다. 조용한 구석에 다다를 때까지 쫓아간 다음에, 뒤에서 돌멩이로 그녀의 머리를 힘껏 내리칠 수도 있지 않을까. 주머니에 들어 있는 유리 덩어리만 해도 이런 일에 쓰기에는 충분할 것이다. 그러나 그는 즉시 그 생각을 접었다. 신체적 폭력을 쓰는 것은 생각만 해도 끔찍하게 느껴졌다. 이제 그는 뛸 수도, 공격을 할 수도 없었다. 게다가 그녀는 젊고 혈기도 왕성하니 스스로를 충분히 방어하고도 남을 것이었다. 한편 지금이라도 서둘러 공회당으로 달려가서 끝날 때까지 있으면, 부분적이라도 그날 밤의 알리바이를 만들 수 있지 않을까 하는 생각도 들었다. 그러나 그것도 지금 상태로는 불가능했다. 몸이 축 늘어질 대로 늘어져서 아무것도 할 수가 없었기 때문이다. 어서 집에 가서 조용히 앉아 쉬고만 싶었다.

그가 집에 돌아왔을 때는 이미 22시가 넘은 시간이었다. 23시 30분이 되면 중앙에서 일괄적으로 불을 꺼 버렸다. 그는 서둘러 부엌으로 가서 빅토리 진을 한 컵 가득 따라 들이마셨다. 그러고 나서 곧장 구석에 있는 테이블로 건너가 의자에 앉아 서랍에 있는 일기장을 꺼냈다. 그는 곧바로 일기장을 펼치지는 않았다. 텔레스크린에서는 한 여자가 째지는 목소리로 국가를 목청껏 크게 부르고 있었다. 그는 한참을 일기장의 대리석 무늬 표지만 뚫어져라 바라보고 있었다. 그 소리를 의식 속에서 몰아내 보려고도 했지만 허사였다.

그들은 항상 밤에 들이닥쳤다. 언제나 그랬다. 아예 그들이 오기 전에 자살하는 것이 상책일지도 몰랐다. 안 그래도 그렇게 하는 사람들이 없진 않았다. 실제로 실종자 중 많은 사람들은 자살로 죽은 사람들이었다. 그러나 지금 같은 세상에서, 어떤 무기도 구할 수 없고 빠르고 효과가 확실한 독약도 구할 길이 없는 상태에서 자살에 성공한다는 것은 그야말로 필사적인 용기가 필요한 일이었다. 그런데 바로 그런 특별한 노력이 요구되는 결정적 순간에 인간의 몸을 배신하여 옴짝달싹하지 못하게 만드는 것이 다름 아닌 생물학적 고통과 심리적 두려움이라는 사실이 참으로 뜻밖이라고 그는 생각했다. 아까 전만 해도 그가 조금만 재빨리 행동을 했더라면, 충분히 그 검은 머리 여자의 입을 막을 수 있었을 터였다. 그러나 그는 자신이 극도로 위험에 처했기 때문에 그 생각을 행동으로 옮길 힘을 잃은 것이다. 또 위기의 순간에 개인이 싸워 이겨야 하는 것이 외부의 적이 아니라 바로 자신의 육체라는 생각도 문득 들었다. 지금 이 순간조차 일부러 진까지 마셨는데도, 배에 묵직하게 남아 있는 통증 때문에 생각에 계속 집중하는 것이 힘들었으니 말이다. 그는 이것이 영웅적으로 혹은 비극적으로 보이는 모든 상황에 똑같이 적용될 것이라고 생각했다. 전쟁터에서, 고문실이나 혹은 가라앉는 배 안에서라면, 사람들은 자신이 과연 무엇을 위해 싸우고 있는지 결국 잊어버릴 수밖에 없다. 육신이 우주를 다 메워 버릴 정도로 부풀어 오르고, 공포와 고통으로 비명을 지르는 상황까지 가지 않더라도, 삶의 매 순간은 그 자체로 배고픔이나 추위, 불면, 속 쓰림, 치통 같은 일로 점철된 투쟁의 연속이었기 때문이다.

윈스턴은 일기장을 펼쳤다. 뭐라도 쓰는 게 중요했다. 텔레스크린의 여자는 새로운 노래를 부르기 시작했다. 여자의 목소리가 뾰족한 유리 조각이 되어 그의 머릿속에 콕콕 박히는 느낌이 들었다. 그는 자신이 일기를 쓰는 대상이자 목적인 오브라이언을 생각하려고 해 보았다. 그러나 머릿속에서는 그 대신, 사상경찰이 자신을 체포한 후에는 무슨 일이 벌어질까 하는 생각만 끝없이 떠올랐다. 그들이 자신을 즉시 죽여 버린다면 차라리 별문제가 되지 않을 터였다. 죽는 것은 이미 각오하고 있었다. 그러나 죽기 전에 필히 거쳐야 할 자백의 과정이 있었다. 이는 아무도 입 밖으로 꺼내려 하지 않았지만, 모두가 알고 있는 사실이었다. 뼈가 부러지는 소리, 으스러지는 이, 피로 엉겨 붙은 머리카락, 그러다 결국 그는 바닥에 엎드려 비명을 지르며 비굴하게 자비를 구걸하게 될 것이다. 끝이 어차피 같을 거라면 그러한 과정을 왜 견뎌내야 한단 말인가? 며칠 아니 몇 주 정도 목숨을 단축하는 것이 어째서 불가능하단 말인가? 발각되는 것은 아무도 피할 수 없었고, 자백을 하지 않을 수도 없었다. 일단 사상범으로 체포되는 한 언젠가 죽는 것은 자명한 사실이었다. 그렇다면 왜 결과적으로는 아무것도 바꾸지 못하는 이런 끔찍한 공포의 순간이 미래에 놓여 있어야 하는가?

조금 더 애를 쓴 결과, 그는 오브라이언의 이미지를 조금 더 많이 떠올릴 수 있었다. 오브라이언은 자신에게 '어둠 없는 곳에서 우리는 다시 만날 것이오.'라고 말했었다. 그는 그 말이 무엇을 의미하는지 알고 있었다, 아니 알 것 같았다. 어둠이 없는 곳이란 상상 속의 미래이자, 실제로 본 사람은 아무도 없지만 예지 능력으로 인해 신비롭게 참여할 수 있는 그런 곳이었다. 사정없이 귀를 긁어 대는 텔레스크린의 목소리 때문에 윈스턴은 도무지 생각에 집중할 수가 없었다. 그는 담배를 하나 꺼내 입에 물었다. 실수로 으스러진 담뱃가루가 혓바닥 위에서 까끌거렸다. 입안 가득 쓰디쓴 가루가 퍼졌으나 뱉어 내기는 여의치 않았다. 순간 마음속에서 오브라이언의 얼굴을 누르고 빅 브라더의 얼굴이 떠올랐다. 윈스턴은 며칠 전에도 그랬던 것처럼 주머니에서 동전 하나를 꺼내 물끄러미 바라보았다. 동전 위에 새겨진 얼굴이 엄숙하고 조용하게, 그를 보호해 줄 듯이 바라보았다. 그렇지만 저 검은 콧수염 아래에는 과연 어떠한 종류의 미소가 숨겨져 있을까? 무거운 조종(弔鐘)처럼, 그의 머릿속에 다음 말들이 떠올랐다.

전쟁은 평화

자유는 예속

무지는 힘

제2부

1장

오전 시간이 반 정도 지났을 무렵, 윈스턴은 화장실에 가려고 사무실에서 나왔다.

불이 환하게 밝혀진 기다란 복도 끝에서, 어느 한 사람이 윈스턴 쪽으로 걸어오고 있었다. 검은 머리의 그 여자였다. 고물 가게에서 나와 그녀와 마주쳤던 그날 이후 나흘이 지났다. 둘 사이의 거리가 조금씩 가까워졌다. 제복의 색깔과 똑같아 멀리서는 보이지 않았지만, 가까워지면서 그는 그녀의 오른팔에 팔걸이 붕대가 달려 있다는 사실을 알게 되었다. 아마도 소설 구성에서 '윤곽을 잡을 때' 사용되는 커다란 만화경이 돌아갈 때 손을 잘못 넣어 다친 모양이었다. 그런 일은 창작국에서 흔하게 일어나는 사고였다.

둘 사이가 한 4미터 정도로 좁혀졌을 때 여자가 갑자기 비틀거리더니 앞으로 털썩 넘어지고 말았다. 고통에 찬 날카로운 비명 소리가 이어졌다. 다친 팔 쪽으로 넘어진 모양이었다. 윈스턴은 그 자리에 멈칫하고 섰다. 여자는 무릎을 딛고 몸을 일으켜 세웠다. 그녀의 얼굴은 하얗게 질려 누런 우윳빛으로 변해 있었고, 입술은 그 어느 때보다도 더 붉어 보였다. 그녀가 그를 똑바로 바라보았다. 왜인지는 모르지만 그녀는 고통보다는 두려움에 더 가까운 눈빛을 띠고 있었다.

윈스턴의 마음속에서 알 수 없는 묘한 감정이 휘몰아쳤다. 지금 그 앞에 있는 사람은 바로 그를 죽이려 했던 적이었다. 그런데 그러기 전에 그 앞에 있는 자는, 팔이 부러진 아픔에 고통스러워하고 있는 한 인간이었다. 윈스턴은 본능적으로 그녀를 도와주려고 앞으로 나서고 있었다. 붕대를 감은 팔 쪽으로 넘어지는 그녀를 보았을 때, 그는 마치 자신이 다친 것처럼 고통스러운 느낌이 들었다.

"많이 다쳤나요?"

그가 물었다.

"괜찮아요. 팔이 좀…… 곧 나을 거예요."

그녀가 떨리는 목소리로 말했다. 그러고는 안색이 갑자기 매우 창백해졌다.

"어디가 부러진 건 아니에요?"

"아니에요, 괜찮아요. 손목을 좀 다쳤을 뿐이에요."

그녀가 윈스턴을 향해 성한 팔을 내밀었다. 그는 그녀를 부축해서 일으켜 세웠다. 그녀는 곧 안색이 돌아왔고 아까보다 몸도 훨씬 나아 보였다.

"저는 괜찮아요. 손목에 조금 충격이 갔을 뿐이에요. 고마워요, 동무!"

그 말을 마치자마자 그녀는 정말 아무 일도 없었다는 듯이 원래 가던 방향으로 씩씩하게 걸어갔다. 이 모든 게 30초도 안 되는 시간 동안에 일어났다. 그 일이 일어났을 때 그들은 텔레스크린을 바로 앞에 두고 있었다. 윈스턴은 오랜 훈련을 통해 감정을 얼굴에 드러내지 않는 것이 본능에 가까운 습관이 되어 있었지만, 일으켜 세우는 동안 그녀가 뭔가를 그의 손에 살짝 쥐어 주는 바람에 순간적인 놀라움을 숨기느라 속으로 매우 쩔쩔매야 했다. 그녀가 준 것은 작고 납작한 무엇이었다. 의도된 것이었다는 점에 의심의 여지가 없었다. 그는 화장실 문을 열고 들어가면서 그것을 주머니 속에 넣고 손끝으로 찬찬히 만져 보았다. 네모나게 접힌 종이쪽지였다.

소변기 앞에 선 윈스턴은 주머니 안에서 손을 꼬물꼬물 움직여 종이를 펼쳤다. 무엇인지는 모르지만 어떤 메시지가 적혀 있는 것이 분명했다. 그는 당장 칸막이 화장실 안으로 들어가서 무슨 말이 쓰여 있는지 확인하고 싶은 유혹에 흔들렸다. 그러나 그도 잘 알고 있듯이, 그것은 놀랄 만큼 어리석은 짓이었다. 그곳만큼 텔레스크린이 불철주야 쉬지 않고 철저히 감시하는 곳도 없을 것이기 때문이었다.

그는 사무실 책상으로 돌아가 자리에 앉았다. 그리고 아무렇지 않은 척 그 종이쪽지를 책상 위에 있는 다른 종이들 사이에 던져 넣은 다음, 안경을 쓰고 구술기록기를 자기 앞으로 바짝 끌어당겼다. '5분만 기다리자. 적어도 5분은 기다려야 해!' 그는 속으로 다짐했다. 그의 심장이 두려움 속에서 마구 요동쳤다. 그나마 다행스럽게도 그의 앞에 놓여 있는 일은 길게 늘어진 숫자 목록을 교정하는 일로, 크게 집중을 요하지 않는 단순 작업이었다.

그 종이쪽지에 무슨 내용이 적혀 있든 일종의 정치적 메시지가 담겨 있을 게 분명했다. 윈스턴이 생각할 수 있는 가능성은 두 가지가 있었다. 가능성이 높아 보이는 첫 번째 안은, 그가 걱정했던 대로 그 여자가 사상경찰의 정보원이라는 것이었다. 그렇다고 치면 사상경찰이 도대체 왜 그런 방식으로 메시지를 전달하려는 건지 이해할 수 없었지만, 그럴 만한 이유가 있겠지 하고 생각하는 수밖에 별다른 도리가 없었다. 어쩌면 그를 향한 협박이거나 소환 명령서, 아니면 자살하라는 명령서, 그것도 아니라면 어떤 함정일지도 몰랐다. 한편 가능성이 훨씬 희박해 보이는 두 번째 안은, 윈스턴이 애써 억누르려 해도 아까부터 자꾸만 머릿속에서 맴돌았다. 그것은 바로 그 메시지가 사상경찰에게서 온 것이 아니라 일종의 지하 조직에서 왔을지도 모른다는 생각이었다. 어쩌면 형제단은 진짜로 존재하고 있으며, 그 여자는 그 일원이었는지도 모른다! 물론 말도 안 되는 생각이라는 건 윈스턴도 잘 알고 있었다. 그런데도 아까 그 종이를 손에 쥐는 순간부터 계속 그 생각이 떠오르며 맴도는 것은 어쩔 수가 없었다. 더욱 말이 되는 그럴듯한 설명을 생각해 낸 것은 한 2분은 족히 지나고 난 후였다. 그리고 지금도 이성적으로는 그 메시지가 분명 죽음을 의미할 거라고 끊임없이 생각하면서도 마음 한편으로는 계속 비이성적인 희망을 붙들고서 그게 사실이 아닐 거라고 믿고 싶었다. 그의 심장은 금방이라도 터질 것처럼 쿵쿵 뛰었다. 구술기록기에 숫자를 불러 쓰는 동안에도 떨리는 목소리를 진정시키느라 갖은 애를 써야 했다.

그는 무사히 끝마친 일거리를 둘둘 말아 전송관에 밀어 넣었다. 8분이 지나 있었다. 그는 콧등의 안경을 다시 고쳐 쓰고 한숨을 크게 한 번 내쉰 뒤 쪽지가 위에 놓여 있는 다음 일감을 앞으로 잡아당겼다. 그리고 드디어 쪽지를 펼쳤다. 그 안에는 삐뚤삐뚤 커다란 글씨로 다음과 같이 적혀 있었다.

당신을 사랑합니다.

몇 초간, 윈스턴은 너무도 놀란 나머지 자신을 큰 위험에 처하게 할 수도 있는 그 종이를 메모리홀에 버리는 것도 깜박 잊고 멍하니 있었다. 마침내 정신을 차린 그는 그 일에 많은 관심을 쏟는 것처럼 보이는 게 위험하다는 사실을 매우 잘 알면서도, 종이에 쓰인 말이 진짜인지 확인해 보고 싶은 유혹을 떨치지 못하고 다시 한 번 슬쩍 읽고 난 후에야 종이를 처분했다.

오전의 나머지 시간 동안은 일에 집중하기가 더더욱 힘들었다. 그러나 끊이지 않고 들어오는 일감을 집중해서 처리해야 한다는 사실보다 더 힘든 것은, 텔레스크린으로부터 마음의 동요를 숨기는 일이었다. 배 속에서는 마치 불이 활활 타오르고 있는 듯한 느낌이었다. 후덥지근한 데다 사람들로 바글거리며 시끄러운 구내식당에서 점심을 먹는 일 역시 고역이었다. 원래는 점심을 먹으면서 잠시라도 혼자 있고 싶었다. 그런데 웬걸, 재수 없게도 그 바보 같은 파슨스가 그의 옆으로 와서 바짝 붙어 앉는 것이었다. 그는 쇠 냄새가 나는 스튜의 냄새도 덮어 버릴 만큼 지독한 땀 냄새를 풍기며 '증오 주간' 준비에 대한 이야기를 끝도 없이 장황하게 늘어놓았다. 특히 그는 자기 딸이 속해 있는 스파이단에서 행사를 위해 만들고 있다는, 장장 2미터나 되는 빅 브라더의 파피에 마세(*젖은 종이에 아교나 풀을 섞은 반죽으로 만드는 장식용 미술. ―옮긴이주. 이하 *옮긴이주.) 두상에 대해서 매우 열정적으로 떠들어 댔다. 거기다 더욱 짜증나게도 식당의 시끄러운 소음 때문에 파슨스의 말을 제대로 알아듣지 못해, 윈스턴은 몇 번이고 계속해서 그에게 그 멍청하고 얼빠진 이야기를 다시 들려달라고 요청해야 했다. 그는 단 한 번, 그녀가 식당 맨 끝자락에서 다른 여자 둘과 함께 앉아 점심을 먹고 있는 모습을 흘끔 엿볼 수 있었다. 그러나 그녀는 그를 보지 못한 것 같았다. 따라서 그도 다시는 그쪽으로 눈을 돌리지 않았다.

오후는 그나마 조금 참을 만했다. 점심시간 직후에 내려온 일감이 까다롭고 섬세한 주의를 요하는 작업이라 몇 시간 정도는 다른 것을 모두 잊고 일에 집중할 수 있었기 때문이다. 그 일은 2년 전에 발표된 일련의 생산 보고서를 날조하는 일로, 예전에 요직에 있었지만 지금은 눈 밖에 난 한 내부당원의 평판을 떨어뜨리는 게 목적이었다. 바로 윈스턴이 잘할 수 있는 종류의 일이었고, 2시간이 넘게 마음속에서 그 여자를 지우는 데 성공할 수 있었다. 그러나 다시금 그 여자의 얼굴이 떠오르자, 그는 어서 빨리 혼자 있고 싶은 욕망에 안절부절못하고 마음이 급해졌다.

혼자 있어야 지금 닥친 새로운 상황에 대해 가만히 생각을 정리해 볼 수 있을 터였다. 오늘 밤은 공회당에 가야 하는 날이었다. 그는 구내식당으로 내려가서 또 한 번의 맛없는 식사를 하고, 서둘러 공회당에 가서 바보들이 엄숙한 척하며 떠드는 '토론 그룹'에 참석했다. 그리고 나서는 탁구를 두 게임 치고 진을 몇 잔 마신 후, '체스와 영사의 관계'라는 제목의 30분짜리 강의를 들었다. 그는 너무도 지루한 나머지 영혼까지 몸부림치는 느낌이었지만, 이번만큼은 공회당 모임을 빼먹고 싶다는 충동이 일지 않았다. '당신을 사랑합니다.'라는 그 말을 쪽지에서 본 순간 갑자기 살고 싶은 욕망이 부풀어 올랐기에, 이제는 이런 사소한 일로 위험을 무릅쓴다는 게 어리석게만 느껴졌다. 그는 23시가 되어서야 비로소 집으로 가서 침대에 누울 수 있었고, 입 밖으로 소리를 내지 않는 한은 텔레스크린의 감시로부터 벗어날 수 있었다. 그런 어둠 속에서 그는 드디어 아무런 방해도 받지 않고 생각에 몰두할 수 있게 되었다.

우선 물리적인 문제를 해결하는 일이 시급했다. 즉 그녀와 어떻게 접촉을 해서 만날 약속을 정할지가 문제였다. 그는 이제 더이상 그녀가 자신에게 어떤 종류의 덫을 놓은 건지도 모른다는 가능성은 고려하지 않았다. 그 이유는 쪽지를 건네받았을 당시 그녀에게서 풍겨났던 오해의 여지가 없는 극도의 초조함 때문이었다. 상황이 상황이니만큼 그녀는 두려움에 몸을 떨고 있었고, 그는 그것을 분명하게 감지할 수 있었다. 그런가 하면 그로서는 그녀의 제안을 거절할 생각이 추호도 없었다. 고작 닷새 전만 해도 돌덩이로 그녀의 두개골을 갈겨 버릴까 하고 생각했던 그였지만, 이제 그 문제는 더 이상 중요하지 않았다. 지금 그가 생각할 수 있는 것은 오로지 꿈에서 본 그녀의 벌거벗은 젊은 육체뿐이었다. 예전에 그는 그녀가 다른 모든 사람들처럼 바보일 것이라고 생각했고, 그녀의 머리는 온통 거짓말과 증오로 가득 차 있을 것이며 배 속은 얼음처럼 차가울 거라고 상상했었다. 그런데 지금 와서 까딱하면 그녀를 잃을 수도 있다고 생각하니, 또 그녀의 희고 젊은 육체를 손에서 놓칠 수도 있다고 생각하니 당장 미쳐 버릴 지경이었다. 무엇보다도 가장 두려운 것은 그가 재빨리 조치를 취하지 않으면 그녀가 마음을 바꿔 버릴지도 모른다는 불안감이었다. 그러나 만남을 계획하는 일은 물리적으로 엄청난 어려움을 수반했다. 이는 마치 꼼짝없이 질 수밖에 없는 체스 판에서 다음 수를 어떻게 둘지 결정해야 하는 상황이나 마찬가지였다. 어느 쪽으로 몸을 틀어도 텔레스크린은 항상 그들을 향하고 있었다. 사실 그녀의 쪽지를 읽고 나서 한 5분간 이미 그는 그녀와 연락을 취할 수 있는 모든 방법을 머릿속에 그리고 있었다. 그리고 이제는 사용할 연장을 테이블 위에 펼쳐 놓고 가지런히 정리하듯, 시간의 여유를 가지고 그 방법들 하나하나를 검토해 볼 시간이었다.

무엇보다 오늘 아침과 같이 만나는 일이 되풀이되어서는 안 된다는 사실은 자명했다. 만약 그녀가 그와 같은 기록국에 근무하기라도 했다면 비교적 수월했을지도 몰랐다. 그러나 그는 창작국이 건물 어디쯤에 붙어 있는지도 잘 몰랐고, 안다 해도 그곳을 찾아갈 명분이 없었다. 그녀가 어디에 사는지 주소라도 알았다면, 그녀가 몇 시에 퇴근을 하는지 알아내어 집에 가는 길 어던가에서 만날 계획을 짜 볼 수도 있을 터였다. 그렇지만 집에 가는 그녀의 뒤를 밟는 일은 결코 안전하지 않았다. 부서 바깥에서 함부로 어슬렁거렸다가는 다른 사람의 눈에 띄기 십상이기 때문이었다. 편지를 보내는 방법도 있겠지만, 그것은 고려할 여지도 없는 방법이었다. 어떤 종류의 우편물이든 배달 중간에 검열된다는 사실은 이미 누구나 아는 공공연한 비밀이었다. 사실 요즘은 편지 쓰는 사람들도 거의 없었다. 가끔 반드시 우편으로 서신을 보내야 하는 일이 생기면 갖가지 표현이 한꺼번에 미리 적혀져 인쇄된 엽서를 사서, 그중 해당되지 않는 표현을 지워 보내는 것이 관례였다. 하긴 윈스턴은 그녀의 주소는커녕 이름조차 모르고 있었다. 결국 그는 구내식당이 가장 안전한 장소라고 마음을 굳혔다. 만약 텔레스크린에 가깝지 않은 식당 중간쯤 어던가에서 그녀가 혼자 앉아 있을 때 그 주위로 다가갈 수만 있다면, 그래서 주위의 시끄러운 잡담 소리에 묻혀 30초만이라도 그런 상황이 지속될 수 있다면, 서로 몇 마디 주고받는 일 정도는 가능할 거라고 예상했다.

그 뒤로 일주일 동안 윈스턴의 생활은 뒤숭숭한 꿈이 연속되는 나날이었다. 그 다음 날 그녀는 윈스턴이 점심시간 끝을 알리는 호루라기 소리를 듣고 식당을 떠날 때까지도 식당에 모습을 드러내지 않았다. 윈스턴은 아마도 그녀의 근무 교대 시간이 바뀌었나 보다 하고 짐작했다. 둘은 서로 본 척도 하지 않고 그냥 지나쳐 갔다. 그 다음 날 그녀는 다시 원래 시간에 식당에 나타났다. 그러나 이번에는 세 명의 다른 여자들이 함께 있는 데다 앉은 위치도 텔레스크린 바로 밑이었다. 그 후로 사흘간 그녀는 식당에 아예 모습을 드러내지 않았다. 그로서는 견디기가 여간 힘들지 않았다. 그의 몸과 마음은 극도로 예민해져 갔고 그런 감정을 일일이 숨기기가 너무도 힘들어, 몸을 움직이거나 소리를 내거나 누구를 만나거나 말을 하고 듣고 하는 모든 일이 고통스럽게만 느껴졌다. 심지어 잠을 잘 때조차도 그녀의 환영에서 완전히 벗어날 수 없었다. 그러는 동안 그는 일기에는 손도 대지 않았다. 그나마 위안이 될 때가 있다면, 일을 하면서 길게는 10분 정도씩 자신을 잊고 오로지 일에 집중할 수 있다는 사실이었다. 그는 그녀에게 대체 무슨 일이 생기기라도 한 건지 실마리조차 잡을 수 없었다. 누구에게 알아볼 방법도 없었다. 그녀는 어쩌면 증발해 버린지도, 자살을 했는지도, 그것도 아니면 오세아니아의 반대쪽 끝으로 전근을 갔는지도 몰랐다. 그리고 최악의 경우이자 가장 가능성이 높은 상황은, 그녀가 단순히 마음을 바꾸고 일부러 그를 피하고 있다는 가정이었다.

그러는 가운데 다음 날 그녀가 드디어 모습을 드러냈다. 그녀는 팔걸이 붕대를 풀고 대신 손목 주위에 반창고를 붙이고 있었다. 윈스턴은 그녀를 다시 보게 된 안도감이 너무도 큰 나머지 자신도 모르게 몇 초 동안이나 그녀를 뚫어져라 쳐다보았다. 그다음 날에는 윈스턴이 그녀에게 말을 붙이는 데 거의 성공할 뻔했다. 식당에 갔을 때 그녀가 벽에서 멀리 떨어진 테이블에 혼자 앉아 있는 모습을 목격했기 때문이었다. 비교적 이른 시간이었기에 식당 안이 그다지 붐비지도 않았다. 배식을 받으려고 줄에서 있던 윈스턴은 수월하게 앞으로 잘 나가고 있다가 누군가 앞에서 사카린정을 못 받았다고 항의하며 시간을 끄는 바람에 2분 정도나 꼼짝없이 멈춰 서서 기다려야 했다. 그러나 다행히도 그녀는 윈스턴이 무사히 배식을 받을 때까지 여전히 혼자 앉아 있었다. 그는 그녀가 있는 쪽으로 걸어가기 시작했다. 겉으로 태연하게 보이려 노력하면서, 그는 그녀의 뒷자리 너머로 빈 테이블을 찾으며 두리번거렸다. 이제 3미터만 더 가면 그녀가 있었다. 2초만 더 무사히 가면, 고지가 저 앞에 보였다. 그때 뒤에서 누군가가 "스미스!" 하고 부르는 소리가 들렸다. 그는 일부러 못 들은 척하고 앞으로 나아갔다. "스미스!" 더 큰 목소리로 자신을 부르는 소리가 들렸다. 이제는 어쩔 수가 없었다. 그는 뒤를 돌아보았다. 개인적으로 별로 친하지도 않은 윌셔라는 이름의 멍청한 얼굴을 한 금발 머리 남자가 환하게 웃으며 자기 옆에 있는 빈자리로 오라고 손짓하고 있었다. 이 상황에서 그의 제안을 거절하는 것은 위험천만한 행동이었다. 자신을 알아보고 부르는 사람이 있는데, 그것을 무시하고 모르는 여자가 있는 테이블에 가서 앉을 수는 없는 법이었다. 너무 튀는 행동을 하면 안 되었다. 윈스턴은 애써 친근한 미소를 지으며 그의 옆에 가서 앉았다. 멍청한 얼굴의 금발 머리 남자가 윈스턴을 보며 환한 미소를 지었다. 순간, 윈스턴은 곡괭이로 그의 머리를 힘껏 내려찍는 상상을 했다. 머지않아 그 여자의 테이블도 사람들로 가득 차 버렸다.

그러나 그녀는 자신에게 다가오는 그를 보고 대충 눈치를 챘을 것이다. 일부러 다음 날도 일찌감치 식당에 도착한 윈스턴은 예상했던 대로 그녀가 같은 테이블에서 혼자 앉아 있는 모습을 볼 수 있었다. 윈스턴의 줄 바로 앞에는 왜소한 체격에 움직임이 민첩하고 딱정벌레 같은 인상을 풍기는 남자가 서 있었는데, 동글납작한 얼굴에다 작은 눈에는 의심이 가득해 보였다. 윈스턴이 식사를 받아 배식구를 돌아 나오는데, 그 왜소한 남자가 그녀의 테이블 쪽으로 향하고 있는 것이 눈에 띄었다. 윈스턴의 희망이 또 다시 와르르 무너져 내리는 순간이었다. 조금 떨어진 곳에 빈 테이블이 하나 더 남아 있긴 했지만, 왠지 그 왜소한 남자의 행동에서 풍겨 나오는 느낌상 그녀가 있는 테이블에 가서 앉을 것 같다는 예감이 강하게 들었다. 윈스턴은 마음을 졸이며 그 뒤를 쫓았다. 그녀와 단 둘이 앉지 못하면 모든 것이 허사였다. 그런데 순간 엄청나게 큰 소리가 나며, 그 왜소한 남자가 대자로 넙죽 엎어져 버렸다. 그의 식판은 한쪽으로 멀리 날아가 버렸고, 그 위에 있던 수프며 커피가 모두 바닥에 쏟아져 내렸다. 그 남자는 윈스턴이 자기 발을 걸었다고 의심을 하는지, 적의에 가득 찬 눈빛으로 윈스턴을 노려보며 몸을 일으켰다. 그러나 윈스턴은 개의치 않았다. 그로부터 5초 후, 윈스턴은 쿵쾅거리는 가슴을 안고 그 여자가 있는 테이블에 앉게 되었다.

윈스턴은 그녀를 쳐다보지 않았다. 다만 식판을 내려놓고 곧바로 음식을 먹기 시작했다. 다른 사람이 오기 전에 무조건 대화를 모두 마무리 지어야 했다. 그러나 막상 자리에 앉자 두려운 마음에 도무지 입이 떨어지지 않았다. 그녀가 처음으로 그에게 접근한 지도 벌써 일주일이나 지나 있었다. 그새 그녀는 마음을 바꾸었는지도 몰랐다. 아니 분명히 바꾸었을 것이다! 이런 연애 사건이 제대로 성사될 리가 만무했다. 현실 세계에서는 이런 일이 일어나지 않는 법이다. 그때 마침 앰플포스를 보지 못했다면 윈스턴은 아마 그녀에게 이야기를 꺼낼 엄두를 끝내 못 냈을지도 모른다. 귀에 솜털이 수북한 그 시인은 식판을 들고 앉을 자리를 찾아 식당을 여기저기 헤매고 있었다. 모르긴 해도 앰플포스는 윈스턴에게 호감을 갖고 있었고, 따라서 윈스턴을 보면 바로 다가와서 앉으려고 할 것이 분명했다. 계획을 행동에 옮겨야 하는 시간이 촉박해졌다. 윈스턴과 그 여자는 둘 다 가만히 앉아 먹기만 하고 있었다. 그들이 먹고 있던 음식은 강낭콩 스튜였는데, 사실 스튜라기에는 너무 묽어서 수프라고 하는 편이 더 어울렸다. 결국 윈스턴이 나지막이 중얼거리듯 말문을 열었다. 둘은 고개도 들지 않고 묵묵히 묽은 수프를 떠서 열심히 입으로 옮기면서, 그 사이사이에 감정 없는 낮은 목소리로 반드시 필요한 말만을 주고받았다.

"오늘 일과가 몇 시에 끝나나요?"

그가 물었다.

"18시 30분이요."

그녀가 답했다.

"어디서 만날 수 있을까요?"

"빅토리 광장, 기념비 근처에서 봐요."

"거긴 사방이 텔레스크린 아닌가요?"

"사람들이 많으면 괜찮아요."

"무슨 신호라도?"

"아니요. 다만 제가 많은 사람들에게 둘러싸이기 전에는 제 옆으로 오지 마세요. 그리고 절대 저를 보지 마세요. 그냥 옆에 와서 서 있기만 하면 돼요."

"몇 시가 좋을까요?"

"19시요."

"알겠어요."

앰플포스는 미처 윈스턴을 보지 못하고 다른 테이블에 가서 앉았다. 윈스턴과 여자는 더 이상 아무 말도 하지 않았고, 어쩌다 우연히 같은 테이블에 마주 보고 앉게 된 사람들처럼 보이기 위해 서로 눈도 마주치지 않았다. 여자는 재빨리 식사를 끝낸 뒤 서둘러 자리를 떴고, 윈스턴은 담배를 피우기 위해 조금 더 자리에 앉아 있었다.

윈스턴은 약속 시간이 되기 전에 빅토리 광장에 도착했다. 그는 세로로 홈이 파인 거대한 돌기둥 받침대 주위를 서성였다. 그 기념비 꼭대기에는 빅 브라더의 동상이 남쪽 하늘을 내려다보며 우뚝 서 있었다. 그쪽은 빅 브라더가 에어스트립 원의 전투에서 적군인 유라시아 전투기들(몇 년 전만 해도 동아시아 전투기라고 했었다.)을 크게 격파시켰다는 곳이었다. 기념비 앞쪽 거리에는 말에 올라타 있는 올리버 크롬웰이라는 남자의 동상이 있었다. 약속 시간이 5분이 지났는데 그녀는 아직 나타나지 않고 있었다. 다시 한 번 엄청난 두려움이 몰려들었다. 그녀는 오지 않을 것이다. 결국 마음을 바꾼 것이다! 그는 광장의 북쪽 방향으로 천천히 발걸음을 옮겼다. 그쪽에서 '너는 나한테 3파딩을 빌렸어.'라는 종소리가 울렸다는 성 마틴 교회 건물을 알아보았다. 조금이나마 마음이 진정되었다. 그때 기념비 아래 서 있는 그녀의 모습이 그의 눈에 들어왔다. 그녀는 정말 읽는지 아니면 읽는 척하는지 모르겠지만 돌기둥 둘레에 감겨져 있는 포스터를 보고 있었다. 아직은 사람들이 많지 않아 그녀에게 가까이 다가가는 일이 안전하지 않았다. 박공 둘레를 따라 텔레스크린이 잔뜩 깔려 있기 때문이었다. 그런데 그때 왼편 어딘가에서 대형차들의 엔진 소리와 함께 커다란 함성 소리가 들려왔다. 순식간에 사람들이 광장을 가로질러 달려가기 시작했다. 여자도 기념비 받침대 부분의 사자 모형을 돌아 민첩한 몸놀림으로 재빨리 사람들 사이에 끼어들었다. 윈스턴도 그 뒤를 따랐다. 그는 뛰는 도중에 사람들이 소리치는 말을 듣고 유라시아 포로들의 수송 차량이 지나고 있는 거란 사실을 알게 되었다.

이미 꽤 많은 사람들이 모여들어 광장 남쪽 부근을 가득 메우고 있었다. 보통 때라면 이런 상황에서 십중팔구 군중의 바깥 언저리로 밀려 나갔을 윈스턴이었지만 이번에는 달랐다. 그는 군중 속으로 파고들어가기 위해 열심히 몸을 바동대면서 밀치기도 하고 들이받기도 하며 앞으로 계속 나아갔다. 마침내 그가 팔만 뻗으면 여자와 닿을 수 있을 법한 거리에 왔을 때쯤, 거대한 몸집의 프롤 한 명과 거의 같은 크기의 몸집을 가진 그의 부인으로 보이는 여자가 그를 막고 섰다. 그 둘이 만든 육중한 육체의 장벽은 도무지 뚫고 나갈 수 있을 것 같아 보이지 않았다. 윈스턴은 요리조리 꿈틀대며 빠져나가려고 안간힘을 썼다. 그리고 드디어 힘을 주어 몸을 힘껏 들이민 결과, 그들 사이로 어깨를 비집고 들어가는 데 성공했다. 그 두 개의 거대한 엉덩이 사이에 낀 윈스턴은 당장이라도 내장이 터져 나올 것 같았다. 그는 고통을 참고 땀을 뻘질 흘리며 가까스로 둘 사이를 벗어날 수 있었다. 드디어 윈스턴이 여자 옆에 서게 되었다. 그들은 어깨를 나란히 맞대고 시선을 앞으로 고정시켰다.

꼬리에 꼬리를 물고 길게 이어지는 트럭의 행렬이 천천히 거리를 지나갔다. 트럭의 각 모서리에는 기관총으로 무장한 목석 같은 표정의 보초들이 꼿꼿한 모습으로 서 있었고, 그 안에는 작은 체구의 황인종들이 누더기 같은 초록색 군복을 입고 빽빽하게 쪼그려 앉아 있었다. 슬퍼 보이는 몽골족 얼굴들이 단체로 아무 표정 없이 멍하게 트럭 밖을 내다보고 있었다. 가끔씩 트럭이 덜컹거리며 흔들릴 때마다 철커덕하는 쇳소리가 났다. 포로들은 모두 발목에 쇠사슬을 차고 있었다. 처연한 얼굴들이 한 트럭씩 계속해서 지나갔다. 윈스턴은 그 앞에서 포로들이 지나가고 있다는 사실을 인지하고는 있었지만, 그들이 눈에 들어오는 건 어쩌다가 한 번씩이었다. 수많은 인파의 압력에 밀려 여자의 어깨부터 오른팔 팔꿈치 아래 부위가 윈스턴의 몸에 맞닿아 있었다. 그녀의 뺨이 온기를 느낄 수 있을 정도로 바짝 다가와 있었다. 그녀는 식당에서 그랬던 것처럼 이번에도 즉시 주도권을 잡고 아무 감정도 묻어나지 않는 말투로 입도 거의 움직이지 않고서, 사람들의 함성 소리와 트럭의 엔진 소리에 쉽게 묻히는 낮은 소리로 말을 하기 시작했다.

"제 말이 들리나요?"

그녀가 물었다.

"네, 들려요."

"일요일 오후에 시간 낼 수 있어요?"

"네."

"그러면 잘 들으세요. 제가 하는 말을 잘 기억해야 해요. 우선 패딩턴 역으로 가세요. 그리고⋯⋯."

그녀는 놀라우리만큼 침착하게 군대식으로 그가 찾아가야 할 길을 요목조목 일러 주었다. 말하자면 기차를 타고 30분 정도 간 뒤, 역에서 나와 왼쪽 길로 꺾어 들어가서 2킬로미터 정도 걸어가면, 문설주가 없는 문이 하나 나올 것이고 그 다음에 들판을 가로질러 나 있는 오솔길을 따라 풀이 무성한 곳을 지나가면, 덤불 숲 사이로 난 길 너머 이끼가 낀 고목 한 그루가 나온다는 것이었다. 그녀의 머릿속에는 마치 지도가 한 장 있는 듯했다.

"전부 다 기억할 수 있겠어요?"

설명을 마친 그녀가 나지막한 소리로 물었다.

"네."

"왼쪽으로 꺾은 다음 오른편, 그리고 다시 왼쪽이에요. 그리고 문설주 없는 문을 찾아요."

"알겠어요. 몇 시에 가면 되죠?"

"15시경이요. 먼저 가서 기다려야 할지도 몰라요. 저는 다른 길로 갈 거거든요. 전부 다 확실히 기억할 수 있는 거 맞죠?"

"네."

"그러면 이제 최대한 빨리 제 곁을 떠나도록 해요."

그녀는 굳이 그 말을 하지 않아도 될 뻔했다. 둘은 한동안 인파에 파묻혀 그곳을 벗어날 수가 없었다. 트럭은 계속해서 줄지어 지나갔고 사람들은 지칠 줄도 모르고 계속 넋을 놓고 행렬을 바라보았다. 처음에는 야유 소리도 들리곤 했지만, 이는 군중 속에 섞여 있던 당원들에게서 나온 소리였을 뿐 그나마도 곧 멈추었다. 그곳에 있는 군중을 사로잡은 지배적인 감정은 단순한 호기심이었다. 유라시아든 동아시아든 외국인은 그들에게 일종의 신기한 동물에 지나지 않았다. 사람들은 포로가 아니면 외국인들의 모습을 볼 기회가 전혀 없었다. 그나마 포로들도 이럴 때나 잠시 볼 수 있는 게 전부였다. 몇몇 포로들이 전범으로 몰려 교수형에 처해진다는 것 빼고는 다른 포로들이 이후에 어떻게 되는지도 알지 못했다. 아마도 강제 노동 수용소로 보내지는 듯싶었지만, 다른 이들은 그저 사라져 버렸다. 둥근 얼굴의 몽골족들 뒤를 이어 지저분하고 수염이 덥수룩하며 지쳐 버린 인상의 조금 더 유럽인 같은 얼굴들이 등장했다. 수염이 덥수룩하고 뼈가 툭 튀어나온 얼굴들이 트럭 위에서 윈스턴을 가끔씩 이상할 정도로 뚫어져라 쳐다보고 지나가곤 했다. 수송 행렬이 거의 막바지에 이르고 있었다. 마지막 트럭에서 한 나이 든 남자가 눈에 띄었다. 그는 반백의 수염으로 덥수룩한 얼굴을 하고, 평소에 손목이 묶여 있는 데 익숙한 듯 두 손을 앞으로 모은 채 등을 꼿꼿이 세우고 지나가고 있었다. 바야흐로 윈스턴과 여자가 헤어져야 할 시간이 다가오고 있었다. 그런데 수많은 인파로 둘러싸여 있는 그 마지막 순간, 그녀가 잠시 동안이지만 그의 손을 꼭 쥐었다 놓아 주었다.

실제로는 10초도 채 안 되는 짧은 시간이었다. 그런데도 느낌만은 서로 한참 동안 손을 꼭 붙잡고 있었던 것 같았다. 그는 그녀의 손의 세세한 부분까지 읽을 수 있었다. 그녀의 기다란 손가락과 가지런한 손톱, 계속되는 힘든 일로 인해 굳은살이 박여 버린 손바닥, 그리고 손목 아래 느껴지는 부드러운 살결……. 단지 손으로 만지기만 했는데도 눈으로 본 것처럼 생생히 알게 된 기분이었다. 그 순간 그는 문득 자신이 그녀의 눈동자 색깔이 뭔지도 모르고 있다는 생각이 들었다. 아마도 갈색일 것이다. 그러나 종종 검은 머리 사람들이 파란색 눈을 갖고 있을 때도 있었다. 그렇다고 해서 고개를 돌려 그녀를 보는 일은 말할 것도 없이 멍청한 짓이었다. 밀려드는 사람들 사이에서 그 둘은 서로 부여잡은 손을 숨기고 각자 정면만 응시하고 있었다. 그리고 그녀의 눈동자 대신 털투성이 얼굴에 나이 든 포로의 슬픔에 잠긴 눈만이 윈스턴을 애처롭게 바라보았다.

2장

　윈스턴은 햇빛과 그늘로 얼룩진 길을 따라 걸었다. 나뭇가지가 벌어져 있는 곳마다 밝게 쏟아져 내리는 태양이 황금빛 웅덩이를 만들어 냈다. 왼편에 늘어서 있는 나무들 밑으로는 자그마한 블루벨 꽃이 가득 피어 있었다. 따스한 공기가 피부에 닿아 가볍게 입 맞춰 주었다. 5월 2일이었다. 깊은 숲 속 어디선가 산비둘기가 낮은 음조로 노래하는 소리가 들려왔다.

　윈스턴은 약속 시간보다 조금 일찍 도착했다. 약속 장소까지 찾아오는 길은 그다지 어렵지 않았다. 여자가 와 본 적이 있는 듯해 보여서, 그는 다른 때처럼 많이 두렵지도 않았다. 그는 그녀가 알아서 그 어디보다 더 안전한 장소를 알려 주었을 거라 믿었다. 일반적으로 말하면 교외 지역이 런던에 비해 결코 더 안전하다고 할 수는 없었다. 텔레스크린이 없는 건 사실이었지만,

목소리를 감지해 정체를 알아낼 수 있는 마이크로폰이 도처에 숨겨져 있을 위험성이 높기 때문이었다. 게다가 다른 사람의 이목을 끌지 않고 혼자 교외로 나간다는 것이 쉬운 일은 아니었다. 100킬로미터 안에서 움직인다면 여행 증명서를 소지할 필요가 없었지만, 경찰이 기차역에서 순찰을 하고 있다가 당원이 나타나면 신분증 검사도 하고 이러저러한 곤란한 질문을 퍼부을 때가 종종 있었기 때문이다. 그러나 다행히 오는 길에 경찰은 없었고, 역에서 걸어 나오면서도 틈틈이 등 뒤로 엿보면서 누가 따라오지는 않는지 확실히 해 두었다. 기차는 초여름 같은 날씨에 한창 들떠 있는 프롤들로 가득 차 있었다. 윈스턴이 타고 온, 나무의자가 설치된 기차 칸에는 대가족이 한꺼번에 몰려 북새통을 이루었다. 이가 다 빠진 꼬부랑 할머니부터 생후 한 달밖에 안 된 신생아까지 온 세대가 다 모여 있는 그 가족은 시골에 사는 사돈댁에서 오후 시간을 보내러 가는 중이라고 했다. 그리고 암시장에 가서 버터도 사 올 계획이라는 말도 아무 거리낌 없이 윈스턴에게 했다.

길이 조금씩 넓어지더니, 윈스턴은 이윽고 그녀가 말했던 오솔길에 와 있었다. 오솔길이라고는 했지만 실상은 덤불 사이로 소들이 지나가는 바람에 푹 꺼져서 만들어진 길이었다. 시계를 차고 있지는 않았지만 아직 15시가 되지는 않았을 거라고 그는 생각했다. 땅에 블루벨 꽃이 어찌나 무성하게 피어 있던지 꽃이 계속해서 밟혔다. 윈스턴은 무릎을 꿇고 꽃을 꺾기 시작했다. 시간도 때울 겸, 한편으로는 여자를 만났을 때 꽃다발을 주면 좋겠다는 생각이 막연히 들었기 때문이었다. 그는 한 다발을 제법 크게 만들어 꽃에서 나는 은은하면서도 강렬한 향을 맡아 보았다. 그때 뒤에서 무슨 소리가 났다. 누군가 마른 가지를 밟는 소리였다. 그는 속으로 바짝 긴장했지만 겉으로는 태연하게 계속 꽃을 꺾었다. 지금으로서는 그렇게 하는 게 최선이었다. 다행히 그 여자일 수도 있겠지만 자신이 결국 미행을 당한 것일지도 몰랐다. 이럴 때 뒤를 돌아보는 것은 죄책감을 드러내는 행동이었다. 그는 그저 묵묵히 꽃만 한 송이씩 꺾어 나갔다. 그때 누군가 그의 어깨에 가볍게 손을 올려놓았다.

그는 위를 올려다보았다. 그 여자였다. 그녀는 아무 소리도 내지 말라는 경고의 표시로 그에게 고개를 저어 보인 뒤, 재빨리 앞장서서 덤불 사이를 헤치고 숲 속으로 난 좁은 샛길을 따라 갔다. 땅바닥에 나 있는 물웅덩이를 요리조리 잘 피해가는 것으로 보아 이전에도 와 본 적이 있음이 틀림없었다. 윈스턴은 꽃다발을 손에 꼭 쥐고 그녀의 뒤를 따라갔다. 처음 윈스턴에게 든 기분은 안도감이었다. 그런데 눈앞에서 엉덩이 곡선을 여실히 드러내어 주는 주홍색 띠를 허리에 매고 열심히 걷고 있는 그녀의 건강하고 날씬한 뒷모습을 보고 있자니, 갑자기 자신이 그에 비해 너무 볼품없다는 생각이 들기 시작했다. 지금이라도 그녀가 뒤를 돌아 자신의 몰골을 보고 나면 모든 것을 취소하고 달아나 버릴 것만 같았다. 향기로운 공기와 파릇파릇한 잎사귀들도 그를 더욱 초라하게 만들었다. 안 그래도 이미 역에서 나와 5월의 찬란한 햇빛을 받으며 여기까지 걸어오면서, 왠지 자신이 더럽고 시들어버린 식물 같다고, 피부의 땀구멍마다 런던의 거무튀튀한 먼지가 잔뜩 끼어 있는 건물 안에서만 있는 생물체 같다고 느끼던 중이었다. 아직까지 그녀가 환한 대낮에 열린 공간에서 자신을 본 적이 없을 거라는 생각도 들었다. 둘은 그녀가 전에 말했던 쓰러진 고목이 있는 곳에 도착했다. 여자는 가볍게 뛰어서 덤불 속을 헤집고 들어갔다. 윈스턴은 저런 덤불 뒤에 무엇이 있을까 싶었지만 묵묵히 뒤따라 들어갔다. 놀랍게도 그곳에는 자연적으로 형성된 공터가 있었다. 꽤 높이 자란 묘목들로 둘러싸여 있는 조그마한 잔디 언덕이었다. 여자가 걸음을 멈추고 뒤로 돌아서서 말했다.

"다 왔어요."

윈스턴은 몇 걸음 떨어진 곳에서 그녀를 바라보고 서 있었다. 아직은 그 이상 더 앞으로 움직일 엄두가 나지 않았다.

"오는 길에는 아무 말도 하지 않는 게 낫겠다 싶었어요."

여자가 먼저 말을 꺼냈다.

"마이크가 숨겨져 있을 가능성이 크거든요. 아닐 거라고 생각은 하지만, 혹시 모르잖아요. 필시 우리 목소리를 알아차릴 돼지 같은 놈들이 있을 수 있거든요. 그렇지만 여기라면 괜찮아요."

그는 아직도 그녀에게 다가갈 용기가 나지 않았다.

"여기는 괜찮다고요?"

그는 그저 바보처럼 그녀의 말을 반복했다.

"네. 여기 나무들을 보세요."

작은 물푸레나무들이었다. 잎이 옹긋옹긋 돋아 오른 모양에 손목보다 굵은 가지들이 하나도 없는 것이, 얼마 전에 벌목되었다가 다시 그럴 듯한 나무 모양을 갖춘 지 얼마 되지 않은 듯싶었다.

"마이크를 숨길 만한 큰 나무가 없거든요. 그리고 전에 와 본 적이 있어서 잘 알아요."

그들은 서로 이런저런 이야기를 나누었다. 비로소 그는 조금이나마 그녀의 곁으로 다가갈 수 있었다. 그녀는 미소를 지으며 그를 바라보고 서서 그가 왜 이렇게 머뭇거리는지 이해할 수 없다는 표정을 언뜻 내비쳤다. 윈스턴의 손에 들려 있던 블루벨 꽃이 바닥에 우수수 떨어져 내렸다. 그가 일부러 떨어뜨렸다기보다는 꽃들이 저절로 떨어진 것이었다. 그는 그녀의 손을 잡았다.

"지금 이 순간까지 내가 당신의 눈 색깔이 뭔지도 모르고 있었다면 믿겠어요?"

윈스턴은 이렇게 말하며 그녀의 눈을 바라보았다. 그녀의 눈동자는 갈색이었다. 약간 옅은 갈색에 속눈썹은 검은색이었다.

"이제 당신은 내가 어떻게 생긴 남자인지 알겠죠. 그래도 내가 괜찮겠어요?"

"네, 그럼요."

"나는 서른아홉 살에, 이혼할 수 없는 아내도 있어요. 게다가 정맥류성 궤양도 있고 의치도 다섯 개나 돼요."

"상관없어요."

여자가 대답했다.

그 다음 순간 둘은 누가 먼저랄 것도 없이 서로를 끌어안고 있었다. 처음에 윈스턴은 이 상황이 도무지 믿기지 않는다는 생각밖에 할 수 없었다. 그녀의 젊은 육체는 그의 몸에 밀착되어 있었고, 숱 많은 검은 머리카락이 그의 얼굴을 간지럽혔다. 그렇다! 믿기지 않았지만 그녀는 그를 향해 얼굴을 들었고 그는 그녀의 크고 붉은 입술에 입 맞추었다. 그녀가 두 팔로 그의 목을 끌어안고 '자기', '소중한 사람', '사랑하는 사람'이라고 불렀다. 그는 그녀를 땅에 눕혔고, 그녀는 전혀 저항할 기세를 보이지 않았다. 그는 그녀에게 원하는 대로 모든 것을 할 수 있었다. 그런데 문제는 그가 육체적으로 흥분을 느끼지 못하고 있다는 것이었다. 그저 그녀를 안고 있다는 사실이 기뻤고, 이 순간이 꿈만 같았으며, 자기 자신이 자랑스러웠다. 그는 이런 일이 지금 일어나고 있다는 사실이 너무도 기뻤다. 그러나 육체적인 욕망이 일지 않았다. 모든 일이 너무 급작스럽게 전개되어서인지, 그녀의 싱싱한 젊음과 아름다움이 그를 겁먹게 해서인지, 여자 없이 지내는 일에 너무 익숙해져서인지 정확한 이유는 그 자신도 알 수 없었다. 그녀는 몸을 일으켜 머리에 붙은 블루벨 꽃을 털어냈다. 그리고 그의 옆에 기대어 앉아 팔을 뻗어 그의 허리춤에 둘렀다.

"신경 쓰지 말아요. 서두를 것 없잖아요. 우리는 오후 내내 같이 있을 수 있는 걸요. 그런데 여기 은신처로 정말 훌륭하죠? 전에 단체 행군 나왔다가 길을 잃었을 때 발견한 곳이에요. 누가 근처에 다가오는 것 같으면 100미터 밖에서도 들을 수 있어요"

"당신 이름이 뭐예요?"

윈스턴이 물었다.

"줄리아예요. 당신의 이름은 알고 있어요. 윈스턴, 맞죠? 윈스턴 스미스."

"그걸 어떻게 안 거예요?"

"아마도 뭔가를 알아내는 재주는 내가 당신보다 낫지 않을까 싶어요. 그런데 말이에요, 내가 처음 그 쪽지를 주기 전에는 나에 대해 어떻게 생각했어요?"

그는 그녀에게 거짓말을 하고 싶지 않았다. 처음부터 숨기지 않고 솔직히 말한다는 것은 일종의 애정 표현이기도 했다.

"아주 꼴 보기도 싫었어요. 몰래 덮쳐서 강간한 다음에 죽여 버리고 싶었거든요. 2주 전에는 정말 심각하게 돌멩이로 당신의 머리를 부셔 버릴까 하는 생각까지 했었어요. 그리고 솔직히 말하면 당신이 사상경찰과 연결된 것이 아닌가 하는 생각도 했고요."

윈스턴이 대답했다.

여자는 정말 웃긴다는 듯 호탕하게 웃었다. 윈스턴의 말을 자신의 훌륭한 위장술에 대한 찬탄으로 받아들인 모양이었다.

"내가 사상경찰이라니요! 설마 정말 그렇게 생각했단 말이에요?"

"그게 딱 그럴 거라고 단정한 것은 아니었지만……. 당신이 워낙 겉으로 보기에 젊고 활발한 데다 건강해 보여서, 알잖아요. 그럴지도 모른다고 생각했어요."

"내가 모범 당원이라고 생각했군요. 말과 행동이 순수하고 깃발, 행진, 슬로건, 게임, 단체 행군 같은 활동에 열심인……. 맞죠? 그런 거였다면 내가 기회를 봐서 당신을 사상범으로 고발해 죽이려 한다고 생각했겠네요?"

"네, 그런 셈이죠. 당신도 잘 알겠지만 젊은 여자들 중에 그런 사람이 많잖아요."

"다 이 빌어먹을 것 때문이에요."

그녀가 청년 반성 동맹의 표식인 주홍 띠를 휙 풀어 나뭇가지 위에 아무렇게나 걸쳐 놓으며 말했다. 그리고 허리춤을 만지다가 생각이 떠올랐는지, 작업복의 주머니에 손을 넣고 뒤적거려 작은 초콜릿 조각을 하나 꺼냈다. 그녀는 그것을 반으로 갈라 한 조각을 윈스턴에게 주었다. 받기도 전에 냄새만으로도 윈스턴은 그것이 보통 초콜릿이 아님을 알아챘다. 그것은 짙은 색깔에 윤기가 도는, 은박지에 싸여 있는 초콜릿이었다. 보통 초콜릿은 옅은 갈색을 띠고 잘 부스러지는 데다 그 맛을 굳이 비유하자면 쓰레기를 태우는 연기 맛이 났다. 언제인지 잘 기억이 나지는 않지만 윈스턴도 그녀가 건네준 것 같은 진짜 초콜릿을 맛본 적이 있었다. 잠깐 동안 코를 스친 초콜릿 향기가 기억 저편에 묻혀 있던 어떤 사건을 생각날 듯 말 듯하게 만들었다. 그게 무슨 일이었는지 확실히 잡히지는 않았지만 매우 강렬하고 고통스러운 기억이었던 것만은 확실했다.

"이런 걸 어디서 구했어요?"

윈스턴이 물었다.

"암시장이요."

그녀가 대수롭지 않은 말투로 대답했다.

"나는 사실 그런 여자예요. 겉으로 보기에는 말이죠, 게임에도 능하고 스파이단 분대장이기도 해요. 지금도 일주일에 3일은 청년 반성 동맹에서 자원 활동을 해요. 또 몇 시간씩 런던 전역을 돌면서 그 거지 같은 선전물을 붙이기도 하고요. 행진을 할 때 한쪽 깃발을 드는 것도 늘 내 담당이에요. 겉으로는 항상 쾌

활하게 보이려고 하고, 무슨 일을 해도 뒤로 빼지 않고 늘 적극
적으로 나서요. 군중 속에 있으면 큰 소리로 함께 외치고요. 사
실 안전하게 살아가려면 그게 유일한 방법이잖아요."

초콜릿은 입에 넣자마자 혀에서 사르르 녹았다. 그야말로 환
상적인 맛이었다. 그러나 아직도 그의 의식 언저리에서 희미하
게 맴돌고 있는 그 기억은, 강렬했지만 곁눈질로 사물을 보는 것
처럼 그 형체가 사뭇 잡히지 않아 계속 신경이 쓰였다. 그는 애
써 그 기억을 머릿속에서 밀어냈다. 어렴풋이 느껴지는 것은,
그것이 그가 뒤늦게 후회하지만 바로잡을 수 없는 어떤 사건에
대한 기억이라는 것뿐이었다.

"당신은 매우 젊잖아요. 아마도 나보다 열 살 아니, 열다섯
살은 더 어려 보이는데……. 대체 나 같은 남자에게 뭐 때문에
끌렸나요?"

윈스턴이 물었다.

"당신 얼굴에 드러나는 무엇인가가 있었거든요. 모험하는 셈
치고 한 번 시도해 보자 생각했죠. 나는 주류에 속하지 않는 사
람들을 척 보면 알아요. 당신을 보자마자 단번에 그들에게 반기
를 들고 있다는 사실을 알아보았어요."

그녀가 답했다.

'그들'이란, 당을 지칭하는 듯했다. 그리고 그중에서도 내부
당원에 대해 말할 때 그녀는 노골적으로 혐오감을 표시했다. 그
럴 때마다 윈스턴은 만약 지구상에 안전한 곳이 있을 수 있다
면 지금 이곳 만한 곳이 없다는 걸 알면서도, 왠지 불안한 기분
을 떨칠 수 없었다. 무엇보다 그를 놀라게 한 것은 그녀의 거친

말버릇이었다. 원칙적으로 당원은 욕을 하지 못하게 되어 있었다. 윈스턴은 욕을 거의 하지 않는 편이었다. 아니, 적어도 소리 내어서 욕설을 내뱉는 법은 없었다. 반면에 줄리아는 뒷골목 담벼락에 수북이 쓰인 지저분한 낙서에나 나올 법한 말을 쓰지 않고서는 당, 특히 내부 당에 대해 아무 말도 할 수 없는 모양이었다. 윈스턴은 그것이 싫지 않았다. 그것은 단지 당과 당이 일을 처리하는 방식에 대한 그녀의 반감이 밖으로 표출되는 하나의 방식일 뿐이었고, 마치 말이 썩은 건초의 냄새를 맡고 나서 재채기를 하는 것처럼 지극히 자연스럽고 건강한 일이었다. 둘은 공터를 빠져 나와 햇빛과 그늘로 얼룩져 있는 솔밭 길을 산책했다. 두 명이 나란히 걸을 수 있는 적당히 큰 길이 나오면 그들은 서로 허리를 껴안고 걸었다. 그는 허리띠를 벗고 나자 그녀의 허리가 얼마나 더 부드럽게 느껴지는지 실감하고 있었다. 둘은 목소리를 죽이고 서로 귓속말로 속삭여 말했다. 공터를 벗어나서는 조용히 하는 게 좋겠다고 줄리아가 말했기 때문이었다. 그러다가 둘은 그들이 있는 작은 숲의 맨 가장자리에 이르렀다. 그녀가 그를 멈춰 세웠다.

"숲 밖으로는 나가지 말아요. 누군가 보고 있을지도 모르거든요. 이 나뭇가지들 뒤쪽에만 있으면 안전해요."

그들은 개암나무 덤불 아래 그늘에 서 있었다. 수많은 잎사귀 사이로 스며 들어온 햇빛에 얼굴이 따가웠다. 윈스턴은 숲 너머에 있는 벌판을 바라보고 있다가, 이상하게도 그곳이 어딘지 알 것 같은 느낌이 들어 약간 충격을 받았다. 분명히 전에 본 적이 있는 곳이었다. 낡고 황폐해진 목장, 그곳을 가로질러 난 오솔길, 그리고 그 주위로 군데군데 보이는 두더지 굴들. 건너편에 있는 낡은 울타리에는 느릅나무 가지들이 미풍에 살며시 흔들리고, 무성한 나뭇잎은 여자의 머리채처럼 가벼이 살랑거리고 있었다. 그리고 보이지는 않지만 근처 어딘가에는 황어 떼가 헤엄치는 푸른 웅덩이가 있는 시내가 있을 것이다.

"혹시 이 근처에 시냇물이 흐르지 않나요?"

윈스턴이 낮게 속삭여 물었다.

"맞아요, 시냇물이 있어요. 실은 저 다음 들판의 끝자락에 있지요. 그 안에는 물고기들도 사는데 제법 커다란 놈들도 있어요. 버드나무 아래 있는 웅덩이를 자세히 보고 있으면 물고기가 꼬리를 흔들며 노는 모습도 볼 수 있고요."

"황금빛 나라로군요. 거의……."

그가 작은 소리로 중얼거렸다.

"황금빛 나라라고요?"

"아, 아무것도 아니에요. 가끔 내 꿈에 나오는 곳이 있거든요."

"저기 봐요!"

줄리아가 그의 귀에 속삭였다.

개똥지빠귀 한 마리가 5미터도 채 떨어지지 않은 곳에 있는, 거의 그들의 얼굴 높이에 있는 나뭇가지 위에 와서 앉았다. 아마도 새는 그들을 보지 못한 것 같았다. 새는 양달에 있었고 그들은 그늘에 있었다. 새는 날개를 한번 죽 폈다가 다시 조심스레 접고 마치 해에게 존경을 표하듯 고개를 잠깐 숙이고는, 기다렸다는 듯이 아름다운 노래를 쏟아내기 시작했다. 고요한 오후여서인지 새소리는 놀랍도록 크게 들렸다. 윈스턴과 줄리아는 황홀한 듯 서로를 꼭 안고 서서 그 모습을 바라보았다. 새의 노랫소리는 몇 분이고 계속되었고, 한 번도 같은 가락이 되풀이되지 않으며 놀랍도록 다양한 곡조가 흘러나왔다. 마치 새가 자기의 기교를 일부러 뽐내기라도 하는 것 같았다. 그러다가 잠깐씩 노래를 멈추고, 날개를 펼쳤다가 다시 접고 또 점박이 무늬가 있는 가슴을 한 번씩 힘껏 부풀렸다. 그리고 다시 노래를 시작했다. 윈스턴은 막연한 경이감에 휩싸여 새를 바라보았다. 저 새는 누구를 위해, 또 무엇을 위해 저렇게 노래를 부르는 걸까? 주위에 짝을 지을 다른 암컷도, 어떤 경쟁 상대도 없는데 말이다. 무엇 때문에 저 새는 이 고요한 숲 속 가장자리에 앉아 아무것도 없는 허공을 향해 저런 노래를 부르고 있는 것일까? 윈스턴은 문득 주위에 혹시 마이크가 숨겨져 있는 것은 아닐까 하는 의문이 들었다. 그와 줄리아는 오로지 귓속말로만 이야기했으므로, 마이크가 있다고 해도 그들의 목소리를 잡아내지는 못할 것이다. 그러나 저 개똥지빠귀 소리는 들릴 것이다. 어쩌면 마이크 장치 반대편에는 딱정벌레처럼 생긴 조그만 남자가 앉아서 귀를 기울이고 열심히 그 새소리를 듣고 있는지도 몰랐다. 홍수처럼 밀려 들어오는 새의 노랫소리에 윈스턴의 마음속을 어지럽히던 잡생각이 서서히 모두 밀려 나갔다. 마치 어떤 액체가 잎사귀 사이로 들어온 햇빛과 함께 뒤섞여 머리 위에서 쏟아지는 느낌이었다. 그는 모든 생각을 접고 느낌에만 충실하도록 온몸을 맡겼다. 그의 팔에 감긴 여자의 허리가 부드럽고 따뜻했다. 그는 그녀의 몸을 돌려 서로 가슴을 맞대고 섰다. 그녀의 몸이 자기 몸속으로 녹아들 것만 같았다. 그의 손이 닿는 곳마다 그녀의 몸은 물처럼 부드럽게 무너져 내렸다. 두 사람의 입술이 포개졌다. 이번에는 그들이 조금 전에 나눈 거친 입맞춤과는 완전히 달랐다. 키스를 멈추었을 때 둘은 자기도 모르게 깊은 한숨을 몰아쉬었다. 갑작스러운 인기척에 새가 겁을 먹었는지 날개를 퍼덕이며 하늘로 날아갔다.

"지금이에요."

윈스턴이 입술을 그녀의 귀에 대고 속삭였다.

"여기서는 안 돼요. 아까 숨었던 장소로 돌아가요. 거기가 더 안전해요."

줄리아가 귓속말로 답했다.

그들은 발밑에서 나뭇가지가 밟혀 부러지는 소리를 들으면서 재빨리 공터로 돌아갔다. 어린 나무로 둥그렇게 둘러싸인 공터 안에 들어서자 그녀는 그를 향해 몸을 돌렸다. 둘의 숨소리가 빨라지는 가운데, 그녀의 입가에 다시금 미소가 번졌다. 그녀는 잠시 동안 그를 바라보고 서 있다가 손을 들어 자신의 제복의 지퍼에 갖다 댔다. 그리고 그렇게, 그가 꿈에서 본 모습이 그대로 눈앞에서 펼쳐지고 있었다. 그가 상상했던 대로 그녀는 재빨리 옷을 벗고는 마치 한 번에 온 문명 세계를 말끔히 멸망시켜 버릴 기세로 벗은 옷을 바닥에 가볍게 내던졌다. 그녀의 몸이 햇빛을 받아 하얗게 빛났다. 그러나 그는 한동안 그녀의 몸을 보지 않았다. 그의 시선은 그녀의 주근깨투성이 얼굴과 은은하면서도 대담한 그녀의 미소에 고정되어 있었다. 그는 무릎을 꿇고 앉아 그녀의 손을 잡았다.

"전에도 이런 일을 해 본 적 있어요?"

"물론이죠. 수백 번은요⋯⋯. 아닌가, 어쨌든 수십 번은 될 거예요."

"상대가 당원들이었나요?"

"네. 늘 당원들이었어요."

"내부당원들은요?"

"아니요. 그런 돼지 같은 놈들하고는 아니에요. 그렇지만 그들 중에도 아마 기회만 있으면 마다하지 않고 덤벼들 사람이 차고 넘칠걸요. 그들은 보기와 달리 절대 점잖지 않아요."

그의 심장이 세차게 뛰었다. 그녀는 수십 번이나 이런 일을 해 보았다고 했다. 그는 오히려 그 숫자가 수백 번, 아니 수천 번이었으면 하고 바랐다. 당내의 타락을 암시하는 것이면 어떤 것이든 그의 마음을 희망으로 부풀게 했다. 누가 알겠는가? 어쩌면 당이 겉모습과는 달리 내부에서부터 하나같이 다 썩어 있으며, 당이 강조하는 근면성실함이니 자기부정이니 하는 것 모두가 단지 그 부패를 감추기 위한 속임수에 지나지 않을는지. 만일 그 무리들을 모조리 나병과 매독으로 전염시킬 능력만 있다면, 그는 기꺼이 그렇게 하고도 남을 것이다. 그뿐만 아니라 그들을 부패시키고, 약화시키며, 흔들 수 있는 일이라면 그는 뭐든지 할 것이다! 그는 그녀를 아래로 끌어당겨 함께 무릎을 꿇고 앉아 서로 마주보았다.

"잘 들어요. 나는 당신이 함께했던 남자가 많으면 많을수록 당신을 더욱더 사랑해요. 무슨 말인지 이해해요?"

"네, 이해하고말고요."

"나는 순수함이니 선이니 이런 건 딱 질색이에요! 미덕이라는 것은 세상에서 아예 사라져 버렸으면 좋겠어요. 나는 모든 사람이 다 뼛속까지 타락했으면 하고 바라요."

"그렇다면, 당신에게 내가 딱 제격인 걸요. 뼛속까지 타락했거든요."

"당신은 이런 행위를 좋아하나요? 그러니까 단순히 나와 하는 걸 말하는 게 아니고, 이 행위 자체를 좋아하나요?"

"좋아하는 것 이상이죠."

그 말은 무엇보다도 그가 듣고 싶어 하던 말이었다. 단순히 누군가 한 사람에 대한 애정이 아닌 동물적인 본능, 그러니까 순전히 무차별적인 욕망, 그런 것들이야말로 당을 산산이 부숴 버릴 수 있는 원동력이었다. 그는 블루벨 꽃이 흩어진 채로 떨어져 있는 풀밭 위에 그녀를 눕혔다. 이번에는 아무런 문제도 없었다. 몰아쳤던 그들의 심장 박동이 점차 잠잠해지고, 일종의 기분 좋은 무력감 속에서 그들의 몸이 서로에게서 떨어졌다. 햇볕은 아까보다도 더 뜨겁게 느껴졌다. 두 사람 다 졸음이 쏟아져 내렸다. 그는 한편에 내던져 놓았던 제복을 끌어다가 그녀의 몸 위에 덮어 주었다. 그리고 둘은 함께 곯아 떨어져 한 30분 정도 단잠을 잤다.

먼저 잠에서 깬 사람은 윈스턴이었다. 그는 일어나 앉아서 한 손을 베개 삼아 머리를 받치고 여전히 평화롭게 잠들어 있는 그녀의 주근깨투성이 얼굴을 내려다보았다. 입을 제외하고는 딱히 아름답다고 할 수 없는 얼굴이었다. 자세히 보면 눈가에 주름살도 하나둘 져 있었다. 짧고 검은 머리카락은 유별나게 숱이 많고 부드러웠다. 문득 그는 자신이 아직 그녀의 성도, 어디에 사는

지도 모르고 있다는 사실을 깨달았다.

아무런 경계의 기색 없이 평화로이 잠들어 있는 그녀의 젊고 건강한 몸을 보고 있자니, 마음속에서 절로 그녀에 대한 연민과 보호 본능이 일었다. 그러나 아까 전에 개암나무 밑에서 개똥지빠귀의 노랫소리를 들으며 느꼈던, 그 절대적인 마음의 이끌림은 좀처럼 되살아나지 않았다. 그는 그녀의 몸에 덮여 있던 제복을 옆으로 치우고 그녀의 부드럽고 하얀 몸을 찬찬히 감상했다. 그는 생각했다. 옛날에는 남자가 여자의 몸을 바라보면서 그 자체로 순수하게 욕망을 느끼는 것이 지극히 당연한 일이었으리라. 그러나 지금 시대엔 더 이상 순수한 사랑이니 순수한 욕정이니 하는 것은 찾아볼 수 없었다. 모든 일에 두려움과 증오의 감정이 앞서는 만큼, 어떤 감정도 순수하지 않았다. 그들이 함께 몸을 섞은 행위는 곧 전투였고, 그 절정의 순간은 곧 승리였다. 그것은 당을 향해 가한 거센 일격이자 엄연한 정치적 행위였다.

3장

"여기는 다음에 한 번 더 올 수 있을 거예요. 보통 한 비밀 장소를 두 번 정도 쓰는 건 안전하거든요. 물론 바로 올 수 있는 건 아니고 한두 달 정도 기다려야 하겠지요."

줄리아가 말했다.

잠에서 깨어난 줄리아는 아까와 전혀 판판인 사람이 되었다. 그녀는 매우 기민하고 사무적인 분위기를 풍기면서 옷을 갖춰 입고 허리에 주홍 띠를 두른 다음, 집에 갈 방법에 대한 계획을 짜기 시작했다. 이런 일은 그녀에게 맡겨 두는 편이 좋을 것 같았다. 그녀는 윈스턴에게 부족한 현실적 문제에 대한 대처 능력이 뛰어났으며, 단체 행군을 수없이 다니며 길을 익혀 와서 그런지 런던 외곽 지리를 샅샅이 알고 있었다. 그녀가 윈스턴에게 알려 준 길은 처음에 왔던 길과 완전히 다른 길이었으며 이용할 기차역도 다른 곳이었다.

"절대 왔던 길과 똑같은 길로 가서는 안 돼요."

그녀는 중요한 원칙을 일러주듯 한 마디 한 마디 강조하여 말했다. 출발하는 순서도, 윈스턴에게 자기가 먼저 출발한 후에 30분 정도 기다렸다가 떠나라고 당부했다.

그러면서 그녀는 4일 후 퇴근한 다음 두 사람이 만날 수 있는 장소를 일러 주었다. 그곳은 도시 빈민 구역의 한 거리로, 자유 시장이 열려 보통 사람들로 시끄럽게 붐비는 곳이었다. 그녀는 자신이 먼저 그곳에 가서 구두끈이나 실을 찾는 척하며 가판대 한 군데를 택해 주위를 어슬렁거리고 있겠다고 했다. 그러다가 그가 다가올 때쯤 주위가 안전하다고 판단되면 코를 풀어 신호를 보낼 것이며, 만약 신호를 보내지 않으면 못 본 척하며 그냥 지나가라고 했다. 운이 좋아서 사람들 사이에 낄 수 있으면 15분 정도 대화를 나누고 다음 밀회를 정하는 것이었다.

"이제 나는 가야 해요."

그녀가 그에게 모든 지침 사항을 알려 주고 나서 말했다.

"19시 30분까지는 도착해야 하거든요. 두 시간 동안 청년 반성 동맹에서 전단지 돌리기 따위의 일을 해야 해요. 참 한심하죠? 자기, 내 머리에 붙은 것 좀 털어 줄래요? 머리에 풀 같은 거 없나요? 다 되었어요? 그러면 이제 안녕, 내 사랑, 잘 가요!"

그녀는 그를 안고 격렬한 키스를 한 차례 퍼부은 다음, 곧바로 나무 울타리를 헤치고 소리도 없이 숲 속으로 사라졌다. 윈스턴은 자신이 아직 그녀의 성도, 주소도 모르고 있다는 사실을 떠올렸다. 그러나 따지고 보면 알거나 모르거나 별로 상관없었다. 그들이 앞으로 실내에서 만난다거나 어떤 식이라도 서신을 통해 왕래하는 일은 결코 상상할 수가 없었기 때문이다.

결국 그들은 그 후 다시는 그 숲 속 공터에 가지 못했다. 5월 한 달을 통틀어 그들이 실제로 다시 만나 사랑을 나누는 데 성공한 적은 딱 한 번뿐이었다. 그곳은 줄리아가 알고 있던 다른 비밀 장소로, 30년 전에 원자 폭탄이 떨어져 거의 폐허나 다름없게 되어 버린 어느 외곽 지역의 버려진 교회 종탑이었다. 그곳은 일단 도착해서 있으면 더할 나위 없이 훌륭한 은신처였지만 가는 길이 매우 위험했다. 그들은 그때를 제외한 다른 경우에는 길거리에서만 간신히 만날 수 있었다. 그것도 항상 다른 곳에서, 한 번에 30분 이상은 절대 금물이었다. 길에서 만나면 그나마 아쉬운 대로 대화를 나누는 것이 가능했다. 두 사람은 수많은 인파로 붐비는 인도에서 나란히 걷지도 못하고 절대 서로를 바라보는 일도 없이, 등대의 불빛이 시간차를 두고 깜박이듯 이어졌다 끊어졌다 하는 특이한 방식으로 대화하며 걸어갔다. 말하는 중간중간 당의 제복을 입은 사람들이 다가오거나 텔레스크린이 근처에 보이면 대화는 즉시 중단되었고, 중간에 끊어진 대화는 몇 분 후에야 다시 이어서 할 수 있었다. 그나마도 서로 헤어지기로 한 장소에 도달하면 대화를 그대로 끝낼 수밖에 없었고, 그 러면 그 대화는 다음 날 만나 도입부 없이 중간부터 다시 이어졌 다. 줄리아는 자신이 '분할 대화'라고 부르는 그런 대화 방식에 이미 꽤 익숙한 듯했다. 그것 말고도 그녀는 입술을 거의 움직이 지 않고 말을 하는 데 놀랍도록 능숙했다. 밤마다 그렇게 만났어 도 그들이 입 맞출 기회를 갖게 된 것은 단 한 번뿐이었다. 언젠 가 조용한 골목길을 지나고 있을 때였다. 아무 말 없이 함께 길 을 걷고 있는데(줄리아는 큰 길을 벗어나면 절대 소리 내어 말하 지 않았다.), 갑자기 고막이 터질 듯한 큰 굉음이 들리더니 땅이 흔들리고 하늘이 캄캄해졌다. 정신을 차려 보니 윈스턴은 온몸 에 멍이 든 채로 벌벌 떨며 바닥에 누워 있었다. 가까운 거리에 로켓 폭탄이 떨어진 모양이었다. 그 순간 몇 센티미터 정도 떨어 진 곳에 쓰러져 있는 줄리아의 얼굴이 보였다. 그녀의 얼굴은 백 지장처럼 하얗게 질려 있었다. 입술마저도 핏기를 잃고 하얀색 이었다. 설마 죽어 버린 걸까! 그는 그녀를 껴안고 입술에 입을 맞추었다. 다행히 그녀의 얼굴에서 살아 있는 온기가 느껴졌다. 그런데 그의 입술에 무슨 가루 같은 것이 묻어 있었다. 나중에 보니 둘 다 얼굴에 두꺼운 횟가루를 허옇게 뒤집어쓰고 있었다.

두 사람이 제대로 약속 장소에 도착하고서도 아무런 접촉도 못하고 그냥 지나쳐야 했던 날도 많았다. 순찰중인 경찰이 갑자 기 건물 사이로 나타나거나 헬리콥터가 머리 위에서 윙윙거리고 있을 때가 그런 때였다. 둘이 만나는 일이 설사 위험하지 않다고 가정하더라도, 어차피 서로 만날 시간을 맞추는 일은 쉽지 않았 다. 윈스턴은 일주일에 60시간을 일했고 줄리아는 그보다도 더 많은 시간을 근무했기 때문이었다. 휴무일도 근무 일정에 따라 그때그때 달랐기 때문에, 쉬는 날을 맞추기란 여간 힘들지 않았다. 게다가 줄리아는 일과 시간 후 완전히 쉴 수 있는 날이 거의 없었다. 그녀는 놀랄 만큼 많은 시간을 할애해 강의에 참석하거나 시위대에 동참하고, 청년 반성 동맹을 홍보하는 전단을 나누어 주거나, 증오 주간을 위한 깃발을 만들거나, 절약 캠페인을 위한 모금을 주도하거나 하는 일 등에 참석했다. 그녀의 말에 따르면 그런 일은 그럴 만한 값어치가 있었다. 위장술이라는 말이었다. 작은 법칙을 지키면 큰 법칙을 깨뜨릴 수 있다는 게 그녀의 논리였다. 결국 그녀는 윈스턴을 설득하는 데도 성공해, 그가 열성 당원들의 자발적인 참여로 이루어지는 시간제 군수품 생산 활동에 등록하도록 만들었다. 그래서 윈스턴은 매주 하루 저녁에 네 시간씩 온몸이 마비될 것 같은 지루함을 참으며, 바람이 숭숭 드는 어두컴컴한 작업실에서 텔레스크린에서 흘러나오는 음악과 삭막하게 어우러지는 망치 소리를 들으며, 폭탄 뇌관의 부속품인 것 같은 작은 금속조각들을 나사로 조이는 일을 했다.

그들은 교회 종탑에서 만나고 나서야 조각조각 이어지던 대화의 나머지 부분을 채울 수 있었다. 타는 듯이 더운 오후였다. 종탑 위에 위치한 작고 네모난 방은 매우 더운 데다 통풍이 안 되고 공기가 텁텁해서 비둘기 똥 냄새로 진동을 했다. 그들은 먼지가 수북하고 작은 나뭇가지들로 뒤덮여 있는 바닥에 앉아 몇 시간이고 많은 이야기를 나누었다. 그러면서 간간이 한 사람씩 일어나 좁은 틈 사이로 밖을 내다보며 누가 오는 건 아닌지 망을 보곤 했다.

줄리아의 나이는 스물여섯이었다. 그녀는 합숙소에서 서른 명의 다른 여자들과 살았고(그녀는 이 말을 하면서 "매일 지겹게 여자 냄새를 맡아야 해요! 난 여자들이 정말 싫어요!"라고 덧붙였다.), 그가 예전에 추측했던 대로 창작국에서 소설 집필기계를 다루는 일을 했다. 그녀의 주된 업무는 다루기 까다로운 강력한 전기 모터를 작동시키거나 고치는 일이었으며, 자신이 하는 일을 마음에 들어 했다. 그녀는 '머리가 똑똑한' 타입은 아니었지만, 손을 쓰는 일을 좋아했고 기계를 다루는 데 능숙했다. 그녀는 기획위원회에서 보내는 전반적인 지시 사항으로부터 수정반에서 이루어지는 마지막 손질 과정까지, 즉 소설을 제작하는 전 과정을 속속들이 설명할 수 있었다. 그렇다고 해서 그녀가 완성된 소설 작품에 이렇다 할 관심이 있는 것은 아니었다. 줄리아 본인의 말에 따르면, 그녀는 독서에는 별로 취미가 없었다. 그녀에게 책이란 잼이나 구두끈처럼 단지 생산되어야 하는 하나의 상품에 불과했다.

줄리아는 60년대 초 이전의 상황에 대해서는 전혀 기억하지 못했다. 유일하게 그녀에게 혁명 이전의 생활상에 대해 이야기해 주곤 했던 사람은 할아버지였는데, 그녀가 여덟 살 때 사라졌다고 했다. 학교 다닐 때 그녀는 하키 팀의 주장이었으며, 2년 연속 우승상을 타기도 했다. 스파이단의 분대장이었으며 청년 반성 동맹에 입단하기 전에는 청년 동맹에서 지부장을 맡기도 했다. 그녀는 언제 어디서든 늘 뛰어난 능력을 발휘했다. 심지어는 포르노과에서 일하도록 차출된 적도 있었다(이는 그녀의 평판이 좋았다는 확실한 증거였다.). 포르노과는 창작국의 하위 부서로, 프롤들에게 배포할 싸구려 포르노그래피를 만들어 내는 곳이었다. 줄리아는 거기서 일하는 사람들이 대놓고 자기 부서를 '배설물 창고'라고 불렀다고 말했다. 그곳에서 일 년 동안 근무하며 그녀는 '화끈한 이야기'나 '여학교에서의 하룻밤' 등의 제목이 붙은 비닐 포장된 소책자를 만드는 일을 보조했다. 배포된 그 책들은, 실상을 모르는 프롤 청소년들이 자기 딴에는 불법 서적을 사 간다고 생각하며 몰래 구입하는 것이었다.

"그 책들은 어떤 내용이었나요?"

윈스턴이 궁금해 하며 물었다.

"아, 그야말로 쓰레기 같은 내용이에요. 진짜로 지루하고요. 거기에서 쓰는 기본 줄거리는 사실 총 여섯 개에 불과한데, 그 이야기를 조금씩 바꿔서 짜깁기한 거죠. 물론 내 담당은 만화경을 다루는 일이었고, 수정반 일은 한 번도 해 본 적 없어요. 정말이지 나는 문학적 소질은 영 없거든요…… . 수정반엔 안 맞아요."

그는 포르노과의 직원이 국장만 제외하고는 모두 젊은 여자로 구성되어 있다는 사실을 알고 적잖이 놀랐다. 남자가 여자보다 성적 본능을 억제하는 능력이 한참 떨어지므로, 그 부서에서 다루어야 하는 추잡한 글에 오염될 가능성이 더 크기 때문에 그렇다는 논리였다.

"거기서는 가급적이면 결혼한 여자들도 받지 않아요. 여자들은 순결해야 한다고 여기기 때문이죠. 그렇지 않은 여자가 여기 벌써 하나 있는 줄도 모르고 말이에요."

줄리아가 덧붙여 말했다.

줄리아는 열여섯 살에 처음으로 남자와 관계를 가졌다고 했다. 그 남자는 예순이나 먹은 당원으로 그 후에 체포당하는 게 무서워 결국 자살을 택했다고 했다.

"잘된 일이에요. 그렇지 않았으면 그가 자백할 때 내 이름을 댈 수밖에 없었을 테니까요."

줄리아가 말했다.

그 후로도 그녀에게는 여러 남자가 있었다. 줄리아의 눈에 보이는 삶이란, 아주 단순하고도 명료한 것이었다. 사람들은 인생을 즐기고 싶은데 그들, 즉 당은 끈질기게 훼방 놓으려고 한다. 그러므로 자신은 할 수 있는 한 교묘하게 그들의 규칙을 어겨야 한다는 것이었다. 그러면서 그녀는 '그들'이 자신의 기쁨을 앗아가려고 하는 것이나 자신이 발각되지 않기를 바라는 것, 둘 다 자연스러운 섭리라고 생각하고 있었다. 그녀는 당을 증오했고 노골적으로 험한 말을 써 가며 대놓고 비난했지만, 정작 그에 대한 구체적인 이유는 대지 못했다. 자신의 생활에 직접적으로 걸리적거리는 부분을 빼고는 당의 정책에 대해 아무런 관심도 없다는 식이었다. 윈스턴은 그녀가 일상생활에 이미 정착된 낱말들을 빼고는 신어를 전혀 사용하지 않는다는 사실을 알아챘다. 그녀는 형제단에 대해서도 전혀 들어본 적이 없었고, 그런 것이 존재한다고 믿으려 하지도 않았다. 그녀는 당에 대적하는 조직은 어느 것이든 실패할 수밖에 없다고 믿었기 때문에, 그런 움직임은 그저 멍청한 짓이라고 단정했다. 그 반면에 이런 상황에서 가장 영리한 처사는 당의 규칙을 적당히 어기면서 잘 살아가는 것이었다. 문득 윈스턴은 젊은 세대 중에 줄리아 같은 사람들이 얼마나 될까 하고 생각했다. 혁명 이후의 세계에서 태어나고 자라 다른 세계에 대한 지식을 전혀 접하지 못하고 당을 하늘처럼 절대불변의 존재로 여기며 그 권위에 도전해 볼 생각도 못하고, 단지 토끼가 개를 피해 다니듯 적당히 회피할 생각만 하고 사는 사람들이 얼마나 될지 궁금해졌다.

그들은 결혼의 가능성에 대해서는 일절 말을 꺼내지 않았다. 그것은 생각할 가치도 없는 먼 세상의 일이었다. 설사 윈스턴이 법적인 아내인 캐서린을 마술처럼 떼어 버릴 수 있다고 해도, 그와 줄리아와의 결혼을 허가해 줄 위원회는 아무 데도 없었다. 두 사람의 결혼은 백일몽보다도 더 실현 가능성 없는 이야기였다.

"부인은 어떤 사람이었어요?"

줄리아가 물었다.

"그 여자는 뭐랄까…… 혹시 신어로 '선사적(善思的)'이라는 말 알아요? 나쁜 생각을 할 수 없는, 태생적으로 정통적이란 의미의 단어지요."

"아니요. 그 말은 몰라요. 그런데 부인이 어떤 사람인지는 충분히 알 것 같아요."

윈스턴은 그녀에게 자신의 결혼 생활을 구체적으로 이야기하기 시작했다. 그런데 신기하게도 줄리아는 그 핵심적인 내용을 이미 훤히 알고 있는 듯했다. 그녀는 거의 자신이 직접 보거나 겪은 일을 말하는 것처럼, 그의 손에 닿자마자 딱딱하게 경직되던 캐서린의 몸에 대해서, 그리고 그를 가까이 끌어안고 있을 때조차 실제로는 온 힘을 다해 그를 밀어내는 느낌을 주던 그녀의 몸에 대해서 생생하게 알고 있었다. 줄리아와 함께라면 그는 그런 이야기도 아무런 어려움 없이 할 수 있었다. 그리고 어쨌든 캐서린에 대한 기억은 이제 고통스럽고 아프다기보다는 단순한 나쁜 기억으로 자리 잡은 지 오래였다.

"그래도 한 가지만 아니었으면 계속 견디고 같이 살았을 거예요."

그는 줄리아에게 캐서린이 매주 같은 요일마다 그에게 강요했던 그 소름 끼치던 작은 의식에 대해 말해 주었다.

"그 여자는 그 일을 싫어하면서, 절대 그만두려고 하지 않는 거예요. 그러면서 그 일을 뭐라고 불렀었는데, 아마 당신은 상상도 못할 거예요."

"당에 대한 우리의 의무, 아니었나요?"

줄리아가 즉시 대답했다.

"도대체 그걸 어떻게 알아요?"

"나도 학교에 다녔거든요. 열여섯 살이 넘으면 한 달에 한 번씩 성교육을 받아요. 그리고 '청소년 운동' 시간이라는 것도 있죠. 그렇게 몇 년 동안 귀에 박히도록 주입을 시키는 거예요. 웬만한 경우에선 그게 효과가 있겠죠. 그렇지만 또 모르는 거예요. 사람들은 원래 겉과 속이 다르니까요."

줄리아는 그 주제에 대해서 더욱더 깊이 파고들어가기 시작했다. 줄리아는 모든 것을 자신의 성적인 문제로 귀결시키는 습관이 있었다. 그리고 이런 주제에 대한 이야기가 조금이라도 나올라 치면, 언제나 기회를 놓치지 않고 예리하게 포착해 냈다. 윈스턴과 달리 줄리아는 당이 성적 순결을 강조하는 숨은 이유를 어느 정도 간파하고 있었다. 당이 성적인 문제에 민감하게 반응하는 이유는, 성적 본능이 단순히 개인을 당의 통제 밖으로 몰고 가기 때문에, 그래서 될 수 있는 한 파괴되어야 한다는 정도가 아니었다. 그보다 더 중요한 이유는 성적 본능이 억압되면 그 반대급부로 히스테리가 유발되는데, 그 히스테리를 전쟁에 대한 광적인 흥분이나 지도자에 대한 병적인 신봉으로 전환시킬 수 있기 때문에 그만큼 중요하다는 것이었다.

"사랑을 나눈 후에는 에너지가 다 소모되죠. 그러고 나면 나른하고 행복한 기분이 들어 그 밖에 다른 일에는 별로 신경을 안 쓰게 돼요. '그들'은 사람들이 그런 상태가 되도록 그냥 놔둘 수가 없는 거예요. 그 반대로 사람들이 늘 에너지로 넘쳐나길 바라죠. 사람들이 힘차게 행진을 하거나 응원의 함성을 지르고 깃발을 흔들어 대는 것 모두 성적 에너지가 일종의 변종된 모습으로 나타나는 거예요. 만약 자기 자신이 전적으로 행복하다면, 누가 굳이 나가서 '빅 브라더'나 '3개년 계획'이나 '2분간 증오'처럼 거지같은 짓거리에 열을 올리겠어요?"

충분히 일리가 있는 말이라고 윈스턴은 생각했다. 순결에 대한 강요와 정치적인 정설 사이에는 분명 직접적이고도 밀접한 연관이 있었다. 그런 식으로 꾹꾹 눌러 담은 강력한 본능의 힘을 원동력으로 삼지 않고서야 어떻게 당원들 사이에서 공포와 증오의 감정, 그리고 광적인 맹신을 당이 원하는 적정선으로 유지할 수 있겠는가? 당은 위험한 요소로 작용할 수 있는 성적 충동을 애초에 자신들에게 유리한 쪽으로 틀어서 활용한 것이었다. 당은 부모와 자식간의 본능 또한 비슷한 식으로 교묘하게 왜곡하여 이용했다. 가족 제도라는 것은 사실상 폐지할 수 없으므로 존속되었을 뿐만 아니라, 부모들은 거의 옛날 방식으로 자식을 무조건적으로 사랑하도록 장려되었다. 그런 반면에 아이들은 조직적으로 부모에게 반목하도록 훈련되어 그들을 감시하고 조금이라도 이상 행동을 보이면 즉시 고발하도록 교육되었다. 사실상 가족이 사상경찰의 연장선상에 놓이게 된 것이다. 그런 장치를 심어 놓음으로써, 사람들은 자신을 누구보다 속속들이 잘 알고 있는 밀고자들에게 밤낮으로 감시당하며 지내는 신세가 되었다.

그때 윈스턴의 머릿속에 갑자기 캐서린 생각이 났다. 캐서린이 조금만 덜 멍청해서 그가 가지고 있는 생각이 비정통적이라는 것을 눈치챘다면, 아마도 그를 가차 없이 사상경찰에 고발했을 거라는 생각이 들었다. 그러나 사실 지금 그가 캐서린을 떠올린 이유는 오후의 숨 막히는 더위 때문이었다. 그의 이마에 땀방울이 송골송골 맺혀 있었다. 그는 줄리아에게, 그토록 무더웠던 11년 전 어느 여름날 오후에 일어났던 일에 대해, 아니 일어나지 않았던 일에 대해 이야기하기 시작했다.

그들이 결혼하고 3, 4개월쯤 지났을 때의 일이었다. 그들은 함께 켄트 지방 어딘가로 단체행군을 갔다가 그만 길을 잃었다. 사실 조금 늑장을 부리다가 다른 일행들에 비해 불과 2분 정도 뒤쳐졌을 뿐이었는데, 중간에 길을 잘못 들어서는 바람에 오래된 백악 채석장 끝자락에 가서야 길을 잃었다는 사실을 깨달았다. 10미터에서 20미터쯤 되어 보이는 낭떠러지였고, 까마득히 멀리 보이는 바닥에는 커다란 자갈들이 깔려 있었다. 주위에는 길을 물어볼 만한 사람도 전혀 없었다. 캐서린은 길을 잃었다는 사실을 알자마자 안절부절못했다. 그녀는 그 시끌벅적한 행군 대열에서 잠시 벗어난 것만으로도 뭔가 큰 잘못을 저지른 것처럼 크게 야단법석을 떨었다. 그녀는 즉시 왔던 길을 다시 돌아가서 다른 방향으로 가야 한다고 주장했다. 그런데 그때 윈스턴이 서 있던 자리 바로 아래쪽에서 절벽 틈새를 비집고 난 부처꽃 다발이 눈에 띄었다. 그중에 한 다발은 분명히 같은 뿌리에서 나왔는데도 꽃이 자홍색과 붉은 벽돌색 두 가지로 나뉘어 있었다. 그는 전에 한 번도 그런 종류의 꽃을 본 적이 없었기에 캐서린을 급히 와 보라고 불렀다.

"캐서린, 이리 와 봐! 와서 이 꽃들을 좀 봐. 저기 밑에 있는 꽃다발 있잖아. 꽃들이 한 가지에서 나왔는데 두 가지 색깔인 것 보여?"

캐서린은 되돌아가려고 이미 방향을 튼 상태였다. 그녀는 조금 망설이는 듯하다가 다시 돌아왔다. 그러고는 그가 손으로 가리키고 있는 곳을 살펴보기 위해 절벽 쪽으로 몸을 숙였다. 윈스턴은 그녀의 바로 뒤에 서서 그녀가 중심을 잡을 수 있도록 손으로 허리를 잡아 주고 있었다. 그 순간 그의 머릿속에 든 생각은 지금 그곳에 둘밖에 없다는 사실이었다. 주위를 둘러보아도 사람은커녕 나뭇잎 하나 흔들리지 않았고 새소리도 전혀 들리지 않았다. 이런 곳에는 마이크가 숨어 있을 리도 만무했고, 설사 어딘가 설치되어 있다고 해도 소리밖에 잡아낼 수 없었다. 심하게 무덥고 졸음이 쏟아지는 오후 시간이었다. 태양이 머리 바로 위에서 뜨겁게 내리쬐었고 얼굴에서는 땀이 흘러내렸다. 그때 그의 뇌리에 그런 생각이 떠올랐었다.

"그때 힘껏 밀어 버리지 그랬어요? 나라면 그랬을 텐데."

줄리아가 말했다.

"네, 알아요, 당신이라면 그랬을 테죠. 그때의 내가 지금의 나와 같았다면 나라도 그랬을 거예요. 아니 그랬을지 몰라요. 확신할 수는 없지만……."

"그러지 않은 게 후회돼요?"

"네, 지금 와서는 그런 것 같네요."

둘은 먼지가 수북한 바닥에 나란히 앉아 있었다. 윈스턴은 줄리아를 조금 더 가까이 옆으로 끌어당겼다. 그녀가 윈스턴의 어깨에 머리를 기대자, 그녀의 머리에서 풍기는 향기로운 냄새가 비둘기 똥 냄새를 잠시나마 잊게 해 주었다. 그는 생각했다. 줄리아는 아직 매우 어린 나이이고 그만큼 인생에서 기대하는 것이 아직 많이 남아 있을 테니까, 거치적거리는 사람 하나 절벽 아래로 밀어 버린다고 해서 문제가 해결되는 건 아니라는 사실을 이해하지 못할 거라고…….

"실제로 내가 그랬다고 해도 바뀐 일은 아무것도 없었을 거예요."

윈스턴이 말했다.

"그렇다면 무엇이 후회된다는 거예요?"

"그건 단지 내가 부정적이고 소극적인 방법보단 진취적인 방법을 택했다면 하고 바라기 때문이에요. 지금 하고 있는 이 게임에서 우리는 이길 수 없거든요. 그렇다고 해도 개중에는 다른 패배보다 더 나은 패배가 있을 거라고 생각해요."

윈스턴은 그녀가 동의할 수 없다는 듯 어깨를 움찔하는 것을 느꼈다. 줄리아는 그가 이런 이야기를 할 때마다 늘 반박부터 하고 나섰다. 어떻게 해도 개인은 결국 패배하고 만다는 자연의 법칙을 그녀는 받아들이려 하지 않았다. 한편으로 그녀는 자신에게도 언젠간 사상경찰이 찾아와 결국 죽음에 이르게 될 거라는 사실을 숙명적으로 느끼고 있었지만, 마음 한구석에서는 여전히 자신이 어떤 식으로든 비밀의 세계를 구축하여 맘껏 원하는 대로 살 수 있을 거라는 믿음을 저버리지 못했다. 행운과 교묘한 기교, 그리고 대담함만 있다면 가능하다는 것이었다. 그녀는 이 세상에 행복이라는 것은 존재하지 않으며, 승리는 오직 먼 훗날 자신들이 죽고 없어진 뒤에나 찾아올 거라는 사실을, 그리고 당에 전쟁을 선포하는 순간 그들이 이미 죽은 시체나 다름없다는 사실을 이해하지 못했다.

"우리는 죽은 몸이에요."

윈스턴이 말했다.

"우리는 아직 죽지 않았어요."

줄리아가 건조한 말투로 응수했다.

"육체적으로는 아직 아니겠죠. 한 6개월, 1년…… 아니 어쩌면 5년이 될 수 있을지도 몰라요. 나도 죽음이 무서워요. 당신은 젊으니까, 나보다도 더 무섭게 느껴질 수 있겠죠. 물론 나도 살 수 있을 때까지는 최대한 오래 살 거예요. 그렇지만 달라지는 건 거의 없어요. 인간이 인간인 이상은 삶이나 죽음이나 둘 다 동일한 문제거든요."

"정말이지, 말도 안 되는 이야기 그만해요! 말해 봐요, 당신은 누구와 같이 자고 싶어요? 나예요, 아니면 해골이에요? 살아 있다는 게 즐겁지 않나요? 느낄 수 있다는 게 좋지 않느냐고요? 여기 바로 내가 있어요, 이건 내 손이고, 이건 내 다리예요. 나는 진짜고, 이렇게 굳건히 존재하고, 이렇게 살아 있다고요! 이게 싫은 건 아니겠죠?"

줄리아는 몸을 옆으로 돌려 그에게 가슴을 밀착시켰다. 윈스턴은 제복 사이로 그녀의 풍만하면서도 탄력 있는 가슴을 느낄 수 있었다. 그녀의 몸으로부터 젊음과 활기가 솟아 나와 그의 몸 안으로 밀려 들어오는 기분이 들었다.

"맞아요. 나도 이게 좋아요."

그가 말했다.

"그럼 죽음에 대한 이야기는 그만해요. 그리고 자, 잘 들어요. 이제는 우리가 다음번에 만날 계획을 짜야 하거든요. 이번에는 그 숲 속 장소를 한 번 더 이용해도 좋을 것 같아요. 저번에 갔던 후로 시간이 꽤 지났으니까요. 그렇지만 이번에는 다른 길로 찾아가야 할 거예요. 내가 다 준비해 놓았으니까 당신은 따라오기만 해요. 우선 기차를 타요, 그런데 이번에 주의해야 할 것은…… 자, 여기 그림을 그려 줄게요."

줄리아는 노련한 솜씨로 바닥에 쌓여 있던 먼지를 끌어 모아 작은 사각형 모양을 만들었다. 그리고 비둘기 둥지에서 작은 나뭇가지를 하나 꺼내어 그 위에 지도를 그리기 시작했다.

4장

202

윈스턴은 채링턴 씨 가게 위층의 작고 초라한 방을 둘러보았다. 창문 옆에 있는 커다란 침대는 낡은 담요로 덮여 있었고 그 위에는 커버를 씌우지 않은 베갯속이 놓여 있었다. 벽난로 위 선반에는 12시간으로 표시되어 있는 구식 시계가 째깍째깍 흘러가고 있었다. 방 한구석에는 접이식 테이블이 있었는데, 그 위에는 윈스턴이 지난번에 산 유리 문진이 어스름 속에서 부드러운 빛을 발하고 있었다.

난로망 안에는 채링턴 씨가 주고 간 낡은 양철 석유난로와 냄비 하나, 그리고 컵 두 개가 놓여 있었다. 윈스턴은 버너에 불을 붙이고 냄비에 물을 담아 올려놓았다. 요전에 사둔 빅토리 커피 한 봉지와 사카린정을 가지고 온 참이었다. 시곗바늘이 7시 20분을 가리키고 있었다. 즉 실제 시간으로 19시 20분이라는 이야기였다. 줄리아는 19시 30분에 오기로 되어 있었다.

바보 같은 짓이야, 이런 바보 같은 짓을 하다니, 그는 마음속으로 수도 없이 이 말을 하고 또 했다. 바보 같이, 이런 이유도 없는 자살 행위를 뻔히 알면서도 저지르고 있다니! 당원이 지을 수 있는 많고 많은 범죄 중에서 이만큼 확실하게 변명의 여지가 없는 일도 드물었다. 윈스턴이 애초에 방을 빌릴 각오를 하게 된 것은, 머릿속에 문득 접이식 테이블 위에서 빛나는 유리 문진의 이미지가 떠올랐기 때문이었다. 그리고 일전에 예상했던 대로 채링턴 씨는 개의치 않고 그에게 선뜻 방을 빌려 주었다. 그의 얼굴에는 이로써 얻을 수 있는 몇 달러 생각에 기쁜 기색이 역력했다. 그뿐 아니라 윈스턴이 정사(情事)를 목적으로 그 방을 빌리려는 것임을 확실히 했는데도 전혀 거리끼거나 놀란 기색을 보이지 않았다. 대신 그는 먼 곳을 바라보며 일반론적인 이야기만을 늘어놓았는데, 얼마나 조심스럽게 그 주제를 건드리던지 윈스턴은 그의 눈앞에 자신이 보이지 않는 건 아닌가 하는 인상을 받을 정도였다. 그는 개인에게 사생활은 매우 소중한 거라고 말했다. 누구나 이따금씩 혼자 있을 수 있는 공간을 원하는 게 당연하다고도 말했다. 그리고 누군가 다른 사람이 그런 일에 대해 알게 되면, 아무에게도 발설하지 않고 상대방에 대한 비밀을 지켜 주는 것이 지극히 기본적인 예의라고 했다. 그는 한 술 더 떠서 그 집에 입구가 두 군데가 있는데, 뒤뜰로 바로 나가서 골목으로 이어지는 문을 이용하면 된다고도 알려 주었다. 그는 그 말을 끝으로 조용히 사라지듯 방을 빠져나갔다.

창문 아래에서 누군가의 노랫소리가 들려왔다. 윈스턴은 모슬린 커튼 뒤에 몸을 숨기고 슬쩍 밖을 내다보았다. 유월의 태양은 여전히 하늘 높이 떠 있었고, 그 아래 따뜻한 햇살이 넘치는 뜰에서는 노르만 양식 기둥만큼이나 건장해 보이는 거대한 몸집을 가진 한 여인이 허리에 거친 삼베 앞치마를 두르고 굵고 붉은 두 팔로 빨래를 널고 있었다. 그녀는 쿵쿵거리는 발걸음으로 빨래 통과 빨랫줄 사이를 분주히 왔다 갔다 하면서, 하얗고 네모난 천 조각들을 빨래집게로 부지런히 줄에 고정시켰다. 윈스턴은 그것이 아기 기저귀임을 알 수 있었다. 그녀는 빨래집게를 입에 물고 있지 않은 중간 틈에는 연신 낮은 음조로 다음과 같은 가사의 노래를 흥얼거렸다.

그것은 그저 덧없는 환상이었네.

4월 꽃처럼 홀쩍 사라져 버렸어.
표정과 말과 꿈들을 그렇게 흔들어 놓고,
내 마음 또한 훔쳐가 버렸다네.

벌써 몇 주가 넘게 런던에서 크게 유행하고 있는 노래였다. 이 노래는 음악국의 하위 부서에서 프롤들을 위해 만들어 낸 수많은 노래 중 하나였다. 보통 이런 노래들의 가사는 사람이 전혀 개입하지 않고 작시기라는 기계로 만들어졌다. 그토록 귀에 거슬리던 끔찍한 노래라도 그 여자가 너무도 구성지게 잘 부른 나머지 꽤 듣기 좋았다. 그 여자의 노랫소리에 장단 맞춰 울리듯이 돌바닥을 밟고 지나가는 그녀의 발걸음 소리, 거리에서 아이들이 뛰어 노는 소리, 멀리 어딘가에서 희미한 자동차 경적 소리가 어우러져 들렸다. 그런 소리들에도 불구하고 방 안은 놀라우리만치 고요했고, 텔레스크린이 없는 것도 한몫했다.

바보, 바보, 이런 바보 같은 짓을 하다니! 그는 또 다시 되뇌었다. 그들이 이곳을 드나들다 보면 고작 몇 주도 안 되어 발각되고 말 것이 뻔했다. 그런데도 가까운 곳에 자신들만을 위한 실내 은신처를 가지고 싶다는 너무도 강렬한 유혹을 뿌리치지 못하고 이렇게 일을 저지르고 만 것이었다. 지난번 교회 종탑에서 만난 이후로 한참이 지났는데도, 둘은 서로 다시 만날 약속을 정할 수가 없었다. 증오 주간을 대비하여 근무 시간이 대폭 늘어났기 때문이었다. 사실 한 달도 넘는 시간이 남아 있긴 했지만 준비해야 할 것이 워낙 많고 복잡하다 보니 모두가 추가 근무를 해야 했다. 그러던 중에 드디어 같은 날 오후에 쉴 수 있게 되었고, 둘은 처음에 갔던 숲 속의 공터에서 다시 만나기로 합의했다. 그 전날 저녁 둘은 거리에서 잠시 만났다. 평소처럼 군중 속에 떠밀려 만났다 떨어졌다 하며 서로 제대로 얼굴도 보지 못하다가, 윈스턴이 잠깐이나마 그녀의 모습을 흘끔 바라보았다. 그녀의 얼굴은 평소보다 창백해 보였다.

"이번 계획 취소예요."

말을 해도 안전하다는 판단이 섰을 때 그녀가 작은 목소리로 말을 꺼냈다.

"그러니까, 내일 말이에요."

"뭐라고요?"

"내일 오후요. 저 갈 수 없게 되었어요."

"왜요?"

"아, 보통 있는 이유예요. 이번에 좀 일찍 시작했지 뭐예요."

순간 윈스턴은 화가 불같이 치밀었다. 그가 줄리아를 알고 지낸 한 달 남짓한 기간 동안 그가 그녀에게 느끼던 감정에는 많은 변화가 있었다. 처음에 그가 느꼈던 감정은 사실 육체적인 욕망과는 약간 거리가 멀었다. 그들의 첫 정사는 오로지 의지에 의한 행위에 가까웠다. 그런데 두 번째부터는 달랐다. 그녀의 머리에서 풍기는 향기, 그녀의 입술에서 느껴지는 맛, 그녀의 피부를 만질 때의 감촉……. 그 모든 것이 어느새 그의 몸속으로, 아니 그를 사방으로 감싸고 있는 공기 중으로 깊이 침투해 버린 것 같았다. 그녀는 그렇게, 그가 단순히 원하는 것으로서만이 아닌 당연히 소유할 권리를 지녔다고 느껴지는, 육체적으로 없어서는 안 될 존재가 되었다. 그래서 그녀가 그 다음 날 약속 장소에 갈 수 없다고 했을 때, 그는 그녀가 자기를 속이려 한다는 기분마저 들었다. 그러나 잠시 후 사람들에게 밀려 서로에게 부딪히는 바람에 둘의 손이 우연히 닿았다. 그녀는 기회를 놓치지 않고 그의 손끝을 힘껏 쥐었다 놓았다. 그때 윈스턴이 느낀 감정은 웬일인지 욕망보다는 깊은 애정이었다. 순간 그의 머릿속에 보통 남자가 여자와 함께 산다면 이런 종류의 실망감이 일상적으로 늘 일어나는 일일 것이라는 생각이 퍼뜩 들었다. 그러면서 그 이전에는 그녀에게 느끼지 못했던 깊은 애정이 가슴속에서 마구 솟구쳐 올랐다. 그는 자신들이 결혼한 지 10년 정도 되는 부부였으면 좋겠다고 생각했다. 그래서 지금처럼 이렇게 몰래 걷는 것이 아니라, 들킬 염려 없이 떳떳하게 나란히 길을 걸으며 살림에 필요한 이런저런 물건을 사러 다니거나 다른 시시껄렁한 이야기를 스스럼없이 나누면 얼마나 좋을까 싶었다. 무엇보다도 그는 그들이 만날 때마다 꼭 잠자리를 가져야 한다는 부담감을 가질 필요 없이 그저 함께 있을 수 있는 장소가 있었으면 하고 바랐다. 하지만 채링턴 씨네 방을 빌려 볼까 하는 생각이 떠오른 것은 그때가 아니라 그 다음 날이었다. 그리고 줄리아에게 그 생각을 넌지시 꺼냈을 때 그녀는 뜻밖에도 쉽게 찬성했다. 두 사람 모두 그게 미친 짓이라는 사실은 잘 알고 있었다. 일부러 무덤에 들어가는 행위나 마찬가지라 해도 과언이 아니었다. 윈스턴은 침대 가장자리에 걸터앉아 줄리아를 기다리며 애정부의 감방에 대해 생각했다. 언젠가는 찾아올 그 공포가 벌써부터 자신의 의식 안팎으로 들락날락할 수 있다는 사실이 신기하게 느껴졌다. 99라는 숫자 다음에 100이라는 숫자가 오듯이 그들의 미래에는 필연적으로 죽음이 기다리고 있었다. 죽음을 피할 수 있는 사람은 없다지만 최소한 뒤로 미룰 수는 있을 터인데, 가끔씩은 이렇게 알면서도 본인의 의지로 죽음의 시간을 앞당기는 사람도 있기 마련인가 보다.

그때 빠르게 계단을 올라오는 발소리가 들렸다. 줄리아가 방 안으로 뛰어 들어왔다. 그녀의 손에는 거친 캔버스 천으로 만든 연장 가방이 들려 있었다. 윈스턴은 그녀가 진리부에 오가면서 그 가방을 들고 다니는 것을 가끔 본 적이 있었다. 그는 그녀를 품에 안으려 가까이 다가갔다. 그런데 그녀는 연장 가방에 신경을 쓰며 서둘러 그의 팔을 피해 나왔다.

"잠시만요."

줄리아가 곧이어 말했다.

"먼저 내가 가지고 온 것을 보여 줄게요. 저 맛없는 빅토리 커피, 당신이 가지고 온 거 맞죠? 내가 그럴 줄 알았어요. 저런 건 필요 없으니까 갖다 버려도 돼요. 자, 여길 봐요."

그녀는 바닥에 무릎을 딛고 앉아 가방을 열었다. 우선 윗부분에 가득 채워져 있던 스패너니 드라이버니 하는 연장들이 밖으로 우르르 빠져나왔다. 그러자 그 밑에 깔끔하게 싸인 종이 꾸러미가 몇 개 보였다. 줄리아가 맨 처음 꺼내어 윈스턴에게 건네준 봉투의 감촉은 생소하면서도 왠지 친근한 느낌이 들었는데, 안에는 손으로 누르는 곳마다 묵직한 모래처럼 푹푹 들어가는 뭔가로 가득 채워져 있었다.

"설마 설탕이에요?"

윈스턴이 물었다.

"네, 진짜 설탕이에요. 사카린이 아니라 진짜 설탕이요. 그리고 여기, 우리가 평소에 먹는 맛없는 빵이 아닌 진짜 제대로 된 흰 빵이 있어요. 작지만 잼도 한 병 있고요. 우유도 한 통 있답니다. 그런데 그보다, 이것 봐요! 이게 바로 내가 제일 자랑스럽게 생각하는 거거든요. 이건 천으로 한 번 더 싸야 했어요. 왜냐하면……."

그녀는 그에게 굳이 그 이유를 설명할 필요가 없었다. 벌써부터 그 냄새가 방 안을 가득 채웠기 때문이었다. 그의 어린 시절을 다시 불러내는 듯한 강렬하고 따뜻한 냄새였다. 그 냄새는 요즘도 가끔씩 골목을 지나다 보면 문이 황급히 닫히기 전에 어디선가 집 안에서 새어 나오는 냄새이기도 했고, 사람들로 북적대는 거리에서도 어디서 흘러나왔는지 잠시 콧속을 간질였다 금세 사라져 버리는 냄새이기도 했다.

"커피네요. 진짜 커피요."

윈스턴이 나지막이 말했다.

"내부당원들이 마시는 커피예요. 1킬로그램짜리예요."

줄리아가 말했다.

"이런 걸 다 어떻게 구한 거예요?"

"모두가 내부당원들용으로 나온 거예요. 그 돼지 같은 놈들은 구하지 못하는 게 하나도 없다니까요. 정말 다 있어요. 그런 만큼 물론, 웨이터나 집에서 일하는 사람들이 슬쩍하는 것도 있기 마련이죠. 자, 여기 홍차도 있답니다."

윈스턴은 줄리아 옆에 쭈그리고 앉아서 그녀가 건네준 봉지의 한 귀퉁이를 찢었다.

"이건 진짜 홍차군요. 블랙베리 잎을 말린 게 아니라."

"요즘에 홍차는 꽤 많이 돌아다녀요. 인도를 점령했다나 뭐라나."

줄리아가 말을 흐렸다.

"그건 그렇고 당신, 3분 동안만 뒤로 돌아 있어 줄래요? 침대 반대쪽에 가서 앉아 있어요. 창문 쪽으로 너무 가까이 가지는 말고요. 그리고 내가 말할 때까지는 절대 뒤돌아보면 안돼요."

윈스턴은 침대로 가서 멍하니 앉아 모슬린 커튼 너머 바깥을 바라보았다. 아래 마당에서는 여전히 붉은 팔의 여자가 빨래 통과 빨랫줄을 오가며 열심히 빨래를 널고 있었다. 그러다 입에 있던 빨래집게 두 개를 꺼내 들고는 감정을 실어 노래를 부르기 시작했다.

시간이 모든 걸 치유해 준다고 하지.
언제나 잊을 수 있다고도 하지.
그렇지만 웃음과 눈물은 해마다 되돌아와
아직도 내 가슴에 저며 오는걸!

여자는 그 시답잖은 노래 가사를 통째로 외우고 있는 듯싶었다. 아련하면서도 애틋한 그녀의 노랫소리가 싱그러운 여름 공기를 타고 두둥실 떠올랐다. 만일 지금 같은 6월 저녁 시간이 영원히 이어지고 널어야 할 빨랫감이 끝없이 생겨난다면, 그 여자는 지금처럼 만족스러운 모습으로 언제까지고 그런 노래를 불러가며 기저귀를 널고 있을 거라는 생각이 들었다. 윈스턴은 당원이 혼자 마음에서 우러나와 노래하는 것을 지금껏 한 번도 들은 적이 없다는 것을 깨닫고 참 이상하다 생각했다. 노래하는 것은 혼잣말을 하는 것만큼이나 정상적이지 않은 위험한 행동으로 보일 것이다. 어쩌면 사람은 굶어 죽을 지경에 이르렀을 때에야 비로소 노래하고 싶은 마음이 생기는 건지도 몰랐다.

"이제 뒤돌아봐도 돼요."

줄리아가 말했다.

윈스턴이 뒤로 돌았다. 그리고 잠깐이지만 그녀를 못 알아볼 뻔했다. 그는 사실 그녀가 알몸으로 서 있을 거라고 생각했다. 그러나 그녀는 옷을 벗은 게 아니었다. 그녀의 모습에서 보이는 변화는 그보다 훨씬 더 놀라웠다. 얼굴에 화장을 한 것이다.

프롤들이 사는 구역에 있는 가게에 몰래 들어가 화장용 종합 키트를 사온 모양이었다. 그녀의 입술은 짙은 붉은색이었고, 볼은 발그레한 홍조를 띠었으며, 코에는 파우더가 발라져 있었고, 눈 밑에도 살짝 무엇인가를 발랐는지 한층 더 밝게 빛났다. 사실 매우 잘된 화장이라고 할 수는 없었지만 어차피 이 방면에 대한 윈스턴의 기준도 그다지 높지 않았다. 여태껏 그는 당원인 여자가 얼굴에 화장을 한 모습을 결코 본 적도 상상해 본 적도 없었다. 줄리아의 외모에 나타난 변화는 정말이지 놀라울 만큼 고무적이었다. 그저 몇 군데에 색을 조금 입혔을 뿐이었는데 그녀는 훨씬 더 예뻐졌을 뿐 아니라, 무엇보다도 아주 여성스러운 모습으로 변신해 있었다. 거기다 그녀의 짧은 머리와 남성적인 제복은 그 효과를 한층 더 부각시켰다. 그녀를 품에 안는 순간 인공적인 제비꽃 향이 그의 콧속으로 몰려들어왔다. 불현듯 예전에 그 어두컴컴한 지하 부엌에서 일어났던 일과 그 당시 여자의 텅 빈 굴속 같던 시커먼 입안이 기억났다. 바로 그 여자가 뿌렸던 것과 똑같은 향수였다. 그러나 지금은 그것도 아무런 문제가 되지 않았다.

"향수도 뿌렸네요!"

그가 말했다.

"네, 맞아요. 향수도 뿌렸어요. 그리고 다음번에는 내가 뭘 할지 알아요? 어디선가 진짜 여성용 원피스를 구해 볼 생각이에요. 그래서 이 멋대가리 없는 바지 대신에 입을 거예요. 거기다 실크 스타킹에 하이힐도 신을 거고요! 적어도 이 방에서만은 당원 동지가 아닌 여자가 되고 싶어요."

둘은 옷을 벗어 버리고 서둘러 커다란 마호가니 침대로 올라갔다. 윈스턴이 그녀가 보는 앞에서 옷을 완전히 벗은 것은 이번이 처음이었다. 그는 지금까지는 자신의 창백하고 메마른 몸이 너무도 부끄러운 데다 정맥류성 궤양으로 종아리 혈관이 툭 튀어나온 것이나 발목에 난 얼룩얼룩한 반점을 보여 주기가 싫어서 좀처럼 옷을 벗지 못했었다. 침대에 시트는 없었지만 그들이 깔고 누운 올이 풀린 담요는 꽤 부드러웠다. 그들은 침대가 그렇게 크고 푹신푹신한 것에 놀랐다.

"분명히 이 안에는 벌레가 우글우글할 거예요. 그렇지만 뭐 어때요?"

줄리아가 말했다.

요즘에는 프롤의 집이 아니면 2인용 침대를 볼 수가 없었다. 그나마 윈스턴은 어렸을 적 가끔 이런 침대에서 잤던 기억이 조금이나마 남아 있었지만 줄리아에게는 그런 기억조차 없었다.

그들은 한동안 잠에 빠져들어 있었다. 윈스턴이 눈을 떴을 때 시곗바늘은 거의 9시를 가리키고 있었다. 줄리아가 그의 팔을 베고 곤히 잠들어 있었기 때문에 그는 움직이지 않았다. 그녀의 얼굴에 있던 화장은 그의 얼굴과 베갯속에 묻어 지워져 있었다. 그러나 아직도 뺨에 조금 남아 있는 발그레한 색조는 광대뼈를 부각시키며 아름답게 보였다. 저물어가는 태양의 부드러운 노란 햇살이 침대 발치를 넘어 들어와 벽난로를 따뜻하게 비추었다. 난로에서는 냄비에 물이 끓고 있었다. 아래 뜰에서 들리던 여자의 노랫소리는 어느새 멈추었지만, 거리에서 뛰어 노는 아이들의 함성 소리는 여전히 희미하게 들려왔다. 그는 이렇게 침대에 누워 있는 것이 지나간 과거에는 얼마나 일상적인 일이었을까 하고 생각했다. 여름날 저녁의 서늘함 속에 남자와 여자가 옷을 벗은 채로 사랑을 나누고 싶을 때 마음껏 나누고, 아무거나 생각 나는 대로 말하며, 곧 일어나야 한다는 강박관념을 느낄 필요도 없이 그저 편히 누워 밖에서 들려오는 평화로운 소리에 귀 기울이고 있는 풍경이 과연 일상적인 일이었을까? 그런 때가 있었을 거라고 확신할 수는 없었다.

줄리아가 눈을 비비며 잠에서 깨어나 팔꿈치를 딛고 반쯤 일어난 채로 석유난로를 바라보았다.

"물이 반이나 줄었네요. 바로 일어나서 커피를 좀 끓일게요. 한 시간쯤 잤네요. 당신 집에선 불이 몇 시에 나가요?"

"23시 30분이요."

"우리 숙소에서는 23시예요. 그런데 그보다 더 일찍 들어가야 하죠, 왜냐면…… 어이! 나가! 이 더러운 것아!"

줄리아가 갑자기 침대 위에서 몸을 확 틀더니 바닥에 놓여 있던 신발 한 짝을 번쩍 들어 방 한쪽 구석을 향해 힘껏 던졌다. 그 모습은 정확히 그녀가 예전 '2분간 증오' 시간에 사전을 집어 던져 골드스타인의 얼굴을 가격하던 동작을 연상시켰다.

"무슨 일이에요?"

윈스턴이 놀란 목소리로 물었다.

"쥐가 나왔었어요. 한 놈이 저 벽 아래쪽에 난 틈새를 비집고 징그러운 코를 삐죽 내밀더라고요. 저기 밑에 구멍이 있어요. 어쨌든 내가 이번에 크게 혼쭐을 내줬으니까 제법 겁을 먹었을 거예요."

"쥐라고요! 이 방에요!"

윈스턴이 중얼거렸다.

"사방팔방이 쥐인 걸요."

줄리아가 별것 아니라는 듯이 다시 침대에 누우며 말했다.

"우리 합숙소 부엌에도 있으니까요. 런던 안만 해도 어떤 구역은 쥐로 들끓는대요. 쥐들이 어린애들을 공격한다는 거 알아요? 그거 정말 사실이래요. 그래서 어떤 지역에는 여자들이 갓난아기를 단 2분도 혼자 놔두지 못한다고 하더라고요. 이만큼 커다란 데다 갈색인 놈들 있죠, 바로 그 쥐들이 문제예요. 제일 징그러운 건 그 더러운 놈들이 항상……."

"그만해요!"

윈스턴이 눈을 질끈 감고 소리쳤다.

"어머! 당신, 얼굴이 창백해졌어요. 왜 그래요? 쥐 이야기를 해서 속이 안 좋아진 건가요?"

"세상에서 제일 끔찍한 게…… 바로 쥐예요!"

줄리아가 자신의 체온으로 그를 진정시키려는 듯 그를 잡아당겨 두 팔로 꼭 끌어안아 주었다. 그는 눈을 바로 뜨지 못했다. 평생 살면서 잊을 만할 때마다 나타나 그를 괴롭혀온 악몽 속에 다시 들어갔다 나온 기분이었다. 그 꿈은 항상 똑같았다. 그가 캄캄한 어둠 속에서 벽을 마주 보고 서 있는데, 그 맞은편에 자신이 도저히 대면할 수 없는 끔찍하고 무서운 무엇인가가 있는 꿈이었다. 꿈속에서 그가 가장 강렬하게 느끼는 감정은, 뒤에 있는 것이 무엇인지 자신은 절대 모른다고 스스로 부정하는 감정이었다. 그러나 사실 그는 어둠 속 벽 너머에 무엇이 있는지 분명히 알고 있었다. 자기 뇌에서 한 부분을 도려내야 한다 해도 그것을 무릅쓸 기세로 애를 썼다면, 그는 꿈에서 그것의 정체를 밖으로 끌어낼 수 있었을 터였다. 그러나 그는 늘 그것의 정체를 밝히지 못하고 꿈에서 깨곤 했다. 그리고 그것은 틀림없이 줄리아의 말을 끊던 순간, 그녀의 입에서 나오려던 말과 연관이 있었다.

"미안해요. 이제 괜찮아요. 그냥 내가 쥐를 싫어해서 그래요."

그가 말했다.

"걱정 마세요. 제가 그 더러운 놈들이 다시는 얼씬도 못하도록 해 놓을게요. 가기 전에 우선 천으로 구멍을 막아 놓아야겠어요. 그리고 다음번에 올 때는 석회를 좀 가져와서 구멍을 확실히 메워 놓을게요."

어느새 공포의 순간도 어느 정도 가셨다. 그는 살짝 창피한 기분을 느끼며 침대 머리맡에 기대어 앉았다. 줄리아는 침대에서 내려가 제복을 입고 커피를 끓였다. 냄비에서 올라오는 커피 향이 얼마나 강렬하고 자극적이었는지, 그들은 밖에서 혹시라도 누가 냄새를 맡고 의문을 품는 게 아닐까 두려워 바로 창문을 굳게 닫았다. 커피의 맛보다 훨씬 더 좋았던 것은 설탕 때문에 혀에 느껴지는 그 비단결 같은 촉감이었다. 그 감촉은 수년에 걸쳐 사카린에 익숙해진 탓에 윈스턴이 잊고 있던 기억을 다시 불러내 주었다. 줄리아는 한 손은 주머니에 넣고 다른 한 손에는 잼을 바른 빵을 들고서 방 안 이곳저곳을 둘러보았다. 별 관심 없다는 눈빛으로 책장도 흘끔 살펴보고, 접이식 테이블을 만지며 어떻게 수리하는 게 가장 좋을지 말하기도 하고, 정말 편안한지 궁금하다며 낡은 안락의자에 털썩 앉아 보기도 하고, 뭐가 그렇게 재미있는지 즐겁게 옛날 12시간짜리 시계를 자세히 뜯어보기도 했다. 그러더니 유리 문진을 집어 들고는 침대로 가지고 와서 더 밝은 바깥 불빛에 비추어 보았다. 그녀에게서 그 문진을 받아 든 윈스턴은 늘 그렇듯이 부드러운 빗물 같은 유리의 감촉에 다시 한 번 매료되었다.

"이게 뭐라고 생각해요?"

줄리아가 물었다.

"내 생각엔 아무것도 아닌 것 같아요. 그러니까 꼭 무슨 용도가 있어서 썼던 물건은 아니라는 뜻이에요. 그리고 내가 좋아하는 점이 바로 그 점이에요. 이것을 보고 있으면 그들이 미처 바꾸어 놓지 못한 역사의 작은 한 자락인 것처럼 느껴지거든요. 그러니까 누군가 그 의미를 읽을 수만 있다면, 이것은 100년 전으로부터 날아온 메시지인 셈이죠."

"그러면 저기에 있는 저 그림은 어때요? 저것도 한 100년 정도 되었을까요?"

줄리아가 맞은편 벽에 있는 판화를 향해 고갯짓을 하며 물었다.

"더 되었을걸요. 아마 200년은 되지 않았을까요? 정확한 년도는 아무도 알 수 없을 테지만 요즘에는 어떤 것도 만들어진 연대를 알아내는 게 거의 불가능하잖아요."

그녀가 그림을 살펴볼 요량으로 벽 쪽으로 다가가더니, 그림 바로 밑에 있는 벽판을 발로 툭툭 치면서 말했다.

"여기가 바로 아까 그 쥐새끼가 코를 뾰쪽 내민 데예요. 그런데 여기가 어디예요? 전에 본 적이 있는 것 같은데."

"교회예요. 지금은 아니지만 옛날엔 교회였죠. 교회 이름은 성 클레멘트 데인이었대요."

그 이름을 입에 올리는 순간, 채링턴 씨가 전에 가르쳐 준 노래 가사의 구절이 문득 다시 떠올랐다. 그는 다소 향수에 젖은 목소리로 그 글귀를 읊조렸다.

"오렌지와 레몬이여, 성 클레멘트의 종이 말하네!"

그러자 놀랍게도 그녀가 그 뒤의 가사를 이어서 말했다.

너는 나한테 3파딩을 빌렸어, 성 마틴의 종이 말하네.
그 돈 언제 갚아 줄 거야? 올드 베일리의 종이 말하네.

"이 바로 뒤가 어떻게 이어지는지는 기억이 안 나요. 그렇지만 노래가 마지막에 어떻게 끝나는지는 알고 있어요. '너의 침대를 밝혀 줄 촛불이 다가오네. 너의 머리를 잘라 갈 도끼가 오네.'"

마치 반쪽짜리 두 개로 이루어진 암호 중 한쪽을 그녀가 알아맞힌 느낌이었다. 그렇지만 아직도 '올드 베일리의 종이 말하네' 뒤에 올 가사가 무엇인지는 알아내지 못했다. 어쩌면 이 부분은 채링턴 씨의 기억을 잘 구슬리면 생각해 낼 수 있을지도 몰랐다.

"그걸 누구한테 배웠어요?"

윈스턴이 물었다.

"우리 할아버지요. 내가 꼬맹이였을 때 할아버지가 나한테 불러 주곤 했어요. 할아버지는 내가 여덟 살 때 증발되셨던…… 모르지만 뭐, 어쨌든 사라지셨어요."

그녀는 갑자기 화제를 바꾸어 말했다.

"레몬이 뭘까 궁금해요. 오렌지는 본 적이 있거든요. 껍질이 두껍고 둥그런 모양에 노란색을 띤 과일이었는데."

"나는 레몬이 뭔지는 기억해요. 50년대만 해도 꽤 흔했죠. 그것은 맛이 어찌나 신지 냄새만 맡아도 입에 침이 가득 고이는 그런 과일이었어요."

"보나마나 이 그림 뒤에도 벌레가 바글바글하겠죠."

줄리아가 말했다.

"언젠가 저걸 떼서 깨끗하게 청소를 해야겠어요. 그나저나 이제 곧 가야 할 시간이네요. 우선 이 화장부터 지워야겠죠. 아이, 귀찮아라! 얼른 하고 나서 당신 얼굴에 묻은 립스틱도 지워 줄게요."

윈스턴은 침대에서 일어서지 않고 몇 분 더 누워 있었다. 방안에 점점 더 어스름한 빛이 감돌았다. 그는 햇볕이 들어오는 쪽으로 돌아누워 유리 문진을 들여다보았다. 보고 또 보아도 흥미로운 것은 안에 들어 있는 산호 조각이 아니라 유리 속 그 자체였다. 그 속은 끝없이 들어갈 수 있을 것처럼 깊숙하면서도 맑은 공기처럼 한없이 투명했다. 비유하자면 유리의 표면은 둥근 하늘의 테두리로, 그 안의 작은 세상을 완벽한 대기 안에 가두고 있는 것 같았다. 그는 그 안으로 빨려 들어갈 것 같은 느낌이 들었다. 아니, 그는 이미 그 안에 들어가 있었다. 그 자신뿐 아니라 마호가니 침대와 접이식 테이블, 그리고 시계와 금속 판화, 또 유리 문진 그 자체도 함께 그 안에 들어가 있었다. 유리 문진은 그가 들어가 있는 방이었고, 산호는 그 유리 중심부에 영원히 고정돼 박혀 있는 그와 줄리아의 삶이었다.

5장

사임이 사라졌다. 어느 날 아침 사임이 출근을 하지 않았고, 몇몇 사람이 생각 없이 그가 결근한 사실에 대해 떠들어 댔다. 그 다음 날은 아무도 그에 대한 이야기를 하지 않았다. 그리고 그 다음 날, 윈스턴은 기록국의 현관으로 가서 벽에 붙은 게시판을 확인해 보았다. 여러 게시물 중에 사임이 전에 활동하던 체스 위원회의 명단이 있었다. 언뜻 보기에는 예전과 달라진 점이 하나도 없었다. 가운데 선이 그어져 있는 이름이 있다거나 하지 않았기 때문이다. 그런데 아니나 다를까, 명단에는 전에 있던 이름 하나가 빠져 있었다. 그걸로 충분했다. 사임은 더 이상 존재하지 않는 것이다. 그리고 과거에도 존재한 적이 없는 것이다.

찌는 듯이 무더운 날씨였다. 창문도 없고 복잡한 미로 속 같은 청사 내부에는 에어컨이 설치되어 평소와 다름없는 실내 온도를 유지했지만 바깥은 완전히 다른 세계였다. 길거리 보도는 지나가는 행인의 발을 달굴 만큼 뜨거웠고, 러시아워 시간의 지하철은 그야말로 끔찍했다. 마침 이런 때 증오 주간을 위한 준비가 한창이어서 부서마다 모든 직원들이 추가 근무를 해야 했다. 행진, 회합, 군대 사열, 강의, 밀랍 인형 전시, 영화 상영, 텔레스크린 프로그램을 포함한 모든 행사가 빠짐없이 철저하게 준비되어야 하는 만큼 식장을 세우고, 초상화를 내걸고, 슬로건을 짓고, 노래를 만들고, 유언비어를 퍼뜨리고, 사진을 위조하는 이 모든 일이 차질 없이 진행되어야 했다. 줄리아가 일하는 창작국 내 부서에서는 소설 제작을 중단하고, 전쟁에서 벌어지는 잔혹 행위에 대한 팸플릿을 생산해 내는 데 여념이 없었다. 윈스턴도 정규 업무 외에 매일매일 많은 추가 시간을 들여 〈타임스〉지의 옛날 파일 철을 뒤져 연설에서 인용될 기사를 고치거나 미화하는 작업을 했다. 밤늦은 시간에 프롤들이 거리를 배회하며 시끄럽게 소란을 피우고 다닐 때면 도시 전체에 이상하게 과열된 분위기가 감돌았다. 로켓 폭탄은 그 어느 때보다도 빈번하게 떨어졌으며 멀리 어딘가에서 굉장한 폭발음이 날 때도 가끔 있었다. 그러나 아무도 그게 무엇인지 제대로 아는 사람은 없었고 다만 이런저런 소문만 무성하게 나돌았다.

(〈증오가〉라는 이름의)증오 주간 주제가가 새로 지어져서 벌써부터 텔레스크린을 통해 밤낮없이 흘러나왔다. 그 노래는 딱

히 음악이라고 부르기도 뭐한 것이 북소리 비슷한, 야만적으로 짖어 대는 리듬이었다. 행군하는 발소리에 맞추어 수백 명이 한 목소리로 질러 대는 그 노래를 듣고 있자면 왠지 섬뜩한 느낌이 들 정도였다. 다행인지 불행인지 그 노래는 프롤들 사이에 큰 인기를 끌었고, 밤늦은 거리마다 또 다른 유행가인 〈그것은 덧없는 꿈이었네〉라는 노래와 함께 앞다투어 흘러나왔다. 파슨스네 아이들 역시 밤낮으로 쉬지도 않고, 빗과 화장지를 두드리며 그 노래를 지겹도록 불러 댔다. 윈스턴은 퇴근 후에도 그 어느 때보다 바빴다. 파슨스에 의해 조직된 자원봉사 팀은 깃발을 만들고, 포스터를 그리고, 지붕에 국기 게양대를 설치하고, 위험을 무릅쓰고 거리를 가로질러 현수막 줄을 설치하는 등 증오 주간을 위한 길거리 정비에 여념이 없었다. 파슨스는 빅토리 맨션이 건물 중에서는 유일하게 경축 깃발을 400미터나 길게 매달게 될 거라며 자랑하고 다녔다. 그는 천성이 종달새처럼 낙천적이었다. 이런 무더위 속에서 육체노동을 해야 한다는 적절한 핑계가 생긴 그는 저녁이 되어도 여전히 반바지 차림이었고 셔츠도 단추를 따 놓고 입었다. 그는 정신없이 동에 번쩍 서에 번쩍 하면서 밀고 당기고 톱질하고 망치질하고 임시변통으로 일을 처리하고, 동지애에서 우러나오는 마음으로 여러 사람을 격려하고, 이런 일들을 하며 어디를 가나 시큼한 땀 냄새를 한없이 풍기고 다녔다.

그런가 하면 별안간 새로운 포스터가 나타나 런던 시내 전역에 깔렸다. 그 포스터는 아무런 글귀도 없이 오로지 키가 3, 4미터나 되는 유라시아 군인이 몽골족 특유의 무표정한 얼굴을 하고 허리춤에 기관총을 찬 채 커다란 군화를 신고서 앞으로 힘차게 걷고 있는 모습을 담고 있었다. 원근법으로 확대시켜 그린 포스터의 총구는 어느 각도에서 보든 간에 그걸 보는 사람을 겨냥하고 있는 것처럼 보이게 만들어져 있었다. 게다가 수적으로도 빅 브라더의 초상을 압도할 만큼 많은 수의 포스터가 벽마다 빈자리가 있는 곳이면 가리지 않고 다 붙어 있었다. 평소 전쟁에 시큰둥하던 프롤들도 이번만은 광적인 애국심에 휘말려 열렬히 동참하고 있었다. 그리고 이런 전반적인 분위기에 부응이라도 하듯 어느 때보다 많은 로켓 폭탄이 떨어져 수많은 사상자를 냈다. 한 번은 사람들로 가득 찬 스테프니의 한 극장에 폭탄이 떨어져 큰 피해와 수백 명의 희생자를 낳았다. 그 바람에 그 일대에 사는 모든 사람들이 몇 시간 동안이나 계속된 기나긴 장례식을 치러야 했고, 결국 그것이 그대로 규탄 대회로 이어지기도 했다. 한 번은 폭탄이 아이들이 놀이터로 쓰던 버려진 공터에 떨어져 수십 명의 아이들이 처참하게 죽는 일이 발생하기도 했다. 그로 인해 분노에 찬 격렬한 시위는 더욱더 가열되었고, 골드스타인의 초상화가 불에 태워졌으며, 유라시아 군인의 모습을 담은 포스터 수백 장이 산산이 찢겨 소각되는가 하면, 수많은 가게가 아수라장 속에서 약탈당했다. 그런 와중에 한 번은 스파이들이 로켓 폭탄을 무선 전파를 통해 조종한다는 소문이 나돌아서, 외국인 출신으로 의심받던 한 노부부의 집이 방화로 인해 불에 타고 노부부도 질식해 죽는 사건도 일어났다.

줄리아와 윈스턴은 채링턴 씨네 가게 위층 방에 오면 창문을 활짝 열어 놓고 벌거벗은 채로 낡은 침대에 누워 여름날의 열기를 식히곤 했다. 두 번 다시 쥐는 나타나지 않았지만, 무더운 날씨 탓에 벌레들이 늘어나 극성을 부렸다. 그러나 이것은 아무 문제도 되지 않았다. 더럽든 아니든 상관없이 그 방은 그 자체로 천국이었다. 그들은 방에 들어오는 대로 즉시 암시장에서 사 온 후추를 곳곳에 뿌리고 옷을 급히 벗은 다음, 땀에 흠뻑 젖은 몸으로 사랑을 나누고 곤히 잠이 들었다. 그리고 일어나 보면 벌레들이 반격하듯 결집해 덤벼들었다.

6월 한 달 동안 그들은 네 번, 다섯 번, 여섯 번, 아니 총 일곱 번을 만났다. 윈스턴은 시도 때도 없이 진을 마셔 대던 습관을 완전히 끊었다. 그는 술을 마실 필요를 아예 느끼지 못하는 것 같았다. 그는 살이 찌기 시작했고, 정맥류성 궤양도 발목에 갈색 반점만 조금 남긴 채 깨끗이 가라앉았으며, 아침에 일어날 때마다 기침이 나던 증상도 완전히 멈추었다. 일상생활은 이제 더 이상 견디지 못할 일로 느껴지지 않았다. 텔레스크린을 보고도 얼굴을 찌푸리거나 목청 터져라 욕을 퍼붓고 싶던 충동이 생기지 않았다. 거의 집이나 다름없는 안전한 은신처가 생긴 후부터는, 자주 만날 수 없다거나 한 번에 두세 시간밖에 같이 있을 수 없다는 사실조차도 별로 불만스럽게 느껴지지 않았다. 고물가게 위의 방이 계속 존재하기만 한다면 다른 것은 아무것도 중요하지 않았다. 그 방이 누구에게도 침범당하지 않고 여전히 존재한다는 사실만으로도 그들은 이미 그곳에 있는 것이나 마찬가지였다. 그 방은 자체로 하나의 세계이자, 멸종된 동물들이 다시 살아나 활보할 수 있는 과거의 주머니 같은 곳이었다. 채링턴 씨도 하나의 멸종된 동물 같다고, 윈스턴은 생각했다. 그는 위층으로 올라가기 전에 보통 아래층에서 몇 분 정도 채링턴 씨와 잡담을 나누곤 했다. 채링턴 씨는 웬만해선 바깥 외출을 하지 않는 듯했고, 그렇다고 해서 가게를 찾는 손님이 있는 것 같지도 않았다. 그는 작고 어두컴컴한 가게와 그보다도 더 비좁은 뒤편 부엌 사이만을 오가면서 생활했다. 그가 식사를 준비하는 부엌에는 다른 옛날 물건과 함께 엄청나게 큰 나팔이 달려 있는, 도무지 언제 적 물건인지도 알 수 없는 구식 축음기가 놓여 있었다. 그는 대화 상대가 생겨 기쁜 눈치였다. 기다란 코에 두꺼운 안경을 쓰고 구부정한 어깨에 벨벳 재킷을 걸치고서 쓸모없는 잡동사니들 사이를 부지런히 왔다 갔다 하는 그를 보면 웬일인지 장사꾼이라기보다는 수집가 같은 분위기가 풍겼다. 도자기로 만든 병마개, 부서진 담뱃갑 뚜껑, 오래전에 죽은 아기의 머리카락 몇 가닥이 담긴 합금 로켓 펜던트 등, 약간은 시든 열의를 보이며 그는 온갖 쓰레기 같은 물건들을 뒤져 윈스턴에게 보여 주곤 했다. 사라고 권하지는 않았고 단지 자랑만 했다. 그의 이야기를 듣고 있노라면 마치 낡은 뮤직 박스에서 흘러나오는 오르골 소리를 듣는 기분이었다. 이따금씩 그는 기억 한 귀퉁이에서 잊혀져 있던 노래 가사를 몇 구절씩 더 끄집어내기도 했다. 그중에는 스물네 마리의 개똥지빠귀에 대한 노래도 있었고, 구불구불한 뿔을 가진 암소에 대한 노래도 있었으며, 가엾은 울새 수컷의 죽음에 관한 노래도 있었다.

"그냥, 선생이 들으면 좋아할 것 같아서요."

채링턴 씨는 새로운 가사를 윈스턴에게 들려줄 때마다 수줍게 웃으며 이렇게 말했다. 그러나 그는 어떤 노래든 중간 몇 구절씩만 기억했지 통째로 기억해 내지는 못했다.

원스턴이나 줄리아 모두 이런 상황이 오래가지 못할 것임을 잘 알고 있었다(어찌 보면 그런 생각은 잠시도 그들의 머릿속을 떠난 적이 없었다.). 때로는 죽음이 임박했다는 사실이 그들이 누워 있는 침대만큼이나 손에 잡힐 듯 명료하게 느껴지기도 했다. 그럴 때면 둘은 저주받은 영혼이 죽음 직전에 최후의 쾌락을 움켜쥐려고 손을 뻗듯 더욱더 절실하게 육체적 욕망에 매달렸다. 그런가 하면 한편으론 자신들이 안전할 뿐 아니라 그 상태가 영원할 수도 있을 거라는 환영에 젖어들 때도 있었다. 그들이 이 방 안에 있기만 하면 어느 누구도 그들에게 해를 끼칠 수 없을 것 같이 느껴졌다. 방까지 가는 여정은 힘들고 위험했지만, 일단 들어오기만 하면 방은 일종의 성역이었다. 언젠가 원스턴이 유리 문진 안을 들여다보며 자신이 그 유리 속 세상으로 들어갈 수 있고, 일단 들어가면 그대로 시간이 멈출 것 같다고 느끼던 때와 같은 기분이었다. 그들은 종종 탈출에 대한 환상을 품기도 했다. 운만 계속 따라준다면, 그들은 생이 다해 죽을 때까지 남은 인생을 지금 이 순간처럼 비밀로 간직한 채 살아갈 수도 있으리라. 어쩌면 캐서린이 죽어서, 둘이 교묘한 술책을 이용해 성공적으로 결혼에 골인할 수도 있으리라. 아니면 함께 동반자살을 할 수도 있으리라. 그것도 아니면 둘이 함께 도망쳐서 아무도 알아볼 수 없게 변장을 하고 프롤들의 말투를 배워 공장에서 일자리를 얻어 뒷골목 어딘가에서 평생 숨어 살 수도 있으리라. 물론 이 중에 어떤 것도 실현 가능성이 있는 것은 없었다. 현실적으로 그들에게는 탈출할 방법이란 없었다. 그나마 현실적으로 가능하다고 할 수 있는 자살이라는 방법도 그들에겐 실행에 옮길 의지가 없었다. 비록 미래가 없는 현재이지만, 그저 하루하루 또 한 주 한 주를 살아가는 것은, 주위에 공기가 남아 있는 한 폐가 어김없이 다음 숨을 들이마시는 것과 마찬가지로 어찌할 수 없는 본능이었다.

그들은 때로 당에 대항하는 반역 운동에 적극적으로 가담해 볼까 하는 이야기도 나누었지만, 어떻게 그 일을 시작할지에 대해선 전혀 아는 바가 없었다. 그 대단하다는 형제단이 실제로 존재한다 해도, 그 안으로 들어갈 방법을 찾기란 여간 어려운 문제가 아니었다. 윈스턴은 줄리아에게 오브라이언과 자신 사이에서 느꼈던, 아니 느꼈다고 믿었던 묘한 친밀함에 대해서 이야기해 주었다. 그리고 가끔씩은 오브라이언에게 찾아가 자신이 당의 적이라는 사실을 솔직히 밝히고 도움을 요청하고 싶은 충동이 생긴다고도 말해 주었다. 신기하게도 그녀는 윈스턴의 이야기가 그렇게 터무니없는 일이라고 여기지 않았다. 그녀는 사람들의 얼굴을 보고 그 사람이 어떤 사람일지 판단하는 일에 익숙했고, 따라서 그녀에게는 윈스턴이 오브라이언과 단 한 번이지만 눈을 마주치고 그 강렬함에 이끌려 믿을 수 있는 사람이라고 생각했다는 사실이 지극히 자연스러운 일로 여겨졌다. 뿐만 아니라 그녀는 거의 모든 사람이 마음속으로는 몰래 당을 증오하며, 신변의 안전만 보장된다면 언제든 당에서 정한 규칙을 깨려 한다고 믿었다. 그런 반면에 그녀는 광범위하고 조직화된 반대 세력이 존재하거나 존재할 수 있다는 사실은 여전히 수긍하려 들지 않았다. 골드스타인이나 그의 지하 군대에 관한 이야기들은 모두 당이 어떤 속셈이 있어 조작한 쓸데없는 이야기에 불과하며, 따라서 그냥 믿는 척하기만 해야 한다는 주장이었다. 그러면서도 그녀는 수없이 많은 당의 궐기대회나 자발적인 시위에 참여했고, 정작 그 사람들이 저질렀다고 하는 범죄에 대해서 그게 사실이라고 믿지 않으면서도, 생전 이름도 들어보지 못했던 사람들을 지칭하며 당장 처형하라고 목청껏 외쳐 댔다. 공개 재판이 열릴 때도 그녀는 아침부터 밤늦게까지 재판장을 둘러싸고 있는 청년 동맹 파견단에 자리를 잡고 앉아 중간중간 '반역자를 처단하라!'고 소리쳤다. 또한 '2분간 증오' 시간이 되면 누구보다도 골드스타인을 향해 욕설을 퍼붓는 데 열심이었지만, 정작 골드스타인이 누구이며 그가 구체적으로 어떤 사상을 주창했는지에 대해서는 전혀 알지 못했다. 그녀는 혁명 이후에 성장한 세대로서 50년대나 60년대에 일어난 이념 전쟁에 대해 기억하기에는 너무 어렸다. 개인적인 정치 활동 같은 것은 상상할 수 있는 범위를 넘어서는 것이었고, 그녀에게 당은 무슨 일이 있든 결코 무너질 수 없는 절대 권력이었다. 당은 언제나 존재할 것이며 또 늘 같은 모습으로 존재할 것이었다. 개인이 그런 당에게 반항하는 방법은 고작 당의 명령에 몰래 불복종한다든지 기껏해야 남을 죽인다든지 뭔가를 폭파하든지 하는 개별적인 폭력 행위밖에 없었다.

줄리아는 어떤 면에서는 윈스턴보다 훨씬 더 예리하게 당의 목적을 간파했고, 당의 선전에도 쉽게 넘어가지 않았다. 언젠가 한번은 그가 유라시아와의 전쟁에 대한 이야기를 꺼낸 적이 있는데, 줄리아는 자기 생각엔 전쟁 같은 것이 일어나지도 않은 것 같다고 말해 그를 깜짝 놀라게 했다. 런던에 매일 떨어지다시피 하는 로켓 폭탄은 아마도 오세아니아 정부가, '단지 사람들을 겁주기 위해서' 직접 쏘는 것 같다고 했다. 이는 윈스턴이 미처 생각지도 못한 새로운 시각이었다. 그녀는 또한 '2분간 증오' 시간에 참석해서 가장 힘들 때가 웃음이 터져 나오는 걸 억지로 참아야 할 때라고 말해서, 윈스턴의 부러움을 사기도 했다. 그러나 그녀는 당의 지침이 어떻게든 간에 자신의 삶에 불편을 초래할 때만 그것에 대해 의문을 품었다. 당의 공식적인 신화에 대해서는 굳이 진실인지 거짓인지 따진다 해서 자신에게 달라질 것이 없다고 믿었기에, 무엇이든 간에 반발 없이 쉽게 받아들였다. 예를 들어 그녀는 학교에서 배운 대로 당이 비행기를 발명했다는 사실을 믿고 있었다(윈스턴이 기억하기에 그가 학교에 다닐 때인 1950년대 후반만 해도 당이 발명했다고 주장했던 것은 헬리콥터뿐이었다. 그랬던 것이 십수 년이 지난 후 줄리아가 학교에 다닐 때는 모든 비행기를 당이 발명했다고 확대된 것이다. 아마 한 세대가 또 지난 후에는 당이 증기 기관마저 발명했다고 주장할 태세였다.). 윈스턴이 비행기는 혁명이 있기 훨씬 이전에 자기가 태어나기 전부터 있었다고 말했을 때, 그녀는 아무런 관심도 보이지 않은 채 시큰둥한 반응을 보였다. '누가 비행기를 발명했든 결국 그게 나와 무슨 상관이람?' 하는 식이었다. 그런데 윈스턴이 그녀와 이야기를 나누던 도중 우연히 알게 되어 더욱더 큰 충격을 받았던 것은, 그녀가 단 4년 전만 해도 오세아니아가 동아시아와 전쟁 중이었고 유라시아와는 평화를 유지했다는 사실을 전혀 기억하지 못하고 있다는 사실이었다. 그녀는 전쟁이라는 자체가 다 사기에 지나지 않는다는 생각은 해도, 적의 이름이 어떻게 바뀌었는지에 대해선 전혀 의식조차 못하고 있었다. 그녀는 그저 막연하게 '나는 우리가 늘 유라시아랑 전쟁을 하고 있는 줄만 알았어요.'라고 말하고 넘어가려 했다. 이 말에 윈스턴은 약간 놀랐다. 비행기 발명이야 그녀가 태어나기 한참 전으로 거슬러 올라가는 일이라 그렇다고 쳐도 전쟁 상대국의 변화는 그녀가 어른이 되고도 한참 후인 고작 4년 전에 일어난 일이었다. 그는 그녀와 이 문제를 놓고 15분도 넘게 열띤 말싸움을 벌였다. 그리고 결국 그녀의 기억 속에서 어렴풋이지만 한때 유라시아가 아닌 동아시아가 적국이었던 적이 있다는 사실을 끄집어내는 데 성공했다. 그럼에도 여전히 이것은 그녀에게 전혀 중요한 문제가 아니었다. 줄리아는 결국 짜증을 내며 이렇게 내뱉고 말았다.

"그게 다 무슨 상관이에요? 그 빌어먹을 전쟁은 이래저래 계속될 거고, 전쟁에 대한 뉴스도 어쨌든 다 거짓말인걸요."

윈스턴은 기록국에서 하는 일과 자신이 맡고 있는 뻔뻔한 위조 행위에 대해서도 그녀에게 말해 주었다. 이런 일도 그녀를 놀라게 하지는 못했다. 새빨간 거짓말이 엄연한 진실이 되고 있는 상황을 알고도, 그와는 다르게 그녀는 전혀 땅이 꺼지는 느낌을 받지 못했다. 그는 존스와 아론슨, 러더퍼드에 대한 이야기와 더불어 잠시나마 자신의 손안에 들어왔던 중대한 의미의 종이쪽지에 대해서도 말해 주었다. 결국 이 이야기도 그녀의 관심을 끄는 데는 실패였다. 게다가 처음에 그 말을 들었을 때 그녀는 그가 하려는 이야기의 요점마저 전혀 파악하지 못했다.

"그 사람들이 당신 친구였나요?"

그녀가 물었다.

"아니요. 전혀 모르는 사람들이었죠. 그들은 내부당원들이었거든요. 그것도 그렇고, 그 사람들은 나보다 나이도 훨씬 더 많았어요. 혁명 전, 그러니까 과거에 활동했던 사람들이니까요. 나는 그냥 그들의 얼굴만 아는 정도였어요."

"그렇다면 뭐가 걱정이에요? 어차피 그런 일로 죽는 사람들은 항상 널려 있는걸요. 안 그래요?"

그는 그녀를 이해시키고자 애썼다.

"이것은 예외적인 경우예요. 단지 누군가 죽임을 당했다는 그런 문제가 아니거든요. 당장 어제를 비롯해 과거란 과거가 모조리 말살 당하고 있다는 사실을 이해하기는 한 거예요? 지금까지도 어디 남아 있는 과거가 있다면, 그건 저기 있는 유리 덩어리 같이 아무것도 전하지 못하는 물건 몇 개에 불과해요. 벌써 우리는 혁명에 대해서나, 혁명 전의 시대에 대해서 말 그대로 거의 아무것도 모르고 있잖아요. 기록이란 기록은 모두 파괴되거나 위조되었고, 책은 전부 다시 써졌고, 그림도 다 다시 그려졌고, 동상이건 길이건 건물이건 모두 다 다른 이름으로 바뀌었고, 날짜마저도 모두 새로 고쳐졌어요. 그리고 이런 작업은 매일 매 순간, 그리고 지금 이 순간에도 끝없이 계속 행해지고 있다고요. 역사는 멈추어 버렸어요. 당의 말만이 항상 옳은, 이 끝도 없는 현재를 제외하고는 아무것도 존재하지 않아요. 물론 나도 알고 있어요. 과거가 위조되었다고 해서 내가 그것을 증명할 수 있는 방법은 아무것도 없다는 것을요. 심지어 내 자신이 그 위조 작업을 직접 하고 있는데도 말이죠. 작업이 끝나면 증거는 어떤 것도 남겨 두지 않아요. 유일한 증거는 내 마음속에 있을 뿐이고, 나 말고 나와 같은 기억을 공유하는 다른 사람이 존재하기는 하는지도 전혀 알 길이 없지요. 그런데 그 한 순간만큼은 내가 살면서 처음으로 그에 대한 실질적이고 구체적인 증거를, 그것도 사건이 일어난 지 수년 후에 손에 쥘 수 있었어요."

"그래서 그게 무슨 소용이라도 있었나요?"

"아니요. 왜냐면 몇 분 후에 내가 그것을 버렸거든요. 그렇지만 똑같은 일이 지금 다시 일어난다면 나는 버리지 않고 그것을 갖고 있을 거예요."

"어머, 나는 아니에요! 나는 위험을 감수할 준비는 되어 있지만, 오직 그럴 만한 가치가 있는 일에만 그렇게 할 거예요. 그런 옛날 신문 조각 같은 거 말고요. 그걸 버리지 않았다고 해서 당신이 그걸로 딱히 할 수 있는 일이 있기나 했을까요?"

줄리아가 말했다.

"별로 없었겠죠. 그렇지만 그건 증거니까요. 내가 그 증거를 어떻게든 다른 사람들에게 보여 줄 수 있었다고 가정한다면, 여기저기 의혹의 씨를 뿌릴 수 있었을지도 몰라요. 나는 우리가 사는 동안에는 어떤 것도 바꿀 수 있으리라고 기대하지 않아요. 다만 도처에 작은 저항의 기운을 싹 틔울 수는 있지 않을까 해요. 사람들이 조금씩 뭉쳐서 소규모의 그룹을 만들고, 그 그룹이 점차 자라나서 후세에 조금이라도 어떤 기록을 남길 수 있다면, 그들은 우리가 남겨 놓은 것을 바탕으로 다음 세대에서 계속 진행해 나갈 수 있을 거예요."

"나는 다음 세대 같은 건 관심 없어요. 단지 우리에 대해서만 관심이 있을 뿐이죠."

"당신은 허리 아래쪽으로만 반역자군요."

윈스턴이 그녀에게 말했다.

그녀는 이 말이 기막히게 재치 있는 농담이라고 생각했는지 밝은 표정으로 그를 껴안았다.

줄리아는 당의 강령으로 인해서 어떤 결과나 영향이 생기든 그런 것에 대해서는 관심이 없었다. 윈스턴이 영사의 원칙이나 이중사고, 과거의 변조, 객관적 현실의 부정, 신어의 사용 같은 주제에 대해 조금이라도 말을 꺼내려고 하면, 그녀는 어김없이 지루해 하며 난색을 표하면서 자신은 그런 것들에는 전혀 관심이 없다고 딱 잘라 말했다. 어차피 다 쓸데없는 이야기인 걸 뻔히 알면서, 왜 구태여 그런 것들에 대해 생각하고 고민하느냐는 말이었다. 그녀는 언제 환호하고 언제 야유해야 하는지를 잘 알고 있었고, 그 밖에 다른 것은 필요 없다는 주의를 폈다. 그가 그런 주제에 파고들어 집요하게 이야기할라치면, 그녀는 결국 그냥 잠에 빠져들곤 해서 그를 당황케 했다. 그녀는 시간과 장소를 가리지 않고 아무 데서나 잘 자는 타입이었다. 그녀와 이야기를 하면서 그는 비록 정통성이 무슨 의미인지 모른다 해도 표면적으로 정통적인 모습을 내보이는 데에는 아무 문제가 없다는 사실을 깨달았다. 어떤 면에서 보면 당의 세계관은 그것을 이해하지 못하는 사람들에게 가장 성공적으로 주입될 수 있었다. 그 사람들은 자신에게 요구되는 것이 얼마나 엄청난 일인지를 전혀 깨닫지 못하기 때문에, 또 공적 사건에 대해 별로 관심이 없어서 밖에서 정말 무슨 일이 일어나고 있는지 모르다 보니, 어떤 노골적인 현실의 왜곡이라도 별 무리 없이 받아들일 수 있는 것이었다. 깊이 이해하려 들지 않기 때문에 그들은 제정신으로 살 수 있었다. 그들은 무엇이든 집어삼켰지만 그것이 그들에게 해를 입히지는 않았다. 새가 삼켜 버린 옥수수 한 알이 소화도 되지 않고 그대로 배설되듯이 그들이 삼킨 것도 그 안에 아무런 잔여물도 남기지 않았기 때문이었다.

6장

마침내 그 일이 일어났다. 기다리고 기다리던 메시지가 드디어 도착한 것이다. 평생 동안 그는 이 일이 일어나기만을 기다리며 살아온 것 같았다.

그가 청사의 긴 복도를 걷고 있던 때였다. 전에 줄리아가 자신의 손에 쪽지를 건네주었던 바로 그 지점에 다다랐을 무렵, 그는 자기보다 덩치가 큰 누군가가 뒤에서 바짝 다가오고 있다는 사실을 눈치챘다. 누군지는 모르지만 그 사람이 뒤에서 헛기침을 짧게 한 번 내뱉었다. 자신에게 말을 붙이려고 하는 것임이 분명했다. 윈스턴이 걸음을 멈추고 뒤를 돌아보았다. 오브라이언이었다.

드디어 그들은 얼굴을 마주하고 있었다. 그 순간 윈스턴은 머릿속이 새하얘지며 어서 빨리 달아나야겠다는 생각밖에는 들지 않았다. 심장은 마구 세게 뛰고, 입이 전혀 떨어지지 않았다. 그런데 오브라이언은 의연한 태도로 계속 다가오더니 윈스턴의 팔에 친근하게 손을 얹고는 그의 옆으로 나란히 서서 걷기 시작했다. 그는 다른 보통 내부당원들과는 다르게 각별한 예절을 갖추고 그에게 말을 하기 시작했다.

"자네와 한 번 이야기를 나누고 싶어 기회를 엿보고 있었다네. 전에 한 번 자네가 〈타임스〉지에 쓴 신어 기사를 읽은 적이 있었거든. 그걸 보고 자네가 신어에 학문적인 관심이 많다고 느꼈는데, 아닌가?"

윈스턴은 간신히 제정신을 되찾고 대답했다.

"학문적이라니 과찬이십니다. 저는 그저 아마추어일 뿐이에요. 제 전공도 아니고요. 저는 신어의 실질적인 형성 과정에 있어 아무것도 한 일이 없습니다."

"그렇지만 자네의 신어 작문 솜씨는 아주 빼어나더군. 이건 나 혼자만의 견해가 아니야. 최근에 그 분야의 전문가인 자네 친구와 이야기를 나눈 적이 있거든. 그 이름은 지금 당장 생각이 안 나지만 말일세."

다시 한 번 윈스턴의 심장이 죄어 왔다. 오브라이언이 말하고 있는 사람이 다름 아닌 사임이라는 사실에 의심의 여지가 없었다. 그러나 사임은 죽은 사람일 뿐 아니라, 말살되어 애초부터 존재하지도 않는 인물이었다. 그에 대한 언급은 어떤 식이든 치명적으로 위험했다. 그러니 오브라이언의 그 말은 분명 암호나 어떤 신호일 것이 분명했다. 작지만 엄연한 사상범죄가 될 수 있는 일을 서로 나눔으로써, 그는 자신들 둘을 한꺼번에 공범으로 이끌고 있었다. 윈스턴이 별 반응을 보이지 않고 복도를 천천히 걸어가려는데 갑자기 오브라이언이 걸음을 멈추었다. 그리고 늘 하는 대로 그 특유의 남의 경계심을 누그러뜨리는 친근한 제스처로 콧등 위의 안경을 고쳐 쓰며 말했다.

"내가 진작 하고 싶었던 말은 사실 다름이 아니라, 최근에 자네가 쓴 기사에서 이미 고어가 된 단어 두 개를 발견해서였다네. 아마도 아주 최근에 정해진 일이라 자네도 몰랐을 거라 생각했지만 말이지. 자네, 신어 제10판 사전이 나온 걸 본 적 있나?"

"아니요. 벌써 나왔는지는 모르고 있었습니다. 기록국에서는 아직 9판을 사용하고 있거든요."

윈스턴이 대답했다.

"내가 알기로 10판은 아마 몇 달은 더 지나야 공식적으로 배포가 될 걸세. 그렇지만 사전에 견본으로 나온 것이 몇 부 돌아다니고 있지. 나에게도 한 부 있는데 혹시 자네가 관심 있어 하지 않을까 생각했다네. 어떤가?"

"그럴 수만 있다면 정말 좋겠습니다."

윈스턴은 오브라이언의 진정한 의도를 즉시 간파하고 이렇게 답했다.

"이번 판에 새롭게 들어간 몇몇 사항들은 정말 근사하기 이를 데 없다네. 특히, 동사의 수를 대폭 줄인 점이 말이지⋯⋯. 아마도 자네가 가장 흥미를 가질 게 이 부분이 아닐까 생각하는데. 어디 보자, 내가 사람을 시켜 자네에게 새로운 신어사전을 하나 보내 주면 어떻겠나? 다만 내가 이런 걸 워낙 깜박깜박 잘하다 보니 그게 문제라서. 아니면 자네가 언제 시간이 될 때 내 집에 와서 가져가면 될 텐데, 어떤가? 잠깐, 자네에게 내 주소를 적어 주어야겠군."

그 둘은 텔레스크린 바로 앞에 서 있었다. 오브라이언은 그런 것에는 전혀 개의치 않는다는 듯이, 양쪽 호주머니를 뒤져 가죽 표지로 된 작은 수첩과 금색 만년필을 꺼냈다. 그러고는 텔레스크린 바로 아래에서, 자신들을 감시하고 있을 사람이 훤히 다 볼 수 있는 각도로 수첩을 활짝 펴서 주소를 휘갈겨 쓰고는 그 종이를 찢어 윈스턴에게 건네주었다.

"저녁에는 대개 집에 있을 거라네. 혹시라도 내가 없으면, 내 하인이 대신 사전을 전해 줄 거야."

오브라이언이 말했다.

그러고서 그는 훌쩍 가 버렸다. 그리고 그 자리에는 윈스턴만 덩그러니 남아 있었다. 이번에는 몰래 감출 필요가 없는 떳떳한 종이쪽지가 그의 손에 들려 있었다. 감출 필요가 없다고는 했지만, 윈스턴은 그 위에 쓰여 있는 주소를 꼼꼼히 외우고는 몇 시간 후에 그 종이쪽지를 다른 폐지 더미와 함께 메모리홀로 던져 버렸다.

그들은 기껏해야 2분 정도 서로 이야기를 나누었다. 그러나 그 짧은 순간이 윈스턴에게 시사하는 의미는 단 하나였다. 바로 오브라이언이 자신에게 주소를 알려 주기 위해 그런 음모를 꾸며냈다는 것이다. 그럴 수밖에 없는 것이, 직접 물어보지 않고는 상대방의 주소를 알기란 불가능했기에 이런 방법이 필요했다. 주소록 같은 것도 물론 없었다. 따라서 오브라이언이 윈스턴에게 진정 말하고자 했던 것은 '자네가 나를 만나고 싶으면, 이곳으로 오면 된다'는 메시지가 분명했다. 그가 찾아가서 사전을 받아오면, 어쩌면 그 사전 어딘가에 다른 메시지가 몰래 숨겨져 있을지도 모른다. 그러나 어쨌든 여기서 중요한 것은, 윈스턴이 지금껏 꿈꿔 오던 음모가 실제로 존재한다는 사실이었다. 그리고 그는 드디어 그 음모의 실체에 조금이나마 다가갈 수 있게 된 것이었다.

윈스턴은 자기가 조만간 오브라이언의 부름에 응할 것이라는 사실을 직감했다. 어쩌면 내일이 될지도 아니면 한참 후가 될지도 모르는 일이었지만, 언젠가 일어날 거라는 사실만은 자신할 수 있었다. 지금 일어난 일은 윈스턴이 수년 전에 행하기 시작한 일이 드디어 실현 단계에 들어간 것에 불과했다. 첫 번째 단계는 그가 무의식적으로 남몰래 했던 생각이었고, 두 번째 단계는 일기를 썼다는 사실이었다. 그의 구상은 차차 생각에서 말로 옮겨갔고, 이제는 그 말을 행동으로 옮겨야 할 때였다. 아마도 최후의 단계는 애정부에서 일어날, 알 수 없는 그 어떤 일일 것이다. 그는 이미 그 사실을 기정사실로 받아들이고 있었다. 그 최후는 시작부터 이미 일찍이 예견된 결말이나 다름없었기 때문이다. 그렇다고 해도 그것이 여전히 두려운 일이라는 사실에는 변함이 없었다. 아니 보다 정확하게 말하자면 그것은 미리 맛보는 죽음과도 같았고, 살아도 온전히 사는 것 같지 않은 느낌을 들게 하는 것이었다. 윈스턴은 오브라이언과 이야기를 나누는 동안에도, 그의 말이 진정 의미하는 바를 깨달으면서 섬뜩한 전율로 인해 온몸이 떨리는 것을 느낄 수 있었다. 그것은 바로 깊고 축축한 무덤 속을 자기 스스로 걸어 들어가고 있는 느낌이었다. 그리고 그 무덤이 언제나 그곳에서 자신을 기다리고 있었다는 것을 이미 알고 있었다는 사실은 이를 더욱 섬뜩하게 했다.

7장

잠에서 깨어난 윈스턴은 눈에 눈물이 그렁그렁 맺혀 있었다. 줄리아가 잠결에 몸을 뒤척이며 우물우물 뭔가를 중얼거렸다. 아마도 "무슨 일이에요?" 하고 물은 것 같았다.

"꿈을 꿨는데⋯⋯."

윈스턴이 말을 꺼내려다 말고 그만 멈추었다. 말로 옮기기에는 너무도 복잡했다. 꿈도 꿈이거니와 잠에서 깨며 함께 떠오른 꿈에 관련된 어떤 기억 하나가 지워지지 않고 계속 맴돌았다.

윈스턴은 여전히 꿈속의 분위기에 흠뻑 젖어 눈을 지그시 감은 채 몸을 뒤로 뉘였다. 자신이 살아온 전 생애가 비가 온 후의 여름날 저녁의 풍경처럼 눈앞에 선명히 펼쳐져 보이는, 방대하면서도 명료한 꿈이었다. 그 꿈은 모두 유리 문진 안에서 펼쳐졌다. 지붕처럼 둥근 하늘을 이루고 있는 유리 문진의 테두리 안에 자리 잡은 그 세계는 모든 것들이 밝고 부드러운 빛에 휩싸여 있는 데다 한없이 아득해 보였다. 그 꿈은 또한 그 옛날 그의 어머니가 보여 주던 팔 동작의 연장선상에 있기도 했으며, 한편으로는 그가 그로부터 30년 후에 보았던 한 영화에서 등장한, 곧 헬리콥터의 총탄 세례를 받아 처참히 죽게 될 것임을 알면서도 끝까지 어린 아들을 애써 감싸 안던 그 유대인 여인과도 밀접한 연관이 있었다(진정 그 꿈은 이 모든 것을 포함하고 있었다.).

"지금 이 순간까지도 나는 내가 어머니를 죽였다고 믿고 있었어요."

그가 말을 꺼냈다.

"왜 그런 일을 했는데요?"

줄리아가 아직도 잠에 취한 목소리로 물었다.

"정말로 죽이지는 않았어요. 적어도 물리적으로는 아니었죠."

꿈속에서 윈스턴은 그가 본 어머니의 마지막 모습을 기억해냈다. 그리고 꿈에서 깨어나는 그 짧은 순간 동안, 그때 일과 연관되어 있던 다른 작은 사건들도 모두 줄줄이 머릿속에 떠올랐다. 그가 오랜 기간에 걸쳐 의도적으로 자신의 의식 밖으로 밀어내 왔던, 기억 깊숙이 어딘가에 자리하고 있던 일들이었다. 확실한 날짜까지는 기억하지 못했지만, 그는 그 일이 아마도 열 살이나 많아도 열두 살이었을 때 일어난 일이라고 기억하고 있었다.

그의 아버지는 그 일이 생기기 얼마 전에 사라졌다. 그러나 얼마나 오래전이었는지는 기억나지 않았다. 그보다 그의 기억 속에 더욱 확실하게 남아 있는 것은 그 당시의 소란스럽고 불안하던 시대 상황이었다. 주기적으로 사람들에게 공황 상태를 일으키던 공습, 지하철역으로 서둘러 피난 가던 일, 시내 도처에 쌓여 있는 건물의 잔해 더미, 벽마다 붙어 있는 무슨 말인지 이해할 수 없는 선언문들, 모두 똑같은 색깔의 셔츠를 입고 몰려다니는 젊은이들, 빵집마다 바깥에 길게 늘어서 있는 줄, 어디선가 간간이 들려오던 기관총 소리……. 그러나 그 어떤 것보다 더욱 명확히 기억나는 것은, 자신이 한 번도 음식을 배불리 먹어본 적이 없다는 사실이었다. 그는 다른 아이들과 함께 오후 내내 길거리를 배회하면서 쓰레기통이나 쓰레기 더미를 뒤져 양배추 잎이나 감자 껍질 같은 것을 주워 먹거나, 어떤 때는 버려진 상한 빵 조각을 주워 까맣게 탄 부분을 살살 긁어내고 먹곤 했다. 가끔은 가축 사료를 실은 트럭이 지나는 길에서 기다리고 있다가 울퉁불퉁한 길바닥을 지나던 트럭이 덜컹거리며 흔들릴 때 떨어지곤 하던 깻묵 부스러기 같은 것을 주워 먹기도 했다.

그의 아버지가 사라졌을 때 어머니는 딱히 어떤 놀라움이나 격렬한 슬픔을 내비치지 않았다. 그러나 그날 부로 어머니의 행동에는 급격한 변화가 있었다. 어머니는 완전히 넋이 나간 사람 같았다. 어린 윈스턴이 보기에도 어머니는 곧 일어날 거라고 믿는 어떤 일이 닥치기를 기다리고 있는 듯했다. 어머니는 해야 할 일을 게을리 하지는 않았다. 요리하고, 씻고, 옷을 수선하고, 침대를 정리하고, 바닥을 쓸고, 벽난로 청소를 하고, 마치 인체 모형 인형이 저절로 알아서 움직이듯 신기할 정도로 불필요한 동작을 섞지 않고 늘 묵묵하고 느리게 모든 일을 수행해 갔다. 그러다가도 그녀의 크고 균형 잡힌 몸은 이따금씩 갑자기 동작을 멈추고 정적 속으로 들어서곤 했다. 어머니는 몇 시간이고 침대에 꼼짝도 하지 않고 앉아서, 너무 야위어서 원숭이 같은 얼굴을 한 데다 매우 작고 병약하며 말이 없는 두세 살쯤 된 여동생을 돌보았다. 때로 아주 가끔은 윈스턴을 품에 안고서 한참 동안을 아무 말도 하지 않은 채 있기도 했다. 그 당시 비록 어리고 자신밖에 모르긴 했지만, 그럴 때 윈스턴은 어머니의 그런 행동이 절대 입 밖으로 내지는 않았지만 앞으로 닥쳐올 어떤 일과 연관되어 있다는 것을 어렴풋이 직감할 수 있었다.

윈스턴은 세 식구가 살았던 어둡고 숨 막히는 냄새가 나던 방을 기억했다. 하얀 침대보가 깔린 침대가 방의 절반 정도를 차지하고 있던 기억도 났다. 벽난로 펜더에는 음식을 조리하는 가스난로가 있었으며, 그 밖에 음식을 보관하는 선반이 있었다. 또 바깥에 있는 층계참에는 여러 입주민들이 공동으로 사용하는 흙으로 만든 갈색 개수대가 있었다. 그는 가스난로 위로 등을 구부리고 서서 냄비 안에 있는 음식을 휘휘 젓던 어머니의 조각상 같은 모습을 기억했다. 그렇지만 그 무엇보다 그의 뇌리에 깊이 박혀 있는 것은 늘 굶주려 있었던 자신에 대한 기억과 식사 시간마다 벌어진 치열한 격투와 다름없던 밥투정에 대한 기억이었다. 그는 늘 어머니에게 먹을 것이 왜 더 없느냐고 칭얼대며 밥을 더 달라고 졸랐고, 그러다 안 되면 소리를 빽 지르거나 어머니에게 대들기도 했으며(아직까지도 그는 빽 하고 소리를 지르다 못해 목소리 끝이 갈라져서 갑자기 이상한 소리로 변하던 그 당시 자기 목소리를 기억하고 있었다.), 그것도 안 통하면 조금이라도 밥을 더 많이 얻어먹을 수 있을까 싶어 불쌍한 척하며 일부러 훌쩍거리며 울기도 했다. 어머니는 윈스턴이 '남자아이'니까 누구보다 가장 많이 먹는 것이 당연하다고 하면서, 더 줄 것만 있다면 기꺼이 그의 몫으로 더 주려고 했다. 그러나 얼마나 많은 양을 주던 상관없이 윈스턴은 늘 더 달라고 졸라 댔다. 식사 시간마다 어머니는 그에게 몸이 아픈 어린 여동생도 음식이 필요하니까 너무 혼자만 생각하지 말고 그 생각도 해달라고 좋은 말로 타이르고 또 타일렀다. 그러나 그런 것도 아무 소용이 없었다. 그는 어머니가 그의 몫의 음식을 푸는 도중에 멈추기라도 하면 즉시 화를 내며 소리를 고래고래 지르면서 냄비와 숟가락을 어머니의 손에서 빼앗으려 드는가 하면, 손으로 여동생의 접시에 놓인 음식을 함부로 집어먹기도 했다. 윈스턴도 자신의 행동이 그 둘을 굶주리게 하고 있다는 사실을 알고는 있었지만, 그 당시의 그로서는 어찌할 도리가 없었다. 아니, 그는 자신에게 그렇게 할 권리가 있다고까지 믿었다. 그의 배 속에서 요란하게 나는 꼬르륵 소리는 모든 것을 정당화시켜 주는 것 같았다. 그는 식사 시간이 되지 않았을 때도 어머니가 지키고 서 있지 않으면 어김없이 선반 위의 얼마 남지 않은 음식을 향해 서슴없이 손을 뻗쳐 조금씩 훔쳐 먹곤 했다.

하루는 초콜릿 배급을 받은 날이었다. 벌써 몇 주 아니 몇 달 동안 중단되었다가 오랜만에 재개된 배급이었다. 윈스턴은 아직까지도 그 작고 귀하던 초콜릿 조각이 선명하게 기억났다. 세 명에게 배급된 초콜릿 양은 정확히 2온스였다(그때는 '온스'라는 단위가 아직 통용되던 때였다.). 당연히 세 명 몫으로 나눠 먹어야 하는 초콜릿이었다. 그런데 꼭 남의 목소리를 듣는 기분으로, 윈스턴은 자신도 모르는 사이에 큰 소리로 떼를 쓰며 그걸 전부 혼자 먹겠다고 우기는 자신의 목소리를 듣고 있었다. 어머니는 그에게 너무 욕심을 부리지 말라고 조용히 타일렀다. 한참 동안 둘 사이에 소리 지르고 막무가내로 보채고 눈물을 찔찔 짜고 달래고 회유가 반복되는 실랑이가 이어졌다. 그러는 내내 그의 어린 여동생은 원숭이 새끼처럼 어머니의 목에 두 팔로 꼭 매달려 크고 슬픈 눈을 하고 어머니의 어깨 너머로 그를 바라보았다. 결국 어머니는 초콜릿의 4분의 3을 잘라 그에게 주고, 나머지 4분의 1을 여동생에게 주었다. 여동생은 초콜릿을 받아 들고도, 그것이 무엇인지 모르는지 멍하니 들여다보고만 있었다. 윈스턴은 잠시 그런 여동생을 쳐다보고 있다가 번개처럼 잽싼 손놀림으로 여동생의 손에 들려 있던 작은 초콜릿 조각을 낚아채어 문으로 냅다 달아났다.

"윈스턴, 윈스턴! 돌아와! 어서 돌아와서 동생에게 초콜릿을 돌려 주렴."

어머니가 그의 등 뒤에서 소리쳤다.

윈스턴은 발걸음을 멈추었지만 돌아가지는 않았다. 어머니의 염려스러운 눈이 그의 얼굴을 빤히 들여다보고 있었다. 그때 그는 그 다음에 무슨 일이 일어날지 전혀 모르고 있었다. 모르기는 그때의 일을 돌이켜 생각하고 있는 지금도 그랬다. 그의 여동생은 그제야 자신이 뭔가를 빼앗겼다는 것을 의식했는지 힘없이 칭얼거리기 시작했다. 어머니는 울고 있는 아이를 꼭 끌어안고 그 얼굴을 자기 가슴에 묻었다. 그 모습에서 그는 왠지 여동생이 죽어가고 있다는 느낌을 받았다. 그는 다시 몸을 돌리고 벌써부터 녹기 시작해 손 안에서 끈적이는 초콜릿을 움켜쥔 채 계단을 내려갔다.

그 후로 윈스턴은 어머니를 두 번 다시 보지 못했다. 그는 초콜릿을 다 먹어 버리자 왠지 창피한 기분이 들어 몇 시간 동안 정처 없이 길거리를 쏘다니다가, 결국은 배가 고파져서 집으로 돌아갔더랬다. 돌아가 보니 어머니는 이미 사라져 버린 후였다. 그 당시에 그런 일은 비일비재했다. 어머니와 여동생이 없어진 것만 빼고 방 안에서 사라진 것은 아무것도 없었다. 그들은 어머니의 코트를 포함해 옷가지 하나도 가져가지 않았다. 지금까지도 그는 어머니의 생사 여부를 정확히 알지 못했다. 어쩌면 죽지 않고 강제 노동 수용소 같은 곳에 보내졌을지도 모르는 일이었다. 여동생은 어쩌면 윈스턴처럼 집 없는 아이들을 위한 집단 수용소로 보내졌는지도 몰랐다. 내란 때문에 늘어난 고아들을 수용하기 위해 생겨난 그곳은 흔히 '교화원'이라고 불렸다. 아니면 어머니와 함께 노동 수용소로 보내졌는지도 모르고, 그도 아니면 그냥 어디엔가 버려져 결국 죽었을지도 모른다.

그 꿈은 아직도 그의 마음속에 생생하게 남아 있었다. 그중에서도 특히 그 꿈 전체의 의미가 모두 함축되어 있는 듯한, 어머니가 동생을 보호하려 팔로 꼭 끌어안고 있던 그 광경이 자꾸만 떠올랐다. 그는 두 달 전쯤에 꾸었던 다른 꿈을 생각해 냈다. 어머니는 하얀 천이 깔린 낡은 침대에서 품에 파고드는 어린 아이를 바짝 끌어안고 앉아 있던 때와 똑같은 자세로, 가라앉고 있는 배에서 점차 물속으로 빠져들어 가면서도 점점 더 짙어지는 물을 통해 한참 위에 있는 그를 올려다보았었다.

윈스턴은 줄리아에게 어머니가 사라진 이야기를 들려주었다. 줄리아는 눈도 뜨지 않은 채로 뒤치락거리다가 더 편한 자세를 찾아 돌아누웠다.

"당신, 그때는 야만적인 게 쪼끄만 돼지 새끼 같았나 보군요. 하긴 아이들은 다 돼지 새끼 같으니까요, 뭐."

줄리아가 우물거리며 말했다.

"맞아요. 그렇지만 내가 하려는 말은 그게 아니고……."

숨소리로 보아 그녀는 분명 다시 잠에 빠져든 듯싶었다. 윈스턴은 어머니에 대한 이야기를 조금 더 했으면 싶었기에 못내 아쉬웠다. 그가 기억하기로 어머니는 지성적이라고 할 수도 없었고 남보다 특별히 뛰어나다고 할 수도 없는 사람이었다. 그러나 그녀에게는 일종의 고결함이라고 할지 순수함이라고 할지 그런 특별한 무엇이 있었는데, 그 이유는 그녀가 자신만의 개인적인 기준에 충실했기 때문이었다. 그녀에게 감정은 자신만의 고유한 것으로, 외부 세계에 의해 흔들릴 수 없는 굳건한 어떤 것이었다. 그녀에게는 어떤 일이 헛되게 끝났다 해서 그 행동 자체가 의미 없어지는 것은 아니었을 것이다. 누군가를 사랑하면 그 사랑이 전부였고, 더 이상 줄 수 있는 게 없어졌다 해도 사랑만큼은 여전히 줄 수 있었다. 초콜릿을 전부 다 빼앗겼을 때 어머니는 대신 동생을 품에 꼭 끌어안았다. 사실 그렇게 한다고 해서 어떤 소용이 있는 것도 아니었다. 아무것도 바뀌는 것은 없었고, 초콜릿이 어디서 더 생기는 것도 아니었으며, 자신의 죽음이나 아이의 죽음을 막을 수도 없었다. 그럼에도 그녀는 지극히 당연한 일을 하는 것처럼 그렇게 행동했다. 배에 타고 있던 그 피란민 여자도 그랬다. 자신의 몸으로 총알을 막는 일이 백지장으로 총알을 막는 것만큼이나 부질없는 짓인 줄 잘 알면서도 아이를 팔로 꼭 감싸 안았다. 당이 저지른 끔찍한 일은 바로, 단순한 충동이나 감정은 아무런 소용이 없는 거라고 믿도록 사람들을 설득시킨 동시에, 사람들이 실제 세계에서 행사하는 모든 힘을 빼앗아 가 버린 것이었다. 일단 당의 손아귀에 들어간 이상, 개인이 무엇을 느꼈고 또 느끼는지, 무엇을 하고 또 하지 않기로 하는지는 말 그대로 아무런 상관이 없었다. 무슨 일이 일어나든

개인은 그저 사라져 버리기 마련이었고, 그 개인이나 개인이 한 행동도 나중에는 존재하지 않았던 일이 되어 버렸다. 역사의 흐름 속에서 깨끗이 지워지면 그만인 것이었다. 그런데 단 두 세대 전만 해도 사람들에게 이런 일은 그다지 중요하게 여겨지지 않았을 것이다. 그들은 역사를 바꾸려 들지 않았기 때문이다. 그들은 개인적인 신념에 의해 살아갔고, 그 점에 대해서 추호의 의심도 하지 않았다. 그 시대에 중요했던 것은 개인적으로 맺는 인간 관계였으며, 따라서 아무 목적 없는 제스처나 사람들 사이의 포옹, 눈물, 그리고 죽어가는 사람에게 건네진 따뜻한 말 한 마디 같은 것도 그 자체로 충분한 가치를 지녔다. 그런 생각에 미치자 문득 윈스턴은 프롤들은 아직까지도 그런 상태로 남아 있을 거라는 사실을 깨달았다. 그들은 당이나 국가나 사상을 위해 살지 않았다. 오히려 서로와 서로의 관계에 충실하며 살 뿐이었다. 생전 처음으로 윈스턴은 프롤들을 저급한 존재로 여기며 경멸할 수가 없게 되었다. 그들의 존재를, 언젠가 다시 되살아나 세상을 재건할 잠재된 힘으로 여기게 되었다. 프롤들이야말로 진정한 인간이었다. 그들은 내적으로 경직되지 않았으며, 윈스턴 자신은 의식적인 노력으로 겨우 다시 학습해야 했던 원시적인 감정들을, 그들은 애초부터 지니고 있었다. 이런 생각을 하다 보니, 윈스턴은 자신이 몇 주 전에 보도 바닥에 있던 누군가의 잘린 손을 보고도 아무 생각 없이 그것이 양배추 줄기나 되는 것처럼 도랑으로 차 버렸던 일을 떠올렸다.

"프롤들이야말로 인간이지, 우리는 인간이라고 할 수 없어요."

윈스턴이 큰 소리로 말했다.

"왜요?"

다시 잠에서 깬 줄리아가 물었다.

윈스턴은 잠시 곰곰이 생각을 더 하다가 말했다.

"당신은 이런 생각해 본 적 없나요? 우리가 할 수 있는 최선의 선택은, 너무 늦기 전에 이곳을 빠져나가서 서로를 다시는 보지 않는 거라는 생각이요."

"네, 그럼요. 그런 생각 여러 번 해 봤죠. 그래도 역시 나는 그렇게 하지 않을 거예요."

"지금까지는 우리가 운이 좋았어요. 그렇지만 이것도 그렇게 오래가지는 못할 거예요. 당신은 젊잖아요. 겉으로도 충분히 정상적이고 순수해 보여요. 당신은 나 같은 사람만 멀리 하면 적어도 50년은 기꺼이 살아남을 거예요."

"아니요. 나도 나름대로 다 생각해 봤어요. 나도 당신이 하는 대로 할 거예요. 그리고 너무 낙담하지 말아요. 나는 살아남는 능력이 꽤 뛰어난 편이거든요."

"우리가 함께할 수 있는 시간이 이제 6개월쯤 남았을까요, 어쩌면 1년? 그건 절대 알 수 없겠지요. 그렇지만 확실한 건 우리가 언젠가는 헤어지게 될 거란 사실이에요. 그때가 되면 우리가 얼마나 철저하게 혼자가 될지 생각해 봤어요? 일단 우리가 그들 손에 들어가게 되면, 서로를 위해 할 수 있는 일은 하나도 없을 거예요. 말 그대로 정말 단 하나도 없을 거라고요. 내가 자백하면 그들은 당신을 총살할 거예요. 그리고 내가 자백하기를 거부해도 마찬가지로 당신을 총살할 거예요. 내가 무슨 행동을 하든, 무슨 말을 하든, 혹은 말을 하지 않는다 해도 당신의 죽음을

5분도 늦출 수 없을 거예요. 당신이나 나는 서로가 죽었는지 살았는지, 기본적인 생사조차도 알 수가 없을 거예요. 우리에게는 그 어떤 힘도 없을 테니까요. 그러나 단 한 가지 중요한 게 있다면, 그건 우리가 서로를 배신하지 않는 거예요. 비록 그렇다 해서 달라질 것은 하나도 없겠지만."

"자백하는 일에 대해서라면, 우리는 어쩔 수 없이 할 수밖에 없을 거예요. 모든 일을 다 말하게 될걸요. 누구나 자백을 안 하고 배길 수는 없거든요. 어쩔 수 없을 거예요. 고문을 당하면."

"나는 자백에 대해서 말하는 것이 아니에요. 자백을 한다고 해서 배신을 의미하는 건 아니거든요. 말이나 행동은 중요한 문제가 아니에요. 중요한 건 감정이죠. 그들로 인해 내가 당신을 사랑하지 않게 된다면 그거야말로 진정한 배신인 거예요."

줄리아는 그의 말을 잠시 숙고해 보았다.

"그들이 그렇게는 할 수 없을 거예요."

얼마 후 마침내 줄리아가 입을 열었다.

"그들이 할 수 없는 일이 하나 있다면 바로 그것일 테니까요. 그들은 우리에게 무슨 말이든, 정말 그 무슨 말이든 하게 할 수는 있겠지만, 속으로까지 믿게 할 수는 없을 거예요. 아무리 그들이라 해도 속마음까지 지배할 수는 없으니까요."

"그렇죠."

윈스턴의 목소리에 좀 더 생기가 돌았다.

"그래요. 당신 말이 맞아요. 그들이 마음속까지 지배할 수는 없죠. 우리만 속으로 여전히 인간으로 머무는 게 가치 있다고 믿는다면, 그것이 다른 어떤 결과로 이어지지 못한다 해도 우리는 그들을 이긴 것이나 진배없어요."

　윈스턴은 한순간도 쉬지 않고 사람들의 말을 감지하는 장치인 텔레스크린을 떠올렸다. 그들은 밤낮으로 사람을 감시했지만, 정신만 바짝 차리면 그들을 속이는 것이 완전히 불가능하지는 않았다. 그들이 제아무리 영리하다 해도 사람의 머릿속에 있는 비밀스런 생각까지 알아낼 수 있는 방법은 터득하지 못했기 때문이었다. 물론 막상 그들의 손에 들어간 다음에도 계속 그럴 수 있는지는 알 수 없는 문제였다. 애정부에서 무슨 일이 일어나는지는 아무도 몰랐다. 다만 고문이나 약물, 신경 반응을 측정하는 정밀 기계, 심신 쇠약으로 내모는 수면 부족이나 고독, 그리고 끈질긴 취조 등의 일이 있을 거란 추측만 가능할 뿐이었다. 그곳에서 일개 개인으로서는 머릿속에 있는 사실을 끝까지 숨길 수 없었다. 그들이 어떻게든 심문을 통해 털어놓게 만들거나, 고문을 가함으로써 스스로 털어놓을 수밖에 없도록 만들 테니까. 그러나 개인의 목표가 단순히 살아남는 것이 아니라 인간으로서 살아남는 거라면, 궁극적으로 무엇이 달라질 수 있을까? 그들은 그의 감정까지는 바꿀 수 없을 터였다. 감정은 개인이 원한다고 해서 마음대로 바꿀 수도 없는 것이니까 말이다. 말이나 행동, 생각에 관해서라면 그들은 무엇이든 적나라하게 까놓고 드러내게 할 수 있을 것이다. 그러나 그들도 속마음만큼은 절대 정복할 수 없을 것이다. 그것은 본인 자신조차 마음대로 할 수 없는 신비로운 영역에 속하는 무엇이기 때문이다.

8장

그들은 마침내 그 일을 해냈다. 결국 해내고 만 것이다!

그들이 서 있는 기다란 모양의 방에는 은은한 불빛이 비치고 있었다. 텔레스크린은 낮은 속삭임 수준으로 소리가 낮추어져 있었고, 짙푸른색의 부드러운 카펫은 마치 벨벳 위를 걷고 있는 느낌이 들게 했다. 오브라이언은 방의 맞은편 끝자락에 있는 테이블에 앉아 있었다. 그는 초록색 갓이 달린 램프 불 아래서 양옆에 가득 쌓여 있는 서류를 검토하고 있는 중이었다. 그는 하인이 줄리아와 윈스턴을 방으로 안내해 주었을 때도 얼마간 고개를 들지 않고 계속 그 일에만 열중하고 있었다.

윈스턴은 심장이 쿵쾅거리며 너무도 세게 뛰는 바람에, 그 앞에서 말이나 제대로 할 수 있을지 영 자신이 없었다. '마침내 이일을 해냈다, 결국 해낸 것이다.' 하는 생각만이 그의 머릿속을 가득 채우고 있었다. 그가 이곳에 온 것이 충분히 무모한 일이었다면, 둘이 함께 온 것은 그야말로 어리석기 그지없는 짓이었다. 비록 서로 다른 길로 와서 오브라이언의 집 앞에 도착해 만나긴 했지만 말이다. 어쨌든 이런 곳을 제 발로 걸어 들어온다는 자체가 어지간한 용기를 필요로 하는 일이었다. 그들로서는 내부당원이 사는 주거 지역 내부를 구경하는 것뿐 아니라, 그들이 사는 구역 일대를 지나가는 것부터가 극히 이례적인 일이었다. 거대한 규모의 주거 단지에서 풍겨나는 전반적인 분위기, 풍요롭고 널찍해 보이는 모든 것들, 좋은 음식과 좋은 담배의 익숙지 않은 냄새, 믿기 힘들 정도로 조용하고 신속하게 위아래로 움직이는 엘리베이터며 이리저리 바쁘게 움직이는 하얀 복장의 하인들……. 그 모든 것이 위협적이었다. 비록 이곳에 온 이유가 분명했음에도 불구하고 한 걸음 한 걸음 발걸음을 앞으로 옮길 때마다 윈스턴은 혹시나 당장이라도 저 모퉁이 뒤에서 검은 제복을 입은 경호원들이 튀어나와 그에게 신분증을 요구하며 내쫓지 않을까 하는 불안감에 시달려 계속 안절부절못했다. 그러나 오브라이언의 하인은 아무런 이의도 제기하지 않고 둘을 신속히 안으로 안내했다. 그 하인은 작은 체구를 가졌고 머리색은 검었으며 하얀색 재킷을 입고 있었는데, 다이아몬드형 얼굴 위로는 중국인이라고 해도 믿을 정도로 완벽한 무표정을 유지하고 있었다. 그가 윈스턴과 줄리아를 안내해 들어간 복도는 부드러운 카펫이 깔려 있었고, 크림색 벽과 하얀색 징두리 벽판은 흠집 하나 없이 깨끗했다. 그런 사실조차 그들에게는 위압적이었다. 그때까지 윈스턴은 사람 손을 타지 않은 깨끗한 복도 벽을 어디에서도 본 적이 없었다.

오브라이언은 손가락 사이에 종이 한 장을 끼우고 한참 몰두해서 들여다보고 있었다. 고개를 깊숙이 숙이고 있어서인지 콧날이 매우 부각되어 보였는데, 그 모습에서는 매우 단호하면서도 지성적인 인상이 풍겼다. 20초 정도 지났을까, 그는 여전히 아무런 미동 없이 그 자세로 앉아 있었다. 그러더니 구술기록기를 앞으로 끌어당겨, 부서 내에서 사용하는 혼성 특수 용어를 써서 힘 있는 목소리로 다음과 같은 메시지를 낭독하기 시작했다.

"항목 1 쉼표 5 쉼표 7 완결 승인 마침표 항목 6에 포함 제안

이중 부적절 사상죄에 육박 취소 마침표 기계류 총경비 합산 견적서 입수 전체 건설 공사 중단 마침표 메시지 끝."

말을 마친 오브라이언은 찬찬히 자리에서 일어나 소리 없이 카펫 위를 걸어 그들에게 다가왔다. 신어로 이야기하고 있을 때보다는 사무적인 분위기가 약간 가시긴 했지만, 마치 방해를 받아 기분이 언짢다는 표시를 내는 것처럼 그의 표정은 평소보다 더 떨떠름한 분위기를 풍겼다. 안 그래도 두려움에 덜덜 떨고 있던 윈스턴은 갑자기 당혹스러운 기분이 들어 어쩔 줄을 몰랐다. 아무래도 자신이 바보 같은 실수를 저지르고 있는 것만 같은 불길한 느낌이 엄습했다. 도대체 무슨 근거를 바탕으로 자신이 오브라이언을 일종의 정치적 공모자라고 생각했단 말인가? 단 한 번 눈빛이 스친 일과 단 한 번 그에게서 확실하지도 않은 애매한 말을 들었다는 것뿐, 그것을 제외하고는 모두가 단지 그의 꿈을 바탕으로 구축한 비밀스런 상상일뿐 아니던가. 그러나 이제는 사전을 빌리러 왔다는 구실을 대며 뒤로 물러날 수도 없는 상황이었다. 그렇다면 줄리아가 같이 온 이유를 설명할 수가 없기 때문이었다. 오브라이언은 텔레스크린 옆을 지나다가 갑자기 뭔가 생각난 듯 잠시 멈춰 서더니, 몸을 틀어 벽에 있는 스위치를 눌렀다. 그러자 찰칵 하는 짧은 소리와 함께 텔레스크린에서 나오던 목소리가 일시에 멈추었다.

줄리아가 깜짝 놀란 기색을 감추지 못하며 작게 탄성을 질렀다. 윈스턴도 너무 놀란 나머지 공포감에 덜덜 떨던 것도 잠시 잊어버리고 말을 꺼내고 말았다.

"그걸 끌 수가 있네요!"

윈스턴이 말했다.

"그렇다네. 우리는 이걸 끌 수 있다네. 우리가 가지고 있는 특권이야."

오브라이언이 대답했다.

오브라이언은 이제 그들을 마주 보고 서 있었다. 그의 우람한 체구는 그 둘을 압도하는 기세로 앞에 서 있었는데, 그의 얼굴에 나타난 표정은 여전히 읽을 수가 없었다. 그는 다소 단호한 표정으로 윈스턴이 말을 꺼내기를 기다리고 있었다. 그러나 무엇에 대해 어떻게 이야기를 꺼낸단 말인가? 지금으로서도 충분히 오브라이언은 바쁜 와중에 방해를 받아 짜증을 내며 그 용건이 무엇인지 궁금해 하고 있는 내부당원에 불과할 수 있었다. 아무도 섣불리 말을 꺼내지 않았다. 텔레스크린이 꺼져 있는 터라 방 안은 유난히 더 적막하게 느껴졌다. 1초, 2초 흘러가는 시간이 매우 길게 느껴졌다. 윈스턴이 난처한 눈빛으로 힘들게 오브라이언을 쳐다보았다. 그 순간 갑자기 오브라이언의 잔뜩 굳었던 얼굴이 풀리며 미소로 보이는 표정을 띠었다. 오브라이언은 그 특유의 제스처로 콧등에 걸쳐 있던 안경을 고쳐 쓰며 말을 꺼냈다.

"내가 먼저 말을 할까, 아니면 자네가 먼저 하겠는가?"

"제가 말하겠습니다. 그런데 저것 정말로 꺼진 거 맞나요?"

윈스턴이 재빨리 대답했다.

"그렇다네. 모든 것이 꺼져 있어. 우리밖에 없다네."

"저희가 여기에 온 이유는⋯⋯."

윈스턴은 말을 바로 이을 수가 없었다. 그제야 비로소 자신의 동기가 매우 모호하다는 사실을 깨달았다. 사실 오브라이언으로부터 어떤 종류의 도움을 기대하고 왔는지 그 자신도 정확히 모르고 있었기에, 그곳까지 찾아온 이유를 말하기는 쉽지 않았다. 그는 자신의 말이 애매하고 가식적으로 들릴 수도 있다는 사실을 의식하면서 어쨌든 말을 계속 이었다.

"우리는 일종의 음모가 진행되고 있다고 믿고 있습니다. 또한 당과 대항해 싸우는 비밀 조직이 있을 거라고 믿고 있습니다. 그리고 당신이 거기에 연루되어 있을 거라고 생각합니다. 우리도 그 조직에 가담하여 함께 일하고 싶습니다. 우리는 당의 적이며, 영사의 강령을 믿지 않습니다. 우리는 사상범들인 동시에 간음죄를 저지르고 있습니다. 제가 이런 이야기를 당신에게 하는 이유는 우리의 운명을 당신의 손에 맡기기 위해서입니다. 당신이 우리에게 어떤 죄를 지으라고 하신대도 뭐든 할 각오가 되어 있습니다."

문득 뒤쪽에서 문이 열린 느낌이 들어 윈스턴이 말을 멈추고 어깨너머 뒤를 돌아보았다. 아니나 다를까 몸집이 작고 노란 얼굴을 한 하인이 노크도 없이 방 안에 들어와 있었다. 그의 손에 유리병과 잔들이 담긴 쟁반이 들려 있는 것이 보였다.

"마틴도 우리와 같은 편이네."

오브라이언이 태연한 어조로 말했다.

"마실 것을 이리로 가지고 오게, 마틴. 여기 원형 테이블에 놓으면 되겠어. 의자는 넉넉한가? 그럼, 우리 모두 자리에 앉아서 편하게 이야기하는 것이 좋겠군. 마틴, 자네도 의자를 하나 가져와 앉게. 이것은 공적인 일이야. 그러니 자네도 앞으로 10

254

분 동안은 하인으로서 앉아 있는 것이 아니네."

그 작은 남자는 꽤 편해 보이는 자세로 의자에 앉았다. 그러나 여전히 하인의 티를 완전히 벗지는 못했고, 주인에게 사사 받은 특권을 즐기는 몸종의 분위기를 풍겼다. 윈스턴이 곁눈질로 그를 좀 더 자세히 살펴보았다. 그는 평생 동안 단 하나의 역할만을 연기하는 배우처럼, 잠시 동안이라도 자신이 부여 받은 역할의 성격에 부합하지 못하면 큰일이 난다고 여기는 듯한 인상을 풍겼다. 오브라이언은 손수 유리병을 들고, 각각의 잔에 검붉은 액체를 가득 따라 주었다. 그 모습을 보고 있던 윈스턴은 오래전에 벽인지 광고판인지에서 보았던 하나의 이미지가 희미하게 떠올랐다. 네온 불빛으로 만들어진 커다란 병이 위아래로 움직이면서 그 안에 든 내용물을 유리잔에 따르는 그림이었던 것 같다. 잔에 담긴 액체는 위에서 보면 거의 검은색을 띨 정도로 짙었고, 유리병에 담긴 액체는 루비처럼 은은한 붉은빛을 냈다. 냄새는 시큼하고도 달콤했다. 옆을 보니 줄리아도 호기심이 가득한 표정으로 킁킁거리며 냄새를 맡고 있었다.

"이게 바로 와인이라는 걸세."

오브라이언이 옅은 미소를 지으며 말했다.

"자네들도 언제 책에서 읽어 본 적이 있을 거라고 생각하네만. 유감스럽게도 외부당원이 구하기는 쉽지 않은 것이지."

그의 얼굴이 다시 엄숙해지더니 잔을 높이 들고 말했다.

"자, 우선 우리 모두의 건강을 위해 한잔하지. 우리의 지도자, 이매뉴얼 골드스타인을 위해 건배!"

윈스턴은 다소 들뜬 마음으로 잔을 들었다. 와인은 그가 옛날에 책에서 읽어 본 이후로 죽 꿈꿔 왔던 것이었다. 유리 문진이나 채링턴 씨가 반쯤밖에 기억하지 못하는 노래 가사처럼, 와인도 그가 속으로 은밀히 '옛 시대'라고 부르는, 이제는 사라져 버린 낭만적인 과거에 속하는 유물 중 하나였다. 웬일인지 모르지만 그는 와인이라는 술이 블랙베리 잼만큼이나 엄청나게 단맛이 나고, 마시는 즉시 취기가 오르는 술이라고 예상해 왔었다. 그런데 막상 한 모금 마시고 보니, 그 맛이 참으로 실망스럽기 그지없었다. 사실 생각해 보면 그가 오랫동안 술이라고 마신 것은 진밖에 없었으니 다른 맛을 느끼지 못하는 것도 무리가 아니었다. 그는 빈 잔을 내려놓았다.

"그렇다면 정말로 골드스타인이라는 사람이 있다는 말씀이신가요?"

윈스턴이 물었다.

"그렇다네. 그런 사람은 분명히 있고 또 지금도 살아 있다네. 어디에 있는지는 나도 모르지만 말이지."

"그렇다면 음모는요? 그리고 조직은요? 그것도 실재하나요? 단순히 사상경찰이 지어낸 이야기가 아니란 말씀이세요?"

"아니네. 모두 사실이야. 우리는 그것을 형제단이라고 부르지. 그렇지만 앞으로도 형제단에 대해서라면, 단지 그것이 존재한다는 사실이나 자네가 그 조직의 일원이라는 사실을 제외하고는 그 이상 알게 되기는 힘들 걸세. 그 이야기는 잠시 후에 다시 하도록 하지."

오브라이언이 잠시 손목시계를 내려다보고는 계속 이어서 말했다.

"아무리 내부당원이라고 해도 텔레스크린을 30분 이상 꺼 두는 것은 현명하지 않은 일이라네. 자네 둘도 애초에 함께 와서는 안 되는 거였는데 말이지. 돌아갈 때는 필히 따로 가도록 하게. 우선 동무가 먼저."

그가 줄리아에게 고갯짓을 하고 다시 말했다.

"동무가 먼저 출발하도록 해. 아직 우리에게는 20분 정도의 여유가 있네. 자네들에게 몇 가지 질문을 해야 하는데 이해해 주길 바라네. 자네들은 무슨 일이든 감수할 각오가 되어 있나?"

"무엇이든, 우리가 할 수 있는 일이라면 무슨 일이든 할 각오가 되어 있습니다."

윈스턴이 대답했다.

오브라이언이 의자에서 앉은 각도를 조금 틀어서 윈스턴을 정면으로 마주 보았다. 그는 줄리아는 거의 무시하다시피 했다. 윈스턴이 그녀의 입장까지도 충분히 대변해 줄 수 있으리라고 여기는 듯했다. 잠시 동안 그는 눈을 지그시 감았다 떴다. 그리고 무표정하고 낮은 목소리로 하나하나 질문을 해 나가기 시작했다. 마치 순서가 정해져 있는 교리 문답을 외우듯, 그는 대답도 대부분 미리 알고 있는 듯했다.

"자네들은 목숨마저도 바칠 각오가 되어 있나?"

"네."

"살인도 저지를 수 있겠나?"

"네."

"수백 명의 무고한 사람들을 죽음에 이르게 할 수도 있는 태업 행위에 가담할 수 있겠나?"

"네."

"조국을 외국 세력에 팔아넘길 수도 있나?"

"네."

"남에게 사기를 치거나, 위조나 협박 행위를 하거나, 아이들의 마음을 타락시키거나, 습관성 마약을 배포하거나, 매춘을 장려하거나, 성병을 일부러 퍼뜨리거나 하는 등의 모든 일, 즉 당의 세력을 약화시키거나 풍기문란을 일으킬 수 있는 일이라면 무슨 일이든 할 용의가 있는가?"

"네."

"예를 들어 어린아이의 얼굴에 황산을 뿌리는 것이 우리의 이익에 부합한다면 그 일도 실행할 각오가 되어 있나?"

"네."

"현재의 신분을 버리고 여생을 웨이터나 항만 노동자로 살아가야 한다면, 그것도 받아들일 수 있나?"

"네."

"혹시라도 우리가 명령을 내린다면 자살을 할 각오도 되어 있나?"

"네."

"자네 둘이 헤어져서 평생 서로를 볼 수 없게 된다면, 그것도 받아들일 수 있겠나?"

"아니요!"

줄리아가 갑자기 이렇게 외치며 대화에 끼어들었다.

윈스턴은 차마 대답을 하지 못하고 한동안 머뭇거리기만 했다. 순간적으로 소리 내어 말할 힘이 모두 사라진 것 같았다. 그는 소리는 내지 못하면서 어떤 말을 하려고 입을 뗐었다가 닫고, 또 다른 말을 하려고 입을 뗐었다가 닫고 하기를 몇 번이나 반복했다. 그러다 마침내 자기 자신이 무슨 말을 하려고 하는지 마음의 결정을 내리지도 못한 상태로 입을 열었다.

"아니요."

그는 끝내 이렇게 말했다.

"말해 주길 잘했네. 우리는 자네들에 대해 가급적이면 모든 것을 알고 있어야 하거든."

오브라이언이 말했다.

그리고 그는 줄리아를 향해 몸을 돌려 조금은 더 감정이 실린 목소리로 다음과 같이 덧붙였다.

"자네는 만약 이 사람이 살아남는다 해도 완전히 다른 모습으로 변해 있을 수 있다는 사실을 이해하는가? 우리는 이 사람에게 완전히 새로운 신분을 부여해야 할지도 모른다네. 얼굴이나 움직임, 손의 생김새, 머리 색깔, 심지어는 목소리조차 바뀔 수 있어. 자네도 완전히 다른 사람이 되어 있을 수 있어. 우리 측 외과 의사들은 다른 사람들이 전혀 알아볼 수 없게 외모를 완벽히 바꿔 버릴 수 있을 만큼 뛰어나거든. 그렇게 하는 게 꼭 필요한 경우라면 말이지. 어떨 때는 심지어 멀쩡한 사지를 절단하기도 하니까."

윈스턴은 자기도 모르게 마틴의 몽골족 같은 얼굴을 다시 한 번 곁눈질로 흘끔 살펴보았다. 그의 얼굴에서 눈에 보이는 수술 자국은 찾을 수 없었다. 줄리아의 얼굴은 아까보다 더 창백해져서 주근깨가 더욱 도드라져 보였다. 그럼에도 그녀는 대범하게 오브라이언의 눈을 똑바로 마주 보았다. 그녀는 동의한다는 투로 웅얼거리며 작은 목소리로 무슨 말인가를 했다.

"좋아. 그럼 이것으로 모든 것이 정해졌네."

테이블 위에 은으로 된 담배 상자가 하나 놓여 있었다. 오브라이언은 무심코 담배 상자를 들어 다른 사람들에게 한 바퀴 돌리더니 자신도 한 개비 빼어 물었다. 그리고 자리에서 일어나서는 마치 그렇게 하면 생각이 더 잘 되기라도 하듯 천천히 왔다 갔다 하며 걷기 시작했다. 담배는 참으로 고급이었다. 속은 두툼하고 촘촘했으며, 겉은 좀처럼 보기 힘든 비단같이 부드러운 종이로 잘 싸여 있었다. 오브라이언이 다시 한 번 손목시계를 내려다보았다.

"마틴, 자네는 이제 제자리로 돌아가는 게 좋겠네. 이제 15분 후에는 스위치를 켤 거야. 나가기 전에 이 동무들의 얼굴을 확실히 잘 보아두게. 나는 아니더라도, 자네는 이 동무들을 다시 보게 될 테니까."

맨 처음 현관에서 만났을 때와 마찬가지로, 그 작은 남자의 검은 눈이 둘의 얼굴을 샅샅이 뜯어보았다. 그 태도에서는 친근한 구석이라고는 찾아볼 수가 없었다. 그는 그들의 외모를 기억 속에 저장하는 임무는 잘 수행하고 있었지만, 그 외에 다른 관심이나 감정은 전혀 느끼지 못하는 듯했다. 인공적으로 새로 만들어진 얼굴이라면 표정을 짓거나 바꾸는 게 불가능할지도 모르겠다고, 윈스턴은 문득 생각했다. 마틴은 아무런 말도 없이 인사조차 생략한 채 밖으로 나가 조용히 방문을 닫았다. 오브라이언은 한 손은 검은 제복 주머니에 넣고, 다른 한 손으로는 담배를 들고서 방 안을 계속 왔다 갔다 하며 서성거렸다. 이윽고 그가 다시 말을 꺼냈다.

"무엇보다도…… 자네들이 앞으로 어둠 속에서 싸워야 한다는 점을 꼭 명심하게. 자네들은 언제나 어둠 속에서 활동해야 할 거야. 지령을 받으면 이유를 불문하고 무조건 복종해야 할 걸세. 나중에 내가 자네들에게 책 한 권을 보내 줄 걸세. 그 책을 통해 우리가 현재 살고 있는 사회의 진정한 본질과 이 사회를 전복시킬 전략을 배울 수 있을 거야. 그 책을 다 읽고 나면, 자네들은 비로소 진정한 형제단의 일원이 되는 것이네. 그러나 우리가 투쟁을 통해 쟁취하려 하는 전반적인 목적, 또 그때그때 주어지는 과제를 제외한 다른 것들에 대해서는, 자네들은 절대 아무것도 알지 못할 것이네. 내가 말해 줄 수 있는 것은 단지 형제단이 존재한다는 사실뿐이야. 그밖에 조직의 일원이 얼마나 되는지, 대략 백 명이나 되는지 혹은 천만이 넘는지도 알려 줄 수 없어. 앞으로 자네들이 개인적으로 알게 될 사람도 기껏해야 열두 명 정도에 그칠 것이네. 자네들이 접촉하게 될 다른 정보원들도 많아야 서너 명에 불과할 것이고. 또 그들이 사라지게 되면 때에 따라 다른 사람들로 대체될 걸세. 이번이 자네들의 첫 번째 접선인 만큼 당분간은 이 관계가 지속될 걸세. 그 말인즉슨 자네들에게 지령을 내릴 사람이 내가 될 거라는 말이야. 자네들에게 연락할 일이 생기면 마틴을 통해 하겠네. 그러다 결국 체포되면 자네들은 모든 걸 자백할 수밖에 없을 걸세. 그건 피할 수 없는 일이지. 그렇지만 자네들이 자백할 수 있는 내용은 얼마 되지 않을 거야. 고작해야 자네들이 직접 수행한 일밖에는 아는 게 달리 없을 테니까. 배신을 하려 해도, 별로 중요하지 않은 사람들 대여섯 명밖에는 댈 수 없을 걸세. 설사 나를 배신하려 한다 해도 그마저 불가능할지도 모르네. 그때가 되면 나는 이미 죽은 사람이거나, 살아 있다 해도 완전히 다른 얼굴을 가진 다른 사람이 되어 있을 테니까."

오브라이언은 부드러운 카펫 위를 계속해서 왔다 갔다 하며 걸어 다녔다. 엄청나게 큰 체구에도 불구하고, 그의 움직임에는 놀라우리만큼 우아한 무엇인가가 있었다. 그가 무심코 손을 주머니에 집어넣는 동작이나 담배를 피워 무는 동작에서조차도 그 우아함이 풍겨 나왔다. 그것은 힘 있어 보인다기보다는 넘치는 자신감이 겉으로 드러나는 모습이었고, 냉소적인 듯하면서도 깊은 이해심을 드러내는 태도라고 할 수 있었다. 그가 얼마나 진실한지는 몰라도, 그에게서는 적어도 광신자에게 흔히 보이는 외골수 같은 면이 보이지 않았다. 그는 살인이니 자살이니 성병이니 사지 절단이니 얼굴 성형이니 하는 이야기를 할 때에도 약간은 농담을 하는 식으로 별것 아닌 듯 태연하게 말을 했다. 그의 목소리는 마치, '이런 일은 피할 수 없는 일이오. 따라서 위축되지 않고 단호하게 실시해야 하오. 그러나 세상이 다시 살 만한 곳이 되면 더 이상 이런 일을 할 필요가 없을 것이오.'라는 의미를 내포하고 있는 듯했다. 오브라이언에 대해 윈스턴은 지금 마음속으로 거의 숭배의 감정에 달하는 한없는 존경심을 느끼고 있었다. 그 순간만큼은 골드스타인의 모습은 까맣게 잊고 있었다. 오브라이언의 힘 있는 어깨와 못생긴 듯하면서도 묘하게 교양이 넘치는 무뚝뚝한 얼굴을 보고 있으면, 세상에 그가 이기지 못할 상대란 있을 수 없을 것 같다는 느낌을 받았다. 그가 대적하지 못할 술수는 없을 것 같았고, 어떤 위험이라도 그라면 미연에 충분히 대처할 수 있을 것 같았다. 줄리아마저도 그런 그에게 깊은 감명을 받은 듯했다. 그녀는 손에 들고 있던 담배가 끝까지 타들어 가는 것도 모르고 열중하여 그의 말을 경청했다. 오브라이언이 계속해서 말했다.

"짐작하건대 자네들은 형제단의 존재에 대한 소문을 무수히 들어보았을 것이네. 그런 만큼 나름대로 각자 상상하는 바가 있겠지. 모르긴 해도 아마 거대한 지하조직의 음모자들이 지하실에서 비밀리에 모임을 가지고, 벽에 낙서를 통해 메시지를 남기거나, 암호나 특별한 손짓 같은 신호로 조직원들을 알아보는 등의 모습을 상상했으리라 믿네. 그러나 실제로는 절대 그렇지 않다네. 형제단의 단원들이 서로를 알아볼 수 있는 방법 같은 것은 전혀 존재하지 않아. 어느 누구도 몇 명 정도를 제외하고는 다른 멤버들을 전혀 알 수 없도록 되어 있어. 아무리 골드스타인이라 해도, 그가 만약 사상경찰에게 체포되어 심문 받는다면, 전체 단원이 수록된 명단은 물론이고 그런 명단을 넘겨줄 수 있게 해 주는 실마리조차도 전혀 가지고 있지 못할 걸세. 전체 명단 같은 것은 애초에 존재하지 않기 때문이지. 형제단은 절대 일반적인 의미에서의 조직이 아니며, 그 때문에 완전히 소탕되는 것은 불가능하다네. 그 조직은 해체되지 않는다는 신념으로 유지되지. 자네들도 그 안에서 동지애나 격려를 기대할 수는 없을 걸세. 자네들이 잡힌다 해도 아무런 도움도 얻지 못할 걸세. 우리는 절대 다른 동지들을 도와주지 못하거든. 어쩌다가 절대적인 침묵이 보장되어야 할 누군가가 잡혔을 때, 기껏해야 감옥으로 면도날을 몰래 집어넣어 주는 것이 전부이면 모를까 말이지. 자네들은 어떠한 결과도 희망도 포기한 채로 살아가는 데 익숙해져야 할 걸세. 한동안 활동을 하다가 결국은 잡힐 거고, 그러면 자백을 하고 죽게 될 것이네. 자네들의 최후에 기다리고 있는 결과는 이게 전부야. 우리가 사는 동안 가시적인 변화가 일어날 가능성은 전혀 없으니까 말이지. 우리는 이미 죽은 목숨이나 다름없네. 우리의 진정한 삶은 미래에만 존재하는 것이고. 우리는 고작해야 한 줌의 먼지와 몇 조각의 뼈로서 그 미래에 동참할 수 있을 걸세. 그러면서도 또, 그 미래가 얼마나 멀리에서 우리를 기다리고 있는지조차 짐작할 수 없어. 어쩌면 수천 년이 걸려야 할 수도 있다는 사실밖에는. 현재 우리가 할 수 있는 일은, 우리가 가진 온전한 정신을 조금씩 확산해 나가는 일뿐이야. 우리는 집단행동을 할 수 없네. 다만 우리가 가진 지식을 개인에서 개인으로, 현 세대에서 다음 세대로 조금씩 더 넓게 전파할 수 있을 뿐이지. 사상경찰이 존재하는 한 이 방법밖에 다른 방도는 없다네."

오브라이언은 말을 멈추고 세 번째로 그의 손목시계를 내려다보았다.

"동지, 이제 떠나야 할 때가 왔소."

그가 줄리아를 바라보며 말했다.

"잠깐, 와인이 아직 반이나 남아 있군."

그는 모두의 잔을 가득 채우고 나서 자신의 잔을 높이 들었다.

"이번에는 무엇을 위해 건배하면 좋을까?"

이렇게 말하는 그의 입가에는 아직도 희미하지만 냉소적인 기운이 맴돌고 있었다.

"사상경찰의 대혼란을 위해? 빅 브라더의 종말을 위해? 인간성을 위해? 아니면 미래를 위해?"

"과거를 위해."

윈스턴이 말했다.

"그렇지, 과거가 더 중요하지."

오브라이언이 엄숙한 태도로 동의를 표했다.

그들은 일제히 잔을 비웠고 줄리아가 자리에서 바로 일어섰다. 오브라이언이 캐비닛 맨 꼭대기 서랍을 열어 작은 상자를 꺼내더니, 그녀에게 납작하게 생긴 하얀 알약을 하나 건네주며 입안에 넣고 녹이라고 일러주었다. 와인 냄새를 풍기며 밖으로 나가면 위험하다며, 특히 엘리베이터 안내원이 눈치가 워낙 빠르니 조심해야 한다고 당부했다. 그녀가 밖으로 나가고 방문이 닫히자마자 오브라이언은 금세 그녀의 존재를 잊은 듯했다. 그는 한두 발짝 더 서성이며 왔다 갔다 하더니 멈춰 서서 윈스턴에게 말했다.

"확실히 해야 할 사항이 조금 더 남아 있는데 자네들은 은신처 같은 곳을 따로 마련했는가?"

윈스턴이 채링턴 씨 가게 위층 방에 대해 설명했다.

"당분간은 그곳이 나쁘지 않을 것 같군그래. 나중에 차차 다른 장소를 물색해 주도록 하지. 되도록이면 은신처를 자주 바꾸는 것이 좋아. 그동안 우선 자네에게 '그 책'을 한 권 보내 주도록 하겠네."

윈스턴은 오브라이언조차도 그 책이라고 강조하여 발음한다는 점에 주목했다.

"그러니까, 골드스타인의 책 말이네. 되도록 빨리 구해 보도록 하지. 그렇지만 손에 넣으려면 며칠 걸릴지도 모르겠어. 짐작하고 있을지도 모르지만, 남아 있는 책이 얼마 없거든. 책을 찍어 내는 족족, 사상경찰이 닥치는 대로 샅샅이 찾아내 없애고 있어서 말이야. 그렇다고 해서 달라질 것은 별로 없네. 그 책을 완전히 없애는 것은 불가능하거든. 설사 마지막 한 권까지 찾아 없앤다 해도, 우리는 다시 한 글자도 빠뜨리지 않고 써낼 수 있으니까 말이야. 자네는 평소 일하러 갈 때 가방을 가지고 다니는가?"

"보통은 그렇습니다만."

"어떤 가방인가?"

"검은색이고, 매우 낡았어요. 그리고 끈이 두 개 달려 있습니다."

"검은색이고, 끈이 두 개 달렸고, 매우 낡았다……. 알겠네. 조만간 어느 날, 지금은 정확한 날짜를 알려 줄 수 없네만, 자네가 오전에 받을 일 중에 철자가 잘못 쓰인 메시지가 하나 있을 걸세. 그러면 자네는 그 일감을 다시 보내달라고 요청하게. 그다음 날 출근할 때 가방을 가지고 가지 말게. 그러면 그날 중에 길에서 한 남자가 자네에게 접근해 와서 팔을 건드리며, '가방을 떨어뜨리신 거 같은데요.'라고 말할 거야. 그 남자가 건네주는 가방을 받으면, 그 안에 골드스타인의 책이 한 권 들어 있을 걸세. 그 책은 읽고 14일 안에 다시 돌려주어야 하네."

둘 사이에는 한동안 침묵이 흘렀다.

"이제 자네가 떠나야 할 시간까지 한 2분 정도 남았군. 우리는 다시 만날 걸세. 그리고 우리가 만나게 된다면……."

오브라이언의 말에 윈스턴이 그를 올려다보고 머뭇거리며 물었다.

"어둠이 없는 곳에서인가요?"

오브라이언은 놀란 기색 없이 고개를 끄덕였다.

"어둠이 없는 곳에서라."

그는 윈스턴이 무슨 뜻으로 하는 말인지 알고 있다는 투로 그 말을 반복해 말했다.

"그럼 혹시 떠나기 전에 마지막으로 하고 싶은 말 있나? 전달하고 싶은 메시지나 다른 질문이 있다던지?"

윈스턴은 잠시 생각에 빠졌다. 더 이상 알고 싶은 것은 없는 것 같았다. 그렇다고 거창하게 일반론적인 이야기를 꺼내고 싶은 기분은 더더욱 아니었다. 문득 그의 머릿속에 오브라이언이나 형제단에 직접적으로 관련되지는 않았지만, 그의 어머니가 마지막 날들을 보낸 어두운 침실이나 채링턴 씨 가게 위층 작은 방, 유리 문진, 그리고 자단으로 만든 액자에 끼워져 있는 금속 판화 등등 이런저런 이미지들이 마구 뒤섞여 떠올랐다. 그는 아무거나 생각나는 대로 물었다.

"옛날 노래 중에 하나인데, 혹시 '오렌지와 레몬이여, 성 클레멘트의 종이 말하네.'로 시작하는 노래 들어본 적 있으신가요?"

이번에도 오브라이언은 조용히 고개를 끄덕였다. 그리고 예의를 차리고 정중한 태도로 그 노래 가사를 끝까지 암송했다.

오렌지와 레몬이여, 성 클레멘트의 종이 말하네.
너는 나한테 3파딩을 빌렸어, 성 마틴의 종이 말하네.

그 돈 언제 갚아 줄 거야? 올드 베일리의 종이 말하네.

부자가 되면 갚아 줄게, 소어디치의 종이 말하네.

"이 노래의 마지막 구절까지 알고 있었군요!"

윈스턴이 감탄하며 외쳤다.

"그렇다네, 마지막 구절까지 다 알고 있지. 자, 이제 아쉽지만 자네가 떠나야 할 시간이 되었어. 그런데 잠깐만, 자네에게도 이 알약을 하나 주는 것이 좋겠구먼."

윈스턴이 자리에서 일어서자 오브라이언이 악수를 청하며 손을 내밀었다. 오브라이언의 손아귀 힘이 얼마나 셌던지, 윈스턴은 하마터면 손뼈가 으스러지는 줄 알았다. 윈스턴은 문간에 서서 잠시 방 안을 뒤돌아보았다. 오브라이언은 벌써부터 그가 안중에도 없는 것처럼, 텔레스크린 조절 스위치에 손을 갖다 대고 뭔가를 한참 조작하고 있었다. 오브라이언의 모습 뒤로, 그가 들어올 때 보았던 초록색 갓이 달린 램프와 구술기록기와 서류가 수북이 쌓인 철제 바구니가 놓인 책상이 보였다. 이번 일은 이렇게 종결되었다. 윈스턴은 자신이 찾아오는 바람에 방해를 받아 중단했던, 당을 위해 열심히 하고 있던 중요한 일을 오브라이언이 이제 30초도 안 돼 다시 시작할 것이라고 생각했다.

9장

윈스턴은 너무 피곤한 나머지 몸이 녹초가 되었다. 정말이지 말 그대로 녹초가 되었다는 말이 적절할 것이다. 머릿속에서 그 말이 저절로 떠올랐으니까. 그는 자신의 몸이 젤리처럼 흐느적 거릴 정도로 약해진 데다가 한 반쯤 투명해진 느낌까지 들었다. 손을 들어 올려 빛에 비추어 보면 빛이 그대로 통과해 나가는 모 습을 볼 수 있을 것처럼 말이다. 그동안 엄청난 양의 일이 쏟아 지는 바람에 그걸 소화해 내느라 그는 약한 신경조직과 뼈와 피 부만을 남겨 놓고 혈액이나 림프액을 합해 몸에 있는 액체란 액 체가 모두 빠져나가 버린 느낌이었다. 그런 만큼 현재 몸의 감각 은 극도로 예민해져 있었다. 제복은 유난히 어깨를 무겁게 짓눌 렀고, 발은 땅바닥에 내디딜 때마다 얼얼했으며, 심지어는 단순 히 손을 쥐었다 펴는데도 손마디가 시큰거렸다.

그는 닷새 동안에 무려 90시간도 더 넘게 일을 했다. 부서 안 의 다른 사람들도 모두 마찬가지였다. 이제야 모든 일이 끝나 고, 간만에 내일 아침까지는 할 일이 하나도 없었다. 아니 적어 도 당에서 부여받을 일은 없었다. 그래서 오늘은 은신처에 가서 여섯 시간을 보내고, 그러고 나서 또 집에 가서도 아홉 시간을 쉴 수 있었다. 그는 부드러운 오후 햇살을 받으며 채링턴 씨 가 게를 향해 허름한 뒷골목 길을 따라 천천히 발걸음을 옮겼다. 간 간히 순찰대가 있나 주위를 살피기는 했지만, 웬일인지 오늘 오 후만은 아무도 그를 건드리지 않을 것 같다는 말도 안 되는 확신 이 들었다. 그의 손에 들려 있는 묵직한 서류 가방이 한걸음씩 앞으로 나갈 때마다 무릎에 세게 부딪히는 바람에 다리 전체가 얼얼한 느낌이 들었다. 가방 안에는 바로 '그 책'이 있었다. 그 책은 그의 손에 들어온 지 벌써 6일이나 되었는데, 이제까지 읽어 보기는커녕 제대로 열어 보지도 못한 상황이었다.

증오 주간이 시작된 지 엿새째 되는 날이었다. 행진, 연설, 함성, 합창, 깃발, 포스터, 영화, 밀랍 인형, 저음의 북 치는 소리와 고음의 나팔 부는 소리, 행군하는 발소리, 육중한 탱크가 굴러가며 나는 소리, 대규모 편대를 이루어 비행하는 전투기 소리, 대기를 울리는 대포 소리…… 이런 분위기 속에서 엿새가 지나자 사람들의 흥분은 절정에 달할 대로 달해 터지기 일보 직전이었고, 유라시아에 대한 대중적 적대심은 광분 상태로 끓고 있었다. 그들 손에 행사 마지막 날 공개 처형될 예정이던 2천 명의 유라시아 전쟁 포로들을 쥐어 주기라도 하면, 순식간에 인정사정없이 갈기갈기 찢어 죽여 버리고도 남을 기세였다. 그런데 바로 그런 절정의 순간에, 오세아니아가 이제는 유라시아와 전쟁 중인 것이 아니고 동아시아와 전쟁 중이며, 유라시아와는 동맹 관계에 있다는 성명이 발표되었다.

물론 그런 변화가 생겼다는 사실에 대한 언급이나 해명은 절대 나오지 않았다. 그저 뜬금없이, 그리고 갑자기 모든 곳에서 삽시간에, 적국이 유라시아가 아닌 동아시아라는 사실이 널리 퍼졌을 뿐이었다. 그 일이 일어났을 당시 윈스턴은 런던 시내 광장 한 곳에서 열린 시위에 참석하고 있었다. 시간은 어두운 밤이었고, 광장 안은 수많은 하얀 얼굴과 선홍색 깃발이 조명을 받아 번쩍이고 있었다. 광장은 수천 명의 사람들로 발 디딜 틈이 없었고, 그중에는 스파이단 단복을 입은 학생들이 한 천 명 정도 떼를 지어 몰려와 있었다. 붉은 휘장이 드리워진 연단 위에는, 몸집에 비해 유난히 팔이 길고 흐트러진 머리카락 몇 가닥이 눈에 띄는 커다란 대머리의 작고 마른 체구의 내부당원 출신 연사가 꼿꼿이 서서 사람들에게 열렬히 장광설을 늘어놓고 있었다. 적개심에 눈먼 작은 룸펠슈틸츠킨(*여자에게 금을 짜도록 도와주고 나중에 아이의 영혼을 빼앗으려 하는 독일 민화에 나오는 난쟁이.) 같은 그 남자는 한 손으로 마이크를 움켜잡고, 뼈가 앙상하게 드러난 팔 때문에 더욱 거대해 보이는 손을 머리 위로 치켜 올리고서 위협적인 몸짓으로 허공을 할퀴어 댔다. 확성기에 의해 금속성을 띤 그의 목소리는 지치지도 않고 전쟁의 잔혹 행위, 대량 학살, 강제 추방, 약탈, 강간, 포로 고문, 양민 폭격, 허위 선전, 불법 침략, 조약 위반 등에 대한 이야기를 끝도 없이 열거하며 떠들어 댔다. 그의 말을 듣고 있으면 누구나 할 것 없이 처음에는 그 말에 혹하게 되고 결국은 광분 상태로 치달을 수밖에 없었다. 그러다가 몇 분마다 한 번씩은 군중의 분노가 갈 데까지 끓어올라, 수천만의 목청에서 터져 나오는 맹수의 울부짖음 같은 함성에 연사의 목소리조차 묻혀 버릴 정도였다. 그중에서도 가장 야만적으로 울려 퍼지는 함성은 역시나 학생들의 입에서 터져 나왔다.

연설이 약 20분 정도 진행되었을 즈음이었다. 갑자기 전령 하나가 나타나 급히 연단으로 올라가더니 연사의 손에 종이쪽지 하나를 쥐어 주었다. 연사는 연설을 계속하면서 손으로 종이를 펴서 읽었다. 그런 후에도 그의 목소리나 태도, 그가 말하고 있는 내용에서 변하는 것은 하나도 없었다. 그런데 순식간에 그의 연설에 등장하는 이름은 다른 이름들로 바뀌어 있었다. 아무런 부연 설명도 하지 않았지만, 군중들 사이에서는 한순간 이해의 물결이 일고 지나갔다. 오세아니아의 전쟁 상대는 동아시아였다! 다음 순간 광장 일대에서 엄청난 동요가 일었다. 광장을 장식하고 있는 깃발과 포스터의 내용이 전부 틀린 것이다! 포스터의 거의 반을 차지하고 있는 얼굴들도 모두 잘못 그려져 있었다. 태업 행위에 당한 것이다! 골드스타인의 비밀 요원들이 활동에 나선 것이다! 여기저기서 우레와 같은 함성이 터져 나오며, 벽에 있는 포스터가 사정없이 뜯기고 깃발이 발기발기 찢겨 사람들의 발에 짓밟혔다. 역시나 스파이단은 뛰어난 기량을 발휘하여 단숨에 건물 지붕으로 올라가 굴뚝 위에서부터 타 내려오며 하늘 높이 나부끼던 삼각 깃발 장식을 모두 잘라냈다. 이 모든 소란은 시작된 지 이삼 분도 안 되어 전부 마무리되었다. 연사는 여전히 한 손으로는 마이크를 움켜잡고 다른 한 손은 허공에 휘두르면서 어깨를 앞으로 쭉 내민 채 한시도 쉬지 않고 연설을 계속해 나갔다. 일 분도 안 되어 군중 사이에서는 분노의 포효가 다시 터져 나오기 시작했다. '증오'는 그렇게 전혀 아무 일도 없었던 것처럼 순조롭게 진행되고 있었다. 다만 바뀐 것은 분노의 대상일 뿐이었다.

그 당시를 돌이켜보면서 윈스턴을 다른 무엇보다 놀라게 한 것은, 그 연사가 말하는 도중에도 전혀 말을 쉬지 않았을 뿐 아니라 문장 중간에 문맥도 그대로 유지하면서 전혀 부자연스럽지 않게 다른 내용으로 술술 넘어갔다는 점이었다. 그런데 당시 그의 정신이 다른 데 팔리게 된 것은 이 다른 사건 때문이었다. 포스터가 뜯겨져 나가고 있던 한참 혼란스러운 상황이었는데, 한 번도 본 적 없는 어떤 남자가 뒤에 나타나 자신의 어깨를 가볍게 두드리며 '죄송합니다만, 가방을 떨어뜨리신 것 같네요.'라고 말하며 조용히 가방을 손에 건네주는 것이었다. 윈스턴은 얼떨결에 아무 말도 못하고 덥석 가방을 받아 들었다. 그때의 정황상 그는 족히 며칠은 기다려야 비로소 그 가방을 열어 볼 기회가 올 거라는 사실을 감지하고 있었다. 그리고 시위가 끝나자 거의 23시가 다 되어 가는 시간이었지만, 그는 곧장 진리부 쪽으로 향했다. 다른 진리부 직원들도 모두 마찬가지였다. 물론 텔레스크린에서 근무지로 복귀하라는 지시가 내려오기도 했지만, 굳이 그런 지시를 내릴 필요도 없었다.

오세아니아의 전쟁 상대가 현재 동아시아라는 말은, 오세아니아가 늘 동아시아와 전쟁 상태에 있었다는 말을 뜻했다. 5년간 축적되어 온 상당량의 정치적 기록이 이제 완전히 쓸모없는 휴지 조각이 되어 버렸다. 모든 종류의 보고서, 기록문, 신문, 책, 팸플릿, 영화, 녹음테이프, 사진 등등 이 모든 것이 번개 같은 속도로 즉시 수정되어야 했다. 이렇다 할 상부의 지시가 있던 것도 아니었지만, 각 국장들은 유라시아와 전쟁 중이라는 기록이나 동아시아와 동맹 관계라고 말하는 모든 기록을 일주일 안으로 모조리 다 없애야 한다는 사실을 잘 알고 있었다. 그 작업은 상상을 초월할 정도로 벅찼다. 직접 일을 진행하는 입장으로서도 그 일에 걸맞은 진정한 명칭을 입 밖으로 낼 수 없었기에 특히 더 했다. 기록국의 모든 직원은 하루 24시간 중에 겨우 두세 시간 정도 간신히 눈을 붙여가며 18시간 동안 일만 해야 했다. 지하실에서 가지고 올라온 매트리스가 복도 도처에 깔렸고, 식사라곤 구내식당의 종업원들이 카트를 밀고 다니며 나누어 주는 샌드위치와 빅토리 커피가 전부였다. 윈스턴은 책상에 쌓인 일거리를 줄이는 데 온 힘을 쏟다가 시간이 조금씩 날 때마다 눈을 붙였는데, 얼마 안 가 욱신거리며 저절로 감기는 눈을 간신히 뜨고 책상에 돌아와 보면 일감이 어느새 눈처럼 수북이 쌓이다 못해 구술기록기도 반쯤 가린 채 마룻바닥까지 떨어져 있었다. 그래서 그가 처음에 책상에 돌아와 가장 먼저 하는 일은 종이를 착착 쌓아 올려 정돈하고 작업 공간을 확보하는 일이었다. 무엇보다도 가장 짜증나는 일은 주어진 작업이 단순한 수정으로 끝나지 않았다는 점이었다. 하나의 이름을 단순히 다른 이름으로 바꾸는 작업도 물론 있긴 했지만, 꼼꼼히 확인하고 일일이 작위적으로 꾸며 넣어야 하는 세세한 사건이 담긴 보고서 같은 서류도 있었다. 원래 기록에 적혀 있던 전투 지역을 다른 지역으로 옮겨 쓰는 일만 해도 상당한 지리적 지식이 요구되는 작업이었다.

사흘째가 되자 윈스턴은 눈이 참을 수 없이 욱신거렸다. 그는 몇 분마다 한 번씩 계속해서 안경알을 닦아 댔다. 그쯤 되자 마치 꼭 해야 된다는 의무가 있는 것도 아닌데 끝까지 완수해내고 말 거라는 신경증적인 강박관념에 사로잡혀 육체적으로 자신을 학대하는 경지에 이른 느낌이었다. 제대로 된 생각을 할 겨를이 없었기에, 그는 자신이 구술기록기에 불러 쓰는 말 한 마디 한 마디와 펜으로 휘갈겨 쓴 낱말 하나하나가 모두 새빨간 거짓말이라는 사실도 전혀 개의치 않게 되었다. 그저 기록국의 다른 사람들과 마찬가지로 그도 무사히 그 위조 행위를 모두 끝낼 수 있기만을 간절히 바랄 뿐이었다. 엿새째 되는 날 아침, 일감이 들어오는 속도가 눈에 띄게 느려진 게 느껴졌다. 30분이 지나도록 아무런 메시지가 나오지 않던 전송관에서 마지막 메시지 하나가 떨어져 나오더니 그마저도 이후로는 잠잠해졌다. 거의 같은 시간에 다른 책상에서도 업무량이 현저하게 줄어든 모양이었다. 부서 전체에서 남몰래 깊은 안도의 한숨이 터져 나왔다. 누구도 결코 입 밖으로 내어서는 안 되는 비밀스럽고 중대한 과업이 마침내 완수된 것이다. 이제는 그 누구도 오세아니아가 유라시아와 전쟁을 벌인 적이 있다는 사실을 문서상으로 증명할 방법이 없게 되었다. 12시가 되자 내일 아침까지 부서의 전 직원들에게 자유시간이 주어졌다는 예상치 못했던 기쁜 소식이 전해졌다. 윈스턴은 일하는 내내 그의 다리 사이에 끼워두고 잘 때도 몸 아래 깔고 자던, '그 책'이 든 서류 가방을 들고 집으로 향했다. 그리고 면도를 한 뒤 물이 미지근해졌음에도 불구하고 그 안에서 꾸벅꾸벅 졸면서 목욕을 했다.

윈스턴은 관절 마디마다 우두둑 하는 소리를 내며 채링턴 씨 가게 위층 방으로 향하는 계단을 올랐다. 피곤하기는 했지만 더 이상 졸리지는 않았다. 그는 창문을 열어 놓고, 때가 덕지덕지 낀 작은 석유난로에 불을 붙이고, 커피를 끓이기 위해 물을 올려놓았다. 조금 있으면 줄리아도 곧 도착할 예정이었다. 그에게는 그동안 읽을 책이 있었다. 그는 낡은 안락의자에 앉아서 서류 가방을 열었다.

그 검은 책은 매우 두꺼웠으며 서툴게 제본되어 있었는데, 표지에는 아무런 제목도 저자명도 적혀 있지 않았다. 인쇄 상태도 결코 고르다고 할 수 없었다. 그동안 많은 사람의 손을 거친 듯 페이지마다 가장자리가 닳아 있었고, 쉽게 넘어가는 낱장도 많앚다. 속표지에 적혀 있는 제목은 다음과 같았다.

과두적 집단주의의 이론과 실제
−이매뉴얼 골드스타인 지음

윈스턴은 계속해서 책장을 넘겼다.

제1장
무지는 힘

역사가 시작된 이래, 아니 아마도 신석기 시대 이후부터 세상 사람들 사이에는 '상, 중, 하'라는 세 가지 부류의 계층이 존재해 왔다. 각 계층은 여러 갈래로 나뉘기도 했고, 수없이 많은 다른 이름으로 불리기도 했으며, 각 계층에 속하는 사람들의 규모나 상호 계층 간의 태도도 시대에 따라 여러 변화를 거듭했으나, 이를 이루는 근본적인 구조는 한 번도 무너진 적이 없었다. 엄청난 격변과 돌이킬 수 없는 큰 변화가 계속 일어나는 와중에도 위와 같은 양상은 늘 동일하게 유지되어 왔다. 이는 마치 자이로스코프가 얼마나 멀리까지 밀리든지 상관없이 결국은 늘 제자리로 돌아와 중심을 잡는 이치와도 같다고 하겠다.

각 계층의 목적은 서로 판이하게 달라 결코 양립할 수 없다.

윈스턴이 읽기를 멈추었다. 지금 자신이 더없이 편안하고 안전한 상태로 책을 읽고 있다는 사실을 잠시 음미하고 싶었다. 그는 완전히 혼자였다. 텔레스크린도 없었고, 열쇠 구멍으로 방

안 소리를 몰래 엿듣는 사람도 없었으며, 뒤에 누가 있는 건 아닌지 초조한 마음으로 망을 볼 필요도 없었고, 책을 몰래 손으로 가리고 읽을 필요도 없었다. 달콤한 여름 공기가 그의 뺨에 와 닿았다. 멀리 어딘가에서 아이들의 함성 소리가 희미하게 들려왔다. 방 안은 시계의 째깍거리는 소리밖에는 아무 소리도 들리지 않고 고요했다. 그는 안락의자에 등을 깊숙이 기대고 앉아 두 발을 난로 받침대 위에 올려놓았다. 축복이자 영원히 계속될 것만 같은 순간이었다. 그는 갑자기 무슨 생각이 들었는지, 끝까지 다 읽고 나서 다시 또 몇 번이고 반복해서 읽을 책을 다루듯이, 책을 아무 데나 중간에 펴고서 어디인지 살펴보았다. 제3장이었다. 그는 그 장을 읽기 시작했다.

제3장
전쟁은 평화

전 세계가 세 개의 초강대국으로 분할된 일은 20세기 중반 이전부터 조짐을 보여 왔던, 그리고 실제로 예견되기도 한 사건이다. 우선 소련이 유럽을 흡수하고 미국이 영국을 흡수했을 때를 기점으로, 일찌감치 현재의 세 열강 중 두 나라인 유라시아와 오세아니아가 그 탄생을 예고했었다. 그 뒤로 10년간 이어진 혼선을 거쳐 세 번째 열강인 동아시아도 비로소 한 나라로서 유력한 세력을 갖추게 되었다. 이 세 열강 간의 국경은 어떤 지역에서는 뚜렷하지 않고 모호하며, 어떤 지역에서는 전세에 따라 유동적으로 움직이지만, 전반적으로는 지리적인 형세에 따라 정해져 있다. 유라시아는 포르

투갈에서부터 베링 해협에 이르기까지 유럽 및 아시아 대륙의 북부 지역 전체를 관장한다. 오세아니아는 아메리카 대륙을 비롯해 영국, 오스트레일리아를 포함한 대서양 일대의 섬들과 아프리카 남부 지역을 관장한다. 동아시아는 다른 두 나라에 비해 규모가 작고 서쪽 편의 국경이 다소 모호한 편이지만, 대체로 중국과 그 남쪽에 위치한 다른 나라들, 일본 열도, 넓긴 하지만 상태가 유동적으로 변하는 만주와 몽골, 티베트를 점령하고 있다.

지난 25년 동안 이들 초강대국들은 지속적으로 두 나라씩 동맹 관계를 맺으면서 다른 나라와 맞서 쉴 새 없이 전쟁을 벌여왔다. 그러나 여기서 전쟁은 더 이상 20세기 초에 일어났던 것 같은 절망적이고 전멸적인 투쟁이 아니다. 그보다는 서로가 상대방을 파괴시킬 수도 없고, 실질적으로 싸워야 할 명분도 없으며, 그렇다고 이념적으로 대치되지도 않는데, 그저 두 전투 상대가 제한된 목적을 위해 벌이는 싸움일 뿐인 것이다. 그렇다고 해서 전쟁의 양상이나 널리 퍼져 있는 전쟁에 대한 인식이 예전보다 덜 잔인해졌다거나 더욱 신사적이 되었다는 이야기는 절대 아니다. 오히려 그와는 반대로 전쟁에 대한 히스테리는 어느 한 국가를 막론할 것 없이 어느 곳에서나 더욱 극성을 부리고 있고, 강간, 약탈, 어린이 학살, 전 국민의 노예화를 비롯해, 끓는 물에 삶아 죽이거나 생매장시키는 등의 포로에 대한 잔혹한 보복 행위들이 어느 때보다 당연시되었다. 더욱이 이런 행위가 적국이 아니라 자국에 의해서 행해지는 경우에는 칭찬을 받을 만한 일로까지 높이 평가되고 있는 상황이다. 그렇지만 실질적인 면으로 파고들어가 보면, 사실 전쟁에 관여하는 사람은 고도의 훈련을 받은 극소수의 전문가들에 불과하고, 사상자의 수도 비교적 많지 않다. 간혹 전투가 벌어진다고 해도, 보통 대중들이 오로지 추측밖에 할 수 없는 이름도 모호한 국경 지대이거나, 해로의 전략 지점을 지키는 유동 요새 부근이기 마련이다. 한편 문명 중심 지역에서의 전쟁은 소비재의 끊임없는 부족을 일으키는 원인으로서, 그리고 가끔씩 로켓 폭탄 투하로 인한 수십 명의 사망자를 내는 사건으로서의 의미밖에 지니지 않는다. 전쟁의 성격은 변했다. 더욱 정확히 말하자면, 전쟁이 벌어지는 여러 이유 중에서 그 중대성의 순위가 바뀌었다고 할 수 있다. 20세기 초반에 일어난 대전에서도 어느 정도 존재하긴 했지만 그때는 사소하게 여겨지던 동기들이 지금 와서는 가장 중요한 동기로 부상하고 의식적으로 인정되어 행동으로 옮겨진 것이다.

오늘날 계속되고 있는 전쟁의 성격을 이해하려면(비록 수년마다 적군과 아군의 편 가르기 양상은 계속 변하고 있지만, 본질상 하나의 똑같은 전쟁이 지속되고 있다고 보는 것이 옳다.) 무엇보다도 현 전쟁에서는 절대 결정적인 결과가 나올 수 없다는 점을 받아들여야 한다. 이 세 강대국 중에서는 아무리 두 국가가 손을 잡는다 해도 나머지 한 국가를 완전히 정복할 수가 없다. 각 나라의 힘이 너무도 비등비등한 데다, 각각의 자연적인 방어 조건이 만만치 않기 때문이다. 유라시아는 광활한 국토에 의해, 오세아니아는 드넓은 대서양과 태평양에 의해, 동아시아는 국민들의 왕성한 생식력과 근면성에 의해 각각 유리한 방어 조건을 갖추고 있다. 둘째로, 현재로서 더 이상은 이 나라들이 물질적으로 싸워 얻어야 할 목표가 존재하지 않는다. 생산과 소비를 자유자재로 조절할 수 있는 자립적인 경제 체제가 확립되면서부터, 이전 시대 전쟁의 주요 원인이었던 시장 확보는 더 이상 의미 없는 것이 되었다. 또한 원자재 확보를 위한 경쟁도 더 이상 생사를 내건 문제가 아니게 된 것이, 세 열강 어디든 그 넓은 국토를 바탕으로 웬만한 물자는 자국의 영토 내에서 전부 구할 수 있게 되었기 때문이다. 굳이 이 전쟁에서 직접적인 경제적 목적을 찾으라고 한다면, 그것은 노동력 확보에 있다. 세 열강이 모두 대치하고 있는, 그리고 궁극적으로는 누구의 소유도 아닌 국경 지역에는 탕헤르, 브라자빌, 다윈, 홍콩의 네 지점을 꼭짓점으로 잇는 사각형 모형의 지대가 있는데, 이 지역에는 전 세계 인구의 약 5분의 1이 살고 있다. 바로 이 인구 밀집 지역인 사각형 지대와 북극 지역을 차지하기 위해, 세 열강이 아직도 크고 작은 고군분투를 벌이고 있는 것이다. 실질적으로는 세 열강 중 어느 한 곳도 이 분쟁 지역 전체를 온전히 차지할 수 없다. 그저 일부 지역마다 계속해서 주인이 바뀌는 것뿐이다. 그리고 어느 누구라도 여기저기에 이러한 영토를 새로이 확보하는 일이 일어날 때는, 보통 세 나라 사이의 동맹 관계에 끊임없이 변화를 초래하는 기습적인 돌발 공격으로 인한 경우가 태반이다.

이런 분쟁 지역에 모두 해당되는 공통점이 있다면, 귀중한 광물이 매장되어 있거나 중요한 식물 자원이 분포되어 있는 지역이라는 점이다. 예를 들어 어떤 지역에서는 고무를 천연적으로 얻을 수 있는 데 반해 한랭 지역에서 인위적으로 생산하려면 비교적 높은 비용을 들여야 하기 때문이다. 그러나 그 무엇보다도 이 지역들의 강점은 값싼 노동력의 무한한 보고라는 데 있다. 어느 강대국이든 아프리카 적도 일대나 중동 국가들, 남인도, 인도네시아 군도를 장악하게 되면, 수백 수천만의 값싸고 근면한 인력 또한 확보할 수 있게 된다. 이 지역의 주민들은 벌써부터 공공연하게 노예 신분으로 전락하여, 이 지배국에서 저 지배국으로 넘겨지길 반복하는 가운데, 더 많은 무기를 생산하고 영토를 넓히고 더 많은 인력을 확보하기 위해 돌고 도는 무한 경쟁 속에서 그저 석탄이나 석유 같은 연료처럼 소비되는 신세로 전락한 지 오래이다. 여기서 주목할 점은 강대국들의 전투 지역이 절대 이 분쟁 지역 바깥으로 벗어나지 않는다는 점이다. 유라시아의 국경은 콩고 분지와 지중해의 북부 해안 사이에서 늘 오르락내리락하고 있으며, 인도양과 태평양의 섬들은 오세아니아와 동아시아에 의해 계속 번갈아 가며 점령 당해 있고, 몽고에 위치한 유라시아와 동아시아의 접경 지역은 항상 전쟁 우발 지역으로 손꼽힌다. 세 열강 모두가 명목상 소유권을 주장하는 극지방의 거대한 영토는 사실상 대부분 지역이 사람도 살지 않고 개발도 되지 않은 상태로 남아 있는 실정이다. 그러나 이런 모든 상황을 감안한다 해도 세 열강 사이에 힘의 균형은 언제나 균등하게 유지되고 있으며, 각국의 중심 지역은 절대 침략 당하는 법이 없다. 게다가 적도 부근에서 착취되는 인력은 세계 경제에 있어 그다지 큰 영향을 끼치지 못한다. 그들이 생산해 내는 모든 것은 전쟁 목적으로 소비될 뿐이며, 전쟁을 벌이는 목적은 늘 다음 전쟁에서 유리한 고지를 차지하는 것이기 때문에, 정작 그들이 세계의 부를 위해 공헌하는 것은 하나도 없는 셈이다. 노예 인구는 자신들의 노동력으로 일조함으로써 끊임없이 벌어지고 있는 전쟁 속도만을 더욱 가속화시키고 있는 것이다. 그러나 그들이 존재하지 않는다 해도, 세계 사회의 구조와 그 사회가 유지되는 과정에는 근본적으로 차이가 별로 없었을 것이다.

현대 전쟁의 일차적 목적은(이중사고의 원칙에 입각하여, 내부 당의 수뇌급 인사들은 이 목적을 인정하는 동시에 인정하지 않기도 한다.) 국민의 전반적인 생활수준을 향상시키지 않는 선에서 기계로 생산해 낸 공산품을 완전히 소진해 버리는 것이다. 19세기 말 이래로 잉여 소비재의 처리 문제는 언제 터질지 모르는 산업사회의 숨은 과제로 자리 잡고 있었다. 사실 굶주리는 사람이 태반인 현재의 상황에서, 지금 이 문제는 그다지 시급한 문제로 보이지 않는다. 그리고 설령 인위적인 파괴 절차를 밟지 않았다 하더라도, 사실이 문제는 크게 문제되지 않는다. 오늘날의 세계는 1914년 이전의사회에 비하여 오히려 더욱 헐벗고 굶주리고 황폐한 곳이다. 그리고 그 당시 사람들이 예상했던 상상 속의 미래 세계와 비교해 보면 더욱더 그렇다. 20세기 초반만 해도 거의 대다수의 지식인들은 부지불식간에 미래 사회가 놀랄 만큼 부유하고 풍요로우며 질서가 잡힌 능률적인 곳일 거라고 꿈꾸었다. 모든 곳이 백설처럼 새하얀 콘크리트나 유리와 강철로 지어진, 어디 하나 흠잡을 데 없이 깔끔하고 반짝이는 그런 곳 말이다. 사실 그 당시 돋보였던 과학과 기술의 엄청난 발전 속도로 미루어 볼 때, 세계가 그런 식으로 나아갈 것임은 지극히 당연해 보였다. 그러나 이런 사회는 실현되지 않았다. 계속 이어지는 기나긴 전쟁과 혁명으로 인해 빈곤이 초래된 데다, 과학과 기술이 발전되려면 반드시 선행되어야 하는 경험적 사고방식이 엄격한 통제 사회 풍토에서는 살아남을 수 없었기 때문이다. 결국 오늘날의 세상은 대체적으로 50년 전보다도 더욱더 원시적인 곳이 되었다. 물론 예전에 비해 개선된 특정 분야들도 있고, 전쟁이나 경찰의 사찰과 관련된 다양한 기술에 한해서는 눈에 띄는 발전이 이루어진 것도 사실이다. 그러나 그 외의 실험이나 발명은 거의 답보 상태에 머물러 있으며, 1950년대 원자 폭탄의 투하로 파괴된 지역들은 아직까지도 완전히 복구되지 못한 채로 남아 있다. 그럼에도 불구하고 기계에 잠재되어 있는 위험성은 여전히 남아 있다. 기계가 처음 발명되었을 때 모든 사상가들은 기계가 인간의 고된 잡일을 대신해 주고, 나아가서는 인간 사이의 불평등까지 어느 정도 해소시켜 줄 거라고 확신했다. 만약 기계가 정말로 그런 목적에 맞게 적절히 사용되었더라면 기아, 과로, 불결함, 문맹, 질병 같은 문제가 몇 세대 안에 근절될 수 있었을지도 모른다. 비록 실제로 기계가 그런 목적으로 사용되지는 못했지만, (때에 따라 분배될 수밖에 없는 부를 생산하는)무의식적인 과정을 거치는 동안 19세기 말부터 20세기 초에 이르기까지 근 50년간 일반인들의 기본 생활수준을 현저하게 향상시키는 역할을 하기는 했다.

그러나 전반적인 부의 증가가 계층 사회를 파괴시킬(그렇다. 어떤 의미에서는 진정한 파괴이다.) 위협 또한 지니고 있다는 사실도 명확해졌다. 모든 사람이 적게 일하고 배불리 먹으며 목욕탕과 냉장고가 있는 집에 살고 게다가 자동차나 심지어는 비행기까지 소유하는 세상에서는 가장 심각하고 중대한 불평등의 양상이 이미 사라져 버린 것이라 할 수 있다. 일단 부라는 것이 일반적인 것으로 퍼지게 되면, 기존에 사람들 사이를 구분 짓던 격차도 사라져 버리게 되는 것이다. 물론 개인적 소유와 사치라는 면에서는 부를 고르게 분배시키는 한편 권력은 소수의 특권층에만 부여하는 사회를 상상해 볼 수는 있을 것이다. 그러나 실제로 그런 사회는 오랫동안 안정적으로 유지될 수가 없다. 모든 사람이 여유롭고 안정된 생활을 누리면, 기존에 빈곤에 허덕이느라 사회에 무관심했던 사람들 다수가 글을 읽고 쓸 수 있게 될 것이며, 따라서 스스로 생각하는 방법을 터득할 것이고, 그러면 소수의 특권층이 사실상 거의 아무런 기능도 행하지 않는다는 사실을 깨닫게 되어 조만간 특권층을 제거해 버리려 들 것이기 때문이다. 결국 계층 사회란 오직 빈곤과 무지가 바탕이 되어야만 존속 가능하다. 한편, 20세기 초 일부 지식인들이 꿈꾸었던 과거 농경 사회로 회귀하는 일은 실용적인 해결책이 되지 못한다. 그것은 전 세계에 걸쳐 거의 당연시되다시피 한 기계화의 흐름에 크게 역행하는 일이기도 하며, 무엇보다도 한 나라가 산업 발전을 이루지 못한다면 군사적으로도 무력화되어 머지않아 다른 선진화된 국가들의 직간접적인 지배하에 놓이게 될 것이 뻔하기 때문이다.

그렇다고 해서 재화의 생산을 억제시킴으로써 대중을 빈곤 상태로 이끄는 방법도 만족할 만한 해결책은 아니다. 이 방법은 실제로 1920년에서 1940년 사이 자본주의 막바지에 대대적으로 시행된 바 있다. 많은 국가의 경제가 침체되었고 토지가 경작되지 않았으며 자본 설비도 증보되지 않은 상태에서, 대다수 국민들은 일자리를 잃고 정부의 보조로 가까스로 생활을 부지해 나가야 했다. 그렇지만 이로 인한 부작용으로 군사력이 약화되었는데, 당연한 일이지만 그 결과로 초래된 궁핍 상태는 환영 받을 일이 아니었으며 이를 반대하는 세력이 부상할 수밖에 없었다. 여기서 문제는 세계의 부를 실질적으로 증가시키지 않고 어떻게 산업화를 지속시키느냐 하는 것이다. 재화는 생산되어야 하는데, 분배되어서는 안 된다. 그리고 실질적으로 이것을 실현시킬 수 있는 방법은 오직 전쟁을 지속적으로 벌이는 일뿐이다.

　전쟁의 근본적인 행위는 파괴하는 것이다. 다만 사람의 생명을 파괴한다기보다는 인력으로 생산된 물건을 파괴하는 것이다. 전쟁이란, 일반 대중의 삶을 너무 편안하게 해 결국 사람들을 필요 이상으로 똑똑하게 만드는 데 사용될 여지가 있는 물질적인 것들을 산산이 박살내어 하늘로 날려 버리거나 바다 깊숙한 곳에 빠뜨려 버리는 하나의 방법으로 쓰이는 것이다. 전쟁 무기가 설령 전쟁 중에 실제로 파괴되지 않는다 해도 무기를 생산하는 그 자체는 소비재를 만들지 않고 노동력을 대대적으로 소모할 수 있는 편리한 방법이다. 유동 요새를 예로 들어보자. 유동 요새를 짓는 데는 수백 척의 화물선을 만드는 데 필요한 노동력이 요구된다. 그런데 이 요새가 아무에게도 물질적인 이익을 주지 못하고 결국 무용지물 상태가 되어 폐기돼야 할 상황이 오면, 그때는 또 다시 엄청난 노동력을 투입해 새로운 유동 요새를 건조해야 한다. 원칙적으로 전쟁은 항상 대중의 최소 요구 조건만을 간신히 충족시키고 그 외의 잉여 물자는 모조리 다 소모시킬 수 있도록 치밀하게 계획된다. 그런데 현실에서 대중의 최소 요구 조건은 늘 과소평가된 채로 측정되기 때문에, 생활필수품의 필요량의 약 절반 정도는 만성적으로 부족한 상태에 놓이게 된다. 사실 이러한 점은 오히려 이점으로 받아들여진다. 정부는 의도적으로 가장 특혜를 받는 계층조차 어느 정도는 생활상 곤란을 겪도록 정책을 짠다. 사회 전반적으로 물자가 부족하면 작은 특권조차도 훨씬 더 중요하게 보이게 되며, 따라서 계층과 계층 간의 차이도 더욱 극대화되어 보이기 때문이다. 20세기 초반의 생활수준에 비하면, 현재 내부당원들은 비교적 검소하고 고된 생활을 하고 있다고 볼 수 있다. 그럼에도 불구하고 넓고 잘 관리된 집, 더 좋은 옷감으로 만든 옷, 양질의 음식과 음료와 담배, 두세 명 되는 하인, 개인 자동차 또는 헬리콥터와 같이 얼마 안 되는 특권이나마 누릴 수 있다는 점에서, 그들은 자신들이 외부당원과는 완전히 다른 세계에 살고 있다고 느끼게 된다. 이런 식으로 외부당원들은 '프롤'이라고 불리는 하층민에 비교해 위의 예시처럼 상대적인 혜택을 누린다. 사방이 포위된 도시처럼 고립된 사회적 분위기 속에서는 말고기 한 덩이를 가지고 있느냐 아니냐의 여부로 빈부가 구분되기도 하는 것이다. 그런 동시에 전쟁 중이어서 정세가 위험하다는 인식을 심어 줌으로써, 생존을 위해서는 소수의 최고 권력 계층에 모든 권력을 이양하는 것이 당연하고 불가피한 조치라는 분위기를 조성할 수 있다.

뒤에 가서 설명하겠지만, 전쟁은 꼭 필요한 파괴 행위를 가능하게 할 뿐 아니라 이것을 심리적으로도 용납되게 하는 방법을 사용하여 행해진다. 전 세계적으로 잉여 노동력을 소모하기 위해서 전쟁 대신에 신전 또는 피라미드를 짓거나, 땅에 구멍을 파고 다시 채우거나, 심지어는 엄청난 양의 재화를 생산했다가 불에 태워 없애 버리는 등의 다른 단순한 방법을 쓸 수도 있을 것이다. 그러나 이런 방법은 계층 사회를 유지할 경제적인 기반만 제공할 뿐이지 감정적인 기반은 마련해 주지 못한다. 여기서 중요한 것은 대중의 사기 진작이 아니라 당 내부의 사기 진작이다. 일반 대중은 그저 꾸준히 노동력만 제공해 주면 될 뿐 그들의 태도는 중요하지 않다. 아무리 말단 당원이라도 당원은 어느 정도 지성적이고 능력도 있으며 근면해야 하는데, 또 그만큼이나 공포, 증오, 아첨, 승리에의 도취감 같은 감정에 의해 좌지우지되는 맹목적이고 무지한 광신자들이어야 한다. 다시 말해 당원은 전쟁 상태에 부합하는 정신 상태를 지니고 있어야 한다는 뜻이다. 전쟁이 실제로 일어나고 있느냐 아니냐는 별로 중요한 문제가 아니다. 그리고 어느 편도 온전한 승리를 거둘 수는 없기 때문에, 전쟁의 판세가 어떠냐의 문제도 별로 중요치 않다. 다만 중요한 것은 전쟁 상태가 계속 지속되어야 한다는 점이다. 보편적으로 당이 당원들에게 요구하는 지성의 분열은 전쟁 분위기 속에서 가장 쉽게 달성될 수 있으며, 당원의 지위가 오르면 오를수록 그러한 현상은 더욱더 뚜렷해진다. 전쟁 히스테리와 적에 대한 적대심을 가장 강하게 느끼는 대상은 바로 내부당원들이다. 관리자로서 내부당원들에게는 전쟁에 대한 뉴스 중 어떤 것이 참이고 어떤 것이 거짓인지를 분별해야 하는 경우가 종종 발생한다. 또한 전쟁 자체가 겉으로만 그럴싸하지 실제로는 일어나지 않았다는 사실이나, 전쟁이 공공연하게 발표된 목적과는 사뭇 다른 목적으로 벌어지고 있다는 사실도 알아야 될 때가 있다. 그러나 이러한 정보는 이중사고의 기술로 쉽게 중화될 수 있다. 따라서 내부당원들은 신기하게도 전쟁이 실제로 벌어지고 있다는 사실을 결코 의심치 않으며, 조만간 전쟁이 승리로 끝나 오세아니아가 전 세계의 유일무이한 지배자가 될 거라고 굳게 믿고 있다.

모든 내부당원들은 다가올 승리를 하나의 신조처럼 굳게 믿고 있다. 이는 점점 더 많은 영토를 확보하여 압도적으로 세력을 확장하는 방법이나, 아니면 새로운 가공할 만한 무기를 개발하는 방법으로 이룩될 수 있다고 믿는다. 따라서 새로운 무기를 발명하려는 노력이 끊임없이 계속되고 있고, 이는 창조적이고 사변적인 인간의 마음이 그 출구를 찾을 수 있는 얼마 남지 않은 활동 중 하나라고 할 수 있다. 오늘날 오세아니아에서 기존 의미의 '과학'은 거의 그 자취를 감추었다. 신어 단어 목록에는 '과학'이라는 말 자체도 빠져 있다. 과거에 과학적 발전을 이루는 데 기반이 되었던 경험적 사고 방식이 영사의 가장 근본적 원리와 크게 상충하기 때문이다. 같은 맥락에서 기술적인 발전은 그 결과물이 어떤 식으로든 인간의 자유를 제한하기 위해 사용될 때에만 일어난다. 반면 실용적 학문 분야는 모든 것이 답보 상태이거나 오히려 퇴보하고 있는 실정이다. 책은 기계로 쓰이고 있는 마당에, 밭은 아직도 말이 끄는 쟁기에 의해 경작되고 있는 것이다. 그러나 (예를 들어 전쟁이나 경찰의 감시 활동과 같은)필수적인 문제의 경우에는 경험적 방법이 여전히 장려되거나 적어도 허용되고 있다.

당의 두 가지 목표는 전 세계 정복과 더불어 독립적인 사고의 가능성을 완전히 없애는 것이다. 그리하여 당이 해결해야 하는 커다란 과제는 두 가지가 있다. 하나는 다른 사람이 생각하고 있는 내용을 당사자의 의지에 상관없이 알아낼 방법을 찾는 것이고, 다른 하나는 사전 경고 없이 수초 내에 수억만 명의 사람을 말살시킬 수 있는 방법을 고안해 내는 것이다. 과학적 연구가 계속되는 한 이것이 그 연구 주제가 된다. 오늘날의 과학자란 심리학자와 심문자의 중간 형태로, 인간의 얼굴 표정, 태도, 목소리의 고저가 의미하는 바를 면밀하게 관찰하고, 약물이나 충격요법, 최면술, 신체적 고문 등으로 진실을 자백시키는 방법을 연구하고 실험하는 사람이다. 또 그게 아니면 물리학자, 혹은 생물학자로서 사람의 목숨을 빼앗는 데 관계된 특수 분야에 종사한다. 평화부 내에 있는 거대한 실험실을 비롯해 브라질의 밀림이나 호주의 사막, 남극의 알려지지 않은 비밀 섬 등지에 설치된 실험실에서는 여러 전문가 팀이 모여 갖가지 실험을 꾸준히 진행 중이다. 어떤 팀은 단순히 미래의 전쟁에 필요한 병참을 계획하는 일을 하며, 어떤 팀은 크기가 더 큰 로켓 폭탄이나 더 많은 종류의 강력한 폭탄 또는 더욱 견고한 갑철판 등을 만들어 내는 데 혈안이 되어 있다. 또 어떤 팀은 치사율이 높은 새로운 독가스나 지구상의 식물을 몽땅 다 쓸어버릴 수 있는 대량의 가용성 독극물을 제조하거나 모든 종류의 항체에 면역이 된 병균을 배양하는 일을 하며, 어떤 팀은 물속 잠수함처럼 땅을 뚫고 내려가 그 속에서 활보할 수 있는 교통수단이나 범선처럼 활주로가 필요 없는 비행기를 발명한다. 그리고 또 어떤 팀은 이보다도 가능성이 더 희박해 보이는 연구에 열중인데, 예를 들어 수천 킬로미터 상공에 렌즈를 설치해 태양 광선을 집중시키거나 지구 중심의 열층을 자극하여 인공적으로 지진이나 해일을 일으키는 일 등이다.

그러나 이런 프로젝트들 중에 어떤 것도 실현 단계에 와 있는 것은 없으며, 세 열강 중 어떤 나라도 다른 나라들을 누르고 확연한 우위에 선 적은 없다. 여기서 눈여겨보아야 할 점은 이 세 열강들이 모두, 현재 온갖 과학자들을 동원하여 발명하려고 혈안이 되어 있는 어떤 무기보다도 훨씬 더 강력한 무기인 원자 폭탄을 이미 보유하고 있다는 점이다. 으레 입버릇처럼 당은 원자 폭탄도 당에서 발명했다고 주장하지만, 사실 원자 폭탄은 1940년대 초에 최초로 등장했고 그로부터 10년 정도 후에 처음으로 대대적으로 사용된 바 있다. 그 당시 수백 개에 이르는 원자 폭탄이 주로 유라시아, 서유럽, 그리고 북아메리카의 공업 중심 지역에 투하되었는데, 그 결과각 나라 지도층 내부에서는 그런 식으로 원자 폭탄을 계속 사용하다 보면 얼마 안 가서 기존의 사회 조직이 모두 다 무너지고 더 나아가 자신들의 권력마저 끝장나 버리리라는 사실을 깨닫게 되었다. 그리하여 비록 어떤 공식적인 조약이 맺어진 것도 그럴 기미가 보였던 것도 아니었지만, 열강들은 일제히 원자 폭탄의 사용을 멈추었다. 그렇다고 해서 세 열강이 원자 폭탄의 생산마저 완전히 중단시킨 것은 아니었다. 그들은 생산해 놓은 원자 폭탄을 조만간 닥쳐올 것이라고 믿는 결정적 시기에 대비하여 저장해 두고 있다. 그 와중에 전쟁의 기술은 삼사십 년 동안 거의 아무런 발전 없이 답보 상태를 유지하고 있는 것이다. 헬리콥터의 사용이 이전보다 늘어났고, 폭격기들이 대부분 자체 추진 로켓으로 대체되었으며, 파괴되기 쉬운 이동 전함 대신에 침몰될 위험이 거의 없는 유동 요새가 그 자리를 대신하고 있다는 점 외에는 발전이 거의 전무한 상황이다. 탱크, 잠수함, 어뢰, 기관총을 비롯해 심지어 소총과 수류탄까지 아직 사용되고 있다. 그리고 언론이나 텔레스크린에서는 끊임없이 살상에 대한 보도를 내놓고 있지만, 예전에 전쟁이 일어나면 몇 주 안에 수백 수천만 명에 이르는 많은 사람이 피살되었던 것 같은 수준의 격렬한 전투는 결코 다시 발생하지 않고 있다.

　세 열강 중 어떤 나라도 치명적인 패배를 불러올 위험이 있다고 여겨지는 작전은 여간해서 쓰려고 하지 않는다. 그나마 비교적 큰 작전이 수행된 경우가 있다면, 그것은 보통 동맹국을 대상으로 기습 공격을 펼칠 때이다. 세 열강이 채택하고 있는 혹은 채택하고 있는 척하는 전략은 사실상 모두 동일하다. 그 전략이란, 전투와 협상을 통해 그리고 적절한 기회를 틈타 배신을 거듭하면서 상대국 하나를 완전히 에워싸는 고리 모양의 기지를 확보한 뒤, 그 상대국과 우호 조약을 맺고 그 나라가 의심의 눈초리를 거두고 방심할 때가 오기까지 몇 년 동안이고 평화적인 관계를 유지하는 것이다. 그러는 동안 원자 폭탄을 탑재한 로켓을 모든 전략적 요충지에 서서히 배치시키고, 일순간에 모두 발포하여 보복 공격이 불가능할 정도로 상대국을 완전히 초토화시키는 것이다. 그렇게 되면 그때 남은 다른 한 열강과 평화 협정을 맺고 다음 공격 준비에 들어간다는 것이다. 그러나 이런 전략은 말할 필요도 없이 실현 불가능한 일종의 백일몽일 뿐이다. 그 뿐만 아니라 적도와 극지방 일대의 분쟁 지역을 제외하고는 어디에서도 전투가 벌어지지 않으며, 적의 영토 안으로 침략해 들어가는 일도 절대 일어나지 않는다. 이것이 바로 열강들의 국경을 두고 어떤 부분은 경계가 사뭇 임의적이라고 말할 수 있는 이유이다. 예를 들어, 유라시아는 마음만 먹으면 지리적으로 유럽에 속하는 영국 열도를 쉽게 정복할 수 있을 것이다. 그런 한편 오세아니아는 국경 지대를 라인 강이나 비스툴라 지방까지 밀고 나갈 수 있을 것이다. 그런데 이렇게 되면, 비록 공식화되지는 않았지만 세 열강 모두 암묵적으로 따르고 있는 문화 보존의 원칙에 위배된다. 가령 오세아니아가 한때 프랑스와 독일로 불렸던 지방을 점령한다고 치자. 그렇다면 오세아니아는 엄청난 물질적 어려움을 감수하고 그 지역의 주민들을 모조리 몰살시키거나 1억이나 되는 인구를 전부 오세아니아인 수준으로 동화시켜야 할 것이다. 이는 세 열강 모두가 공통적으로 안고 있는 문제이다. 사회 구조를 유지하기 위해, 이 세 나라는 어쩌다가 한 번씩 전쟁 포로나 유색인 노예를 공개하는 것을 제외하고는 자국민이 어떤 방법으로도 외국인과 접촉하는 것을 일절 금지하고 있다. 현재 공식적으로 우방 관계에 있는 나라 사람들에게조차도 최대한 의혹의 눈길을 보내며 경계해야 하는 것이다. 오세아니아의 일반 시민들은 전쟁 포로를 제외하고는 유라시아나 동아시아의 국민을 볼 수가 없으며, 다른 나라의 언어를 배우는 것도 금지되어 있다. 외국인과의 접촉이 허용되면 그들도 자신과 비슷한 존재라는 것을 깨닫게 될 것이고, 그러면 자신이 어려서부터 들어온 이야기 대부분이 거짓이라는 사실도 알게 될 것이다. 그러다 보면 그가 살고 있던 폐쇄된 사회는 무너질 것이고, 평소라면 자신의 사기를 고조시켰을 두려움과 증오, 독선과 같은 감정들도 증발해 버릴 것이다. 따라서 열강들 사이에서는 페르시아나 이집트, 자바나 실론 같은 지역에 한해서는 그 지배자가 얼마나 자주 바뀌든 상관없지만, 폭탄 투여 수준을 넘어가는 공격으로 주요 국경선을 넘보는 일만큼은 절대 금기라는 불문율이 지켜지고 있다.

이러한 실정과 관련해 절대 입 밖으로 언급되지는 않지만 암암리에 이해되고 적용되는 사실이 한 가지 더 있다. 바로 이 세 국가 내의 생활환경에 거의 차이가 없다는 점이다. 오세아니아의 지배적인 철학이 '영사'인 것처럼, 유라시아에는 '신(新) 볼셰비즘'이 있고, 동아시아에는 중국어로 '죽음 숭배'라고 부르는, 더욱 정확히 풀어서 말하면 '자기 말살' 정도로 해석이 되는 철학이 있다. 오세아니아의 시민은 다른 두 나라의 철학의 교의를 어떤 것도 알아서는 안 되고, 오히려 그것들이 도덕성과 상식을 거스르는 야만적이고 잔학한 사상이라고 믿으며 철저히 비난하도록 교육받는다. 그러나 실제로 이 세 철학은 구분조차 할 수 없을 정도로 많이 닮아 있으며, 이것들을 바탕으로 유지되는 사회 체제 또한 전혀 다르지 않다. 어느 국가든 사회는 동일한 피라미드형 구조로 이루어져 있으며, 반쯤 신성화된 지도자를 숭배하고, 지속적인 전쟁을 통해 그리고 전쟁을 위해 존재하는 경제 체제가 있을 뿐이다. 따라서 이 세 열강은 서로 상대국을 정복할 수 없을 뿐 아니라 그렇게 한다고 해서 얻게 되는 이익도 없다. 오히려 그와는 반대로 그들이 서로 대립 상태를 유지하고 있어야, 마치 옥수수 세 단이 묶여 있음으로써 중심을 잡고 서 있을 수 있듯 자신들도 서로 상대방을 지탱해 줄 수 있는 것이다. 그리고 늘 그렇듯 이 세 열강의 내부 지도자들은 자신들이 무슨 일을 하고 있는지 인식하고 있기도 하고, 동시에 모르기도 한다. 그들은 자신의 생애를 걸고 세계 정복의 꿈을 실현하려 애쓰지만, 그런 동시에 그 전쟁이 영원히 또 누구의 승리도 없이 지속되어야 한다는 사실을 인지하고 있는 것이다. 한편, 정복의 위험이 없다는 사실 때문에 영사와 경쟁국들의 사상의 근간을 이루는 현실 부정이 가능해진다. 그런 면에서, 앞에서도 이미 말했지만 현대 전쟁은 끊임없이 계속된다는 점에서 그 근본적 성격이 다르다는 사실을 다시 한번 더 강조하고자 한다.

과거 세대에 전쟁은 그 성격상 확실한 승리를 거두든 확실한 패배를 입든, 언젠가는 끝이 날 수밖에 없는 성질의 것이었다. 또한 과거에 전쟁은 인간 사회가 물리적 현실을 직시할 수 있도록 해 주는 주요 장치 중 하나였다. 시대를 막론하고 모든 통치자들은 필요에 따라 자신의 추종자들에게 이런저런 그릇된 세계관을 주입하려고 시도했지만, 그렇다고 해서 자국의 군사적 능률을 저해할 위험이 있는 환상까지 격려할 수 있는 입장은 아니었다. 전쟁의 패배가 자국의 독립성 상실을 의미하거나 그 밖에 일반적으로 다른 바람직하지 못한 결과를 불러올 수 있는 한, 패배하지 않기 위해서는 예방책을 심각하게 세워 놓아야 했다. 따라서 물리적 사실들도 무시할 수 없었다. 철학이나 종교, 윤리, 정치 같은 관점에서는 2 더하기 2가 5라고 우길 수도 있겠지만, 총이나 비행기를 설계하는 일에 있어서 2 더하기 2는 무조건 4가 되어야 했다. 비능률적인 국가들은 언젠가 어김없이 다른 나라에 의해 정복당했기에, 따라서 능률성을 높이려고 노력하는 과정에선 환상보다는 현실적인 접근이 필요했다. 또한 실력을 쌓으려면 과거를 통해 배울 수 있어야 했고, 그 말은 즉 과거에 일어났던 일에 대해 어느 정도 정확하게 알고 있어야 한다는 것을 뜻했다. 물론 그 전에도 신문이나 역사책에 나오는 내용들은 늘 미화되거나 편견에 치우쳐 있기 마련이었겠지만, 오늘날 행해지는 양상과 같은 날조 행위는 어디서도 불가능했다. 전쟁은 인간성을 지키는 확실한 하나의 방편이었고, 특히 지배 계급에 관한 한 전쟁은 무엇보다도 가장 중요한 보호 장치였다. 전쟁에서 승리하거나 패배할 가능성이 존재하는 한 지배 계급은 결코 그 책무에서 완전히 자유롭지 못했다.

그러나 전쟁이 실제로 계속되면 계속되는 만큼 전쟁의 위험성은 약해지게 된다. 전쟁이 한없이 계속되는 상황에서는 '군사적으로 불가피한 조치'를 발휘할 정당성이 사라지게 되며, 기술적인 발전은 그 자리에 멈춰 답보 상태가 되고, 가장 명백한 사실들마저 부인되거나 묵살될 수 있다. 앞서 살펴보았듯이 아직도 전쟁 목적이라는 미명하에서 과학적이라고 할 수 있는 연구들이 실행되고 있지만, 그것들은 사실 백일몽에 불과하며 그들의 연구가 이렇다 할 결과를 내지 못한다 하더라도 하등 문제가 되지 않는다. 능률적이라는 것은 아무리 군사적 능률성을 뜻한다 해도 더 이상은 필요 없는 것이 된 지 오래다. 오세아니아에서 능률적인 것은 오직 사상경찰밖에 없다. 세 열강 중 어떤 나라도 실질적으로 정복될 수 없기에, 각각의 나라는 사실상 어떤 종류의 사상적 왜곡이든 쉽게 저지를 수 있는 그들만의 완전한 독립된 소우주를 확립하게 된 셈이다. 현실이라는 것은 보통 일상생활에서 요구되는 일을 통해서만 그 힘을 발휘할 수 있다. 즉, 먹고 마시거나 안식처와 옷을 확보하거나 독을 삼키지 않도록 피하거나 옥상에서 발을 잘못 디뎌 떨어지지 않도록 조심하는 일상 말이다. 물론 삶과 죽음, 육체적 쾌락과 고통 사이는 여전히 구분될 수 있겠지만, 그뿐이다. 오세아니아의 주민들은 바깥세상이나 과거와의 접촉이 완전히 단절된 채로, 우주 공간에 둥둥 떠 있는 사람들처럼 방향성을 상실하고 위로 올라가는지 아래로 내려가는지도 알지 못하고 있다. 그런 국가들에서 지도자는 과거 이집트 파라오나 로마의 카이사르도 범접하지 못할 수준의 절대 권력을 소유한다. 그들이 염두에 두는 단 두 가지는, 자신들에게 성가신 문제가 될 정도로 많은 수의 추종자들이 굶어 죽는 것을 방지하는 것과 다른 경쟁국들과 유사한 수준으로 군사적 기술을 유지시키는 것이다. 그러나 이런 최소 요구 조건만 만족시킬 수 있다면 그들은 자신들이 원하는 대로 마음껏 현실을 왜곡시킬 수 있게 되었다.

그리하여 오늘날의 전쟁은 예전 전쟁들의 기준에 비추어 볼 때, 순전한 사기 행각에 지나지 않는다. 뿔이 엉뚱한 각도로 나 있어 아무리 해도 서로를 해칠 수 없는 일종의 반추 동물들이 서로 치열하게 싸우는 모습이나 마찬가지이다. 그러나 이것이 아무리 비현실적으로 들린다 해도 이런 전쟁이 완전히 무의미한 것은 아니다. 전쟁은 잉여 생산된 소비재를 소모시키고, 계층 사회를 지속시키기 위해 요구되는 대중의 특정한 정서를 유지시키는 데 유용하기 때문이다. 전쟁이란 뒤에서도 계속 살펴보겠지만, 이제 순전히 국가 내부의 문제일 뿐이다. 과거에는 모든 국가의 지배 계층이 서로간의 공통된 이해관계를 인식하고 전쟁의 파괴력을 어느 정도 제한하기는 했지만, 그래도 어느 정도 서로 치열한 싸움을 벌였고 승자는 늘 패자를 약탈했다. 그러나 오늘날 국가 간에는 전투가 전혀 일어나지 않는다. 전쟁은 단지 해당 국가의 지배층이 자국민을 상대로 벌이는 싸움일 뿐이며, 전쟁의 목적도 영토를 확보하거나 지키기 위해서가 아니라 사회 구조를 확고히 유지하기 위한 것에 불과하다. 그렇기 때문에 '전쟁'이라는 말은 이제 그 본연의 의미를 잃었다. 전쟁이 끊임없이 계속되면서부터 사실상 전쟁이 없어진 것이라고 봐야 한다는 견해가 더욱 정확하다고 하겠다. 신석기 시대부터 20세기 초반까지 전쟁이 인간의 삶에 미치던 특정 영향이나 압박은 이제 다 사라져 버렸고, 그 자리는 전혀 다른 성질의 것이 차지해 버렸다. 만일 세 열강이 서로 싸우기를 택하는 대신에 영원히 평화를 유지하기로 동의하고 서로의 영토를 침범하지 않기로 한다 해도, 그 결과는 지금과 별반 다르지 않을 것이다. 그런 경우에도 똑같이 각 국가가 독립된 소우주로서 영원히 이렇다 할 외부적 위험없이 유지될 것임은 변함없기 때문이다. 즉, 진정 영원히 계속되는 평화란 영원히 계속되는 전쟁과 똑같다. 비록 대부분의 당원들도 그 의미를 피상적인 수준에서만 이해하고 있지만, 바로 이것이 당에서 내건 '전쟁은 평화'라는 슬로건의 진정한 속뜻이다.

윈스턴은 잠시 책 읽기를 멈추었다. 멀리 어딘가에서 로켓 폭탄이 터지는 소리가 희미하게 들려왔다. 텔레스크린이 없는 조용한 방에서 홀로 금지된 책을 읽고 있다는 행복감은 아직도 가시지 않고 그대로 남아 있었다. 고독하면서 아늑한 느낌이 몸의 피곤함과 의자의 푹신함, 창문으로 들어와 뺨을 간질이는 바람의 부드러움 등과 묘하게 어우러져 육체적으로 느껴졌다. 이 책은 그를 매료시켰다. 아니 좀 더 정확하게 말하자면 이 책은 그에게 확신을 주었다. 어떤 면에서 보면 이 책에 쓰여 있는 것 중에 새로운 것은 사실 하나도 없었다. 그러나 바로 그것이 그 책의 매력이었다. 자신의 머릿속에 두서없이 흩어져 있는 생각을 정리할 수만 있었다면, 윈스턴 자신이 썼을 만한 내용을 책이 대신 다 말해 주고 있었다. 그 책을 쓴 사람은 그와 비슷한 생각을 하지만, 훨씬 더 강력하고 더 체계적이며, 반면에 그처럼 두려움에 떨지 않는 사람일 터였다. 윈스턴은 훌륭한 책이란 과연 자신이 이미 알고 있는 것을 드러내 표현해 주는 책이라고 생각했다. 그가 막 페이지를 다시 제1장으로 넘기는데 계단을 올라오는 줄리아의 발걸음 소리가 들렸다. 윈스턴은 의자를 박차고 일어나 그녀를 맞았다. 그녀는 갈색 연장 가방을 마룻바닥에 되는 대로 던져두고 그의 품 안으로 뛰어들었다. 그들이 서로 못 본지 벌써 일주일도 넘었다.

"'그 책'을 받았어요."

포옹을 풀며 그가 말했다.

"어머, 그래요? 잘됐네요."

그녀는 별 관심 없다는 듯 대충 대답하고 나서 곧바로 석유난로 옆에 무릎을 꿇고 앉아 커피를 끓이기 시작했다.

침대에 누운 지 30분은 지난 후에야 그 책에 대한 이야기가 다시 화두로 떠올랐다. 침대보를 몸에 덮고 있는 것이 기분 좋게 느껴질 정도로 날이 제법 서늘해져 있었다. 창문 아래쪽에서는 귀에 익숙해진 노랫소리와 판돌 위를 걸어 다니는 신발 소리가 들려왔다. 윈스턴이 처음 그 방에 왔을 때부터 봐 온 건장한 체격에 붉은 팔을 가진 여자는 이제 거의 뒤뜰의 고정 요소처럼 되어 있었다. 그녀는 햇빛이 나와 있을 때면 어김없이 밖에 나와 빨래 통과 빨랫줄 사이를 부지런히 왔다 갔다 하며 빨래를 널었다. 그리고 여전히 빨래집게를 입에 물었다가 뺐다가 하면서 중간중간 활기차게 노래를 흥얼거렸다. 줄리아는 침대에 얼마 누워 있지 않았는데도 벌써부터 잠이 오는 눈치였다. 윈스턴은 바닥에 있던 책을 집어 들고 침대 머리맡에 기대어 앉았다.

"우리는 이 책을 읽어야 해요. 당신도 마찬가지고요. 형제단의 단원이라면 모두 읽어야 해요."

윈스턴이 말했다.

"당신이 읽어 주면 어때요? 크게 소리 내어서요. 그게 가장 나을 것 같아요. 읽으면서 나한테 설명도 해 줄 수 있고요."

줄리아가 눈을 감은 채로 말했다.

시곗바늘이 6시를 가리키고 있었다. 18시라는 말이었다. 앞으로 서너 시간 정도의 여유가 있었다. 그는 책을 무릎 위에 올려놓고 읽기 시작했다.

제1장
무지는 힘

　역사가 시작된 이래, 아니 아마도 신석기 시대 이후부터 세상 사람들 사이에는 '상, 중, 하'라는 세 가지 부류의 계층이 존재해 왔다. 각 계층은 여러 갈래로 나뉘기도 했고, 수없이 많은 다른 이름으로 불리기도 했으며, 각 계층에 속하는 사람들의 규모나 상호 계층 간의 태도도 시대에 따라 여러 변화를 거듭했으나, 이를 이루는 근본적인 구조는 한 번도 무너진 적이 없었다. 엄청난 격변과 돌이킬 수 없는 큰 변화가 계속 일어나는 와중에도 위와 같은 양상은 늘 동일하게 유지되어 왔다. 이는 마치 자이로스코프가 얼마나 멀리까지 밀리든지 상관없이 결국은 늘 제자리로 돌아와 중심을 잡는 이치와도 같다고 하겠다.

　"줄리아, 깨어 있는 거죠?"
　윈스턴이 물었다.
　"네, 그럼요. 듣고 있어요. 계속해요. 엄청난 내용이네요."
　그는 계속해서 읽어 내려갔다.

　각 계층의 목적은 서로 판이하게 달라 결코 양립할 수 없다. '상' 계층의 목표는 그들이 있는 자리에 계속해서 머물러 있는 것이다. '중' 계층의 목표는 '상' 계층으로 올라가는 것이다. '하' 계층의 목표는, 만일 그들에게 목표가 있다면 계층 간의 차이를 타파하고 모든 사람이 평등한 사회를 건설하는 것이다. 사실 시대를 불문하고 '하'

계층의 특성상 이들은 늘 고되고 힘든 일에 치여 사느라 일상생활을 벗어난 다른 일에는 신경을 쓸 겨를이 없었다. 이처럼 서로 다른 목표를 가지고 있기 때문에, 이 세 집단 사이에는 역사를 거쳐 오면서 늘 본질적으로 똑같은 성격의 분쟁이 끊임없이 반복되고 있다. 얼핏 보면 '상' 계층은 오랜 기간 동안 권력을 안전하게 장악하고 있는 것처럼 보이지만, 조만간 자신들의 능력에 대한 믿음을 잃거나 능률적으로 통치할 능력을 잃게 되며, 혹은 그 두 가지를 모두 잃는 상황이 발생하기도 한다. 그런 때 그들은 바로 '중' 계층에게 그 자리를 빼앗긴다. '중' 계층은 자신들이 자유와 정의를 위해 싸운다고 포장함으로써 '하' 계층을 자신들 편으로 만든다. 그러나 '중' 계층은 자신들의 목표를 달성하는 순간, '하' 계층을 다시 예전의 노예 상태로 밀어버리고 자신들만 '상' 계층으로 올라간다. 이런 과정에서 새롭게 생긴 중간 계층은 예전의 다른 두 계층 중 하나에서 혹은 둘 다에서 빠져 나온 사람들로 구성되며, 그 상태에서 다시금 계층 간에 분쟁 구도가 자리 잡게 된다. 이 세 계층 중에서 '하' 계층은 아주 잠깐 동안도 그들의 목표를 이룰 수 없다는 말이다. 인류 역사가 시작된 이래로 지금까지 물질적인 면에서의 발전이 조금도 일어나지 않았다고는 할 수 없다. 비록 쇠퇴의 길을 걷고 있는 오늘날이라고 해도, 몇 세기 전에 비하면 인간들의 삶이 대체적으로 향상된 모습을 보이고 있기 때문이다. 그러나 아무리 부가 성장하고 교양 수준이 향상되고 개혁이나 혁명이 일어났다 해도, 평등 사회의 확립이란 면에서는 조금도 더 나은 쪽으로 발전하지 못한 것이 사실이다. '하' 계층의 관점에서 역사적인 변화가 생겼다는 말은 단지 그들 주인이 바뀌었다는 것을 의미할 뿐 실질적으로는 별로 다를 게 없다.

19세기 후반쯤 되자 많은 학자들은 관찰을 통해 이러한 양상이 반복적으로 일어나고 있다는 사실을 확연히 인식하게 되었다. 그에 따라 역사를 순환의 과정으로 해석하고, 불평등 자체가 변하지 않는 인간 사회의 법칙이라고 주장하는 학자들도 생겨났다. 물론 이러한 주장은 이때에서야 나타난 것은 아니고 오래전부터 항상 있어 왔던 것이다. 그러나 오늘날 그것이 밖으로 드러나는 방법은 과거에 비해 확연한 차이가 있다. 과거에 계층 사회 형성을 역설했던 쪽은 주로 '상' 계층이었다. 즉, 왕이나 귀족, 성직자나 법률가, 그리고 그들에게 기생해 사는 다른 사람들이 계층 사회를 옹호하며 일반 대중을 선동했고, 죽은 뒤에 갈 상상의 세계에서 보상을 약속 받았다느니 하는 논리로 다른 사람들을 회유하곤 했다. 그 속에서 중간 계층은 권력을 쟁취하려고 노력하며 언제나 자유나 정의, 박애 같은 이념을 내세웠다. 그러나 현재의 바로 이전 시대에, 위로 오르기를 꿈꾸며 반목을 도모하던, 지금은 지배 계층이 된 예전의 중간 계층 사람들은 과거와 반대로 인류애라는 개념을 처음으로 세차게 공격하고 나오기 시작했다. 과거의 중간 계층은 늘 평등한 세상을 내세우며 혁명을 일으켰고, 그런 후에 구시대 정권이 몰락하면 그 즉시 새로운 전제 정치를 펴곤 했다. 그런데 이번의 새로운 중간 계층은 애초부터 자신들이 전제 정치를 할 거라고 확실히 공표하고 나온 것이다. 19세기 초반에 등장한 사회주의 이론은 고대의 노예 반란으로부터 시작된 사상 체계의 마지막 단계로서, 과거 유토피아 이론으로부터 여전히 많은 영향을 받았다. 그러나 1900년 이후로 나타난 여러 형태의 사회주의 이론은 자유와 평등의 확립이라는 기존의 목표를 공공연하게 외면하기 시작했다. 현세기 중반에 나타난 새로운 움직임인 오세아니아의 '영사'나 유라시아의 '신 볼셰비즘', 동아시아의 소위 '죽음 숭배' 사상은 의도적으로 예속과 불평등을 영속시키려는 목적을 바탕으로 성립되었다. 물론 이런 새로운 사상들은 예부터 존재했던 기존 사상에서 파생되어 나온 것으로, 과거의 명칭을 그대로 사용하며 겉으로는 자신들도 그 이념을 신봉한다고 주장한다. 그러나 이들의 진짜 목적은 발전을 억제시키고 임의의 한 순간을 택하여 역사를 완전히 정지시키려는 것이다. 원래대로라면 계속 진동해야 하는 역사의 추를 한 번만 움직이고 난 후 그 자리에 완전히 멈춰 세워 버린 것이다. 정상적으로라면 중간 계층에 의해 쫓겨난 '상' 계층이 다시금 역사의 순환에 따라 언젠가 '상' 계층으로 올라가야 하지만, 이번에는 새로 집권한 '상' 계층이 의도적인 전략을 써서 그들의 지위를 영원히 유지할 수 있게 된 것이다.

이 새로운 교리들은 역사적 지식의 축적과 더불어 19세기 전에는 거의 존재하지 않았던 역사적 의식의 성장에서 비롯된 것이라고 볼 수 있다. 역사의 순환적 움직임은 이제 파악될 수 있는 것으로 여겨지게 되었고, 이것은 그 이해를 바탕으로 역사의 흐름을 임의로 변경할 수 있다는 뜻으로도 해석될 수 있다. 그러나 여기서 원칙적으로 전제해야 하는 명제는 20세기에 들어서면서 사실상 사람들 간에 평등 사회를 이룩하는 일이 기술적으로 가능해졌다는 사실이다. 물론 누구나 타고난 재능이 다르고, 취향도 다르므로 서로가 맡은 기능이 전문화되어야 한다는 것은 당연한 이야기다. 그러나 계층을 나누어야 하거나 부의 분배에서 현격한 차이가 나는 것은 더 이상 불가피한 일이 아니게 되었다. 옛날에는 계층을 구분한다는 일이 피할 수 없는 일일 뿐 아니라 바람직한 일로도 여겨졌다. 불평등은 사회의 문명화를 위해 의당 치러야 할 대가인 셈이었다. 그러나 기계로 인한 대량생산이 이루어지면서부터 상황은 사뭇 달라졌다. 개개인이 서로 다른 종류의 일에 종사한다고 해서, 그들이 서로 다른 사회적·경제적 수준으로 살아야 하는 이유는 없어진 것이다. 그렇기 때문에 새로 권력을 손에 넣게 될 집단의 관점에서는 인간의 평등이란 더 이상 힘써 추구해야 할 이상이 아니라 오히려 회피되어야 할 위험 요인으로 전락해 버렸다. 정의롭고 평화로운 사회를 이룩하는 것이 아예 불가능했던 이전의 좀 더 원시적인 시대에는, 오히려 인간이 평등 사회를 이룩할 수 있다는 말을 더욱 쉽게 믿을 수 있었다. 수천 년 동안 사람들은 법이나 힘든 노동의 필요 없이 모든 인간이 인류애를 바탕으로 더불어 살 수 있는 지상 낙원을 늘 꿈꾸어 왔다. 그리고 이러한 이상향은 역사의 변천 속에서 실제적인 혜택을 입었던 집단들에게도 어느 정도 호응을 얻었다. 프랑스, 영국, 미국 혁명의 주역들은 실제로도 자신들이 주장했던 인간의 권리나 언론의 자유, 법 앞에서의 만인의 평등 같은 가치를 어느 정도 믿었으며, 비록 한계가 있긴 했지만 그들의 행동에서도 그런 경향은 여지없이 드러나곤 했다. 그러나 1940년대에 들어서 생겨난 주요 정치사상은 모두가 권위주의로 귀결되었다. 지상 낙원에 대한 염원은 비로소 실현이 가능해진 그 순간에 그 실체부터 통째로 부정된 것이다. 새로이 등장한 정치 이론들은 비록 명칭은 다 다르지만, 하나 같이 모두 계급주의와 통제 체제로 회귀해 버렸다. 그리고 1930년대 전반적인 정세가 악화되면서부터 수백 년 동안 나타나지 않았던 관행들이 다시 고개를 내밀기 시작했다. 재판을 거치지 않은 투옥, 전쟁 포로들의 노예화, 공개 처형, 자백을 끌어내기 위한 고문, 인질의 이용, 단체 강제 추방 등 이런 옛 관행은 다시금 공공연한 일이 되었을 뿐 아니라, 스스로 자신을 문화인이며 진보적이라고 자처하는 사람들에 의해 묵인되고 심지어 옹호되기까지 했다.

전 세계적으로 영사나 그에 필적하는 다른 사상들이 엄연한 정치 이론으로 부상할 수 있었던 것은, 10년이라는 긴 시간에 걸쳐 전쟁과 내란과 혁명과 반혁명의 힘든 절차를 밟은 결과였다. 그렇지만 그 전에도 이런 이론들은 20세기 초에 등장했던 이른바 '전체주의'라 불렸던 다양한 체제들 속에서 그 출현이 이미 예견되었고, 당시의 혼란스런 정국을 뚫고 대두하리라고 여겨졌던 세계의 모습도 대체적인 윤곽이 이미 드러나 있었다. 어떤 부류의 사람들이 그런 세계를 지배하게 될지도 이미 정해져 있는 것이나 마찬가지였다. 새롭게 등장한 귀족 세력의 구성원 대부분은 관료, 과학자, 기술자, 노조위원, 광고 전문가, 사회학자, 교사, 언론인, 전문 정치인들로 이루어졌다. 이런 사람들은 기존에 중산층 봉급 생활자였거나 노동 계층의 지도자급 위치에 있었다가, 독점 산업과 중앙 집권적 정치로 사회가 살기 각박해지자 서로 똘똘 뭉쳐 세력을 형성한 것이었다. 이들은 과거의 지배 세력들에 비교해 볼 때, 훨씬 덜 탐욕스럽고 덜 사치스러웠으며 그런 반면 권력에 대한 순수한 갈망이 더욱더 컸다. 또 무엇보다도 자신들이 무슨 일을 하고 있는지 뚜렷이 인식하고 있었으며, 반대 세력을 억제하는 데 더욱더 적극적이었다. 위에 열거된 특성 중 마지막 사항은 특히 가장 기본적이면서도 중요한 의미를 지닌다. 오늘날의 전제 정치에 비교해 볼 때 과거의 전제 정치는 다소 미온적이고 비능률적이었다. 지배 계급이 어느 정도 자유사상에 물들어 있는가 하면 피지배자들의 밖으로 드러나는 행위에만 주의를 기울이거나, 그들이 무슨 생각을 하는지에는 관심을 두지 않는 등 권력을 존속시키려는 목적에 미진한 부분이 도처에 산재했다. 그 악명 높던 중세 시대의 가톨릭교회만 해도 현대의 기준에 비하면 오히려 관대한 편이었다. 그럴 수밖에 없었던 것이, 과거 정권에게는 국민들을 시도 때도 없이 감시할 능력이 없었다. 그러나 인쇄술의 발달은 여론을 교묘히 조작하는 일을 더욱 쉽게 만들었고, 영화와 라디오의 발명은 이런 추세를 더욱 가속화시켰다. 또한 텔레비전의 발명으로 인해 나아가서 송수신을 하나의 장치로 동시에 가능하게 한 기술적 발전이 이루어짐으로써 사생활이라는 것은 결국 사라지게 되었다. 모든 시민, 아니 적어도 감시할 만한 가치가 있는 중요한 시민들의 경우 하루 24시간 동안 경찰의 감시 아래 둘 수 있게 되었으며, 다른 통신망에 대한 접근을 일절 차단시킨 채 공식적인 정부 선전에만 노출시킬 수 있게 된 것이다. 그리하여 국가는 역사상 최초로 국민들을 정부의 뜻에 완전히 복종하도록 했을 뿐 아니라 어떤 사안이든 종류를 막론하고 국민들 간에 완전한 의견 통일을 이룰 수 있게 되었다.

1950년대와 60년대의 혁명기를 거치고 나서 사회는 전처럼 '상, 중, 하'의 계층으로 재편성되었다. 그러나 이번에 부상한 새로운 '상' 계층은 이전까지의 모든 지배 계층과는 다르게 일반적 본능에 따라 행동하지 않았다. 대신 그들은 그 자리를 지키려면 어떻게 해야 하는지 잘 알고 있었다. 집단주의만이 과두 체제의 유일한 안정 기반이라는 사실은 이미 오랜 이전부터 검증된 사실이었다. 부와 특권은 집단적으로 소유될 때에 가장 쉽게 유지될 수 있는 법이다. 현세기 중반부터 실행된 소위 '사유 재산 폐지' 정책은 사실상 산재된 부를 이전보다 더 적은 사람들의 손에 몰아주기 위한 정책이었다. 다만 이전과 다른 점이 있다면 새로운 부의 소유자들이 개개인이 아니라 하나의 집단이라는 점이었다. 개인적으로 당원들은 사소한 개인 물품을 제외하고는 아무것도 소유하지 못한다. 그러나 집단으로서 당은 오세아니아의 모든 것을 소유한다. 당이 모든 것을 통제할 수 있는 데다 필요하다고 여겨지는 경우에는 어떤 물건이든 마음껏 폐기할 수 있기 때문이다. 혁명 이후 몇 년 동안 당은 이런 지배자의 위치에 거의 아무런 제재도 받지 않고 성큼 올라설 수 있었다. 이는 당이 실행한 모든 과정을 집단주의화란 이름으로 내세웠기 때문이었다. 자본주의 계층이 국가에 귀속되면 자연히 사회주의가 뒤따르리라는 예견은 오래전부터 계속 있었고, 따라서 당연히 자본가들은 모든 재산을 국가에 빼앗겼다. 공장, 광산, 토지, 저택, 교통수단 등 국가는 그들에게서 모든 것을 빼앗았고, 그 이후로는 어떤 것도 개인 소유가 될 수 없었으며, 모든 것은 어김없이 공공 재산으로 편입되었다. 초창기 사회주의 운동에서 발전하여 용어까지도 그대로 물려받은 '영사'도 사실상 사회주의 강령 중 그 핵심 조항을 철저히 실천한 것이다. 그리고 그 결과, 예측하고 의도한 바대로 경제적 불평등이 영구적으로 자리를 잡게 되었다.

그러나 계층 사회를 영원히 존속시키는 문제는 결코 이처럼 간단하지만은 않다. 지배 계층이 권력을 상실할 수 있는 경우는 총 네 가지 요인에 의해 비롯된다. 하나는 외부 세력에 의해 정복되는 경우이고, 또 하나는 너무도 비능률적인 통치를 이어 나가다가 군중이 들고 일어나는 경우이며, 다른 하나는 불만이 쌓인 중간 계층의 힘이 너무도 막대해진 경우이며, 마지막으로는 지배 계층이 스스로 자신감을 잃고 통치하려는 의지를 상실하는 경우이다. 이런 요인들은 단독으로 어느 하나만 작용하는 것이 아니라, 대체로 네 가지가 동시에 일어나는 경우가 많다. 따라서 이 네 가지 경우를 철저히 통제할 수 있는 지배 계층이라면 권력을 영원히 유지할 수도 있는 것이다. 그러나 모름지기 가장 결정적으로 작용하는 요인은 역시 지배 계층 당사자들의 정신 자세이다.

첫 번째 위험 요인은 현 세기 중반 이후로 사실상 사라졌다고 볼 수 있다. 현재 세계를 나누어 지배하고 있는 세 열강은 사실상 어느 나라도 정복될 수 없으며, 정복된다 해도 인구통계학적 변화로 인한 요건이 받쳐 줘야 하는데, 이런 변화는 대개 천천히 시간을 두고 일어나기 때문에 방대한 힘을 가진 정부가 사전에 쉽게 피해갈 수 있다. 두 번째 위험 요인은 이론적으로만 가능한 경우이다. 군중은 자신들이 억압받는다고 해서 절대 그 이유만으로 반란을 일으키지는 않는다. 실제로 그들에게 자신의 처지를 비교할 기준이 주어지지 않는 이상, 그들은 자신들이 억압받고 있다는 사실조차 깨닫지 못하고 살아갈 것이다. 과거에 여러 번 반복해 발생했던 경제 위기 사태는 아무런 쓸모가 없다고 판단되었기에, 이제는 더 이상 일어나도록 허용되지 않는다. 그러나 다른 방면에서 간혹 대규모 비상사태는 아무런 정치적 영향 없이도 일어날 수 있고 실제로 일어나기도 한다. 내재된 민중의 불만이 밖으로 표출될 길이 그것밖에 없기 때문이다. 기계 기술의 발달로 우리 사회의 이면에 잠재되기 시작한 과잉 생산의 문제는, 끊임없이 지속되는 '전쟁'이라는 장치(제3장 참조)를 써서 해결하면 된다. 전쟁은 과잉 생산의 문제뿐 아니라 대중의 사기를 바람직한 정도로 진작시키는 데에도 유용하다.

이제 현재 지배 계층의 관점에서 볼 때 유일하게 발생할 여지가 있는 실질적인 위험은 유능하지만 능력 이하의 일을 하고 있는 권력에 목마른 사람들이 떨어져 나가서 새로운 집단을 형성하거나, 지배 계층 내에서 자유주의와 회의론적 목소리가 힘을 얻는 경우이다. 따라서 관건은 교육에 있다. 다시 말해 지배 계층과 바로 그 밑에 있는 더 큰 규모의 집행 계층 안에서 특정한 의식의 틀을 계속해서 유지시킬 수 있느냐의 문제인 것이다. 이때 대중의 의식은 소극적인 방향으로만 영향을 받도록 하면 된다.

이 같은 배경 설명을 바탕으로 하고 보면 설령 미처 모르고 있던 사람이라 할지라도 누구나 오세아니아 사회의 기본 구조를 쉽게 유추해 낼 수 있을 것이다. 피라미드의 꼭대기에는 빅 브라더가 있다. 빅 브라더는 완전무결하며 전지전능한 존재이다. 모든 성공, 모든 업적, 모든 승리, 모든 과학적 발견, 모든 지식, 모든 지혜, 모든 기쁨, 모든 미덕이 전부 그의 지도력과 영감으로부터 직접적으로 나온 것이다. 그러나 아무도 빅 브라더를 직접 본 적은 없다. 그는 광고나 게시판에서 볼 수 있는 얼굴이자 텔레크스린에서 흘러나오는 목소리이다. 우리는 그가 결코 죽지 않을 거란 사실을 이미 짐작하고 있으며, 그가 언제 태어났는지도 확실히 알 길이 없을 것이다. 빅 브라더는 당이 스스로를 세상에 드러내기 위해 설정한 가공 인물이다. 빅 브라더의 주된 역할은 사랑, 두려움, 경외감 등 흔히 조직보다 개인을 향해 가지기 쉬운 감정을 한데 모을 수 있도록 그 구심점으로 작용하는 것이다. 빅 브라더의 바로 밑에는 내부당이 있다. 내부당원의 수는 오세아니아 전체 인구의 2퍼센트 미만인 6백만 정도로 제한되어 있다. 내부당의 밑에는 외부당이 있다. 내부당이 국가의 두뇌 역할을 담당한다면 외부당은 국가의 수족에 해당된다고 할 수 있다. 그 밑에는 인구의 총 85퍼센트 정도를 차지하는, 보통 '프롤'이라고 부르는 우매한 대중이 자리한다. 앞에서 살펴본 분류 용어로 말하자면 프롤은 '하' 계층에 해당한다. 그 밖에 적도 지역에 거주하는 노예 인구는 그 지방을 점령하는 국가가 누구냐에 따라 계속해서 그 주인이 바뀌므로, 사회 구조에서 딱히 필요하거나 지속적인 부분으로 간주되지 않는다.

원칙적으로 이 세 계층을 이루는 구성원의 지위는 세습되지 않는다. 내부당원들을 부모로 둔 아이라 해서 자연히 내부당원으로 귀속되는 것이 아니라는 말이다. 내부당이나 외부당에 들어가기 위해서는 모두가 16세에 치러지는 시험을 통과해야 한다. 적어도 겉으로는 당원 간에 인종 차별도 없으며, 특정 지역 출신이라고 해서 당에서 우위를 차지하지도 않는다. 유대인이나 흑인, 순수 인디언 혈통을 받은 남미인들 같은 다양한 민족 출신들이 당의 최고위층에 분포해 있으며, 지방 행정관 자리는 반드시 해당 지방 출신으로만 채워진다. 오세아니아의 어떤 지역에 살더라도 자신들이 멀리 떨어진 수도에 의해 통치 받는 식민지 주민이라는 인식을 가지고 사는 주민들은 없다. 오세아니아에는 정해진 수도가 없으며, 명목상의 지도자에 대해서는 그가 어디에 있는지 그 자취를 아무도 알지 못한다. 영어가 주용어이고 신어가 공용어라는 것을 제외하고는, 어떤 면에서도 중앙집권화 되어 있지 않다. 각 지방 통치자들은 혈연 관계가 아니라 공통의 교리에 충성함으로써 굳게 결속되어 있다. 우리의 사회는 얼핏 보기에는 세습적으로 보일 정도로 매우 엄격하게 계층화되어 있다. 자본주의 시대나 산업화 이전 시대에 비교해서도 다른 계층 간의 상하 이동이 훨씬 드물다. 외부당과 내부당 사이에서라면 어느 정도 이동이 있기는 하다. 그렇지만 그 정도는 내부당 내부에 있던 무능력한 사람들을 내보내려는 것이거나 간혹 야심에 찬 외부당원을 위로 끌어올려 위험 요인이 될 소지를 애초에 제거하려는 취지에서 비롯될 뿐이다. 원칙은 아니지만 프롤들은 당에 입당이 허용되지 않는다. 프롤 중에서 뛰어난 능력을 가진 사람들은 나중에라도 분란의 씨가 될 수 있기 때문에 사상경찰이 초기에 적발하여 제거해 버린다. 그렇다고 해서 위에 서술된 상황이 영구적인 것은 아니며, 원칙상으로 확실히 정해져 있는 것도 아니다. 당은 기존 사고방식으로 이해할 수 있는 그런 계층이 아니다. 당의 목적은 권력을 자손들에게 이양하는 것이 아니기 때문에 가장 유능한 사람들로 지도부를 구성하려고 하는데 딱히 다른 방법이 없다면 기꺼이 프롤 출신 중에서도 인재를 기용해 완전히 새로운 세대를 구성하는 데 주저함이 없을 것이다. 당이 자리를 잡는 중요한 시기에는 당이 세습 체제가 아니라는 사실이 반대 세력을 무마시키는 데 큰 역할을 했다. 소위 '계층의 특권'이라는 것에 대항하여 싸우도록 훈련받아온 옛 사회주의자들은 세습적이 아닌 사회 구조는 영원하지 못할 거라고 생각했다. 그러나 이들은 권력 유지를 위해 집권층이 꼭 혈통을 따라야 할 필요가 없다는 사실을 간과했으며, 또한 세습적인 귀족 사회는 언제나 단명한 반면 가톨릭교회처럼 선임제로 이루어지는 체제는 수백, 수천 년이 넘도록 지속되었다는 사실도 기억해 내지 못했다. 과두적 체제의 본질은 부자간 세습에 있는 게 아니라, 죽은 사람이 산 사람에게 남겨 놓은 특정한 세계관이나 가치관을 영구히 이어가도록 하는 데 있다. 후계자를 직접 지목할 수 있는 한 집권층은 영원한 집권층으로 남는 것이다. 당은 혈통을 이어가는 데에 관심이 없으며, 오직 당 자체를 영원히 존속시키는 데만 관심이 있다. 계층적 사회 구조만 항상 동일하게 유지될 수 된다면 누가 권력을 쥐고 있느냐는 그리 중요한 문제가 아닌 것이다.

오늘날 우리 시대를 특징짓는 모든 종류의 믿음, 습관, 취미, 감정, 정신 자세들은 사실상 당의 신비로움을 유지하고 현 사회의 진정한 본질이 드러나지 않게 하기 위한 의도로 고안되었다. 어떠한 물리적 반란이나 혹은 반란으로 이어질 만한 어떠한 사전 모의 같은 종류의 일은 일절 현실적으로 차단되어 있다. 프롤들에 대해서라면 전혀 염려할 필요가 없다. 그들은 그냥 내버려 두면 알아서 일하고, 자식을 낳고, 죽기를 반복하면서 세대를 이어가고 또 한 세기에서 다른 세기로 넘어갈 것이다. 그렇게 살면서 그들은 반란을 일으키려는 충동도 느끼지 못하고, 세상이 지금과 다르게 바뀔 수 있다는 사실도 전혀 의식하지 못할 것이다. 그들이 위험한 세력으로 대두할 수 있는 유일한 경우는 산업 기술의 발달로 인해 불가피하게 한층 더 수준 높은 교육이 이루어질 때이다. 그러나 국가 간에 군사적이고 상업적인 경쟁이 더 이상 중요하지 않게 된 이때, 실질적인 대중 교육 수준은 날마다 더욱 낮아지고 있는 실정이다. 대중이 어떤 여론을 형성하든지 그것은 관심 밖의 문제로 여겨진다. 그들에게는 어차피 지적 능력이라는 것이 없기 때문에 지적 자유가 허용된다. 그와는 반대로 당원의 경우에는 당에 대해서라면 어떤 사소한 문제이든 조금이라도 다른 견해를 가지도록 용납되지 않는다.

당원은 태어나서 죽을 때까지 줄곧 사상경찰의 감시하에서 살아간다. 혼자 있을 때에도 절대 혼자 있다고 자신할 수 없다는 말이다. 잠들었을 때나 깨어 있을 때나, 일하는 중이거나 쉬는 중이거나, 욕실에 있거나 침실에 있거나, 어디에 있든지 상관없이 그는 자신이 감시당하고 있다는 사실도 모른 채 아무런 예고 없이 감시당하고 있을 수 있다. 당원은 무슨 일을 하든 그냥 넘어갈 수 없다. 친구들을 만나거나 휴식을 취하거나, 부인과 아이들에게 어떤 식으로 대하거나, 혼자 있을 때 어떤 얼굴 표정을 짓거나, 잠자면서 자기도 모르게 잠꼬대를 하거나, 무의식중에 습관처럼 어떤 몸동작을 하거나, 그야말로 모든 것이 철저한 감시의 대상이다. 실제로 저지른 잘못뿐만 아니라 조금이라도 특이한 점을 보이거나, 습관에 변화가 생겼다거나, 내면에 갈등이 생긴 징조라고 볼 수 있는 초조한 태도를 내비친다거나 하면 모든 것이 감시의 대상이다. 어떤 쪽으로든 선택의 자유가 전혀 없는 것이다. 그렇다고 그가 어떤 법이나 뚜렷하게 규정된 행동 강령에 의해서 규제를 받는 것도 아니다. 오세아니아에는 법이 없다. 일단 잡히면 죽음에 이르게 할 수 있는 생각이나 행위라도 그것이 공식적으로 금지되어 있는 것은 아니며, 끝없이 이어지는 숙청, 체포, 고문, 투옥, 증발 사건은 당사자가 실제로 이미 저지른 범죄에 대한 처벌이 아닌, 단순히 언젠가 범죄를 저지를 가망이 있다고 여겨지는 사람들을 사전에 전부 쓸어버리기 위한 조치일 뿐이다. 당원은 올바른 사상을 지녀야 할 뿐만 아니라 올바른 본능도 갖추어야 한다. 당원에게 요구되는 신념과 태도에 대해서도 많은 부분은 결코 명확하게 명시되어 있지 않으며 명시될 수도 없다. 그러면 영사 사상에 내재되어 있는 모순적인 면이 밖으로 드러날 수밖에 없기 때문이다. (신어로는 선사자goodthinker라고 부르는)선천적으로 정통적인 사람은 어떠한 상황하에서든 굳이 생각을 하지 않고도 어떤 것이 올바른 신념이며 바람직한 감정인지 직감할 수 있을 것이다. 그러나 그렇지 않더라도 어린 시절부터 받은 철저한 정신 훈련, 즉 신어로 죄중단(罪中斷), 흑백, 이중사고라고 부르는 기술 연마를 통한다면 누구든 어떤 주제에 대해서건 너무 깊이 파고들어 생각할 의지나 능력을 없앨 수 있다.

당원은 개인적으로 어떠한 감정도 가져서는 안 되며 한시도 열성이 식어서는 안 된다. 또한 지속적으로 국외의 적과 국내의 반역자들에 대해 격한 증오심을 안고 살아야 하며, 승리에 대한 굳건한 확신을 가지고 당의 권력과 지혜 앞에서 자신을 낮추는 겸손한 모습을 보여야 한다. 초라하기 짝이 없고 모든 것이 늘 부족한 생활로 인해 오는 불만스러운 감정은 '2분간 증오' 같은 장치를 통해 의도적으로 표출하여 소멸시켜야 하며, 혹시라도 회의적이고 반항적인 태도를 불러일으킬 수 있는 생각이 들 때는 어려서부터 훈련해 온 정신 수양을 통해 일찍이 그 싹을 잘라내야 한다. 어린아이일 때부터 교육시키는, 가장 우선적이고 간단한 정신 수양 단계는 신어로 '죄중단'이라고 하는 것이다. 죄중단은 무슨 생각이든 위험한 생각이 떠오르는 순간에 거의 본능적으로 그 생각을 정지시킬 수 있는 능력을 말한다. 여기에는 비유를 인식하지 못한다거나, 논리적인 오류를 간파하지 못한다거나, 영사에 반하는 것이라면 아무리 단순한 견해라도 이해하지 못한다거나, 자칫 이단적인 쪽으로 흘러갈 수 있는 생각이라면 어떤 것이든 무조건 지루해 하거나 접근을 막아 버리는 식의 모든 능력이 해당된다. 간단히 말해서 '죄중단'은 자신을 보호하기 위한 어리석음이다. 그러나 어리석은 것만으로는 충분하지 않다. 오히려 그 반대로 완전한 의미의 정통성이란, 곡예사가 자신의 몸을 자유자재로 조종하는 것만큼이나 완벽하게 자신의 정신적 사고 과정을 통제할 수 있어야 한다. 오세아니아 사회는 궁극적으로 빅 브라더가 전지전능하며 당은 완전무결하다는 신념 위에 세워져 있다. 그러나 현실적으로 빅 브라더는 전능하지도 않거니와 당도 무결하지 않으므로, 사실을 인식하는 데 있어 순간순간마다 늘 융통성 있게 대처해야 할 필요가 있다. 여기서 적용되는 중요한 원리는 '흑백'이다. 다른 많은 신어들과 마찬가지로 이 단어도 두 가지 상반되는 의미를 내포하고 있다. 반대편에 적용될 때 이 말은 명확한 사실에 반하는 걸 알면서도 흑이 백이라고 우기는 뻔뻔함을 의미한다. 그러나 당원에 적용될 때 이 말은 당의 규율이 요구하면 흑이라도 백이라고 할 수 있는 충성에 대한 의지를 의미한다. 그런가 하면 단순히 흑을 백이라고 믿을 수 있는 능력에서 더 나아가, 흑을 백으로 알며 이전에 알았던 그와 상반되는 사실은 어떤 것이라도 깨끗이 잊을 수 있는 능력을 뜻하기도 한다. 이것이 가능하기 위해서는 과거 사실을 스스로 끊임없이 변조시킬 수 있어야 하는데 이것은 신어로 '이중사고'라고 알려져 있는, 사실상 다른 모든 것을 망라하는 사고 체계를 통해서 이루어진다.

과거를 변조하는 일은 두 가지 이유에서 중요하다. 하나는 보조적인 이유로, 말하자면 예방적인 차원의 것이다. 이 보조적 이유는 당원에게도 프롤들처럼 비교할 기준을 제시하지 않음으로써 그들이 현재 생활환경에 불만을 품지 않고 견디며 살아가게 하기 위함이다. 외국과 접촉할 기회가 완전히 단절된 것처럼, 당원은 과거로부터도 완전히 단절되어야 한다. 자신이 현재 조상들보다 훨씬 잘살고 있으며, 물질적인 안락함의 정도도 계속 향상되고 있다고 믿어야 하기 때문이다. 그러나 과거 사실을 재조정하는 일이 더욱 중요한 이유는 당의 완전무결함을 내세우는 데 있어 뒷받침할 장치가 필요하다는 데 있다. 당은 연설문, 통계, 보고서 등의 갖가지 기록을 끊임없이 최근 상황에 맞추어 수정해야만 어떤 경우든 당이 예견한 사실이 모두 옳았다는 것을 보여 줄 수 있다. 또한 그렇게 함으로써 당이 언제나 교리나 정치적 견해에 있어 변함없는 입장을 고수해 왔다는 사실도 보여 줄 수 있다. 전과 비교해 입장을 바꾸는 것, 그리고 정책을 바꾸는 것은 자신의 나약함을 밝히는 것이나 다름없는 일이기 때문이다. 예를 들어 유라시아나 동아시아 둘 중 어떤 나라든 오늘의 적은 과거에도 늘 적이었어야 한다. 사실이 그렇게 반영되어 있지 않다면 그 사실을 추가로 바꾸어야 하는 것이다. 그러므로 역사는 끊임없이 다시 기록된다. 진리부에서 매일 일어나는 이런 과거 날조 행위는 애정부에서 행해지는 억압과 사찰 행위만큼이나 정권의 안정을 위해 필수적인 요소이다.

과거의 변조는 영사의 핵심 교리이다. 영사의 교리에 의하면, 과거에 일어난 사건은 객관적으로 존재하는 것이 아니라 다만 기록과 인간의 기억 속에서만 존재한다. 따라서 과거란 기록과 기억이 일치되는 사실인 것이다. 그런데 여기서 모든 종류의 기록 및 당원의 정신 세계를 완전히 조종할 수 있는 주체는 바로 당이므로, 결국 과거는 당이 정하는 대로 어떤 것이든 될 수 있다는 말이 된다. 또한 과거는 비록 변할 수 있긴 하지만, 변한 시점을 확실히 밝히지는 않는다. 왜냐하면 과거가 특정 순간에 요구되는 방향으로 이미 재창조된 만큼, 그렇게 생겨난 새로운 버전은 그 자체로 굳건한 과거이며 그 외에는 어떤 다른 버전의 과거도 존재할 수 없기 때문이다.

이는 어느 한 사건에 대한 기록이 일 년 중에도 몇 번씩이나 바뀌어 원래 사건을 알아볼 수 없는 정도가 될 때에도 여전히 유효하다. 이런 일은 실제로도 빈번히 일어난다. 당은 언제나 절대적인 진리를 소유하고 있으며, 당연히 이 절대적인 진리는 현재 상황과 상충되어서는 안 된다. 따라서 과거를 조종하는 일은 결국 기억 훈련에 달려 있는 것임을 짐작할 수 있다. 기록된 문서 내용을 현재 정통적으로 통용되는 사실에 맞추는 일은 사실, 단순한 기계적 작업에 지나지 않는다. 거기에 개개인이 그 과거 사실을 새롭게 변조된 사실로 기억하는 일이 그만큼 중요한 것이다. 그런 한편, 기억을 재조정하거나 자료를 변조시키는 일이 필요한 것만큼이나 그런 일이 행해졌다는 사실을 잊어버리는 일도 중요하다. 그리고 다른 어떤 종류의 정신적 기술과 마찬가지로 이 기술도 충분히 학습될 수 있다. 실제로 정통적인 지성인들은 물론이고 당원들 대부분이 이 기술을 배우고 있다. 이것을 구어로 솔직히 표현하자면 '현실 통제'라고 할 수 있으며, 신어로는 '이중사고'라고 한다. 그러나 실제 이중사고가 포괄하는 범위는 이보다 훨씬 더 방대하다.

이중사고란 두 개의 상반된 믿음을 동시에 가지면서 동시에 그 두 개의 믿음을 한꺼번에 받아들일 수 있는 능력을 의미한다. 당의 지식층이라면 누구나 자신의 기억을 어떤 방향으로 변조해야 하는지 알고 있으며, 그런 과정에서 자신이 현실을 왜곡하고 있다는 사실도 인식할 수 있을 것이다. 그러나 이때 이중사고의 기술을 사용함으로써 그는 현실이 위반되지 않았다고 스스로를 납득시킬 수 있다. 이 과정은 의식적으로 이루어져야 한다. 그렇지 않으면 정확성이 떨어지기 때문이다. 그런가 하면 이 과정은 무의식적으로 이루어져야 한다. 그렇지 않으면 스스로 거짓된 일을 한다고 느껴 결국 죄책감을 가지게 될 것이기 때문이다. 이중사고는 영사의 가장 깊숙한 중심에 자리 잡고 있다. 당이 행하는 행위의 본질은 결국 마음속으로 완전히 믿어야만 지닐 수 있는 굳건한 목적을 유지하는 동시에 의식적으로 속임수를 쓰는 일이기 때문이다. 의도적으로 거짓말을 하면서 그 거짓말을 진실로 믿고, 석연치 않게 된 사실은 모두 깨끗이 잊어버리며, 그러고 나서도 그 사실이 다시 필요해지면 잊혀져 있던 기억 속에서 끄집어내 필요한 동안만 다시 기억하고, 객관적인 현실이 존재할 수 있다는 사실을 부정하는 한편 자신이 부정하는 현실에서 나온 정보를 적극적으로 활용하고……. 이 모든 것은 당원에게 그야말로 필수불가결한 요소이다. 심지어는 '이중사고'라는 단어를 쓰는 데도 이중사고의 과정이 요구된다. 이 말을 쓰는 것 자체가 자신이 현실을 왜곡하고 있다는 사실을 인정하는 꼴이기 때문이다. 그러면 이때 이중사고를 사용하여 그런 사실을 인식하고 있다는 사실 자체를 지워 버리면 된다. 그런 과정을 무한정 되풀이함으로써 거짓은 언제나 진실을 앞서 나갈 수 있다. 궁극적으로 당은 바로 이 이중사고의 덕택으로 역사의 흐름을 막을 수 있었다. 그리고 모르긴 몰라도 이런 현상은 앞으로도 수천 년 이상 더 이어질지 모른다.

과거의 모든 과두 정부는 지나치게 경직되거나 반대로 지나치게 관대해지는 바람에 무너지고 말았다. 그들은 너무 우매하고 거만해진 바람에 변화하는 상황에 적절히 대처하지 못하여 전복되었거나, 혹은 너무 자율적이거나 비겁해지는 바람에 무력을 사용해야 하는 때에 오히려 힘을 양보하여 전복되었다. 다시 말해 그들은 지나치게 의식해서 혹은 지나치게 의식하지 않아서 몰락한 것이다. 따라서 두 가지 의식 상태를 동시에 공존하게 만든 사상 체계는 진정 당의 크나큰 업적이라 할 수 있다. 이와 다른 지적 기반 위에서였다면 당은 결코 집권 세력을 영원히 유지할 수 없었을 것이다. 집권하기 위해선, 그리고 그 집권을 계속 이어 나가기 위해선, 반드시 현실에 대한 지각을 타파할 수 있는 능력이 있어야 한다. 집권의 비결은 역사의 오류를 통해 습득한 '능력'을 바탕으로 자신이 무엇을 하든 절대 틀릴 수 없다고 굳게 믿는 믿음에서 오기 때문이다.

누구보다 이중사고를 가장 능숙하고 교묘하게 다룰 수 있는 사람이 바로 이중사고를 고안해 낸 당사자들이며, 이들이야말로 이중사고가 정신적 속임수임을 잘 알고 있다는 사실은 두말할 것 없이 당연하다. 마찬가지로 현 사회에서 무슨 일이 일어나고 있는지 가장 잘 알고 있는 사람들이야말로 동시에 세상을 가장 제대로 바라보지 않고 있는 사람들이기도 하다. 일반적으로 이해력이 좋을수록 착각이 심하고, 지적으로 뛰어날수록 정신이 온전하기 힘들다. 이것을 가장 확실하게 드러내 주는 일례로, 사회 계층의 위로 올라갈수록 전쟁에 대한 히스테리의 강도가 심해진다는 사실을 들 수 있다. 전쟁에 대해 가장 이성적인 태도를 취하는 계층은 바로 분쟁 지역에 사는 종속국 주민들이다. 이 사람들에게 전쟁이란 그저 밀물과 썰물처럼 들어왔다 나갔다 하며 끊임없이 자신들을 괴롭히는 재앙일 뿐이다. 어느 편이 이기고 있느냐는 이들에게 전혀 관심 밖의 문제이다. 이들은 통치자가 바뀌어도 결국 새 주인이 이전 주인과 다를 것 없이 자신들을 대할 것이며, 그 새 주인을 위해서도 결국은 이전과 다름없는 똑같은 일을 하게 될 거란 사실을 잘 알고 있기 때문이다. 이들보다 약간 더 나은 위치에 있다는 소위 '프롤'들의 사정을 보자. 그들 또한 어쩌다가 가끔씩 전쟁에 대해 의식할 뿐 대체적으로는 영 무관심하다. 그들은 위에서 부추길 때마다 한 번씩 자극을 받고 전쟁의 광적인 공포와 증오심에 휩싸이기도 하지만, 그냥 내버려 두는 한은 한참 동안이나 전쟁이 일어나고 있다는 사실도 까맣게 잊고 살아간다. 전쟁에 대한 진정한 열성을 찾아볼 수 있는 곳은 과연 당 내부이며, 그중에서도 내부당이 가장 심하다. 세계 정복에 대해 가장 굳게 믿고 있는 사람들은 그것이 불가능하다는 것을 알고 있는 사람들이다. 지식과 무지, 냉소와 열광…… 이런 식으로 상반된 논리를 함께 결부시키는 것이야말로, 오세아니아 사회의 가장 뚜렷한 특징이다. 당의 공식적 이념만 살펴보아도 이런 모순적인 요소들로 차고 넘친다는 것을 알 수 있다. 딱히 그럴 만한 실용적인 이유가 없는 때에도 마찬가지이다. 그런 식으로 당은 처음 사회주의 운동에서 주창했던 모든 원리 원칙을 거부하거나 비난하면서도, 이 모든 것을 사회주의의 이름하에서 행한다. 예를 들어 당은 과거 수백 년 동안의 역사를 통틀어 전례가 없을 정도로 노동자 계급을 호되게 경멸하면서도, 당원들에게는 한때 육체 노동자들의 전유물이었던 작업복을 제복으로 입혔다. 또한 가족의 결속을 조직적으로 약화시키려 하면서도, 당의 최고 지도자를 부르는 호칭에는 가족 간의 애정을 직접적으로 나타내는 명칭을 붙였다. 행정을 담당하는 네 개 부서의 이름만 해도 일부러 정반대되는 호칭을 붙인 것이 참으로 대담하기 그지없다. 다시 말해 평화부는 전쟁을, 진리부는 거짓말을, 애정부는 고문을, 풍요부는 굶주림의 문제를 각각 담당한다. 이런 모순은 절대 우연히 일어난 것이 아니며, 일반적인 위선적 결과도 아니고, 모두가 신중한 이중사고 과정을 거쳐 나온 산물이다. 권력은 이런 모순들을 조화시키는 방법으로써만 영원히 유지될 수 있기 때문이다. 다른 방법으로는 과거의 악순환으로부터 결코 벗어날 수 없다. 인간의 평등을 영원히 저지하기 위해서는, 그리고 소위 '상' 계층이 그들의 지위를 영원히 이어 나가기 위해서는, 그 사회에 지배적으로 퍼져 있는 정신 상태를 일종의 통제된 광기로 몰아넣어야 하는 것이다.

그러나 지금까지 우리가 거의 간과해 온 문제가 하나 있다. 그 문제는 바로 '인간의 평등이 왜 저지되어야 하는가?'이다. 앞서 그 과정이 세세히 설명되었다고 치자. 그런데 이렇게까지 엄청나고 치밀한 계획과 노력을 들여 특정한 시간에 역사의 흐름을 동결시켜야 하는 동기는 과연 무엇인가?

여기서 우리는 핵심적인 비밀에 도달하게 된다. 앞서 살펴보았듯이 당, 특히 내부당의 신비로움은 바로 이중사고에 달려 있다. 그러나 그보다 깊은 이면에 그보다 더 근본적인 동기가 자리하고 있다. 바로 이 동기로 인해 애초에 권력의 쟁취가 가능했던 것이며, 그 후로도 그 밖에 부수적으로 필요한 이중사고나 사상경찰, 끊임없이 계속되는 전쟁 등의 모든 장치를 고안해 낼 수 있던 것이다. 이 동기는 실제로……

윈스턴은 갑자기 새로운 종류의 소리를 듣기라도 한 것처럼, 주위를 둘러싸고 있는 정적을 의식하게 되었다. 벌써 한동안 줄리아의 움직임이 느껴지지 않았다는 사실을 그제서야 실감했다. 그녀는 허리 위로 아무것도 걸치지 않은 채 한쪽 손을 베개 삼아 뺨에 괴고 옆으로 누워 있었다. 그녀의 눈꺼풀 위에는 검은 머리카락 한 가닥이 흘러내려와 있었고, 가슴팍은 규칙적으로 천천히 오르락내리락했다.

"줄리아."

아무 대답이 없었다.

"줄리아, 자는 거예요?"

여전히 아무 대답이 없었다. 그녀는 잠들어 있었다. 윈스턴은 책을 덮어 조심스럽게 바닥에 내려놓았다. 그러고는 이불을 끌어올려 그녀와 함께 덮었다.

그는 깊이 생각했다. 아직 궁극적인 비밀까지는 알아내지 못했다. 그는 '어떻게'의 문제는 이해했지만, '왜'의 문제는 해결하지 못한 상태였다. 제1장도 역시 제3장처럼 그가 몰랐던 내용을 새로 일깨워 주었다기보다는, 다만 그가 이미 어느 정도 알고 있던 지식을 체계적으로 정리해 주었을 뿐이었다. 그러나 책을 읽음으로써 그는 자신이 미치지 않았다는 사실을 확신할 수 있었다. 자신이 단지 소수의 입장에 속해 있다고 해서, 자신이 소수 중에서도 유일한 한 명이라고 해서, 그것이 그가 미쳤다는 것을 의미하지는 않았다. 진실은 진실이고, 거짓은 여전히 거짓이었다. 그리고 세상 사람들 모두에 대항해 혼자만 진실을 고집한다고 해서 자신이 미친 사람이 되는 것은 아니었다. 저물어가는 노란 햇살이 창문을 통해 비스듬히 들어와 베개에 내려앉았다. 그는 눈을 지그시 감았다. 얼굴에 감도는 햇빛과 그의 몸에 맞닿아 있는 부드러운 여체의 감촉이 그에게 강하고 자신감 넘치는 기분을 선사해 주었다. 졸음이 쏟아져 내렸다. 그는 안전했고 모든 것이 잘 되어 가고 있었다.

"온전한 정신은 통계적으로 결정되는 문제가 아니야."

그 말에 무슨 심오한 지혜라도 담겨 있다는 듯 그는 이렇게 중얼거리며 잠에 빠져들었다.

10장

윈스턴은 한참 동안 잠들어 있었던 것 같은 기분을 느끼며 눈을 떴다. 고개를 돌려 시계를 흘끗 보니 아직 20시 30분밖에 안 되어 있었다. 그는 그대로 한동안 더 누워 있었다. 곧 뒤뜰에서 평소에 자주 듣던 깊은 목소리의 노랫소리가 들려왔다.

그것은 그저 덧없는 환상이었네.
4월 꽃처럼 훌쩍 사라져 버렸어.
표정과 말과 꿈들을 그렇게 흔들어 놓고,
내 마음 또한 훔쳐가 버렸다네.

저 시시한 노래가 아직까지도 인기를 끌고 있는 모양이었다. 어디를 가나 같은 노래를 들을 수 있었다. 오히려 저 노래가 '증오가'보다 더 오래가고 있는 듯했다. 줄리아도 그 소리에 잠에서 깼는지 늘어지게 기지개를 켜고는 침대에서 일어나 내려왔다.

"이제 배가 고프네요. 커피를 좀 끓일게요. 이런 제길! 난롯불도 꺼지고 물도 다 식었네요."

줄리아가 이렇게 말하며 난로를 흔들어 보았다.

"이런, 안에 기름도 다 떨어졌어요."

"채링턴 씨한테 말하면 좀 얻을 수 있지 않을까요?"

"그런데 이상한 게, 아까 내가 꽉 차 있는 걸 분명히 확인했는데 말이죠. 옷을 좀 입어야겠어요. 날씨가 꽤 쌀쌀해졌네요."

줄리아가 덧붙여 말했다.

윈스턴도 자리에서 일어나 옷을 입었다. 지칠 줄 모르는 목소리는 아래에서 계속해서 노래를 불렀다.

시간이 모든 걸 치유해 준다고 하지.
언제나 잊을 수 있다고도 하지.
그렇지만 웃음과 눈물은 해마다 되돌아와
아직도 내 가슴에 저며 오는 걸!

윈스턴은 제복 벨트를 매며 천천히 창문 쪽으로 걸어갔다. 해가 이제 집들 뒤로 넘어가 버렸는지 더 이상 뜰에는 햇빛이 비치지 않았다. 뜰에 깔린 판석은 방금 비에 씻긴 것처럼 젖어 있었고, 위를 올려다보니 수많은 굴뚝 사이로 보이는 하늘이 너무나 청명하고 옅어서 마치 물로 씻어낸 느낌이 들었다. 여자는 지치지도 않는지 계속해서 왔다 갔다 부지런히 오가면서, 손으로는 쉴 새 없이 기저귀를 널고 입으로는 노래를 불렀다 멈췄다 하기를 반복했다. 윈스턴은 여자가 돈을 벌기 위해 빨래를 직업으로 택한 건지 아니면 스무 명에서 서른 명씩이나 되는 손주들을 돌보느라 저렇게 매일 힘들게 일을 하는 건지 문득 궁금해졌다. 줄리아도 그의 곁으로 다가와 섰다. 둘은 그 건장한 여인의 모습에 매료된 것처럼 열중해서 아래를 내려다보았다. 그 여자 특유의 몸짓하며, 빨랫줄을 향해 내뻗는 굵은 팔뚝, 힘센 암말의 뒷모습처럼 툭 튀어나온 엉덩이를 계속 보고 있자니, 윈스턴은 처음으로 왠지 그녀가 아름답다는 생각이 들었다. 지금까지는 한 번도, 아이를 낳느라 엄청난 규모로 불어버린 족히 쉰은 넘은 것 같은 여자의 몸이 아름다울 수 있다는 생각은 해 본 적이 없었다. 거기다가 그녀는 평생 일에 치여서인지 몸이 너무 익어버린 무처럼 뻣뻣하고 거칠어 보이기까지 했다. 그러나 그녀는 그 모습 그대로 아름다웠다. 하긴 그렇지 말라는 법도 없지, 하고 그는 생각했다. 화강암 덩어리처럼 딱딱해진 데다 윤곽을 잃어버린 몸매에 거칠고 붉은 피부를 가진 그 여자의 몸을 젊은 여자의 몸에 비교하는 것은 장미 열매를 장미꽃에 비교하는 것과 같은 이치일 것이다. 그렇지만 사실 열매가 꽃보다 더 아름답지 말라는 법도 없지 않은가?

"아름다워요."

윈스턴이 중얼거렸다.

"엉덩이가 족히 1미터는 되어 보이는걸요."

줄리아가 답했다.

"바로 그런 면이 저 여자의 아름다움인 거죠."

윈스턴은 이렇게 말하면서 팔로 줄리아의 유연한 허리를 감싸 안았다. 엉덩이부터 무릎에 이르는 부근의 그녀의 몸이 그의 몸에 닿아 있었다. 그들의 몸으로는 절대 아이를 낳을 수 없었다. 절대 하지 말아야 할 일이 하나 있다면 바로 그것이었다. 둘의 비밀은 오직 입에서 입으로, 그리고 마음에서 마음으로만 전해져야 했다. 반면 뒤뜰에 있는 저 여자는 머리에 든 생각은 없겠지만 힘센 팔과 따뜻한 마음, 그리고 많은 아이를 낳을 수 있는 배가 있었다. 윈스턴은 그녀가 지금껏 얼마나 많은 아이를 낳았을까 궁금해졌다. 족히 열다섯 명은 될 것 같았다. 그녀에게도 분명 한 일 년 정도는 짧지만 야생 장미 같은 아름다움을 활짝 꽃피웠을 때가 있었을 것이다. 그러나 그 젊음은 열매를 맺은 꽃처럼 급속히 부풀어 올랐다가 단단하게 굳어지며 익었을 것이다. 그렇게 시간이 지나면서, 처음에는 아이들을 위해 그 다음에는 손주들을 위해, 빨래를 하고 청소를 하고 바느질을 하고 요리를 하고 쓸고 광택을 내고 수선하고 닦고 하는 일을 30년이 넘도록 쉬지 않고 해 왔을 것이다. 그런데 그 고달픈 삶의 끝에서도 그녀는 여전히 노래를 부르고 있었다. 그녀를 보면서 절로 드는 신비로운 경외감이, 왜인지 모르게, 빡빡한 굴뚝 너머로 끝없이 펼쳐져 있는 구름 한 점 없는 옅은 하늘과 묘하게 어우러졌다. 저 하늘만은 유라시아나 동아시아에 사는 누구에게도 여기서와 똑같이 보일 거라고 생각하니 기분이 묘해졌다. 그 하늘 밑에서 살고 있는 사람들도 모두 자신과 같은 사람일 것이다. 전 세계 어디에서든 여기와 똑같은 수억, 수십 억의 사람들이 증오와 거짓말의 장벽에 엇갈린 채, 장벽 너머 다른 사람들의 존재를 전혀 알지 못하고 살아가고 있을 것이다. 그러나 그 사람들은 비록 머릿속으로 생각하는 법은 배우지 못했을지라도 마음속, 배속, 근육 어딘가에 언젠가 세계를 새로운 곳으로 뒤엎어 버릴 힘을 비축하고 있을 것이다. 희망이 있다면, 그것은 프롤들에게만 있다! 아직 그 책을 다 읽지는 못했지만 윈스턴은 왠지 그것이 골드스타인의 최종 메시지일 거라고 확신했다. 미래는 프롤들의 것이다. 그렇지만 과연 그들의 때가 왔을 때, 그들이 건설한 새로운 세상이 당이 지배하는 현재의 세계보다 윈스턴 스미스의 마음에 들 수 있을까? 그렇다. 적어도 그 세상은 정신이 멀쩡히 살아 있는 사회일 테니까. 평등이 있는 곳이라면 적어도 온전한 정신이 깃든 곳이 아니겠는가? 언제가 될지는 모르지만 언젠가는 반드시 그런 때가 올 것이고, 힘은 의식으로 바뀔 것이다. 프롤은 불멸의 존재이다. 뒤뜰에 있는 저 굳건한 여자만 보아도 그 사실을 알 수 있다. 언젠가 그들은 반드시 자각하게 될 것이다. 그리고 그때까지 비록 천 년이 걸릴지라도, 그들이 온갖 모진 풍파에 시달릴지라도, 하늘을 나는 새처럼 당이 가질 수도 없고 말살시킬 수도 없는 끈질긴 생명력을 한 세대에서 다른 세대로 전수하며 꿋꿋이 살아남을 것이다.

"우리가 처음 만난 날 숲 속에서 우리를 위해 노래를 불러 주던 개똥지빠귀 기억나요?"

윈스턴이 물었다.

"우리를 위해 불러 주었다고는 할 수 없죠. 스스로 좋아서 한 것이면 모를까. 아니 그것도 아닐걸요? 아마 그 새는 그냥 별 뜻 없이 불렀을 거예요."

줄리아가 말했다.

새도 노래하고, 프롤들도 노래를 한다. 그러나 당은 노래를 하지 않는다. 세계 어디서든지, 런던에서나 뉴욕에서나, 아프리카에서나 브라질에서나, 국경 뒤 어딘가 있는 신비로운 금지된 땅에서나, 파리와 베를린 시내 어느 거리에서나, 끝없이 펼쳐져 있는 러시아 평야 지대의 마을에서나, 중국과 일본의 붐비는 시장에서나…… 태어나서 죽을 때까지 고된 노동에 시달리며 일을 하고 아이를 낳느라 괴물처럼 흉해진 몸골을 하고서도 여전히 노래를 부르는, 그 여인과 같은 정복될 수 없는 굳세고 견고한 사람들은 어디에나 있을 것이다. 쉬운 일은 아니겠지만 언젠가는 그런 힘 있는 배 속으로부터 의식 있는 존재가 튀어나올 것이다. 지금의 그는 이미 죽은 목숨이나 다름없었지만 그들의 미래는 살아서 숨 쉬고 있었다. 그리고 그들의 몸이 살아서 숨 쉬듯 그의 마음이 죽지 않고 살아서 2 더하기 2가 4라는 비밀스런 법칙을 후세로 전달해 줄 수만 있다면, 그도 결국 그 미래를 함께 공유할 수 있게 될 것이다.

"우리는 죽은 목숨이야."

윈스턴이 말했다.

"우리는 죽은 목숨이죠."

줄리아가 순순히 동의하듯 따라 말했다.

"당신들은 죽은 목숨이오."

그들 뒤에서 차가운 목소리가 들렸다.

그들은 깜짝 놀라 떨어졌다. 윈스턴은 몸속에 있는 내장이 몽땅 다 얼어붙는 느낌이었다. 줄리아의 눈 주위가 하얗게 질리는 것이 보였다. 그녀의 얼굴은 노랗게 질려 있었다. 아직도 볼에 남아 있는 붉은 화장기는, 마치 피부에서 분리되어 둥둥 떠 있는 색조처럼 더욱 선명해 보였다.

"당신들은 죽은 목숨이오."

차가운 목소리가 다시 반복해 말했다.

"그림 뒤에서 소리가 났어요."

줄리아가 숨죽여 말했다.

"그림 뒤에서 난 소리가 맞소. 당신들, 지금 자세 그대로 꼼짝 말고 있으시오. 움직이지 말고 다른 명령을 내릴 때까지 대기하고 있으시오."

올 것이 오고야 말았다. 결국 올 것이 오고 만 것이다! 둘은 말없이 서서 서로의 눈을 초조하게 바라볼 뿐 그 밖에는 아무것도 할 수 없었다. 필사적으로 도망을 친다거나, 너무 늦기 전에 건물을 빠져나간다거나 하는 생각은 떠오를 여지조차 없었다. 그저 아무 생각도 할 수 없이, 벽에서 나는 차가운 목소리에 복종만 할 뿐이었다. 고리가 빠지는 듯한 소리가 나더니 와장창 유리가 깨지는 소리가 들렸다. 벽에 걸려 있던 그림이 바닥으로 떨어지면서 그 뒤에 있던 텔레스크린이 모습을 드러냈다.

"이제 저기서 우리를 볼 수 있어요."

줄리아가 말했다.

"이제 여기서 당신들을 볼 수 있소."

목소리가 따라 말했다.

"방 한가운데로 와서 서로 등을 대고 서시오. 손을 머리 위에 올리고 깍지를 끼시오. 그리고 절대 서로 몸이 닿지 않도록 하시오!"

그들의 몸은 닿아 있지 않았지만, 윈스턴은 줄리아의 몸이 덜덜 떨리고 있는 것을 느낄 수 있었다. 아니, 어쩌면 사시나무 떨듯 떨고 있는 사람은 바로 자신인지도 몰랐다. 그는 이를 악물었지만, 무릎이 덜덜 떨리는 것만은 어찌할 도리가 없었다. 건물 안팎으로 나던 요란한 구두 소리가 아래층으로부터 들려왔다.

뒤뜰은 이미 사람들로 가득 차 있는 것 같았다. 무엇인가가 판돌 위로 질질 끌려가는 소리가 났다. 여자의 노랫소리가 갑자기 멈추었다. 빨래 통이 마당에 내동댕이쳐졌는지 철이 쨍그랑 하고 바닥에 부딪히는 소리가 길게 났다. 곧이어 여자의 성난 고함 소리가 크게 울려 퍼지는가 싶었는데, 그 소리는 곧 고통에 찬 신음 소리로 바뀌었다.

"집이 사방으로 포위되었어."

윈스턴이 말했다.

"집이 사방으로 포위되었소."

차가운 목소리도 말했다.

"이제 여기서 작별 인사를 해야겠군요."

줄리아가 떨리는 이를 악물고 말했다.

"그렇소. 지금 작별 인사를 하는 게 나을 거요."

그 목소리도 말했다. 그러더니 좀 전과는 사뭇 다른 목소리가 다음과 같이 말했다.

"그리고 마침 말이 나와서 말인데, '너의 침대를 밝혀 줄 촛불이 다가오네. 너의 머리를 잘라 갈 도끼가 오네!'"

왠지 윈스턴은 그 가늘고 점잖은 목소리를 전에도 들어본 적이 있는 것 같았다.

윈스턴의 등 뒤에 있는 침대 위로 뭔가가 와장창 깨지는 소리가 들렸다. 사다리 끝이 창문을 뚫고 방 안으로 들어온 것이었다. 누군가가 사다리를 타고 창문을 넘어오고 있었다. 계단으로부터 요란한 발소리가 들렸다. 방 안이 금세 검은색 제복을 입고 쇠 징이 박힌 군화를 신은 건장한 남자들로 가득 찼다. 그들의 손에는 하나같이 모두 곤봉이 들려 있었다.

윈스턴은 더 이상 떨지 않았다. 눈동자도 거의 움직이지 않고 있었다. 이 상황에서 중요한 것은 단 하나였다. 움직이지 말 것, 괜히 몸을 움직여서 얻어맞을 구실을 주지 말 것! 프로 권투 선수의 턱처럼 둥근 턱에 입이 가늘게 째진 한 남자가 윈스턴 앞으로 오더니 엄지와 집게손가락 사이로 곤봉을 집어 들고 뭔가를 골똘히 생각하는 표정을 지었다. 윈스턴의 눈이 그와 마주쳤다. 그 앞에서 무방비 상태로 손을 머리 위에 올린 채 서 있자니, 마치 홀랑 벌거벗고 있는 느낌이 들어 견딜 수가 없었다. 그 남자는 하얀 혀끝을 내밀어 너무 얇아 있는지 없는지도 모를 입술을 쓱 핥고는 그대로 지나갔다. 또다시 뭔가가 깨지는 소리가 들렸다. 누군가 테이블에 놓여 있던 유리 문진을 벽난로 받침돌 쪽으로 집어 던져 산산조각 내버린 것이었다.

케이크 위에 얹는 장미꽃 봉오리 설탕 장식 같은 조그마한 분홍색 산호 조각이 매트 위로 나뒹굴었다. '저게 저렇게 작았구나. 원래는 저렇게 작은 거였다니!' 하고 윈스턴이 생각했다. 갑자기 뒤에서 헐떡거리는 숨소리와 쿵쿵거리는 발소리가 나더니 누군가가 그의 발목을 세게 걷어찼다. 그는 거의 균형을 잃고 주저앉을 뻔했다. 그들 중 한 남자가 이번에는 줄리아의 명치를 주먹으로 강타했다. 줄리아의 몸이 접는 자처럼 앞으로 푹 고꾸라졌다. 바닥에 쓰러진 그녀는 숨이 차서 데굴데굴 굴렀다. 윈스턴은 감히 고개를 1밀리미터도 돌릴 수 없었지만, 창백한 얼굴로 고통스러워하고 있는 그녀의 모습을 곁눈질로 조금이나마 흘긋 볼 수 있었다. 정작 그 자신도 두려움에 덜덜 떨고 있으면서도, 그는 자신이 맞기라도 한 것처럼 그녀의 고통을 느낄 수 있었다. 숨을 쉬는 것만으로도 벅차서 고통 자체는 뒷전이 된 급박한 심정일 터였다. 그는 그 느낌이 어떤 건지 알고 있었다. 너무도 끔찍하고 고통스러운 아픔이 자신을 기다리고 있다는 것을 알면서도 당장은 숨 쉬기조차 너무 힘들어 그 고통에 대해서는 미처 생각할 여유도 없는 심정일 것이었다. 곧 남자 두 명이 다가와 각각 그녀의 무릎과 어깨를 부여잡고는 짐짝 다루듯 번쩍 들고 방을 나갔다. 윈스턴은 눈을 감고 아래로 향해 노랗게 질려 일그러진 그녀의 얼굴을 힐끔 볼 수 있었다. 양쪽 볼에는 아직도 옅은 홍조가 남아 있었다. 그리고 그것이 그가 본 그녀의 마지막 모습이었다.

윈스턴은 꼼짝도 하지 않고 죽은 듯 서 있었다. 아무도 아직은 그를 때리지 않았다. 자질구레한 이런저런 생각들이 머릿속에서 제멋대로 떠올랐다가 곧 다시 스쳐 지나갔다. 그는 그들이 밑에서 채링턴 씨도 체포했는지 궁금해졌다. 뒤뜰에 있는 여자를 어떻게 한 것인지도 궁금했다. 갑자기 오줌이 몹시도 마려웠다. 생각해 보니 고작 두어 시간 전에 화장실에 갔다 온 게 분명한데 참으로 이상한 일이었다. 벽난로 위의 시계를 보니 9시를 가리키고 있었다. 그 말은 지금이 21시라는 말이었다. 그런데 그 시간인 것 치고는 햇빛이 너무도 강렬했다. 8월의 21시면 이미 해가 지는 때가 아니었던가? 그는 줄리아와 자신이 시간을 착각하고 있던 걸까 하고 생각했다. 시계가 한 바퀴 다 돌아가도록 모르고 계속 자고 있다가, 다음 날 아침 8시 30분이 된 것을 20시 30분인 것으로 착각했을지도 모르는 일이었다. 그러나 그는 더 이상 깊이 생각하지 않기로 했다. 어쨌든 그런 일은 이제 별로 중요하지 않았다.

다시 복도에서 가벼운 발소리가 들렸다. 방으로 들어온 사람은 다름 아닌 채링턴 씨였다. 검은 제복을 입은 남자들의 태도가 돌연 한층 공손해졌다. 채링턴 씨의 외모가 어딘가 달라 보였다. 그는 바닥에 떨어진 유리 문진 조각들을 보고 날카롭게 말했다.

"저 유리 조각들을 주워 담게."

한 남자가 몸을 구부리고 그의 말에 복종했다. 채링턴 씨의 말투에 런던 사투리가 사라져 있다는 사실을 깨달으면서, 윈스턴은 조금 전에 텔레스크린에서 흘러나온 목소리의 주인공이 누구였는지 이제야 알 것 같았다. 낡은 벨벳 재킷 차림은 여전했으나 거의 백발이었던 채링턴 씨의 머리는 어느새 흑발이 되어 있었다. 그는 안경도 쓰고 있지 않았다. 그는 신분 확인을 하듯 날카로운 눈초리로 윈스턴을 흘끗 한 번 쳐다보았을 뿐, 더 이상은 그에게 아무런 관심도 보이지 않았다. 그는 여전히 채링턴 씨로 보이긴 했지만 더 이상 같은 사람이 아니었다. 구부정했던 몸이 곧게 펴져서인지 키도 더욱 커진 것 같았다. 얼굴도 막상 크게 변했다고 할 수는 없었지만, 그럼에도 인상은 확연히 달라 보였다. 검은 눈썹은 숱이 줄어들어 있었고, 주름도 온데간데없었으며, 얼굴 전체의 윤곽도 달라진 것이 코마저도 전보다 짧아 보였다. 그는 이제 고작 서른다섯 정도 되어 보이는, 예리하고 차가운 인상의 얼굴을 갖고 있었다. 그제야 윈스턴은 난생처음으로 눈앞에서 직접 사상경찰 요원의 얼굴을 보고 있다는 사실을 깨달았다.

제3부

1장

    그는 자신이 어디에 와 있는지 알지 못했다. 아마도 애정부일 거라 짐작했지만 확인할 방법은 없었다.

    그가 있는 곳은 광택이 있는 하얀 타일 벽으로 둘러싸인, 천장이 높고 창문이 없는 어느 감방 안이었다. 감방 안은 어디 있는지 모를 보이지 않는 램프에서 흘러나오는 차가운 불빛과 통풍구로 연결된 기계 장치에서 들리는 나지막한 윙윙 소리만이 가득했다. 엉덩이만 간신히 붙이고 앉을 수 있는, 의자라기보단 선반이라고 봐도 좋을 만한 좁은 벤치는 출입문이 있는 부분만 제외하고 벽 둘레를 빙 돌아 설치되어 있었고, 출입문 맞은편으로는 나무 시트가 없는 변기가 하나 놓여 있었다. 그리고 벽마다 사방에 하나씩 총 네 개의 텔레스크린이 설치되어 있었다.

    윈스턴은 배가 무지근하게 아파왔다. 사방이 막힌 호송차에 실려 이송될 때부터 계속된 통증이었다. 그런 데다 배도 고팠다. 은근히 신경을 갉아먹는 기분 나쁜 종류의 배고픔이었다. 마지막으로 음식을 맛본 지가 족히 24시간은 지난 것 같았다. 아니 어쩌면 36시간인지도 몰랐다. 그는 자신이 체포를 당했던 시점이 아침인지 저녁인지도 아직 모르고 있었다. 어쩌면 영원히 알 수 없을지도 몰랐다. 어쨌든 그가 알고 있는 사실은 그 이후로 음식을 한 번도 입에 대지 못했다는 사실이었다.

그는 그 좁은 벤치에서 최대한 움직이지 않으려 애쓰며 무릎 위에 깍지를 끼고 앉아 있었다. 어느덧 그는 가만히 앉아 있는 일에 어느 정도 익숙해져 있었다. 조금이라도 움직일라치면 어김없이 텔레스크린에서 큰 불호령이 떨어졌기 때문이다. 그러나 뭔가로 배를 채우고 싶은 욕구는 더욱더 커져만 갔다. 무엇보다 그냥 빵 한 조각만 있으면 살 수 있을 것 같았다. 그는 제복 주머니에 빵 부스러기가 조금 남아 있을지도 모른다는 생각을 해냈다. 이따금씩 다리에 뭔가가 닿아서 간질거리는 느낌이 나는 것으로 보아 꽤 큰 조각이 있을지도 몰랐다. 그는 끝내 유혹을 뿌리치지 못하고 두려움도 잊은 채 주머니로 손을 집어넣었다.

"스미스! 6079번 윈스턴 스미스! 감옥에서는 주머니에 손을 넣지 말도록!"

텔레스크린으로부터 고함소리가 터져 나왔다.

그는 다시금 무릎 위에 깍지 낀 손을 얹고 가만히 있었다. 이곳에 오기 전에 그는 먼저 다른 곳으로 이송되었었는데, 그곳은 순찰대가 이용하는 임시 구치시설이나 평범한 일반 감옥이었던 것 같았다. 그곳에서 얼마나 갇혀 있었는지도 그는 알 방법이 없었다. 몇 시간 정도였던 것 같긴 한데, 시계도 없고 창문도 없이 바깥과 완전히 차단된 곳이어서 시간의 흐름을 판단하기가 쉽지 않았다. 어쨌거나 그곳은 시끄럽고 악취가 진동했다. 지금 있는 감방과 크기는 비슷했는데, 말로 하지 못할 정도로 더러운 데다 열 명에서 열다섯 명 되는 사람들로 늘 바글거렸다. 그들 대부분은 일반 범죄자였지만 개중에 정치범도 몇 명 끼어 있었다. 윈스턴은 더러운 다른 수감자들의 사이에 끼어 벽을 등지고 가만히 앉아만 있었다. 잔뜩 겁에 질려 있는 데다 배가 너무 아파서 주위에 신경을 쓸 겨를도 없었다. 그런데도 당원 출신 범죄자들과 일반 범죄자들 태도에 놀랄 만큼 확연한 차이가 있다는 사실만은 금방 알아챌 수 있었다. 당원 범죄자들은 늘 조용하고 겁에 질려 있는 데 반해, 일반 범죄자들은 주위에 누가 있든 아무도 신경 쓰지 않았다. 그들은 간수에게 큰소리로 욕을 싸지르기도 하고, 소지품이 압수될 때는 격렬하게 몸싸움을 벌이기도 하고, 바닥에 낯부끄러운 말로 낙서를 하거나, 몰래 숨겨 들어왔는지 옷 깊숙이 어딘가에서 마술처럼 튀어나온 음식을 꺼내 먹기도 했으며, 텔레스크린이 조용히 하라고 호통 치면 거기다 대고 마구 소리를 질러 대기도 했다. 그런가 하면 간수와 사이가 각별해 보이는 사람들도 있었는데, 그들은 별명을 부르는가 하면 문에 나 있는 감시 구멍 사이로 담배 한 개비만 달라고 조르기도 했다. 간수들 또한 일반 범죄자들을 다룰 때는 심하게 다루어야 할 때조차 은근히 관대한 태도를 보였다. 그 안에서 사람들에게 가장 많이 회자되는 주제는 그들 대부분이 앞으로 보내

질 강제 노동 수용소에 관한 이야기였다. 윈스턴이 들은 내용을 종합해 보자면, 수용소는 좋은 인맥 몇 명만 잡을 수 있고 줄을 잘 탈 수만 있으면 '그렇게 나쁘지 않은' 곳이었다. 그곳에는 뇌물에 특혜가 판을 쳤고, 온갖 종류의 협잡꾼뿐 아니라 동성애나 매춘 행위도 있었으며, 감자를 증류해서 만든 밀주마저도 돌아다닌다고 했다. 그런데 그 안에서도 중요한 자리는 모두 일반 범죄자들의 차지였고, 그중에서도 폭력배나 살인범은 일종의 귀족 세력을 형성하고 있다고 했다. 반면 힘들고 더러운 일은 모두 정치범들의 몫이라고도 했다.

그 감방에 있을 때는 온갖 죄수들이 끊임없이 들어오고 다시 나가고 했다. 마약 밀매자, 도둑, 노상강도에 암시장 거래자, 술주정뱅이, 매춘부 등 그 종류도 다양했다. 그중에 어떤 술주정뱅이들은 너무도 난폭해서 간수들 여럿이 힘을 합해야 제압할 수 있을 정도였다. 한번은 예순 살 정도 되어 보이는 엄청나게 커다란 덩치의 여자가 몸싸움 중에 마구 흐트러진 머리를 하고 거대한 젖가슴을 흔들며 간수들의 손에 질질 끌려 들어왔다. 간수 네 명이 팔다리를 하나씩 잡고 있는데도 어찌나 세게 발을 구르고 소리를 질러 대는지 거의 역부족이었다. 간수들은 그녀의 발에서 강제로 신발을 벗기고, 그녀의 몸을 번쩍 들어 내던졌다. 그런데 그 여자가 떨어진 곳이 하필 윈스턴의 무릎 위였다. 윈스턴은 허벅지 뼈가 부러지는 줄 알았다. 여자는 가까스로 몸을 일으키고는 간수들에게 '이 망할 자식들아!' 하고 욕지거리를 내뱉었다. 그러고는 그제야 자신이 앉은 곳이 평평한 바닥이 아니라는 걸 깨달았는지 슬그머니 윈스턴의 무릎에서 내려와 벤치에 앉았다.

"미안하게 됐소그려. 내가 당신 무릎에 앉으려고 앉은 게 아니고 다 저 몹쓸 새끼들이 나를 이리 던져서 어쩔 수 없이 그렇게 된 거요. 저놈들이 저거 숙녀를 대하는 태도가 참 뭐 같지 않소?"

여자는 이렇게 말하더니 잠시 말을 멈추고 가슴을 두드리며 트림을 거하게 했다.

"미안하오. 지금 내가 상태가 좀 안 좋아서 말이야."

그러더니 이제는 몸을 앞으로 구부리고 바닥에 잔뜩 구토를 해 댔다.

"아, 이제야 좀 살 것 같네. 억지로 참으려고 하면 안 되는 법이오. 모름지기 토할 수 있을 때 토하는 것이 상책이지."

그녀가 눈을 감고 몸을 뒤로 지그시 기대며 말했다.

잠시 후 그녀는 이제야 정신이 좀 드는지, 뒤를 돌아 윈스턴을 한 번 쳐다보았다. 그녀는 육중한 팔을 뻗어 그의 어깨에 두르더니 그를 가까이 끌어당겼다. 그의 얼굴로 맥주와 구토가 섞인 역한 입 냄새가 확 풍겨 왔다.

"이름이 뭐야?"

그녀가 물었다.

"스미스입니다."

윈스턴이 대답했다.

"스미스라고? 그것 참 재미있네. 내 성도 스미스인데 말이야. 혹시 알아? 내가 자네 엄마일지?"

그녀의 말에 윈스턴은 아닌 게 아니라 그녀가 정말 그의 어머니일 수도 있다는 생각을 했다. 그러고 보니 나이나 신체 조건이 얼추 맞는 듯도 했다. 그리고 강제 노역을 하며 수용소에서 20년이 넘는 세월을 지내다 보면 사람이 어떻게 변할지 알 수 없는 노릇이었다.

그 여자 말고는 아무도 윈스턴에게 말을 걸지 않았다. 놀랍게도 일반 범죄자들은 당원 범죄자들을 철저히 무시했다. 그들은 관심 없는 듯하면서도 경멸감을 은연중 내비치며, 당원 범죄자들을 '정범'이라고 불렀다. 정치범들은 겁에 질려 누구에게도 말을 걸지 않았으며, 특히 자기들끼리는 더욱더 그랬다. 딱 한 번, 윈스턴은 여자 당원 둘이 벤치에 나란히 붙어 앉아 주위의 소란을 틈타 급히 몇 마디 귓속말을 나누는 것을 엿들은 적이 있었다. 그때 둘은 '101호실'에 관한 이야기를 속닥거렸는데, 그는 그게 무엇인지 도무지 짐작조차 할 수 없었다.

윈스턴이 감옥에 들어온 지 두어 시간 정도 지났을 때였다. 복통이 완전히 가시지는 않았지만, 이따금씩 더 나아졌다가 다시 나빠지기를 반복했고, 그에 따라 머릿속 생각도 더 많아졌다 더 적어졌다 했다. 상태가 나빠졌을 때 생각할 수 있는 것은 오로지 심한 통증과 뭔가를 먹고 싶은 욕구뿐이었다. 그러다 상태가 호전될라 치면 이내 극심한 공포감이 그를 휩쌌다. 때로는 앞으로 자신에게 일어날 일이 너무도 생생하게 눈앞에 보이는 듯해서 심장이 마구 뛰고 숨까지 턱턱 막혔다. 벌써부터 팔꿈치를 가격하는 곤봉의 힘과 정강이를 걷어차는 쇠 징이 박힌 군화의 발길질이 생생히 느껴지는 기분이었다. 그런 상황이 오면 그는 바닥을 기면서, 부러진 이를 감싸고 살려 달라고 울부짖을 것이다. 한편, 줄리아 생각은 거의 나지 않았다. 그녀까지 마음에 두고 있을 여유가 없었다. 그는 그녀를 여전히 사랑하고 있었고 배신하지도 않을 테지만, 그런 심정은 수학 공식과도 같은 하나의 사실일 뿐이었다. 실제적으로 그는 지금 그녀에 대한 사랑이 느껴지지도 않았고, 그녀가 무사할까 하는 궁금증도 거의 일지 않았다. 그보다는 한 가닥의 희망이라도 붙잡듯 오브라이언에 대한 생각을 더 자주 했다. 지금쯤이면 그는 윈스턴이 잡혔다는 사실을 알고 있을 것이다. 그는 형제단이 결코 다른 단원을 구하려는 시도를 하지 않을 거라고 말했었다. 그러나 면도날이 있었다. 가능하다면 그들이 면도날을 보내 줄지도 몰랐다. 그렇다면 간수가 감방 안으로 들이닥치기까지 자신에게는 약 5초의 시간이 있을 것이다. 그동안 면도날은 타는 듯한 짜릿함을 일으키며 자신의 살 속으로 파고들어가 있을 것이고, 어쩌면 면도날을 쥐고 있는 다른 손도 뼈가 보일 정도로 베여 있을지 몰랐다. 그러나 문제는 무엇보다도 자신의 허약한 몸이었다. 작은 통증에도 금세 덜덜 떨며 위축되어 버리는 그의 몸말이다. 그는 면도날이 생긴다 해도 과연 자신이 그것을 사용할 수나 있을지 영 자신이 없었다. 마지막에 자신을 기다리고 있는 것이 오직 끔찍한 고문뿐이라는 것이 확실하더라도, 결국은 단 10분만이라도 그 순간 그대로 살아 있기를 택하는 것이 어쩔 수 없는 삶의 본능인지도 몰랐다.

가끔은 감방 벽에 붙어 있는 타일의 수가 몇 개나 되는지 세어 보려고도 했다. 어려울 리가 전혀 없는 일인데도, 그는 늘 어느 지점에 가서 자신이 몇 개까지 세었는지 잊어 버리곤 했다.

그는 자신이 지금 어디에 와 있는지, 현재 시각이 몇 시쯤 되었는지 따위를 궁금해 하며 오랜 시간을 보냈다. 한순간에는 지금 바깥이 환한 낮 시간일 거라고 굳게 확신했다가도, 금세 칠흑같이 깜깜한 밤일 거라고 확신했다. 직감적으로 그는 그곳에서는 전등이 꺼질 때가 절대 없으리라는 사실을 깨달았다. 그야말로 어둠이 없는 세상이었다. 그는 그제야 오브라이언이 넌지시 비춘 암시를 이해할 것 같았다. 애정부 건물에는 창문이 없었다. 그가 있는 감방만 해도 건물 한가운데 있는지, 맨 바깥에 있는지, 지하 10층이나 되는 땅속 깊숙이 있는지, 30층이나 되는 고층에 있는지 전혀 알 길이 없었다. 그는 신경을 집중해 이리저리 감각을 재 보며 몸의 느낌만으로 그가 하늘 높이 떠 있는지 땅속 깊이 묻혀 있는지 가늠해 보려고 애썼다.

밖에서 타박타박 군화 소리가 다가왔다. 쾅 하는 소리가 나더니 철문이 활짝 열렸다. 말쑥한 검정 제복 차림의 젊은 장교 하나가 들어왔다. 그는 윤이 나는 가죽 옷을 입어 온몸에 광택이 자르르 흘렀고, 얼굴은 밀랍 가면 같이 창백한 데다 잔뜩 굳어 있었다. 그가 밖에 있는 간수들에게 데리고 온 죄수를 들여보내라고 손짓했다. 시인 앰플포스가 비틀거리며 감방 안으로 들어왔다. 감방 문이 다시 쾅 하고 닫혔다.

앰플포스는 다시 나갈 문을 찾기라도 하듯 한두 번 이쪽 끝에서 저쪽 끝까지 멍하게 왔다 갔다 하더니, 곧 감방 안을 두리번거리며 배회하기 시작했다. 아직 윈스턴의 존재를 눈치채지 못한 모양이었다. 그는 불안한 눈으로 윈스턴의 머리 위로 1미터 정도 되는 지점의 벽면을 물끄러미 바라보았다. 그는 신발도 신고 있지 않았으며, 구멍이 난 양말 사이로 꼬질꼬질하고 커다란 발가락들이 삐죽이 나와 있었다. 며칠간 면도도 못한 모양인지 얼굴에는 덥수룩한 수염이 광대뼈까지 가득 덮여 있었다. 그래서일까, 몸집만 커다랄 뿐 허약해 보이는 체구와 초조해 보이는 움직임이 묘하게 겹쳐 그에게서는 일종의 불량배 같은 인상이 풍겨 나왔다.

윈스턴은 무기력한 와중에 간신히 정신을 조금 차렸다. 텔레스크린의 호통을 감수하고서라도 앰플포스에게는 반드시 말을 붙여야 했다. 어쩌면 앰플포스는 자신에게 면도날을 가져다 줄 특사로서 여기에 들어온 것인지도 몰랐다.

"앰플포스."

윈스턴이 불렀다.

텔레스크린에서는 아무런 반응이 없었다. 앰플포스는 조금 놀란 표정으로 멈칫하더니 천천히 윈스턴에게로 시선을 돌렸다.

"아, 스미스! 자네도!"

그가 말했다.

"자네는 어쩌다 들어온 건가?"

윈스턴이 물었다.

"솔직히 말해, 여기 들어올 이유가 딱 하나밖에 더 있겠나?"

앰플포스는 어색한 자세로 윈스턴 반대편에 있는 벤치에 앉으며 말했다.

"자네가 그런 일을 저질렀다는 말인가?"

"물론 그렇네."

그는 기억을 더듬으려고 애쓰듯이 한 손을 이마에 대고 관자놀이를 꾹꾹 눌렀다.

"이런 일도 일어나더군그래."

그는 막연하게 이야기를 꺼냈다.

"기억을 되짚어 가다 보니 결국 한 가지가 생각이 났는데, 아마도 그 일 때문이 아닌가 싶어. 분명 내가 경솔했지. 우리는 한참 키플링의 시를 결정판으로 제작하는 일을 하고 있었다네. 그런데 시의 한 행 끝에 내가 글쎄 '신(God)'이라는 단어를 바꾸지 않고 그대로 남겨 두었다지 뭔가. 사실 나로서는 어쩔 수가 없었네!"

그는 고개를 들어 윈스턴을 보며 격앙된 어조로 말을 이어갔다.

"도무지 그 행을 다르게 고칠 수가 없었거든. 그 행에서 맞추어야 하는 각운이 '대(rod)'였네. 자네 말이지, 우리말을 통틀어서 그 '대'의 운에 맞는 단어가 고작 열두 개밖에 없다는 사실을 알고 있나? 정말이지 몇날 며칠 머리를 싸매고 고민했지만 도무지 다른 말을 생각해 낼 수가 없었어."

순간 앰플포스의 표정이 확 바뀌었다. 짜증스러운 표정은 어느새 사라져 있었고, 거의 즐거워 보이기까지 하는 표정이 나타났다. 아무 데도 쓸데없지만 어떤 새로운 사실을 발견해 낸 현학자의 기쁨이라고나 할까? 더럽고 지저분한 머리카락 사이로 일종의 지적 희열 같은 것이 번뜩였다.

"자네 혹시 이런 생각해 본 적 있나? 영국 시문학의 역사는 바로 영어라는 언어에 운이 모자라서 더 이상 발전하지 못했다는 생각 말이네."

그가 말했다.

그러나 윈스턴은 그런 생각 같은 건 한 번도 해 본 적이 없었다. 게다가 지금 같은 상황에서는 그런 일이 전혀 중요하지도 흥미롭지도 않았다.

"자네 지금이 몇 시쯤 되었는지 혹시 알려 줄 수 있나?"

윈스턴이 묻자 앰플포스는 다시 깜짝 놀란 표정이 되었다.

"그 생각은 거의 하지 못했네그려. 내가 체포되었을 때가 아마도 이틀 전이었던가, 아니면 사흘 전이었던가."

그는 창문이라도 찾는 것처럼 벽 쪽을 두리번거리며 말했다.

"이곳에서는 낮이나 밤이 전혀 구별이 안 되는군. 이러니 시간을 알 길이 없지."

그들은 몇 분 정도 두서없이 이런저런 이야기를 나누었다. 그러다가 느닷없이 텔레스크린에서 조용히 하라는 고함소리가 흘러나왔다. 윈스턴은 즉시 깍지를 끼고 앉아 조용히 했다. 앰플포스는 몸집이 너무 커서 아무래도 좁은 벤치에 가만히 앉아 있기가 힘들었던지 계속 몸을 꼬면서 안절부절못했으며, 기다랗고 야윈 손을 한쪽 무릎에 얹었다가 다시 또 다른 쪽 무릎에 얹었다가 하기를 반복했다. 텔레스크린이 그를 향해 움직이지 말라고 호통을 쳤다. 시간이 그렇게 흘러갔다. 20분이나 되었을까, 한 시간이나 되었을까……. 도무지 종잡을 수가 없었다. 바깥에서 또 다시 군화 소리가 들렸다. 윈스턴은 초조함에 마음이 죄어들었다. 이제 곧, 머지않아, 어쩌면 5분도 채 안 되어서, 어쩌면 지금 당장, 저 쿵쿵거리는 군화 소리는 곧 자신이 불려 갈 차례가 왔다는 것을 말해 줄 것이다.

문이 열렸다. 차가운 얼굴의 젊은 장교가 감방 안으로 들어왔다. 재빠른 손짓으로 그는 앰플포스를 가리키며 말했다.

"101호실."

앰플포스는 영문을 모르겠다는 듯 혼란스러운 표정을 지으며, 두 간수 사이에 끼어 비틀거리며 밖으로 걸어 나갔다.

그렇게 또 한참의 시간이 지났다. 윈스턴은 배가 다시 아파왔다. 일정한 홈이 뚫린 궤도를 따라 뱅뱅 도는 구슬처럼, 그의 생각도 일정한 궤도를 따라 지속적으로 맴돌았다. 그가 생각할 수 있는 것은 딱 여섯 가지였다. 배의 통증, 빵 한 조각, 피와 비명, 오브라이언, 줄리아, 그리고 면도날. 다시 막 배 속에서 경련이 일어나려고 하는데, 무거운 군화 소리가 다시금 가까워져 왔다. 문이 열리고 바깥 공기와 함께 강력한 식은 땀 냄새가 밀려들어 왔다. 감방 안으로 들어온 사람은 파슨스였다. 그는 카키색 반바지와 운동 셔츠를 입고 있었다.

윈스턴은 넋을 잃을 정도로 깜짝 놀라서 그를 덩그러니 쳐다보았다.

"자네가 여기에 오다니!"

그가 외쳤다.

파슨스는 관심도 놀라움도 전혀 없는 눈빛으로 윈스턴을 한 번 쓱 쳐다보았다. 그의 눈에는 절망만이 가득했다. 그는 잠자코 있을 수가 없는지, 정신없이 이리 갔다 저리 갔다 하며 감방 안을 배회하기 시작했다. 그가 땅딸막한 무릎을 억지로 펴려고 할 때마다 다리가 덜덜 떨리는 것이 보였다. 그는 망연자실하게 눈을 뜨고 멀리 허공만 뚫어져라 쳐다보며 멍하니 걸어 다녔다.

"자네는 무슨 일로 들어왔나?"

윈스턴이 물었다.

"사상범죄라네!"

파슨스의 울상인 얼굴은 거의 울음을 터뜨리기 일보 직전이었다. 그의 목소리만 듣고서도, 윈스턴은 단번에 그가 자신의 죄를 얼마나 단호히 시인하고 있는지, 그러면서도 자신 같은 사람에게 어떻게 그런 죄가 적용될 수 있는지 믿기지 않는 듯 잔뜩 겁에 질려 있다는 것을 느낄 수 있었다. 그는 윈스턴을 마주 보고 서서 열렬하게 하소연하기 시작했다.

"이보게, 설마 그들이 나를 총살하지는 않겠지? 실제로 나는 아무것도 하지 않았으니까, 그런 걸로 총살하지는 않겠지? 내 머릿속에서만 일어난 일을 가지고, 그런 건 나도 어쩔 수 없는 게 아닌가? 그들에게 사정을 잘 이야기하면 들어줄 거야, 그렇지? 그럼, 그렇고말고. 나는 그들을 믿어! 그들도 내 경력을 알고 있을 거 아닌가? 자네도 내가 어떤 사람인지 잘 알고 있겠지만 말이야. 나름대로 그렇게 나쁘지 않잖아. 물론 머리가 좋지는 않지만 열성만은 누구 못지않았다고 자신할 수 있네. 나는 당을 위해 최선을 다했어. 그러니 한 5년쯤으로 봐주지 않을까? 아니면 10년이라도? 나 같은 사람은 노동 수용소에 가서도 꽤 쓸모가 있을 걸세. 설마 단 한 번 탈선했다고 해서 나를 죽이기까지야 하겠나?"

"죄를 짓기는 한 건가?"

윈스턴이 물었다.

"그렇다마다!"

파슨스가 비굴한 표정으로 텔레스크린을 쳐다보며 크게 외쳤다.

"자네 설마, 당이 무고한 사람을 체포할 거라고 생각하는 건 아니겠지?"

개구리 같던 그의 얼굴이 약간 진정된 낯빛을 찾더니 이제는 일부러 경건한 척하는 표정까지 지어 보였다.

"사상범죄는 정말 끔찍한 거라네, 이 사람아. 은밀하고도 무서운 것이지. 자네가 미처 인식 못하는 사이에 찾아와 슬그머니 손을 뻗칠 수도 있다네. 어쩌다가 내가 그 꼴이 되었는지 아나? 글쎄, 다 내가 잠자는 틈에 그렇게 된 거라네! 정말, 그렇다니까. 나는 그저 열심히 일하면서 묵묵히 내 몫을 다하려고 노력하는 데만 바빠서, 내 마음속에 그런 나쁜 사상이 스며든지는 전혀 모르고 있었지 뭔가. 그런데 내가 밤에 자면서 잠꼬대를 했다는 거야. 글쎄 뭐라고 했다는지 아나?"

그는 그러고 싶지 않지만 의학적 이유로 어쩔 수 없이 음란한 말을 입에 담아야 하는 사람처럼 목소리를 한껏 낮추고 말했다.

"빅 브라더 타도! 그래, 정말 내가 그렇게 말했다니까! 듣기로는 내가 그 말을 또 여러 번이나 반복했다고 하더군. 이보게, 자네와 나 사이니까 하는 말인데, 한편으로 나는 내가 더 큰 죄를 짓기 전에 그들이 이렇게 잡아 줘서 얼마나 고마운지 모른다네. 내가 법정에 서면 뭐라고 할 건지 아나? '너무 늦기 전에 저를 구해 주셔서 고맙습니다.'라고 할 걸세."

"자네를 고발한 사람이 누군가?"

윈스턴이 물었다.

"내 딸아이야. 열쇠 구멍을 통해 엿듣다가 내가 하는 말을 들었다고 하네. 그리고 바로 다음 날 경찰한테 가서 신고를 했다지 뭔가. 일곱 살짜리 치고는 정말 똑똑한 아이이지 않은가? 그 애한테는 아무런 원망도 하지 않아. 아니, 나는 오히려 그 애가 자랑스럽네. 어쨌거나 내가 딸 하나는 제대로 키웠다는 증거 아닌가."

파슨스는 자랑스럽게 말했지만 어쩐지 씁쓸한 말투였다.

그는 변기를 애타게 바라보며 몸을 몇 번이나 위아래로 움찔거렸다. 그러더니 갑자기 바지를 훌렁 벗으며 말했다.

"미안하네, 친구. 어쩔 수가 없어. 너무 오래 참았더니 말이야."

그는 커다란 엉덩이를 변기에 털썩 내려놓았다. 윈스턴이 두 손으로 얼굴을 가렸다.

"스미스!"

텔레스크린에서 불호령이 떨어졌다.

"6079번 윈스턴 스미스! 얼굴을 가리지 마. 그 안에서는 절대 얼굴을 가리면 안 돼!"

윈스턴이 얼굴에서 손을 뗐다. 파슨스는 요란한 소리를 내며 엄청나게 많은 변을 보았다. 그러고 났는데 웬걸, 변기에 물이 내려가지 않는 것이었다. 감방 안에서는 그 후로 몇 시간 동안이나 지독한 악취가 풍겼다.

파슨스도 다른 곳으로 옮겨졌다. 그 후로도 꽤 많은 다른 죄수들이 계속 들어왔다가 나갔다. 그중 한 여자는 '101호실'로 보내라는 명령을 받았는데, 그 말을 듣자마자 얼굴이 창백해지더니 사시나무 떨듯 몸을 덜덜 떨었다. 서서히 시간이 지났고, 그가 처음 이곳에 들어온 때가 아침이었다면, 오후쯤 되었을 시간이 되었다. 만약 그가 처음 이곳에 들어온 때가 오후였다면, 자정쯤 되었을 시간이었다. 이제 감방에는 여자와 남자를 합해서 총 여섯 명의 죄수가 있었다. 모두가 조용히 앉아 있었다. 윈스턴의 맞은편에는 얼굴에 턱이 없고 이빨이 툭 튀어나온 모습이 꼭 덩치만 큰 온순한 설치류를 연상시키는 한 남자가 앉아 있었다. 그의 볼은 매우 통통하고 얼룩덜룩한 데다 주머니처럼 밑으로 축 처져 있었는데, 그래서 그런지 왠지 거기에 먹을 것을 몰래 축적해 놓고 있는 것 같다는 인상을 지울 수가 없었다. 그는 창백한 시선으로 이 사람 저 사람을 소심하게 쳐다보다가 혹시라도 눈이 마주치면 재빨리 시선을 다른 곳으로 돌리곤 했다.

문이 열렸고 다른 죄수 하나가 끌려 들어왔다. 그의 모습을 보자마자 윈스턴은 온몸에 소름이 돋았다. 그는 약간 심술궂어 보이는 인상의 평범한 남자로, 예전에 엔지니어나 기술자였을 것 같은 분위기를 풍겼다. 윈스턴을 깜짝 놀라게 한 것은 극도로 수척한 그의 얼굴이었다. 그의 얼굴은 해골이나 진배없었다. 얼굴이 어찌나 여위었는지 입과 눈은 비정상적으로 커 보였고, 그 두 눈은 무엇을 향한 것인지는 모르겠지만 달랠 길 없는 증오와 살기로 가득 차 있었다.

그 남자는 윈스턴에게서 약간 떨어져 있는 벤치에 앉았다. 윈스턴은 그 남자를 바라보지 않으려 애썼지만, 고통에 몸부림치는 그 해골 같은 얼굴의 잔상이 눈앞에 있는 것처럼 너무도 생생하게 남아 있었다. 문득 그는 그 남자에게서 잘못된 것이 무엇인지 깨달았다. 그는 아사 일보 직전이었던 것이다. 감방 안에 있는 다른 사람들도 거의 동시에 그 생각을 해낸 모양이었다. 사람들 사이에 약간의 동요가 일었다. 턱 없는 남자의 눈도 해골 같은 남자의 얼굴 주위에서 맴돌며, 차마 못 보겠다는 표정으로 고개를 돌렸다가도 저항할 수 없는 힘에 끌려오듯 다시 그 남자를 향했다. 그는 자리에서 가만히 못 있고 몸을 들썩거리더니, 갑자기 머뭇거리며 일어나 슬그머니 그 해골 같은 남자에게로 다가갔다. 그러더니 제복 주머니에 손을 넣고는 겸연쩍은 표정으로 더러워진 빵 한 조각을 꺼내 앞으로 내밀었다.

순간, 텔레스크린에서 귀청이 떨어져 나갈 것 같은 성난 목소리가 터져 나왔다. 턱 없는 남자가 깜짝 놀라 그 자리에서 펄쩍 뛰었다. 해골 같은 남자는 자신이 그 호의를 거절했다는 것을 만천하에 분명히 하려는 듯 재빨리 두 손을 등 뒤로 넘겼다.

"범스테드! 2713번 범스테드 J! 빵을 당장 바닥에 버리도록!"

텔레스크린의 목소리가 고함쳤다.

턱 없는 남자가 빵을 바닥에 떨어뜨렸다.

"그 자리에 그대로 서서 문 쪽을 바라보도록! 절대 움직이지마!"

텔레스크린이 명령했다.

턱 없는 남자는 그 말에 복종했다. 축 늘어진 커다란 주머니 같은 볼이 통제할 수 없을 정도로 덜덜 떨리고 있었다. 별안간 큰 소리가 나며 문이 열렸다. 젊은 장교가 제일 먼저 안으로 들어와 옆으로 비켜섰고, 그 뒤로 땅딸막한 키에 엄청나게 두꺼운 팔뚝과 어깨를 가진 남자가 따라 들어왔다. 그 남자는 턱 없는 남자 앞에 서서 대기하고 있다가, 장교의 신호가 떨어지기가 무섭게 그 단단한 몸의 힘을 모두 실은 듯한 강력한 주먹을 가차 없이 턱 없는 남자의 뺨으로 날렸다. 그 힘이 얼마나 셌는지 턱 없는 남자는 감방 안을 거의 가로지르다시피 날아가서 바닥에 나동그라졌다. 그가 쓰러진 곳은 변기 밑이었다. 순간적으로 기절한 듯 그는 쉽사리 일어나지 못했다. 검은 피가 그의 입과 코를 통해 마구 흘러나왔다. 거의 무의식적으로 그의 입에서 가냘픈 신음 소리가 새어 나왔다. 이윽고 그가 몸을 조금 뒤척이더니 비틀거리면서 손과 무릎을 딛고 가까스로 몸을 일으켜 세웠다. 그에게서 흘러나온 피와 침이 바닥에 흥건한 가운데, 그의 입에서 부러져 나온 틀니 두 개가 눈에 띄었다.

죄수들은 모두 손을 무릎 위에 포개고서 숨죽여 앉아 있었다. 턱 없는 남자는 거의 기어가다시피 하여 자기 자리로 돌아갔다. 그의 얼굴 한쪽이 시퍼렇게 멍들어 있었다. 입 언저리는 모양이 완전히 일그러진 채로 흉측하고 붉게 부풀어 올라서 마치 얼굴 가운데 시커먼 구멍이 생긴 것처럼 보였다.

이따금씩 붉은 핏방울이 그의 가슴 위로 조금씩 떨어져 내렸다. 그의 잿빛 눈이 좀 전처럼 이 사람 저 사람을 번갈아가며 쳐다보았다. 이전보다 훨씬 면목 없어 보이는 것이, 다른 사람들이 자신의 치욕스러운 모습을 보고 속으로 얼마나 비웃고 있을까를 의식하고 있는 듯했다.

다시 문이 열렸다. 장교가 해골 같은 얼굴을 가리키며 손을 까딱했다.

"101호실로."

장교의 말이 떨어지자마자 윈스턴의 옆에서 숨이 턱 막히는 소리가 나며 한 차례 소동이 벌어졌다. 해골 같은 얼굴의 그 남자가 바닥에 무릎을 꿇더니 무작정 두 손을 모으고 애원하기 시작했다.

"동무! 장교님! 제가 꼭 그곳에 다시 갈 필요는 없지 않습니까? 이미 모든 것을 다 말씀드리지 않았습니까? 더 이상 무엇을 더 알고 싶으신 겁니까? 이제는 자백할 것도 없다고요. 정말 아무것도 없어요! 무엇이든 말씀만 해 주세요, 모두 다 원하시는 대로 자백할게요. 서명할 게 있다고 하시면 그것도 뭐든지 할게요! 제발 뭐든지 다 좋으니까 101호실만은 가지 않게 해 주세요!"

"101호실!"

장교가 말했다.

이미 창백할 대로 창백했던 남자의 얼굴은 윈스턴이 차마 상상도 하지 못했던 색깔로 변해 버렸다. 그의 얼굴은 정말이지 말 그대로 푸르뎅뎅한 색을 띠고 있었다.

"저에게 무슨 짓이라도 하세요! 이미 몇 주 동안이나 굶기셨잖아요. 이제 그만하고 죽게 해 주세요. 총으로 쏘던지, 교수형을 시키던지, 25년형을 내리던지 다 좋아요. 아직도 제가 이름을 대기를 원하는 사람이 또 남아 있나요? 누군지 말씀만 하세요, 원하는 건 뭐든지 다 말씀드릴게요. 누구라도 상관 않고, 또 그 사람들한테 무슨 짓을 해도 상관 안 해요. 저한테는 아내와 세 자식이 있는데, 그중 제일 큰 놈이 여섯 살이 채 안 되었거든요. 그들 모두를 데려와서 제 눈앞에서 목을 따 버리신다 해도, 저는 눈 하나 깜짝 않고 다 지켜 볼 자신이 있어요. 그러니 제발 101호실만은 가지 않게 해 주세요!"

남자는 처절하게 외쳤다.

"101호실!"

장교가 말했다.

남자는 극도로 흥분하며 방 안에 앉아 있는 다른 죄수들을 둘러보기 시작했다. 자기를 대신할 희생양이라도 찾으려는 듯 매우 절박한 몸부림이었다. 그의 눈이 턱 없는 남자의 뭉그러진 얼굴에 가서 닿았다. 그쪽으로 팔을 뻗으며 그가 소리쳤다.

"저 사람이에요! 데려가야 할 사람은 제가 아니라 바로 저자라고요! 아까 전에 저자가 얼굴을 얻어맞았을 때 뭐라고 말했는지 못 들으셨죠? 저한테 한 번만 기회를 주시면 한 마디도 빼놓지 않고 그대로 다 일러 드릴게요. 당에 반대하는 사람은 저 사람이지 제가 아니에요!"

간수들이 그의 앞으로 다가섰다. 남자는 이제 거의 비명에 가까운 목소리로 외치고 있었다.

"저 사람이 뭐라고 하는지 못 들으셔서 그래요! 텔레스크린이 뭔가 잘못된 게 분명하다고요. 잡아가야 할 사람은 저 사람이에요. 저 말고, 저자를 잡아가세요!"

건장한 간수 두 명이 그의 팔을 잡으려고 몸을 굽혔다. 그런데 바로 그때, 남자가 감방 바닥에 그대로 엎어지더니 손을 뻗어 벤치를 지탱하고 있는 쇠다리를 필사적으로 부여잡았다. 그러고는 짐승에게서나 나올 법한 거센 소리로 울부짖기 시작했다. 간수들이 그를 움켜잡고서 몸을 떼어 내려고 안간힘을 썼지만, 그는 놀랄 만한 힘으로 끝까지 버텼다. 그들은 한 20초 동안 끙끙

대며 격렬한 몸싸움을 벌였다. 다른 죄수들은 아무것도 못하고 그저 손을 무릎 위에 올린 채 눈앞에서 벌어지는 일을 꼼짝없이 바라보고 있어야만 했다. 결국 남자는 의자 다리를 붙들고 버티는 것이 힘에 부쳤는지 울부짖던 소리를 멈추었다. 그런데 곧 다른 종류의 비명 소리가 터져 나왔다. 간수가 군홧발로 그의 손가락을 걷어차 부러뜨린 것이었다. 간수들은 끝내 그를 억지로 일으켜 세웠다.

"101호실로!"

장교가 말했다.

남자가 밖으로 끌려 나갔다. 그는 고개를 푹 떨구고 비틀대면서 멀쩡한 한쪽 손으로 부러진 다른 손을 만지작거렸다. 그에게 싸울 힘은 더 이상 남아 있지 않았다.

그러고 나서 또 시간이 꽤 흘러갔다. 해골 같은 남자가 끌려 나간 때가 자정이었다면, 지금은 아침이 되었을 것이다. 그리고 그때가 아침이었다면, 지금은 오후일 것이다. 감방에는 윈스턴 혼자였다. 벌써 몇 시간째 혼자였다. 그는 오랜 시간 좁은 벤치에 그대로 앉아 있어야만 했다. 그것이 너무나 고통스러운 나머지 그는 가끔씩 자리에서 일어나 감방 안을 서성였다. 다행히 텔레스크린은 별다른 반응을 보이지 않았다. 턱 없는 남자가 떨어뜨린 빵 조각은 아직도 바닥에 남아 있었다. 처음에는 그 빵 조각을 쳐다보지 않으려고 무진 애를 써야 했지만 이제는 배고픔이 아니라 갈증이 문제였다. 입안이 쓰고 텁텁했다. 기계의 윙윙거리는 소리와 꺼지지 않는 불빛 때문에 머리가 어지러웠다. 머릿속이 텅 비어 버린 느낌이었다. 그는 더 이상 견디지 못할 정도로 뼈마디가 너무 쑤시고 아팠다. 그래서 자리에서 일어났다가도 발을 딛고 서 있을 수 없을 정도로 머리가 어지러워 금방 다시 주저앉았다. 몸 상태가 약간 감당할 만할 것 같으면, 어김없이 엄청난 공포감이 엄습해 왔다. 그런 와중에도 윈스턴은 꺼져가는 희망을 부여잡고 오브라이언과 면도날을 생각했다. 어쩌면 면도날은 음식에 숨어 들어올지도 몰랐다. 물론 먼저 음식을 받아야 그러든지 말든지 하겠지만 말이다. 줄리아에 대한 생각은 더욱더 희미해지고 있었다. 그녀가 어디에 있는지 알 수는 없었지만, 어쩌면 지금 이 순간 자기보다 더 심한 고통을 겪고 있을 수도 있었다. 이 순간 그녀는 고통에 못 이겨 비명을 지르고 있을지도 몰랐다. 그는 문득 생각했다.

'나의 고통을 두 배 늘리는 것으로 줄리아를 구할 수만 있다면, 나는 과연 그렇게 할까? 그렇겠지? 아마도 그럴 거야.'

그러나 그것은 순전히 머릿속에서 나온 이성적인 결정에 불과했다. 그렇게 해야 한다고 믿기에 선택한 의례적인 대답일 뿐이었다. 정작 마음속에는 아무런 감흥이 없었다. 이곳은 고통이나 고통에 대한 예감밖에는, 다른 감정은 아무것도 느낄 수 없는 그런 곳이었다. 자신이 실제로 고통을 당하고 있는데, 어떤 이유로라도 자신의 고통이 늘어나길 바라는 일이 과연 가능할까? 아직, 그 질문에 답할 수 있는 상황은 아니었다.

군화 소리가 또 다시 가까워져 오고 있었다. 감방 문이 열렸다. 이번에 안으로 들어온 사람은 오브라이언이었다.

윈스턴은 자리에서 벌떡 일어섰다. 그는 눈앞에 보이는 상황에 너무 충격을 받은 나머지 조심해야 한다는 생각도 까맣게 잊었다. 몇 년 만에 처음으로 그는 텔레스크린이 보고 있다는 생각도 잊고 큰 소리로 외쳤다.

"당신도 잡혀 왔군요!"

"나는 오래전부터 잡혀 있었다네."

오브라이언이 온화한 냉소를 띤 채 유감스럽다는 기색을 보이며 말했다. 그가 옆으로 조금 비켜섰다. 그 뒤로 어깨가 딱 벌어진 간수 한 명이 길고 검은 곤봉을 손에 들고 따라 들어왔다.

"윈스턴, 자네도 알고 있었을 걸세. 자신을 속이려고 하지 말게. 자네는 이미 알고 있었어. 그 전부터도 늘 알고 있었다고."

오브라이언이 말했다.

그랬다. 이제야 깨달았다고는 하지만 그는 사실 전부터 늘 알고 있었다. 그렇지만 지금 당장은 그런 생각을 할 겨를이 없었다. 그의 눈에 들어오는 것은 오직 간수의 손에 들린 곤봉뿐이었다. 저 곤봉은 당장 어디라도 내리칠 수 있었다. 정수리일까, 귓바퀴일까, 팔일까, 아니면 팔꿈치……

팔꿈치였다! 윈스턴은 순식간에 얻어맞은 팔꿈치를 다른 손으로 감싸며 무릎을 꿇고 털썩 주저앉았다. 눈앞의 모든 것이 노란빛으로 변했다. 고작 한 대 얻어맞았는데 이렇게까지 아플 수가 있는 건지, 도무지 믿기지가 않았다. 가까스로 정신이 들고 눈앞이 맑아지면서, 그는 자신을 위에서 내려다보고 있는 두 사람의 모습을 보았다. 간수는 고통 속에 몸을 비트는 그를 보며 비웃고 있었다. 어쨌거나 이제 한 가지 의문점은 풀린 셈이었다. 고통이 늘어나기를 바라는 것은 그 어떤 이유에서든, 절대, 결코, 불가능했다. 고통에 대해 바랄 수 있는 것이 있다면 단 한

가지밖에 없었다. 고통이 멈추기만을 바라는 것이다. 이 세상에 육체적 고통보다 끔찍한 것은 없었다. 고통 앞에서는 영웅도 있을 수 없었다. 윈스턴은 못 쓰게 된 왼팔을 부둥켜안고 바닥에서 몸을 비틀었다. 그의 머릿속에서는 계속해서 오직 그 생각만 맴돌고 또 맴돌았다.

2장

윈스턴은 캠프용 간이침대 같은 곳에 누워 있었다. 그 침대는 일반 간이침대보다는 더 높이 설치되어 있었는데, 그 위에서 그는 움직일 수 없도록 어딘가에 묶여 있었다. 어느 때보다 훨씬 더 강한 불빛이 그의 얼굴을 정면으로 비추고 있었다. 오브라이언이 침대 한쪽 옆에 서서 그를 유심히 내려다보고 있었다. 맞은 편에는 하얀 가운을 입은 남자가 한 손에 피하주사기를 들고 서 있었다.

그는 눈을 뜨고서도 한참이 지나서야 비로소 주위 상황이 조금씩 파악되기 시작했다. 마치 완전히 다른 세계에 속한 해저 세계 매우 깊은 어딘가에 있다가, 이 방으로 막 헤엄쳐 올라온 듯한 기분이었다. 그 아래 세상에서 자신이 얼마나 오래 있었는지는 알 수 없었다. 체포를 당한 이래로 단 한 순간도 그는 밤인지 낮인지 분간할 수 없었다. 게다가 그의 기억은 중간중간 끊어져 있었다. 잠들었을 때의 의식 수준도 없을 정도로 의식이 완전히 끊겼다가 깜깜한 공백기를 거쳐 다시 시작되곤 했다. 그런 공백기가 며칠 아니 몇 주가 계속되었던 건지, 아니면 반대로 단지 몇 초 정도만 기억을 못 하는 건지도 알 길이 없었다.

그의 악몽은 처음 팔꿈치를 얻어맞았을 때를 기점으로 시작되었다. 한참 후에야 알게 된 사실이지만, 그 과정에서 일어난 일은 거의 모든 죄수들이 한 번쯤은 겪고 지나가야 하는 일상적인 예비 심문에 불과했다. 모든 죄수들은 그런 과정을 거쳐 가면서 간첩 행위나 공작 활동에서부터 시작해 온갖 종류의 범죄 사실을 자백했다. 자백은 형식상으로 이루어졌지만 고문은 명백한 현실이었다. 윈스턴은 자신이 그동안 맞은 횟수가 얼마나 되는지, 또는 한 번에 얼마나 오래 맞았는지 하는 것들을 전혀 가늠해 낼 수가 없었다. 다만 자신을 상대로 늘 검은 제복을 입은 남자들 대여섯 명이 동시에 움직였다는 사실만 알 뿐이었다. 어떤 때는 주먹으로, 어떤 때는 곤봉으로, 어떤 때는 쇠막대로, 어떤 때는 군홧발로 그는 사정없이 구타를 당했다. 어떤 때는 창피한 줄도 모르고 짐승처럼 몸을 이리저리 비틀며 마룻바닥을 뒹굴면서 조금이라도 발길질을 피해 보려 안간힘을 쓰기도 했지만, 그런 행동은 오히려 매질을 더 부추기는 역할만 했다. 갈비뼈에도, 복부에도, 팔꿈치에도, 정강이에도, 사타구니에도, 고환에도, 척추 맨 밑에 있는 뼈에도, 그들은 부위를 가리지 않았다. 그런 구타가 어찌나 한없이 계속되던지, 어떤 때는 가장 잔인하고 사악하며 인정사정없는 것이 자신을 끝없이 계속 패고 또 패는 간수들이 아니라, 그렇게 맞으면서도 의식을 잃지 못하는 자신이라고 생각될 정도였다. 어떤 때는 맞는 게 너무도 두려운 나머지 구타가 시작되기도 전에 먼저 살려달라고 애원했고, 단지 주먹으로 때리는 시늉만 보고도 알아서 있는 것 없는 것 다 끄집어내어 자백을 하기도 했다. 어떤 때는 '이번에는 절대 아무것도 자백하지 말아야지.' 하고 다짐을 하며 시작했다가도, 결국 고통 속에서 신음하며 시키는 대로 모든 말을 다 토해 내기도 했고, 또 어떤 때는 속으로 '언젠가는 고백을 하겠지만, 아직은 아니야. 정말 참기 힘들어질 때까지 아무 말도 하지 말고 견디어 보자, 세 대만 더 참자, 아니 두 대만 더 참자, 그런 다음에 저들이 원하는 대로 다 말해 주자.'라고 다짐하면서 아무 소용없는 헛된 저항을 시도하기도 했다. 그런가 하면 어떤 때는 거의 일어설 수도 없을 정도로 심하게 구타를 당하고 차가운 감방의 돌바닥에 감자 자루처럼 내팽개쳐졌다가, 몇 시간 후에 어느 정도 회복이 되자마자 다시 불려 나가 맞았던 때도 있었다. 회복되는 시간이 한참이나 더디게 걸렸던 때도 있었다. 그럴 때는 거의 의식을 잃고 인사불성인 상태로 있었기 때문에 그동안의 기억은 매우 어렴풋하게만 남아 있었다. 아직도 기억에 남아 있는 것은, 널빤지로 만든 침대가 벽에 붙은 선반처럼 튀어나와 있던 감방 안 광경과 양철 세면기, 따뜻한 수프와 빵, 그리고 가끔씩 넣어 주던 커피 정도였다. 그 외에 가끔씩 와서 턱수염을 깎아 주거나 머리를 잘라 주던 퉁명스러운 이발사가 기억났고, 또 하얀 가운을 입고 와서 그의 맥박을 재거나, 신경계의 이상이 없나 보려고 여기저기 두드리거나, 눈꺼풀을 뒤집거나, 부러진 뼈가 있나 보기 위해 거친 손으로 여기저기 만져 보거나, 그를 잠들게 하기 위해 팔에 약물을 주사하던 사무적이고 매정하게 생긴 남자가 기억났다.

끌려가 구타를 당하는 횟수는 조금씩 잦아들었다. 그리고 실제로 때리는 때보다는 묻는 질문에 대한 대답이 시원치 않으면 언제라도 다시 이전 같은 상태로 돌려 보낼 거라고 협박하며 겁을 주는 수준에서 그칠 때가 많아졌다. 이제는 검은 제복을 입은 무뢰배들이 아닌, 당에서 나온 지식층들이 그를 상대하기 시작했다. 작고 땅딸막한 이 심문관들은 대개 번쩍이는 안경을 쓰고 있었는데, 동작이 날렵했으며 (확실하지는 않았지만 어림짐작으로)대략 한 번에 10시간에서 12시간씩 쉬지도 않고 교대로 돌아가며 윈스턴을 심문했다. 이들은 윈스턴이 어느 정도는 지속적으로 고통을 당하도록 조치했지만, 고통을 주는 방법에만 전적으로 의존하지는 않았다. 윈스턴의 뺨을 때리거나, 귀를 비틀거나, 머리카락을 잡아당기거나, 한쪽 다리를 들고 서 있게 하거나, 소변을 보지 못하게 하거나, 눈에서 눈물이 쏟아질 때까지 강한 불빛을 얼굴에 대고 있거나 하는 등의 방법도 쓰기는 했지만, 이런 행위들은 단순히 그에게 굴욕감을 안김으로써 반박하거나 이성적으로 생각할 힘을 빼앗기 위한 목적이 더 컸다. 그들이 사용한 진짜 지독한 무기는 몇 시간이고 계속 이어지던 무자비한 질문 공세였다. 그들은 그가 말실수를 하도록 교묘하게 유도했으며 함정을 파 놓거나, 그가 하는 말마다 말꼬리를 잡고 따지면서 결국 신경 쇠약과 수치심에 못 이겨 울음을 터뜨리게 하는가 하면, 그 자신이 거짓말과 자가당착에 빠져 있다고 믿도록 설득시켰다. 한 번의 심문 시간에 그는 무려 여섯 번씩이나 눈물을 터뜨린 적도 있었다. 대부분의 경우 그들은 그에게 심한 욕설을 퍼부으면서 그가 대답을 조금이라도 주저하면 다시 간수들에게 넘기겠다고 협박했다. 그러나 어떤 때는 갑자기 말투를 바꾸어 그를 동무라고 부르면서 영사와 빅 브라더의 이름으로 그에게 호소하기도 했고, 안타깝다는 표정을 지으면서 지금이라도 그가 저지른 악행을 되돌리고 싶지 않느냐고 종용하며 그만큼도 당에 대한 충성심이 남아 있지 않느냐고 되묻기도 했다. 몇 시간이 넘도록 계속되는 심문 끝에 신경이 너덜너덜해질 정도로 피곤해질 때면, 그는 이런 정도의 호소에도 눈물을 찔끔거리며 울음을 터뜨렸다. 결국은 간수들의 군홧발이나 주먹보다 이런 지치지도 않는 그들의 목소리가 그를 완벽히 굴복하게 만들었다. 이제 그는 시키는 대로 단순하게 무엇이든 말하는 입이, 그리고 시키는 대로 무엇이든 서명하는 손이 되어 있었다. 그가 유일하게 신경을 쓰는 일은 그들이 원하는 자백 내용이 무엇인지 최대한 빨리 알아내어, 괴롭힘이 다시 시작되기 전에 얼른 털어놓는 일이었다. 그는 저명한 당원들을 암살한 적 있다고도 자백했으며, 선동적인 유인물을 배포하거나, 공금을 횡령하거나, 군사기밀을 팔아넘기는 등의 모든 공작 행위를 한 적 있다고 자백했다. 그는 과거를 거슬러 올라가 1968년 당시부터 동아시아 정부에게 돈을 받고 첩보 활동을 해 왔다고 자백했다. 그는 자신이 종교를 믿고 있다거나, 자본주의를 찬양하거나, 성도착자라고도 자백했다. 그는 아내를 죽였다고까지 자백했다. 비록 심문자들이나 윈스턴 양측 모두 아내가 어엿이 잘 살아 있다는 사실을 뻔히 알면서도 말이다. 그는 또한 자신이 몇 년 동안이나 골드스타인과 개인적으로 연락을 취해 왔으며, 그가 알고 있거나 과거에 알았던 모든 사람들의 이름을 대면서 자신이 그들과 함께 지하

조직의 일원으로 활동해 왔다고도 자백했다. 닥치는 대로 모두 자백하거나 아는 사람들을 모두 끌어다 연루시키는 일은 사실 어렵지 않았다. 게다가 어떻게 보면 그 모든 것이 엄연한 사실이기도 했다. 그가 당의 적이었다는 것이 진실인 만큼, 당의 눈으로 보자면 생각과 행동 사이엔 아무런 차이가 없었기 때문이다.

한편 다른 종류의 기억들도 있었다. 어두운 배경을 바탕으로 흩어져 있는 사진들처럼 이 기억들은 두서없이 떠올랐다.

그는 감방 안에 있었다. 주위가 어두운지 밝은지도 미처 분간할 수 없었는데, 눈앞에 보이는 것이 누군가의 두 눈밖에 없었기 때문이었다. 가까운 곳에서는 어떤 장치가 규칙적으로 천천히 째깍째깍하는 소리를 내며 돌아가고 있었다. 눈앞에 있는 두 눈이 점점 커지면서 반짝이는 빛을 냈다. 갑자기 그의 몸이 자리에서 붕 떠올라 그 눈 속으로 삼켜지듯 빨려 들어갔다.

그는 눈부신 불빛 아래에서 수많은 다이얼로 둘러싸인 의자에 묶여 있었다. 하얀 가운을 입은 남자가 그 다이얼들을 읽고 있었다. 밖에서 무거운 군화 소리가 들렸다. 문이 꽝 하고 열렸다. 밀랍으로 빚은 듯한 얼굴을 한 장교가 두 병의 간수를 대동하고 안으로 성큼 들어왔다.

"101호실로!"

장교가 말했다.

하얀 가운을 입은 남자는 뒤돌아보지 않았다. 그렇다고 윈스턴을 보지도 않았다. 그는 오로지 다이얼에만 주목하고 있을 뿐이었다.

그는 폭이 족히 1킬로미터는 될 것 같은, 넓고 황금빛으로 밝게 빛나는 복도 바닥을 구르고 있었다. 그는 깔깔대며 큰 소리로 웃으면서 목청껏 소리쳐 자신의 죄를 죄다 자백하고 있었다. 그는 모진 고문을 받으면서도 용케 말하지 않았던 것들을 포함해 모든 것을 이제 다 실토하고 있었다. 그는 굳이 그러지 않아도 이미 알 만큼 다 알고 있을 사람들에게 자신이 살아오면서 겪은 모든 인생사를 늘어놓고 있었다. 윈스턴과 함께 그곳에 있는 사람들로는 간수들, 다른 심문자들, 하얀 가운을 입은 남자들, 오브라이언, 줄리아, 채링턴 씨가 있었는데, 그들은 모두 함께 복도를 구르면서 깔깔대며 웃어 댔다. 어떤 끔찍한 일이 미래 언젠가에 일어나기로 되어 있었는데, 어떤 이유에서인지 일어나지 않고 그냥 넘어가 버린 상황이었다. 모든 것이 잘 풀렸고 더 이상 고통도 없었다. 있는 그대로 드러내 보인 그의 삶의 마지막 이야기는 모두 이해되고 용서되었다.

윈스턴은 판자 침대에서 몸을 벌떡 일으켜 세웠다. 확실치는 않지만 오브라이언의 목소리가 들린 것 같았다. 지금까지 심문이 진행되는 동안 그는 한 번도 오브라이언을 직접 본 적이 없지만, 왠지 그가 줄곧 팔만 뻗으면 닿을 만한 가까운 곳에서 자신을 보고 있었을 거라는 예감이 들었다. 자신에 대해 모든 것을 지휘하고 있는 사람이 바로 오브라이언이라는 생각이었다. 윈스턴에게 간수들을 보낸 사람도, 그러나 죽음에까지는 이르지 않게 한 사람도 그였다. 윈스턴이 언제 고통에 비명을 지를지, 잠깐 숨 돌릴 시간을 갖게 될 때가 언제일지, 먹을 것을 받거나, 잠을 자거나, 심지어 그의 팔에 약이 투여되는 시간이 언제일지까지, 모든 일거수일투족을 결정하고 조종하고 있는 사람이 그였다. 질문을 하는 사람도, 그 답을 알려 주는 사람도 그였다. 그는 고문관이자 보호자였고, 심문관이자 친구였다. 딱 한 번, 그가 약에 취해 있었던 때인지 잠을 자는 중이었던지, 아니면 멀쩡하게 깨어 있던 적이었는지도 확실치 않지만 어떤 목소리가 윈스턴의 귀에 대고 이렇게 속삭였었다.

"걱정하지 말게, 윈스턴. 자네는 내 보호하에 있거든. 벌써 7년 동안이나 줄곧 자네를 지켜보고 있었네. 이제 바로 그 전환점이 온 거야. 이제 내가 자네를 구하고 완전한 사람으로 만들 것이네."

그것이 정말 오브라이언의 목소리인지는 확신할 수 없었다. 그러나 그 목소리가 7년 전 꿈에서 그에게 '어둠 없는 곳에서 우리는 다시 만날 것이오.'라고 말한 목소리와 같다는 사실만은 확실했다.

윈스턴은 이전 심문이 어떻게 끝이 났는지 기억이 나지 않았다. 그냥 한동안 정신을 잃고 있었는데, 어느새 감방인지 그냥 방인지 모를 곳에서 정신을 차리고 서서히 주위를 인식하고 있었다. 그는 반듯하게 등을 대고 눕혀져 있었는데 도무지 몸을 움직일 수 없었다. 신체의 중요한 부위는 어디나 할 것 없이 모두 꽁꽁 묶여 있었다. 그의 뒤통수마저도 뭔가에 꽉 고정되어 있었다. 위에서 슬픈 빛을 띠고 근엄하게 그를 내려다보고 있는 오브라이언의 얼굴이 보였다. 밑에서 올려다보는 오브라이언의 얼굴은 까칠하니 지쳐 보였다. 눈 밑의 살은 죽 처져 있었고, 주름살도 코에서 턱으로 푹 패여 있었다. 마흔여덟이나 쉰 살쯤 되었다고 할까, 그는 윈스턴이 전에 생각했던 것보다도 훨씬 더 나이가 들어 보였다. 그는 맨 위에 손잡이가 달리고 그 밑으로 숫자가 둥글게 적혀 있는 다이얼 위에 손을 얹고 있었다. 오브라이언이 입을 열었다.

"전에 자네에게 말한 적 있었지? 우리가 다시 만나게 된다면 여기에서일 거라고."

"네."

윈스턴이 답했다.

아무런 경고 없이 오브라이언이 손가락을 살짝 움직이자 순식간에 윈스턴의 몸속으로 고통이 퍼져나갔다. 무슨 일이 벌어지고 있는지 알지 못했기에 그야말로 더더욱 무시무시하고 끔찍한 고통이었다. 그는 계속 이러다 보면 결국 치명상을 입게 될 거라는 예감이 들었다. 그는 이 고통이 실제로 일어나고 있는 일인지, 아니면 전기로 그런 느낌이 들도록 효과만 주는 것인지도 알 수가 없었다. 어쨌든 몸은 이리저리 마구 뒤틀렸고, 관절이 모두 떨어져 나가는 느낌이 들었다. 그 고통으로 인해 이마에는 절로 식은땀이 흘렀다. 무엇보다도 참기 힘든 것은 이러다 등뼈가 부러지고 말 것 같다는 공포감이었다. 그는 이를 악물고 간신히 코로 숨을 내쉬며 가능한 한 소리를 내지 않으려고 애썼다.

"자네는 두려워하고 있군. 당장이라도 자네 몸에서 뭔가 부러질 것 같다고 생각하고 있지 않나? 특히 등뼈 때문에 걱정하고 있지? 척추가 뚝 부러져서 수액이 뚝뚝 떨어지는 모습을 머릿속에 훤히 그리고 있겠지. 윈스턴, 이게 자네가 지금 머릿속으로 생각하고 있는 것이 아닌가?"

오브라이언이 그의 얼굴을 바라보며 말했다.

윈스턴은 대답하지 않았다. 오브라이언이 다이얼의 손잡이를 제자리로 내렸다. 그와 동시에 고통도 순식간에 그의 몸을 빠져 나갔다.

"방금 전의 단위가 40이었네. 보다시피 여기 이 다이얼에는 숫자가 100까지 있어. 앞으로 명심해 주게. 우리가 대화를 나누는 도중에 언제든 내가 마음만 먹으면 자네에게 원하는 만큼의 고통을 바로 줄 수 있다는 사실을 말이야. 자네가 조금이라도 내게 거짓말을 하려고 하거나, 어떤 식으로든 어물쩍 넘어가려고 하거나, 자네가 보기에도 뻔한 멍청한 말을 지껄이는 날에는 그 즉시 고통으로 비명을 지르게 될 걸세. 내 말 알아듣겠나?"

"네."

오브라이언의 말에 윈스턴이 답했다.

그 다음에는 오브라이언의 태도가 한결 누그러졌다. 그는 뭔가 생각하는 표정으로 안경을 고쳐 쓰고는 방 안을 몇 걸음 서성거렸다. 그는 뭐든지 이해해 줄 것 같은 부드러운 목소리로 말하기 시작했다. 그런 그에게서는 벌을 주려 한다기보다는 친절하게 설명하고 설득하려 드는 의사나 선생님, 혹은 목사의 분위기가 풍겼다.

"윈스턴, 나는 자네를 위해 특별히 애쓰고 있는 중이라네. 그건 자네에게 그럴 만한 가치가 있기 때문이야. 자네는 이미 자네의 문제가 무엇인지 완벽히 알고 있어. 알게 된 지가 벌써 몇 년이나 되었으면서도 기어이 부인을 하려고 모진 애를 쓰더군. 자네는 정신적으로 혼란을 겪고 있는 중일세. 온전하지 못한 기억으로 인해 고통 받고 있는 중이기도 하고. 실제로 일어난 사건들은 제대로 기억도 못하면서, 일어나지도 않은 일을 기억한다고 스스로 우기고 있지. 다행히도 이 증상은 치료가 가능하네. 지금까지 자네가 스스로 치유하지 못한 이유는, 순전히 자네에게 그럴 의지가 없었기 때문이야. 조금만 노력하려는 의지만 있었다면 가능했을 텐데 말이지. 지금 이 순간에도 무슨 미덕이나 되는 것처럼 자네가 병적으로 그것에 집착하고 있는 게 눈에 보이네. 자, 예를 하나 들어보지. 지금 이 순간에 오세아니아가 전쟁을 하고 있는 나라가 어느 나라인가?"

오브라이언이 물었다.

"제가 체포되었을 당시에 오세아니아는 동아시아와 전쟁 중이었습니다."

"동아시아라. 좋아. 그렇다면 오세아니아는 줄곧 동아시아와 전쟁을 해왔던 것이군. 그렇지 않나?"

윈스턴은 숨을 깊이 들이마셨다. 그리고 뭔가 말을 꺼내려는 듯 입을 떼었다가 아무 말도 하지 않았다. 그는 다이얼에서 눈을 뗄 수가 없었다.

"사실대로 말해 주게, 윈스턴. 자네가 알고 있는 사실대로 말이야. 자네가 기억하고 있다고 생각하는 것이 뭔지 말하게."

"제가 기억하기로는, 제가 체포되기 불과 일주일 전만 해도 우리는 절대 동아시아와 전쟁 중이지 않았습니다. 우리는 그들과 동맹 관계였죠. 대신 우리의 전쟁 상대는 유라시아였습니다. 그 전쟁은 4년 동안 이어졌고요. 그리고 그 전에는······."

오브라이언이 손짓으로 그의 말을 중단시켰다.

"다른 예를 들어보겠네. 몇 년 전에 자네는 정말이지 심각한

망상에 사로잡혀 있었더군. 한때는 당원이었다가 반역과 공작 활동으로 처형당한 존스와 아론슨, 러더퍼드라는 세 남자 기억 하나? 그들이 자신들의 죄에 대해 모든 자백을 하고 죽었는데도 자네는 그들이 무고하다고 믿었어. 게다가 자네는 그들의 자백 이 허위였음을 증명하는 명백한 서류상 증거를 목격했다고까지 믿었지. 특히 한 사진을 두고 그런 환영을 가졌더군. 그걸 정말 로 손에 넣었다고까지 믿을 정도로 말이야. 그 사진은 바로 이런 사진이었네."

오브라이언의 손에 직사각형 모양의 신문지 조각이 들려 있 었다. 그것이 윈스턴의 시야에 제대로 잡힌 것은 단 5초 남짓한 짧은 시간이었다. 그 위에는 한 사진이 실려 있었는데, 그 사진 이 무엇인지는 의심의 여지없이 확실했다. 바로 그 사진이었다. 존스와 아론슨과 러더퍼드가 뉴욕에서 열린 한 행사에 참석했을 때 찍힌 바로 그 사진 말이다. 윈스턴이 11년 전에 잠시 손에 넣 었다가 파기해 버린 그 사진이 틀림없었다. 그 사진은 윈스턴이 알아보기가 무섭게 바로 눈앞에서 사라져 버렸지만 그가 본 것 은 틀림이 없었다. 그는 묶여 있던 상반신을 최대한 비틀면서 사 진을 보려고 필사적으로 몸부림쳤다. 그러나 그는 단 1센티미터 도 다른 방향으로 몸을 틀 수 없었다. 그는 그 순간만큼은 다이 얼이 있다는 사실마저도 깜박 잊고 있었다. 그는 오로지 그 사진 을 다시 한 번만 손에 쥐어 보고 싶었다. 아니 제대로 볼 수만이 라도 있다면 하고 바랐다.

"그게 정말 있네요!"

윈스턴이 외쳤다.

"아니, 없지."

오브라이언이 단호하게 말하고는 방을 가로질러 걸어갔다. 반대편 벽에 메모리홀이 있었다. 오브라이언은 철망으로 된 뚜껑을 열었다. 그 뒤로 그 종이를 어떻게 했는지는 눈에 보이지 않았지만, 그 얇은 종잇조각은 순식간에 더운 기류에 휩쓸려 내려가 결국 한순간에 불꽃처럼 사라졌을 것이다. 오브라이언이 벽을 등지고 돌아서서 말했다.

"재가 되었네. 형체도 없어. 먼지에 불과하지. 이제는 존재하지 않아. 이전에 존재한 적도 없고."

"그렇지만 존재했잖아요! 존재했다고요! 그리고 기억 속에 존재하는 걸요. 저는 기억하고 있어요. 당신도 기억하잖아요."

"나는 기억이 나지 않는다네."

오브라이언이 말했다.

윈스턴은 가슴이 철렁 내려앉았다. 그가 말하고 있는 것이 바로 이중사고였다. 갑자기 큰 벽에 부딪힌 듯한 무력감이 몰려왔다. 아무리 오브라이언이 거짓말을 하고 있다고 확신해도, 그것은 아무 소용이 없는 일이었다. 반면에 오브라이언은 정말로 그 사진에 대해 까맣게 잊었을지도 몰랐다. 가능하고도 남는 말이었다. 그리고 그런 경우 그는 자신이 기억했던 사실을 부인했다는 사실도 이미 잊었을 것이고, 또 그 잊었다는 행위 자체 또한 잊어 버렸을 터였다. 그런데 이 모든 게 단순한 속임수일 뿐이라고 어느 누가 단정할 수 있겠는가? 어쩌면 이런 정신 나간 기억의 탈구 행위가 진짜로 마음속에서 일어나고 있는지도 몰랐다. 윈스턴을 맥 빠지게 하는 게 바로 이런 거였다.

오브라이언이 생각에 잠긴 표정으로 그를 내려다보았다. 그에게선 그 어느 때보다도 엇나가 버렸지만 잠재력이 아까운 학생을 두고 고심하는 선생 같은 분위기가 짙게 풍겼다.

"과거를 지배하는 것에 대한 당의 슬로건이 있는데, 알고 있다면 그것을 한 번 외워 볼 수 있겠나?"

"과거를 지배하는 자가 미래를 지배한다. 현재를 지배하는 자가 과거를 지배한다."

오브라이언의 주문에 윈스턴이 순순히 답했다.

"현재를 지배하는 자가 과거를 지배한다."

오브라이언이 동의한다는 듯이 고개를 천천히 끄덕이며 되뇌었다.

"윈스턴, 자네는 과거가 실제로 존재한다고 생각하나?"

다시 한 번 무력감이 윈스턴을 사로잡았다. 그의 시선이 다이얼 주위를 맴돌았다. 그는 고통을 면하려면 과연 '예'라고 대답해야 하는지 아니면 '아니요'라고 대답해야 하는지 영 갈피를 잡을 수 없었다. 그뿐 아니라 스스로도 그 질문에 대한 옳은 답이 무엇인지 자신할 수 없었다.

오브라이언이 희미한 미소를 지으며 말했다.

"윈스턴 자네는 철학자는 못 되는군그래. 지금까지 살면서 한 번도 존재라는 것이 진정 무슨 의미인지 숙고해 본 적이 없다는 말인가? 그럼, 좀 더 구체적으로 풀어서 질문하도록 하지. 과거라는 게 어떤 공간에 구체적으로 존재하는 것인가? 과거의 일이 아직도 일어나고 있는 그런 확실한 객체의 세계가 어떤 장소에 실제로 존재하나?"

"아닙니다."

"그렇다면 과거는 어디에 존재하는 건가?"

"기록 속에 존재합니다. 과거는 기록될 수 있습니다."

"기록 속이라…… 그게 다인가?"

"머릿속에도 존재합니다. 인간의 기억 속에서요."

"기억 속에서라……. 그렇다면 좋아. 우리, 즉 당은 모든 기록을 통제하고 기억 또한 모두 통제한다네. 그렇다면 우리가 결국 과거를 통제한다고 할 수 있지 않겠나?"

"그렇지만 당이 어떻게 사람들이 기억하는 것까지 막을 수 있다는 말씀입니까? 기억은 자기도 모르는 사이에 하게 되는 것이잖습니까? 마음먹는다고 해서 되는 일이 아니란 말입니다. 기억을 어떻게 통제한단 말입니까? 우선 당신들은 제 기억만 해도 통제 못하지 않았습니까?"

윈스턴이 또 순간적으로 다이얼의 존재를 잊고 흥분한 목소리로 외쳤다.

오브라이언의 태도가 다시 엄해졌다. 그가 다이얼 위에 손을 얹으며 말했다.

"그건 아니지. 그 일은 자네가 통제를 하지 않아서 문제가 된 것이네. 그래서 지금 자네가 여기에 와 있는 거 아닌가. 자네가 여기에 와 있는 이유는 자네가 겸손하지도 못한 데다 자기 훈련도 부족해서라네. 자네가 온전한 정신을 되찾기 위해서는 필시 당에 굴복하는 자세를 가져야 하는데, 자네는 그것마저 거부하려 했어. 대신에 독불장군처럼 혼자서 미치광이가 되기를 선택했지. 윈스턴, 반드시 마음을 먼저 훈련시켜야만 현실을 바로 볼 수 있다네. 자네는 현실이 무슨 객관적이고 외적이며 본질적인 거라고 믿고 있겠지. 또한 현실이라는 것이 굳이 설명하거나 증명하지 않아도 그 자체로 명백한 것이라 믿겠지. 자네는 자네 눈에 보이는 것이 진실이라고 착각하면서, 다른 사람들도 모두 자네와 같은 것을 보고 있을 거라 마음대로 가정했지. 그러나 내 말을 듣게, 윈스턴. 현실이라는 것은 외적이지 않아. 현실은 오직 인간의 정신세계 안에서만 존재할 뿐이네. 그리고 여기서 인간이라는 것은 실수에 취약하며 언젠가 짧은 시간에 사라져 버릴 개인의 정신을 말하는 것이 아니야. 집단적이고 불멸하는 당의 정신을 말하는 것이지. 당이 진실이라고 정하는 것은 그게 무엇이든 다 진실이네. 당의 눈을 통하지 않고는 현실을 본다는 것 자체가 불가능하단 말이야. 윈스턴, 이것이 바로 자네가 다시금 습득해야 하는 사실이네. 그러려면 먼저 스스로의 의지와 노력을 통해서 자기 자신을 지워야만 해. 스스로를 낮추고 겸손해져야만 온전한 정신을 찾을 수 있을 걸세.”

오브라이언은 윈스턴이 자기가 한 말을 충분히 소화시킬 시간을 주려는 듯 여기까지 말하고 잠시 멈추었다. 그리고 잠시 후에 다시 말을 꺼냈다.

“자네, 전에 일기장에다 ‘자유란 2 더하기 2가 4라고 말할 수 있는 자유이다.’ 라고 쓴 말 기억나나?”

“네.”

윈스턴이 대답하자, 오브라이언은 자신의 왼손을 들어 손등이 윈스턴을 향하도록 하고서 엄지를 감춘 나머지 손가락 네 개를 펴 보였다.

"윈스턴, 내가 보이고 있는 손가락이 지금 몇 개인가?"

"네 개입니다."

"그런데 만약 당이 이걸 네 개가 아니고 다섯 개라고 부르기로 했다고 쳐 보세. 그렇다면, 이건 몇 개인가?"

"네 개입니다."

그 말을 내뱉기가 무섭게 숨이 턱 막히는 고통이 찾아왔다. 다이얼의 단위가 55까지 치솟아 있었다. 윈스턴의 온몸에 식은땀이 흘렀다. 숨이 가빠지고 아무리 이를 악물어도 신음 소리가 절로 터져 나왔다. 오브라이언이 아직도 손가락 네 개를 편 채 윈스턴을 보고 있었다. 그는 손잡이를 조금 내렸다. 고통의 수위가 약간 줄어들었다.

"지금 손가락이 몇 개지, 윈스턴?"

"네 개요!"

바늘이 60으로 튀어 올랐다.

"지금 손가락은 어떤가, 윈스턴?"

"네 개요! 네 개! 어떻게 거짓말을 하란 말입니까? 그건 네 개 잖아요!"

윈스턴의 눈에 계기판이 보이진 않았지만 분명히 바늘이 더 올라간 것 같았다. 그의 눈에 보이는 것은 무섭게 굳어 있는 얼굴과 손가락 네 개뿐이었다. 그 손가락은 그의 눈앞에서 거대한 기둥처럼 희미하게 흔들리고 있었지만, 여전히 네 개라는 사실에는 변함이 없었다.

"윈스턴, 이 손가락이 몇 개인가?"

"네 개요! 그만해요! 그만! 도대체 저보고 어쩌라는 겁니까?

네 개라니까요! 네 개요!"

"이 손가락이 몇 개인가, 윈스턴?"

"다섯 개요! 다섯 개! 다섯 개!"

"아니, 윈스턴. 그런 건 소용없네. 자네는 거짓말을 하고 있어. 아직도 속으로는 네 개라고 믿고 있지. 다시 한 번 제대로 말해 보게. 자, 손가락이 총 몇 개지?"

"네 개! 다섯 개! 네 개! 아무거나 원하시는 대로요! 제발 멈춰만 주세요. 고통만은 그만해 주세요!"

정신을 차려 보니 그는 뜻밖에도 오브라이언의 팔에 안겨 있었다. 아마도 몇 초간 정신을 잃었던 모양이었다. 그의 몸을 꽁꽁 묶었던 끈도 느슨해져 있었다. 그는 오한을 느끼며 몸을 덜덜 떨었다. 이가 덜덜거리며 마구 부딪혔고, 볼을 타고 눈물이 하염없이 흘러내렸다. 잠시 동안이었지만 그는 오브라이언에게 아기처럼 매달려 안겨 있었는데, 그의 듬직한 팔에 어깨를 맡기고 있는 동안 이상하리만치 마음이 안정되는 기분이었다. 오브라이언이 마치 그의 보호자가 돼 준 느낌이었다. 다른 외부로부터 비롯된 고통에서 그를 구원해 준 사람이 바로 오브라이언이었던 것이다.

"윈스턴, 자네는 학습 속도가 좀 느리구먼."

오브라이언이 친근한 어투로 말했다.

"그럼 어쩝니까? 내 눈앞에 보이는 게 그런데, 나보고 어쩌란 말이세요? 2에 2를 더하면 당연히 4가 되는 거잖아요."

"때로는 말이지, 윈스턴. 때로는 그게 5가 되기도 한다네. 마찬가지로 때로는 3이 되기도 하지. 또 때로는 한꺼번에 다른 모든 것이 될 수도 있다네. 자네, 많은 노력이 필요하겠어. 온전한 정신을 갖는 일이 그리 호락호락한 일만은 아니라네."

그는 윈스턴을 다시 침대에 눕혔다. 아까 전 윈스턴의 사지를 묶었던 끈이 다시금 조여졌다. 그러나 고통은 서서히 가라앉고 있었고, 덜덜 떨리던 몸도 어느 정도 진정되어 지금은 온몸에 힘이 빠진 채 오한만 느껴졌다. 심문이 진행되는 내내 꼼짝 않고 옆에 서 있던 하얀 가운을 입은 한 남자에게 오브라이언이 고갯짓을 했다. 남자는 바짝 몸을 굽히더니 윈스턴의 눈 안을 세세히 살펴보고, 맥박을 재어 보고, 가슴에 귀를 대어 보고, 여기저기 톡톡 두드려 보았다. 그리고 오브라이언에게 고개를 끄덕여 보였다.

"다시."

오브라이언이 말했다.

고통이 다시 윈스턴의 몸을 관통했다. 바늘이 70, 아니 75까지는 올라간 것이 분명했다. 그는 이번에는 눈을 질끈 감았다. 그는 자신 앞에 놓인 손가락이 아직 그대로 네 개임을 알고 있었다. 지금 중요한 것은 이 발작적인 고통이 사라질 때까지 어떻게든 살아서 버티는 것이었다. 너무도 극심한 고통에 그는 스스로가 소리를 지르고 있는지 아닌지조차 인식할 수 없었다. 고통이 어느덧 다시 누그러졌다. 윈스턴이 눈을 떴다. 오브라이언이 손잡이를 다시 원위치로 내려놓은 것이 보였다.

"이 손가락 몇 개지, 윈스턴?"

"네 개요. 제 생각엔 네 개 같아요. 그렇지만 할 수만 있다면 다섯 개를 보고 싶어요. 다섯 개를 보려고 노력 중이에요."

"자네가 정확히 원하는 게 뭔가? 자네가 다섯을 본다고 내가 믿게 하는 것인가? 아니면 정말로 다섯 개를 보는 것인가?"

"정말로 다섯 개를 보고 싶습니다."

"다시."

오브라이언이 말했다.

이번엔 아마도 바늘이 80까지 올라간 듯했다. 아니 90은 될 것이다. 고통이 진행되는 동안 윈스턴은 자신이 왜 이런 고통을 받아야 하는지 그 이유도 깜박깜박 잊어버렸다. 잔뜩 찡그려진 눈꺼풀 뒤로 바람에 흔들리는 숲처럼 손가락들이 덩실덩실 춤을 추고 있었다. 희미한 형상이 비틀비틀 들락날락하며, 사라졌다 나타나고 다시 사라졌다 다시 나타나고를 반복했다. 그는 자신이 왜 그래야 하는지도 모르면서 그 손가락이 몇 개인지 세어보려고 무진 애를 썼다. 그러나 역시 네 개와 다섯 개 사이에 알 수 없는 어떤 신비로운 지점이 있다는 것밖에는, 자신으로서는 도무지 셀 수 없다는 결론만 날 뿐이었다. 고통이 다시 가라앉았다. 눈을 떴지만 눈앞에 보이는 것은 여전히 그대로였다. 흔들리는 나무들처럼 셀 수 없는 손가락들이 서로 겹쳤다 사라졌다 하며 제멋대로 움직이고 있었다. 윈스턴은 다시 눈을 감았다.

"윈스턴, 내가 들고 있는 손가락이 몇 개인가?"

"모르겠어요. 모르겠다고요. 다시 한 번만 더 하면 저는 죽고 말 거예요. 네 개, 다섯 개, 여섯 개…… 정말이지 저는 모르겠어요."

"이제 좀 낫군."

오브라이언이 말했다.

윈스턴의 팔에 주삿바늘이 꽂혔다. 그와 동시에 모든 것이 치유되는 것처럼 황홀하면서도 따뜻한 기운이 온몸에 퍼졌다. 고통은 이미 반쯤 누그러져 있었다. 그는 눈을 뜨고 얼굴 가득 은혜로운 표정을 띠고 오브라이언을 바라보았다. 선이 굵은 오브라이언의 투박하면서도 너무도 지적인 얼굴을 보고 있자니 왠지 가슴이 뭉클해져 왔다. 몸을 움직일 수만 있다면 손을 뻗어 오브라이언의 팔 위에 올려놓고 싶었다. 그는 일찍이 오브라이언에게 지금 이 순간처럼 깊은 사랑을 느껴본 적이 없었다. 단지 그가 고통을 멈추어 주었기 때문이 아니었다. 오래전 오브라이언이 친구이든 적이든 상관없다고 생각했던 그때의 기분이 다시 되살아난 느낌이었다. 오브라이언은 자신과 대화가 통하는 상대였다. 어쩌면 사랑 받는 것보다 자신이 더욱 원하는 것은 이해를 받는 것인지도 몰랐다. 오브라이언은 자신을 거의 미칠 지경이 될 때까지 고문했고, 얼마 후에는 틀림없이 그를 죽음에 이르게까지 할 것이다. 그러나 상관없었다. 그들 사이에는 어떤 의미에서 단순한 우정보다 더 깊은 친밀함이 흐르고 있었다. 어디일지도 알 수 없고, 실제로 입 밖으로 말할 수 없는 곳일지 몰라도, 둘이 함께 가슴을 터놓고 대화를 나눌 수 있는 곳이 분명히 어디엔가 존재할 것이다. 오브라이언이 자신도 윈스턴과 정확히 같은 생각을 하고 있다는 표정을 하고 그를 내려다보았다. 그러고는 매우 편안하고 친근한 말투로 그에게 말을 걸었다.

"지금 자네가 있는 곳이 어디인지 아나, 윈스턴?"

"글쎄요. 잘은 모르지만 애정부 아닌가요?"

"자네가 이곳에 얼마나 오래 있었는지 아는가?"

"몰라요. 며칠, 몇 주, 아니 몇 달…… 아무래도 몇 달은 된 것 같네요."

"그러면 우리가 사람들을 이곳에 데려오는 이유가 뭐라고 생각하나?"

"자백을 받아 내려는 것 아닌가요?"

"아니. 그런 이유가 아닐세. 다시 생각해 보게."

"벌을 주기 위해서인가요?"

"아니야!"

오브라이언이 무섭게 고함을 쳤다. 일순간 놀랍게 변해 버린 그의 목소리와 함께, 노여운 그의 얼굴 표정에는 단호함이 서려 있었다.

"아닐세! 우리는 단순히 자네들의 자백을 받아 내거나 벌을 주려고 여기 데려오는 것이 아니야. 자네를 여기 불러온 이유를 내가 꼭 말해 줘야 하나? 그건 바로 자네를 치료하기 위해서야! 자네를 제정신으로 돌려놓기 위해서 말이야! 이해하겠나, 윈스턴? 일단 이곳에 들어온 사람은 완전히 치료되지 않고는 절대 우리 손을 벗어나지 못해. 우리는 자네가 저지른 그 어리석은 범죄 자체에는 관심이 없네. 당은 겉으로 드러난 행위에는 별로 관심을 가지지 않아. 우리가 신경 쓰는 것은 머릿속에 든 사상이라네. 우리는 적을 단순히 파괴하려는 것이 아니라 교화시키려는 목적을 갖고 있다네. 내 말이 무슨 뜻인지 이해하겠나?"

오브라이언은 윈스턴 쪽으로 몸을 바짝 숙였다. 코앞에서 보이는 그의 얼굴은 엄청나게 거대해 보였고, 아래서 올려다보아서인지 유난히 소름 끼치도록 추악해 보였다. 그런데다 그 얼굴은 광적인 강렬함을 띤 일종의 환희로 가득 차 있었다. 다시 한 번 윈스턴의 가슴이 철렁 내려앉았다. 할 수만 있으면 당장 침대 깊숙이 꺼져 들어가고 싶었다. 오브라이언은 지금이라도 당장 아무런 이유 없이 다이얼을 위로 돌려 버릴 수 있었다. 그런데 웬일인지, 오브라이언은 뒤로 돌아서더니 두어 걸음 왔다 갔다 하며 서성거렸다. 그러고는 아까보다 조금 가라앉은 목소리로 말을 이었다.

"자네가 가장 먼저 이해해야 할 것은, 이곳에서는 절대 순교가 있을 수 없다는 점이네. 과거에 일어난 종교 박해 사건에 대해 읽어 본 적이 있을 걸세. 중세 시대의 종교 재판 말일세. 그것은 철저한 실패로 끝났다네. 처음에는 이단을 척결하려는 목적으로 시행되었지만, 결국 이단을 영구화시키는 결과만 낳았거든. 한 명의 이단자가 화형장의 이슬로 사라질 때마다 수천 명의 다른 이단자들이 새로 들고 일어났지. 그 이유가 무엇이었는지 아는가? 그것은 바로 종교 재판을 통해 그 적들을 공개 처형했기 때문이네. 게다가 그들이 아직 회개를 하지 않은 상태에서 그대로 죽였기 때문이지. 아니, 정확히 말하자면 그들은 회개를 하지 않았기 때문에 죽음에 처해졌네. 사람들은 자신의 진정한 신념을 지키는 대가로 죽음을 선택했어. 그러니 자연히 모든 영광은 희생자의 차지가 되었고, 모든 불명예는 그들을 불태운 종교 재판관이 뒤집어쓰게 된 거지. 그리고 그 후 20세기가 도래했을 때, 소위 전체주의라는 체제가 새로 나타났다네. 독일 나치당과 소련의 공산당 말이네. 소련은 종교 재판 때보다 이단자를 더욱 잔인하게 처단했어. 그러면서 자신들이 과거의 과오로부터 교훈을 얻었다고 믿었다네. 어찌됐든 적어도 그들은 순교자를 만들어 내면 안 된다는 사실을 알고 있었으니까. 그들은 공개 재판에서 희생자들을 세상에 내보이기 전에 교묘하게 그들의 존엄성을 파괴시켰네. 모진 고문과 감금을 통해 그들을 비참한 존재로 추락시켰으며, 겁에 질려 살려달라고 애원하게 만들었고, 무엇이든지 시키는 대로 자백하고 되는 대로 욕설을 퍼부으며 스스로 화를 입지 않기 위해 서로를 비방하고 고자질하며 목숨만은 살려달라고 애원하도록 만들어 버렸지. 그런데 그로부터 고작 몇 년도 채 지나지 않아 예전과 같은 일이 또 다시 반복되었다네. 죽은 자들은 다시 순교자가 되었고, 그들이 행한 수치스러운 행동은 모두 다 잊혔다네. 그렇다면 그건 왜일까? 무엇보다도 그건, 그들의 자백이 강제로 이루어졌으며 따라서 진실하지 않았다는 사실이 너무도 명백했기 때문이라네. 우리는 그런 실수를 다시는 저지르지 않아. 여기서 나오는 자백은 모두가 진실이지. 우리가 그렇게 되도록 만들거든. 그리고 무엇보다도 우리는 절대 죽은 자들이 다시 일어나 우리를 대적하도록 그냥 놔두지 않는다네. 윈스턴, 자네는 후세가 자네의 정당성을 입증해 줄 거란 망상에서 우선 벗어나야 하네. 후세는 자네의 말을 절대 듣지 못할 걸세. 자네는 역사의 흐름 속에서 흔적 하나 남기지 못하고 깨끗이 사라져 버릴 거야. 우리는 자네를 가스로 증발시켜 멀리 대기 중으로 날려 버릴 거라네. 자네에 대한 흔적은 아무것도 남지 않을 거야. 이름도 기록에서 지워질 거고, 누군가 살아서 자네를 기억하는 일도 없을 걸세. 자네는 미래뿐만 아니라 과거에서도 확실히 지워질 거야. 즉, 전혀 존재한 적도 없었던 사람이 되는 것이지."

그렇다면 왜 굳이 나를 이렇게까지 힘들게 고문한단 말인가? 이런 생각이 들자 윈스턴은 순간 씁쓸한 기분이 들었다. 윈스턴이 그의 생각을 직접 입 밖으로 낸 것도 아닌데, 오브라이언이 걸음을 멈추고 가까이 다가왔다. 눈을 가느다랗게 뜨고 있는, 못생기고 커다란 얼굴이 가까워졌다.

"자네는 지금 이렇게 생각하고 있겠지. 어차피 자네가 하는 말이나 행동이 아무런 소용이 없도록 우리가 자네를 속속들이 다 파괴시켜 버릴 거라면, 어째서 이렇게까지 자네를 힘들게 심문하고 있느냐고 말일세. 자네는 지금 바로 이런 생각을 하고 있어, 내 말이 틀렸는가?"

"아니요. 맞습니다."

윈스턴이 답했다.

오브라이언이 희미한 미소를 지으며 이어 말했다.

"윈스턴, 자네는 완벽한 도안에 생긴 하나의 결점과도 같다네. 반드시 제거해야 하는 얼룩과 같은 존재지. 내가 방금 말하지 않았나? 우리는 과거의 박해자들과는 차원이 다르다고. 우리는 어쩔 수 없이 하는 복종에는 만족하지 않는다네. 마찬가지로 비겁한 항복도 용납하지 못해. 자네가 마지막에 우리에게 항복을 한다면, 그건 반드시 자네의 자유 의지로부터 비롯된 것이어야 하네. 우리는 이단이 우리에게 저항한다고 해서 제거하지는 않아. 아니, 오히려 우리에게 저항하는 한은 절대 제거하지 않지. 우리는 그를 교화시키고, 속마음을 장악하고, 완전히 새로운 사람으로 태어나게 만든다네. 모든 악과 환상을 불태워 몰아내어 버리고 우리 편으로 만드는 거지. 겉으로만이 아니라 속속들이 진정하게, 마음과 영혼까지 우리 편으로 만드는 거야. 그렇게 우리와 같은 사람이 된 이후라야만 우리는 비로소 그들을 죽인다네. 우리는 세상 어디에도 절대 그릇된 사상이 존재하게 내버려 두지 않아. 그것이 아무리 비밀스럽게 꼭꼭 숨어 있든지, 혹은 영향력이 얼마나 미미하든지 상관없이 말이야. 제아무리 죽음의 순간이라 해도 탈선은 절대 용납할 수 없네. 옛날에는 이단자들이 여전히 이단자의 자격으로 자신의 이단을 주장하며 의기양양하게 화형대로 걸어갔겠지. 소련에서 숙청 당시의 희생자들만 해도 총살장으로 향하는 복도를 걸으면서 머릿속에는 반역 사상을 그대로 간직할 수 있었어. 그렇지만 우리는 그 두뇌를 날려 버리기 전에 완벽하게 만드는 작업을 먼저 진행한다네. 옛날 전제 군주의 강령이 '너희는 그렇게 해서는 안 된다.'였고, 전체주의자들의 강령이 '너희는 이렇게 해야 한다.'였다면, 우리의 강령은 '너희는 이렇다.'라네. 이곳에 불려온 자들치고 끝까지 우리에게 맞설 수 있는 사람은 없네. 모두들 결국 깨끗이 씻겨서 나가지. 자네가 한때 결백하다고 믿었던 그 딱한 세 명의 반역자들 존스, 아론슨, 러더퍼드 말일세. 그들도 우리가 결국은 굴복시켰다네. 내가 직접 심문에 참여해서 잘 알지. 그들도 서서히 꺾이기 시작하더니 처음에는 비굴하게 고통과 두려움 때문에 질질 짰지만, 결국은 진정으로 뉘우치고 참회의 눈물을 흘리더군. 심문이 끝났을 무렵 그들은 걸어 다니는 인간 껍데기에 불과했어. 그들 안에 남은 것이라고는 자신이 저지른 일에 대한 비통함과 오직 빅 브라더를 향한 사랑밖에 없었지. 그들이 빅 브라더를 얼마나 사랑했던지 보고 있으면 가슴이 절로 뭉클해질 지경이었어. 그들은 자신들의 마음이 깨끗해져 있는 동안 어서 빨리 자신들을 죽여 달라고 애원까지 했다네."

이렇게 말하는 그의 목소리는 거의 몽환적이었다. 여전히 광적인 열정과 환희의 표정이 그의 얼굴에 서려 있었다. 윈스턴은 생각했다. 오브라이언은 겉으로만 저런 척하는 것이 아니다. 그는 위선자도 아니다. 그는 자신이 하는 말 한 마디 한 마디를 모두 진심으로 믿고 있는 것이다. 무엇보다도 윈스턴의 마음을 무겁게 짓누르는 것은 자신이 그보다 지적으로 훨씬 열등하다는 사실이었다. 윈스턴은 육중한 몸으로 우아하게 걸으며 자신의 시야에 나타났다 벗어났다 하는 오브라이언을 물끄러미 바라보았다. 오브라이언은 어떤 면으로 보나 자신보다 훨씬 더 잘난 사람이었다. 자신이 지금껏 해 봤거나 나중에 할 수도 있는 생각치고 오브라이언이 이미 알고 있거나 검토해 보거나 거부하지 않은 생각은 없을 것이었다. 윈스턴의 생각은 오브라이언이 생각할 수 있는 범위를 넘어설 수 없었다. 그렇다면 자신이 어떻게 감히 오브라이언이 미쳤다고 할 수 있단 말인가? 미친 것은 그가 아니라 윈스턴 자신일 터였다. 오브라이언이 걸음을 멈추고 그를 내려다보았다. 그의 목소리가 다시금 엄한 기색을 띠었다.

"윈스턴, 자네가 우리에게 완벽히 항복한다고 해서 그것으로 자네 자신을 구할 수 있을 거라고 생각하지는 말게. 어쨌든 한 번이라도 탈선했던 사람치고 목숨을 부지한 사람은 없으니까. 그리고 만일 우리가 자네에게 여생을 다 살 수 있게 해 준다 해도, 자네는 절대 우리에게서 벗어날 수 없네. 여기서 자네에게 일어나는 일은 영원히 지속될 걸세. 미리 명심해 두게나. 우리는 자네가 다시 돌아갈 수 없는 지경에 이르기까지 철저히 자네를 부서트릴 걸세. 자네가 아무리 천년을 살 수 있대도, 여기서 일어난 일들은 다시는 회복이 불가능할 거야. 자네는 이제 평범한 인간의 감정들을 절대 느낄 수 없을 것이네. 자네 안의 모든 것이 죽어 버릴 거야. 이제는 사랑이나 우정, 삶의 기쁨, 웃음, 호기심, 용기, 기개 같은 모든 것을 다시는 느낄 수 없게 된다는 얘기지. 자네는 속이 텅 빈 인간이 될 걸세. 우리는 자네 안에 든 것을 모두 다 짜낸 다음, 그 자리를 우리로 가득 채워 놓을 걸세."

오브라이언이 말을 멈추고 하얀 가운을 입은 남자에게 신호를 보냈다. 윈스턴은 머리 뒤로 어떤 묵직한 장치가 밀려 들어와 놓이는 것을 느꼈다. 오브라이언이 침대 옆에 나란히 앉았다. 그의 얼굴이 자신의 얼굴과 거의 같은 높이에 있었다.

"3000."

오브라이언이 윈스턴의 머리 너머 하얀 가운 입은 남자에게 말했다.

약간 축축하게 느껴지는 두 개의 부드러운 패드가 윈스턴의 양쪽 관자놀이 부근에 닿도록 고정되었다. 이제 또 새로운 종류의 고통이 시작되는구나, 하는 생각에 윈스턴은 덜컥 겁이 났다. 오브라이언이 안심시키려는 듯 윈스턴의 손을 잡고 상냥하게 말했다.

"이번에는 아프지 않을 걸세. 내 눈만 똑바로 쳐다보고 있으면 돼."

그 순간 엄청난 폭발이 일어났다. 아니, 아무 소리도 들리지 않았으므로 폭발이라고 단정 지을 수는 없었지만 어쨌든 폭발 같은 것이 일어난 것만은 확실했다. 강력한 불빛이 순간 번쩍 하고 크게 터진 것이다. 윈스턴은 아프진 않았지만 정신을 가눌 수가 없었다. 분명 그 일이 일어나기 전부터 자신이 침대에 등을 대고 누워 있었음에도, 꼭 그 충격 때문에 그 자세로 나가떨어진 듯한 묘한 기분이었다. 고통은 아니었지만 어떠한 강력한 충격이 그를 완전히 뻗게 만든 것이다. 그 밖에 그의 머릿속에서도 무슨 일인가가 일어난 듯싶었다. 가까스로 눈의 초점을 다시 찾고 나서야 그는 자신이 누구고 어디에 있으며, 자신을 뚫어져라 보고 있는 얼굴이 누구인지 감을 잡을 수 있었다. 그런 한편 마치 뇌의 한 부분이 떨어져 나간 것처럼 기억의 큰 부분이 텅 비어 버린 느낌이 들었다.

"서서히 괜찮아 질 걸세. 내 눈을 보게나. 지금 오세아니아와 전쟁을 하고 있는 나라가 어디지?"

오브라이의 말에 윈스턴은 생각했다. 그는 오세아니아가 무엇인지 기억하고 있었으며, 자신이 오세아니아의 국민이라는 것도 기억하고 있었다. 그는 또한 유라시아와 동아시아에 대해서도 어렴풋이 기억했다. 그러나 어떤 나라와 전쟁을 벌이고 있는지는 기억나지 않았다. 아니, 전쟁이 일어나고 있었는지조차 인식하지 못하고 있었다.

"기억이 안 납니다."

"오세아니아는 동아시아와 전쟁 중일세. 이제 기억할 수 있겠나?"

"네."

"오세아니아는 늘 동아시아와 전쟁 중이었네. 자네가 태어난 이래로, 아니 당이 생겨난 이래로, 역사가 시작된 이후로, 이 전쟁은 한 번도 쉬지 않고 계속되어 왔고, 늘 똑같이 계속되네. 이제는 기억이 나나?"

"네."

"자네는 11년 전에 반역죄로 사형을 당했던 세 남자에 대한 거짓 전설을 창조해 냈다네. 자네는 그들의 무고함을 증명하는 종잇조각을 목격했다고 착각을 했어. 그렇지만 그런 종잇조각은 애초부터 없었네. 자네 스스로가 꾸며 놓고 스스로도 그게 진실이라고 믿었던 거지. 자네가 처음 그것을 만들어 낸 순간이 언제인지 기억하고 있을 거야. 기억이 나지?"

"네."

"방금 전에 내가 자네에게 손가락을 들어 보였는데, 그때 자네는 분명 다섯 개의 손가락을 보았네. 기억나나?"

"네."

오브라이언이 그의 왼손을 들어 엄지손가락을 감추고 보여 주며 말했다.

"여기 다섯 손가락이 있네. 다섯 손가락이 보이나?"

"네."

그리고 그때 그는 정말로 보았다. 짧게 스쳐가듯 지나간 순간이었지만, 정신 상태가 다시 돌아오기 전 그는 확실히 다섯 손가락을 보았다. 절대 변형된 것도 희미하게 보인 것도 아니었다. 그러나 그것도 잠시, 모든 것이 다시 예전으로 돌아왔다. 조금 전에 느꼈던 두려움, 증오, 망연자실한 느낌이 고스란히 다시 되돌아오고 있었다. 그렇지만 30초쯤 되었을까 얼마나 그 순간이 지속됐는지 알 수 없지만, 분명히 모든 것이 보이던 순간이 있던 것만큼은 확실했다. 그때만큼은 오브라이언이 제시한 모든 새로운 사실이 그의 기억 속 빈자리를 채우고 절대적인 진실이 되었다. 그 찰나 동안에는 2 더하기 2가 3이라고 하든 5라고 하든 그렇다고만 하면 모두 당연히 그런 것처럼 느껴졌다. 그 순간은 너무 빨리 지나가 버려서 오브라이언이 손을 접기도 전에 벌써 사라져 버렸고, 두 번 다시 불러내 올 수도 없었다. 그러나 사람이 일생 동안 다른 종류의 삶을 살아가며 그때마다 겪은 경험을 생생히 기억하듯, 조금 전의 그 순간도 다시 불러올 수는 없었지만 윈스턴의 기억 속에만은 뚜렷이 남아 있었다.

"이제는 알겠나? 어쨌든 이 모든 것이 가능하다는 사실 말일세."

오브라이언이 물었다.

"네."

윈스턴이 답했다.

오브라이언은 만족한 표정으로 자리에서 일어났다. 윈스턴의 왼쪽 어깨 너머로 하얀 가운을 입은 남자가 약병 속의 약을 주사기 속으로 집어넣는 모습이 보였다. 오브라이언이 미소를 지으며 윈스턴을 향했다. 그는 자기 버릇대로 콧등 위로 안경을 고쳐 쓰며 말했다.

"자네, 언젠가 일기장에 이렇게 썼던 거 기억하나? 내가 적어도 자네를 이해할 수 있는 사람이라고. 그리고 자네와 대화가 통할 사람이기 때문에, 내가 자네의 친구이든 적이든 상관하지 않겠다고 한 것 말일세. 자네 말이 옳네. 나도 자네와 대화하는 것이 즐거워. 자네 생각하는 방식이 참 마음에 든단 말이야. 자네가 정신이 온전하지 않다는 것만 빼고는, 내 사고방식과 자네의 사고방식에는 비슷한 데가 많아. 오늘 일정을 마치기 전에 원한다면 자네에게 몇 가지 질문할 기회를 주겠네."

"어떤 질문이나 가능한가요?"

"어떤 것이든 괜찮네."

오브라이언은 윈스턴의 눈이 다이얼 쪽을 향해 있는 것을 보고 덧붙여 말했다.

"이건 전원이 꺼져 있으니 걱정하지 말게. 자네의 첫 번째 질문이 무엇인가?"

"줄리아는 어떻게 됐나요?"

윈스턴이 물었다.

오브라이언이 다시 미소를 지으며 말했다.

"그 여자는 자네를 배신했다네, 윈스턴. 바로 즉시, 그리고 아무 거리낌 없이 말이네. 그렇게 금방 우리 쪽으로 쉽게 넘어올 수 있는 사람도 참 드물 걸세. 이제는 자네가 그 여자를 봐도 누군지 알아보기 힘들걸. 그 여자에게 있던 모든 반항심, 기만, 어리석음, 불결한 사고방식…… 모든 것이 그야말로 깨끗이 전소되었으니까 말이네. 거의 교과서 수준이라고 할 수 있을 만한 완벽한 모범 케이스였지."

"그녀에게 고문을 가했나요?"

오브라이언은 그 질문에는 대답하지 않고 그냥 넘어갔다.

"다음 질문?"

"빅 브라더가 정말 존재하나요?"

"당연히 존재하고말고. 당이 존재하는 것처럼, 빅 브라더는 당의 화신(化身)이네."

"그러나 빅 브라더도 제가 존재하는 것처럼 실재하나요?"

"자네는 존재하지 않는다네."

오브라이언이 딱 잘라 말했다.

다시 한 번 무력감이 윈스턴을 엄습했다. 그는 자기 자신의 '존재하지 않음'을 입증하기 위해 어떤 논거가 사용될지 알고 있었다. 아니 알 것 같았다. 그러나 그 논거는 그저 말장난에 지나지 않는, 말도 되지 않는 논리에 지나지 않았다. 우선 '너는 존재하지 않는다.'는 진술 자체부터 논리적 모순이 다분하지 않은가? 그러나 그렇게 말한다고 해서 무슨 소용이 있을 것인가? 그는 오브라이언이 그를 무너뜨리기 위해 사용할 말도 안 되지만 반박할 수는 없는 온갖 논리를 떠올리고는 잔뜩 위축되었다.

"제 생각에 저는 존재하고 있습니다."

윈스턴이 진 빠진 목소리로 힘겹게 말을 이었다.

"저는 제가 살아 있다는 것을 느낄 수 있습니다. 저는 태어났고 죽을 것입니다. 저에게는 팔과 다리가 있습니다. 저는 공간의 특정한 부분을 차지하고 있습니다. 그리고 어떤 물체도 제가 차지한 그 공간을 동시에 같이 차지할 수 없습니다. 빅 브라더도 이와 같은 의미로 존재합니까?"

"그것은 중요한 문제가 아니네. 어쨌거나 그분은 존재하네."

"빅 브라더도 언젠가는 죽습니까?"

"물론 아니지. 그가 어떻게 죽을 수 있단 말인가? 다음 질문."

"형제단은 존재합니까?"

"윈스턴, 자네는 그 질문에 대한 답을 영원히 알 수 없을 걸세. 설사 우리가 자네의 치유 절차를 끝내고 자네를 풀어 준다고 해도, 그래서 자네가 아흔 살까지 살 수 있다고 해도, 자네는 그 질문에 대한 답만은 '예'인지 '아니요'인지 절대 알 수 없을 거야. 자네가 살아 있는 한 그 문제는 자네 마음속에서 풀리지 않는 수수께끼로 남아 있을 걸세."

윈스턴은 아무 말도 하지 않았다. 그의 심장이 조금씩 더 빠르게 뛰었다. 사실 그의 머릿속에 맨 처음 떠오른 질문은 따로 있었지만 차마 하지 못하고 있었다. 아무래도 이 기회를 틈타 물어보아야 할 것 같기는 했지만, 도무지 입이 떨어지지 않았다. 오브라이언의 얼굴에 재미있다는 표정이 비쳤다. 그의 안경마저 그를 조롱하듯 번쩍였다. 불현듯 윈스턴은 오브라이언이 자신이 생각하는 바를 이미 훤히 알고 있다는 예감이 들었다. 그는 자신이 무엇을 묻고자 하는지 이미 알고 있는 것이다! 그런 생각에 미치자 그의 입에서 이 말이 저절로 튀어나왔다.

"101호실에는 무엇이 있나요?"

오브라이언은 표정을 조금도 바꾸지 않고 건조하게 답했다.

"자네는 이미 101호실에 무엇이 있는지 알고 있네, 윈스턴. 101호실에 무엇이 있는지는 사실 누구나 다 알고 있지."

그는 손가락을 올려 하얀 가운을 입은 남자에게 손짓했다. 심문이 끝난 모양이었다. 윈스턴의 팔에 주삿바늘이 꽂혔다. 거의 동시에 그는 깊은 잠에 빠져들었다.

3장

"자네를 다시 온전한 사람으로 만들기 위해서는 총 세 가지 단계를 밟아야 하네. 우선 학습의 단계, 다음 이해의 단계, 그리고 수용의 단계. 이제 두 번째 단계로 들어갈 때가 왔군그래."

오브라이언이 말했다.

윈스턴은 여느 때처럼 등을 대고 똑바로 누워 있었다. 그러나 요즘 들어서는 그를 묶은 끈이 제법 느슨해져 있었다. 침대에 묶여 있는 건 여전했지만, 그래도 조금씩 무릎을 움직이거나 머리를 양 옆으로 돌리거나 팔도 팔꿈치까지 올리거나 할 여유는 있었던 것이다. 다이얼 또한 예전만큼 두렵지 않았다. 오브라이언은 윈스턴이 멍청한 행동을 할 때만 손잡이를 잡아당겼고, 따라서 정신 차리고 머리만 잘 쓰면 그 전기 충격을 요령껏 피할 수 있었다. 심문 내내 한 번도 전기 충격을 받지 않고 지나가는 적도 종종 생겼다. 그는 자신이 지금까지 얼마나 많은 심문을 거쳤는지 알지 못했다. 전체 심문 과정은 끝도 없이 매우 오랜 시간 계속되는 것 같았다.(족히 몇 주는 걸렸을 것이다.) 그리고 심문 중간중간에 쉬는 시간은 어떤 때는 며칠씩 되기도 했고, 그런가 하면 한두 시간밖에 되지 않을 때도 있었다.

"자네는 거기에 누워 이 점을 가장 궁금해 할 걸세. 언젠가 직접 나에게 그 질문을 하기도 했지, 하긴. 어째서 애정부가 자네에게 이렇게 많은 시간과 노력을 할애하고 있는가 하고 말이야. 그리고 자네가 풀려난 후에도, 아마 동일한 문제를 궁금해할 테지. 자네는 자네가 사는 사회를 굴러가게 하는 역학은 이해할 수 있었지만, 그 기저에 깔린 동기는 알 수가 없었지. 자네가 일기장에 쓴 말 기억하나? "'어떻게'인지는 알겠다. 그러나 '왜'인 걸까?'라고 했었지. 그리고 그 '왜'의 문제를 생각하면서 자네는 자네의 정신 상태에 대해 의문을 품었어. 자네는 '그 책', 그러니까 골드스타인의 책도 비록 일부분이지만 읽어 보지 않았나. 그런데 그 책에서 자네가 모르고 있던 내용을 하나라도 짚어 준 것이 있었던가?"

오브라이언이 말했다.

"당신도 그 책을 읽었나요?"

윈스턴이 물었다.

"그건 바로 내가 쓴 책이라네. 아니, 정확히 말하자면 그 책을 쓴 집필진 중에 하나였지. 자네도 알겠지만 어떤 책이든 단독으로 집필되는 경우는 없으니까."

"그 안에 있는 내용이 사실인가요?"

"상황을 설명하는 부분은, 그렇지. 사실이네. 그러나 그 책에 제안되어 있는 시나리오는 터무니없는 소리일 뿐이야. 지식이 비밀스럽게 축적되어 점진적으로 계몽 정신이 퍼지고, 궁극적으로는 프롤들이 혁명을 일으켜 당을 전복시킬 거라는 시나리오 말일세. 자네는 책의 결말이 그런 식으로 끝날 거라고 예상했었지. 그러나 그것은 모두 허튼 소리에 불과해. 프롤들은 결코 들고 일어나지 않을 거야. 아무리 천 년이 가고 백만 년이 흐른다고 해도 말이야. 그들은 그렇게 할 수가 없네. 내가 그 이유까지 굳이 자네에게 이야기할 필요는 없겠지? 자네도 이미 알고 있을 테니까. 당을 전복시킬 수 있는 방법은 없다네. 당의 지배는 영원히 계속될 걸세. 이러한 전제를 자네 생각의 시작점으로 삼게나."

오브라이언이 침대로 가까이 다가오며 "영원히!"라고 한 번 더 반복해 말했다. 잠시 후 윈스턴이 아무 말도 하지 않고 가만히 있자 계속해서 말을 이었다.

"그러면 이제 다시 그 '어떻게'와 '왜'의 질문으로 돌아가 보도록 하지. 자네는 당이 어떻게 권력을 유지하는지에 대해서는 이미 충분히 잘 이해하고 있을 걸세. 자, 그럼 우리가 왜 권력에 집착하는지 그 이유를 말해 보게. 우리의 동기가 무엇이지? 우리가 권력을 원하는 이유가 뭔가? 자, 말해 보게."

그렇지만 윈스턴은 한동안 말문을 열지 못했다. 피로감이 몰려와 그를 망연자실하게 했다. 희미하지만 광적인 열광의 표정이 오브라이언의 얼굴에 다시 나타났다. 윈스턴은 오브라이언이 무슨 말을 할지 이미 알고 있었다. 아마도 당은 자신들 자체를 위해서가 아니라 다수의 선을 위해서 권력을 추구한다는 말을 하려는 게 뻔했다. 다수의 사람들은 나약하고 겁 많은 존재이기 때문에 자유를 감당하거나 진실을 직시할 능력이 없고, 그렇기 때문에 그들보다 더 강한 다른 누군가로부터 체계적으로 속임을 당하면서 통치 받아야 한다는 것이었다. 또한 인간은 자유와 행복 둘 중 하나만 선택할 수 있는데, 다수의 인류를 위해서는 행복이 자유보다 나은 선택이라는 말도 나올 터였다. 당은 약자들의 영원한 수호자이고 다른 이들의 행복을 위해 자신의 행복을 희생하면서 선을 구현하기 위해 불가피하게 악을 행하는 집단이라는 말이었다. 무엇보다도 끔찍한 것은 오브라이언이 이런 이야기를 하면 자신이 틀림없이 그대로 믿게 될 거라는 사실이라고 윈스턴은 생각했다. 그의 얼굴을 보고 있으면 어쩔 수가 없었다. 오브라이언은 모든 것을 알고 있었다. 세상이 실제로 어떤 곳인지, 인간들 다수가 얼마나 열악한 삶을 살고 있는지, 어떤 거짓말과 야만 행위를 써서 당이 사람들을 그런 상태로 유지시키는지에 대해 오브라이언은 윈스턴보다 수천 배는 족히 더 잘 알고 있었다. 그는 모든 것을 이미 이해할 만큼 하고 저울질할 만큼 해 보았을 것이다. 그러나 그렇다고 해서 달라진 것은 없을 것이다. 모든 것은 궁극적인 목적에 의해 정당화되었을 테니까. 윈스턴은 생각했다. 어차피 자신의 설명을 귀 기울여 잘 듣는다 해도 결국은 끝내 자신의 광적인 논리를 고집할 텐데, 자신보다 훨씬 지식이 높은 이 미치광이를 굳이 상대해서 뭐 한단 말인가?

"당은 우리의 이익을 위하여 우리를 통치하고 있습니다. 당은 인간이 스스로 통치할 힘이 없다고 믿고 있으며 그렇기 때문에⋯⋯."

윈스턴은 힘없이 말하기 시작하다가 깜짝 놀라서 하마터면 소리를 크게 지를 뻔했다. 찌릿한 충격이 온몸을 관통해 퍼져나갔다. 오브라이언이 다이얼의 손잡이를 35까지 끌어올렸다.

"그건 정말 멍청한 대답이군, 윈스턴! 멍청하기 짝이 없어! 자네, 그보다는 더 잘 알고 있어야 하지 않는가."

오브라이언은 이렇게 말하고서 손잡이를 제자리로 돌려놓고
다시 말했다.

　"내가 직접 내 질문에 대한 답을 하도록 하지. 당은 순전히
당 자체의 이익을 위해 권력을 추구하는 거라네. 다른 사람들의
권익 같은 것은 우리 관심 밖의 일이며, 우리는 오로지 권력 그
자체에만 관심이 있다네. 부도 아니고 사치도 아니고 장수를 위
해서도 아니고 행복을 위해서도 아니고, 오직 권력, 순수한 권
력 그 자체 말일세. 순수한 권력이 무엇을 의미하는지는 자네
도 지금쯤 알고 있을 걸세. 우리는 우리가 지금 무슨 일을 행하
고 있는지 잘 알고 있다는 점에서, 과거의 어떤 과두제 집권층과
도 달라. 다른 집권층들은 아무리 우리와 비슷하다고 해도 결국
은 모두 겁쟁이들이고 위선자들이었다네. 독일의 나치당과 소련
의 공산당이 썼던 방식이 그나마 우리와 매우 흡사하긴 했지만,
그들에게는 자신들의 권력에 대한 동기를 인정할 용기가 없었
어. 그들은 자신들이 한정된 시간 동안 어쩔 수 없이 권력을 쥐
고 있는 거라며, 조금만 노력하면 모든 인간이 자유롭고 평등한
천국이 될 수 있을 거라고 믿는 척했어. 아니 정말로 그렇게 믿
었는지도 모르지. 어쨌든 우리는 그들과는 다르네. 우리는 남에
게 다시 넘겨주기 위해 권력을 잡는 사람은 아무도 없다는 사실
을 잘 알고 있어. 권력은 수단이 아니라 목적 그 자체일세. 누구
도 혁명을 확고히 이룩하기 위해 독재 정치를 펼치진 않네. 독재
정치를 펼치기 위해 혁명을 일으키는 것이지. 박해의 목적은 박
해 그 자체이고, 고문의 목적은 고문 그 자체일 뿐이네. 마찬가
지로 권력의 목적도 권력 그 자체이지. 자, 이제 좀 이해가 가는

가?"

윈스턴은 전에도 느꼈지만 이번에도 역시 극도로 피로해 보이는 오브라이언의 얼굴을 보고 매우 놀랍다는 느낌을 받았다. 그의 얼굴은 여전히 강하고 탄탄하고 무자비해 보였으며, 그 안에선 지난번 자신을 무력하게 만들었던 일종의 통제된 열정도 엿보였지만, 어쨌든 무엇보다 매우 피로해 보였다. 눈 밑의 살은 잔뜩 쳐져 있었고, 광대뼈 아래로 볼 살도 축 늘어져 있었다. 오브라이언이 일부러 자신의 지친 얼굴을 가까이 보여 주려는 것처럼 윈스턴에게 가까이 들이대며 말했다.

"자네는 지금 내 얼굴이 늙고 지쳐 보인다고 생각하고 있겠지, 아닌가? 그리고 내가 정작 권력에 대해 말하고 있으면서도, 내 몸의 노화 하나 제대로 막을 수 없다고 생각하고 있겠지. 그렇지만 윈스턴, 정녕 이해 못하겠나? 개인은 오직 하나의 세포에 불과하다는 것을. 오히려 세포가 쇠멸할수록 그 생명체는 활력을 얻는 법이지. 자네가 손톱을 깎는다고 해서, 자네 생명이 없어지는 건 아니지 않은가?"

오브라이언은 침대에서 돌아서서 주머니에 손을 넣고 다시 방 안을 서성이기 시작했다. 그리고 말을 이었다.

"우리는 권력의 사제들이네. 바로 권력이 신이지. 그렇지만 자네가 보기에는 현재 권력이 그저 말뿐에 불과하다 생각하겠지. 이제 권력이라는 게 무엇을 의미하는지, 그 문제에 대해 자세히 살펴볼 때가 왔네. 우선 가장 먼저 깨우쳐야 하는 것은 권력의 성격이 집단적이라는 사실이네. 개인은 개인이기를 포기해야만 권력을 가질 수 있다는 것이지. 자네도 '자유는 예속'이라는 당의 슬로건을 알고 있겠지? 그런데 이 말이 뒤집어 말해도 똑같이 성립된다는 생각을 해 본 적 있나? 예속은 즉 자유일세. 자유로운 인간 혼자서는 언제나 패배할 수밖에 없어. 그럴 수밖에 없는 것이, 모든 인간은 언젠가 죽어야 할 운명을 안고 태어나는데 그것이야말로 가장 큰 패배가 아니고 뭔가. 그렇지만 인간은 철저하고 완전하게 복종함으로써, 자신이라는 존재에서 탈피하여 당의 이름으로 그리고 당 자체로 다시 태어나게 되고, 그제야 인간은 모든 권력을 가진 불멸의 존재가 되는 것이네. 자네가 두 번째로 깨달아야 하는 점은 권력이 인간 위에 군림한다는 점일세. 물론 여기서 인간이라는 게 인간의 몸도 의미하겠지만, 그것보다는 인간의 정신이 중요하네. 자네가 외적인 현실이라고 부르는 물질세계에 대한 권력은 중요하지 않네. 이미 물질세계에 대해서는 당의 통제가 절대적인 수준에 올라와 있으니까."

순간적으로 윈스턴은 다이얼의 존재를 무시하고 일어나 앉기라도 하려는 듯 몸을 갑자기 휙 일으켰다. 그러나 몸이 비틀리는 바람에 결국 아프기만 했다. 그는 이렇게 외쳤다.

"그렇지만 당신들이 물질세계를 도대체 어떻게 통제할 수 있다는 말입니까? 당신들은 기후나 인력의 법칙 같은 것조차도 통제 못하지 않습니까? 그리고 질병이나 고통, 죽음 같은……."

오브라이언이 손짓으로 윈스턴의 말을 잘랐다.

"우리는 정신을 통제할 수 있기 때문에 물질세계도 통제할 수 있네. 현실이란 두개골 안에 있다고도 할 수 있어. 윈스턴 자네도 차차 알게 될 걸세. 우리가 못 하는 건 아무것도 없다는 걸. 무엇이든 눈에 보이지 않게 할 수도 있고, 공중에 뜨게도 할 수 있지. 그 무엇이든 가능하다네. 내가 원하기만 하면 이 방에서 비눗방울처럼 떠오를 수도 있어. 그렇지만 나는 그러길 원하지 않는다네. 왜냐하면 당이 원하지 않기 때문이지. 자네는 자연의 법칙이니 뭐니 하는 19세기 사고방식에서 어서 빨리 벗어나야 하네. 이제는 우리가 자연의 법칙을 만드니까."

"하지만 그렇지 않잖아요! 당신들은 이 지구조차도 지배하지 못하고 있는 걸요. 유라시아와 동아시아는 어쩌고요? 당신들은 그 나라들도 아직 정복하지 못했잖아요."

"그런 건 중요하지 않아. 만약 정복할 필요가 생기면 정복할 수 있겠지. 그리고 우리가 그 나라들을 정복하지 않는다고 해서 그게 뭐 어떻다는 건가? 그쯤 없애 버리는 거야 문제도 안 되는 걸 말이지. 오세아니아 자체가 곧 세계일세."

"그러나 세계라는 건 단지 한 점의 먼지에 불과해요. 또한 인간은 작고 무력하다고요! 인간이 존재한 지 얼마나 되었다고 그러십니까? 지구가 생기고도 수백만 년 동안이나 인간은 존재하지도 않았다고요."

"가당찮은 소리! 지구의 나이는 우리와 같으면 같았지, 절대 더 오래되지 않았네. 어떻게 더 오래될 수 있나? 인간의 의식을 통하지 않고는 그 어떤 것도 존재할 수 없네."

"그렇지만 많은 화석에 남아 있는 멸종된 동물들의 뼈는 어떻게 설명하실 겁니까? 인간이 상상조차 하지 못할 까마득한 옛날에 지구에 살았던 매머드나 마스토돈, 거대한 파충류 등의 뼈가 어엿이 남아 있잖습니까?"

"그 뼈를 직접 자네 눈으로 본 적이 있나, 윈스턴? 물론 없겠지. 그것들은 19세기 생물학자들이 꾸며낸 것에 불과하다네. 인간이 있기 이전에는 아무것도 존재하지 않았어. 마찬가지로 인간이 언젠가 종말을 맞는다면 그 후엔 아무것도 없을 거라네. 즉 인간을 떠나서는 아무것도 존재하지 않아."

"그렇지만 우리를 넘어서 광활한 우주는 어떻게 설명하실 겁니까? 별들을 보세요. 어떤 별들은 백만 광년이나 떨어져 있고, 그것들은 어떤 노력을 해도 닿을 수 없는 거리에 있잖아요."

"별이 뭐라고 그 난리인가? 그것들은 다만 몇 킬로미터 거리에 떨어져 있는 불빛 조각에 불과해. 그 역시 우리가 원하기만 하면 쉽게 닿을 수 있네. 아예 없애 버릴 수도 있고 말이지. 지구야말로 우주의 중심에 있다네. 그 주위를 태양과 별들이 돌고 있는 것이지."

윈스턴은 또 한 번 발작적으로 몸을 움직였다. 그러나 이번에는 아무 말도 하지 않았다. 그의 무언의 반박 소리를 듣기라도 한 듯 오브라이언이 설명을 계속해 나갔다.

"물론 어떤 소정의 목적을 위해 필요할 때가 생기면, 이런 사실을 따로 다루어야겠지. 바다를 항해할 때나, 일식을 예보할 때, 그럴 때는 아무래도 지구가 태양 주위를 돌고 있다고 치거나, 별이 수백억 킬로미터나 먼 곳에 있다고 치는 게 편리하거든. 하지만 그게 어떻다는 건가? 자네 설마 우리가 천문학 분야라고 해서 이원적 체계를 구축하지 못할 거라고 생각하는 건 아니지? 우리의 필요에 따라 별은 가까이도 있을 수 있고 멀리도 있을 수 있다네. 설마 우리 수학자들이 그런 일을 감당하지 못할 거라고 생각하나? 자네, 이중사고를 잊은 건가?"

윈스턴은 다시 침대 깊숙이 몸을 움츠렸다. 그가 무슨 말을 하건 오브라이언은 신속하게 맞받아쳐 몽둥이로 후려치듯 그를 사정없이 반박했다. 그렇지만 그래도 그는 자신이 옳다는 것을 알고 있었다. 정말이지 확실히 알고 있었다. 그래도 그렇지, 인간의 정신 밖에는 아무것도 존재하지 않는다고 믿다니…… 그게 거짓이라는 것을 밝힐 방법이 반드시 있을 만도 한데 그는 도무지 생각이 나지 않았다. 이미 오래전에 이러한 믿음이 오류로 판명 난 적이 있지 않던가? 그것을 지칭하는 명칭도 있던 것 같은데, 그것마저도 잊어 버렸는지 생각이 나지 않았다. 그를 내려다보는 오브라이언의 입가에 야릇한 미소가 떠올랐다.

"내가 전에 자네에게 말한 적 있지, 윈스턴. 형이상학은 자네 특기가 아니라니까. 자네가 생각해 내려 애쓰고 있는 그 단어는 바로 유아론(唯我論)이라네. 그러나 어쨌든 자네는 틀렸어. 내가 하는 말은 유아론이 아니네. 굳이 명칭이 필요하다면 집단적 유아론이라고 해 두면 될까. 그렇지만 이건 엄연히 다른 것이네. 아니 사실; 정반대라고 해도 과언이 아니야. 그건 그렇고, 이야기가 그만 옆으로 새어 버렸군."

오브라이언이 어조를 바꾸어 말했다.

"진정한 권력이란, 우리가 밤낮으로 싸워서 얻어야 하는 권력이란, 바로 사물에 대한 권력이 아니라 사람에 대한 권력이네."

그는 잠시 말을 멈추었다. 그리고 조금 있다가 선생님이 장래가 촉망되는 학생에게 질문을 던지는 분위기로 윈스턴에게 물었다.

"인간이 타인에게 권력을 행사하려면 어떤 방법을 써야 하는

지 아는가, 윈스턴?"

윈스턴은 잠시 생각하고 답했다.

"고통을 가하는 것 아닙니까?"

"그렇지. 권력은 타인에게 고통을 가함으로써 행사할 수 있어. 복종만으로는 충분치 않다네. 고통을 주지 않는다면, 그 사람이 그 자신의 의지가 아니라 정말로 권력자의 의지에 복종하는 것인지 어떻게 알 수 있단 말인가? 권력이란, 고통과 모욕을 가함으로써 가능한 것이네. 인간의 마음을 갈기갈기 찢어 놓고 권력자가 원하는 새로운 모양으로 다시 맞추는 과정이 바로 권력이니까. 그렇다면 이제 조금은 이해가 되나? 우리가 창조하고자 하는 세상이 어떠한 세상인지 말이야. 그곳은 옛날의 개혁자들이 상상했던 바보 같은 쾌락주의적 유토피아와는 정반대되는 곳이네. 공포와 반역과 고뇌의 세계이자, 짓밟고 짓밟히는 세계이며, 체제가 정비되어 나갈수록 더욱더 무자비해지는 세계이지. 우리의 세계에서 전진이란 더 심한 고통을 향한 전진일 뿐이야. 옛날 문명은 자신들이 사랑과 정의 위에 세워졌노라고 주장했었지. 우리의 문명은 증오 위에 세워졌다네. 우리의 세계에서는 두려움과 분노, 승리, 자기 비하와 같은 감정을 제외하고 다른 감정은 아무것도 살아남지 못할 걸세. 다른 감정은 어떻게 되냐고? 그것들은 우리가 모두 파괴시켜 버릴 걸세. 이미 우리는 혁명 전 시대로부터 내려온 사고의 습관을 일일이 찾아서 부수고 있다네. 우리는 이미 자식과 부모, 사람과 사람, 남자와 여자 사이의 유대 관계를 파괴시켰어. 더 이상 누구도 감히 자신의 부인이나 아이나 친구를 믿을 수 없거든. 그러나 미래에는 부인이나 친구들이란 자체도 아예 없어질 걸세. 암탉이 달걀을 낳으면 바로 꺼내오듯 아이들은 그 어미에게서 나오자마자 데려다 키울 것이네. 성적 욕구도 완전히 제거해 버릴 거야. 출산은 배급 카드를 갱신하는 일처럼 연례적인 공식 행사에 불과하게 되겠지. 우리는 오르가즘도 없애 버릴 거야. 우리 신경학자들이 이미 그 방법을 한창 연구 중에 있다네. 당에 대한 충성을 제외하고는, 충성심이란 것도 제거해 버릴 거야. 사랑도, 빅 브라더를 향한 사랑 외에는 없을 걸세. 적을 물리치고 승리감에 젖어 웃는 것을 빼고는 다른 종류의 웃음도 모두 사라질 거야. 예술, 문학, 과학 같은 것도 없어질 거야. 우리가 전지전능해지면 과학은 더이상 필요 없게 돼. 아름다움과 추함을 구분 지을 수도 없을 것이고, 호기심도, 인생을 살며 느끼는 즐거움도 모두 사라져 버릴 걸세. 그 외에도 다른 견줄 만한 즐거움은 모두 파괴되어 버리는 거지. 그러나 그 와중에도 절대로 사라지지 않을 것이 단 하나 있네. 이걸 잊지 말게나, 윈스턴. 그것은 권력에 대한 도취감이야. 그 감정은 계속해서 조금씩 커지고 계속해서 조금씩 미묘해져서 결국 감지할 수 없을 정도가 될 것이네. 언제나, 어느 순간에나 승리가 주는 짜릿한 전율과 무력한 적을 짓밟는 쾌감을 얻을 수 있을 걸세. 만약 미래의 모습이 궁금하다면 인간의 얼굴을 군홧발로 짓밟는 모습을 상상해 보게나. 그것도 영원히 말이야.”

오브라이언이 잠시 말을 멈추었다. 윈스턴이 무슨 말이라도 꺼내길 기대하는 모양이었다. 윈스턴은 다시금 침대 속으로 꺼져들고 싶은 기분이 되었다. 그는 아무 말도 할 수가 없었다. 심장이 얼어붙은 기분이었다. 결국 오브라이언이 말을 계속했다.

"그리고 기억하게. 이런 사회는 영원히 계속될 것이라는 사실을. 짓밟힐 얼굴은 언제나 존재할 걸세. 패배를 당하고 모욕을 당하기 위해 존재하는 사회의 적이나 이단자들은 언제라도 계속 존재할 거니까. 자네가 우리 손에 들어온 이후로 겪은 모든 일들, 그 모든 관행 또한 계속 이어질 거야. 오히려 더 심해지면 심해질 수 있겠지. 간첩 행위, 배신, 체포, 고문, 처형, 증발 이런 일들도 절대 없어지지 않을 걸세. 미래는 승리의 세계인 만큼 공포의 세계이기도 할 거야. 당이 강력해질수록 더욱더 무자비하고 용서에 인색해질 걸세. 반대파가 약해지면 약해질수록, 폭정은 더욱 심해질 것이고. 골드스타인과 그의 추종자 무리들도 영원히 계속해서 살아 있을 걸세. 매일 매 순간 그들은 짓밟히고 모욕을 받고 능욕을 당하며 비웃음을 사겠지만, 그런 모습으로 언제까지나 살아 있을 걸세. 내가 자네를 상대로 7년 동안이나 꾸며온 이런 연극 같은 일도 세대를 거듭하며 더욱더 교묘한 방법으로 되풀이되고 또 되풀이될 것이네. 이단자는 우리의 손 안에서 언제나 고통에 몸부림치면서 비명을 지르고 만신창이가 되어 비열한 모습으로 최후에는 완전히 참회하고 우리 쪽으로 넘어와 결국 자진해서 우리 발아래에서 기게 될 걸세. 이것이 바로 우리가 준비하고 있는 세상이라네, 윈스턴. 말하자면 승리에 승리를 거듭하고, 개선에 개선을 거듭하는 세계이지. 그러면서 권력의 기반이 끝없이 다져지고, 다져지고, 또 다져지는 그런 세계 말이야. 자네도 이제야 앞으로 다가올 세상이 어떤 세상인지 조금 이해하기 시작하는 것 같군. 하지만 결국은 자네도 그것을 이해하는 선에 그치지 않고 한참 더 나아가게 될 것이네. 자네도 그런 세상을 받아들이고 환영하며 그 세계의 일부가 될 거야."

윈스턴은 간신히 말을 할 만큼 기운을 차리고 힘없는 목소리로 말했다.

"당신들은 그럴 수 없을 겁니다."

"그게 무슨 말이지, 윈스턴?"

"당신이 방금 말한 그런 세계를 결코 오게 할 수 없을 거란 말입니다. 그것은 꿈에 불과해요. 불가능하다고요."

"어째서인가?"

"공포와 증오와 잔인함에 바탕을 두고 문명을 세운다는 것은 불가능하니까요. 그런 문명은 오래 지속될 수 없을 겁니다."

"왜 그렇다는 건가?"

"생명력이 없기 때문입니다. 때문에 결국은 와르르 해체되고 말 거예요. 스스로 자멸하고 말 겁니다."

"가당찮은 소리. 자네는 증오가 사랑보다 더 소모적이라고 생각하는 모양이군. 왜 그래야 하지? 그리고 설령 그렇다고 쳐도 달라지는 게 뭐가 있나? 그래, 우리가 더 빠른 속도로 늙는다고 가정해 보세. 인간 삶의 속도를 가속화시켜서 노인이 되는 나이가 서른이라고 생각해 보잔 말일세. 그렇다고 뭐가 달라진단 말인가? 자네는 개인의 죽음은 진정한 죽음이 아니라는 사실을 아직 이해하지 못했단 말인가? 당은 결코 죽지 않는다네."

여느 때처럼 그 목소리는 윈스턴을 무력감으로 꼼짝할 수 없게 만들었다. 게다가 그는 자신이 계속 오브라이언의 말에 반박했다가는 그가 다시 다이얼을 돌리는 게 아닌가 싶어서 덜컥 겁이 났다. 그래도 조용히 듣고만 있을 수는 없었다. 그는 결국 힘 없는 목소리로, 확실한 논거도 없으면서, 오브라이언의 말에 설명할 수 없는 막연한 공포감만을 바탕으로 무턱대고 공격에 나섰다.

"모르겠어요. 아니요, 어찌됐든 상관없어요. 어떻게든 당신들은 실패할 거니까요. 뭔가가 일어나서 당신들을 무찌를 거예요. 삶이 일어나 당신들을 패배시킬 거라고요."

"모든 방면에서 삶을 통제하고 있는 게 바로 우리라네, 윈스턴. 자네는 소위 인간 본성이라는 게, 아니 우리의 행위에 분노를 느끼고 일어나 우리에게 대적할 만한 게 있다고 믿나 보구먼. 그러나 인간 본성을 만드는 것도 바로 우리라네. 인간이란 통제하기가 한없이 쉬운 존재거든. 아니면 자네 설마, 옛날 자네가 생각했던 대로 언젠가 프롤들이나 노예들이 들고 일어나서 우리를 전복시킬 거라고 생각하는 건가? 그런 생각은 일찌감치 접는 것이 좋네. 그들은 동물이나 마찬가지로 무력한 존재거든. 인간성이란 곧 당이네. 그 외의 것은 모두 열외야. 별로 상관없는 것들이지."

"저는 개의치 않습니다. 결국은 그들이 당신들을 박살 낼 거거든요. 조만간 그들은 당신들의 진짜 존재를 알아보게 될 것이고, 그러면 당신들을 산산조각 내 버릴 겁니다."

"자네는 그런 일이 일어날 거라는 증거라도 있어서 하는 말인가? 아니면, 그렇게 돼야만 하는 이유라도 있는가?"

"아니요. 저는 그냥 믿습니다. 당신들이 실패하리라는 것을 저는 알아요. 이 세상의 무엇인가가…… 잘은 모르지만, 당신들이 절대 정복할 수 없는 어떤 종류의 정신이나 원칙은 반드시 존재할 겁니다."

"윈스턴, 자네는 신을 믿나?"

"아니요."

"그럼 그게 뭐라는 건가? 우리를 박살 낼 그 원칙이라는 거 말일세."

"저도 잘은 모릅니다. 인간의 정신이 아닐까요?"

"그러면, 자네는 자네가 인간이라고 생각하는가?"

"네."

"자네가 인간이라면, 윈스턴, 자네는 마지막 인간이네. 자네 같은 부류의 인간은 이미 멸종되었어. 참다운 인류의 후계자들은 바로 우리들이지. 자네가 혼자라는 거 알고 있나? 자네는 역사 속에 속하지도 못해. 아예 존재하지도 않는단 말이야."

오브라이언의 태도가 바뀌더니 조금 더 거친 말투로 물었다.

"우리가 거짓말을 하거나 잔인하기 때문에 자네가 우리보다 도덕적으로 우위에 있다고 생각하나?"

"네. 그렇습니다. 저는 제가 우위에 있다고 생각합니다."

오브라이언은 아무 대답도 하지 않았다. 대신 다른 두 목소리가 흘러나왔다. 얼마 되지 않아 윈스턴은 그중 한 명의 목소리가 자기 목소리라는 것을 알아차렸다. 그것은 그가 형제단에 입단하기 위해 오브라이언을 찾아갔던 그날 밤, 둘이서 한 대화 내용이 녹음된 테이프였다. 그는 거짓말을 하겠다고, 훔치고 위조하며 살인을 하겠다고, 마약 밀매와 매춘을 알선하겠다고, 성병을 퍼뜨리고 어린아이의 얼굴에 황산을 뿌리겠다고 약속하는 자기 자신의 목소리를 들을 수 있었다. 오브라이언은 이런 사소한 것까지 보여 줘야 하나는 듯 약간 갑갑한 표정을 지었다. 그러고는 스위치를 껐다. 테이프의 목소리가 멈추었다.

"침대에서 일어나게."

오브라이언이 명령했다.

묶였던 끈이 저절로 풀렸다. 윈스턴은 휘청거리며 바닥으로 내려가서 섰다.

"자네는 바로 마지막 인간이네. 인간 정신의 수호자란 말일세. 그러니 자네 모습이 어떤가 어디 한번 직접 보게나. 옷을 벗게."

오브라이언이 말했다.

윈스턴은 제복 허리에 묶여 있던 줄을 풀었다. 지퍼는 이미 오래전에 망가져 있었다. 체포를 당한 후에 한 번이라도 옷을 모두 갈아입었던 적이 있었는지, 그는 기억도 나지 않았다. 제복을 벗고 난 그의 몸에는 한때 속옷이었다는 것을 겨우 알아볼 만한 더럽고 누렇게 변해 버린 누더기가 걸쳐져 있었다. 그는 옷을 모두 벗어 바닥에 내려놓은 뒤, 방 한쪽 끝에 있는 삼면 거울로 걸어갔다. 그 공간 안으로 들어서다가 그는 순간 흠칫하고 멈춰섰다. 자기도 모르게 비명이 새어 나왔다.

"어서 들어가게. 가서 양 옆에 있는 거울 사이에 서 보게. 그러면 자네의 옆모습도 잘 보일 걸세."

오브라이언이 명령했다.

윈스턴은 너무 놀라서 꼼짝도 할 수가 없었다. 허리가 굽은 잿빛의 해골 같은 어떤 것이 자신을 향해 다가오고 있었다. 그 모습이 바로 자신이라는 사실을 알고 있기 때문에 더욱 그랬겠지만, 그 모습은 너무 흉측했다. 그는 거울로 더 가까이 다가가서 섰다. 구부정한 몸체 때문인지, 거울 안 존재에 붙어 있는 얼굴은 유난히 툭 튀어나와 보였다. 이마에서부터 벗겨져 속이 훤히 들여다보이는 두피하며, 삐뚤어진 코, 어디에서 크게 얻어터진 듯한 광대뼈, 사납게 경계 태세를 갖춘 눈, 이 모든 것은 영락없이 의지할 데 없는 비참한 죄수의 몰골이었다. 양쪽 볼에는 꿰맨 듯한 상처가 있었고, 입은 안으로 푹 꺼져 있었다. 이게 자신의 얼굴이라는 건 틀림이 없었다. 그러나 외모의 변화는 내면의 변화보다도 더욱 심한 것 같았다. 그가 속으로 느끼는 감정과 그 얼굴에 드러나는 감정이 서로 일치하지 않는다 해도 그럴 만할 것 같았다. 그는 군데군데 머리가 벗겨져 있었다. 처음에 자기 모습을 보았을 때 그는 자신이 백발이 되어 버렸다고까지 착각했다. 그러나 그건 순전히 머리가 벗겨진 두피가 회색이었기 때문이었다. 손과 얼굴 부근만 빼고 그의 온몸은 케케묵은 때에 덮여 온통 잿빛으로 보였다. 잿빛 때 밑으로 여기저기 다쳐서 생긴 붉은 상처들이 보였고, 발목 근처에는 정맥류성 궤양이 곪다 못해 터져나가 살갗이 징그럽게 벗겨지고 있었다. 그러나 무엇보다 정말 끔찍했던 것은 피골이 상접할 정도로 깡마른 그의 몸통이었다. 갈빗대는 해골처럼 앙상했고, 다리도 말라붙다 못해 무릎이 허벅지보다도 더 굵어 보였다. 그는 옆으로 고개를 돌려 보고 오브라이언이 왜 옆모습을 보라고 한 건지 깨달을 수 있었다. 척추가 굽어 있는 모습이 참으로 놀라울 지경이었다. 가느다란 어깨가 앞으로 심하게 굽다 보니 가슴팍이 유난히 푹 들어가 보였고, 앙상하게 여윈 목은 그 위에 있는 해골의 무게를 지탱하다 못해 앞으로 잔뜩 굽어 있었다. 거울 속 모습만 보면 무슨 악성 고질병에 시달리는 예순 살 노인의 몸뚱이라 해도 충분히 믿을 만했다.

"자네는 이따금 생각했을 걸세. 내부당원인 내 얼굴이 너무 늙고 지쳐 보인다고 말이야. 그래, 그런 자네의 얼굴은 어떤가?"

오브라이언이 이렇게 말하며 윈스턴의 어깨를 잡고 빙 돌려서 자신을 마주 보게 했다.

"자네의 상태를 좀 보게나. 온몸이 더러운 때로 덮여 있는 이 모습을 좀 보란 말일세. 발가락 사이에 낀 때는 어떤가. 자네 다리에 있는 저 징그러운 상처들은 어떻고. 자네 몸에서 염소 같은 악취가 난다는 거 혹시 알고 있나? 아마도 언젠가부터 그런 것 따위는 신경 쓸 여유가 없었겠지. 자네의 바싹 말라비틀어진 몸을 보게나. 보이지? 자네의 팔뚝은 내 엄지와 집게손가락만으로 쉽게 잡히고도 남을 정도네. 자네 목은 당근처럼 쉽게 분지를 수도 있을 거야. 자네가 우리 수중에 들어온 이후로 몸무게가 25킬로그램이나 빠졌다는 사실도 모르고 있겠지? 이제는 머리카락까지 뭉치로 빠진다네. 보게!"

오브라이언이 윈스턴의 머리를 잡아당기자마자 머리카락 한 움큼이 빠져 나왔다.

"입을 벌려 보게. 아홉, 열, 열한 개, 이가 총 열하나 남았군. 처음에 왔을 때는 몇 개가 있었는지 아는가? 그나마 지금 남은 이도 빠지기 일보 직전이지. 자, 여기 보게!"

그는 붙어 있는 윈스턴의 앞니 하나를 엄지손가락과 집게손가락으로 세게 잡으며 말했다. 순간 턱 부근에 강한 통증이 느껴졌다. 오브라이언이 흔들리던 이를 비틀어 뿌리째 뽑아 낸 것이었다. 그는 뽑은 이를 감방 한구석으로 내던졌다.

"자네는 썩어가고 있네. 자네 몸이 만신창이가 되어 가고 있단 말일세. 자네가 뭐라고 생각하나? 그저 더러운 몸뚱이에 불과해. 자, 다시 한번 뒤로 돌아서서 거울을 들여다보게나. 자네를 마주 보는 저 몰골이 보이나? 저게 바로 마지막 인간이네. 자네가 인간이라면, 저것이 바로 인간의 모습이지. 이제 다시 옷을 입게."

윈스턴이 뻣뻣한 동작으로 주섬주섬 옷을 챙겨 입었다. 이제까지는 자신이 이렇게까지 마르고 약해졌는지 미처 깨닫지 못하고 있었다. 그런 지금, 머릿속에 맴돌고 있는 생각은 오직 한 가지였다. 이곳에 들어온 지가 자신이 생각했던 것보다도 한참 더 되었을 거라는 생각이었다. 그렇게 쭈뼛쭈뼛 넝마 같은 누더기를 주워 입고 있는데 갑자기 자신의 망가진 몸에 대한 설움이 북받쳐 올랐다. 그는 자신도 모르게 침대 옆에 있는 작은 의자에 털썩 주저앉아 울음을 터뜨렸다. 냉혹할 정도로 밝은 불빛 아래서 더러운 속옷만 걸친 채 훌쩍이고 있는 뼈밖에 안 남은 자신의 모습이 얼마나 추하고 초라해 보일지 그는 알고 있었지만, 도무지 울음이 멈추질 않았다. 오브라이언이 상냥하게 그의 어깨에 손을 얹고 말했다.

"언제까지고 이런 모습이 계속되진 않을 걸세. 언제든 자네가 원하기만 하면 이런 상태에서 벗어날 수 있어. 이 모든 것이 자네 자신에게 달렸네."

"당신이 한 짓이잖아요! 나를 이 지경까지 만든 게 바로 당신이잖아요!"

윈스턴이 울먹이며 외쳤다.

"아니, 윈스턴. 자네를 이 지경으로 만든 건 자네 자신이야. 자네가 처음 당에 반기를 들 생각을 했던 순간부터 이미 속으로 예상했던 것이지. 자네가 처음 행동에 옮겼을 때, 모든 것은 이렇게 되기로 결정된 것이나 마찬가질세. 사실상 자네가 예견하지 못한 일은 하나도 없지 않은가."

오브라이언은 잠시 쉬었다가 이어 말했다.

"우리가 자네를 이겼네, 윈스턴. 우리가 자네를 무너뜨렸어. 자네도 자네 꼴이 어떻게 되었는지 이제는 보았겠지. 자네의 정신도 같은 상태일 걸세. 그런데도 혹시 아직 남아 있는 자존심이 있나? 자네는 무자비하게 발길질 당하고 무진 매를 맞고 모욕을 당했고, 고통에 못 이겨 비명을 지르고 자네가 흘린 피와 침으로 범벅이 되어 있는 바닥을 뒹굴었어. 살려달라고 울부짖으면서 모든 사람을 배반했고 자네가 저지른 모든 일을 이미 낱낱이 털어놓았어. 어디, 자네가 저지른 이 모든 일 중에 수치스럽지 않은 일이 있다면 딱 하나라도 말해 볼 수 있는가?"

아직도 눈에서는 눈물이 계속 흘러나왔지만 윈스턴은 울음을 멈추고 고개를 들어 오브라이언을 올려다보았다.

"저는 줄리아를 배신하지 않았습니다."

윈스턴의 말에 오브라이언은 생각에 잠긴 표정으로 그를 내려다보았다.

"그래. 그래 맞아. 그 말은 전적으로 사실이네. 자네는 줄리아를 배신하지 않았지."

오브라이언이 말했다.

순간, 윈스턴의 마음속에는 오브라이언을 향한 누구도 막을 수 없을 것 같은 각별한 존경심이 솟구쳐 올랐다. 그는 생각했다. 이 얼마나 똑똑한 사람인가! 저렇게 머리가 좋을 수가 있단 말인가! 오브라이언은 그가 말을 하면 그 속뜻의 의미를 그야말로 한 번도 놓치는 적이 없었다. 다른 보통 사람이라면 윈스턴의 말을 듣는 즉시 그가 줄리아를 배신했다고 받아칠 터였다. 그도 그럴 것이 모진 고문 속에서 그에게 받아 내지 못한 자백이 어찌 있을 수 있단 말인가? 그는 그녀에 대해 자신이 아는 모든 것을 말했다. 그녀의 버릇, 성격, 과거의 삶, 그는 둘이 만나서 무슨 행동을 했는지, 상상할 수 있는 모든 종류의 사소한 것까지 빠뜨리지 않고 모두 다 고백했다. 그가 그녀에게 한 말이나 그녀가 그에게 한 말, 암시장에서 사 온 음식, 그들의 간음 행각, 당에 맞설 은밀한 계획을 세운 일 등등 그야말로 모든 것을 말이다. 그렇지만 아직까지 윈스턴은 자신이 조금 전에 말한 의도로는 결코 그녀를 배신한 적이 없었다. 그녀에 대한 그의 감정만은 여전히 그대로 확고했다. 그런데 오브라이언은 아무런 설명을 듣지 않고도 그가 한 말의 의미를 단번에 파악한 것이다.

"말해 주십시오. 언제 저를 총살시킬 예정인가요?"

윈스턴이 물었다.

"그건 좀 오래 걸릴지도 모르네. 자네는 좀 까다로운 경우거든. 그렇지만 희망을 잃지는 말게. 누구나 언젠가는 모두 치유

되니까. 그리고 그때가 오면 우리는 자네를 끝낼 걸세."

오브라이언이 답했다.

4장

윈스턴의 상태는 크게 호전되었다. 하루가 다르게 부쩍 살이 찌고 건강해졌다.

밝은 하얀 불빛과 웅웅거리는 기계음은 지금도 여전했지만, 감방은 전에 수감되었던 어떤 곳보다도 비교적 편안했다. 널빤지 침대 위에는 매트리스와 베개도 놓여 있었고, 앉을 수 있는 의자도 마련되어 있었다. 그들은 그에게 목욕을 할 수 있게 해 주었고, 그 후에도 꽤 여러 번 양은 대야를 이용해 세수를 할 수 있게 해 주었다. 그것도 찬물도 아니고 따뜻한 물로 말이다. 그런가 하면 갈아입을 수 있도록 새 속옷과 깨끗한 작업복도 한 벌 넣어 주었고, 정맥류성 궤양이 덧난 부위에는 연고를 발라 주기도 했다. 남아 있던 이도 모두 뽑은 다음 틀니로 싹 갈아 주었다.

몇 주가 지났는지, 아니면 몇 달이 지났는지 그것은 알 수 없었다. 그러나 이제는 윈스턴이 관심만 두었다면 시간이 어떻게 흘러가는지 충분히 세어 볼 수도 있었을 것이다. 매 식사가 규칙적으로 제공되었기 때문이다. 그는 24시간 동안 총 세 끼의 식사를 제공받았는데, 그게 밤 시간인지 낮 시간인지는 알 수가 없었다. 음식의 수준은 놀랄 만큼 좋았으며, 세 번에 한 번 꼴로 고기가 나오기도 했다. 한 번은 담배도 한 갑 들어온 적이 있었다. 그에게 성냥이 없는 걸 보고, 한 번도 말을 건넨 적 없던 간수가 음식을 갖다 주면서 불을 빌려 주기도 했다. 처음 한 모금을 빨았을 때는 너무 오랜만이라 속이 메스껍기까지 했지만, 그는 꾹 참고 끝까지 피웠고, 매 식사를 할 때마다 반 개피씩만 피움으로써 꽤 오랜 시간을 한 갑으로 버틸 수 있었다.

그들은 윈스턴에게 한쪽 구석에 끈으로 연필 토막이 달려 있는 하얀 석판도 주었다. 처음에 그는 그것을 거들떠보지 않았다. 깨어 있는 시간에도 거의 무기력한 상태로 누워만 지냈기 때문이었다. 밥시간이 지나 다음 밥시간이 오기까지, 그는 전혀 움직이지 않고 누워서 잠만 자기도 하고, 눈을 뜨는 것조차 귀찮아 몽롱하게 이런저런 공상만 하며 있기도 했다. 그는 환하게 불이 켜진 상태에서 잠을 자는 데 이미 익숙해져 있었다. 꿈이 더 일관성 있게 이어진다는 점을 빼고는, 환한 데서 잠을 잔다고 해서 딱히 다를 것도 없었다. 그는 이 시기를 지나면서 매우 많은 꿈을 꾸었다. 언제나 행복한 꿈이었다. 그는 황금빛 나라에 가 있거나, 햇빛이 따사로운 웅대하고 영광스러운 유적지에 앉아 있었다. 꿈에는 그의 어머니와 줄리아, 오브라이언이 함께 있었다. 그들은 아무것도 하지 않고 그저 햇빛만 받고 앉아서 도란도란 태평스러운 이야기를 나누었다. 그는 깨어 있을 때에도 거의 그런 꿈에 대한 생각밖에 하지 않았다. 고통이라는 자극제가 없어져서인지, 머리를 써서 생각할 힘도 사라져 버린 것 같았다. 그는 지루하지도 않았다. 대화를 나누고 싶지도, 다른 오락거리를 찾고 싶지도 않았다. 그저 혼자 조용히 있으면서, 누구에게 얻어맞거나 심문 받는 일 없이, 먹을 것만 충분하고 깨끗이 씻을 수만 있다면 더할 나위 없이 만족스러웠다.

점차 잠든 상태로 지내는 시간이 줄어들기는 했지만, 그는 여전히 침대 밖으로 나오고 싶지가 않았다. 그저 조용히 누워 몸에 힘이 돌아오는 것에만 관심을 두었다. 종종 손가락으로 몸 이곳저곳을 짚어 보면서, 자신의 몸 곳곳에 근육이 붙고 피부가 팽팽해지는 것이 설마 꿈은 아닌지 확인해 보기도 했다. 어느새 윈스턴은 자신이 확실히 살쪄가고 있다는 사실을 부정할 수 없게 되었다. 허벅지에 살이 올라 무릎보다 굵어진 것이었다. 그쯤 되자 그는 처음에는 내키지 않았지만 규칙적으로 운동도 하기 시작했다. 얼마 지나지 않아 차츰 감방 안에서 걷는 걸음의 수로 계산해 3킬로미터 정도 되는 거리를 걸을 수 있게 되었고, 굽었던 어깨도 서서히 반듯하게 펴져갔다. 그는 좀 더 힘이 드는 운동도 해 보려고 시도했지만, 번번이 자신이 할 수 없는 것이 얼마나 많은지를 깨닫고 창피스러워 했다. 그는 뛸 수도 없었고, 한 팔로 의자를 들고 있지도 못했으며, 한쪽 발로 서려 할 때마다 늘 균형을 잃고 넘어지고 말았다. 어쩌다가 뒤꿈치를 바닥에 대고 쪼그려 앉으면, 허벅지와 장딴지가 고통스러울 정도로 아팠다. 그는 배를 깔고 누워 팔 굽혀 펴기도 해 보았다. 결과는 참담했다. 그는 1센티미터도 몸을 들어 올릴 수가 없었다. 그러나 며칠이 더 흐른 후,(식사를 몇 번 더 해서인지) 드디어 그 동작도 해낼 수 있게 되었다. 그러다 어느 날은 팔 굽혀 펴기를 여섯 번이나 쉬지 않고 할 수도 있게 되었다. 그는 점차 자신의 몸에 대해 자신감이 붙기 시작했다. 가끔씩은 얼굴 모습도 차츰 정상적으로 돌아가고 있다는 생각이 들어 흐뭇해지기도 했다. 그러다 우연히 벗겨진 머리에 손이 닿을 때면, 비로소 예전에 거울에 비쳤던 자신의 망가진 상처투성이 얼굴이 떠올랐다.

그의 머릿속 생각도 활기를 찾기 시작했다. 그는 널빤지 침대에 앉아 벽에 등을 기대고 석판을 무릎 위에 올려놓고서 자신을 재교육시키는 작업에 몰두하기 시작했다.

그는 결국 항복해 버린 것이다. 그 사실에는 반론의 여지가 없었다. 늦게 깨닫긴 했지만 사실은, 항복하기로 결정하기 훨씬 전부터도 그는 이미 항복할 준비가 되어 있었다. 애정부에 들어온 그 순간부터, 아니 줄리아와 함께 무력감에 덜덜 떨며 텔레스크린으로부터 흘러나오는 차가운 목소리의 명령을 들으며 서 있었을 때부터, 그는 자신이 당의 권력에 맞설 시도를 한다는 자체가 얼마나 터무니없고 경솔한 일인지 잘 알고 있었다. 이제야 알게 되었지만 사상경찰은 7년 동안이나 돋보기로 딱정벌레를 관찰하듯 그를 지켜보고 있었던 것이다. 그가 소리 내어 한 말과 겉으로 보인 행동 중에 그들의 눈을 피할 수 있던 것은 하나도, 그야말로 하나도 없었다. 그가 어떤 생각을 하고 있었는지도 그들은 모두 간파하고 있었다. 그가 일기장 표지 위에 살짝 얹어 두었던 희끄무레한 먼지 한 톨까지도 그들은 모두 신경 써서 제자리에 복원해 두었던 것이다. 그들은 윈스턴에 대해 녹음해 둔 것과 사진 찍어 둔 것을 보여 주었다. 줄리아와 함께 찍힌 사진도 있었다. 그렇다, 심지어 그런 것들도……. 그는 더 이상 당에 맞서 싸울 수가 없었다. 게다가 어쨌거나 당이 옳았다. 그럴 수밖에 없는 것이, 어떻게 불멸의 집단적 두뇌가 틀릴 수 있겠는가? 감히 어떤 외적 기준을 근거로 들어서 당의 판단에 시비를 건단 말인가? 온전한 정신 상태를 결정하는 건 통계적인 문제였다. 그리고 이제 남은 건 자기 자신을 그들의 생각대로 재교육하는 일뿐이었다. 오직!

오랜만에 손에 낀 연필이 투박하고 어색하게 느껴졌다. 그는 머릿속에 떠오른 생각들을 되는 대로 적기 시작했다. 그는 크고 서툰 글씨로 다음과 같이 적었다.

자유는 예속

그리고 거의 쉬지 않고 밑에다 써 내려갔다.

2 더하기 2는 5

그런데 그 순간 갑자기 망설여지기 시작했다. 일부러 회피하려고 한 것도 아니었는데, 그는 더 이상 생각에 집중을 할 수가 없었다. 다음에 무엇이 와야 할지, 그는 분명히 알고 있었지만, 순간적으로 그것이 무엇인지 도무지 생각해 낼 수가 없었다. 한동안 그 답을 의식적으로 도출해 내려고 노력한 후에야 그는 그것이 무엇인지 간신히 생각해 냈다. 그것은 끝내 저절로 떠오르지는 않았다. 그는 이렇게 썼다.

신은 권력

그는 모든 것을 받아들였다. 과거는 바꿀 수 있었다. 동시에 과거는 전혀 바뀌지 않았다. 오세아니아는 동아시아와 전쟁 중이었다. 오세아니아는 언제나 동아시아와 전쟁을 해 왔다. 존스와 아론슨, 러더퍼드는 그들이 기소된 죄목에 대해 확실히 유죄였다. 윈스턴은 그들이 죄를 저지르지 않았음을 증명하는 사진 같은 건 결코 본 적이 없었다. 그것은 애초에 존재하지도 않았거니와 모든 일은 그가 꾸며낸 것이었다. 지금도 자기 자신이 예전에는 사뭇 다르게 생각했다는 사실을 기억하긴 했지만, 그것은 그저 잘못된 기억이자 자기기만의 산물이었다. 이렇게 쉬운 일인 것을! 일단 항복만 하면 모든 것은 저절로 따라오리라. 물살을 억지로 거슬러 올라가려다 보니 힘차게 헤엄치면 칠수록 오히려 뒤로 밀리기만 하다가, 별안간 방향을 반대로 바꾸니 몸을 물살에 맡기고 저절로 흘러가는 꼴이었다. 사실 자신의 태도를 제외하고 바뀐 것은 아무것도 없었다. 일어나기로 예정되어 있는 일은 반드시 일어났다. 그는 이제 자신이 애당초 왜 반항을 하려던 것인지도 알 수가 없었다. 모든 게 이렇게 쉬운 것을, 다만⋯⋯.

모든 것이 사실일 수 있었다. 소위 자연의 법칙이라는 것은 터무니없는 소리에 불과할지도 몰랐다. 인력의 법칙도 마찬가지였다. 오브라이언은 전에 '내가 원하기만 하면, 이 방에서 비눗방울처럼 떠오를 수 있다.'고 말했었다. 윈스턴도 그 사실을 결국은 받아들였다.

'그가 바닥 위를 떠오르겠다고 생각만 한다면, 그리고 나도 동시에 그가 그렇게 되는 것을 볼 수 있다고 생각한다면, 그런

일은 일어나는 거야.'

그런데 갑자기 가라앉아 있던 난파선 잔해가 수면 위로 불쑥 떠오르듯 그의 마음속에 이런 생각이 떠올랐다.

'그러나 그런 일은 실제로 일어나지 않아. 상상이라면 모를까. 그것은 한갓 환상에 지나지 않아.'

그는 머릿속에서 곧장 이 생각을 밀어내 버렸다. 이런 생각을 하는 것 자체가 명백한 오류였다. 이는 지금 이 세상 밖 어딘가에 '진짜' 일이 일어나고 있는 '진짜' 세상이 있다는 전제하에서만 나올 수 있는 생각이었기 때문이다. 그런 세계가 어떻게 있을 수 있다는 말인가? 어떻게 우리의 마음속을 거치지 않고서 나오는 지식이 있을 수 있다는 말인가? 어떤 현상이 일어나느냐는 모두 마음에 달려 있는데 말이다. 마음에서 일어나는 것이야말로 진짜로 일어나는 것이다.

그 오류를 떨쳐 버리는 일은 그다지 어렵지 않았다. 그럼으로써 그는 나쁜 생각에 빠져들 위험에서도 벗어났다. 그러나 그는 그런 생각 자체가 애초에 떠오르지 않았어야 했다는 것을 알았다. 언제라도 위험한 생각이 고개를 들라치면 그 즉시 마음속에서 차단시켜야 하는 것이다. 그리고 그 과정은 본능적이고 자동적이어야 했다. '죄중단', 신어로 이 과정을 일컫는 말이었다.

그는 스스로 죄중단 훈련을 위한 연습에 나섰다. 우선 다음과 같은 명제를 제시했다. '당에서는 지구가 평평하다고 말한다.', '당에서는 얼음이 물보다 무겁다고 말한다.' 그러고는 그 명제에 반대되는 의견이 생각날라치면 아예 직시하거나 이해하지 않으려고 자신을 훈련시켰다. 쉽지 않은 일이었다. 상당한 추리력과

418

임기응변 능력이 필요했다. 산술적인 문제도 있었다. 예를 들어 '2 더하기 2는 5'라는 명제는 그의 지능적 이해력 안에서 도저히 받아들일 수 없는 공식이었다. 또한 이 훈련을 위해서는 두뇌를 집중해서 매우 빨리 회전시켜야 했다. 즉 한순간 최고로 정교한 논리를 사용했다가 다음 순간 무의식적으로 가장 제멋대로인 논리적 오류를 받아들여야 했다. 지능만큼 필요한 것이 어리석음 이었다. 그리고 어리석어지는 일은 지능을 높이는 일만큼이나 어려운 일이었다.

그러는 동안 내내, 그의 마음 한구석에서는 그들이 얼마나 빨리 자신을 총살시킬지에 대한 궁금증이 가시지 않았다. 오브라이언은 모든 것이 자신에게 달려 있다고 말했었다. 그러나 그는 자신이 의식적으로 특정 행동을 한다고 해서 그 시기를 앞당길 수 없음을 잘 알고 있었다. 그 일은 지금으로부터 채 10분이 지나지 않아 일어날 수도 있었고, 어쩌면 10년 후에나 일어날지도 몰랐다. 그들은 자신을 몇 년이고 독방에 가둘 수도 있었고, 노동 수용소에 보낼 수도 있었다. 혹은 종종 그런 일이 있듯, 얼마간 그를 그냥 석방시킬 수도 있었다. 그런가 하면 그가 총살을 당하기 전에 다시 한 번 그에게 지금까지 일어났던 체포부터 심문까지의 모든 과정이 통째로 다 재연될 가능성도 충분히 있었다. 분명한 것이 단 한 가지 있다면 그것은 그의 죽음이 절대 예상한 순간에 오지 않을 거라는 사실이었다. 그들의 관례에 따르면(누구도 입 밖으로 내지 않아 직접 들은 적은 없지만, 어떻게든 알게 된 관례에 따르면), 그들은 꼭 뒤에서 총을 쏜다고 했다. 감방에서 감방으로 복도를 따라 걸어가는 중에 예고 없이 뒤에서 머리를 쏜다는 말이다.

어느 날(그러나 어느 '날'이라는 표현은 적합하지 않을지 모른다. '날'이라기에는 너무 캄캄한 한밤중이었을 수도 있으니까. 어쨌든 언젠가라고 하자.) 그는 신기하고도 행복한 환상에 빠진 적이 있었다. 그는 총알이 날아오기를 고대하며 복도를 따라 걸어가고 있었다. 그는 머지않아 곧 그 순간이 닥치리라는 사실을 알고 있었다. 모든 것이 마무리되었고, 해결되었고, 화해도 이루어졌다. 더 이상은 어떤 의심도, 어떤 논쟁도, 어떤 고통도, 어떤 두려움도 없었다. 그의 몸은 건강했고 힘이 넘쳤다. 움직일 수 있다는 즐거움과 온몸에 쏟아지는 햇빛에 취해, 그는 가벼운 발걸음을 옮기고 있었다. 그는 더 이상 애정부의 희고 좁은 복도에 있지 않았다. 그곳은 햇빛이 잘 들고 폭이 1킬로미터는 되는 넓은 길로, 그는 약에 취한 듯 환희에 취해 그 길을 걷고 있었다. 그는 황금빛 나라에서, 토끼가 풀을 뜯어 먹고 노는 드넓은 초원을 가로질러 나 있는 오솔길을 지나고 있었다. 발밑으로는 짧고 푹신푹신한 잔디가 밟혔고, 얼굴에는 따사로운 햇살이 느껴졌다. 초원 저편 끝에는 느릅나무들이 바람에 가볍게 흔들리고 있었고, 그 너머 어딘가에는 버들가지가 늘어진 초록 연못에서 황어 떼가 여유롭게 헤엄치며 놀고 있었다.

그런데 그때, 그가 갑자기 극도의 공포감에 휩싸여 자리에서 벌떡 일어나 앉았다. 등에서 식은땀이 흘러내렸다. 그도 그럴 것이 자신이 무의식중에 큰 소리로 다음과 같이 외치는 것을 들은 것이다.

"줄리아! 줄리아! 줄리아, 내 사랑! 줄리아!"

순간적으로 그는 그녀와 함께 있는 환상에 빠져 자신을 주체하지 못한 것이었다. 그녀는 단순히 그와 함께 있었던 것이 아니라 그의 내부에 들어와 있었다. 그의 살갗을 뚫고 그의 몸속에 들어와 있는 느낌이었다. 그 순간 그는 그들이 함께 자유를 누리던 그 어느 때보다도 그녀에 대한 깊은 사랑을 느꼈다. 또한 어딘가에 그녀가 아직 살아서 그의 도움을 기다리고 있다는 생각도 들었다.

그는 침대에 누워서 가까스로 마음을 진정시키려고 애썼다. 자신이 지금 무슨 일을 저질렀단 말인가? 한순간의 나약함 때문에 이제 얼마나 더 많은 날들을 이런 노예 상태로 지내야 한단 말인가?

머지않아 그는 밖에서 다가오는 군홧발 소리를 듣게 될 것이다. 그들이 이런 감정의 표출을 벌하지 않고 그냥 넘어갈 리가 없었다. 어쩌면 전에도 이미 알고 있었을지 모르지만, 이제 그들은 윈스턴이 그들과 맺은 약속을 어겼다는 사실을 확실히 알게 되었을 것이다. 그는 당에 복종했지만 아직도 속으로는 여전히 당을 증오하고 있었다. 전에는 겉으로 순응하는 척하면서 어디엔가는 여전히 이단적인 마음을 간직하고 있던 것이었다. 억지로 굴복했던 예전에서 더 나아가 이제 머릿속까지도 그들에게 항복했지만, 가슴속 가장 깊은 곳에는 아직도 그 마음을 남겨 놓고 있었던 것이다. 그는 자신에게 오류가 있음을 알고 있었다. 그러나 오류를 간직한 채로 남아 있고 싶은 것이 솔직한 그의 심정이었다. 이제 그들은 알아챘을 것이다. 아니, 오브라이언은 알아챘을 것이다. 그 한 번의 바보 같은 외침 속에 자신은 모든 것을 실토해 버린 셈이었다.

그는 모든 것을 처음부터 다시 시작해야 할지 몰랐다. 몇 년이 걸릴지도 모르는 일이었다. 그는 자신의 얼굴을 손으로 더듬어 보며 현재의 얼굴 생김새가 어떤지 기억해 두려 애썼다. 뺨에는 깊은 주름이 패어 있었고, 광대뼈는 날카롭게 느껴졌으며, 코는 납작해져 있었다. 거기다가 마지막으로 자신의 모습을 거울에 비추어 보았던 때 이후로 틀니도 전부 새로 해 넣은 상태였다. 자신의 얼굴이 겉으로 어떻게 보이는지 잘 모르는 상태에서는 표정을 쉽게 숨길 수가 없는 법이다. 그리고 어쨌든 눈 코 입만 맘대로 움직인다 해서 되는 일도 아니었다. 생전 처음으로 그는, 지키고 싶은 비밀이 있다면 자기 자신으로부터도 숨길 수 있어야 한다는 사실을 깨달았다. 그러는 동안에도 그 비밀이 마음속 어딘가에 숨어 있다는 사실을 어렴풋이 느끼긴 하겠지만, 의식 밖으로만은 어떤 형태로도 절대 내놓지 말아야 하는 것이다. 이제부터는 바르게 생각하는 것에서 더 나아가, 바르게 느끼고 바르게 꿈꾸어야 했다. 그러는 동안 그의 증오는 자신의 일부분이면서도 몸에서 분리되어 있는, 일종의 낭종처럼 잘 싸서 깊숙한 곳에 꼭꼭 숨겨 놓아야 할 것이다.

언젠가는 그들이 그를 죽이기로 결정할 것이다. 그때가 언제가 될지는 알 수 없지만, 일어나기 몇 초 전에는 직감적으로 알수 있을 것이다. 언제나 복도를 걸어가는 동안 뒤에서 쏜다고 했다. 10초만 있으면 충분할 것이다. 그동안이면 충분히 그의 안에 자리 잡고 있던 내면 세계가 뒤집힐 것이다. 그러면 그 순간 그는, 입 밖으로 아무 말을 내지 않고도, 걸음을 전혀 멈추지 않고도, 얼굴 표정 하나 꿈쩍하지 않고도, 자신의 가면을 벗어 버리고 그의 안에 있던 증오심을 '꽝!' 하는 소리와 함께 폭발시킬 수 있을 것이다. 증오는 활활 피어오르는 거대한 불꽃처럼 그를 가득 채울 것이다. 그리고 그와 거의 동시에 총알은 '탕!' 하며 너무 일찍, 혹은 너무 늦게 날아올 것이다. 그들에게 되돌릴 수 있는 시간을 주기도 전에, 그의 머리통은 이미 산산조각 나 버리는 것이다. 그의 이단적인 생각은 그렇게 처벌받지 않고 회개되지 않은 채 그들의 손을 영영 빠져나가게 될 것이다. 그렇게 해서 그는 그들의 완벽성에 오점을 남길 것이다. 그들을 증오하며 죽는 것, 그것이야말로 바로 자유였다.

그는 눈을 감았다. 그 일은 지적 훈련을 받아들이는 것보다도 더 어려운 일이었다. 그것은 자신을 스스로 퇴화시키고 불구로 만드는 문제였다. 그는 추악함의 맨 밑바닥까지 굴러 떨어져야 할 것이다. 그렇다면 그에게 가장 끔찍하고 구역질이 나는 것은 무엇인가? 그는 빅 브라더를 떠올렸다. 어딜 가든 자신을 따라다니던 눈, 검고 짙은 콧수염을 가진 그 거대한 얼굴이(포스터를 하도 자주 보다 보니 그가 빅 브라더의 얼굴을 생각할 때는 늘 1미터나 되는 거대한 크기의 얼굴이 떠올랐다.) 일부러 불러내지도 않았는데 저절로 마음속에 떠올랐다. 과연 빅 브라더에 대한 그의 진정한 감정은 무엇일까?

무거운 군홧발 소리가 복도를 따라 다가오고 있었다. 철문이 꽝 하고 활짝 열렸다. 오브라이언이 감방 안으로 들어왔다. 그 뒤로 밀랍 얼굴 장교 한 명과 검은 제복의 간수들이 따라 들어왔다.

"일어나서 이리로 오게."

오브라이언이 명령했다.

윈스턴은 그를 마주 보고 섰다. 오브라이언은 힘이 잔뜩 들어간 손으로 윈스턴의 어깨를 움켜잡고 그의 얼굴을 찬찬히 들여다보았다.

"나를 속일 생각을 했더군. 멍청하긴. 똑바로 서서 내 얼굴을 보게."

오브라이언이 말했다. 그리고 잠시 후에 조금 누그러진 말투로 덧붙였다.

"자네는 확실히 나아지고 있기는 하네. 지적으로는 거의 문제없을 정도까지 갔는데, 다만 감정적으로 아직 이렇다 할 진전이 없단 말이지. 말해 보게, 윈스턴. 나에게 거짓말이 통하지 않는다는 사실은 명심하고 있겠지. 자네가 진심을 말하지 않으면 나는 언제나 알아챌 수 있어. 말하게, 빅 브라더에 대한 자네의 진심은 무엇인가?"

"그를 증오합니다."

"그를 증오한다고. 좋아. 그렇다면 이제 자네가 마지막 단계를 밟을 때가 왔군. 자네는 반드시 빅 브라더를 사랑해야 하네. 그에게 단순히 복종하는 것만으로는 부족해. 반드시 진심을 다해 사랑해야 해."

그는 그렇게 말하고, 윈스턴을 간수들 쪽으로 가볍게 떠밀며 덧붙였다.

"101호실로!"

5장

투옥되는 장소가 바뀔 때마다 윈스턴은 자신이 그 창문 없는 건물의 어디쯤에 와 있는지 확실하지는 않지만 대충 어림잡아 짐작할 수 있었다. 아마도 기압이 다르게 느껴져서일 것이다. 그가 간수들에게 무자비하게 맞았던 곳은 지하 감방이었다. 반면에 오브라이언에게 심문 받던 방은 그보다 훨씬 높은 지붕 가까이에 있었다. 한편, 지금 와 있는 곳은 지하 중에서도 땅 밑으로 몇 미터나 깊이 내려가야 닿을 수 있는 깊고도 깊은 곳 같았다.

그곳은 그가 지금까지 겪어온 대부분의 감방보다 넓은 곳이었다. 그러나 그는 주위를 제대로 둘러볼 수가 없었다. 그가 아는 거라곤 그의 앞에 두 개의 작은 탁자가 놓여 있다는 것과 각각의 탁자가 두꺼운 녹색 천으로 덮여 있다는 것뿐이었다. 탁자 하나는 그에게서 1미터나 2미터밖에 떨어져 있지 않았고, 다른 하나는 훨씬 더 멀리 문 근처에 놓여 있었다. 그는 의자에 묶인 채로 뻣뻣이 앉아 있었는데 얼마나 세게 묶였는지 몸을 조금도 움직일 수가 없었다. 고개도 마찬가지였다. 머리 뒤가 받침대 같은 것으로 고정되어 있는 바람에 그는 꼼짝없이 정면만을 바라볼 수 있었다.

얼마 동안 혼자 앉아 있었을까, 문이 열리고 오브라이언이 들어왔다. 그가 말을 꺼냈다.

"언젠가 자네가 물었지. 101호실에 무엇이 있느냐고. 그 질문에 나는 자네가 그 답을 이미 알고 있다고 대답했네. 그 답은 누구나 다 알고 있어. 101호실에 있는 것은 바로, 세상에서 가장 끔찍한 것일세."

그때 문이 다시 열리고 간수 하나가 들어왔다. 그의 손에는 철사로 만들어진 상자 같기도 하고 바구니 같기도 한 뭔가가 들려 있었다. 그는 그 물건을 멀리 있는 탁자 위에 올려놓았다. 오브라이언이 앞을 가로막고 서 있는 바람에 윈스턴은 그것이 무엇인지 정확히 알아볼 수 없었다. 오브라이언이 다시 입을 열었다.

"세상에서 가장 끔찍한 것은 사람마다 다 다르다네. 산 채로 암매장 당하거나 화형을 당하는 것일 수도 있고, 물에 빠져 죽는 것일 수도 있고, 뾰족한 것에 찔리는 것일 수도 있고, 그야말로 경우에 따라 천차만별이지. 어떤 경우에는 목숨과 관계없는 아주 사소한 것일 수도 있으니까."

오브라이언이 옆으로 조금 비켜섰다. 그 바람에 윈스턴은 탁자에 놓여 있는 것이 무엇인지 조금 더 잘 볼 수 있었다. 그것은 손으로 들 수 있게 꼭대기에 손잡이가 달려 있는, 철사로 만든 직사각형의 동물 우리였다. 그런데 그 우리 앞면에는 펜싱 마스크 같은 것이, 오목하게 얼굴에 쓰는 부분이 밖으로 난 채 달려 있었다. 그 우리는 3, 4미터나 떨어진 곳에 있었는데도, 윈스턴의 눈에는 나란히 두 부분으로 갈라져 있는 각각의 칸 안에 어떤 동물이 하나씩 들어 있는 것이 보였다. 그 동물은 바로 쥐였다.

"자네의 경우에는 세상에서 가장 끔찍한 것이 다름 아닌 쥐더군."

오브라이언이 말했다.

그 우리에 쥐가 들어 있다는 것을 알고 나자 윈스턴의 몸에는 뭐라고 딱히 집어서 말할 수 없는 강력한 공포와 전율이 훑고 지나갔다. 그런 데다가 그 앞에 달려 있는 마스크처럼 생긴 물건의 정체가 무엇인지 알 것 같다는 예감까지 들자, 그는 오싹한 기분이 들며 간담이 서늘해졌다.

"이럴 순 없어요! 이럴 순 없다고요. 안 돼요! 절대 안 돼요!"

윈스턴이 끝이 갈라지는 목소리로 마구 소리쳤다. 오브라이언은 아랑곳 않고 침착하게 말했다.

"자네, 꿈속에 자주 나타났던 그 공포의 순간을 기억하고 있겠지? 자네 앞에 거대한 암흑의 벽이 놓여 있고, 시끄럽게 울부짖는 소리가 자네 귀를 괴롭혔었지. 그 벽의 반대편에는 너무도 끔찍한 뭔가가 숨어 있지 않았던가? 자네는 사실 그 뒤에 있는 것의 정체가 무엇인지 잘 알고 있으면서도 끝내 열어 볼 용기를 내지 못했어. 그리고 그 벽 반대편에 있던 것은 바로 쥐들이었지."

"오브라이언!"

윈스턴이 외쳤다. 그는 목소리를 가다듬으려고 애쓰면서 이어 말했다.

"이럴 필요까지 없다는 거 알고 계시잖아요. 제가 어떻게 하기를 원하시는 겁니까?"

오브라이언은 그 말에 즉시 대답하지 않았다. 대신 전에 가끔 본 적이 있는 학교 선생님 같은 태도를 취하고서 천천히 말을 꺼냈다. 말을 하는 동안 그는 내내 생각에 잠긴 눈으로 먼 허공을 내다보았다. 마치 윈스턴의 등 뒤에 보이지 않는 청중이 있어 그들을 향해 말하는 것 같았다.

"고통 그 자체만으로는 충분하지 않을 때가 있는 법이네. 목숨을 잃을 지경이 돼도 고통을 참고 버티는 인간들이 종종 있게 마련이거든. 그러나 누구에게도 견딜 수 없이 끔찍한 뭔가가 하나씩은 다 있어. 생각만으로도 참을 수 없이 끔찍한 것 말이야. 이런 것들은 용기나 비겁함의 차원을 넘어서는 것이라네. 만약 높은 곳에서 떨어지는 사람이 밧줄을 잡으려고 발버둥 친다면, 그건 비겁한 게 아니거든. 마찬가지로 깊은 물속에 빠졌다가 간신히 밖에 나왔을 때 자기도 모르게 숨을 크게 들이마시려는 것도 비겁한 행동이 아니지. 그건 본능에서 나온 어쩔 수 없는 행동이니까. 쥐도 마찬가지야. 자네에게 견딜 수 없는 그 대상이 바로 쥐들이지. 자네가 끝까지 저항하려 해도 절대 저항할 수 없는 일종의 압박이라고나 할까? 무슨 요구이든 자네는 어쩔 수 없이 다 응해야 할 걸세."

"그런데 무슨 요구를 말씀하시는 겁니까? 저한테 뭘 원하시냐고요? 그것이 뭔지 알아야 제가 어떻게든 할 것 아닙니까?"

오브라이언이 우리를 집어서 가까이에 있는 탁자 쪽으로 들고 왔다. 그리고 탁자 위에 그것을 조심스럽게 내려놓았다. 윈스턴은 피가 거꾸로 솟는 것 같았다. 지금 이 순간 그는 완벽한 적막 속에 아무도 없이 혼자 앉아 있는 느낌이었다. 뜨거운 햇볕만 따갑게 내리쬐는 마른 사막으로 둘러싸인, 광활하고 텅 빈 평원 한가운데 앉아 한참 멀리에서 들려오는 아득한 소리를 듣고 있는 것 같았다. 그러나 현실은, 2미터도 떨어져 있지 않은 곳에 쥐가 들어 있는 우리가 있었다. 크기도 어마어마한 쥐들이었다. 거기다가 뾰족한 주둥이 때문에 더욱 사나워 보이고, 털이 이미 회색에서 갈색으로 변해가는 단계에 있는 원숙한 놈들이었다.

오브라이언이 다시 말을 이었다. 아직도 그의 시선은 보이지 않는 청중을 향해 있었다.

"쥐는 설치류이면서도 육식성이라네. 자네도 그 정도는 이미 알고 있겠지. 이 도시의 빈민 구역에서 무슨 일이 벌어지는지 자네도 들어보았겠지? 어떤 구역에서는 여자들이 아이를 집 안에 혼자 두고서는 감히 5분도 자리를 비울 수 없다네. 쥐들이 달려들 것이 뻔하지. 뼈만 남기고 살을 다 뜯어 먹는데 걸리는 시간이 얼마나 순식간인지 자네는 모를 걸세. 그런가 하면 쥐들은 아이들뿐 아니라 아파서 죽어가는 사람들도 공격한다네. 무력한 상태에 있는 사람을 얼마나 기똥차게 잘 집어내는지 그 능력에 실로 경탄이 나올 정도지."

우리에서 찍찍거리는 소리가 났다. 윈스턴에게는 그 소리가 아주 멀리서 들려오는 것처럼 까마득하게 느껴졌다. 쥐들은 서로 싸우고 있었다. 칸막이를 사이에 두고도 서로 잡아먹을 기세로 맹렬하게 싸웠다. 그는 자신도 모르게 절망에 싸여 신음하고 있었다. 그런데 그 소리마저도 자신이 아닌 외부에서 들리는 소리로 느껴졌다.

오브라이언이 우리를 집어 들고 안에 있는 뭔가를 눌렀다. 찰칵 하는 날카로운 소리가 났다. 윈스턴은 의자에서 벗어나 보려고 미친 듯이 몸부림쳤다. 하지만 부질없는 짓이었다. 몸이며 팔이며 신체의 모든 곳이, 머리마저도, 꼼짝할 수 없도록 꽁꽁 묶여 있었다. 오브라이언은 우리를 더 가까이로 가지고 왔다. 윈스턴의 얼굴로부터 이제 채 1미터도 남지 않은 거리에 쥐들이 있었다. 오브라이언이 말했다.

"내가 방금 첫 번째 장치를 눌렀네. 이 우리의 구조가 어떤지 일단 알아두는 게 좋겠지. 이 마스크는 자네의 얼굴 위에 빠져나 갈 구멍이 전혀 없도록 쓰일 걸세. 그리고 내가 이 다른 장치를 가동하면 우리의 문이 위로 열리게 되어 있어. 그러면 이 굶주린 짐승들이 총알처럼 밖으로 튀어나올 걸세. 자네, 쥐가 공중으로 튀어 오르는 광경 혹시 본 적 있나? 이 쥐들은 그렇게 자네 얼굴 로 달려가서 생살을 마구 파먹을 걸세. 이놈들은 때로는 눈알을 먼저 공격하더군. 그게 아니면 뺨을 먼저 뚫고 들어가서 혓바닥 을 먹어 치우기도 하고."

우리는 점점 가까이 다가오고 그는 궁지에 몰렸다. 윈스턴 은 머리 위쪽 어딘가에서 들려오는 날카로운 쥐들의 찍찍 소리 에 신경이 곤두설 대로 곤두섰다. 그러나 그는 안간힘을 다해 공 포를 이겨내려고 애썼다. 정신 차리자, 정신 차리자. 남은 시간 이 채 1초도 안 된다고 하더라도. 정신을 바짝 차리는 것만이 유 일한 희망이었다. 케케묵은 역겨운 냄새가 갑자기 콧속으로 밀 려들어왔다. 속이 역겹게 뒤틀리는 것이 구역질이 날 것만 같았 다. 그는 당장이라도 의식을 잃을 것만 같았다. 눈앞이 캄캄해 졌다. 잠깐 동안 그는 이성을 잃고 짐승처럼 마구 비명을 질러 댔다. 그러다 간신히 정신을 차리고는 가까스로 한 가지 생각을 해 냈다. 자신을 구할 방법은 딱 하나, 하나뿐이었다. 자신과 쥐 들 사이에 다른 사람을 끼워 넣는 것이었다. 다가오는 쥐를 막으려면 자기 대신 다른 사람의 몸을 내세우는 수밖에 없었다.

마스크는 자신의 시야를 다 가려 버리고 아무것도 보이지 않게 할 정도로 널찍했다. 이제 우리의 철문은 그의 얼굴에서 몇 뼘 정도면 닿을 수 있는 거리까지 바짝 다가와 있었다. 쥐들은 앞으로 무슨 일이 벌어질지 이미 알고 있는 것처럼 거세게 날뛰어 댔다. 한 놈은 위아래로 펄쩍펄쩍 뛰었고, 시궁창 쥐들의 할아버지뻘쯤 되어 보이는 물때 묻고 늙은 다른 녀석은 뒷발로 일어서서 분홍빛 앞발을 철창에 대고 정신없이 코를 킁킁거렸다. 윈스턴은 이제 쥐들의 수염과 누런 이빨도 볼 수 있었다. 또 다시 공포로 머릿속이 캄캄해졌다. 그는 앞을 볼 수도 생각할 수도 없었다. 그는 한없이 무력할 뿐이었다.

"이건 옛날 중국 황실에서 많이 쓰였던 형벌이었다고 하더군."

오브라이언은 이전보다도 더 훈계하듯 말했다.

마스크가 점점 더 얼굴에 가까워지고 있었다. 뺨에 스치는 차가운 철사의 감촉이 느껴졌다. 바로 그때였다. 구원의 빛, 아니 구원이라고까지 할 수는 없지만, 한 줄기 가느다란 희망의 빛이 떠올랐다. 어쩌면 너무 늦었는지도 몰랐다. 그렇지만 순간적으로 떠오른 그 희망은 자기 대신에 이 죗값을 치러 줄 수 있는 사람이 세상에 단 한 사람 있다는 생각이었다. 그 사람의 몸은 그 자신과 쥐들 사이에 밀어 넣을 수 있는 유일한 존재였다. 그런 생각에 미치자 그는 미친 듯이 소리를 질러대기 시작했다.

"줄리아에게 하세요! 줄리아에게요! 저 말고, 줄리아요! 그녀에게 어떻게 하든지 저는 상관없어요! 그녀의 얼굴을 갈기갈기 찢어버리든, 살갗을 홀랑 벗겨버리든 마음대로 하세요! 나는 아니에요! 줄리아에게 하세요! 나 말고요!"

그는 뒤로 떨어져 내려갔다. 한없이 깊은 곳으로, 쥐들로부터 벗어나서⋯⋯. 몸은 여전히 의자에 묶여 있었지만, 그는 마룻바닥을 뚫고 떨어져 내려가고 있었다. 건물 바닥도 통과하고, 땅 밑으로, 바다 속도 지나서, 대기도 뚫고, 우주 너머로, 별들 사이 깊은 심연 속으로⋯⋯. 쥐들로부터 벗어나 멀리, 멀리, 멀리, 더 멀리, 그는 나락으로 떨어져 내려가고 있었다. 그렇게 몇 광년쯤 멀리 떨어져 내린 기분이 들었지만 오브라이언은 여전히 그의 옆에 서 있었다. 뺨에는 아직도 철사의 차가운 감촉이 느껴졌다. 그때 그를 둘러싼 어둠 너머로 또 한 차례 찰칵 하는 소리가 들렸다. 그는 우리의 문이 열리지 않고 결국 그대로 닫혔음을 알 수 있었다.

6장

체스트넛트리 카페는 거의 비어 있었다. 한 줄기 햇살이 창문 사이로 비스듬히 들어와 먼지 쌓인 테이블 위에 사뿐히 내려앉았다. 때는 한적한 15시쯤이었다. 텔레스크린에서 째지는 음악 소리가 흘러나왔다.

윈스턴은 늘 앉는 구석자리에 앉아 텅 빈 잔을 내려다보고 있었다. 이따금씩 고개를 들어 반대편 벽에서 그를 응시하고 있는 거대한 얼굴을 쳐다보았다. '빅 브라더가 당신을 지켜보고 있다'

라는 문구가 쓰여 있었다. 따로 시킨 적도 없는데, 웨이터가 와서 그의 잔을 빅토리 진으로 가득 채워 주었다. 그리고 코르크마개에 빨대가 꽂혀 있는 다른 병을 흔들어 그 안에 들어 있던 액체를 잔에 몇 방울 떨어뜨려 주었다. 이 카페에서 특별히 자랑하는, 정향 향이 가미된 사카린이었다.

윈스턴은 텔레스크린에서 나오는 방송을 듣고 있었다. 지금 현재는 음악만 나오고 있었지만, 언제라도 평화부에서 불시에 특별 공지를 발표할지 모르는 일이었다. 그는 아프리카 전선으로부터의 소식 때문에 극도로 불안해하고 있는 중이었다. 온종일 그는 그 생각을 떨쳐내지 못하고 계속 안절부절못했다. 유라시아 군대가(오세아니아의 현재 전쟁 상대국은 유라시아였다. 그리고 오세아니아는 지금껏 언제나 유라시아와 전쟁 중이었다.) 무서운 속도로 남쪽을 향해 진군 중이었다. 정오 뉴스에서는 꼭 집어 정확한 지점을 언급하지 않았지만 이미 콩고 입구까지 내려와 전투가 벌어지고 있을 가능성도 컸다. 브라자빌과 레오폴드빌이 위험에 처해 있었다. 이것이 무엇을 의미하는지 알아보기 위해 지도까지 찾아볼 필요는 없었다. 이는 단순히 중앙아프리카를 빼앗기게 될지도 모른다는 문제가 아니었다. 전쟁이 일어난 이래 처음으로 오세아니아 영토 자체가 위협을 당하고 있다는 말이었다.

딱히 공포라고 말하기도 그런, 뭐라고 정의 내리기 어려운 어떤 격렬한 감정이 거세게 소용돌이쳤다가 다시 사그라지기를 반복했다. 윈스턴은 전쟁에 대한 생각을 멈추기로 했다. 요즈음에는 좀처럼 어떤 한 가지 주제를 놓고 한 번에 몇 분 이상 집중적으로 생각할 수가 없었다. 그는 잔을 들어 한 입에 진을 죽 들이 켰다. 언제나 그렇듯이 진을 마시면 늘 헛구역질이 나며 몸이 부르르 떨렸다. 술 맛은 그야말로 고약했다. 석유 냄새를 가리려고 첨가된 정향과 사카린은 그 자체만으로도 느끼한 데다 역했고, 그나마 석유 냄새를 없애는 역할도 성공적이지 않았다. 사실 무엇보다도 가장 역겨운 것은 밤낮으로 그의 몸에 배어 있는 술 냄새였다. 그 냄새는 머릿속에서 보통 다른 어떤 냄새와 뒤섞여 떠올랐는데 그 정체가 무엇인지는⋯⋯.

그 정체는 알 수 없었다. 생각해 보려고 시도조차 하지 않았거니와 가능하면 아예 머릿속에 떠올리려고도 하지 않았다. 그것은 얼굴 근처에서 끊임없이 맴돌며 코를 자극했고, 늘 그의 의식에 반쯤 걸쳐 있었다. 술기운이 역류하면서 그의 자줏빛 입술 사이로 트림이 새어 나왔다. 석방된 이후로 그는 하루가 다르게 살이 찌고 있었으며, 예전의 혈색도 되찾고 있었다. 아니, 예전보다도 혈색은 오히려 더 좋아졌다. 얼굴은 통통해졌고, 코와 광대뼈의 피부는 붉고 거칠어졌으며, 머리가 벗겨진 두피도 붉은 빛을 띠었다. 이번에는 웨이터가 시키지도 않았는데 그에게 체스보드와 〈타임스〉지의 최신호를 가져다주었다. 일부러 체스 문제가 실린 신문 페이지를 손수 펼쳐 주기까지 했다. 그러고는 윈스턴의 잔이 빈 것을 보고는 바로 술병을 가져와 잔을 채워 주었다. 굳이 주문을 할 필요도 없었다. 웨이터들은 그의 습관을 잘 알고 있었다. 체스보드는 언제나 그를 기다리고 있었으며, 그의 구석 자리도 언제나 그를 위해 비워져 있었다. 사람이 많아 실내가 꽉 찼을 때에도 그 자리만은 항상 그를 위해 비워져 있었다. 아무도 그의 근처에 있는 모습을 보이려 하지 않았기 때문이다. 윈스턴은 직접 자신이 마신 잔을 셀 필요도 없었다. 그들은 중간중간 계산서라며 꼬질꼬질한 종이쪽지를 갖다 주곤 했는데, 윈스턴은 늘 그 금액이 원래 가격보다 훨씬 낮게 책정되어 있다는 인상을 지울 수 없었다. 술을 싸게 주지 않는다 해도 사실 큰 문제는 아니었는데 말이다. 요즘 윈스턴에게는 돈이 모자라는 일이 없었다. 그에게는 직업도 있었다. 한직이기는 하지만 이전보다 보수도 훨씬 더 많이 주는 일자리였다.

텔레스크린에서 음악 소리가 멈추고 목소리가 흘러나왔다. 윈스턴은 고개를 들고 귀를 쫑긋 세웠다. 아쉽게도 전선에서 날아온 특종이 아닌, 풍요부에서 내보내는 짤막한 공고였다. 지난 분기 동안 제10차 3개년 계획의 구두끈 생산량이 목표량의 98퍼센트나 초과 달성되었다는 소식이었다.

그는 체스 문제를 한 번 찬찬히 읽어 보고서 말을 배치하기 시작했다. 마지막에 두 개의 나이트를 사용해야 하는 꽤 까다로운 문제였다. '백을 두 번 움직여 체크메이트를 놓을 것.' 윈스턴은 빅 브라더의 포스터를 올려다보았다. 체크메이트를 놓는 것은 늘 백이지, 윈스턴은 일종의 몽롱한 신비로움에 젖어 생각했다. 언제나, 예외 없이 그 사실에는 늘 변함이 없었다. 태초 이래로 체스 게임에서 흑이 승리한 적은 단 한 번도 없었다. 그것이야말로 선이 늘 악을 이긴다는 영원불멸의 법칙을 상징하는 것이 아니고 무엇이겠는가? 차분하면서도 힘에 넘치는 거대한 얼굴이 그를 가만히 응시하고 있었다. 이기는 쪽은 언제나 백이었다.

텔레스크린에서 나오던 목소리가 잠시 멈추는가 싶더니 훨씬 심각하게 들리는 다른 목소리가 나와서 외쳤다.

"15시 30분에 중요한 발표가 있을 예정입니다. 15시 30분입니다! 매우 중대한 발표이니 절대 놓치지 마십시오! 15시 30분입니다!"

그러고는 다시 째지는 음악소리가 흘러나왔다.

윈스턴은 마음이 심란해졌다. 그것은 필시 전선에서 날아온 특보일 터였다. 직감적으로 그는 그것이 좋지 않은 소식일 거라는 예감이 들었다. 하루 종일, 왠지 아프리카에서 큰 패배를 당했을 것 같다는 생각이 그의 머릿속을 어지럽혔다. 지금껏 한 번도 허물어진 적 없던 전선을 막강한 유라시아 군대가 뚫고 들어와 아프리카 대륙 끝까지 개미 떼처럼 뒤덮고 있는 광경을 눈앞에서 보고 있는 것만 같았다. 어떻게든 그들의 측면을 치고 들어갈 수는 없는 걸까? 서아프리카의 지형이 머릿속에 생생히 펼쳐졌다. 그는 백색 나이트를 집어 체스보드 위에서 움직여 보았다. 적당한 지점이 보였다. 남쪽으로 전력 진군하는 흑의 무리를 바라보다 그의 머릿속에 떠오른 것은, 막강한 아군이 어디선가 신비롭게 나타나 적의 후방을 뚫고 잠입해서 불시에 적의 육로와 해로 사이 통신을 끊는 모습이었다. 윈스턴은 자신이 그렇게 속으로 간절히 바라면, 실제 전투 현장에 그 군력이 정말로 등장할 것만 같았다. 여기서 관건은 아군이 얼마나 빨리 움직이는가였다. 적이 일단 아프리카 전역을 손에 넣게 되면, 그래서 케이프타운에 비행장과 해군 기지를 확보한다면, 오세아니아는 두 동강나 버릴 것이었다. 그 말은 즉 패배, 붕괴, 세계의 재분할, 그리고 궁극적으로 당이 파괴될지도 모른다는 말이었다. 그는 숨을 깊게 들이마셨다. 형용할 수 없는 여러 감정이 복합적으로 몰려와서(아니, 복합적이라기보다는 여러 감정이 겹겹이 쌓인 채 억눌려 있는 느낌이라는 게 더욱 정확한 표현일 것이다.) 그의 마음을 어지럽혔다.

몸에 경련이 일고 지나갔다. 그는 백색 나이트를 다시 제자리에 돌려놓고서 체스에 집중하려 했지만, 좀처럼 집중을 할 수가 없었다. 그의 생각이 다시 산만해졌다. 그는 거의 무의식적으로 먼지가 쌓인 테이블 위에다 손가락으로 뭔가를 썼다.

2+2=5

그들이 당신의 속마음까지 침투할 수는 없어요, 라고 줄리아는 말했었다. 그러나 그들은 마음속 깊숙한 곳까지 침투할 수 있었다. 여기서 자네에게 일어나는 일은 영원히 계속될 걸세, 라고 오브라이언은 말했었다. 그 말이 옳았다. 어떤 것들은, 그리고 자신의 어떤 행동들은 결코 예전처럼 다시 돌이킬 수 없었다. 그의 가슴속에서 뭔가는 이미 죽어 버렸다. 완전히 불태워져 없어진 다음 그 상태로 봉인되었다.

그는 그녀를 만난 적이 있었다. 만난 것뿐만 아니라 서로 대화도 나누었다. 그렇게 하는 데에는 아무런 위험이 따르지 않았다. 그는 직감적으로 이제 자기가 무슨 일을 하든 그들이 거의 관심을 보이지 않을 거라는 사실을 알고 있었다. 둘 중 어느 하나라도 원하기만 했다면, 다음 만날 약속을 정하는 일도 충분히 가능했을 것이다. 사실 그들이 만난 것은 우연이었다. 그날은 살을 에는 듯이 추운 바람 때문에 불쾌한 느낌이 드는 3월의 어느 날이었다. 땅은 쇳덩이처럼 꽁꽁 얼어버린 데다 풀이란 풀은 모두 죽어 버린 듯이 황량했으며, 공원 안은 바람에 흩날리는 크로커스 꽃 몇 송이 빼고는 나무에 봉오리 하나도 나지 않아 썰렁했다. 그는 추위 때문이 눈에는 눈물이 잔뜩 고인 데다 손은 꽁꽁 얼어붙은 채로 바삐 길을 재촉하던 중이었다. 그런데 10미터도 안 되는 거리 앞에 그녀가 있었다. 어디라고 집어 말할 수는 없지만 너무도 변해 버린 그녀의 모습에 그는 큰 충격을 받았다. 둘은 아는 척도 하지 않고 서로를 그냥 지나쳐 갔다. 그런데 갑자기 그는 방향을 틀어 그녀의 뒤를 쫓기 시작했다. 꼭 만나고 싶다는 간절함 같은 게 있어서는 아니었다. 그는 아무도 자신에게 신경 쓰지 않을 거라는 사실을, 또 그래서 아무런 위험이 없다는 사실을 잘 알고 있었다. 그녀는 아무 말도 하지 않았다. 처음에는 그를 따돌리려는 듯이 일부러 잔디밭을 가로질러 가기도 했다. 그러다가 이내 포기했는지 그가 옆에서 나란히 걸을 수 있게 내버려 두었다. 그들은 이윽고, 잎이 다 떨어져서 바람을 막는 데도 몸을 숨기는 데도 아무 쓸모가 없을 것 같은 벌거벗은 덤불들 사이에 서 있었다. 둘은 걸음을 멈추었다. 정말이지 몸서리쳐지게 추운 날이었다. 나뭇가지 사이로 바람이 쌩쌩 소리를 내고 지나가며, 이따금씩 지저분한 크로커스 가지를 못살게 굴었다. 그가 팔을 뻗어 그녀의 허리에 둘렀다.

텔레스크린은 보이지 않았지만, 어딘가에 숨겨진 마이크가 있을지도 몰랐다. 그리고 꼭 그게 아니라도, 그곳은 사방이 훤히 뚫려 있는 공공장소였다. 그렇지만 그건 아무런 문제가 되지 않았다. 문제될 것은 현재 아무것도 없었다. 원하기만 한다면 그들은 바닥에 함께 누워 그렇게 끌어안고 있을 수도 있었다. 그런 생각에까지 미치자 그는 공포감으로 살이 얼어붙을 것 같았다. 그녀는 그의 팔이 허리에 닿았는데도 이렇다 할 반응이 없었다. 몸을 빼내려는 시도조차 하지 않았다. 그는 그녀의 모습에서 어디가 변했는지 이제야 알 것 같았다. 그녀의 낯빛은 누렇게 떠 있었고, 이마부터 관자놀이까지 내려오는 부근에는 머리카락에 일부분이 가려지기는 했지만 기다란 흉터가 나 있었다. 그러나 그것은 겉으로 보이는 일부분에 불과했다. 가장 놀라운 변화는 몰라볼 만큼 두꺼워진 데다 뻣뻣해진 그녀의 허리였다. 그는 예전에 언젠가 한 번, 로켓 폭탄이 터진 직후에 건물의 잔해 사이에 묻힌 시체 꺼내는 일을 도와준 적이 있었다. 그때 그 시체는 믿기 힘들 만큼 무거운 데다 살이라기보다는 돌이라고 해도 믿을 만큼 감촉이 너무도 뻣뻣하고 이상했다. 그런데 그녀의 몸이 바로 그때 그 감촉과 같았다. 모르긴 몰라도 그녀의 피부에서 느껴지는 감촉도 예전과는 아주 많이 다르리라는 생각이 들었다.

그는 그녀에게 입을 맞추려고도, 말을 붙이려고도 하지 않았다. 결국은 아무 일도 없이 다시 잔디밭을 가로질러 돌아오는 길에, 그녀가 처음으로 그를 똑바로 쳐다보았다. 잠깐 동안 스치듯 바라본 것이었는데도, 그녀의 눈에는 경멸과 혐오의 빛이 가득했다. 그는 문득 그녀의 그 혐오감이 순전히 과거의 일에서 비롯된 것인지, 아니면 그의 퉁퉁 불어 버린 추한 얼굴과 바람 때문에 쉴 새 없이 눈물이 흐르는 눈을 보고서 비롯된 것인지 궁금해졌다. 그들은 어느 정도의 거리를 유지하고 떨어져서 놓여 있는 두 개의 철제 의자에 나란히 앉았다. 그녀가 뭔가 말을 꺼내려는 듯 주춤했다. 그녀는 뭉툭한 구두를 신은 발로 몇 센티미터 정도 움직여 나뭇가지 하나를 부러뜨렸다. 그녀의 발이 예전보다 더 넓적해진 것 같다는 생각이 들었다.

"나는 당신을 배신했어요."

앞뒤 설명 없이 그녀가 덤덤하게 말했다.

"나도 당신을 배신했어요."

윈스턴이 말했다.

그녀가 그를 흘끗 쳐다보았다. 아까처럼 혐오감이 가득한 눈빛이었다. 그녀가 다시 입을 열었다.

"때로 그들은…… 결코 대적할 수 없는 것으로, 차마 상상도 하지 못할 것을 들어 위협을 해 왔어요. 그러면 나도 모르게 '나한테 그러지 마세요. 다른 사람에게 하세요. 누구누구한테 하세요.'라는 말이 절로 나오게 되는 거예요. 그때가 지나고 나서는 속으로 생각하죠. 그때는 말로만 그렇게 한 것뿐이었다고. 진심은 그렇지 않지만, 그들을 멈추게 하기 위해서는 그밖에 어쩔 도리가 없었다고. 그렇게 믿고 싶겠지만 사실 그건 진실이 아니에요. 그 일이 닥친 순간에 나오는 말이 오히려 모두 진심인 거예요. 그렇게 하지 않고는 자신이 살 수 없을 거라는 사실을 알고 있기에, 기꺼이 그런 식으로라도 살고 싶은 거거든요. 나 대신 다른 사람에게 그런 일이 전가되었으면 하고 바라는 게 진심인 거라고요. 다른 사람들이 무슨 고통을 받든 그건 신경 쓰지 않게 돼요. 신경 쓰는 건 오로지 자기 자신뿐이죠."

"오로지 자기 자신밖에 신경 쓰지 못하죠."

그가 줄리아의 말을 그대로 따라 했다.

"그리고 그렇게 되면, 그 다른 사람에게 더 이상 예전 같은 감정을 느낄 수가 없게 돼요."

"맞아. 예전 같은 감정을 느낄 수가 없게 돼요."

윈스턴이 또 받아 말했다.

더 이상 둘 사이에 할 말은 남아 있지 않은 것 같았다. 바람이 불어와 얇은 제복이 살에 닿았다. 갑자기 그렇게 아무 말도 없이 앉아 있는 것 자체가 민망하게 느껴지기 시작했다. 게다가 날이 너무도 추워서 가만히 앉아 있기 힘들었다. 그녀가 지하철을 타고 가야겠다며 몇 마디 하더니 자리에서 일어섰다.

"우리는 다시 만나야 해요."

윈스턴이 말했다.

"네. 다시 만나야죠."

그녀가 답했다.

그는 머뭇거리면서 반걸음 정도 뒤에서 그녀를 쫓아갔다. 둘 사이에는 아무 말도 오가지 않았다. 그녀는 굳이 그를 드러내 놓고 떨쳐 내려고 하지는 않았다. 다만 나란히 걷는 일만은 피하려는 듯 앞장서서 일정한 속도를 유지하고 걸었다. 그는 처음에는 지하철역까지 그녀와 동행해야겠다고 마음을 먹었었다. 그런데 문득 이런 추위에 그녀의 뒤를 졸졸 쫓아가고 있는 자신이 실없고 견딜 수 없게 느껴졌다. 그리고 줄리아에게서 벗어나고 싶다기보다는, 체스트넛트리 카페로 돌아가고 싶은 갈망이 너무도 크게 일었다. 지금 이 순간만큼 그곳이 매력적으로 느껴진 적도 없었다. 신문과 체스보드, 거기다 끊임없이 잔에 채워지는 술이 있는 카페의 구석자리가 눈에 선하게 떠올랐다. 그리고 무엇보다도 그 안은 따뜻할 터였다. 그런 생각을 하며 걷던 도중에, 꼭 그가 의도해서만은 아니었지만, 그와 그녀의 사이에 사람들이 몇 명 끼어들었다. 처음에 그는 그녀를 따라잡으려고 발걸음을 재촉하는 듯했다. 그러나 이내 걸음을 늦추고는 몸을 돌려 반대 방향으로 발걸음을 틀었다. 그리고 한 50미터쯤 가서 뒤를 돌아보았다. 거리는 비교적 한산한 편이었지만 이미 그녀의 모습은 어디로 사라졌는지 보이지 않았다. 저 앞에서 바삐 걷고 있는 열댓 명의 사람들 중 누구라도 그녀일 수 있었다. 어쩌면 그녀의 몸이 뚱뚱하고 뻣뻣해져서 더 이상 뒷모습으로는 알아볼 수 없는 건지도 몰랐다.

'그 일이 닥친 순간에 나오는 말이 모두 진심인 거예요.'라고 그녀는 말했다. 그 당시 그가 했던 말도 모두 진심이었다. 그는 말만 그렇게 한 것이 아니라, 진심으로 그러길 바랐던 것이다. 그때 그는 진심으로 그 자리에 자신이 아닌 그녀가 대신…….

텔레스크린에서 흘러나오던 음악에 뭔가 변화가 느껴졌다. 원래 나오던 음악에 째지는 듯한 '선정적인 음조'가 덧붙여져 조롱하는 듯한 느낌을 풍겼다. 그리고 정말로 그 노래가 나오고 있는 것인지, 아니면 비슷한 그 음조 때문에 예전 기억이 되살아난 것뿐인지 알 수 없었지만 귀에 익은 노랫소리가 들렸다.

울창한 밤나무 아래
나 그대를 팔고, 그대 나를 팔았네.

그의 눈에 왈칵 눈물이 쏟아져 내렸다. 지나가던 웨이터가 그의 잔이 빈 것을 보고는 술병을 가지고 돌아왔다.

그는 잔을 들고 훌쩍이며 냄새를 맡았다. 그 술은 어떻게 된 것이 마실수록 나아지는 것이 아니라 점점 더 고약해지기만 했다. 그러나 그는 어느새 이미 술독에 빠져 사는 신세였다. 진은 그의 삶이자 죽음이자 부활이었다. 매일 밤 그를 잠에 들게 해주는 것도 진이었고, 매일 아침 그를 다시 일으켜 주는 것도 진이었다. 그는 보통 11시가 다 되어서야 일어났는데, 그나마도 잠에서 깨면 눈꺼풀이 달라붙고 입이 바짝바짝 타는 데다 허리가 끊어질 듯 아파서, 밤새 침대 옆에 놓아둔 술병과 술잔이 아니면 몸을 일으키는 것조차 불가능했다. 그는 보통 한낮이 다 가도록 게슴츠레한 눈으로 병을 옆에 끼고 텔레스크린에서 나오는 소리만 들으며 앉아 있었다. 15시가 되면 그는 체스트넛트리 카페로 가서 가게 문을 닫을 때까지 죽치고 앉아 있었다. 아무도 더 이상 그가 무엇을 하는지 관심을 두지 않았다. 그를 깨우는 호루라기 소리도 없었고, 그를 꾸짖는 텔레스크린 소리도 없었다. 어쩌다가 일주일에 두어 번씩은 진리부 관할에 있는 먼지가 수북이 쌓여 누구에게나 잊혀진 것 같아 보이는 사무실에 출근을 해서 일을 조금 했다. 그것도 일이라고 부를 수 있다면 말이다. 그는 신어사전 제11판 편찬 과정에서 발생하는 사소한 문제를 취급하는 수없이 많은 부서 중 하나에서 또 갈라져 나온 분과의 하위 분과 위원으로 임명되었다. 그 분과에서는 '중간 보고서'라는 것을 작성하는 일을 했는데, 자신들이 정확히 무엇에 대한 보고를 하는 것인지 윈스턴은 한 번도 제대로 알려 한 적이 없었다.

쉼표가 괄호 안에 들어가야 하는지, 바깥에 들어가야 하는지 하는 따위의 문제와 관련되었다는 정도만 알 뿐이었다. 그 분과 안에는 윈스턴 말고도 다른 사람 네 명이 있었는데, 그들 모두 윈스턴과 비슷한 처지였다. 그들은 서로 일을 하러 모였다가도, 실제로 할 일이 없다는 것을 솔직히 인정하고 곧바로 퇴근해 버리기도 했다. 그런가 하면 어떤 날은 모두가 짐짓 열의를 보이며 업무에 착수하기도 했는데 누가 보란 듯 회의록을 세세하게 기입하는가 하면, 끝내지도 못할 긴 보고서의 초안을 작성하는 등의 일을 벌이기도 했다. 그러다 보면 단어의 정의에서 나타난 미묘한 뜻의 차이를 두고 말씨름이 벌어지거나, 서로 주장이 크게 엇갈리다 못해 싸움으로 번지거나, 심지어는 상부에 보고하겠다는 위협을 동원하기도 하는 등 그들 사이의 논쟁이 불거져 걷잡을 수 없이 복잡하고 난해해질 때도 있었다. 그런 상황이 닥치면 그들은 갑자기 맥을 놓고, 수탉의 울음소리가 들리면 사라져 버리는 유령들처럼 퀭한 눈으로 탁자에 둘러앉아 서로를 멀뚱멀뚱 쳐다보기만 했다.

순간적으로 텔레스크린이 다시 조용해졌다. 윈스턴이 다시 고개를 들었다. 특보가 나오려는 모양이었다. 그러나 웬걸, 예상과 달리 텔레스크린에서는 음악만 다른 것으로 바뀌어 흘러 나왔다. 그는 머릿속으로 아프리카의 지도를 그려 보았다. 군대의 이동 경로가 도식화되어 떠올랐다. 검은 화살표는 세로 방향으로 남쪽을 향해 뻗어가고 있었고, 그 화살표 꼬리 부근에서 하얀 화살표가 가로 방향으로 동쪽을 향해 가고 있다. 자신을 안심시켜 줄 무언가를 구하듯, 그는 고개를 들어 포스터에 있는 동요

없이 태연한 얼굴을 바라보았다. 두 번째 화살표가 존재하지 않는다는 것이 과연 가능한 일일까?

그의 관심이 다시금 시들해졌다. 그는 진을 한 모금 더 마시고, 백색 나이트를 집어 임시로 우선 수를 하나 두어 보았다. 체크! 그렇지만 아무래도 별로 좋은 수가 아닌 것 같았다. 왜냐하면…….

문득 예기치 않은 기억이 머릿속에 떠올랐다. 하얀 덮개로 덮인 커다란 침대가 있는 촛불로 밝혀진 방 안이 보였다. 아홉 살이나 열 살 무렵의 그가 있었다. 그는 바닥에 앉아 주사위 통을 흔들며 신이 나서 깔깔대며 웃고 있었다. 그의 어머니도 맞은편에 앉아 환하게 웃고 있었다.

어머니가 사라지기 한 달 전쯤이었을 것이다. 늘 자신을 괴롭히던 배고픔도 잊고 어머니에 대한 초기의 애정을 잠시나마 회복했던 짧은 화해의 순간이었다. 그는 아직도 그날을 뚜렷이 기억하고 있었다. 비가 창문을 때리며 세차게 흘러내렸으며 실내의 불빛은 책도 읽을 수 없을 정도로 매우 어두웠다. 비좁고 어두운 방에 갇혀 있어야 하는 두 아이들은 너무도 지루해 죽을 지경이었다. 윈스턴은 계속 보채고 칭얼대며, 소용없는 짓인 줄 알면서도 먹을 것을 달라고 막무가내로 떼를 썼고, 방 안 이곳저곳을 돌아다니며 물건들을 정신없이 어지럽히거나, 옆집에서 시끄럽다고 벽을 칠 때까지 벽을 사방으로 발로 차며 돌아다녔다. 그러는 동안 어린 동생은 끊임없이 울어 댔다. 결국은 어머니가 '자, 착하지, 엄마가 가서 장난감을 하나 사다 줄게. 너희들 다 매우 좋아할 아주 멋진 장난감을 사다 줄게.'라고 말하며,

비가 쏟아지는 도중에 밖으로 나갔다. 그리고 동네 부근에서 아직도 영업 중인 작은 가게 하나를 용케도 찾아냈다. 돌아온 어머니의 손에 들려 있던 것은 '뱀과 사다리'라는 게임이 들어 있는 마분지 상자였다. 그는 아직도 그 축축한 마분지 상자의 냄새를 떠올릴 수 있었다. 장난감의 상태는 참으로 형편없었다. 게임 판은 금이 간 데다, 조그만 나무 주사위는 어찌나 조악하게 깎여 있는지 바닥에 제대로 고정되지도 않았다. 윈스턴은 뾰로통한 표정으로 별 관심 없다는 듯이 그 게임 도구를 물끄러미 바라만 보았다. 그때 그의 어머니가 촛불을 켰고 그들은 바닥에 앉아 게임을 하기 시작했다. 머지않아 그는 게임에 홀딱 빠져, 조그만 말이 희망을 안고 사다리를 타고 오르다가 결국 뱀한테 걸려 출발점으로 도로 스르르 미끄러져 내려갈 때마다 마구 흥분하며 소리를 지르고 까르르 웃어 댔다. 그들은 총 여덟 판의 게임을 했고, 윈스턴과 어머니가 각각 네 번씩 이겼다. 너무 어려서 게임의 규칙을 이해하지 못했던 그의 어린 여동생은 베개를 깔고 앉아 영문도 모른 채 그저 남들이 웃으면 따라 웃었다. 모처럼 그들은 오후 내내 윈스턴이 아주 어렸을 때처럼 행복한 시간을 보냈다.

그는 그 광경을 마음속에서 애써 몰아냈다. 그것은 거짓된 기억이었다. 그는 이따금씩 그런 거짓 기억이 떠올라 곤란을 겪곤 했다. 그러나 그것들이 거짓 기억이라는 것을 자각하고 있는 한 크게 문제될 것은 없었다. 그중에는 실제로 일어난 일도 있었지만, 일어나지 않은 일로 간주해야 하는 일들도 있었다. 그는 다시 체스보드에 집중하려 애쓰며 백색 나이트를 집어 들었다. 그런데 거의 동시에 손에서 말이 떨어지며 판에 덜거덕 부딪히는 소리가 났다. 그는 바늘에라도 찔린 것처럼 펄쩍 뛰었다.

날카로운 트럼펫 소리가 공기 중에 울려 퍼졌다. 드디어 특보가 나왔다! 승리였다! 뉴스 전에 트럼펫 소리가 나면 그것은 어김없이 승리를 의미했다. 일종의 전율이 카페 안을 순식간에 휩쓸고 지나갔다. 웨이터들도 깜짝 놀라 귀를 쫑긋 세웠다.

트럼펫 소리가 엄청나게 큰 소리로 계속 흘러나왔다. 텔레스크린에서는 흥분한 목소리가 빠르게 뉴스를 전달하고 있었지만, 말이 떨어지기가 무섭게 바깥에서 시작된 사람들의 거대한 함성 소리에 묻혀 잘 들리지 않았다. 그 소식은 마법처럼 순식간에 온 거리로 퍼져나갔다. 윈스턴은 주위의 소음 때문에 텔레스크린에서 나오는 이야기를 요지만 간신히 알아들을 수 있었다. 바로 자신이 예견했던 내용 그대로였다. 거대한 규모의 해상 함대가 비밀스럽게 나타나 적의 후미를 불시에 급습했다는, 하얀 화살표가 검은 화살의 꼬리를 향해 돌진하는 바로 그 도식과 같은 내용이었다. 승리를 알리는 문구들이 부분부분 단편적으로 들려왔다.

"대대적으로 펼쳐진 전략적 작전…… 완벽한 합동 작전…… 완전한 궤멸…… 50만 명의 전쟁 포로…… 완전한 사기 저하…… 아프리카 전역 장악…… 한층 다가온 전쟁의 종결…… 인류 역사상 가장 위대한 승리…… 승리, 승리, 승리!"

테이블 밑에서 윈스턴의 발이 무의식적으로 움찔거렸다. 그의 몸은 자리에서 움직이지 않고 그대로 앉아 있었지만, 그의 마음만은 즉각적으로 밖으로 뛰쳐나가서 수많은 군중들과 함께 어깨를 맞대며 귀청이 떨어져라 함성을 지르고 있었다. 그는 다시 한 번 빅 브라더의 포스터를 올려다보았다. 세상을 장악한 거인 이여! 몰려오는 아시아 유목민들의 공격을 거뜬히 막아낸 든든 한 바위여! 그는 자신이 10분 전만 해도(그렇다. 겨우 10분 전이 었다.) 전선에서 들려올 소식이 승리일 것이냐 패배일 것이냐 하며 크게 동요하고 심란해 했던 사실을 돌이켜보았다. 아아, 소멸되어 버린 것은 유라시아 군대만이 아니었다. 윈스턴이 애정부에 들어간 첫날 이후로 참으로 많은 것이 변했다. 그러나 반드시 필요한 그 최후의 치유적 변화만은 아직까지도 일어나지 않고 있었다.

텔레스크린에서는 아직도 포로며 전리품이며 학살이며 하는 이야기들을 열심히 떠들어 대고 있었지만, 바깥의 함성 소리는 조금 수그러든 상태였다. 웨이터들도 다시 자기 자리로 돌아가 묵묵히 일을 시작했다. 그중 한 명이 진이 든 술병을 가지고 윈스턴에게 다가왔다. 윈스턴은 잔이 채워지는지도 모르고 마냥 행복한 꿈에 젖어 있었다. 그는 더 이상 거리를 뛰어다니지도 않았고 환호성을 지르고 있지도 않았다. 그는 애정부 건물로 돌아가 있었다. 그의 영혼은 새하얀 눈처럼 깨끗해졌고 모든 것을 용서받았다. 그는 피고석에 앉아 모든 것을 자백하고 모든 사람들을 공범으로 연루시켰다. 그는 따스한 햇볕 아래를 걷는 기분으로 하얀 타일이 깔린 복도를 걸어가고 있었다. 그리고 그의 뒤에 총을 든 간수가 있었다. 그토록 오랫동안 기다려온 총알이 드디어 그의 머릿속으로 날아드는 순간이었다.

윈스턴은 고개를 들어 그 거대한 얼굴을 바라보았다. 저 검은 콧수염 뒤에 숨겨진 미소의 의미를 깨닫기까지 무려 40년이라는 시간이나 걸린 것이다. 아아, 이 잔인하고 쓸데없는 오해여! 아아, 사랑이 가득한 저 품을 떠나 스스로 유배를 택한 고집스런 마음이여! 진 냄새가 짙게 밴 두 줄기 눈물이 그의 두 뺨을 타고 흘러내렸다. 그러나 그것은 아무래도 상관없었다. 모든 것이 잘 되었다. 비로소 싸움은 끝났다. 그는 자기 자신과의 투쟁에서 승리를 거둔 것이다. 그는 빅 브라더를 사랑했다.

부록
신어의 원리

신어(Newspeak)는 오세아니아의 공용어로서, 영국 사회주의, 즉 영사(Ingsoc)의 이데올로기적 필요성에 부응하기 위해 고안되었다. 1984년까지만 해도 말을 하거나 글을 쓰는 데 있어 신어만을 유일한 의사소통의 수단으로 사용하던 사람은 없었다. 〈타임스〉지의 주요 기사들이 신어로 쓰이긴 했지만, 이런 일은 절묘한 솜씨를 지닌 전문가들만 할 수 있는 여간 까다로운 작업이 아니었다. 신어는 2050년경에 비로소 구어(Oldspeak, 혹은 표준 영어)를 완전히 대체하게 될 것으로 보인다. 그동안 신어는 그 기반을 꾸준히 닦아왔으며, 당원들도 이제는 일상생활에서 신어 단어나 문법 구조를 점차 더 많이 사용하고 있는 추세이다. 1984년에 사용된 신어는 신어사전의 제9판과 제10판에 수록된 과도기적 형태를 띤 것으로, 여기 수록된 많은 불필요한 단어 및 고어체는 추후에 점차 삭제될 예정이다. 이 글에서는 제11판에 수록되어 있는 완벽한 최종 형태의 신어를 다루고자 한다.

신어의 목적은 영사를 헌신적으로 추종하는 사람들이 지녀야 할 바람직한 사고 습관이나 세계관을 표현할 수단을 제공하는 동시에, 그 외에 다른 사상은 원천 봉쇄하려는 데 있다. 일단 신어가 전면적으로 채택되고 구어가 완전히 잊히고 나면 사상이 언어에 의존한다는 전제하에서, 영사의 원칙에 위배되는 이단적인 생각은 말 그대로 생각 자체가 불가능하게 될 것이다. 신어의 어휘는 당원이 적절한 생각을 표현하고자 할 때 그에 대한 모든 미묘한 의미를 한 치의 오차도 없이 정확히 표현할 수 있도록 구성되었으며, 그 외의 다른 의미는 간접적인 방법으로라도 떠올릴 수 있는 가능성을 완전히 차단해 놓았다. 이를 가능케 하기 위해 새로운 신어 단어를 만들어 내는 방법도 쓰이기는 했지만, 그보다는 주로 바람직하지 않은 단어를 제거하거나 비정통적 의미가 남아 있는 단어에서 불필요한 의미를 없애고 가능하면 모든 부차적 의미를 없애 버리는 방법을 택했다. 예를 하나 들자면 '자유로운(free)'이라는 단어는 신어에서도 여전히 사용된다. 그러나 이 단어는 '이 개는 이가 없다(This dog is free from lice.)'나 '이 밭에는 잡초가 없다(This field is free from weeds.)' 같은 뜻의 문장에서만 사용 가능하다. 그리고 예전에 쓰였던 '정치적으로 자유로운(politically free)'이나 '지적으로 자유로운(intellectually free)'의 의미는 사용할 수 없다. 정치적인 자유나 지적인 자유가 더 이상 개념상으로 남아 있지 않기 때문에, 그 의미를 표현할 필요가 없어졌기 때문이다. 명백한 이단의 뜻을 가진 단어를 제거한 것과 더불어, 어휘의 수를 줄이는 것도 신어 창제의 또 다른 목적으로 여겨진다. 따라서 군이 없어도 큰 무리가 없는 단어들은 모두가 다 제거되었다. 신어는 사고의 폭을 넓히기 위해서가 아니라 좁히는 방향으로 나아가기 위해 고안되었고, 단어 선택의 폭을 최소한도로 줄이는 것이 이 목적에 간접적으로 도움이 되었다.

신어는 오늘날 우리가 알고 있는 영어를 기본 바탕으로 하여 만들어졌다. 그러나 신조어가 쓰이지 않은 문장이라 해도 많은 수의 신어 문장은 오늘날의 영어 사용자들이 거의 이해할 수 없는 수준이 되어 있다. 신어의 어휘는 A어군, B어군(합성어라고도 한다), C어군의 세 가지 어군으로 뚜렷이 나뉜다. 이제부터 이해하기 쉽도록 각각의 어군을 따로 설명하겠다. 그러나 신어의 문법적 특성은 이 세 개의 어군에 모두 공통적으로 적용되므로 A어군에서 통틀어 다루도록 하겠다.

A어군

A어군은 먹고 마시고 일하고 옷을 입고 계단을 오르내리고 차를 타고 정원을 가꾸고 요리를 하는 등의 일상생활을 영위하는 데 필요한 어휘들로 구성되어 있다. 이 어군은 거의가 치다(hit), 달리다(run), 개(dog), 나무(tree), 설탕(sugar), 집(house), 들판(field)과 같이 오늘날에도 많이 쓰이는 단어들로 구성되어 있다. 그러나 오늘날의 영어 어휘와 비교해서 그 수는 현저히 줄어들었고 단어의 의미도 훨씬 더 엄격하게 제한된다. 단어에 내포된 모든 애매모호한 뜻과 다중적인 의미는 사전에 제거되었다. 이 어군에 속하는 신어는 가급적 화자가 개념을 명확히 이해하고 있음을 표현하는 단순한 단음이 되도록 고안되었

다. A군의 어휘를 문학적인 목적이나 정치 철학적인 목적으로 사용하는 것은 불가능하다. 이 어군의 단어들은 보통 구체적 대상이나 실제 행동에 관련된, 단순하며 뚜렷한 의도를 가진 말만을 표현하도록 의도되어 있다.

　신어에는 두 가지의 뚜렷한 문법적 특성이 있다. 그중 첫 번째 특징은 품사에 거의 상관없이 특정 단어를 어떤 경우에나 마음대로 바꾸어 쓸 수 있다는 점이다. 신어는 어떤 단어든 동시에 동사, 명사, 형용사, 부사 역할을 모두 할 수 있다. 원칙상 이 법칙은 '만약(if)'이나 '언제(when)'와 같은 추상적 어휘에도 모두 동일하게 적용된다. 그리고 동일한 어간을 가진 동사와 명사의 경우 단어의 어미 변화가 전혀 일어나지 않는데, 이 법칙은 많은 고어를 없애는 데 큰 일조를 했다. 예를 들어 '사고(thought)'라는 단어는 신어에 존재하지 않는다. 대신 '생각하다(think)'라는 단어가 명사와 동사의 역할을 모두 맡는다. 이 법칙에는 어떠한 어원학적인 원칙도 적용되지 않아서, 어떤 경우에는 원래 명사였던 단어가 남기도 하고, 동사였던 단어가 남기도 한다. 심지어는 어원적으로 아무런 관련이 없다 해도, 비슷한 뜻을 지닌 명사와 동사가 있을 때 대부분 둘 중에 하나가 폐기되었다. 예를 들어 '베다(cut)'라는 단어는 폐기되었는데, 그 의미는 명동사인 '칼(knife)'로 충분히 표현될 수 있기 때문이다. 형용사는 명동사의 끝에 접미사 '~다운(-ful)'을 붙여서, 부사는 '~롭게(-wise)'를 붙여서 각각 나타낸다. 따라서 예를 들면, '속도다운(speedful)'은 '빠른(rapid)'을, '속도롭게(speedwise)'는 '빨리(quickly)'를 나타낸다. 오늘날 사용되는 형용사 중 일부, 예를 들어 '좋은(good)', '강한(strong)', '큰(big)', '검은(black)', '부드러운(soft)'과 같이 아직도 남아 있는 단어들이 몇몇 있긴 하지만, 이러한 단어의 수는 얼마 되지 않는다. 거의 모든 형용사적 의미는 명사에 '~다운(-ful)'을 붙여 나타내면 되기 때문에 기존에 있던 형용사를 사용할 필요가 없어진 것이다. 그런가 하면 기존의 부사 중에선 원래부터 '~롭게(-wise)'로 끝나는 얼마 안 되는 단어를 제외하고는 모두 그 자취를 감추어 버렸다. 따라서 부사는 무조건 접미사 '~롭게(-wise)'로 끝난다. 예를 들어 '잘(well)'이라는 단어는 '잘롭게(goodwise)'로 대체되었다.

또한 어떤 단어이든 접두사 '안(un-)'을 붙여서 부정의 의미를 만들 수 있고, 접두사 '더욱(plus-)'을 붙여서 그 의미를 강화시킬 수 있으며, 단어의 뜻을 한층 강조하기 위해서는 그 앞에 '더욱더(doubleplus-)'를 붙이면 된다.(원칙상 이 규칙 또한 신어의 모든 단어에 공통적으로 적용된다.) 따라서 예를 들면 '안 추운(uncold)'은 '따뜻한(warm)'을 의미하고, '더욱 추운(pluscold)'과 '더욱더 추운(doublepluscold)'은 각각 '매우 추운(very cold)'과 '최고로 추운(superlatively cold)'을 의미한다. 더불어 오늘날의 영어에서처럼 어떤 단어든 앞에 '전(ante-)', '후(post-)', '위(up-)', '아래(down-)'와 같은 전치사적 접두사를 붙임으로써 그 뜻을 바꿀 수 있다. 이러한 방법을 사용한 결과, 엄청난 양의 어휘를 줄이는 것이 가능해졌다. 예를 들어 '좋은(good)'이라는 단어를 놓고 보았을 때, '나쁜(bad)'이라는 단어는 존재할 필요가 없어졌다. '안 좋은(ungood)'이라는 말로 그 의미를 똑같이, 아니 오히려 더 적절히 표현할 수 있기 때문이다. 따라서 원래 영어에서 반대말 쌍을 이루는 단어가 두 개 있던 경우, 둘 중에 어떤 단어를 없앨 것인지에 대한 문제만 결정하면 되었다. 예를 들어 '어두운(dark)'이란 단어를 '안 밝은(unlight)'으로 대체할지, 아니면 '밝은(light)'이란 말을 '안 어두운(undark)'이란 말로 대체할지를 결정하는 문제이다.

신어의 문법을 특징짓는 두 번째 커다란 특성은 그 규칙성에 있다. 뒤에 언급될 몇 가지 예외 사항을 제외하고 활용은 모두 하나의 동일한 규칙을 따른다. 그 말인즉슨, 모든 동사의 과거형과 과거분사형은 그 형태가 동일하며 모두 '-ed'로 끝난다. 즉, '훔치다(steal)'의 과거형은 '훔쳤다(stealed)'가 되었으며, '생각하다(think)'의 과거형은 '생각했다(thinked)'가 되었다. 이런 식으로 언어 전반에 걸쳐 '수영했다(swam)', '주었다(gave)', '가져왔다(brought)', '말했다(spoke)', '취했다(taken)'와 같은 이전 불규칙 과거형 및 과거분사형은 모두 폐기되었다. 한편, 복수형은 경우에 따라 일괄적으로 단어 뒤에 '-s'나 '-es'를 붙임으로써 만들어진다. 따라서 '사람(man)', '황소(ox)', '삶(life)'의 복수형은 각각 'mans', 'oxes', 'lifes'가 되었다. 형용사의 비교급과 최상급은 예외 없이 단어 뒤에 '-er', '-est'를 붙여서 만든다.(예. 좋은(good)-더 좋은(gooder)-가장 좋은(goodest)) 이 과정에서 불규칙형인 'more'나 'most'를 붙이는 형태는 모두 폐기되었다.

불규칙 활용이 여전히 허용되는 유일한 품사는 대명사, 관계사, 지시형용사, 조동사이다. 이 품사들은 모두 옛날 용법을 그대로 따르는데, 다만 이중에서 'whom'은 불필요하다는 이유로 폐기되었고, 'shall', 'should'를 사용하는 시제는 모두 'will', 'would'의 사용으로 대체되었다. 한편, 말을 더욱 빠르고 쉽게 할 필요성에 입각해 단어를 생성하는 과정에서 불규칙한 점이 나타난다. 즉 발음하기 어렵거나 잘못 들리기 쉬운 단어는 나쁜 단어들로 여겨진다. 따라서 그런 경우 단어를 발음하기 쉽게 만들기 위해 중간에 다른 글자를 삽입하거나 고어 형태를 그대로 유지하기도 한다. 그러나 이러한 필요성은 주로 B어군에 속하는 어휘와 관계되어 있다. 발음을 쉽게 만드는 일이 왜 그렇게 중요한가 하는 문제에 대해서는 이 글의 후반부에서 명확히 설명하도록 하겠다.

B어군

B어군은 정치적 목적을 위해 용의주도하게 만들어진 어휘로 구성되어 있다. 따라서 이 어군에 속하는 단어들은 모두가 정치적인 의미를 내포하고 있으며, 그뿐 아니라 사람들이 이 단어를 사용하면서 바람직한 정신적 태도를 갖게 유도하려는 의도가 기저에 깔려 있다. 영사의 원칙을 완벽히 이해하지 못하는 한 이 단어들을 정확하게 사용할 수 없다. 이 말들은 때에 따라 구어나 A어군에 속하는 단어로 번역할 수 있다. 그러나 보통 이럴 때에는 말이 장황하게 늘어지거나 원문에 함축되어 있던 의미를 모두 살릴 수 없는 경우가 많다. B어군에 속하는 말은 광범위한 사상을 몇 음절로 축약하여 나타내는 동시에, 일반 언어보다 더욱 정확하고 강한 영향력을 지닌 일종의 속기 문자라고 할 수 있다.

B어군에 속하는 단어는 모두가 합성어이다.(물론 A어군

에서도 '구술기록기'와 같은 복합어가 존재하지만, 이런 복합어는 편의상 목적으로 축약된 표현일 뿐 딱히 특별한 이념적인 색채를 띠고 있지는 않다.) 다시 말해 두 개 이상의 단어, 혹은 단어의 부분 부분이 발음하기 쉬운 형태로 결합되어 있다. 그렇게 해서 생겨난 이 합성어들은 모두가 명동사의 자격을 가지며, 신어의 일반 규칙에 따라 동일한 어형 변화를 따른다. 예를 들어 보통 '선사(goodthink)'라는 단어는 명사로는 '정통(orthodoxy)'이라는 의미로 쓰이며, 동사로는 '정통적 방식으로 생각하다(to think in an orthodox manner)'의 뜻으로 쓰인다. 그런데 이 단어의 어형 변화는 다음과 같다. 명동사는 'goodthink', 과거형 및 과거분사형은 'goodthinked', 현재분사는 'goodthinking', 형용사는 'goodthinkful', 부사는 'goodthinkwise', 동명사는 'goodthinker'이다.

B군 어휘들은 딱히 어떤 어원학적 계획에 따라 만들어진 단어들이 아니다. B군 합성어의 부분을 이루는 기존 단어는 어떤 품사든 상관없이 편의에 따라 무작위로 차용되었으며, 그 의미만 명확하게 나타낼 수 있다면 어떤 식이든 상관없이 순서나 형태를 최대한 발음하기 쉽게 바꾸어 편입시킬 수 있다. 예를 들어 사상범죄(crimethink, thoughtcrime)라는 단어의 경우 'think'가 단어의 뒷부분에 온다. 반면에 사상경찰(thinkpol, thought police)의 경우에는 'think'가 단어 앞부분에 놓였고, 뒷부분에 붙은 'police'는 두 번째 음절이 생략된 채로 단어에 편입되었다. 단어의 발음을 더 좋게 만들기 위한 방편으로, B어군에서는 A어군보다 불규칙 어형 변화가 더욱 빈번하게 일어난다. 예를 들

어, '진부(Minitrue)', '평부(Minipax)', 애부(Miniluv)'의 형용
사형은 각각 'Minitruthful', 'Minipeaceful', 'Minilovely'이다.
그 이유는 단순하다. '-trueful', '-paxful', '-loveful'이 발음
하기에 어색하기 때문이다. 그러나 원칙상으로는 B어군에 속하
는 단어는 모두 어형 변화를 가질 수 있으며, 또한 모두 동일한
규칙을 따른다.

B군 어휘 중 일부는 그 뜻이 매우 미묘해서, 신어를 전반적으
로 잘 터득하지 못한 사람들은 그 의미를 파악하는 데 큰 어려
움을 겪을 수 있다. 예를 들어 〈타임스〉지에 전형적으로 등장하
는 '구사인들 영사 부내감(Oldthinkers unbellyfeel Ingsoc.)'이
라는 문장을 한번 살펴보자. 이 문장을 구어로 최대한 간단히 번
역한다면, '혁명 전에 사고가 형성된 사람들은 영국 사회주의의
원리를 감정적으로 완전히 이해하지 못한다.'는 뜻이 된다. 그
러나 이것은 적절한 번역이 아니다. 우선 위에 인용된 신어 문
장의 의미를 완전히 파악하기 위해서는 먼저 '영사(Ingsoc)'의
뜻이 무엇인지 명확히 알고 있어야 한다. 그리고 또한, 영사에
확실한 정서적 기반을 둔 사람만이 '내감(bellyfeel)'이나 '구사
(oldthink)'란 단어의 의미를 정확히 이해할 수 있을 것이다. 여
기서 '내감(bellyfeel)'이란 오늘날에는 실감하기 어려운 개념으
로, '맹목적이고 열성을 다해 받아들이는 것'을 의미하며, '구사
(oldthink)'란 '사악함'과 '타락'의 의미가 서로 결합되어 만들어
진 단어이다. 한편 '구사(oldthink)'와 같은 일부 특정 신어 단어
들은 의미를 표현하는 기능이라기보다 반대로 파괴하는 기능을
하도록 만들어졌다. 이런 종류의 단어는 아무래도 그 수가 많지

는 않다. 이 단어들은 매우 광범위한 영역을 포괄하는 의미를 가지며, 따라서 기존에 수많은 단어로 표현해야 했던 것들을 단 하나의 단어로 뭉뚱그려 나타낼 수 있게 되었다. 또한 이 과정에서 기존의 단어들을 다량으로 폐기하여 없앨 수 있었다. 신어사전 편찬자들이 직면해야 했던 가장 큰 문제는 새로운 단어를 만들어 내는 일이 아니라, 만들어 낸 새로운 단어의 의미를 확실하게 제정하는 일이었다. 즉, 신조어가 나옴으로 해서 없어질 단어들의 범위를 어디까지로 해야 하는지 결정하는 일을 말한다.

우리가 앞서 '자유로운(free)'이라는 단어를 통해 살펴보았듯이, 한때 이단적인 의미가 포함되어 있던 단어들 중에서 일부는 편의상 남아 있긴 하다. 비록 그 안에서 바람직하지 않은 의미는 모두 제거된 상태이긴 하지만 말이다. '명예(honor)', '정의(justice)', '도덕(morality)', '국제주의(internationalism)', '민주주의(democracy)', '과학(science)', '종교(religion)' 등등 그동안 헤아릴 수 없을 정도로 많은 구어가 사라졌다. 대신 소수의 신어가 그 단어들을 대체하게 되었고, 그러는 과정에서 또 많은 구어를 없앨 수 있었다. 예를 들어 '자유'나 '평등'의 개념으로 묶일 수 있는 단어는 모두 일괄적으로 '사상범죄(crimethink)'라는 단어 하나로 대체되었고, '객관성'과 '합리주의'의 개념으로 묶일 수 있는 모든 단어는 '구사(oldthink)' 하나로 대체되었다. 이이상으로 의미를 구체화시키는 것은 위험한 일로 여겨진다.

당원들에게 요구되는 바람직한 세계관은, 잘 알지도 못하면서 무작정 자신들을 제외한 모든 이방인들이 '거짓 신'을 숭배한다고 믿었던 고대 히브리인들의 세계관과 비슷한 것이다.

그들은 그 거짓 신들이 '바알(Baal)', '오시리스(Osiris)', '몰록(Moloch)', '아스다롯(Ashtaroth)' 등의 이름으로 불린다는 사실조차도 알 필요가 없었다. 아니, 아는 것이 적을수록 자신들의 정통성을 유지하는 데에는 더욱 유리했을 것이다. 그들은 '여호와(Jehovah)'와 여호와의 계명만을 인지하고 있었고, 다른 이름으로 불리거나 다른 속성을 가지고 있는 기타 신들은 모두 거짓 신이라고 여겼다. 그와 비슷한 방식으로 당원들은 자신들이 행해야 하는 올바른 행동이 무엇인지 잘 알고 있었고, 그 범위에서 벗어나는 일탈적인 일은 모두 한데 묶어 모호하고 일반화된 언어로 어렴풋이 알고 있을 뿐이다. 예를 들어 당원들의 성생활은 성적 부도덕성을 뜻하는 '성죄(sexcrime)'이라는 말과 정절을 뜻하는 '선성(goodsex)'이라는 두 단어로 철저히 규정된다. '성죄'란 모든 종류의 성적 탈선을 포괄하는 말로, 여기에는 간음, 간통, 동성애를 포함한 모든 성도착 행위뿐 아니라, 성행위 자체를 위해 행해지는 정상적인 성교까지도 포함된다. 이런 구체적 용어를 하나하나 따로 떨어뜨려 구분할 필요는 없다. 뭐 하나 가릴 것 없이 원칙상 모두 사형에 처해질 수 있는 똑같은 중범죄이기 때문이다. 가령 과학 및 기술 용어로 이루어진 C어군에서 이 사안을 다룰 때는 특정한 성적 탈선 행위에 따라 구체적인 명칭을 부여해야 할 경우가 생길지 모르지만, 일반 시민들은 그럴 필요가 전혀 없다. 일반 시민들은 '선성(goodsex)'이라는 단어가 의미하는 바가 무엇인지만 숙지하고 있으면 된다. 말하자면 육체적 쾌락을 배제한 채 오로지 여자가 아이를 갖기 위한 목적으로만 행하는 부부간의 성교를 제외하고는 다른 모든 것이

'성죄'라는 말이다. 신어를 통하면 어떤 것이 이단적인지를 인지하는 선에서 더 나아가 이단적인 생각을 발전시키는 것이 거의 불가능하게 되어 있다. 그 선을 넘어서는 특정 개념을 표현할 단어가 아예 존재하지 않기 때문이다.

B어군에 속하는 말 중 이념적으로 중립적인 것은 없다. 상당히 많은 단어가 완곡어법을 따른다. 예를 들어 '기쁨캠프(joycamp)'는 강제 노동 수용소를 뜻하고, '평부(Minipax)'는 전쟁을 관장하는 평화부를 나타내는데, 즉 이들은 원래 의미와 거의 정반대의 명칭을 가지고 있다. 반면 어떤 단어들은 오세아니아 실제 사회의 본성을 노골적이고 경멸적으로 드러내기도 한다. 그 예로 '프롤 사육(prolefeed)'이라는, 당에서 대중들을 대상으로 펴내는 쓰레기 같은 오락물이나 허위 보도를 뜻하는 말이 있다. 그런가 하면 당에 적용하면 '좋은' 뜻을 나타내고 적에 적용하면 '나쁜' 뜻을 나타내는 양면적인 말들도 있다. 그리고 언뜻 보기에는 단순한 약어 같지만, 잘 살펴보면 그 의미에서 비롯된 것이 아니라 구조적으로 이념적 색채를 지니는 단어들도 꽤 많다.

조금이라도 정치적 의미가 들어 있거나 정치적 의미가 함축되어 있는 말은 모두 B어군에 속한다. 조직, 단체, 강령, 지방, 제도, 공공건물 등의 명칭은 예외 없이 모두 듣기에 친숙한 형태로 축약되어 있다. 다시 말해 본래의 의미를 보존하는 선에서 음절의 수를 가능한 한 최소화하여 발음하기 쉬운 형태로 축약시켰다는 말이다. 예를 들어, 윈스턴 스미스는 진리부의 기록국에서 근무했는데, 이 '기록국(Records Department)'은 '기국(Recdep)'이라 불리며, '창작국(Fiction Department)'은 '창국(Ficdep)', '텔레스크린 편성부(Teleprograms Department)'는 '텔국(Teledep)'이라고 불리는 식이다. 이렇게 명칭을 축약해서 쓰는 것은 단지 시간을 절약하려는 이유에서만은 아니다. 이런 용어나 표현의 축약은 20세기 초반에 두드러지게 나타난 정치적 언어의 특성 중 하나이기도 했다. 그리고 이런 경향은 전체주의 국가나 전체주의적인 조직 안에서 가장 두드러지게 나타났다. 그 예로, 나치(Nazi), 게슈타포(Gestapo, 나치의 비밀경찰), 코민테른(Comintern, 국제공산당), 인프레코르(Inprecorr, 코민테른의 영문판 기관지인 국제언론통신), 아지프로프(Agitprop, 선전 선동)를 들 수 있다. 이런 관행이 처음에 생겨났을 때는 특별한 의도가 있어 그런 것이 아니었다. 그러나 신어에서는 철저히 의도적인 목적으로 사용되고 있다. 이런 식으로 명칭을 축약하면 원래 단어에서 연상되던 다른 부수적 의미를 깨끗이 제거할 수 있으므로, 그 의미를 더욱 한정시킬 수 있을 뿐 아니라 교묘히 변형시킬 수도 있기 때문이다. 예를 들어, '국제공산당(Communist International)'이란 말을 들으면 보편적인 인류애, 붉은 깃발, 바리케이드, 카를 마르크스, 파리 코뮌 같은 개념이 복합적으로 머릿속에 연상되게 마련이다. 반면에 '코민테른(Comintern)'이란 말을 들으면 단지 '긴밀한 유대를 바탕으로 조직된 단체'라든지 '잘 정의된 강령 체계'만을 떠올리게 된다. 즉 '테이블'이나 '의자'처럼 듣는 순간 자동적으로 인식할 수 있는, 목적이 제한된 대상만을 직접적으로 가리키는 말이 된 것이다. '국제공산당'이 순간적으로나마 그 의미가 맴돌아 음미하게 되는 말이라면, '코민테른'은 별 생각 없이 거의 자동적으로 입에서 나올 수 있는 말이다. 같은 방식으로 '진부(Minitrue)'라는 말은 '진리부(Ministry of Truth)'에 비해 연상되는 의미의 폭이 훨씬 좁고, 그런 만큼 통제하기도 한결 수월하다. 바로 이런 이유로 당은 어떤 것이든 가능하면 명칭을 축약하려 하고, 모든 말을 발음하기 쉽게 만들기 위해 지나치다 싶을 만큼 애를 쓰는 것이다.

신어에서 의미의 정확성 외에 가장 크게 고려되는 분야는 바로 발음의 편의성이다. 그런 의미에서 필요하다고 판단되는 곳에서는 문법 규칙이 가차 없이 희생되었다. 그럴 수밖에 없는 것이, 당의 정치적 목적을 달성하기 위해서는 화자가 신어를 통해 말을 할 때는 머릿속에 연상되는 것이 되도록 적어야 했고 동시에 빠른 속도로 발음할 수 있어야 하는데, 그러려면 오해의 여지가 없고 뜻이 명백한 짧은 약어들이 필수적으로 요구되었기 때문이다. 한편, B어군에 속하는 단어들이 거의 다 비슷해 보인다는 점도 강점으로 작용한다. 가령 goodthink, Minipax, prolefeed, sexcrime, joycamp, Ingsoc, bellyfeel, thinkpol등을 비롯한 수많은 말들은 거의 예외 없이 모두 두 개나 세 개의 음절로 이루어져 있으며, 강세는 첫 음절과 마지막 음절에 동등하게 붙는다. 이런 낱말들을 사용하여 단음적이고 단조로운 톤으로 말하다 보면 입이 마치 재잘거리는 모양이 되며 빨리 말할 수 있다. 바로 이것이 신어에서 정확하게 의도되는 바이다. 즉, 말을 할 때(특히 이념적으로 중립적이지 않은 주제에 대한 말을 할 때) 가능하면 의식과 멀리 분리시킬 수 있도록 하는 것이다. 일상생활에서 말을 할 때는 말하기 전에 먼저 생각을 해야 하는 때가 반드시 혹은 이따금씩 있을 것이다. 그러나 당원이 정치적이거나 윤리적인 판단을 내려야 할 때는 쉴 새 없이 총알이 튀어나오는 기관총처럼 거의 자동적으로 정확한 의견을 내놓을 수 있어야 한다. 이를 위해 당원은 많은 훈련을 거쳐야 했으며, 그에 더해 신어는 오차 없는 실행을 위한 확실한 도구가 되어 주었고, 영사의 정신에 입각하도록 의도적인 추악함과 거친 발음을 입힌 단어들은 이 과정을 더욱 효과적으로 달성하는 데 큰 역할을 했다.

선택할 수 있는 단어의 수가 매우 제한적이라는 사실도 이런 말하기 방식에 많은 도움을 주었다. 현재 우리의 언어와 비교해 신어는 어휘가 매우 적으며, 그나마도 더 줄이기 위한 새로운 방법이 지속적으로 모색되고 있다. 신어가 대부분의 다른 언어와 진정으로 구별되는 점은 그 어휘 수가 해마다 늘지 않고 오히려 줄어든다는 점이다. 그런 식으로 어휘 수가 줄어들면 줄어들수록 유리하다고 여겨지는데, 어휘 선택의 폭이 좁아질수록 깊게 생각하려는 유혹도 그만큼 적어지기 때문이다. 궁극적으로는 차원 높은 뇌중추는 전혀 거치지 않고 단지 목구멍에서 흘러나오는 대로 말할 수 있도록 하는 것이 신어의 목적이다. 이러한 목적은 '오리처럼 꽥꽥거리다(to quack like a duck)'란 뜻을 가진 신어 단어인 '오리말(duckspeak)'에 여실히 드러나 있다. B어군에 속하는 다른 많은 단어들처럼 '오리말'도 양면적인 의미를 지니고 있다. 오리처럼 꽥꽥거리며 하는 말에 정통적인 내용이 담겨 있다면, '오리말'은 전적으로 칭찬의 의미로 쓰이는 말이다. 따라서 〈타임스〉지에서 당의 연사를 가리키며 '더더욱 좋은 오

리말을 쓰는 자(doubleplusgood duckspeaker)'라고 한다면,
그 연사는 더없이 따뜻하고 소중한 칭찬을 받은 셈이다.

C어군

C어군은 A어군과 B어군을 보조하는 성격을 띠며, 과학적이
거나 기술적인 용어로만 구성되어 있다. 이 어군에 속하는 어휘
는 오늘날 사용되는 과학 용어와 그 형태가 비슷하며 동일한 어
근에서 파생되었지만, 다른 어군의 어휘들과 마찬가지로 철저한
의미 정화 작업을 거친 후에 단어에 내포된 바람직하지 않은 의
미는 모두 제거되었다. C어군에 속하는 어휘도 모두 A어군과 B
어군 어휘들과 동일한 문법 규칙을 따른다. C어군에 속하는 어
휘는 일상생활이나 정치적 상황에서 거의 사용되지 않는다. 과
학자나 기술자가 자신의 전공 분야에 대해서 알아야 하는 단어
가 있으면 관련 어휘를 총 망라해 놓은 목록에서 찾을 수 있을
것이다. 그러나 그들은 다른 분야에 대한 어휘는 피상적인 수
준으로밖에 알지 못한다. 모든 분야에 공통적으로 적용되는 어
휘는 매우 적으며, 분야를 막론하고 과학의 기능을 하나의 정
신적 습관이나 사고방식으로 표현하는 어휘는 어디에서도 찾아
볼 수 없다. 하물며 '과학(science)'이라는 단어 자체도 존재하지
않는다. '과학'이라는 단어가 나타낼 수 있는 의미는 모두 '영사
(Ingsoc)'라는 단어에 충분히 포함되어 있기 때문이다.

앞에서 설명하기도 했지만, 비정통적인 의견은 매우 초보적
인 수준을 넘어서는 신어를 통해 거의 표현할 길이 없다. 물론
매우 미숙하고 유치한 방법으로는 이단적인 말을 내뱉거나 불경

스러운 욕을 하는 것이 가능할는지 모른다. 예를 들어 '빅 브라더는 안 좋다(Big Brother is ungood.)'라는 말을 입 밖으로 낼 수는 있을 것이다. 그러나 이 말은 정통주의자의 귀에는 그 자체로 명백하게 이치에 맞지 않는 말로 들릴 것이며, 이성적인 논거를 들어 해당 주장을 뒷받침하려 해도 사용할 수 있는 어휘가 존재하지 않기 때문에 반박이 불가능할 것이다. 영사에 반하는 의견은 말로 표현할 수 없는 모호한 형태로서만 떠올릴 수 있으며, 이런 의견은 모두 이단이라는 말밖에는 뭐라 다른 말로 표현할 수 없는 막연하고 포괄적인 개념으로 취급되며 비난을 받을 것이다. 사실 신어를 비정통적인 목적으로 사용할 수 있는 유일한 방법은, 불법적이지만 신어의 어휘를 구어로 번역하는 것이다. 가령, '모든 인간은 동등하다.(All mans are equal.)'라는 문장이 신어로 틀린 문장이라고 할 수는 없다. 그러나 이 말은 구어에서 '모든 인간은 빨간 머리이다.(All men are redhaired.)'라고 말하는 것이나 같은 이치이다. 비록 이 문장에는 문법적인 오류는 없지만, 모든 사람의 체격이 같고 몸무게도 같으며 체력도 같다는 뜻을 담고 있다는 점에서, 그 내용이 명백한 거짓일 수밖에 없는 것이다. 정치적인 의미에서 '동등하다'는 개념은 더 이상 존재하지 않는다. 따라서 '동등하다(equal)'란 단어의 이차적인 의미는 모두 없어져 버렸다. 1984년 당시 구어가 여전히 일반적인 의사소통 방식으로 쓰였을 때에는, 신어를 쓰면서도 그 말의 원래의 의미를 떠올릴 수 있는 위험이 이론적으로나마 존재했다. 실제로 '이중사고'에 익숙해져 있는 사람이라면 어렵지 않게 그 위험을 피할 수 있었겠지만 말이다. 그러나 두어 세대를 거치면 구어와 신어 사이의 괴리로 문제가 발생할 가능성은 아예 사라져 버릴 것이다. 신어를 유일한 모국어로 쓰며 자라온 사람이라면 '동등한'이라는 말이 한때 '정치적으로 평등한'이라는 이차적인 의미를 가지고 있었다거나, '자유로운(free)'이라는 말이 한때 '지적으로 자유로운(intellectually free)'이라는 의미로 쓰였다는 사실을 전혀 알 길이 없을 것이기 때문이다. 이는 체스에 대해 한 번도 들어본 적이 없는 사람이 '여왕(queen)'이니 '루크(rook)'라는 단어에 원래 뜻 이외에 다른 이차적인 의미가 있음을 알지 못하는 것과 같은 이치이다. 이런 미래가 오면 잘못이나 범죄를 저지르고 싶어도 그럴 수가 없어질 것이다. 이름 자체가 없어진 행위는 행할 상상조차도 할 수 없기 때문이다. 그리고 시간이 흘러감에 따라 신어를 구분 짓는 이러한 특징들은 더욱더 크게 부각될 것으로 예상된다. 어휘의 수는 날이 갈수록 더욱더 줄어들 것이고, 의미는 더욱 엄격히 정화될 것이며, 따라서 언어를 부적절한 방법으로 활용할 가능성도 계속해서 점점 더 줄어들 것이다.

구어가 최종적으로 완전히 없어지고 나면 비로소 과거와의 마지막 연결 고리가 끊길 것이다. 지금도 역사는 이미 다시 쓰였지만, 완전하지 못한 검열 때문에 일부 과거 문학 작품들의 자취가 여기저기 단편적으로 남아 있다. 그리고 누군가 구어에 대한 지식을 가지고 있으면 그것들을 읽고 이해할 수 있을 것이다. 그러나 미래에는, 혹여 그 문헌들이 어쩌다 살아남는다 해도 전혀 이해할 수 없거나 해석할 수 없는 글이 될 것이다. 기술적인 과정을 다룬 글이거나, 지극히 단순한 일상생활의 내용을 담은 글이거나, 원래부터 정통적인(신어로 표현해 '선사로운 (goodthinkful)') 성향의 글이라면 모를까, 구어로 쓰인 글을 신어로 번역하는 것 자체가 아예 불가능해지리란 것이다. 결국 이 말은 대략 1960년도 전에 쓰인 책은 어떤 것도 온전히 번역될 수 없으리라는 것을 뜻한다. 모든 혁명 이전의 문학은 이념적 번역 단계를 거쳐야 할 텐데, 이 말은 즉 언어적 측면에서뿐만 아니라 의미의 변화를 거치는 것이 불가피하다는 말이다. 다음 미국 독립선언문 중의 유명한 구절을 예로 들어보자.

우리는 다음과 같은 사실을 자명한 진리로 주장한다. 모든 인간은 평등하게 태어났고, 양도할 수 없는 특정한 권리를 창조주로부터 부여 받았으며, 이러한 권리에는 생명권과 자유권, 행복추구권 등이 있다. 이 권리를 보장하기 위해 인간은 정부를 수립하였으며, 정부의 권력은 국민의 동의로부터 나온다. 어떤 형태의 정부이든 이러한 목적을 훼손하는 경우, 국민에게는 언제든지 정부를 바꾸거나 해체시키고 새로운 정부를 조직할 권리가 있다…….

이 글의 원문의 뜻을 그대로 살리면서 신어로 번역하는 일은 절대 불가능할 것이다. 아무리 원문에 가깝게 번역하려고 해도 저 단락은 전체가 다 '사상범죄(crimethink)'라는 단어 하나로 함축될 수밖에 없기 때문이다. 온전한 번역은 오직 이념적인 번역일 수밖에 없으며, 따라서 제퍼슨의 이 말은 절대 권력을 행사하는 정부에 대한 찬사로 뒤바뀌고 말 것이다.

실제로 상당수의 과거 문학 작품들이 이미 이런 식으로 번역되었다. 특정한 역사적 인물들에 대한 기록은 그들의 명성을 감안할 때 지속적으로 보존하는 것이 바람직하겠지만, 그만큼 중요한 것은 그들의 업적을 영사의 철학과 일치시키는 일이다. 따라서 셰익스피어나 밀턴, 스위프트, 바이런, 디킨스 등 여러 작가들의 작품이 그런 식으로 번역되고 있는 중이다. 이 작업이 모두 완료되면 원문을 비롯해 남아 있던 다른 과거의 문학 작품들이 모두 파기될 것이다. 이러한 번역은 오랜 시간이 걸리는 데다 매우 까다로워, 일러도 21세기의 첫 10년대나 20년대는 되어야 마칠 수 있을 것으로 예상된다. 또한 문학 작품 외에도 위와 같은 식으로 번역되어야 할 실용 문헌들(다른 것으로 대체될 수 없는 기술 교본 같은 문서)이 매우 많다. 신어의 최종 채택을 2050년까지로 늦추어 잡은 이유도 바로 이 번역의 예비 작업을 위한 시간을 충분히 확보하기 위해서이다.

1984에서 현재로 이어지는 조지 오웰의 메시지

1984년 1월 22일, 수천만 명의 눈이 쏠려 있는 미국 슈퍼볼 중간 광고 시간. '2분간 증오'를 연상시키는 섬뜩한 흑백 장면이 화면을 가득 메운다. 빅 브라더의 얼굴로 가득 찬 화면에서는 세뇌하는 듯한 연설이 흘러나오고, 그 앞에선 낡은 제복을 입은 수많은 군중이 좀비처럼 앉아 멍하니 화면을 응시하고 있다. 그때, 그들 앞으로 밝은 오렌지색 운동복을 입은 금발 미녀가 한달음에 뛰어 들어온다. 그녀는 화면을 향해 힘껏 도끼를 날리고, 곧 커다란 폭발음과 함께 밝은 빛이 화면 가득 퍼져나간다. 그러면서 올라오는 것은 '매킨토시를 만나면 왜 소설 『1984』가 현실이 되지 않았는지 알게 될 것'이라는 문구이다. 광고사에 길이 남을 '애플'사의 이 광고는 대놓고 소설 『1984』의 장면을 본떠서 만들어졌다. 아마도 소설을 읽어본 사람은 그 광고를 보면서, 그 당시 1984년의 사회 모습이 소설 『1984』와 같지 않다는 데 크게 안도하며 가슴을 쓸어내렸을지 모른다.

〉〉〉

1984년이 지나고도 소설 『1984』는 계속 많은 곳에서 차용된다. 1985년에 개봉한 테리 길리엄 감독의 영화 〈브라질〉로부터, 집 안 곳곳에 감시 카메라를 설치해 두고 거주민의 일거수일투족을 방영하던 〈빅 브라더〉라는 초창기 리얼리티 TV프로그램이 있었는가 하면, 얼마 전 발간돼 베스트셀러가 된 『1Q84』도 책 내용은 사뭇 다르지만 무라카미 하루키가 『1984』에서 영감을 받아 제목을 지었다고 한다. 그러니 이 소설이 '20세기를 가장 잘 정의한 책(가디언, 2007년)'으로 뽑힌 것도, 조지 오웰이 '지난 천 년간 최고의 작가(BBC, 1999년)'로 꼽힌 것도 무리가 아니라 하겠다. 이 책을 쓸 당시 조지 오웰은 자신이 미래에 이토록 큰 영향력을 미치리라는 사실을 상상할 수 있었을까.

사실 1949년 6월 6일에 출판된 이 소설은 조지 오웰의 마지막 작품이었다. 책이 나온 지 1년도 채 안 된 1950년 1월에 결핵으로 사망했으므로, 오웰은 자신의 책이 추후에 얼마나 큰 성공을 거두었는지 영영 알 수 없을 것이다. 『1984』를 집필할 당시 오웰은 평생을 괴롭혀온 지병 폐결핵이 악화되어 연신 피를 토하면서도 글을 쓰는 데 전념했다고 한다. 그래서 아마도 소설 안에서 주인공 윈스턴이 애절하게 심신의 고통을 호소하는 장면이 나오면, 바로 오웰 본인의 심정이 투영된 게 아니었을까 하고 생각하게 되는 것이리라.

　조지 오웰은 1903년 인도의 벵골 주에서 에릭 아서 블레어 (Eric Arthur Blair)라는 이름으로 태어났다. 곧 영국으로 돌아와 어린 시절을 보낸 그는 왕립장학생으로 영국의 명문 이튼스쿨에 진학하지만, 그곳에서 상위 계층과의 계급 의식을 뼈저리게 경험한 후, 대학 진학을 포기하고 버마에 가서 제국 경찰이 된다. 그러나 그는 이내 식민지 관료가 된 자신에게 혐오를 느끼고, 다시 영국으로 돌아온다. 이후 런던과 파리를 오가며 빈민가에서 생활한 경험을 책으로 써낸 것이 『파리와 런던의 밑바닥 생활』(1933)이다. 현대 영문학에 '오웰주의'라는 학풍까지 등장시킨 위대한 작가 '조지 오웰'이 태어난 때였다. '조지 오웰'이란 이름은 가장 영국적인 이름인 '조지(George)'에 부모님 집 근처에 흐르던 강 이름 '오웰(Orwell)'을 따서 만들었다고 한다.

　그 후로 그는 영국 북부의 탄광촌에 가서 생활하기도 하고, 스페인에서 내전이 일어나자 그곳으로 건너가 통일노동당 산하의 의용군에 들어가기도 한다. 전투에서 목에 총상을 입고 스페인 공산당에게 체포될 위기까지 넘기며 가까스로 탈출에 성공한 오웰에게 그때의 경험은 인생의 중요한 전환점이 된다. 당시 스페인 공산당하에서 독재 정부가 저지르던 악몽 같은 잔학 행위를 목격하고 나서 전체주의에 대해 커다란 경각심을 갖게 된 것이다. 그때부터 오웰은 전체주의가 몰고 올 위험성에 대해 사회에 경고하기 위해 문학을 이용하기 시작한다. 그는 '어떤 책도 정치적 편견으로부터 자유롭지 않다. 예술이 정치와 무관해야 한다는 견해 자체도 정치적 태도'라고 말하며, 예술의 정치적 목적을 적극 옹호하였다.

그런 과정을 거쳐 나온 책이 『동물농장』(1945)과 『1984』(1949)이다. 『동물농장』은 러시아 혁명을 통해 이룩된 소비에트연방에서 스탈린이 정권을 잡아가는 과정을 적나라하게 풍자한 작품으로, 그는 이 작품으로 일약 세계적인 작가가 된다. 이어서 그는 현대 사회에 전체주의적 영향이 퍼져 나가는 것을 경계해 그 결과가 불러올 상상 가능한 최악의 인간 사회를 그린 『1984』를 써냈다.

전체주의란 개인이 전체 속에서만 존재 가치를 갖는다는 주장을 근거로 국가가 국민 생활을 간섭하고 통제하는 것이 정당하다고 주장하는 사상을 말한다. 개개인이 더욱 잘살 수 있도록 도와주는 수단이 국가가 되어야 하는데, 수단과 목적이 바뀌어 국가 자체가 목적이 되고 인간이 수단이 되어 버린 사회가 전체주의 사회인 것이다. 이런 사회의 모습은 『1984』에서 너무도 생생하면서도 처참하게 묘사된다. 그리고 윈스턴이라는 한 개인이 거대한 전체주의 지배 시스템에 맞서 저항하다 끝내 어떻게 파멸하는지, 그 양상과 배후를 드러내는 과정이 소설 『1984』의 큰 줄거리로 나타난다.

『1984』가 21세기에 들어선 현재까지도 이토록 많은 화제가 되는 이유는, 아마도 조지 오웰이 이런 전체주의 사회가 어떤 메커니즘으로 돌아가고 유지되는지 너무도 사실적이고 적나라하게 그려 냈기 때문일 것이다. 독자들은 윈스턴과 함께 오세아니아 사회의 본질을 파고 들어가다 보면, 그런 사회가 단지 상상 속에서만 있으란 법은 없다는 섬뜩한 느낌을 받을 것이다.

『1984』의 오세아니아는 국민들의 사상을 철저히 통제함으로써 유지되는 사회이다. 사상을 통제하는 방안으로 여러 기제가 제시되는데, 소설에서 가장 뚜렷이 드러나는 것은 텔레스크린이다. 이 텔레스크린은 사방 어디에나 달려 있으며, 송수신이 동시에 가능한 기계로, 오세아니아 당원이 하는 모든 말과 행동을 24시간 감시한다. 텔레스크린 설치가 불가능한 시골에는 덤불 속이나 기타 보이지 않는 곳곳에 마이크가 숨겨져 있으며, 수상한 소리는 감지되는 족족 밝혀지고 처벌된다. 텔레스크린 앞에서는 고민하는 표정도 지어선 안 되고, 의심스러운 표정도 지어선 안 된다. 오직 당을 향한 애정을 위시한 의연한 표정만이 허용된다. 당에 대해 의심을 품고 있는 내색이 작은 표정 하나로도 얼굴에 언뜻 비친다면 그 또한 처벌의 대상이다. 이는 '사상범죄'라고 해서 비록 행동으로 옮겨지지 않았더라도 실제 범죄를 저지른 것 만큼이나 엄중하게 처벌된다. 그런가 하면 이단자를 적발하기 위한 수단으로 아이들도 적극 활용되는데, 아버지가 무의식중에 하는 잠꼬대를 엿듣고 사상죄로 당에 신고하는 파슨스의 딸아이 이야기가 책 속에 잘 드러나 있다.

언어도 사상 통제를 위한 강력한 수단이다. 오세아니아의 공용어인 신어는 시간이 갈수록 어휘가 줄어드는 유일한 언어로, 당원들이 최종적으로 당을 위해 필요하다고 여겨지는 말만 하도록 만들기 위해 소위 발전에 발전을 거듭한다. 여타의 감정이나 인간 세상의 감동 따위에 관련한 어휘는 모조리 솎아내어 버리고, 될 수 있으면 아예 생각 자체를 하지 않게 만드는 것이 신어의 궁극적 목표이다. 책에 반복적으로 등장하는 당의 슬로건 '전쟁은 평화, 자유는 예속, 무지는 힘'도, 일부러 실제 뜻과는 정반대되는 단어를 사용해 역설적으로 만들어 낸 문구이다.

텔레스크린 및 신어와 더불어, 역사를 재창조하는 일 역시 빼놓을 수 없다. 소설 주인공 윈스턴이 일하던 진리부가 바로 이 일을 맡아 하는 부서이다. 이곳에선 과거의 역사를 모조리 당의 구미에 맞게 바꾸고, 현재 일어나는 상황에 맞추어 과거를 끊임없이 재창조해 낸다. 과거에 일어난 어떤 일도 당의 지시라면 얼마든지 다른 일이 될 수 있으며, 실제로 살았던 사람이 감쪽같이 사라지는가 하면, 없었던 인물이 기록 속에서 생생하게 창조될 수도 있다. 당의 또 다른 슬로건 '과거를 지배하는 자가 미래를 지배한다. 현재를 지배하는 자가 과거를 지배한다.'에서 볼 수 있듯이, 현존하는 기록과 사람의 주관적인 기억만 통제할 수 있다면 당이 원하는 모든 것이 결국에는 진실이 된다.

그렇다면 이런 수단들을 통해 당이 결과적으로 도달하고자 하는 목표는 무엇인가? 윈스턴과 오브라이언의 대화 속에서도 나오지만, 당의 목표는 인간성의 말살을 통한 권력의 무한 독재이다. 독재 권력이 영원히 지속되기 위해서는 당의 말에 무한 복종하는 로봇 같은 인간만 있어야 하는 것이다. 인간이 서로를 같은 인격체로 느끼지 못하고, 감정을 느끼지 못하고, 남자와 여자가 서로에게 애정을 느끼지 못해야만 당이 원하는 미래의 이상향이 건설될 수 있다. 그리고 그것이 오웰이 소설을 통해 보여 주고자 하는 디스토피아의 모습이다. 나아가 이 사회는 끊임없이 계속되는 전쟁으로 조장된 공포심과 맹목적 애정의 주체로 내세워 우상화된 빅 브라더를 통해 정당화되고 종속되어 나간다.

》》

　오늘날 다행히(적어도 표면적으로는) 조지 오웰이 경고했던 삭막한 미래는 실현되지 않았다. 전체주의는 민주주의와 자본주의에 밀려 큰 영향력을 끼치고 있지 못하며, 제2차 세계 대전을 끝으로 큰 규모의 전쟁도 아직은 일어나지 않고 있다. 그러나 우리 사회가 진정 오웰이 경고한 미래 사회의 모습으로부터 완전히 자유롭다고 할 수 있을까?

　최근 미국에서 갑자기 『1984』의 판매가 급속도로 증가했다고 한다. 미국 정부가 국가 안보라는 명목하에 수백만 명의 개인 정보를 수집·축적하고 있다는 폭로가 나온 후 일어난 현상이다. 우리가 살고 있는 현 세상이 『1984』의 사회와 멀리 있다고 생각하며 살던 사람들이 다시금 경각심을 느끼고 이 책을 집어든 것이 아닐까 한다. 과연 텔레스크린은 없지만, 그보다 더 강력할지 모르는 인터넷, 대중매체, 스마트폰 등 수많은 장치들 속에서 현재 개개인의 삶이 빅 브라더의 눈으로부터 자유롭다고 할 수 있을까. 갈수록 돈이 최고가 되어 가는 물질만능의 시대에서 사람이 무엇보다 위에 있다고 자신 있게 말할 수 있을까. 역사 교과서에 실린 내용이 연일 논란거리로 등장하는 지금 현 세대가 객관적이고 공정한 역사의식을 안고 살아간다고 할 수 있을까. 조지 오웰은 이미 1949년에 오세아니아라는 극한적 상황

설정을 통해 인간성과 자유의 소중함을 미래의 우리에게 일깨워 주고자 했다. 우리가 지금 그 메시지를 얼마나 잘 받아들이고 있는지 다시 한 번 곰곰이 생각해 볼 때가 아닌가 한다.

미래를 향해, 혹은 과거를 향해, 사유하는 것이 자유롭고 각자 다른 개성이 존재하며 누구든 홀로 고독 속에서 살지 않아도 되는 시대를 향해, 진실이 존재하며 일단 한 번 일어난 일은 없어질 수 없는 새 시대를 향해.

획일성의 시대로부터, 고독의 시대로부터, 빅 브라더의 시대로부터, 이중사고의 시대로부터…… 축복이 있기를!

윈스턴이 미래로 보내온 메시지(44p 중에서)

– 옮긴이 전하림

《조지 오웰 연보》

1903년 6월 25일 인도의 모티하리에서 인도 주재 영국 공관의 하급 공무원 리처드 블레어의 아들로 태어남. 본명은 에릭 아서 블레어(Eric Arthur Blair).

1922년 영국 이튼스쿨 졸업 후 인도 왕실 경찰이 되어 버마(지금의 미얀마)에서 근무함.

1927년 영국 제국주의에 대한 반감으로 경찰직을 그만두고 작가 수업을 위해 파리로 감. 파리 빈민가와 런던 부랑자들의 극빈 생활을 체험함.

1933년 본격적인 작가 활동을 시작함. 파리와 런던에서의 생활을 그린 첫 소설 『파리와 런던의 밑바닥 생활(Down and Out in Paris and London)』을 출간함. 이때부터 '조지 오웰(George Orwell)'이라는 필명을 쓰기 시작함.

1934년 버마에서 경찰로 근무하던 시절의 경험을 반영한 소설 『버마 시절(Burmese Days)』을 출간해 문학성을 인정받음.

1935년 『목사의 딸(A Clergyman's Daughter)』 출간.

1936년 『엽란을 날려라(Keep the Aspidistra Flying)』 출간.

1937년 스페인 내전이 발발하자 스페인으로 건너가 자원입대함. 통일노동당 민병대에 가담해 싸우다가 4개월 만에 부상을 당함. 영국 랭커셔 지방 탄광촌의 열악한 현실을 그린 『위건 부두로 가는 길(The Road to Wigan Pier)』 출간.

1938년 스페인 내전 참전 경험을 바탕으로 쓴 소설 『카탈로니아

찬가(Homage to Catalonia)』를 출간함.

1940년 런던 민방위대 하사관으로 일함. 평론집『고래 속에서 (Inside the Whale)』출간.

1942년 조지 더글러스 하워드 콜 및 여러 작가와 함께 쓴『승리냐, 기득권이냐(Victory or Vested Interest?)』출간.

1945년 우화의 형식을 빌어 러시아 혁명을 비판하는 최고의 풍자소설『동물농장(Animal Farm)』을 출간함으로써 작가적 명성을 얻음.

1949년 현대 전체주의 국가에 대한 공포를 그린 대표작 『1984(Nineteen Eighty-Four)』출간. 지병인 결핵이 악화되어 런던의 한 병원에 입원함.

1950년 1월 21일 건강이 악화되어 런던의 병원에서 폐결핵으로 사망함. 사후 평론집『코끼리를 쏘다(Shooting an Elephant)』출간.

1953년 자전적 에세이 및 편지 모음집이 출간됨.

조지 오웰 1903년 인도의 모티하리에서 인도 주재 영국 공관의 하급 공무원 리처드 블레어의 아들로 태어났다. 본명은 에릭 아서 블레어이다. 이튼스쿨 졸업 후 버마(지금의 미얀마)에서 왕실 경찰로 근무했으나 제국주의에 대한 반감으로 경찰직을 그만두었다. 이후 작가 수업을 위해 파리와 런던으로 가서 그곳의 빈민가와 부랑자들의 생활을 체험한 뒤 이를 형상화한 첫 소설 『파리와 런던의 밑바닥 생활』을 출간했다. 이때부터 '조지 오웰'이라는 필명을 사용하며 본격적인 작품 활동을 시작해 『버마 시절』, 『목사의 딸』, 『엽란을 날려라』 등을 출간했다. 스페인 내전이 발발하자 스페인으로 가 통일노동당 민병대에 가담해 싸우다가 부상을 당했다. 1945년 정치 우화 『동물농장』을 출간해 작가적 명성을 얻었으며, 1949년에는 대표적인 디스토피아 소설 『1984』를 출간했다. 지병인 결핵의 악화로 1950년 1월 21일 사망했다.

전하림 한국교원대학교 영어교육과와 호주 맥쿼리 통번역 대학원을 졸업한 뒤, 현재는 번역가로 활동하고 있다. 옮긴 책으로 『거인을 깨운 캐롤린다』, 『슐리만의 트로이 발굴기』, 『컷』, 『그리핀 선생 죽이기』, 『소공녀』, 『곰돌이 푸우 이야기』, 『오 헨리 단편선』, 『1984』 등이 있다.

클래식 보물창고에는
오랜 세월의 침식을 견뎌 낸
위대한 세계 문학 고전들이 총망라되어 있습니다.
세대와 시대를 초월하여 평생을 동반할 '내 인생의 책'을
〈클래식 보물창고〉에서 만나 보세요.

1. 이상한 나라의 앨리스 루이스 캐럴 지음 | 황윤영 옮김

특유의 유쾌한 상상력과 말놀이, 시적인 묘사와 개성적인 캐릭터, 재치 넘치는 패러디와 날카로운 사회 풍자로 아동청소년문학사와 영문학사에 큰 획을 그은 루이스 캐럴의 환상동화.

★ BBC 선정 영국인 애독서 100선 ★ 학교도서관사서협의회 추천도서

2. 키다리 아저씨 진 웹스터 지음 | 원지인 옮김

서간문이라는 독특한 형식과 소녀적 감성이 결합된 성장기이자 로맨스 소설! 20세기 초 사회의 모순을 고발하고 개혁을 주장했던 진보적인 사상은 페미니즘 문학으로서의 의미를 더한다.

★ 학교도서관사서협의회 추천도서

3. 보물섬 로버트 루이스 스티븐슨 지음 | 민예령 옮김

인간이 가진 절대적인 선과 악을 그린 세계 최초의 해양모험소설. 영국 빅토리아 시대의 흥미진진한 꿈과 낭만을 대변하는 동시에 선악의 경계를 아슬아슬하게 줄타기하는 인간의 욕망을 고찰한다.

★ BBC 선정 영국인 애독서 100선

4. 노인과 바다 어니스트 헤밍웨이 지음 | 민예령 옮김

헤밍웨이 문학의 총 결산이자 미국 현대문학의 중추로 일컬어지는 걸작. 생애의 모든 역경을 불굴의 투지로 부딪쳐 이겨 내는 인간의 모습을 하드보일드한 서사 기법과 절제미가 돋보이는 문체로 형상화했다.

★ 노벨 문학상 수상작가 ★ 퓰리처상 수상작 ★ 노벨연구소 선정 세계문학 100선
★ 대학수학능력시험 출제 작품

5. 하늘과 바람과 별과 시 윤동주 지음 | 신형건 엮음

우리나라 사람들이 가장 많이 애송하는 '민족 시인' 윤동주의 문학 세계를 엿볼 수 있는 시와 산문을 한데 모았다. 시대의 아픔을 성찰하며 정면으로 돌파하려 한 저항 정신은 물론이고 인간 윤동주의 맨얼굴을 만날 수 있다.

★ 연세대 필독도서 200선

6. 봄봄 동백꽃 김유정 지음

어려운 현실을 풍자와 해학으로 극복한 한국 근대소설의 정수, 김유정의 대표작을 모았다. 원전을 충실하게 살려 아름다운 우리말을 풍요롭게 담고, 토속적 어휘는 풀이말을 달아 이해를 도왔다.

7. 거울 나라의 앨리스 루이스 캐럴 지음 | 황윤영 옮김

『이상한 나라의 앨리스』보다 한층 탄탄해진 구성과 논리적인 비유를 통해 보다 깊고 넓어진 재미와 감동을 선사하는 후속작. 현실 속의 정상과 비정상, 논리와 비논리, 의미와 무의미의 경계를 고찰한다.

★ BBC 선정 영국인 애독서 100선 ★ 명사 101명이 추천한 파워클래식 ★ 학교도서관사서협의회 추천도서

8. 변신 프란츠 카프카 지음 | 이옥용 옮김

현대인의 고독과 불안을 그림으로써 20세기 실존주의 문학의 발전에 커다란 영향을 끼친, 20세기 문학계에서 가장 난해한 '문제작가'로 꼽히는 프란츠 카프카의 대표작을 모았다. 원전에 충실한 번역으로 특유의 문체가 지닌 묘미를 만끽할 수 있다.

★ 서울대 권장도서 100선 ★ 연세대 필독도서 200선 ★ 미국대학위원회 SAT 권장도서

9. 오즈의 마법사 L. 프랭크 바움 지음 | 최지현 옮김

영화, 뮤지컬, 온라인 게임 등 다양한 장르로 재생산되어 지구촌 대중문화를 견인함으로써 문화 콘텐츠가 가지는 파급력의 정도를 생생하게 보여 주는 세기의 고전. 짜릿한 모험담 속에 담긴 치유의 기운이 마법 같은 순간을 선물한다.

★ 학교도서관사서협의회 추천도서

10. 위대한 개츠비 F. 스콧 피츠제럴드 지음 | 민예령 옮김

미국 현대 문학의 거장으로 꼽히는 F. 스콧 피츠제럴드의 대표작. 미국에서만 한 해 30만 부 이상 팔리는 스테디셀러로, 재즈 시대를 살았던 젊은이들의 욕망과 물질문명의 싸늘한 이면을 담아 낸 명실공히 미국 현대 문학의 최고작.

★ 〈타임〉지 선정 100대 영문 소설 ★ 미국대학위원회 SAT 권장도서
★ 〈뉴스위크〉지 선정 100대 명저 ★ BBC 선정 꼭 읽어야 할 책

11. 오 헨리 단편선 오 헨리 지음 | 전하림 옮김

평범한 소시민의 일상과 삶의 애환을 따뜻한 시선으로 그린 오 헨리 문학의 정수로 손꼽히는 작품을 모았다. 인도주의적 가치관 위에 부조된 작가적 개성의 특출함을 만끽할 수 있다.

12. 셜록 홈즈 걸작선 아서 코난 도일 지음 | 민예령 옮김

세기의 캐릭터와 함께 펼치는 짜릿한 두뇌 게임. 치밀한 구성과 개연성 있는 전개, 호기심을 자극하는 독특한 설정이 포진되어 있음은 물론, 추리의 과정부터 카타르시스가 느껴지는 결말이 펼쳐져 있는 매력적인 소설.

13. 소공자 프랜시스 호즈슨 버넷 지음 | 원지인 옮김

사랑의 입자를 뭉쳐 만들어 놓은 것 같은 캐릭터를 통해 사랑의 선순환을 형상화한 소설. 순수한 직관과 무한한 잠재력을 지닌 동심의 세계를 느낄 수 있다.

14. 왕자와 거지 마크 트웨인 지음 | 황윤영 옮김

대중성과 작품성을 겸비해 '미국 현대문학의 아버지'로 평가받는 마크 트웨인의 대표작으로 '뒤바뀐 신분'이라는 숱한 드라마의 원조 격인 소설. 부조리하고 불합리한 사회상에 대한 날카로운 비판과 통쾌한 풍자 속에 역사적 지식과 상상력을 담아 냈다.

15. 데미안 헤르만 헤세 지음 | 이옥용 옮김

자신의 내면세계를 향해 고집스럽게 걸음을 옮긴 주인공 싱클레어의 성장을 그린 영원한 청춘의 성서. 철학, 종교, 인간을 끊임없이 탐구했던 작가의 깊이 있는 시선과 인간 내면의 양면성에 대한 치밀한 묘사가 시선을 사로잡는다.

★ 노벨 문학상 수상작가 ★ 국립중앙도서관 사서 추천도서

16. 말괄량이와 철학자들 F. 스콧 피츠제럴드 지음 | 김율희 옮김

재즈 시대의 자유분방한 젊은이들의 풍속도를 그린 F. 스콧 피츠제럴드의 소설집. 1920년대 고동치는 젊은이의 맥박을 생생하게 전달했다는 평가를 받는 작품들을 모았다.

17. 벤자민 버튼의 시간은 거꾸로 간다 F. 스콧 피츠제럴드 지음 | 김율희 옮김

70세의 노인으로 태어나 결국 태아 상태가 되어 삶을 마감하는 벤자민 버튼의 일생을 그린 환상소설을 비롯해 『위대한 개츠비』의 전신이라고 할 수 있는 F. 스콧 피츠제럴드의 작품들을 모았다. 실험적이고 혁신적인 화법으로 생생하게 형상화한 재즈 시대를 만끽할 수 있다.

18. 이방인 알베르 카뮈 지음 | 이효숙 옮김

출간과 동시에 하나의 사회적 사건으로까지 이야기된 알베르 카뮈의 대표작. 부조리하고 기계적인 시스템 속에서 인간이 부딪치게 되는 절망적 상황을 짧고 거친 문장 속에 상징적으로 담아낸, 작품 자체가 '이방인'인 소설. 작가 특유의 함축과 암시를 간파한 독자들에게는 풍요롭고 매력적인 카뮈 문학 세계로의 문이 활짝 열릴 것이다.

★ 노벨 문학상 수상작가 ★ 노벨연구소 선정 세계문학 100선

19. 크리스마스 캐럴 찰스 디킨스 지음 | 김율희 옮김

영국의 대문호 찰스 디킨스의 작가 정신과 개성이 고스란히 담겨 있는 대표작. 19세기 영국 사회의 구조적 모순과 크리스마스 정신, 인간성의 회복을 그린 영원한 고전이자 크리스마스의 상징이 되어 버린 소설.

★ BBC 선정 영국인 애독서 100선 ★ 학교도서관사서협의회 추천도서

20. 이솝 우화 이솝 지음 | 민예령 옮김

2,500년 동안 이어져 온 삶의 지혜와 철학을 담은 인생 지침서이자 최고(最古)의 고전! 오랜 세월 인류가 축적해 온 지식과 철학이 함축되어 있으며 남녀노소 누구나 읽을 수 있는 인류의 고전이라 할 수 있다.

21. 수레바퀴 아래서 헤르만 헤세 지음 | 함미라 옮김

작가의 자전적 경험이 녹아들어 있는 헤르만 헤세의 대표적인 성장소설. 총명한 한 소년이 개인의 자유와 개성을 억압하는 딱딱한 교육 제도와 권위적인 기성 사회의 벽에 부딪혀 비극으로 치닫는 이야기를 섬세하게 그리고 있다.

★ 노벨 문학상 수상작가 ★ 서울대 선정 고전 200선 ★ 국립중앙도서관 청소년 권장도서

22. 너새니얼 호손 단편선 너새니얼 호손 지음 | 한지윤 옮김

『주홍 글자』로 유명한 호손은 에드거 앨런 포, 허먼 멜빌과 더불어 미국 낭만주의 문학의 3대 거장으로 꼽힌다. 이 책은 45년간 우리나라 교과서에 실리기도 했던 『큰 바위 얼굴』을 비롯해 호손 문학의 대표 단편소설 11편을 실었다.

23. 에드거 앨런 포 단편선 에드거 앨런 포 지음 | 황윤영 옮김

『검은 고양이』, 『모르그 거리의 살인 사건』 등으로 유명한 에드거 앨런 포는 미국 낭만주의 문학의 거장이자 단편문학의 시조이며 추리 소설의 창시자이기도 하다. 기괴하고 환상적인 소재를 통해 인간 내면의 광기와 복잡한 심리를 치밀하게 형상화한 포의 작품 중에서도 정수라고 할 수 있는 아홉 편의 단편소설을 모았다.

★ 미국대학위원회 SAT 권장도서 ★ 노벨연구소 선정 세계문학 100선

24. 필경사 바틀비 허먼 멜빌 지음 | 한지윤 옮김

장편소설 『모비 딕』의 작가 허먼 멜빌은 에드거 앨런 포, 너새니얼 호손과 함께 미국 낭만주의 문학의 3대 거장으로 꼽힌다. 정체불명의 필경사 바틀비의 '선호하지 않는' 태도와 철학은 갑갑한 현실 속에서 우리에게 깊은 공감과 위로를 이끌어 낸다.

25. 1984 조지 오웰 지음 | 전하림 옮김

『멋진 신세계』, 『유토피아』와 더불어 세계 3대 디스토피아 소설로 불리는 조지 오웰 최후의 걸작으로, 20세기 가장 중요한 문학작품 중 하나로 꼽힌다. 가공의 국가 오세아니아의 전체주의 지배하에서 인간의 존엄을 지키고자 했던 한 인물이 파멸되어 가는 과정을 그렸다. 오늘날에도

여전히 유효한 이 작품 속 경고는 시간이 지날수록 그 힘이 더욱 강력해지고 있다.
★ 뉴스위크 선정 세계 100대 명저 ★ 〈타임〉 선정 '20세기 최고의 책 100선'
★ 노벨연구소 선정 세계문학 100선 ★ 〈모던 라이브러리〉 선정 '20세기 100대 영문학'

*'클래식 보물창고'는 끝없이 이어집니다.